7 M^2

Né en 1950 à Copenhague, Jussi Adler-Olsen a étudié à l'université des domaines aussi variés que la médecine, la sociologie, le cinéma ou la politique. Ancien éditeur de littérature et de comics, il se consacre désormais exclusivement à l'écriture. *Miséricorde*, son premier livre, a reçu le Grand Prix des lectrices de *Elle* 2012 et le Prix des lecteurs du Livre de Poche 2013 dans la catégorie « Polar ». Jussi Adler-Olsen a reçu pour l'ensemble de la série du *Département V* le prix Boréales en 2014. Véritable phénomène au Danemark, son œuvre est aujourd'hui traduite dans une quarantaine de pays et s'est déjà vendue à plus de vingt-sept millions d'exemplaires dans le monde.

Paru au Livre de Poche :

LES ENQUÊTES DU DÉPARTEMENT V

1. Miséricorde
2. Profanation
3. Délivrance
4. Dossier 64
5. L'Effet papillon
6. Promesse
7. Selfies
8. Victime 2117
9. Sel

L'UNITÉ ALPHABET

JUSSI ADLER-OLSEN

7 m²

La dixième enquête du Département V

ROMAN TRADUIT DU DANOIS PAR CAROLINE BERG

ALBIN MICHEL

Titre original :
SYV M2 MED LÅS
Publié par Politikens Forlag, Copenhague.

ISBN : 978-2-253-25346-4 – 1re publication LGF

Ce livre est dédié à Louie,
notre merveilleuse boule d'énergie.

PROLOGUE I

2005

« Ils nous ont encore collé un truc ! gueula Anker en ouvrant violemment la portière, bras tendu vers le pare-brise. On voit plus rien !

— Fais voir, grogna Hardy depuis la banquette arrière en prenant l'autocollant des mains d'Anker. Ah, bah, ils innovent, les collègues ! Maintenant, ils nous ont baptisés "les trois mousquetaires de la police".

— Laisse tomber, Hardy. Ils sont jaloux parce qu'on travaille trop bien ensemble, dit Carl, assis au volant. Regarde plutôt là-bas, continua-t-il en montrant le trottoir d'en face. Tu as vu les deux types près de la porte ? J'ai l'impression que celui de droite pourrait bien être notre tueur au couteau ! »

Hardy se pencha entre les deux sièges avant. « C'est son frère, mais l'autre ne devrait pas tarder.

— Si on est les trois mousquetaires, je vous préviens, même si je suis le plus petit, je refuse d'être cette chiffe molle d'Aramis », râla Anker.

Carl rétorqua. « T'as tort, mon vieux ! Il paraît que c'était un vrai tombeur, dans son genre.

— Tu te trompes, ça, c'était le grand, celui qui

picolait, dit Hardy. Du coup, celui-là, ça pourrait être moi. »

À l'avant, les deux autres se mirent à rire. Hardy et la gent féminine, c'était presque une légende.

« Vous avez fini de vous foutre de moi, les gars ? J'y peux rien si les femmes me rendent fou, soupira Hardy.

— Franchement, t'as pas à te plaindre. Minna est vraiment canon. »

Carl inspecta la rue sans faire de commentaire. Ce n'était pas la première fois qu'Anker disait tout haut ce que Carl pensait tout bas.

« Elle est belle et elle le sait. »

Soudain, une dispute éclata sur le trottoir et Hardy descendit un peu sa vitre. « J'en ai marre de la voir flirter avec tout le monde, y compris avec vous deux.

— Arrête de pleurnicher. Minna et toi formez un beau couple. Pas comme Elisabeth et moi. Je crois que je ne vais pas tarder à venir squatter le canapé d'un bon copain.

— Tu seras toujours le bienvenu à la maison, Anker ! dit Carl.

— Et chez nous, pareil », renchérit Hardy.

Anker agita la main en direction de la banquette arrière et pressa l'épaule de Carl. « Merci, les mecs, ça fait plaisir !

— Je crois que notre gars arrive, là, fit remarquer Hardy.

— Mais non, c'est sa gonzesse. T'as jamais vu une fille en pantalon ? se moqua Anker. À propos, Carl, ça fait combien de temps que vous êtes séparés, Vigga et toi ? Vous n'allez pas bientôt divorcer ? »

Carl réprima un sourire. Vigga était la personne la

plus compliquée qu'il ait jamais connue. Aucun individu doué de bon sens n'aurait pensé qu'elle était la compagne d'une vie. Mais la laisser complètement tomber, non, ça, il n'en était pas capable.

« Et toi, t'as quelqu'un d'autre en vue, Anker ? » lui demanda Carl.

Anker sourit. « Tu me connais ! Ouais, j'ai rencontré quelqu'un. Une bombe. Une vraie pochette-surprise. Tu vois le genre ? »

Carl acquiesça. Oui, il voyait le genre. Vigga pouvait elle aussi être pleine de surprises.

Anker lui fit un clin d'œil de connivence. « Celle-là, en tout cas, elle te propose des trucs qu'aucun homme saurait refuser. Je vous jure, cette fille est dangereuse, si je ne fais pas gaffe, elle sera ma mort. »

Hardy secoua la tête, amusé, et ouvrit sa portière. Quelque chose avait attiré son attention.

Décidément ! On en apprend tous les jours, songea Carl. Mais c'est vrai que c'était toujours comme ça quand ils étaient de service ensemble. La seule différence entre eux et trois ados en rut, c'était l'âge. Aucune autre équipe au sein de l'hôtel de police de Copenhague ne s'entendait aussi bien qu'eux.

« Dangereuse ?... Intéressant. Allez, dis-nous qui c'est, Anker ! » quémanda Carl.

Son collègue affecta un air rêveur, comme s'il était déjà au paradis, adossé à l'arbre de la tentation. Puis il eut ce sourire charmeur auquel aucune femme ne résistait. « Tu sais très bien qui c'est, Carl ! »

Soudain, Hardy sembla pris d'un coup de folie.

« Allez, les gars, on y va ! Cette fois on le tient », cria-t-il en s'élançant sur la chaussée au pas de course.

PROLOGUE II

Samedi 26 décembre 2020

« Tu oserais répéter ce que tu viens de dire, Eddie ? Hein, tu oserais le répéter, espèce de petite fiotte ? »

Eddie Jansen baissa les yeux pour ne pas énerver son interlocuteur, mais la gifle partit quand même.

« On avait un accord, tous les deux, tu te souviens ? Alors j'apprécierais que tu le respectes ! » rugit l'homme tandis que l'oreille d'Eddie se mettait à siffler.

Eddie hocha prudemment la tête, espérant que cette attitude cacherait le fait qu'il ignorait comment résoudre le problème. La dernière chose qu'il voulait, c'était se mettre à dos ses commanditaires, représentés par l'homme aux yeux vairons assis en face de lui en ce moment.

Il devait respecter le contrat qu'il avait avec eux, insistait le type, comme si Eddie ne le savait pas. Il n'était même pas question qu'il fasse autrement s'il ne voulait pas que les choses se terminent très mal pour lui.

Putain de contrat !

Depuis des années, il se laissait aveugler par le montant de sa commission, et on l'aurait été à moins. Son salaire d'inspecteur de police dans un commissariat de

Rotterdam était une goutte d'eau dans la mer, comparé à ce que ces hommes puissants lui donnaient en échange de ses services et de quelques renseignements. Eddie n'avait pas hésité, et effectivement ç'avait été de l'argent facile, qu'il avait employé à se faire une vie plus douce, à offrir des cadeaux à la femme qu'il aimait et plus tard à leur fille, à payer les traites de leur maison de campagne, celles du bateau et de leurs deux voitures. Depuis ce deal, il en avait terminé avec les soucis d'argent et les nuits sans sommeil à se demander comment joindre les deux bouts.

Mais l'heure des comptes avait quand même fini par arriver. C'était à prévoir.

Il avait hésité à plusieurs reprises devant la mission que l'homme exigeait maintenant qu'il exécute. Comparée aux précédentes, elle était indiscutablement plus violente et implacable. Pendant toutes ces années, il lui était souvent arrivé d'être un peu distrait et de bâcler certaines tâches qui lui avaient été confiées, mais son laxisme avait été sans conséquence et il avait fini par en déduire que son employeur était devenu moins exigeant. Il n'avait donc pas eu de raisons d'avoir peur.

Eddie essaya de contrôler ses mains qui tremblaient comme des feuilles. Avait-il encore le courage de faire ce qu'on lui demandait ? Sans doute pas, mais s'il refusait, il savait qu'il perdrait tout.

Il inspira profondément et, les yeux baissés, il murmura : « Nous... pardon... Je vous promets de ne pas le manquer. Ça va se passer exactement comme prévu, vous pouvez compter sur moi. »

Quand il releva les yeux, ce fut pour voir les striures du canon d'une arme pointée sur lui.

L'homme à la carrure imposante tenait le pistolet contre le front d'Eddie sans qu'un seul muscle de son visage frémisse. « Tu as reçu l'ordre il y a treize ans, lui dit-il d'une voix glaciale, et quand tout à coup notre marchandise réapparaît dans une valise entreposée dans le grenier de ce type, monsieur n'est pas prêt ! Et tu oses nous raconter comme s'il s'agissait d'une simple anecdote que l'homme en question a été arrêté et qu'il est en ce moment sous bonne garde dans une prison danoise ? Est-ce que tu sais seulement ce que cela signifierait pour nous si cet homme décidait de se mettre à table ?

— Euh, oui, mais… » Le clic de la détente fit bondir Eddie.

Son interlocuteur sourit. « T'as eu peur, hein, mon petit Eddie ? Tu me fais penser à ces condamnés à mort chinois, agenouillés en rang, qui attendent le coup de feu fatal dans la nuque et sursautent en entendant la détonation qui a tué leur voisin. L'idée n'est pas très agréable, j'en conviens, mais tu sais que tu pourrais finir comme eux, Eddie ? Je te dis ça pour que tu comprennes la gravité de la situation. Car tu peux être sûr que la prochaine fois, il y aura une balle dans le chargeur, compris ? Alors maintenant, tu vas nous montrer ce que tu sais faire, parce que nous n'avons aucune envie de faire des paris sur ce que Carl Mørck sait ou ne sait pas, ni sur ce qu'il pourrait faire. »

Eddie regarda par la fenêtre le quartier de Schiedam et la Louis-Raemaekersstraat plongés dans le noir. Au pied de la tour dans laquelle il habitait, le feu de signalisation passait au vert. Dans quelques minutes, son épouse, Femke, serait de retour à la maison avec la petite, après avoir passé la journée chez Siri, son ex-collègue. Elle sourirait à son invité. Plus tard, elle lui demanderait qui était cet homme qui était venu lui rendre visite à une heure aussi tardive. Mais c'était un aspect de sa vie auquel il voulait qu'elle ne soit jamais mêlée.

« Oui, j'ai compris, dit-il en écartant prudemment le canon de l'arme de son visage. J'appellerai les Danois ce soir. »

1

Samedi 26 et dimanche 27 décembre 2020

Carl

Carl était dans un état étrange. Un peu comme le moment où, pour l'enfant, le brouillard de l'innocence se dissipe sans pitié. Où pour la première fois il voit clairement les choses et sent au plus profond de son âme la blessure du mensonge. Où l'injustice lui brûle la joue après une gifle imméritée. Ou encore celui où, adolescent, il aime à sens unique, ou bien lorsque, devenu un homme, l'infidélité d'une compagne lui tombe dessus sans prévenir.

Carl venait de revivre tous ces sentiments-là à la fois quand Marcus Jacobsen, patron de la brigade criminelle, le collègue qu'il appréciait et respectait le plus, avait refermé une paire de menottes sur ses poignets, serrant même un peu plus que nécessaire. Les policiers l'avaient arraché à Mona et poussé dans la voiture de patrouille qui attendait, il l'avait vue lui faire un petit signe de soutien depuis le perron et ça lui avait fendu le cœur.

Comme si ça pouvait l'aider.

Entendre le policier assis à l'avant ordonner au

chauffeur de ne pas passer par l'hôtel de police et d'aller directement à la prison Vestre ne fit rien pour arranger les choses.

« Ho ! Qu'est-ce que vous faites ? Pourquoi vous ne m'emmenez pas en garde à vue au commissariat ? » demanda-t-il sans obtenir de réponse. Ils se mirent à marmonner entre eux et tout ce qu'il entendit, ce fut le nom de Marcus Jacobsen, répété à plusieurs reprises.

Carl se pencha pour éviter que les menottes bloquent sa circulation. Il venait de comprendre que, malgré des décennies à trimer comme un âne, après toutes les affaires difficiles, voire impossibles, qu'il avait résolues, à partir de cet instant il ne devait plus compter sur le soutien de ses collègues.

Mais à quoi s'attendait-il, après tout ?

Combien de fois avait-il lui-même escorté un prévenu jusqu'à ce lugubre mastodonte qu'était la prison de Copenhague ? Combien de fois avait-il entendu, sur la banquette arrière, un délinquant en larmes tâcher de se défendre avec tous les arguments qui lui passaient par la tête ? Plaider l'innocence, les regrets, arguer qu'il avait une femme, des enfants qui allaient se retrouver tout seuls. Tout cela en pure perte. Un individu en état d'arrestation n'avait pas d'autre choix que d'essuyer insultes et humiliations et de se taire jusqu'à son audience. Lui non plus n'avait pas prêté une oreille compatissante à ces criminels. À ce stade du processus, on était coupable jusqu'à preuve du contraire.

Et tandis qu'en ce deuxième jour après Noël la voiture de police roulait dans les rues glacées et sombres, avec leurs guirlandes et leurs décorations désormais inutiles, Carl réfléchissait à ce qu'il allait dire pour sa défense.

De quoi suis-je supposé me défendre ? songeait-il.

On l'avait arrêté alors que lui et son équipe venaient de résoudre l'affaire Sisle Park et de libérer Gordon in extremis. Quel crime avait-il commis ? Payait-il son incapacité à avoir démêlé jadis cette fameuse affaire du pistolet à clous et la série de meurtres qu'elle avait entraînée dans son sillage ? Ou sa naïveté quant aux agissements de son collègue Anker Høyer ? Ses doutes sur le fait que celui-ci consommait de la drogue ? La candeur dont il avait fait preuve en acceptant d'entreposer une valise sans s'inquiéter de son contenu ? Son laxisme de l'avoir oubliée dans ce grenier pendant tant d'années ? Une valise remplie de stupéfiants et d'une importante somme d'argent dans différentes devises. Si seulement il en avait lui-même forcé la serrure, il aurait pu la remettre aux autorités. C'était presque un péché d'orgueil de sa part de penser que personne ne pourrait le soupçonner, lui, l'exemplaire inspecteur Mørck, d'avoir commis un acte criminel. Il ignorait encore ce que serait sa ligne de défense, mais il savait que ses collègues dans la voiture n'avaient aucune envie de l'écouter protester de son innocence et pleurnicher parce qu'on le séparait de sa famille. Tout cela leur était bien égal. Eux, ce qu'ils voulaient entendre, c'étaient des regrets, des aveux et des remords – et ça, ils ne l'auraient pas. Alors Carl se tut jusqu'à ce qu'ils passent la grille de la prison et qu'il soit confié à un greffier las à la pâleur hivernale.

Ledit greffier examina à travers ses lunettes sales le document que lui remit l'un des policiers et remarqua qu'il ne mentionnait pas de mesure d'isolement, ce qui le surprit, vu la notoriété du prévenu.

Carl fut également surpris. Pas de mesure d'isolement ! Comment était-ce possible ?

« Vous savez que je suis à l'origine de l'incarcération d'une grande partie de vos pensionnaires. Alors il me semble…

— On te mettra où on pourra », l'interrompit le greffier.

Ce tutoiement n'était pas de bon augure et le fait que ses collègues repartent sans même un signe de tête pour lui dire au revoir au moment où on l'emmenait et où on lui demandait de se déshabiller non plus.

Le vieux maton préposé à la fouille corporelle regarda Carl avec le même air de mépris que celui qu'il avait vu sur le visage de Marcus pendant qu'il lui lisait ses droits, au moment de son arrestation.

« Tiens, tiens ! Ne serait-ce pas le grand Carl Mørck que nous avons là ? dit le gardien en lui prenant ses affaires. J'en connais qui vont se marrer, en te voyant arriver ici. J'aimerais pas être à ta place », poursuivit-il en lui mettant une pile de vêtements dans les bras.

Même si Carl y avait déjà pensé, ces mots l'ébranlèrent. Au fond de lui, il avait peut-être espéré qu'une porte magique allait s'ouvrir sur une solution. Mais elle était où, cette foutue porte ?

Lorsqu'on le conduisit à travers les longs couloirs aux couleurs ternes qu'il connaissait si bien, qu'on lui fit passer les grilles à la peinture écaillée menant à l'impressionnant dédale d'escaliers, de rampes, de filets de sécurité jusqu'aux innombrables portes de cellule de l'aile Est et à celle où était inscrit le numéro 437, ses dernières défenses s'évanouirent et Carl se mit à transpirer abondamment. Il comprit que s'il subsistait en lui une once de foi en la justice, elle disparaîtrait à l'instant où la lourde porte se refermerait derrière lui avec son irréversible clic lugubre.

Carl regarda l'immense bâtiment baignant dans une lumière froide avant qu'on le fasse entrer dans sa cellule et qu'on verrouille la porte derrière lui. Depuis le temps qu'il exerçait ce métier, il avait eu l'occasion de voir un grand nombre de cellules, mais jamais auparavant le matelas noir et étroit qu'il avait sous les yeux n'avait été *son* lit. C'était là qu'il allait devoir essayer de trouver le repos, sans Mona à ses côtés. Là que sa fille ne viendrait pas le tirer du sommeil le matin en lui sautant sur le ventre, et là qu'il ne se réveillerait pas en pensant aux belles surprises que lui réservait la journée à venir.

Carl leva les yeux sur le vieux panneau gris accroché au-dessus du lit et il lut les mots à demi effacés que le précédent détenu avait écrits au stylo-bille.

Il n'y avait là que des pensées déprimantes, pas la moindre lueur d'espoir dans l'obscurité.

Il venait de sombrer dans un pseudo-sommeil, après avoir passé la majeure partie de la nuit à imaginer ce qui allait se passer après, quand quelqu'un frappa à sa porte et gueula avec une grosse voix qu'on savait qui il était et qu'on aurait sa peau. Puis l'individu partit, sans doute aidé par un gardien venu éloigner de sa cellule le détenu menaçant.

Mais les mots avaient été prononcés et ils avaient été entendus :

« On t'aura, sale flic. »

Carl se redressa sur ses coudes et inspira profondément. Le harcèlement avait commencé, son séjour en prison était devenu une réalité. « On t'aura » voulait dire qu'ils allaient le tuer, et « sale flic », qu'il l'avait mérité. À partir de maintenant, le simple fait d'être lui-même représentait un danger mortel. Il déglutit péniblement en pensant à tous les policiers incarcérés qui avaient eu des problèmes. Il lui fallait d'urgence un bon avocat qui parvienne à l'écarter du danger. Soit par une remise en liberté à l'issue de son audience préliminaire, soit en le faisant mettre à l'isolement, mesure à laquelle il aurait normalement dû avoir droit en sa qualité de policier.

Il fallait aussi qu'on l'autorise à parler à Rose, à Assad et peut-être aussi à Gordon, si le pauvre garçon n'était pas durablement traumatisé par la terrible expérience qu'il venait de vivre juste avant Noël, lorsqu'il avait failli mourir aux mains de la tueuse en série Sisle Park, après avoir été retenu en otage pendant plusieurs jours. Tous les trois allaient devoir travailler d'arrache-pied sur son dossier pour découvrir ce qui s'était passé récemment dans la fameuse affaire du pistolet à clous pour provoquer une si soudaine et brutale escalade. Enfin, il était vital qu'en sa qualité de psychologue attachée au commissariat, Mona puisse venir le voir, indépendamment des visites autorisées à la famille proche.

L'affaire tentaculaire pour laquelle on cherchait à lui faire porter le chapeau aujourd'hui remontait à treize ans en arrière. Le témoin principal, son ancien coéquipier Anker Høyer, qui était peut-être aussi compromis, était mort à Amager en 2007 au cours de la fusillade qui avait rendu tétraplégique leur collègue Hardy Henningsen à cause d'une balle dans la colonne vertébrale. Qui pouvait encore témoigner sinon le troisième homme impliqué dans la fusillade ? Hardy. Accepterait-il de le faire ? Prendrait-il le parti de Carl ?

Carl se laissa retomber sur le matelas trop mince, écrasé par l'impuissance. Une affaire pourrie, voilà ce que c'était, et tout pointait en direction de son ancien ami et collègue Anker Høyer. Sans lui, il n'aurait pas été ici en ce moment, il en était convaincu. Anker faisait partie de ces hommes qui avaient trop d'ambition pour rester flics toute leur vie, il l'avait déjà compris en ce temps-là. Pour Anker Høyer, Anker et les besoins d'Anker passaient toujours en premier. C'était pour ça que sa femme l'avait foutu dehors, pour ça qu'il était toujours à la recherche de nouvelles combines pour gravir plus vite les échelons. Ce qui, pour Anker, signifiait gagner le plus d'argent possible, le plus rapidement possible. Carl aurait-il dû comprendre à l'époque que cet appétit dévorant risquait de causer des problèmes ? Peut-être. Mais que son collègue ait été corrompu au point de tremper dans un trafic de stupéfiants, voire pire, ça, il n'aurait pas pu l'imaginer. Pas plus qu'il n'aurait pu deviner que cela l'aurait mené à sa perte. Et maintenant, c'était lui qui était couché dans cette cellule, soupçonné d'avoir été son complice. Pour être franc, il avait oublié beaucoup de choses de cette époque.

Jamais il n'avait autant souhaité la présence de son vieil ami Hardy qu'à cet instant. Ensemble, ils auraient pu s'efforcer de comprendre et d'expliquer ce qui s'était réellement passé en 2007 dans ce qu'on avait appelé « l'affaire du pistolet à clous ». Carl soupira. Il savait que c'était impossible. En ce moment, son ami paralysé était en Suisse où il suivait un protocole de rééducation probablement inutile, qui durerait plusieurs mois. Comment pourrait-il lui venir en aide ?

Au cours des heures qui suivirent, il tâcha de remettre ses fragments de souvenirs dans un ordre cohérent. En les voyant ainsi alignés, il réalisa quel imbécile il avait été. La marchandise volée d'Anker était restée entreposée dans son grenier. Hardy et lui s'étaient laissé entraîner à Amager et l'un comme l'autre avaient ignoré les manquements à la procédure de leur collègue. Ensuite, Carl n'avait pas pris la peine de creuser les évènements qui s'étaient enchaînés. Deux mécaniciens tués à Sorø avec un pistolet à clous, destin qu'ils avaient partagé avec Georg Madsen, un vieil homme résidant sur l'île d'Amager. Il ne s'était pas intéressé aux victimes et n'avait pas cherché à savoir ce qu'elles avaient pu faire pour finir leur vie d'une manière aussi brutale que répugnante, le crâne perforé de pointes métalliques.

Carl garda les yeux rivés sur un point au plafond tout le temps qu'il dressa la liste des excuses qu'il s'était trouvées jadis. La première étant que la mort d'Anker et la paralysie de Hardy l'avaient terrassé, causant deux dépressions successives et un syndrome de stress post-traumatique latent qu'il avait refusé d'admettre. La deuxième explication qui lui vint fut cette foutue crédulité qui ne lui ressemblait pas.

Le dimanche matin, après une nuit effroyable, Carl fut conduit au centre-ville et on l'enferma dans la cellule du tribunal à huit heures trente. Quinze minutes avant l'entrée du juge, on le transféra dans une pièce isolée où l'attendait un avocat qu'il ne connaissait ni d'Ève ni d'Adam.

En voyant la tête du gars, Carl poussa un soupir. Un seul coup d'œil à son loden vert minable et à son menton mal rasé lui fit comprendre que ce n'était pas la peine de compter sur lui : typiquement l'un de ces commis d'office qui avaient dû renoncer à une brillante carrière d'avocat star du genre de celles que les mauvaises séries télé font miroiter aux étudiants en droit à la sortie de l'université. Mais à quoi s'attendait-il ? La liste des avocats motivés et disponibles au pied levé n'était pas longue, trois jours après Noël, et de surcroît un dimanche.

« Ma femme a-t-elle été informée que mon cas était instruit en premier, ce matin ? » lui demanda-t-il.

L'avocat haussa les épaules. « Je n'en sais rien, j'ai plutôt l'impression que ç'a été une décision de dernière minute. » Il lissa ses cheveux gominés. « Je m'appelle Adam Bang, se présenta-t-il en serrant la main de Carl. J'ai mes deux plus jeunes enfants, de trois et cinq ans, avec moi ce week-end, et j'ai d'abord dû convaincre ma sœur de venir les garder, alors excusez ma tenue. » Il essaya de rajuster un peu le nœud de sa cravate. « Pour tout vous dire, je n'ai même pas eu le temps de prendre une douche. »

Plutôt sympa de sa part de l'admettre.

Carl remarqua au premier coup d'œil qu'aucun de ses proches ou de ses amis du département V n'était présent dans la salle d'audience. En revanche, le tribunal était bondé de journalistes de la presse quotidienne et de policiers ; ceux qui l'avaient arrêté, bien sûr, et, comme il fallait s'en douter, la DUP[1]. C'étaient eux qui devaient mener l'enquête désormais, parce qu'on jugeait qu'à l'instar d'Anker Høyer Carl avait commis les faits qui

1. Autorité indépendante traitant les plaintes contre la police et menant l'enquête dans les affaires criminelles impliquant un policier dans l'exercice de ses fonctions. Une sorte de police des polices. *(Toutes les notes sont de la traductrice.)*

lui étaient reprochés dans l'exercice de ses fonctions. Carl vérifia si par hasard, parmi les chaises noires réservées au public, il voyait un visage bienveillant, et n'en trouva qu'un seul. Celui de l'inspectrice Bente Hansen. Elle soutint son regard et hocha la tête avec un sourire prudent, mais Carl baissa les yeux, gêné. Il n'en revenait pas qu'elle soit là pour lui. Touché, il se dit qu'il devrait faire passer à Rose le message que l'équipe du département V pouvait compter sur l'aide de Bente.

« Vous pouvez me dire ce qui se passe ? chuchota-t-il à l'oreille de son avocat. Qu'est-ce que ces pisse-copies foutent ici ? Je veux que ces vautours sortent de la salle tout de suite. Vous savez comment ils ont été mis au courant de mon arrestation ? »

Carl se retourna vers Marcus Jacobsen, assis au premier rang dans le public. « C'est toi que je dois remercier pour ça, Marcus ? » lui demanda-t-il avec un coup d'œil vers les journalistes qui étaient déjà en train de noircir leurs carnets.

Le chef de la criminelle secoua la tête. « Non, la rumeur, je suppose. Je crois malheureusement que la nouvelle a fuité de la prison Vestre. C'est regrettable, j'en conviens. » Son patron et ami n'arrivait même pas à prononcer son prénom et à le regarder dans les yeux. Quant à l'atmosphère dans la salle, elle était aussi glaciale et fuyante qu'un lac au dégel. Carl n'avait jamais ressenti une déception aussi forte.

Mais il ne laisserait pas Marcus Jacobsen s'en tirer à aussi bon compte. « Si c'est si regrettable, pourquoi vous ne m'avez pas gardé au commissariat cette nuit, alors ? On aurait évité tout ce cirque ! »

Marcus glissa quelques mots à l'oreille de Leif

Lassen, alias Pif, le chef de la brigade des stups, qui était assis à côté de lui.

« Parce que la maison d'arrêt de l'hôtel de police est réservée aux ressortissants étrangers, voilà pourquoi », répondit Marcus en le regardant enfin dans les yeux.

C'était déjà la deuxième fois de la journée que Carl avait envie de lui coller son poing dans la gueule.

Puis le procureur fit son entrée. Il avait manifestement eu le temps de prendre une douche et de s'apprêter.

Comme l'avocat et le procureur, le juge qui s'assit à la tribune tandis que toute la salle se levait pour l'accueillir était inconnu de Carl.

L'audience fut brève. Le procureur était sec comme un coup de trique et il débita son rapport à la mitraillette. Carl eut à peine le temps de lire ce que disait un panneau accroché au mur de droite sur les mesures de détention provisoire qu'il avait déjà fini son rapport sur les circonstances de l'arrestation. Son avocat se leva lentement. Avec autant d'autorité que le lui permettait sa robe froissée, il réclama une audience à huis clos. Le juge posa d'abord les yeux sur lui, puis sur Carl, et secoua la tête comme si on venait de lui demander du champagne et un saladier de caviar, mais il accéda à sa requête et ordonna une interdiction de publication du nom du prévenu, après quoi les journalistes quittèrent la salle. Comme il fallait s'y attendre, il y eut un concert de protestations. Comment pouvait-on exiger l'anonymat d'un mis en examen alors que son nom était déjà sur toutes les lèvres en ville ? Pourquoi les faire sortir ? N'était-il pas dans l'intérêt du prévenu qu'on couvre l'affaire avec éthique et en toute transparence ?

Rien n'y fit. Afin de garantir la sécurité de ce policier notoirement connu, il ne pourrait pas en être autrement.

Carl remercia le juge d'un hochement de tête respectueux, puis le procureur énuméra d'une voix claire une liste de charges qui fit ouvrir au policier de grands yeux. Il était accusé de meurtre ou de complicité de meurtre, de corruption, de vol et de trafic de stupéfiants. Bien que chacune des accusations soit argumentée, Carl n'y comprenait absolument rien. Il se retourna vers son chef qui écoutait ce tissu de mensonges avec un regard froid.

Carl secoua la tête et se pencha vers son défenseur. « Tout cela est entièrement faux et les faits ont été grossièrement déformés », murmura-t-il, mais l'avocat le fit taire d'un geste pour pouvoir se concentrer sur les mots prononcés.

« Mon client se déclare innocent de l'ensemble des faits qui lui sont reprochés », déclara-t-il ensuite sans avoir consulté Carl au préalable. Au moins étaient-ils sur la même longueur d'onde. Évidemment qu'il était innocent. Il félicita son avocat d'une tape sur l'épaule, veillant à ce que Marcus le voie faire, et le juge ordonna son placement en détention provisoire pour quatre semaines.

Carl avait l'impression de tomber dans un puits sans fond. La moitié des crimes dont on l'accusait auraient suffi à lui valoir au moins cinq ans de prison et, en l'absence de preuves l'innocentant, sa préventive pourrait être prolongée plusieurs fois.

Il releva les yeux vers le panneau sur le mur, qui lui confirma que sur la base des charges qui venaient d'être énoncées par le représentant du ministère public, et selon l'article 762 du Code civil, une privation de liberté du prévenu pouvait en effet être appliquée.

Bref, il était dans la merde.

2

Dimanche 27 décembre 2020

Eddie Jansen

« Si, si, il est retourné directement en prison à l'issue de son audience préliminaire et en ce moment il discute avec son avocat au parloir. D'après ce que j'ai compris, la police l'a déjà interrogé.

— Ce n'est pas bon du tout, ça, Eddie. Il a été placé à l'isolement ?

— Non. D'après ce que m'a dit notre gars sur place, on doit le ramener dans la cellule 437 après son entrevue avec son défenseur, mais on va sûrement le mettre à l'isolement dès cet après-midi.

— D'où tiens-tu cette information ?

— D'un gardien qu'on arrose depuis plusieurs années. Ce type vaut de l'or, et il est de garde cet après-midi.

— Nous avons chiffré l'élimination du flic à cent mille euros. Ça te convient ?

— Oui.

— Alors, maintenant c'est quoi le plan ?

— Ça se fera au moment du passage du chariot des

repas. Notre gardien a un accord avec un détenu, un type un peu simplet qui n'a rien à perdre, mais qui en nous rendant service va pouvoir venir en aide à sa famille. »

Eddie leva la tête vers ses collègues du commissariat de Rotterdam de garde ce dimanche-là. Ils étaient tous penchés sur leur bureau, le nez dans leurs rapports. Il y avait encore quelques décorations de Noël ici et là, mais étant donné que les criminels tiennent rarement compte des dimanches et des jours fériés, l'ambiance festive avait déjà disparu. Ils avaient du travail par-dessus la tête.

Il y avait vingt ans qu'Eddie travaillait avec des informateurs internationaux dans le milieu du trafic de stupéfiants. Au téléphone, il parlait toujours anglais avec eux et personne ne se mêlait de ses conversations. Chaque inspecteur avait ses propres indics parce que c'était la meilleure façon de les protéger. Eddie avait donc les coudées franches pour ses activités parallèles.

« Comment votre homme de main a-t-il l'intention de procéder ? s'enquit son interlocuteur.

— D'un coup de couteau dans la poitrine », répondit Eddie, content de lui. Dans quelques heures, ses commanditaires seraient informés que ce problème-là avait été résolu, une faille de moins dans cette vieille affaire qui les tracassait depuis si longtemps.

Il raccrocha, déverrouilla son placard et en sortit une boîte d'archivage remplie de dossiers. Celui de l'affaire en question portait la cote 2003. Il contenait divers mots-clés incompréhensibles pour tout autre que lui, faisant référence à des épisodes ayant eu lieu entre cette année-là et aujourd'hui. Dix-sept années y étaient répertoriées. Il y avait les dates auxquelles certaines personnes avaient trouvé le repos éternel, où des livraisons de drogue avaient été perturbées et surtout celles auxquelles il avait été demandé à Eddie d'intervenir.

Ces notes étaient son filet de sécurité. Si, un jour, les choses devaient mal tourner pour lui, il pourrait d'une minute à l'autre passer du rôle de ripou à celui de témoin et s'assurer des arrangements qui, s'ils ne suffisaient pas à sauver sa réputation et sa carrière, lui garantiraient la vie sauve.

Eddie avait mis les pieds dans ce marécage le jour de 2003 où leur maison de vacances à Bergen-aan-Zee avait dû être vendue aux enchères. Sa femme Femke était inconsolable. Elle avait hérité de ses parents cette maison délabrée et encore frappée d'un emprunt, et elle l'adorait. L'idée de la perdre lui était insupportable.

Eddie était allé supplier la banque de repousser les échéances du prêt, afin que la maison ne soit pas vendue en dessous de sa valeur. En vain. Il y avait peu de monde à la vente et peu d'offres. Eddie avait croisé par hasard dans le hall de la banque l'homme qui avait remporté l'enchère et ce n'était pas du tout le genre de type qu'il avait envie de voir dans leur villégiature. L'homme parlait néerlandais, mais il avait un accent. Il était peut-être originaire des Antilles néerlandaises.

Quand l'homme était sorti de la banque, Eddie était resté planté là avec sa honte et un énorme sentiment de vide.

Il avait été d'autant plus étonné quand cinq minutes plus tard il avait été arrêté sur le trottoir par une main sur son épaule et s'était retrouvé nez à nez avec le nouveau propriétaire, tout sourire.

« C'est une chouette maison, Eddie », lui avait dit le gars sur un ton un peu trop familier en retirant ses lunettes de soleil pour dévoiler des yeux vairons. Un brun et un bleu. « C'est rare, une aussi jolie vue sur les dunes. Vous deviez drôlement y tenir. »

Ce type avait vraiment l'art de remuer le couteau dans la plaie, le tout avec une amabilité peu commune.

Eddie s'était donc contenté de hocher la tête en se demandant sur quel œil il devait se concentrer. L'œil bleu et froid ou l'œil brun et chaleureux ?

« En effet, avait-il dit, et cela nous a fait beaucoup de peine d'y renoncer.

— Hum ! Qui a dit que vous deviez y renoncer, Eddie ? lui avait répondu l'inconnu à la peau brune en s'approchant encore. Dans la vie, il y a toujours des solutions, non ? »

Eddie était perplexe. Où ce type voulait-il en venir ?

« Je ne vois pas quelles solutions il pourrait y avoir. Nous n'avons pas de quoi payer le crédit, fin de l'histoire. Ma femme et moi sommes tous deux fonctionnaires, et nous n'avons pas de baguette magique pour faire apparaître des billets de banque.

— Ça ne me semble pas insurmontable, comme problème… Non ? Et si on en parlait autour d'un café ? »

Au départ, l'homme lui avait donné de l'argent sans rien lui demander en retour ou presque, seulement quelques renseignements. Avec les opportunités et le pouvoir qu'avait Eddie, tout ce qu'il avait à faire, c'était d'ouvrir un dossier de temps à autre sans autorisation. Mais un jour, on lui avait proposé de lui rendre la maison et de payer l'intégralité des traites de son emprunt, et la tentation était devenue trop grande. En une visite chez le notaire, Eddie était devenu propriétaire d'une société en Suisse en échange de quelques centaines de florins. Du jour au lendemain, non seulement Femke et lui avaient récupéré la maison, mais ils étaient également à la tête d'une centaine de milliers de francs suisses, disponibles sur les comptes bancaires de la société en question.

Eddie avait préféré ne pas mettre Femke au courant de ce qui lui était demandé en retour et avait prétendu avoir gagné au Loto, une nouvelle à laquelle elle avait réagi en entamant une danse de la joie et en hurlant d'excitation.

Mais petit à petit les exigences de ses bienfaiteurs étaient devenues plus grandes et plus compromettantes.

Sans avoir de noms, Eddie croyait cependant savoir qui étaient les commanditaires. Il pensait qu'il s'agissait d'une organisation de puissants hommes d'affaires basés au Surinam et à Curaçao et il en avait conclu qu'il était pieds et poings liés, déjà beaucoup trop embourbé dans des agissements pour le moins discutables. L'organisation pour laquelle il travaillait désormais était depuis longtemps dans le collimateur de ses collègues, mais à cette époque-là la police néerlandaise ignorait comment elle opérait. Elle savait seulement que son activité reposait principalement sur le trafic de stupéfiants.

Une première fois, Eddie avait malgré tout essayé de se rebiffer, et par l'intermédiaire de son contact il avait fait savoir qu'il ne voulait plus être mêlé de façon aussi directe aux crimes odieux de ces personnages sans scrupules. Et là, comme par hasard, la somme qui était à sa disposition sur la banque suisse avait brusquement triplé et il avait trouvé dans sa boîte aux lettres un projet d'agrandissement ambitieux pour la maison. Il comprit à ce moment-là qu'il était piégé et qu'il allait être contraint de suivre les règles du jeu. Deux ans plus tard, il était devenu le principal indicateur de l'organisation et une source inépuisable d'informations, en particulier sur les enquêtes en cours, ce qui permettait à ses employeurs de modifier les missions de leurs convoyeurs ou de les remplacer.

Pour finir, Eddie avait été chargé d'opérer les remises de fonds en se servant de sa voiture de fonction. Et plus tard, quand les livraisons et les sommes d'argent étaient devenues trop importantes, il s'était acheté un SUV de luxe avec huit places à bord pour effectuer ses transactions, ce qui coïncidait parfaitement avec les besoins de sa famille.

À l'époque où il avait eu vent des premiers assassinats commis par l'organisation, il avait eu beau protester, cela n'avait eu pour effet que de resserrer plus fort encore la corde autour de son cou. « Si tu t'arrêtes maintenant, on te fera porter le chapeau, Eddie, l'avait menacé son contact au regard inquiétant. Crois-moi, nous avons rassemblé suffisamment de preuves contre toi pour te faire tomber. Ta vie sera foutue. »

C'était ainsi qu'Eddie avait été témoin de la série de meurtres au pistolet à clous commandités par l'organisation.

3

Dimanche 27 décembre 2020

Malthe

À l'école, on l'appelait Saucisse. De fait, la graisse avait tendance à s'installer de manière symétrique sur son corps, camouflant efficacement les paquets de muscles qu'il avait autour du torse. Il faisait une tête de plus que ses camarades et était blanc comme un bidet, au point qu'on se retournait sur son passage et qu'il s'attirait des commentaires à voix basse. Mais Malthe était un garçon simple et gentil, qui avait grandi dans une famille de paysans aimants avec un frère plus jeune, une sœur et des parents qui avaient tendance à le surprotéger et à éviter de lui dire à quel point les hommes pouvaient être méchants.

Malthe accepta son surnom sans broncher, celui-là et d'autres aussi, comme Cornichon ou la Miche, jusqu'à ce qu'un jour un élève d'une classe supérieure, connu pour aimer la provocation, trouve amusant d'élargir le registre de ses surnoms à Rouleau de printemps et à Sac à merde. Malthe avait souri, hoché la tête, après tout il avait connu pire. Mais quand le type, qui avait trois ou quatre ans de plus que lui, avait omis de lui rendre son sourire puis lui avait envoyé un gros crachat sur la chemise et l'avait poussé en arrière de deux mains sur sa poitrine, Malthe avait eu une réaction qui l'avait lui-même surpris. Il avait pété les plombs.

Ses camarades avaient eu beau le prévenir que l'autre pratiquait les sports de combat et qu'il était peut-être même ceinture noire, Malthe l'avait quand même frappé au visage. Une seule fois, mais avec une telle violence qu'il lui avait brisé la deuxième vertèbre cervicale. Le garçon à la ceinture noire ne s'était plus jamais relevé.

À partir de là, Malthe avait passé sa vie entre les maisons de redressement, les prisons pour mineurs et les prisons tout court. Son histoire était devenue une longue suite de trahisons, de mauvaises décisions, d'agressions et de violences subies et infligées.

Ce n'est qu'à l'âge de vingt-cinq ans, alors qu'il était incarcéré depuis deux ans à la suite d'une nouvelle bagarre, que Malthe avait compris que c'était l'histoire de sa vie. Il avait accepté sa situation et il était devenu un détenu docile et gentil, à qui un jour on avait confié le rôle de gamelleur. L'une des responsabilités qui lui incombaient était de préparer le chariot de la cantine et de distribuer les repas aux autres détenus. La journée, sa cellule restait ouverte de façon qu'il puisse s'acquitter de ses diverses tâches de ménage et de menus bricolages. Malthe était content, en outre, d'être dans l'aile Est de la prison Vestre, où arrivaient les nouveaux détenus.

Quand son père était tombé malade – le cancer l'avait emporté en quelques mois, après de terribles souffrances –, il avait mis un point d'honneur à envoyer chaque couronne gagnée en prison à sa famille. Puis son petit frère était tombé malade à son tour et l'assurance maladie avait refusé de prendre en charge son hospitalisation, jugée trop coûteuse en ces temps de pandémie, alors Malthe s'était mis en tête qu'il ne guérirait pas si on ne l'envoyait pas en Allemagne dans une clinique privée.

Ce matin-là, un maton qu'il connaissait bien lui fit une proposition.

« Si tu veux, on peut t'aider à envoyer ton frère se faire soigner en Allemagne, lui dit-il. Il faudra juste que tu fasses quelque chose pour nous en échange.

— C'est vrai ? s'exclama Malthe qui n'en croyait pas ses oreilles. Qu'est-ce que je dois faire ?

— Tu dois tuer le détenu de la cellule 437. Ils vont le ramener tout à l'heure. Une fois que ce sera fait, ta famille recevra la somme de cinq cent mille couronnes. »

Malthe fut d'abord choqué par la proposition, puis il réfléchit. Le meurtre d'un codétenu lui vaudrait au maximum quinze ans, ajoutés à la peine qu'il purgeait actuellement. Avec un comportement exemplaire, il serait sorti à cinquante ans et retrouverait un frère en vie. Il n'y avait même pas à réfléchir.

Puisque c'était lui qui chargeait le chariot en cuisine, il lui serait assez facile de se procurer un objet pointu qui pouvait tuer. Comme d'habitude, Malthe mit sur le chariot du boudin, de la sauce rémoulade, des tomates, de la salade de poulet, du pain, du beurre et des couverts en plastique parmi lesquels une fourchette affûtée comme un pic à glace du côté du manche.

Lorsqu'on descendrait le prisonnier, il lui proposerait à manger et, à l'instant où celui-ci s'approcherait du chariot, il lui enfoncerait le pic sous le sternum, droit dans le cœur. Il avait entendu dire que pour réussir à tuer quelqu'un de cette façon il fallait enfoncer le pic le plus loin possible. Si le prisonnier se révélait être gros et ventripotent, il frapperait un grand coup avec le poing sur le bout de son arme artisanale. Dit comme ça, cela paraissait assez simple.

Malheureusement, lorsque le détenu de la cellule 437 redescendit, les chariots avaient déjà été débarrassés et Malthe dut se contenter d'attendre tout seul dans le corridor.

« Qu'est-ce que tu fais là ? » lui demanda William Bastian, qui était jusqu'à présent le détenu le plus célèbre du bâtiment Est. Ce n'était pas la première fois que Malthe le croisait. On l'appelait Queue de lapin parce que sa spécialité était de coucher avec des femmes riches et de les laisser tomber après avoir vidé leurs comptes. Mais Queue de lapin avait d'autres talents. Par exemple, si une émeute éclatait dans la prison, on pouvait être sûr qu'il y était pour quelque chose. Dès son arrivée, William Bastian était devenu le cador incontesté, comme il l'avait probablement été dans les précédents établissements où il avait séjourné.

« Moi ? Rien de spécial, j'attends, et toi ? rétorqua Malthe.

— Ça te regarde pas. Certains d'entre nous ont des privilèges, mais tu m'as pas répondu, t'attends quoi ?

— J'attends le type qu'on va mettre là-dedans, dit-il en désignant la cellule 437.

— Je vois, monsieur fréquente la flicaille. Qu'est-ce que t'espères y gagner ?

— La flicaille ? dit Malthe en fronçant les sourcils. Pourquoi tu dis ça ?

— Parce que le type de la cellule 437, c'est l'inspecteur Carl Mørck en personne. En fait tu sais rien du tout, pauvre demeuré ! »

Malthe ne comprenait rien à ce qu'il disait.

« Tu devrais voir ta tête ! Mon vieux, sache que ce flic, ici, ils voudraient tous le voir brûler en enfer. »

Malthe retint son souffle. Cette information l'arrangeait bien. Il n'y avait plus de problème.

« C'est-à-dire que… maintenant que tu en parles… C'est pour ça que je l'attends », dit Malthe avec un sourire ingénu. Il ne risquait pas grand-chose à lui dire ça.

Malthe ne comprit pas bien ce qui arriva à Queue de lapin à ce moment-là. Le détenu plissa les yeux, comme s'il était tout à coup aveuglé par le soleil.

« Tu sais ce qu'il a fait, ce type ? demanda Malthe.

— T'as l'intention de le planter avec ça ? » dit Queue de lapin sans lui répondre, en montrant le poing fermé de Malthe pendant le long de sa cuisse.

Malthe regarda sa main en se demandant comment l'autre avait fait pour voir la fourchette.

« On te paie combien, pour ça ? demanda Queue de lapin.

— Je crois pas que j'aie le droit de répondre à cette question.

— Ah ! Alors à qui il faut que je demande ? »

Malthe inspecta le couloir. Apparemment, le gardien se tenait à distance.

« À un des matons, donc. Je parierais sur Joensen, enfin je veux dire Peter Singe hurleur, je me trompe ? »

Comment avait-il deviné ?

Voyant Malthe hésiter, Queue de lapin hocha la tête. « Combien ils te filent, un million ?

— Oh non, beaucoup moins, dit Malthe en secouant la tête.

— Combien, alors ?

— La moitié du chiffre que t'as dit, je crois. »

L'autre se mit à rigoler. « Je me demande combien notre gentil Singe hurleur se met dans les fouilles. Mais tu sais quoi, Malthe, maintenant, il va falloir que tu me donnes la moitié de ce que tu vas toucher. Deux cent cinquante mille pour moi, ou je préviens le flic de la cellule 437. »

Malthe secoua la tête, pourquoi donnerait-il quoi que ce soit à Queue de lapin ? C'est lui qu'on avait embauché pour faire le boulot !

« Non, William, impossible. Il faut que je garde toute la somme, sinon j'aurai pas assez. C'est pour mon frère qui est très malade. »

Queue de lapin jeta un coup d'œil à l'étage au-dessus, où un groupe de détenus étaient appuyés à la rambarde. Plusieurs hochaient la tête. Ils avaient dû entendre la conversation.

« Bon, Malthe, je vais aller discuter un peu avec Singe hurleur pour lui expliquer qu'il nous faut un million et, s'il est d'accord, peut-être que tu auras, disons quatre cent mille couronnes. Ça te va ? »

Malthe réfléchit. Quatre cent mille, ça devait être à peu près ce que la clinique en Allemagne allait lui demander. « Mais tu crois que ça va marcher ? s'inquiéta-t-il. Singe hurleur n'est pas le genre de gars à se laisser forcer la main ! »

Queue de lapin leva de nouveau la tête vers la coursive supérieure où quelques prisonniers attendaient encore qu'on vienne ouvrir leur cellule. Ils riaient à présent.

« Écoute, Malthe. Si tu réfléchis un peu, il s'est déjà mis en danger en te confiant cette mission, pas vrai ? »

Des cris éclatèrent sur la passerelle au-dessus de leur tête, Malthe fronça les sourcils.

« Il ne doit pas avoir envie que ça se sache, tu comprends ? continua Queue de lapin. On va lui laisser quelques heures pour négocier avec ceux qui veulent la mort du flic. Singe hurleur pourra même toucher cinquante mille de plus sur ma part, et vous là-haut, vous palperez aussi un petit peu, on n'est pas des chiens. »

Il mit fin à leur jubilation bruyante d'un simple geste, tourna la tête vers la porte au bout du long corridor et tendit l'oreille.

« J'ai l'impression qu'ils arrivent, qu'est-ce que t'en penses, Malthe ? Je te dénonce tout de suite, ou on discute avec Singe hurleur et tu me files au minimum la moitié ? » Il reprit la parole sans laisser à Malthe le temps de répondre. « Et encore un truc, essaie pas de me la faire à l'envers, parce que tu feras pas de vieux os ici, je te préviens. »

Malthe était dans la confusion la plus totale. Il n'aimait pas les changements de programme, ni que les choses aillent trop vite. Il voulait planter le gars maintenant, parce que c'était ce qui était prévu. Queue de lapin n'avait pas eu le temps de discuter avec le maton qui avait tout organisé, et il ne savait plus quoi faire.

« Mais du coup, je suis obligé d'attendre, non ? »

Queue de lapin hocha d'abord la tête à l'intention de Malthe, puis une deuxième fois, avec un sourire sardonique, en regardant passer le policier qu'on emmenait à la cellule 437.

4

Dimanche 27 décembre 2020

Carl

Carl remarqua aussitôt la dynamique. Les regards fixes braqués sur lui depuis la coursive supérieure. Le grand gaillard planté à côté du chariot de repas vide avec ses yeux extraordinairement mobiles, et cet imbécile de Queue de lapin, à qui tous les policiers de Copenhague et des environs avaient eu affaire à un moment ou à un autre de leur carrière. Carl lui-même n'avait jamais eu l'occasion de l'arrêter, mais Assad et lui avaient témoigné contre l'individu dans plusieurs enquêtes du département V auxquelles ses activités crapuleuses l'avaient mêlé. Au début des années 2000, il avait même été appréhendé pour le meurtre d'une vieille dame dont il avait vidé le compte en banque, mais avait finalement été disculpé quand le coupable avait été retrouvé grâce à des empreintes de pas.

Carl savait que Queue de lapin était un simple délinquant récidiviste qui ne reculait jamais devant une bonne combine et dont l'existence était vouée à purger d'interminables peines de prison.

En voyant le sourire avec lequel l'homme le regarda passer sous bonne escorte, Carl eut un mauvais pressentiment. Ce rictus n'avait rien d'amical, ni même d'ironique. C'était l'un de ces sourires impénétrables dont il convient de se méfier.

Carl leva la tête vers les hommes au-dessus de lui. Leurs coudes lourdement appuyés sur la rambarde indiquaient qu'ils étaient là depuis longtemps. Qu'attendaient-ils ?

« C'est quoi, ces cheveux roux de tapette, Mørck ? Qu'est-ce que t'as l'air con ! » lança un détenu. Et Carl fut bien obligé d'admettre qu'il avait raison. Comment avait-il pu croire qu'il suffirait de se teindre les cheveux en rouge pour échapper à la police assez longtemps pour terminer d'élucider l'affaire Sisle Park ? Il fallait qu'il remédie à cela.

Carl se rapprocha de son gardien pour franchir les derniers mètres qui le séparaient de la cellule. « Il faut que vous me placiez à l'isolement ce soir, vous voyez bien que ça va mal finir ! »

Le maton hocha la tête. Carl le connaissait, un type costaud, honnête et jovial qui avait travaillé entre ces murs aussi longtemps que lui avait travaillé dans la police.

« J'ai entendu qu'ils en parlaient dans la salle de garde. Je pense que ça devrait…

— Écoute-moi, s'il te plaît, Frank. Tu as vu les regards de ces crétins, là-haut ? Pourquoi ils ne sont pas en cellule, d'ailleurs ? Il ne suffit pas d'en discuter entre vous dans la salle de garde. Je voudrais que tu fasses savoir à mon avocat que ça commence déjà à sentir mauvais ici. Parce que, crois-moi, il y a un truc qui se prépare et ça va mal finir. »

Frank hocha la tête, déverrouilla la porte et escorta Carl à l'intérieur de la cellule.

Deux heures plus tard, il revint lui dire que la mesure d'isolement n'avait pas encore été décidée, que le procureur avait coché la case « Contrôle des visites et du courrier » et que son épouse et son avocat venaient d'arriver. Cette entrevue et tous les parloirs à venir auraient lieu en présence d'un agent de sécurité. La seule personne qu'il aurait le droit de voir en tête à tête serait son avocat.

Dieu soit loué, Mona était venue. Cependant, il n'était pas du tout rassuré à l'idée de quitter sa cellule et, sur tout le chemin jusqu'au parloir, il eut les nerfs à fleur de peau. Une poussée d'adrénaline fusait dans son organisme à chaque pas, au moindre bruit, au moindre geste, et alors qu'ils approchaient du parloir familial, il sentit que tous ses muscles étaient parés au combat.

Ils ne m'auront pas, se promit-il en s'entraînant mentalement à donner à son agresseur d'abord un coup de pied dans les parties, puis un coup sur la carotide du tranchant de la main, avant de se mettre à beugler comme un taureau et à frapper des pieds et des poings à la gorge, aux yeux et aux genoux.

Il n'était donc pas tout à fait lui-même quand la porte s'ouvrit et que sa petite fille se jeta sur lui pour l'embrasser.

Mon Dieu, qu'est-ce qu'il m'arrive ? songea-t-il, sentant son cœur battre à tout rompre tandis que la petite Lucia s'accrochait à ses jambes.

Mona s'en aperçut aussitôt et s'efforça de l'apaiser en le serrant fort dans ses bras, avec leur fille entre eux deux. L'agent à la porte émit une objection contre le contact, mais ils l'ignorèrent. Carl regarda sa femme dans les yeux et comprit qu'il y avait un gros problème.

« Bonjour, monsieur Mørck », dit une voix de femme derrière lui.

Il se tourna, surpris, vers la femme bien habillée et maquillée qui lui souriait. Il la reconnut sans peine.

« Tu es là, toi ? Que me vaut l'honneur ? Et où est mon avocat ? demanda-t-il à Molise en se détachant doucement de l'étreinte de Mona.

— Les réponses à tes questions sont la raison de ma présence. Nous avons une très mauvaise nouvelle à t'annoncer. J'ai le regret de t'informer que ton avocat commis d'office s'est fait écraser dans la rue devant la prison il y a deux heures, alors qu'il venait te rendre visite. Une voiture est montée sur le trottoir et l'a percuté de plein fouet. »

Le visage de Carl se ferma et il déglutit avec peine.

« Devant la prison ? Et il va bien ?

— Il a été tué sur le coup », répondit-elle.

Carl eut besoin de quelques secondes pour digérer l'information. Mais pouvait-on absorber une nouvelle comme celle-là ?

« Tué ? » Il chercha le regard de Mona qui secouait la tête, désolée, tandis que Lucia tirait sur l'ourlet de sa robe. « Je ne comprends pas. On l'a écrasé volontairement ? »

Mona lui prit la main. « Il n'y avait qu'un seul témoin. Une femme. L'un de mes collègues s'en occupe en ce moment parce qu'elle est en état de choc. Elle a quand même eu la présence d'esprit de noter le numéro d'immatriculation du véhicule. Ce qu'elle a décrit laisse penser à un acte complètement délibéré, la voiture a grimpé sur le trottoir à une telle distance du piéton qu'elle aurait parfaitement eu le temps de l'éviter. Au lieu de quoi, elle a accéléré au dernier moment, et ton avocat n'avait aucune chance d'en réchapper. »

Carl baissa les yeux. C'était tragique et absurde. Son avocat avait donc été le premier à payer pour cette dinguerie ? Parce que Carl n'était pas dupe. C'était à lui que s'adressait le message. Il secoua la tête. Ce qui avait commencé hier comme une mauvaise plaisanterie se révélait aujourd'hui tout autre chose. C'était un véritable cauchemar, et comme tout bon cauchemar, ça n'allait faire qu'empirer.

« Le pauvre homme, je ne me rappelle même plus comment il s'appelait. Est-ce qu'on connaît déjà le nom du conducteur ?

— Aucune trace, non. La voiture a été volée sur un parking à proximité de la prison, allée Vestre Kirkegaard, et une heure plus tard seulement, elle a été retrouvée garée n'importe comment sur un trottoir de Vesterbrogade au numéro 144. »

Carl regarda Molise Sjögren, qui était sans doute la plus célèbre avocate du pays. « Et donc, tu es ma nouvelle avocate », dit-il sans enthousiasme particulier. Molise avait certes les compétences nécessaires, elle avait même fait libérer plusieurs coupables que lui et la brigade criminelle avaient réussi à arrêter et à mettre en examen. Alors l'opinion qu'il avait d'elle et de ses indéniables qualités professionnelles était mitigée.

« J'ai appelé Molise hier, mais je n'ai pu la joindre que ce matin, expliqua Mona. Elle m'a dit que tu avais déjà un avocat et que ton audience préliminaire avait eu lieu ce matin. On ne nous a rien dit, Carl. Marcus

Jacobsen n'en a même pas parlé à tes collègues du département V avant que l'audience soit passée. Je sais qu'ils voulaient venir te voir, mais je crois que Marcus le leur a interdit. Ils ont rempli un formulaire d'autorisation de visite, mais il est possible que l'administration pénitentiaire ait reçu pour consigne de les empêcher de communiquer avec toi. »

Le sang de Carl commençait à bouillir. S'il n'avait pas eu sa fille sur les genoux, qui s'amusait à lui ébouriffer les cheveux, il aurait disjoncté.

« Tout ça est dément, Carl, et je comprends que tu sois en colère. Sache que j'ai tout lâché à la minute où j'ai reçu l'appel de Mona m'informant de ce qui était arrivé à Adam Bang. »

Carl ferma les yeux. Adam Bang. C'était comme ça qu'il s'appelait. Pauvre homme.

La suite de l'entrevue fut un mélange confus d'émotion et d'instructions concrètes, Lucia fondit en larmes quand elle sut qu'il ne rentrait pas à la maison avec eux, et Mona pleura également.

Il signa un document qui faisait officiellement de Molise son avocate. Elle allait maintenant se mettre en relation avec le parquet et étudier l'affaire dans ses moindres détails. Le lendemain, ils se reverraient au parloir réservé aux entretiens des prévenus avec leur défenseur, situé un peu plus loin dans le couloir.

5

Dimanche 27 décembre 2020

Carl

Frank, le gardien, entra dans la cellule avec deux sandwiches ramollis et lui annonça que malheureusement il allait devoir passer une nuit de plus dans la cellule 437, ordre de la direction. Sa demande de mise à l'isolement ne serait étudiée que le lendemain.

Carl proféra quelques jurons bien sentis à voix basse. Cette décision, c'était délibérément cruel.

Il regarda le crépi sale, le volet entrouvert et les grilles qui le séparaient de l'extérieur où des voix et des cris éclataient contre les murs.

« Ordure ! » cria quelqu'un dans l'obscurité, et il ne douta pas que c'était à lui que s'adressait l'insulte.

Frank hocha la tête et Carl vit son air grave. Il comprenait parfaitement la situation.

« Je ne sais pas ce qu'ils ont en tête… Peut-être que vous serez transféré dans une autre prison, enfin en tout cas je crois que votre avocate y travaille », dit-il en ajoutant qu'il avait deux visites prévues dans la matinée du lendemain, elle et son épouse. Il ne savait pas, en revanche, si elles viendraient ensemble.

Après son départ, Carl passa un long moment à fixer les murs souillés sur lesquels ses prédécesseurs avaient exprimé des idées primaires en lettres capitales. L'ensemble illustrait de façon si pathétique les manquements et l'impuissance de la société qu'il se demandait pourquoi personne n'avait songé à les effacer.

Puis il s'efforça de mettre de l'ordre dans ses pensées. Il aurait eu besoin de papier et d'un crayon pour se préparer en vue de son audition par la DUP. Il allait devoir résumer ce qu'il avait à répondre aux accusations portées contre lui. Et il fallait que Mona appelle Rose pour lui expliquer ce qu'il attendait d'elle et du reste de l'équipe.

Il réfléchit. Il n'avait rien d'autre à faire. Le poste de télévision miniature posé sur la table ne fonctionnait pas et il était incapable de dormir.

En essayant en vain de se rappeler ce qui s'était passé après ce jour de 2007 où Anker avait été tué, il comprit que le traumatisme qu'il avait subi ce jour-là, et qui l'avait durablement ébranlé, avait laissé dans sa mémoire d'agaçantes plages opaques empêchant tout raisonnement sensé : ses souvenirs restaient enfouis. Il y avait comme un filtre dans sa tête, derrière lequel dansaient des images et des situations nébuleuses. Il crut voir Anker lui parler, noyé dans le brouillard. Mais les mots qu'il prononçait étaient inaudibles ou dépourvus de sens.

Il riva les yeux au sol, le front plissé, tâchant de se concentrer. Si seulement il arrivait à se remémorer une partie des évènements, mais c'était le flou total. La seule chose qu'il se rappelait réellement, c'était qu'Anker,

Hardy et lui s'étaient rendus sur l'île d'Amager en voiture et ensuite, de manière un peu plus nette, les secondes qui avaient précédé les coups de feu. Tout ce qui s'était passé après la fusillade était teinté par ce que d'autres lui avaient raconté.

Carl sentit ses doigts fourmiller. En général, c'était un signe avant-coureur. Il ne fallait pas qu'il se laisse à nouveau submerger par ses idées noires, même si, en l'occurrence, il avait toutes les raisons d'être inquiet. Ce qui lui arrivait en ce moment était surréaliste, et il était dépassé par la situation. Il se souvint qu'un an ou deux après la fusillade, un malaise croissant semblable à ce qu'il ressentait en ce moment l'avait conduit au bord de la dépression nerveuse. Il était hors de question que cela recommence.

Carl convoqua les douces sensations de la joue de Lucia contre la sienne, de son souffle humide et de sa petite voix. Pendant quelques instants, il eut l'impression de se sentir mieux, et puis le puzzle embrouillé de ses souvenirs l'envahit de nouveau avec une puissance renouvelée.

Il se souvint qu'il pleuvait ce matin-là, sur l'île d'Amager, quand Hardy, Anker et lui étaient arrivés devant la baraque en ruine dans laquelle le vieux Georg Madsen avait été retrouvé par son voisin, un clou enfoncé dans la tête. La forte odeur du cadavre les avait frappés de plein fouet lorsqu'ils avaient ouvert la porte dans leurs combinaisons blanches. L'homme était assis sur une chaise, son visage verdâtre couvert de pustules et une lueur cireuse dans ses yeux morts. Le spectacle n'était pas beau à voir.

Le voisin avait dit avoir été alerté par l'odeur et, Carl s'en souvenait à présent, Hardy était allé ouvrir la fenêtre. Ce bon vieux Hardy, grand comme un phare et fiable comme un moteur Diesel. Il faisait toujours ce qu'il fallait.

Hardy, qui était aussi bricoleur à ses heures, avait aussitôt déclaré que le clou enfoncé dans le crâne de la victime était un Paslode, et noté que le cloueur pneumatique utilisé se trouvait à côté, sur la table. Carl se rappela avoir été étonné que les meurtriers n'aient pas emporté l'arme du crime. L'outil devait coûter une petite somme, quand même.

Carl déglutit à plusieurs reprises, le malaise commençait de nouveau à l'envahir. « C'est parce que tu restes concentré sur la fusillade, Carl », lui avait expliqué Mona du temps où elle le voyait en consultation, et elle avait probablement raison. Car quelques secondes après les tirs, tout était fini. Anker avait été touché en pleine poitrine et gisait, inanimé, sur le sol. Carl était simplement sonné par une balle qui lui avait effleuré la tempe. Hardy avait été frappé dans le dos.

Mais putain, pourquoi n'ai-je pas réagi puisque ma blessure était superficielle ? se demanda Carl. À présent qu'il s'obligeait à se repasser la scène en détail, il se souvint que Hardy avait été touché une seconde après lui et qu'en tombant, il l'avait bloqué sous son imposante masse corporelle. Carl était resté là, incapable de se mouvoir, comme n'importe qui à sa place. À travers la porte de la pièce de devant, il apercevait la silhouette debout d'un homme en chemise de bûcheron écossaise rouge. Peu de temps après, il avait vu les criminels discuter entre eux dans l'entrée, et Anker, qui n'était que blessé, avait soudain pointé son arme vers eux en leur criant de mettre les mains en l'air et de ne plus bouger.

Ce furent ses derniers mots avant qu'ils lui tirent une balle en plein cœur.

Plus tard, on avait demandé à Carl ce que les

agresseurs s'étaient dit, mais il n'avait pas réussi à comprendre leurs échanges à voix basse.

Quand, quelques années plus tard, la police néerlandaise les avait contactés avec une théorie selon laquelle l'affaire d'Amager pourrait avoir des ramifications avec des affaires similaires survenues dans le milieu des narcotrafiquants dans une banlieue de Rotterdam, il en avait conclu que c'était peut-être parce qu'ils parlaient néerlandais qu'il n'avait pas compris ce que les tueurs se disaient ce jour-là.

Carl soupira. Que fallait-il penser de cette histoire de Néerlandais ? Le réquisitoire de ce matin-là mentionnait que dans la valise retrouvée dans son grenier – une valise qu'Anker Høyer lui avait demandé de conserver, ce que le procureur avait d'ailleurs mis en doute – on avait retrouvé un kilo et demi de cocaïne et d'héroïne ainsi que d'importantes sommes en devises étrangères. Carl avait été accusé de trafic de stupéfiants, et potentiellement de complicité de meurtre. Le procureur avait ajouté qu'Anker Høyer avait plusieurs fois été en contact avec des individus liés à un réseau de narcotrafiquants aux Pays-Bas. Les Néerlandais disposaient de preuves tangibles à ce sujet, ce que Carl ignorait, alors il y avait peut-être quelque chose à creuser. Mais Anker avait-il également un lien avec les mécaniciens de Sorø ? En effet, quelques mois après la fusillade et la mort d'Anker, deux hommes appartenant au milieu de la drogue avaient été retrouvés morts à Sorø, près de Copenhague, tués avec un pistolet à clous, comme le vieil homme d'Amager, qui s'était révélé être l'oncle de l'un d'entre eux. Mais qu'est-ce que tout cela avait à voir avec lui ?

En y repensant, il aurait peut-être dû insister un peu

plus, toutes ces années, pour participer à l'enquête sur l'affaire des meurtres au pistolet à clous. Mais d'une part, le conflit d'intérêts n'était pas loin, et de l'autre, il avait eu largement de quoi s'occuper de son côté. Et pour finir, cette enquête était menée par Terje Ploug depuis le premier jour.

Un bruit métallique résonna dans le couloir de la prison. On n'entendait pas grand-chose à travers la lourde porte, mais le tintement d'une pièce de métal tombant sur le sol peut traverser à peu près n'importe quelle cloison.

Carl se colla au mur et regarda de nouveau par la fenêtre. Il avait remarqué qu'un vantail était en verre Sécurit et l'autre protégé par des barreaux. De toute façon, qu'y avait-il à voir ? De hautes grilles et des barbelés, rien d'autre. Les cris s'étaient tus, également.

Carl ferma les yeux.

Que s'était-il passé ensuite ? Il fallait repenser l'ensemble avec une approche d'enquêteur.

Assad et lui étaient partis pour Sorø en voiture. Carl voulait vérifier si la chemise de bûcheron que portait l'un des mécaniciens assassinés ressemblait à celle qu'il avait aperçue lors de la fusillade à Amager.

Ce souvenir lui tira malgré tout un sourire, parce que le déplacement à Sorø était l'une des premières fois où il avait fait équipe avec Assad – un Assad encore très inexpérimenté. Ce jour-là, Carl avait pris le volant et il s'était dit qu'il aurait préféré avoir Hardy à ses côtés, mais avec le recul, il n'en était plus si sûr. C'est vrai qu'à l'époque, il ne connaissait pas Assad comme il le connaissait aujourd'hui.

La lumière s'éteignit dans sa cellule et désormais seule une faible lueur venant de l'extérieur éclairait le mur à travers les lames du volet. Il devait être vingt-deux heures.

Quelques jours après leur visite à Sorø, les flics locaux avaient arrêté un suspect pour le meurtre des deux mécaniciens, un type qui traînait souvent au garage. Mais s'il se souvenait bien, les preuves avaient été démontées par l'avocat et le type avait été libéré. Carl ne se rappelait pas ce qui s'était passé ensuite. Avait-on interrogé le suspect sur ce qu'il savait de la relation entre les mécaniciens et Georg Madsen ? Peut-être que Rose et les autres devraient essayer de retrouver cet homme et de le cuisiner un peu.

Carl respira profondément. C'était après l'arrestation de ce suspect qu'il avait eu sa première crise d'angoisse. Perdre totalement le contrôle de son corps avait été une expérience effroyable. Ne plus pouvoir respirer. Avoir la certitude qu'on est en train de mourir. Mais c'était probablement son destin d'en passer par là puisque c'était à cette occasion qu'il avait rencontré Mona.

Il entendait à présent des cliquetis métalliques dans le couloir. Toujours collé au mur, il se redressa sur sa couchette et tendit l'oreille. Le silence revint. Les gardiens devaient être disponibles à n'importe quelle heure du jour ou de la nuit. Après tout, une visite aux WC n'était pas une chose qu'on pouvait programmer.

En repensant au jour où ils s'étaient retrouvés dans cette baraque à Amager, plusieurs choses l'étonnaient. D'après le médecin légiste, quand Anker, Hardy et lui étaient arrivés sur les lieux, Georg Madsen était mort depuis huit à dix jours. Pourquoi ses meurtriers n'avaient-ils pas fait le ménage derrière eux ? Fait disparaître le pistolet à clous, emporté le corps, ce genre de choses. Ils avaient eu tout le temps. Et pour faire encore plus simple, il leur aurait suffi de mettre le feu, la baraque aurait été réduite en cendres en moins de dix secondes. À moins qu'ils aient *voulu* que la police se rende là-bas ? Et si on menait cette réflexion à son terme, fallait-il que ce soit justement l'équipe formée par Anker, Hardy et Carl qui débarque ? Après le résumé des faits, énoncé ce matin-là par le procureur, et son audition par la DUP qui aurait lieu le lendemain dans la matinée, c'était une hypothèse que l'accusation allait forcément creuser, et à juste titre, parce que sinon, par quel miracle les tueurs seraient-ils arrivés exactement à la même heure, le même jour ? Avaient-ils été prévenus ? Y avait-il des informateurs sur place ? Non, ils avaient été prévenus, il s'en rendait compte à présent. Et qui était leur cible ? Étaient-ils là pour éliminer Anker ? Hardy et lui n'avaient-ils été que des dommages collatéraux ?

Et ce cadavre retrouvé dans une caisse sous la baraque de Georg Madsen quand elle avait été démolie trois ans plus tard ? Une caisse qui contenait également de fausses preuves contre Anker et Carl remontant à environ deux ans avant la fusillade. Que venaient faire ces éléments dans cette affaire ?

Quelque chose vint subitement cogner contre la porte de sa cellule avec fracas. C'était tout sauf normal. Carl bondit de sa couchette et se planta au milieu de la pièce. Une bagarre avait-elle éclaté dans le couloir ? C'était l'impression que cela donnait.

Il inspira profondément et retint son souffle quelques secondes, jusqu'à ce qu'il entende quelqu'un insérer une clé dans la serrure avec maladresse et la tourner.

En prison, les portes ouvrent vers l'intérieur, ce qui est confortable pour le personnel, mais ne l'était pas pour lui, qui attendait à l'intérieur de la cellule sans pouvoir bloquer la porte, alors qu'il était à peu près certain, vu l'heure, que celui ou ceux qui tentaient d'entrer n'avaient pas de bonnes intentions.

Carl gardait les yeux rivés sur cette porte. Il avait deux options, se coller au mur pour protéger ses arrières ou faire l'inverse : contre-attaquer. Il choisit la seconde.

La porte s'ouvrit un peu trop lentement, l'intrus ne voulait pas se laisser surprendre. Carl mit tout son poids sur sa jambe gauche et lança un coup si violent dans le battant avec son pied droit qu'il sentit son genou craquer, avec pour résultat une salve d'injures suivie d'une chute signifiant probablement que celui qui avait essayé d'entrer était maintenant en train de se tordre de douleur dans le couloir.

Carl sortit de sa cellule et vit Queue de lapin pointer sur lui le manche effilé d'une fourchette en plastique, dans une position indiquant qu'il visait son plexus.

Il esquiva l'attaque et le pic se ficha dans sa paume qu'il referma, brisant le manche.

Queue de lapin resta un instant indécis. Carl venait de lui arracher la moitié acérée de son arme et son plan tombait à l'eau. Il décida malgré tout d'enfoncer violemment le morceau de fourchette qui lui restait dans l'abdomen de Carl. Une larme de sang tacha le T-shirt blanc, mais ce n'était rien comparé à celui qui jaillit de l'épaule de Queue de lapin lorsque Carl y planta deux fois de suite le bout de la fourchette.

Queue de lapin recula d'un pas en hurlant de rage. On aurait dit que c'était la première fois qu'il essuyait une défaite. Carl voyait à présent qu'en plus de celui qui s'égosillait au sol, apparemment hors d'état de nuire, il y avait deux autres détenus sur le pas de sa porte, qui échangèrent un bref regard et s'engouffrèrent dans l'escalier pour remonter à l'étage supérieur.

Alors, seulement, Carl appela à l'aide.

Le résumé des faits fut le suivant : pendant une visite aux toilettes, l'un des détenus avait assommé Peter Joensen, un maton mieux connu sous le nom de Singe hurleur, qui assurait une garde de vingt-quatre heures. Il lui avait subtilisé son trousseau de clés, à l'aide duquel il avait libéré deux autres prisonniers. Carl avait bien vu le gardien en question se tordre de douleur à l'autre bout du couloir, mais seulement au moment précis où ses collègues arrivaient pour mettre fin à l'altercation. La scène était ridicule et peu crédible, Carl avait assisté à des performances plus convaincantes dans les spectacles de fin d'année de son école à Brønderslev. L'épisode donnerait probablement lieu à une enquête interne. Tous les gardiens présents ce soir-là auraient droit à un entretien avec un psychologue, c'était la procédure. Singe hurleur serait considéré comme une victime et il y gagnerait peut-être même quelques jours d'ITT.

Cependant, Carl avait identifié le maton ripou et c'était là l'essentiel. Désormais, il regarderait constamment par-dessus son épaule, comme une antilope poursuivie par une horde de hyènes.

Le sang battait dans sa main blessée et il ne dormit pas cette nuit-là. C'était sa deuxième nuit blanche d'affilée et le manque de sommeil commençait à se faire cruellement sentir.

6

Lundi 28 décembre 2020, matin

Assad

Le patron de la brigade criminelle sortit de l'hôtel de police de Copenhague, s'arrêta sur le perron et laissa un instant son regard flotter sur la foule rassemblée sur le parvis. C'était un spectacle qu'on ne voyait pas tous les jours. Pas moins de cinquante journalistes et cameramen piétinaient dans le froid, avec des petits nuages blancs de buée devant leurs visages.

Assad grelottait au premier rang, mais il est vrai qu'il avait toujours froid quand l'hiver danois s'installait pour de bon. Où sont les palmiers quand on a besoin d'eux ? songea-t-il en souriant intérieurement. Il consulta sa montre, il était exactement dix heures. Gordon et Rose n'étaient visibles nulle part.

« Merci d'être venus aussi nombreux malgré l'annonce tardive, dit Marcus Jacobsen en guise de préambule, baissant la tête devant les micros tendus. Comme vous avez pu le lire dans l'invitation qui vous a été envoyée, un grand nombre de crimes parmi les pires commis ces trente dernières années ont enfin été élucidés. Une organisation criminelle dirigée par Sisle Park, l'une des plus éminentes cheffes d'entreprise de notre pays, a été démantelée, plusieurs de ses hommes de main ont été arrêtés et Mme Park elle-même est décédée. Il serait trop long pour l'instant de vous énumérer les affaires en question, mais sachez que grâce à un excellent travail policier, un grand nombre de décès qu'on avait jusqu'ici pris pour des accidents ou des suicides se sont révélés être des crimes odieux. Je me contenterai de citer la mort de Palle Rasmussen, l'homme politique que vous connaissiez tous, et les enlèvements de Birger von Brandstrup et de Maurits van Bierbek survenus plus récemment, ce dernier ayant malheureusement été tué par sa ravisseuse. »

Une forêt de mains se leva, tout le monde criait en même temps, mais le chef de la Crim éluda les questions et tapota sur le micro devant lui jusqu'à ce que le silence revienne.

« Nous ne répondrons aujourd'hui à aucune question concernant un dossier en particulier ni sur l'enquête ayant conduit à sa résolution. Une liste de ces crimes sera rendue publique dans les semaines à venir. La police a un devoir de réserve vis-à-vis des familles des victimes, qui seront informées en premier lieu et en détail. »

De nouveau, il balaya la foule du regard, sans s'arrêter sur le visage d'Assad, bien qu'il ait ressemblé en cet instant à celui d'un homme qui vient de boire un verre de vinaigre parfumé au citron.

« La brigade criminelle de Copenhague a connu de nombreux revers par le passé dans certaines de ces affaires et seuls les efforts infatigables de nos enquêteurs et leur volonté inébranlable ont permis qu'elles soient élucidées aujourd'hui. Comme vous le savez, la prescription n'existe pas au Danemark pour les crimes de sang, pas plus que pour les questions sans réponse. Si un individu prend la vie d'un autre, il doit être puni et son acte ne peut être oublié.

— Qui a résolu ces affaires ? cria quelqu'un d'une voix forte.

— Ce n'est pas le département V ? demanda un autre.

— Le département V a en effet contribué à les résoudre, répondit Marcus Jacobsen avant de faire une courte pause. Mais nous devons avant tout nous féliciter que nos registres, nos dossiers d'enquête, l'excellent archivage de nos rapports et de nos preuves, nous aient permis de mettre en lumière un mode opératoire et de relier ces affaires les unes aux autres.

— À part le département V, qui d'autre a participé à l'élucidation de ces affaires ? » lança le premier journaliste, mais Marcus Jacobsen se contenta de sourire.

« Soyez tranquilles, vous aurez très bientôt de quoi remplir vos pages », dit-il pour conclure. Et sans autre forme de procès, il tourna les talons et regagna l'intérieur du bâtiment dans son uniforme noir.

Assad le regarda partir d'un air sombre. Cet homme n'était pas le patron qu'il avait connu et à qui il devait tant. Celui qui, il y a quelques jours à peine, lui était venu en aide pour empêcher que sa famille soit interrogée sur sa loyauté envers la police.

Il soupira en sentant une main se poser sur son épaule.

« Quand avez-vous commencé à travailler sur l'affaire, Assad ? » lui demanda un homme aux cheveux blonds et au regard aimable. Il se présenta. « Benny Falck Olsen. Je travaille pour le journal *Venstrepressen*. »

Assad baissa la tête et jaugea le type en fronçant ses épais sourcils. « Vous savez quoi, Benny Olsen, dit-il, je vais vous laisser poser vos questions à mon patron.

— OK, répondit le journaliste, mais je vois que Carl Mørck n'est pas là, aujourd'hui. Il est toujours en prison ? tenta Olsen, tandis que ses confrères commençaient à se rapprocher d'Assad.

— Je ne sais pas de quoi vous voulez parler », répondit Assad. Comme s'il ne savait pas qu'une mesure d'anonymat avait été prononcée dans le cadre de l'emprisonnement de Carl. Ce n'était certainement pas lui qui vendrait la mèche.

« S'il n'y est pas, il est où, alors ? » lança un autre, mais Assad esquiva de nouveau.

« On est lundi matin, les gars. Tous les chameaux ne sont pas encore arrivés à l'abreuvoir. »

Benny Falck Olsen fut suffisamment décontenancé par la réponse, Assad en profita pour s'extraire de la foule de reporters.

Rose appela un quart d'heure plus tard. Elle et Gordon étaient restés postés derrière lors de la conférence de presse et avaient filé vers le centre-ville avant que les journalistes les repèrent. Ils étaient maintenant attablés au sous-sol du restaurant Nytorv, en face du tribunal.

« Quel con, ce Marcus ! » vitupéra Gordon quand Assad fit son entrée dans le bar. Le benjamin du département V n'avait pas bonne mine. Il était encore très pâle, marqué par la peur viscérale que son effroyable séjour dans l'antichambre de la mort avait laissée en lui et par ces jours de captivité durant lesquels Sisle Park avait tué l'une de ses victimes sous ses yeux en lui injectant un produit mortel. Sans Carl, Rose et surtout Assad, c'est dans son corps à lui que la meurtrière aurait ensuite planté cette seringue et qu'elle en aurait vidé le contenu dans son sang. À peine deux jours auparavant, les médecins de l'hôpital central de Copenhague avaient extrait la pointe de l'aiguille restée sous sa peau. Il avait même eu droit à la visite d'un prêtre de l'hôpital pour essayer de l'aider à oublier les souffrances et la mort atroce de son codétenu dont il avait été témoin. À présent, il avait avant tout besoin de dormir pour reprendre du poil de la bête. Car même si tout le monde s'attachait à l'en convaincre, Gordon refusait de se mettre en arrêt. Coude à coude avec les deux autres, il voulait se battre bec et ongles pour Carl.

« Vous vous rendez compte que Marcus n'a cité ni Carl ni aucun d'entre nous ? C'était hyper vexant ! poursuivit Gordon. C'est pourtant nous, et nous seuls, qui avons résolu cette affaire. En plus, il sait très bien qu'on pourrait tous être morts à l'heure qu'il est. »

Assad hocha la tête. « Des journalistes m'ont demandé où était Carl aujourd'hui alors qu'ils le savaient parfaitement. Peut-être qu'on est un peu durs avec Marcus, il essaie sans doute juste de protéger Carl de l'opinion publique. »

Rose passa une main affectueuse dans la tignasse hirsute d'Assad. « Je reconnais à ta réaction la belle personne que tu es, Assad, mais je doute que tu aies raison sur ce point. Au contraire, à mon avis, ces jours-ci nous allons devoir surveiller Marcus comme le lait sur le feu, parce que je ne le crois pas du tout bien intentionné vis-à-vis de Carl, en ce moment. Il retient volontairement des informations sur la façon épouvantable dont il est traité. Il ne veut surtout pas que leur amitié puisse d'une manière ou d'une autre lui bénéficier. »

Assad hocha la tête, perplexe : « Qu'est-ce que ça veut dire, "bénéficier" ?

— Qu'elle l'aide, qu'elle lui rende service ! Carl n'a toujours pas été placé à l'isolement, je vous signale, et cette nuit, ça a failli mal finir. Des codétenus ont essayé de le tuer, tu n'es pas au courant ? »

Le cou d'Assad se raidit. « Tu te moques de moi ? »

Elle secoua lentement la tête.

« Donne-moi leurs noms et je vais leur montrer comment on tue un homme !

— J'ignore qui ils sont, Assad, et je ne crois pas que ce soit une bonne idée. Je sais seulement par Mona que des détenus ont tenté d'entrer dans sa cellule pour le planter, et que Carl a réussi à les neutraliser. Il en a envoyé un à l'infirmerie, un type connu sous le surnom de Queue de lapin. Il va être poursuivi pour l'agression.

— J'aime bien le mot "neutraliser". Ça donne l'impression qu'il lui a fait vraiment mal. » Une petite fossette trahit un sourire entre les poils de barbe d'Assad, mais il s'effaça aussitôt que Gordon ajouta :

« Malheureusement ce n'est pas tout, Assad. Hier, l'avocat commis d'office de Carl a été volontairement écrasé en pleine rue. Étrangement, la nouvelle n'a pas encore été rendue publique. »

Le visage d'Assad se ferma et son regard s'assombrit.

« Écrasé !? Volontairement ?! On sait qui a fait ça ? »

De nouveau Rose secoua la tête.

« Je ne comprends pas. Qui peut en vouloir à Carl à ce point ? Il n'y a rien qu'on puisse faire ?

— Je crains que non. C'est l'autorité indépendante

chargée de contrôler les forces de l'ordre, la DUP, qui s'occupe de l'enquête, et Marcus m'a appelée hier pour me signifier que nous ne devions surtout pas nous en mêler. Il m'a prévenue : il y a vingt dossiers dans notre bureau qui sont prioritaires à ses yeux. Il a dit aussi que si nous n'obéissions pas, nous serions aussitôt mis à pied.

— Il ne peut pas faire ça ! » Assad était visiblement secoué. Ces derniers temps, il s'était sérieusement demandé s'il n'allait pas chercher un autre moyen de nourrir sa famille, et la situation actuelle ne faisait que le conforter dans cette idée. Mais là, il s'agissait de Carl, et Carl passerait toujours en premier à ses yeux.

« Alors maintenant, je vous pose la question franchement, dit Rose. Est-ce que vous pensez qu'il y a la moindre possibilité que Carl soit coupable des faits qui lui sont reprochés ? Parce que si c'est le cas, nous devons nous tenir loin de cette affaire.

— Il est aussi coupable que le chat que ma femme nourrit sur notre palier tous les matins. Voilà ce que je te réponds, dit Assad en frappant la table devant lui du plat de la main.

— Comment peux-tu poser une telle question, Rose ? Tu as des raisons de douter de son innocence ? demanda Gordon.

— "Innocence", le mot est fort ! répondit Rose. Tu connais Carl, nous savons toi et moi qu'il lui arrive parfois de prendre des décisions un peu discutables. Je me demande simplement s'il pourrait y avoir une part de vérité dans ces accusations. Meurtre et trafic de drogue, non, cent fois non. Carl déteste cette merde, et une chose est sûre, ce n'est pas un meurtrier. Alors de ça, oui, on peut dire qu'il est innocent. Mais pour le reste, je ne sais pas. Était-il au courant des petits trafics d'Anker Høyer, connaissait-il le contenu de la valise entreposée dans son grenier ? Savait-il qu'il y avait autant de drogue ? Il n'y a que lui qui peut répondre à ces questions. Personnellement, je crois que Carl a pu se montrer excessivement naïf et peut-être aussi très imprudent. Nous n'avons plus qu'à espérer que ce soit là son seul crime.

— Donc, comme moi, tu penses qu'il est innocent », acquiesça Gordon.

Assad se contenta de hocher la tête. C'était une évidence.

« Bon, et maintenant ? » dit Gordon en regardant le serveur poser devant lui un énorme club-sandwich. Peut-être un peu trop gros pour un homme dans son état.

« Il faut qu'on trouve qui a demandé à ce Queue de lapin d'agresser Carl, dit Rose. Autant que je sache, ils ne se connaissaient pas. Et puis il faut qu'on rassemble tous les éléments de cette affaire de meurtres au pistolet à clous et que nous les épluchions très consciencieusement. »

Gordon picora un peu de saumon dans sa pile de toasts, puis renonça et reposa sa fourchette. « Est-ce qu'on ne devrait pas s'occuper de retrouver le type qui a écrasé son avocat ? demanda-t-il. Et convaincre les enquêteurs de la DUP de nous aider à faire transférer Carl dans un autre établissement ?

— On peut essayer tout ça, mais on doit aussi faire attention à ne pas trop nous faire remarquer. Nous aussi, on risque de se faire remonter les bretelles par la DUP, je vous signale. Pour "enquête sans ordre de la hiérarchie", je crois que ça s'appelle. On risque de se retrouver en conflit d'intérêts en tant que collègues proches, répondit Rose.

— Alors nous n'avons plus qu'à agir avec discrétion », répondit Gordon.

Rose acquiesça. « Du moment que ni Marcus ni la DUP ne sont au courant, je suppose que ça devrait aller.

— À quelle prison dans ce cas ? Moi je trouve qu'il lui faudrait une prison sans barreaux…, dit Assad.

— Ce serait l'idéal, mais en attendant, ce serait bien qu'il aille à la maison d'arrêt de Slagelse, suggéra Rose. Les prisonniers accueillis là-bas sont souvent en détention provisoire et l'ouest du Seeland est assez proche de Copenhague pour qu'on puisse aller y faire un tour de temps en temps », dit Rose.

La maison d'arrêt de Slagelse ? Assad fouilla dans ses souvenirs. Carl et lui n'étaient-ils pas allés là-bas un jour pour interroger un détenu ? Si, il s'en souvenait, maintenant. C'était un an auparavant environ. Et qui était-ce ? La seule chose qu'il se rappelait, c'était le gâteau qu'ils avaient pris à la cafétéria, il était sec, mais mangeable une fois trempé dans le café.

« Et il faudra que quelqu'un reste au bureau pour la galerie et qu'il étudie un peu les affaires que Marcus nous a confiées pour qu'il ne se rende compte de rien, poursuivit Rose. Mais en premier lieu, cette personne devra se tenir informée des avancées dans l'affaire de Carl et effectuer des recherches pour nous.

— L'un de nous, ça veut dire qui, Rose ? Assad ou moi ? demanda Gordon, parce que je suppose que toi, tu vas vouloir être sur le terrain. »

Rose répondit avec un sourire amusé. « J'ai toujours

su que tu étais un rapide, Gordon ! Ce sera évidemment toi. Tu as une formation juridique et tu es le meilleur d'entre nous pour bosser à fond les dossiers et les procédures. Et je ne veux pas te voir dehors tant que tu n'as pas repris des forces. »

Il hocha la tête à contrecœur et Assad lui donna une tape un peu trop virile sur l'épaule.

Gordon n'avait pas l'air particulièrement enthousiaste à l'idée de rester coincé derrière son ordinateur. « Et toi, Rose, à part nous donner des ordres, qu'est-ce que tu vas faire ? lui demanda-t-il. Parce que lorsqu'un aveugle guide un autre aveugle, ils risquent de se retrouver tous les deux dans le fossé.

— Heureusement, je serai là pour vous récupérer », dit Assad en souriant.

Rose était déjà loin dans ses pensées. « Gordon, je voudrais que tu creuses à fond dans ce que nous sommes bien obligés d'appeler "l'affaire Carl". Tu vas tout reprendre depuis le début. J'aimerais aussi que tu arrives à en savoir plus sur le dossier de l'avocat tué par un automobiliste non identifié. » Elle se tourna vers Assad.

« Et toi, Assad, où est-ce que tu seras le plus utile, à ton avis ? »

Son visage buriné se plissa, effaçant le sourire qu'il avait réussi à produire un instant auparavant. « Tout à l'heure je pensais à la première fois où Carl et moi sommes partis en voiture sur une scène de crime, juste lui et moi. C'était à Sorø, où les deux mécaniciens s'étaient fait buter. Et le coupable n'était ni Carl ni moi, je vous assure, votre honneur. » Il haussa les épaules, sa blague était tombée à plat. « Quelque temps après, la police locale a arrêté un suspect, mais il a été relâché, faute de preuves. » Assad hocha la tête quelques instants. « Alors je crois que je vais appeler ma femme et lui dire de ne pas m'attendre avec les *daoud basha*, même si j'adore les boulettes, et je vais essayer de découvrir ce qu'est devenu le type qui avait été soupçonné du crime, à l'époque, et lui faire une petite visite.

Et toi, Rose ? » Gordon tira l'assiette vers lui et attaqua malgré tout un toast.

« Moi ? » Elle hésita un instant. « Moi je vais aller voir la DUP.

— Et s'ils refusent de te parler ?

— Alors j'envisagerai sérieusement de contacter la presse et de raconter tout ce qu'a traversé le département V dans l'affaire Sisle Park, pour que Carl et nous bénéficiions d'un peu de soutien de la part de l'opinion publique. Marcus ne va pas non plus tout décider dans cette baraque. Et je me fous des conséquences. »

7

Lundi 28 décembre 2020

Eddie Jansen

Ce matin-là, Rotterdam se réveilla comme à l'accoutumée, mais pas Eddie Jansen.

Son contact au Danemark l'informa que Carl Mørck était toujours en vie malgré une attaque nocturne parfaitement planifiée, et qu'on parlait de le transférer dans une autre prison.

Jusque-là, Eddie pensait être le seul à détenir cette information, mais l'appel qu'il reçut dix minutes plus tard lui fit comprendre que ce n'était pas le cas.

Quand il raccrocha, l'un de ses collègues, remarquant sa pâleur, lui demanda s'il était malade, ce qu'Eddie démentit avec un sourire forcé. Mais la vérité est qu'il se sentait malade jusqu'à la moelle des os, car le message était sans ambiguïté.

« Tu brûles ta chandelle par les deux bouts, Eddie, lui avait dit l'homme aux yeux vairons. Nous avons quatre choses à te dire. Premièrement, ce foutu bordel au Danemark a fait doubler les exigences de nos hommes de main sur place. Nous avons accepté leur demande, mais c'est une promesse que nous ne tiendrons pas, évidemment. Ces salopards vont regretter leur cupidité, tu peux me croire.

« Deuxièmement, dans cette prison des tas de gens sont maintenant au courant de nos projets. Ça signifie que ça arrivera également aux oreilles de ceux qui ne seront pas d'accord pour qu'un homme soit assassiné dans leur couloir. Tout ça va rendre l'exécution plus compliquée. »

Ensuite il fit une petite pause étudiée, ce qui d'après l'expérience d'Eddie n'augurait rien de bon. « Troisièmement, notre contact au sein du personnel pénitentiaire fait maintenant l'objet d'une enquête interne et nous allons devoir chercher des appuis extérieurs. Nous ne pouvons pas prendre le risque que notre gardien soit renvoyé. Il nous est trop utile, tu comprends, Eddie ? »

Eddie grogna qu'il comprenait. Mais pourquoi ne lui avait-on pas dit tout cela avant ?

« Quatrièmement, et c'est sans doute la chose la plus importante que j'avais à te dire, nous commençons sérieusement à en avoir marre de toi, Eddie, conclut son bourreau, et la prochaine fois qu'on te demandera un service, t'as pas intérêt à nous décevoir. Nous avons toujours été convaincus que Carl Mørck était au courant des activités d'Anker Høyer, son coéquipier, et qu'il connaissait aussi l'identité de son contact. »

Eddie hocha la tête. Si réellement Carl Mørck savait tout, lui aussi allait avoir de sacrés problèmes.

« L'argent et la drogue que Høyer nous avait volés à l'époque n'ont pas bougé du grenier de Carl Mørck toutes ces années. Il est malin, ce Mørck. Et patient, aussi. Peut-être qu'il attendait la retraite pour ouvrir le coffre au trésor. Malheureusement, le pactole n'est plus entre ses mains désormais, et je pense qu'il ne mettra pas longtemps à chercher à passer un accord avec le procureur pour obtenir une réduction de peine. Il va parler et nous livrer tous sans exception. Le parquet veut le faire condamner pour complicité de meurtre, alors il a toutes les raisons de se défendre s'il veut retrouver sa femme et sa fille avant d'être devenu un très vieux monsieur.

— Je vous promets qu'il sera mort avant que vous ayez eu le temps de dire ouf.

— Heureux de te l'entendre dire, Eddie. Parce que sinon, nous allons nous occuper de ta famille, histoire que tu comprennes un peu mieux la gravité de la situation. »

Après avoir raccroché, Eddie resta un long moment le regard dans le vide. Pas étonnant qu'il ait pâli. Les vacances de Noël étaient bientôt terminées, sa fille allait retourner à la maternelle et Femke à son nouveau poste comme secrétaire chez Niras, une société de consulting en développement durable.

Il n'avait aucune idée de ce qu'il allait faire. Son contact à Copenhague lui avait dit qu'il faudrait du temps pour éliminer le policier et que cela devrait probablement attendre son transfert. Mais à la façon dont Eddie voyait les choses, ils avaient encore une chance de l'avoir. Ce ne serait pas facile, parce que cela ne pouvait être exécuté que pendant la nuit. Carl Mørck serait probablement surveillé de près, et peut-être même tenu à l'écart des autres détenus. Il allait sans doute être seul dans la cour pour la promenade, sa nourriture lui serait certainement servie en cellule et des gardiens l'accompagneraient également aux toilettes.

Voilà la situation telle qu'Eddie la sentait.

Bref, si l'attaque nocturne devait échouer, il aurait intérêt à mettre sa famille à l'abri quelque part.

Eddie ne pouvait pas partager ses inquiétudes avec sa femme, car elle vivait avec des œillères et la conviction qu'il avait gagné au Loto et su faire fructifier ses gains. Il avait même été si habile dans ses investissements que pendant un temps ils s'étaient demandé s'ils n'allaient pas tous les deux prendre une retraite anticipée.

Mais Femke n'était ni naïve ni stupide. Ils s'étaient rencontrés au commissariat de Rotterdam où, dès son premier jour à son poste de secrétaire, elle était parvenue à se rendre littéralement indispensable. Au fil du temps, elle s'était familiarisée avec différentes sortes d'affaires, elle avait découvert la criminalité sous toutes ses formes et de cette expérience avait acquis une méfiance qui l'empêchait de se faire de vrais amis. C'était d'ailleurs pour cela qu'elle avait dû changer d'employeur. Bref, elle n'était pas le genre de femme qu'on pouvait mener en bateau.

Il allait falloir à Eddie une excuse valable pour mettre sa famille à l'abri s'il ne voulait pas que les soupçons de Femke se mettent à bouillir comme de la lave en fusion. La connaissant, s'il l'informait de l'impasse dans laquelle il se trouvait, ce n'était pas la peine de compter sur un quelconque appui de sa part. Intègre comme elle était, elle le foutrait dehors illico. Eddie ne savait pas si elle irait jusqu'à le dénoncer, mais il n'avait pas envie de tenter le diable. Si elle le quittait, son univers tout entier s'écroulerait et il n'aurait plus qu'à aller faire un tour dans les bois avec son arme de service.

La solution à tous ses problèmes lui apparut

brusquement alors qu'il se retournait vers le bureau libre derrière lui.

Son collègue Gerd Bakker était en arrêt maladie depuis deux semaines pour cause de Covid-19 et aux dernières nouvelles il avait été emmené en soins intensifs, en grande détresse respiratoire. Eddie se souvint que pendant quelques jours il avait beaucoup reniflé et que tout à coup il s'était mis à transpirer abondamment. Puis, après avoir passé un petit moment à fouiller dans ses tiroirs sans raison précise, il s'était soudain levé avec un mouchoir devant la bouche et était sorti du bureau en courant. Apparemment, il n'avait eu le temps de contaminer personne. Mais pouvait-on en être absolument sûr ? Sans doute pas.

Eddie jeta un coup d'œil autour de lui. À cette heure-là, la majeure partie de ses collègues étaient sur le terrain, et ceux qui étaient en train de rédiger des rapports étaient concentrés sur leur tâche.

Eddie se leva lentement, contourna le bureau de Gerd et se pencha pour ouvrir l'un des tiroirs.

Il trouva aussitôt ce qu'il cherchait.

Le coronavirus va faire trois victimes de plus, songea Eddie en s'emparant des deux tests antigéniques utilisés qu'il venait de trouver dans le tiroir.

Merde ! se dit-il en constatant avec dépit que les deux traits révélateurs de l'infection étaient un peu effacés. Il les mit malgré tout dans sa poche et retourna s'asseoir à son bureau.

Si Carl Mørck n'était pas assassiné la nuit prochaine, la patience de ses commanditaires serait à bout et il allait le payer très cher. Il avait vu à quel point ils pouvaient être expéditifs quand leurs hommes de main ne se montraient pas à la hauteur. Et il avait été prévenu.

Il faut que je me prépare à disparaître avec ma famille, se dit-il. En attendant, je vais réunir des éléments à charge contre ceux qui veulent se débarrasser de moi. Le temps de négocier un accord avec le ministère public.

Oui, ce satané virus était la solution à son problème.

Il plongea une main dans sa poche pour s'assurer que les autotests étaient bien là. Ils étaient le premier pas vers la liberté pour lui et sa famille, sans que Femke se doute de quelque chose. Il allait se débrouiller pour que lui, sa femme et la petite soient contaminés et ils allaient s'isoler tous les trois dans un endroit où ils seraient en sécurité. La maison de campagne était évidemment exclue, mais il avait d'autres options.

Seulement, comment pouvait-on être sûr de l'attraper ? Dans la rue, tout le monde portait des masques. S'il se rendait dans un centre de dépistage pour récupérer des bâtonnets ayant servi à effectuer des tests PCR, il ne pouvait pas être sûr qu'ils soient contaminés. Alors où ?

Après avoir réfléchi à la question pendant une bonne dizaine de minutes, il se leva et dit à ses collègues qu'il devait se rendre à Dordrecht pour une audition de témoin. Puis il fila sur le périphérique et rejoignit Zorgboulevard, où se trouvait l'hôpital Maasstad.

Eddie connaissait parfaitement la procédure et les très sévères conditions d'accès. Personne n'entrait dans le service des patients atteints d'un Covid grave, pas plus lui que les autres, même sous le prétexte que son collègue Gerd Bakker s'y trouvait et qu'il avait besoin de s'entretenir avec lui pour raisons professionnelles.

Il inspecta les lieux. Peut-être y avait-il une porte dérobée par laquelle il pourrait s'introduire sans être vu. Ou alors il pourrait inventer une histoire selon laquelle il avait besoin de renseignements importants de toute urgence.

Il prit une grande bouffée d'air froid pour oxygéner son cerveau, mais la solution ne lui vint qu'en apercevant une femme prise d'une violente quinte de toux baisser son masque un instant pour se moucher dans un Kleenex, qu'elle jeta ensuite à la poubelle.

Eddie attendit un instant avant de s'approcher. Au milieu des emballages plastique et autres déchets, au moins dix mouchoirs en papier l'attendaient. D'un geste vif, il les ramassa tous et alla s'asseoir dans sa voiture sur le parking.

Le mouchoir qu'avait utilisé la femme tout à l'heure était forcément celui sur lequel les sécrétions étaient encore liquides. Eddie le porta à ses narines et inspira profondément. Quand il l'eut fait plusieurs fois d'affilée, il recommença la procédure avec tous les autres mouchoirs souillés. Lorsqu'il eut terminé, il les balança sur le plancher de la voiture devant le siège passager.

S'il n'y avait pas de virus actif dans au moins un de ces répugnants Kleenex, il voulait bien se faire moine.

8

Lundi 28 décembre 2020

Carl

Carl, tu es une bête en cage, pensait-il. Un misérable que personne ne voudrait toucher même avec des pincettes. Tu n'es ni plus ni moins qu'un paria.

« Reste tranquille », lui dirent-ils en lui mettant les menottes pour le conduire au parloir. Carl voyait bien qu'ils avaient l'air dégoûtés. Les nouveaux matons qui étaient venus le chercher l'avaient déjà condamné, il le lisait sur leurs visages.

Quand ils entrèrent dans le parloir, l'un des gardiens lui retira les bracelets et alla se placer contre le mur en le regardant avec mépris, jusqu'à ce que Mona arrive.

« Je ne peux rester que jusqu'à ce que la DUP vienne pour t'interroger de nouveau, mais finalement ça tombe bien parce que Mathilde ne peut pas aller chercher Lucia aujourd'hui, lui dit Mona. Et au fait, j'ai fait une demande pour qu'on te place dans une cellule d'isolement, mais apparemment, le transfert n'aura lieu que demain. Selon eux, il n'y a aucune cellule d'isolement qui soit libre pour l'instant.

— Tu es au courant de ce qui s'est passé cette nuit ? »

Elle acquiesça et posa un regard glacial sur le maton. « Et ça n'arrivera plus, n'est-ce pas ? »

La statue prit un air innocent et ne bougea pas d'un pouce.

« Je sais bien que tout le monde ici a toutes les raisons de me haïr. Mais pourquoi vouloir me tuer ? On dirait du travail sur commande, Mona, et je voudrais que tu le dises à Marcus Jacobsen. »

Mona recula sur sa chaise et Carl vit à quel point elle était bouleversée.

Il lui prit la main. « Ils ont voulu me poignarder, mais je te promets qu'ils ne recommenceront pas.

— Pas de contact », intervint froidement le gardien.

Mona plissa les yeux méchamment à son intention et serra la main de Carl entre les siennes. « Qu'est-ce qu'ils ont contre toi, Carl ?

— Ils pensent que j'en sais trop, je suppose, et c'est possible que ce soit le cas. Le problème est que je n'arrive pas à me souvenir. C'est tellement loin. Mais comment faire pour en convaincre ceux qui cherchent à avoir ma peau ? Je ne sais pas qui ils sont, et même si je le savais, je ne suis pas sûr qu'ils soient ouverts à la négociation, Mona.

— J'ai eu une brève conversation avec l'assistante sociale de la prison. Elle est débordée en ce moment, mais elle m'a promis qu'elle trouverait un moment pour venir te voir dans la semaine. Elle m'a informé que tu avais été mis à pied, mais on pouvait s'y attendre, et jusqu'à ton jugement tu toucheras deux tiers de ton salaire. »

Carl soupira. C'était toujours ça. « Essaie de savoir

quelle somme tu pourrais me faire passer et comment, Mona. Il vaut mieux avoir toujours quelques billets dans la poche, ici. »

Elle hocha la tête. Elle le savait mieux que personne.

Un cliquetis dans la serrure précéda l'entrée dans le parloir d'un homme grand et mince. Carl ne le connaissait pas, mais il reconnut la personne qui l'accompagnait.

Le premier lui serra la main. « Bonjour, Noah Rommel, de la DUP, et je n'ai aucun lien avec le maréchal allemand, au cas où tu te poserais la question », dit-il, avec un tutoiement rassurant. Il sourit. « C'est moi qui vais diriger l'enquête te concernant, avec l'assistance de l'inspecteur Laust Smedegaard, ici présent, qui a plus d'ancienneté que moi et que tu as déjà rencontré au moment de ton arrestation avant-hier. On nous a autorisés à utiliser le parloir des familles, parce que ton épouse était déjà là, et parce qu'il est plus spacieux que celui des avocats. »

Carl salua les deux nouveaux arrivants d'un hochement de tête.

« Je suis désolé de n'avoir pas pu venir avant, reprit Rommel, mais j'avais des rendez-vous de santé et il faut bien les honorer aussi.

— Je comprends. Quand la maladie s'invite dans la maison, la sainteté passe à la trappe, comme disait le vieux juif pendant le shabbat », dit Carl. Seuls Mona et Rommel comprirent le dicton.

« Nous allons devoir te demander de mettre fin à ta conversation avec ton mari, Mona Mørck.

— Il faut que vous preniez mieux soin de lui, rétorqua-t-elle avec l'autorité qui la caractérisait. Et

Carl, dit-elle en le regardant dans les yeux, même si Marcus Jacobsen s'y oppose, je veux que tu saches que tes amis du département V te soutiennent de leur mieux. » Elle se tourna de nouveau vers Noah Rommel et Laust Smedegaard. « Et vous, s'il vous plaît, ne les empêchez pas de l'aider comme ils peuvent, d'accord ? »

Laust Smedegaard secoua imperceptiblement la tête, et Carl savait ce que cela signifiait. L'enquête qui allait être menée sur lui appartenait à la DUP, et personne ne serait autorisé à venir la perturber.

Mona se pencha vers Carl et l'embrassa. « Tu seras bientôt dehors, mon chéri », dit-elle, ignorant les protestations du maton.

Une minute plus tard, il était seul avec les deux inspecteurs.

« Nous parlons d'une affaire qui remonte à de nombreuses années, Carl Mørck, et elle va demander plus de moyens que nos enquêtes habituelles. Je ne peux malheureusement pas te promettre que cela aille vite et il est probable que ta détention provisoire dure plusieurs mois. Mais je pense que tu t'en doutais.

— Je vois. Est-ce que ça veut dire que l'enquête de la police néerlandaise et celle de la brigade des stups ont mis au jour des éléments probants ? Parce que dans le cas contraire, vous allez être obligés de me libérer.

— Faut-il te rappeler que notre organisme n'a pas accès aux données informatiques de la police ? Nous travaillons de manière indépendante, menons nos propres investigations, après quoi nous rédigeons un rapport à l'intention du procureur. Tu as entendu toi-même l'énoncé des charges, notre travail consiste à nous assurer qu'elles sont légitimes.

— Ou non. Ce que j'espère puisque je suis innocent. Je n'ai rien à voir avec cette affaire, hormis le fait qu'Anker Høyer était mon coéquipier et qu'il m'a demandé de garder dans mon grenier une valise lui appartenant. Valise dont je pensais qu'elle contenait des effets personnels. Des vêtements et ce genre de choses. »

Le collègue de Rommel opina du bonnet. « Eh oui, tout le monde est innocent, jusqu'à preuve du contraire », dit-il d'un ton sec.

Il ne les voyait pas, mais quand on le conduisit à la promenade, après son entrevue, il eut l'impression que six cents paires d'yeux le fixaient par les fenêtres.

« Non, tu ne vas pas là-dedans », l'interpella le gardien quand ils arrivèrent devant les grilles de l'espace où les détenus pouvaient faire un peu d'exercice physique sur des machines fixées au sol. « Tu as droit à la promenade "iso" dans le "camembert". Je reviendrai te chercher dans vingt minutes », dit-il en l'enfermant dans l'une des douze cages triangulaires.

Carl plissa les yeux et croisa les bras sur sa poitrine, regardant son souffle se transformer en nuage de givre à chaque expiration. Ils auraient au moins pu lui donner une veste. La température extérieure ne devait pas être de plus de cinq degrés et il pleuvait. Mais c'était peut-être voulu. Peut-être avaient-ils décidé de le faire mourir de froid.

Il se mit à sautiller sur place en faisant le bilan de ce qui venait de se passer.

Considérant l'importance de l'enjeu, il avait trouvé ce Noah Rommel d'une amabilité inquiétante. À sa place, il serait rentré dans le vif du sujet immédiatement, mais Carl n'avait jamais travaillé à la DUP et il était en train de réaliser que ce qu'on attendait de ce nouveau profil d'enquêteurs était qu'ils écoutent et essaient pas à pas de comprendre ce qu'avaient à dire toutes les parties, avant de tirer des conclusions. Pour l'instant, Carl n'était qu'un simple pion, coupable ou non coupable, il était à leurs yeux un témoin comme un autre.

« Nous sommes loin de connaître tous les éléments dans cette affaire, Carl Mørck. Mais nous entendrons tes collègues et toute personne souhaitant émettre un avis. Pour commencer, nous aimerions savoir si tu as un commentaire à faire sur les allégations du procureur », lui avait dit Noah Rommel.

Il avait répondu bien entendu qu'il ne reconnaissait aucune des accusations portées contre lui. Il était exact qu'il avait entreposé une valise contenant de l'argent et de la drogue pour Anker, il était aussi exact qu'il n'ignorait pas qu'Anker Høyer était lui-même consommateur, parce que Hardy Henningsen le lui avait révélé. Mais il ne comprenait pas du tout, en revanche, quel lien il y avait avec le cadavre enfermé dans une caisse en bois sous la maison de Georg Madsen à Amager, ni avec les deux pièces que le mort avait dans sa poche, enveloppées dans du papier d'aluminium, portant ses empreintes et celles d'Anker. Ces détails, ainsi qu'un certain nombre d'autres, étaient pour lui un mystère. Était-il victime d'un complot ?

« L'enquête prendra des mois », avait dit Rommel. Et si elle durait encore plus longtemps ? Et si elle débouchait sur une condamnation ?

Carl leva les yeux sur les hauts murs devant lui et les innombrables fenêtres éclairées, d'où lui parvenait une pluie d'insultes.

Serait-il capable de survivre à une condamnation ? À une peine qui pourrait être de plusieurs années ?

Si je ne suis pas mort d'ici là, Mona et moi aurons plus de soixante-dix ans à ma sortie. Lucia sera devenue une femme, songea-t-il.

Il tâcha de se la représenter à tous les stades de sa vie. Il la revit bébé, imagina son premier jour à l'école primaire, sa confirmation et la jeune fille aux joues roses et aux formes naissantes.

L'émotion l'empêcha d'aller plus loin.

Au bout d'un moment, il cessa de sauter sur place et réfléchit. Que pouvait-il faire pour empêcher cela ?

Le trousseau de clés du gardien tinta à la porte et un homme fut introduit dans la cour d'à côté, séparé de Carl par une simple grille. Le maton s'éloigna.

« Hé ! lança Carl au gardien qui lui tournait le dos. Pourquoi vous ne l'enfermez pas dans un triangle fermé, lui ? » Pas de réponse. « Il fait un froid de gueux, ici. Je voudrais rentrer. »

Le maton ne prit même pas la peine de se retourner. Peut-être qu'il ne l'entendait pas. Carl n'était pas tranquille.

L'homme s'était rapproché à présent. Avait-il une arme ? Était-ce le moment où il se ferait abattre avec une arme munie d'un silencieux, ou bien celui où l'inconnu allait le rejoindre dans son triangle grillagé et le poignarder à mort ? Carl recula vers le fond de la cage et tenta de nouveau d'appeler le gardien.

Les prisonniers aux fenêtres se moquèrent de lui.

« Il est fatigué, le vieux, faut le comprendre. Travailler ici, ça use et on devient un peu con », dit l'homme de l'autre côté de la grille.

Carl hocha la tête. Il avait sans doute raison.

« Mais pas aussi con que toi, Carl Mørck, pas vrai ? »

Carl pencha la tête de côté et étudia le personnage qui manifestement avait quelque chose à lui dire. Il ne l'avait jamais vu avant. C'était un bel homme avec une peau et des cheveux un peu trop soignés pour cet endroit, et un parfum entêtant. Le type détonnait en prison.

« Ah ? Et tu as appris ça ici, à l'université de la cage dorée ?

— Cesse de faire le malin, Carl Mørck. Nous avons besoin de nous assurer que tu vas fermer ta gueule. Sinon, tu risques d'avoir de gros problèmes. Est-ce que je me fais bien comprendre ? »

OK, le type n'y allait pas par quatre chemins ! Mais qui était-ce ?

« Que je ferme ma gueule à quel sujet ? Sur ce que je pense des types ignobles dans ton genre ? Il va falloir que tu m'éclaires un peu ! »

L'homme saisit les barreaux de la cage et se pencha vers Carl.

« Ma base commence à craindre que tu en saches trop, Mørck. Tu te souviens de ce qui est arrivé à ton équipier Anker Høyer ? Et encore, lui, il a eu de la chance de mourir à peu près sur le coup. Toi, tu as encore le choix de ce qu'il va t'arriver. Est-ce que je peux dire à ma base qu'ils n'ont rien à craindre de toi ? Parce que dans ce cas, toi et ta famille avez une chance de voir le jour se lever demain matin. Ta ravissante femme, ton adorable petite, elle ne devait pas… »

L'homme fit un bond en arrière quand Carl se jeta sur la grille et envoya son poing dans un barreau à la hauteur de son visage.

« Ne t'avise pas de menacer un policier, et encore moins sa famille, sinon, c'est toi qui as du souci à te faire, dit Carl, l'index pointé sur lui.

— Te menacer ? Moi ? Mais je ne te menace pas. Je te mets en garde contre des menaces plus graves et contre lesquelles tu ne pourras rien. » Il sourit, ironique. Peut-être ce serpent puant avait-il déjà la réponse qu'il était venu chercher. Carl, quant à lui, ne savait toujours pas à quel propos il devait « fermer sa gueule ».

« Ta base, comme tu dis, c'est qui ? Qui est-ce qui t'envoie ? »

L'homme rit. « Tu seras bien forcé de nous dire ce que tu sais, fais-moi confiance.

— Ici ? Vous allez avoir du mal. » Carl hocha lentement la tête et prit un air sûr de lui. Comme s'il avait des raisons de l'être.

Le type tourna les talons et émit un sifflement bref.

Moins d'une minute plus tard, la porte en haut de l'escalier s'ouvrait et il sortit une clé de sa poche pour ouvrir lui-même la grille de la cour.

Au pied de l'escalier, il se retourna vers la cage de Carl. « Moi, tu ne me verras plus, Carl Mørck. J'étais juste là en visite. Dommage pour toi que je reparte bredouille. » Puis il leva les yeux vers les fenêtres au-dessus de sa tête.

« Il est à vous, les gars », lança-t-il avant de passer la porte.

9

Lundi 28 décembre 2020

Rose

Allez, Gordon, rappelle, le supplia Rose intérieurement après son troisième appel. Il était d'une aide précieuse au bureau, mais quand il s'agissait d'improviser et de servir de pieux mensonges, il avait encore tout à apprendre. En dehors de l'équipe du département V, personne à l'unité de recherches et d'investigations ne devait être au courant qu'ils fouillaient dans des dossiers liés directement à l'affaire Carl Mørck. Si cela se savait, ils risquaient tous la mise à pied, éventuellement le renvoi, et surtout ils ne seraient plus là pour soutenir Carl dans sa terrible épreuve.

Elle venait de se résoudre à filer directement à Teglholmen, où se trouvaient les locaux de l'unité, pour parler à Gordon en tête à tête, quand enfin son portable sonna.

« Excuse-moi, Rose, j'ai vu que tu m'avais appelé. Mais j'ai dû m'enfermer dans les toilettes pour te téléphoner parce que Marcus a mis un petit jeune dans notre bureau pour nous espionner. Il a aussi fait fermer le bureau de Carl et j'ai les mains liées. Je ne peux pas passer de coups de fil et je ne peux convoquer personne pour des interrogatoires. En plus, ce type n'arrête pas de me demander où vous êtes, toi et Assad. Je t'assure que je suis dans une situation impossible. » Gordon soupira. « Je ne sais vraiment pas quoi faire.

— OK, Gordon, je comprends. Écoute, tu vas prendre une affaire de Marcus au hasard. Ensuite tu nous appelles pour nous expliquer dans les grandes lignes de quoi il retourne et ce que tu penses que nous devrions faire pour la résoudre, de manière fictive, bien sûr. Fais savoir à ton espion que nous sommes débordés par toutes ces enquêtes qu'on nous a collées et que nous nous sommes partagé les tâches. Que toi, tu t'occupes de coordonner le travail pendant qu'Assad et moi travaillons sur le terrain jusqu'à nouvel ordre.

— Personne ne voudra croire à ce bobard.

— Bien sûr que si, parce que chaque fois que tu seras au téléphone avec nous, tu te contenteras de dire "oui" et "ah bon", comme si nous étions en train de te donner des recherches à effectuer. Pour finir, tu diras un truc du genre "OK, je m'en occupe". Et en vrai, les recherches que tu feras concerneront l'affaire de Carl. Regarde dans le PC d'Assad, il a enregistré toutes les pièces il y a des lustres. Transfère tout ça sur ton propre ordi, pour éviter que l'imbécile qui te flique sache ce que tu fabriques. Appelle-moi deux fois par jour pour montrer au gars que tu bosses. Et dès qu'il débauche, à quatre heures de l'après-midi, tu nous appelles une dernière fois pour nous dire ce que tu as pu trouver concernant l'affaire qui nous intéresse. De mon côté, je vais me débrouiller pour en savoir plus sur le meurtre de l'avocat de Carl. Souhaite-moi bonne chance. »

Rose trouva la Passat gris métallisé abandonnée en travers de la piste cyclable, à l'angle d'Amerikavej. Pour une raison inexpliquée, la police n'avait pas déplacé la voiture après la mort d'Adam Bang et s'était contentée de l'entourer d'un cordon de sécurité pour laisser les experts de la police scientifique relever d'éventuels indices autour du véhicule. Elle remarqua deux agents à l'intérieur du magasin de reprographie voisin et vit l'homme qu'ils interrogeaient secouer la tête à plusieurs reprises. Ce n'était pas lui qui leur fournirait le signalement du conducteur.

Rose avait flirté avec deux des techniciens en combinaison blanche sur d'autres scènes de crime et ils la reconnurent. Tous deux la regardèrent avec un sourire et un regard lourd de sous-entendus. Elle faisait parfois cet effet-là aux hommes. Ils tiquèrent quand même légèrement quand ils la virent se glisser sous le cordon de sécurité, mais la laissèrent tranquille en constatant qu'elle restait à distance de la voiture. À l'exception de quelques bosses à l'avant, la Passat était pratiquement intacte. Sans le sang et les quelques taches grisâtres sur la plaque d'immatriculation, probablement des morceaux de cervelle de feu l'avocat, on aurait pu conclure à un malencontreux accident – un peu de tôle froissée que quelques heures chez un carrossier auraient suffi à redresser.

Elle mémorisa discrètement l'immatriculation du véhicule. « Vous avez des infos sur le conducteur ? demanda-t-elle aux experts.

— La voiture a été volée peu de temps avant de percuter la victime. Nous essayons de déterminer si son propriétaire pourrait être impliqué d'une manière ou d'une autre.

— Il n'était pas sur le parking derrière la prison quand il a déclaré le vol ?

— Pourquoi tu n'irais pas poser cette question aux agents qui sont à l'intérieur ?

— Vous n'avez donc pas trouvé d'autres empreintes que celles du propriétaire ?

— Si, plein. Sans doute celles de sa femme, de son frère, de ses enfants et d'un passager, mais on va savoir ça très vite.

— Et ce passager était avec le propriétaire quand ils ont trouvé la place de stationnement vide ?

— Je crois, oui. Encore une fois, demande aux collègues à l'intérieur. L'homme en question était venu fleurir la tombe de sa femme, tes collègues l'ont confirmé, alors ça doit être un témoin fiable, mais il faut tout vérifier, bien sûr.

— Nous sommes assez convaincus que la voiture a été mouse-jackée, dit le deuxième expert.

— Mouse-jackée ? » Rose ne connaissait pas l'expression.

« La Passat a un dispositif d'ouverture sans contact, il leur a suffi de récupérer le signal de la clé électronique du propriétaire pour ouvrir la portière. En tout cas, la voiture ne présente aucun signe d'effraction. »

Rose ne comprenait toujours pas.

« Le propriétaire du véhicule prétend – et le passager l'a confirmé – qu'après s'être garé, il est resté un petit moment immobile au bord de la route et qu'un passant s'est arrêté pour lui demander si le stationnement était gratuit à cet endroit. C'est suffisant, en fait.

— Suffisant pour quoi ?

— Pour pirater le signal. Si tu te tiens suffisamment près d'une personne qui verrouille sa voiture à l'aide d'une smart-key, tu peux scanner le signal et l'envoyer jusqu'à plusieurs centaines de mètres de distance à une autre personne qui l'enregistre avec un appareil électronique du même type. Ensuite, le voleur n'a plus qu'à faire croire à la voiture qu'il appuie sur la clé, à s'asseoir tranquillement au volant et à s'en aller.

— Si c'est votre théorie et que le témoin est fiable, ça veut dire que le propriétaire de la voiture est hors de cause ?

— Il semblerait, oui. On va procéder à quelques vérifications supplémentaires, mais je ne pense pas qu'on trouve grand-chose. Le meurtrier a dû acheter le matériel en ligne, c'est facile. Ça ne coûte pas très cher, et comme il y a des tas de sites marchands qui le proposent, j'ai peur que ce soit une impasse. »

Rose secoua la tête et se félicita d'avoir toujours sa vieille Renault. On pouvait la voler avec un simple pied-de-biche, mais qui aurait voulu rouler dans une poubelle pareille, de toute façon ?

« Est-ce qu'il y a des empreintes de pas utilisables, ici, à côté de la voiture ?

— Le chauffeur a sauté directement sur la piste cyclable et il a ensuite traversé Vesterbrogade, alors je dirais que non. La chaussée n'est humide que par endroits, comme tu as dû le remarquer.

— Vous connaissez le nom du propriétaire de la voiture ?

— Demande à tes hommes. Comment se fait-il que tu n'aies pas vérifié tout ça toi-même ? »

Rose haussa les épaules et s'écarta quand le premier agent sortit du magasin de reprographie.

« Salut, dit-elle. Ils ont vu quelque chose depuis la boutique ? »

L'agent la regarda avec l'expression rogue qu'elle utilisait elle-même pour dissuader les badauds de poser des questions près d'une scène de crime. Il ne l'avait donc pas reconnue. Rose faillit sortir son badge, mais se ravisa. Elle n'avait pas envie que son nom apparaisse dans un rapport qui risquait d'atterrir sur le bureau du patron.

« Allô, ici Gordon, au bureau, répondit-il en prenant l'appel de Rose.

— Merci pour le renseignement, dit-elle, mais ton nom suffisait. Là c'était un peu suspect. »

Elle lui expliqua ce qu'elle attendait de lui et lui dicta le numéro de la plaque minéralogique.

« Le nom du type. OK, je m'en occupe. Ça ne devrait pas être trop difficile. »

Ensuite elle appela Noah Rommel, qui dirigeait l'enquête à la DUP. Il lui répondit du ton qu'aurait pris un criminel patenté à qui elle aurait posé des questions sur la nature exacte de ses activités. Aimable, mais clairement dissuasif.

« Alors à qui puis-je m'adresser, sinon à vous qui êtes une autorité impartiale en quête de la vérité ? Mais peut-être que vous vous fichez du fait que votre suspect ne survive pas à sa préventive ?

— Tu veux que Carl Mørck soit placé à l'isolement ? Je ne crois pas que nous ayons le pouvoir d'obtenir ce genre de mesure, et de toute manière, je ne pense pas que cela te regarde. »

Rose choisit d'ignorer sa dernière remarque. « Bien sûr que vous en avez le pouvoir. Si vous le voulez, vous avez tout à fait le droit de demander à l'interroger dans un endroit plus pratique pour vous que la prison Vestre. Nous nous sommes dit que la maison d'arrêt de Slagelse serait une bonne alternative. Et ce sera plus pratique pour vous aussi, sachant que vous vous tapez toute la route depuis Aarhus. »

Il grogna une ou deux fois et la conversation s'arrêta là. Puis le portable de Rose sonna de nouveau.

« Ici Gordon, depuis les toilettes. Je voulais te dire, Rose, qu'à mon avis ce n'est pas la peine de creuser la piste du propriétaire de la voiture. Elle appartient à un dénommé Jess Larsen, demeurant à Smørum. Je l'ai appelé et il m'a dit que son patron avait eu un retrait de permis et qu'il lui avait juste rendu service en le conduisant au cimetière parce qu'il voulait déposer des fleurs sur la tombe de son épouse. »

Rose soupira, il est vrai que ç'aurait été trop simple.

« Comment as-tu obtenu ces renseignements ?

— À ton avis ? J'ai demandé à Lis, évidemment. »

Rose hocha la tête. L'omniprésente secrétaire de la Crim, l'une des rares fans inconditionnelles de Carl Mørck.

« C'est tout ce que tu as pour moi ?

— Non, j'ai eu Morten au téléphone. Lui et son petit ami Mika rentrent de Suisse avec Hardy. Ils atterrissent à Copenhague ce soir. Hardy s'est fait poser des implants dans le cerveau et porte maintenant un exosquelette qui lui permet de se déplacer tout seul.

— Un exosquelette ?

— C'est une structure qui lui permet de se tenir debout. D'après la description, j'ai l'impression qu'il va ressembler à Robocop.

— Oh mon Dieu ! Carl est au courant ?

— J'ai appelé Mona il y a une demi-heure pour le lui dire.

— Tu peux me transférer sur le poste de Lis, s'il te plaît ? »

Au bout d'un court instant, Rose entendit un pépiement au bout de la ligne. On aurait dit que la secrétaire parlait à trois ou quatre personnes en même temps, ce qui était sans doute le cas.

« Excuse-moi, Gordon, j'étais déjà en ligne.

— Bonjour, Lis, c'est Rose. Je sais que tu viens de communiquer des informations à Gordon. Est-ce que tu peux me les répéter, s'il te plaît ?

— Je vais faire ce que je peux, dit-elle en baissant la voix.

— Est-ce que tu connais le nom du patron du propriétaire de la voiture qui a servi à renverser l'avocat près de la prison Vestre ? »

Il y eut un silence au bout de la ligne.

« Lis, tu es toujours là ?

— Une seconde, dit-elle en chuchotant, Marcus sort de son bureau. »

Rose voyait la scène comme si elle y était. Lis souriant à son patron qui traversait le secrétariat.

« C'est bon, il est parti. Tu ne peux pas savoir comme je lui en veux pour ce qu'il fait à Carl.

— Lors de son arrestation, tu veux dire ?

— Entre autres. Mais surtout, il fait tout pour nous

empêcher de l'aider. S'il savait que je vous parle, à toi et à Gordon, ça le mettrait hors de lui. Et quand de nouvelles informations arrivent au bureau, il se débrouille pour nous tenir à l'écart. Mais on arrive quand même à grappiller quelques trucs.

— C'est un homme intègre, Lis, tu le sais comme moi. Il n'a pas le droit d'interférer avec l'enquête de la DUP.

— Mouais, admettons.

— À quel sujet vous a-t-il demandé de garder le silence ?

— Ça, je ne peux pas te le dire.

— Alors tu ne peux pas me dire non plus qui est le patron du propriétaire de la voiture ?

— Non, mais c'est sûrement parce que son nom avait une consonance néerlandaise. »

Rose fronça les sourcils et remercia Lis pour l'indice.

« Et à part ça, tu sais pour Morten et Hardy ?

— Ouiii ! C'est fantastique ! À propos, Mona leur a dit que Carl était à Vestre. S'il n'est pas transféré entre-temps, Hardy et les garçons essaieront d'aller le voir, un de ces jours. Je crois que Marcus Jacobsen le souhaite vivement.

— Ah bon, pourquoi ça ?

— Parce que Hardy lui a dit, il y a longtemps, qu'il avait des doutes concernant Carl et ses rapports avec Anker Høyer. Peut-être que Marcus espère que Hardy va le faire parler. »

10

Lundi 28 décembre 2020

Pelle Hyttested / Mona

Pelle Hyttested buvait du petit-lait. Pour le reporter du journal à scandale *Gossip*, une seule chose était plus excitante que de décrocher un scoop, c'était de décrocher un scoop sur les gens qu'il détestait. Pelle adorait les traîner dans la boue. En revanche, rien au monde ne le mettait plus en colère que de voir ses victimes lancer des représailles. Comme l'avait fait ce connard de Carl Mørck en le provoquant en public. Alors, quand il avait appris par un collègue journaliste que le flic était dans la panade, qu'il avait été arrêté le samedi soir, présenté au juge le dimanche matin et envoyé en détention provisoire, il s'était régalé d'avance à l'idée du gros titre en jaune vif qu'il allait étaler à la une.

Carl Mørck en détention provisoire, quelle aubaine pour son petit journal people, coutumier du délit de presse, qui transgressait déjà allégrement les frontières de l'éthique journalistique et disposait d'un confortable budget pour payer des dommages et intérêts aux victimes offensées !

La une fut prête en une heure et mise en ligne aussitôt.

« Un superflic derrière les barreaux, disait la manchette. De graves accusations sous le sceau du secret. »

Évidemment, il n'y avait pas grand-chose dans le corps de l'article, mais avec quelques images floutées d'un Carl Mørck furieux, deux trois barreaux et une paire de menottes en gros plan, ça faisait le job.

Toute la rédaction vint le féliciter. Les histoires de célébrités surprises avec un ou une amante, ou se comportant mal d'une manière ou d'une autre, furent rétrogradées au second plan. Le rédacteur en chef briefa en quelques mots reporters et photographes.

« C'est le plus gros scoop de l'année, les enfants. Un enquêteur aussi connu que Carl Mørck, qui a résolu avec son équipe je ne sais combien d'affaires, un policier que beaucoup de ses pairs admirent et cherchent à imiter est actuellement en détention provisoire, ce qui peut vouloir dire tout et n'importe quoi. L'audience préliminaire s'est déroulée à huis clos. L'anonymat du prévenu ayant été accepté par la cour, il a été demandé à nos confrères de quitter la salle. Ça suppose que les faits dont on l'accuse sont sérieux. Corruption, subornation de témoin, utilisation de fausses pièces à conviction, meurtre, qui sait ? S'agit-il d'un délit susceptible de nuire à la réputation de tout un département de la police judiciaire ? Nous l'ignorons, puisque les journalistes n'ont eu droit d'entendre qu'une toute petite partie des charges retenues contre lui, sans le moindre détail. Nous avons donc du boulot. Soyez sans crainte, je me charge des esprits chagrins qui viendraient se plaindre du fait que nous avons… (il traça des guillemets en l'air)…

omis de respecter l'anonymat de l'accusé. » Il se fendit d'un large sourire et une joie maligne s'afficha sur de nombreux visages. Pour les médias, pas d'anonymat qui tienne.

« Je compte sur vous pour presser comme des citrons tous les policiers, agents pénitentiaires et procureurs que vous réussirez à approcher. Pourquoi Carl Mørck est-il en prison ? Quelle est la gravité des faits qui lui sont reprochés ? Il nous faut du concret, d'accord ? Et dès que vous avez une info, vous la rapportez illico à Hyttested. »

Quelqu'un leva la main et le rédacteur en chef lui donna la parole d'un index énergique.

« Est-ce qu'on ne pourrait pas en profiter pour ressortir de vieilles histoires de flics qui ont enfreint la loi et sont allés en prison ? Je veux bien aller dans les archives pour exhumer quelques photos. »

Le rédacteur en chef acquiesça et pointa son doigt sur le suivant.

« Je trouve qu'on devrait exhumer toutes les anciennes affaires sur lesquelles Carl Mørck a enquêté et les publier sous forme de feuilleton avec photos et commentaires. Il y en a pas mal qui sont assez spectaculaires et qui pour une raison ou pour une autre se sont terminées par la mort du suspect avant qu'il arrive devant le tribunal. »

Plusieurs journalistes applaudirent à cette idée. Ils se voyaient déjà passer l'hiver le plus cool de l'histoire du journal.

« Est-ce que l'un de vous a envie d'aller interviewer son épouse ? demanda le rédacteur en chef. Si quelqu'un sait quelque chose, c'est elle. D'autant plus qu'elle travaille elle-même pour la police, d'après ce que je sais. »

Deux femmes levèrent la main.

« Parfait. Alors c'est parti. N'épargnez personne, et bossez. Si vous réussissez à faire monter les ventes papier et numériques à deux cent cinquante mille, il y aura une prime pour tout le monde. »

Mona prit place en face du patron de la brigade criminelle qui bouillait littéralement de rage, mais ce n'était rien comparé au volcan de colère qui couvait en elle. La dernière parution en ligne de *Gossip* était le grand sujet de conversation et tout le monde au Danemark était maintenant au courant de l'affaire. Mais qu'y pouvait Marcus Jacobsen ? Les calmer en laissant filtrer quelques informations ? C'était certainement la dernière chose que souhaitait Mona, car le rapport envoyé par la prison sur l'agression qu'avait subie son mari en disait long sur la façon dont ils géraient la situation. Carl était beaucoup trop exposé et à présent il était dans la ligne de mire. Il était en danger de mort !

« Faut-il réellement que je te rafraîchisse la mémoire sur tout ce que Carl a fait pour toi et les quotas de réussite de la brigade criminelle toutes ces années, Marcus ? Tu ne crois pas que tu lui dois de le mettre sous protection avant la levée complète de son anonymat, et avant que tous les détails de cette affaire soient de notoriété publique ? Son nom est déjà célèbre, et je peux t'affirmer que ses codétenus ne mettront pas longtemps à savoir qui il est, sans parler de ces mystérieux individus qui lui en veulent pour je ne sais quoi et qui cherchent à lui faire la peau. »

Les doigts du patron de la Crim pianotaient sur la table, et il se donnait beaucoup de mal pour éviter de croiser son regard. « Je suis désolé, Mona, tu sais très bien qu'il y a des procédures à respecter avant un transfert. C'est le parquet qui décide dans ce domaine, pas moi.

— Et tu ne peux pas les appeler maintenant pour exiger que Carl soit surveillé par des gardiens triés sur le volet, en attendant d'être placé à l'isolement ou transféré ? »

Qu'il soit réellement indifférent ou qu'il feigne simplement de l'être, Marcus réussit à afficher une mine impassible quand Mona posa violemment son sac sur le bureau. Il se contenta de la regarder le front plissé en secouant la tête. Il cherchait manifestement à lui montrer qu'elle perdait son temps à essayer de le convaincre. Il fallut qu'elle abatte une deuxième fois son sac sur la table en renversant son café sur les papiers étalés devant lui, qu'elle lui hurle au visage qu'il était un mauvais patron et qu'elle allait demander un rendez-vous avec sa cheffe pour exiger qu'elle lui mette un blâme, avant qu'il finisse par attraper maladroitement son téléphone et composer un numéro.

11

Lundi 28 décembre 2020

Malthe après-midi / Carl soir

Une atmosphère toxique régnait dans les couloirs et dans la cour où les détenus attendaient en petits groupes, échangeant des regards par en dessous. Ils étaient de plus en plus nombreux à avoir appris que la prime pour l'assassinat de Carl Mørck était montée à un million de couronnes.

Le prisonnier de la cellule 437 était une cible à abattre.

Ce qui signifiait aussi que Malthe n'était plus seul sur l'affaire, alors que c'était à lui que les commanditaires anonymes avaient confié la mission au départ. Il comprenait très bien qu'un million de couronnes suffisent à tenter n'importe qui. Mais lui, il en avait besoin.

Avec cette somme, Malthe pourrait largement réaliser les projets qu'il avait pour son petit frère et rendre la vie de sa famille plus douce.

Pendant la promenade de l'après-midi, quelques-uns des skinheads du premier étage, avec qui il avait toujours eu des relations tendues, vinrent coincer Malthe dans un angle de la cour.

« Si tu crois que t'es encore dans le coup, tu peux te sortir ça de la tête, pauvre demeuré, lui dit froidement l'un d'eux.

— Tu t'es planté, pas vrai ? Ceux qui t'avaient embauché t'ont viré, alors maintenant tu te casses. Et si tu parles à quelqu'un, c'est ta famille qui va morfler. Il y a des gens dehors qui savent où habitent ta mère et ta sœur, et ce sera facile de les faire disparaître. Un bidon d'essence et une allumette et *pfuitt*, plus personne, c'est pigé, gros lard ? »

Malthe avait pigé, mais comme il était fou de rage, il les roua de coups avec ses énormes poings et les laissa par terre la gueule en sang. Content de lui, il ne vit pas les cinq autres types qui lui bondirent dessus par-derrière et l'immobilisèrent sous les hurlements sauvages des gars à leur fenêtre qui les incitaient à le tuer.

« T'es trop con pour être ici », gueula un de ses agresseurs tandis que les autres écrasaient la braise de leurs mégots sur le dos de ses mains, épiçant l'air froid d'une odeur écœurante de peau et de poils brûlés.

Alors Malthe se calma.

Il était habitué à la douleur et il avait bien compris le message.

Tranquillement, il se promit qu'ils paieraient pour ce qu'ils lui avaient fait, au moment où ils s'y attendraient le moins.

Tout le monde était au courant que Malthe n'était pour rien dans l'attaque ratée de la veille. Ils savaient tous que c'était Queue de lapin, le coupable, et personne ne se plaignait de son séjour à l'infirmerie, ni de son imminente comparution au cours de laquelle il écouterait l'énoncé de sa nouvelle condamnation pour tentative de meurtre et de la prolongation de peine qui en découlerait.

Malthe entendait leurs messes basses en distribuant les plateaux et il comprit que son petit frère n'avait plus aucune aide à espérer de sa part. Même si la déception lui brisait le cœur, il ressentait avant tout de la colère. Moins de vingt-quatre heures auparavant, il pensait son frère tiré d'affaire, et à présent Queue de lapin avait détruit sa dernière planche de salut. Il se promit que ce serait la dernière fois que celui-ci se mettrait en travers du bien-être de sa famille.

Les yeux de Malthe se posèrent sur la porte de la cellule 437. Derrière cette porte se trouvait un homme qui aurait dû être sacrifié pour sauver son frère. Malthe ne le connaissait pas, mais au cours de cette journée mouvementée, il avait appris que son arrivée entre ces murs était un mystère. Beaucoup disaient de lui qu'il était le meilleur enquêteur du pays et que si un délinquant croisait son chemin, il n'avait aucune chance d'échapper à la condamnation.

En voyant les détenus se presser vers lui et le chariot de nourriture, leurs assiettes tendues, Malthe ne put s'empêcher de sourire. La plupart étaient des ordures patentées, des truands et des assassins sans scrupules qui se vantaient de leurs méfaits et se moquaient de l'incompétence de la police. À leurs yeux, les flics n'étaient que des trous-du-cul et des minables qu'on pouvait rouler dans la farine. Et si certains avaient eu la malchance de se faire serrer, ce n'était jamais grâce à eux.

Alors comment le policier de la cellule 437 pouvait-il inspirer assez de crainte pour que quelqu'un soit prêt à payer un million de couronnes pour le faire assassiner ?

Pourquoi est-ce que tout le monde ici semblait savoir qui il était, murmurant à son propos qu'il était le plus dangereux de tous ? Tout cela intriguait énormément Malthe.

Ceux qui voulaient sa peau arriveraient certainement à se procurer la clé de sa cellule, mais Malthe ignorait comment. Même s'il était possible qu'elle se trouve déjà quelque part, planquée dans la cellule de l'un des skins, attendant sagement d'être insérée dans la serrure de la cellule 437 pour qu'ils puissent aller le tuer dans la nuit et toucher la somme qu'on lui avait promise à lui.

Je vais les en empêcher, décida-t-il en observant attentivement ce qui se passait dans les couloirs.

Mais comment ? Pouvait-il se confier à un gardien ? Il avait vu comment celui qu'on surnommait la Grange, à cause de sa stature, et dont il croyait savoir qu'il s'appelait Frank, prenait soin du policier. Ces deux-là avaient l'air de se respecter mutuellement, alors si l'occasion se présentait, il arriverait peut-être à mettre des bâtons dans les roues des skins en échangeant quelques mots avec le colosse.

« Tu sais où est Frank ? » demanda-t-il à un maton tout pâle qu'il n'avait jamais vu auparavant.

L'homme haussa les épaules. « Il est parti. Il a terminé son service pour aujourd'hui. » Malthe lui saisit le poignet, ce qui, à une seconde près, faillit lui valoir un coup de matraque.

« Cette nuit, ils ont prévu de tuer le gars de la 437. Il faut le placer à l'isolement.

— Ah ! Carl Mørck ? Il ne fait pas partie des détenus que je surveille.

— Alors, fais passer le message, d'accord ? »

Quand, un peu plus tard, ils enfermèrent Malthe dans sa cellule, il se rendit compte que ce qu'il avait fait n'était peut-être pas très malin. Le gardien surnommé Singe hurleur avait indirectement contribué à la première tentative d'assassinat de Carl Mørck, et même s'il ne présentait pas un danger imminent puisqu'on l'avait renvoyé chez lui pour quelques jours, le type au teint de navet à qui il avait parlé tout à l'heure était peut-être de mèche. Son père lui avait toujours dit qu'une grosse somme d'argent avait le pouvoir de corrompre même l'homme le plus vertueux.

Malthe tenta de se représenter ce qu'était un million de couronnes et réalisa qu'il en était incapable. Une somme pareille, ça vous changeait la vie, et les gardiens de prison, vu ce qu'ils touchaient, devaient être dans le même état d'esprit.

Carl avait pris congé de Frank en fin d'après-midi en lui disant d'un ton lugubre :

« Demande à tes collègues d'être vigilants, Frank, s'il te plaît. »

L'armoire à glace avait acquiescé, ce serait fait, sans faute, et il avait claqué la porte.

De nouveau, Carl s'était retrouvé les yeux rivés au plafond, à essayer de comprendre ce qu'on lui reprochait. Les charges pour trafic de stupéfiants ne l'inquiétaient pas trop parce qu'ils n'avaient aucune preuve. Tout ce qu'ils savaient, c'était qu'Anker Høyer consommait de la cocaïne et qu'il avait confié à Carl une valise qui s'était avérée contenir de la drogue et une somme représentant plusieurs millions de couronnes. Mais ils ne pouvaient pas prouver qu'il ait un lien avec une quelconque forme de narcotrafic.

Les accusations de meurtre et de tentative de meurtre, en revanche, étaient étayées par plusieurs preuves matérielles qui le laissaient perplexe et dont il n'arrivait pas à comprendre l'origine.

Tout avait commencé par ce vieil homme qu'Anker, Hardy et lui avaient trouvé mort, abattu avec un pistolet à clous. Le type s'appelait Georg Madsen et il était l'oncle d'un mécanicien de Sorø, qu'on avait retrouvé trois mois plus tard, avec son collègue, tués tous les deux de la même manière. Les deux hommes avaient des contacts aux Pays-Bas, dont plusieurs avaient également été tués à l'aide d'un cloueur pneumatique.

Grâce à un tuyau anonyme, l'une de ces victimes avait été identifiée comme étant un dénommé Pete Boswell et c'était ainsi que les enquêteurs l'avaient appelé dans un premier temps. Mais beaucoup plus tard, on avait retrouvé le vrai Pete Boswell à l'intérieur d'une caisse enterrée sous la cabane de Georg Madsen, et compris par la même occasion qu'il n'avait aucun rapport avec les autres victimes.

C'était pourtant ce cadavre qui inquiétait Carl, à cause du lien établi avec lui et avec Anker sous la forme de deux pièces de monnaie soigneusement empaquetées retrouvées au fond d'une des poches de la victime, pièces sur lesquelles on avait découvert leurs empreintes à tous deux.

Ces empreintes, le fait que Carl ait travaillé sur une affaire concernant le vieux Georg Madsen et que la fameuse valise ait été retrouvée dans son grenier constituaient la base du réquisitoire du procureur, et les éléments que la DUP était en train de vérifier.

« Merde ! » s'exclama-t-il à haute voix en se frappant le front. Pourquoi ses foutus neurones refusaient-ils de venir au secours de sa mémoire quand il en avait le plus besoin ?

Trois bruits distincts crevant le silence mirent fin à sa réflexion.

Le bruit discret d'une clé qu'on enfonce dans la serrure.

Celui de ses pieds sur le sol lorsqu'il bondit de sa couchette.

Et enfin le bruit de son cœur qui se mit à battre tellement fort qu'il sentit le sang pulser dans ses oreilles.

12

Lundi 28 décembre 2020, soir

Assad

Assad, agenouillé sur son tapis de prière, essayait fermement de chasser de son esprit toute pensée terrestre, mais ce n'était pas chose facile.

La tristesse que lui inspirait le sort de Carl prenait une grande place, bien sûr, mais ses problèmes familiaux le perturbaient et le peinaient tout autant. Son fils Alfi était exécrable en ce moment et l'ambiance à la maison, épouvantable. On aurait dit que tous les sens du jeune garçon étaient à ce point exacerbés que son unique défense était de crier ou, à l'inverse, de s'isoler du reste de la famille. Assad et Marwa avaient consulté toutes sortes de médecins pour comprendre ce qui se passait dans la tête de leur ado, mais pour l'instant cela n'avait mené à rien.

En roulant son tapis et en s'excusant envers Allah de son manque de concentration, Assad s'aperçut que la prière lui avait fait du bien malgré tout. Une heure auparavant, il avait retrouvé le nom de l'homme que la police avait relâché à Sorø après les meurtres au pistolet à clous et, pendant sa méditation, il s'était souvenu d'avoir croisé ce nom dans un autre contexte.

Le nom de Niels B Sørensen n'avait rien de particulier. Ils étaient sans doute un millier à s'appeler ainsi au Danemark, et en trouver un en particulier serait impossible. Mais il y avait ce petit B, sans point derrière, qui lui avait rappelé pourquoi les présidents des États-Unis John F. Kennedy et Franklin D. Roosevelt avaient un point derrière la lettre séparant leur prénom de leur nom de famille, et Harry S Truman, non. Dans le cas des deux premiers, c'était l'initiale d'un deuxième prénom, Fitzgerald et Delano, alors que le président Truman n'avait pas de deuxième prénom et qu'il avait juste inventé cette lettre pour faire plus chic.

Eh bien, pour ce Niels B Sørensen, que leur très estimé collègue Terje Ploug avait eu l'occasion d'interroger quelques années auparavant dans une autre affaire, c'était la même chose. Après l'interrogatoire, Terje était arrivé à la cantine, hilare, et leur avait parlé de cet imbécile qui avait voulu se la raconter en ajoutant une lettre à son patronyme trop commun. L'anecdote avait conduit à une discussion sur les grenouilles qui veulent se faire aussi grosses que le bœuf et aux gens sans la moindre origine noble qui s'inventent une particule, ou ceux qui relient deux noms de famille avec un trait d'union, sans parler de ceux qui refusent de laisser disparaître leur nom de famille en se mariant et encombrent leurs pauvres enfants de cinq ou six patronymes, alors qu'un seul aurait largement suffi à leur bonheur.

Il passa un coup de fil à son collègue. « Dis donc, Terje, tu te souviens d'un type qui s'appelait Niels B Sørensen et dont le B était juste une lettre qu'il avait rajoutée ? »

Son collègue émit un grognement à l'autre bout de la ligne. « De quoi s'agit-il ? De l'affaire du pistolet à clous ? »

Assad démentit aussitôt. Non, non, bien sûr que non. Cette affaire-là, il savait qu'il n'avait pas le droit d'y toucher. Mais il s'avérait que le nom de cet homme était apparu dans le cadre d'un autre dossier.

Un professionnel de l'acabit de Terje Ploug n'allait évidemment pas se contenter d'une ficelle aussi grossière. Il allait lui demander de quelle enquête il s'agissait et peut-être même voudrait-il savoir comment ce nom-là lui était tout à coup revenu. Et comme il s'y attendait, Terje resta silencieux juste assez longtemps pour faire comprendre à Assad qu'il avait percé à jour son petit mensonge d'amateur.

« Oui, je m'en souviens », dit-il malgré tout.

Assad poussa un soupir de soulagement. Terje était de leur côté. Tant mieux !

« Qu'est-ce que tu veux savoir, Assad ?

— Je n'arrive pas à retrouver l'affaire dans les archives numériques, tu peux me dire de quoi il s'agissait ?

— L'affaire concernait le commissariat de Sorø, c'est pour ça que tu ne la trouves pas. Une plainte avait été déposée contre Niels B Sørensen par la société pour laquelle il travaillait après la mort tragique d'un autre salarié. Nous avions détaché une équipe d'experts scientifiques pour étudier les circonstances du décès ; ils avaient conclu sans hésitation qu'elles étaient identiques à celles d'un autre accident, survenu dans cette société à une époque où l'employé qu'ils accusaient, le fameux Niels B, ne travaillait pas encore pour eux. La médecine du travail et la police avaient fait front commun et l'employeur avait été condamné pour négligence grave et contraint de dédommager les deux familles en leur versant une somme rondelette en dommages et intérêts. Résultat, la boîte avait dû déposer le bilan. Personnellement, je n'y étais pour rien. » Il rit, ce qui sembla à Assad une réaction un peu déplacée. « En revanche, je me souviens très bien du bonhomme. C'était un cas d'école de folie des grandeurs. Qu'est-ce que tu veux savoir d'autre ?

— J'aurais besoin de son adresse, mais je suppose que tu ne l'as pas ? Enfin, je veux dire, puisqu'il n'a pas fait l'objet d'un rapport... La police de Sorø n'a rien non plus, apparemment. »

La question fit rire Terje encore plus, Assad n'était pas sûr de comprendre pourquoi.

« Eh bien, Assad, figure-toi que c'est plutôt marrant, parce que son adresse n'est pas de celles qu'on oublie facilement. »

Et Terje se remit à rire. « Ce type plutôt sans intérêt était un véritable snob, du genre qui ne s'en rend même pas compte, et il s'était vanté d'habiter Slotsgade[1], alors que la rue en question se trouve à Nørrebro qui, comme tu le sais, est loin d'être le quartier le plus chic de la capitale.

— Il ne t'avait pas donné le numéro, par hasard ?

— J'ai oublié, mais je me souviens qu'il m'avait dit que c'était son chiffre porte-bonheur.

— Ça remonte à quand, tout ça ?

— Neuf ou dix ans, il me semble. Je ne suis pas sûr.

---

1. Slotsgade signifie rue du Château. *(N.d.T.)*

— Alors le type a eu le temps de déménager dix fois depuis.

— En effet, et prétentieux comme il est, il a aussi pu changer de nom et en choisir un plus ronflant. »

Assad soupira. Il s'était souvent trouvé dans cette situation et il savait d'ores et déjà que si cela continuait comme ça, c'était au moins quatre gros registres poussiéreux qu'il allait devoir éplucher avant de trouver ce qu'il cherchait.

Slotsgade était situé dans ce qu'on appelle le Carré noir, un quartier où on pouvait voir côte à côte un immeuble moderne hideux et une ravissante demeure ancienne.

Au croisement entre Baggesensgade et Slotsgade, Assad se gratta la tête en regardant les façades des deux côtés. Bien que ce soit l'une des rues les plus courtes du quartier, il y avait encore beaucoup trop de numéros parmi lesquels choisir. On aurait pu penser que le problème était simple et qu'il aurait suffi d'aller sonner à toutes les portes pour demander si quelqu'un connaissait ce Niels B Sørensen, mais Assad n'en avait pas le temps. Il ne savait même pas quelles questions il allait poser à cet homme, en admettant qu'il parvienne à le retrouver. Il avait demandé de l'aide à Gordon, mais l'individu n'apparaissait ni dans la liste des abonnés au téléphone de Slotsgade ni à aucun autre endroit du Danemark, d'ailleurs. Il pouvait donc être mort, avoir émigré en Écosse, avoir changé de nom, être devenu SDF ou tout simplement ne pas avoir le téléphone.

Assad se dit qu'il ferait peut-être mieux de retourner au bureau et de suivre une nouvelle piste. L'affaire du pistolet à clous présentait toutes sortes de ramifications pour lesquelles Gordon aurait sûrement besoin d'aide.

Il inspira profondément et traversa Baggesensgade dans la pénombre de la fin d'après-midi. Des cyclistes roulant à vive allure lui crièrent de regarder où il allait. Ce qui leur valut une bordée d'injures en langue étrangère.

Assad regarda les numéros. Terje Ploug lui avait dit que le type habitait au numéro qui s'avérait être aussi son numéro porte-bonheur. D'un côté de Slotsgade se trouvaient les numéros 2, 4, 6 et 8 et de l'autre les numéros 1, 3, 5, 7, 9 et 11. Le numéro porte-bonheur d'Assad était le 22, depuis l'époque où il était à l'armée, mais quel pouvait être celui de Niels B Sørensen ? Celui de l'épouse d'Assad était le 5, comme les cinq membres de leur famille. Il croyait savoir que celui de Rose était le 1, mais ses connaissances en numérologie s'arrêtaient là.

Il téléphona à Gordon. « À qui appartiennent les immeubles de Slotsgade ? Je veux dire, est-ce que ce sont des propriétés privées, des coopératives immobilières, des immeubles locatifs ? » lui demanda-t-il. Deux minutes plus tard, il avait la réponse.

Il remonta le col de sa veste et commença ses recherches.

Lorsqu'il fut arrivé au bout de la rue, au croisement de Nørrebrogade, sans qu'un seul interphone ni aucune plaque sur une porte ne lui ait permis d'avancer dans sa quête, il se planta devant la supérette Netto et, brandissant son badge, il arrêta tous les passants qui s'engageaient dans Slotsgade.

« Excusez-moi, vous connaissez un certain Niels B Sørensen qui habite dans cette rue ? » répétait-il chaque fois.

La plupart des passants étaient aimables et se contentaient de secouer la tête avec un sourire. D'autres, plus grossiers, regardaient sa carte de police et passaient leur chemin sans un mot. Ceux-là aussi eurent droit à quelques injures en arabe. Pourquoi s'en priver ?

Au bout de trois quarts d'heure, alors que son entrejambe commençait à se transformer en glaçon, un type passa. Comme beaucoup d'autres, il refusa de lui répondre, mais il s'arrêta une seconde, puis repartit en donnant un coup dans le mur, comme si un personnage invisible l'avait bousculé.

« Hep, vous ! Arrêtez-vous ! » lança Assad. Il ne s'arrêta pas, même quand Assad l'eut rattrapé.

« Vous savez quelque chose, lui dit-il en accélérant le pas parce que l'autre faisait la même chose.

— Je sais rien et de toute façon, je parle pas aux keufs.

— C'est peut-être vous, Niels B Sørensen, je peux voir vos papiers ?

— T'es un p'tit malin, toi, le rebeu ! Tu cherches un mec, tu sais même pas à quoi il ressemble ? Pourquoi j'y croirais, à cette carte en plastoc que tu m'agites sous le nez ? T'as un problème avec ce type ? Ah non, je sais… T'es un dealer et c'est chez toi qu'il se fournit, c'est ça ? Et tu vas lui faire quoi si tu le trouves ? Tu vas lui casser la gueule ? »

Assad baissa la tête et inspira profondément avant de répondre. « Je commence par vous arrêter pour m'avoir traité de rebeu, ou vous préférez que je vous casse la figure ? lâcha Assad en lui montrant son poing. Qu'est-ce que vous choisissez ? »

Le type s'arrêta enfin. « Tu peux le décrire, le gars que tu cherches ? »

Assad sortit de la poche arrière de son jean la copie de la photo d'identité judiciaire et la lui montra. « Tu comprends mieux maintenant pourquoi je ne sais pas exactement à quoi il ressemble. »

L'autre se mordit la joue.

« Bah merde, alors ! Il ressemblait à ça, avant ? Elle date de quand, cette photo ? »

Assad rendit grâce à Allah tout-puissant : le gars savait quelque chose. « Elle doit remonter à 2007, c'est-à-dire à il y a un peu moins de quinze ans. Donc, tu sais qui c'est. »

Le type acquiesça.

« Tu sais où il est en ce moment ? Parce que je suppose qu'il n'habite plus ici ? »

L'homme regarda de l'autre côté de la rue et montra le numéro 5, un immeuble récent, qui d'après Gordon appartenait au bailleur social FSB, lequel possédait plus de treize mille biens locatifs dans la capitale. Assad était certain de ne pas avoir vu le nom de Niels B Sørensen à l'interphone.

« Il habitait là, mais y a longtemps. Et y a longtemps aussi qu'il se fait plus appeler comme t'as dit. »

L'homme posa son sac de courses devant sa porte et fit signe à Assad de le suivre.

Ils entrèrent dans une cour. Assad entendit des voix criardes s'invectiver.

« Va parler avec eux. Si t'as un peu de thune sur toi, agite quelques biftons plutôt que ta carte de keuf. Ce genre de badge te mènera nulle part avec cette faune. »

Il disparut dans une cage d'escalier avant qu'Assad ait eu le temps de lui demander le nouveau nom de l'homme qu'il cherchait.

Les yeux rouges de quatre hommes qui avaient certainement connu des jours meilleurs se posèrent sur lui dès qu'ils le virent approcher.

« Holà, étranger ! C'est une propriété privée ici. Retourne donc d'où tu viens ! » claironna le plus grand d'une voix pâteuse, pendant que les autres regardaient Assad avec un rictus méprisant.

Les clochards d'un certain âge se soumettent volontiers à une hiérarchie au sein de laquelle celui qui pisse le moins dans son froc et touche encore une petite allocation des services sociaux devient le chef naturel de la bande, pendant que celui qui est au bas de l'échelle se contente d'observer les autres sans rien dire.

Assad s'adressa au plus faible.

« Vous ne connaîtriez pas ce gars-là, par hasard ? » demanda-t-il en collant le portrait de Niels B Sørensen avec quinze ans de moins sous le nez du gars.

Un tel refus de l'ordre établi ne put être toléré par le chef de meute. Celui-ci s'avança et arracha la photo des mains d'Assad. Il la regarda pendant un moment et soudain un roulement de tonnerre monta de ses poumons malades.

« Hahaha, rigola-t-il, décapant ses bronches tapissées de goudron. Vous avez vu ça, les gars, c'est ce vieux Niels ! »

Les autres se rapprochèrent et restèrent là à hocher la tête, rivalisant de grossièretés en guise de commentaires.

« Ah ouais, putain », dit celui qui portait le plus grand nombre de vieilles vestes enfilées les unes sur les autres pour se protéger du froid. « Il était déjà pas beau à voir en ce temps-là. »

Assad fouilla dans ses poches. « Écoutez ! J'offre deux bouteilles de vin à celui qui m'aidera à le retrouver.

— On parle de quel genre de vin ? demanda le chef sans hésitation. Le lundi, on boit pas de la merde. »

Cette fois leurs rires crevèrent le mur du son. C'était le genre de choses qui les unissaient.

« Qu'est-ce que vous pouvez vous offrir pour trois cents couronnes ? » répliqua Assad.

Ils contemplèrent les billets, incrédules. Toute la boutique, disaient leurs expressions ravies.

« Qu'est-ce que tu lui veux ? s'enquit celui qui, apparemment, connaissait le mieux Niels B Sørensen.

— Je voudrais lui faire une surprise. Il va bien ? »

De nouveau, Assad avait dit quelque chose qui les avait mis mal à l'aise.

« Ça veut dire quoi : il va bien ? marmonna l'un des gars. Vous croyez que c'est pour rigoler qu'on reste dehors dans le froid ? On a l'air d'aller bien, nous ? »

Assad baissa les yeux et secoua la tête. « Vous voulez dire que Niels aussi est à la rue ? »

Ils se consultèrent du regard. C'était le moment où ils pouvaient décider de fermer leurs clapets, ou au contraire le saouler de paroles.

Assad releva les yeux. « Ça fait un moment que je ne l'ai pas vu, j'avoue. Mais là, il faut absolument que je le retrouve. S'il vous plaît, ne me dites pas que j'arrive trop tard.

— Mais non, dis pas de conneries, aboya le chef. Allez, montre le chemin à monsieur, Buller. Mais vérifie avant qu'il est pas dans le coaltar. »

Ils le conduisirent devant une porte peinte en vert, non loin de là, et le guide d'Assad le retint par le bras tandis qu'il entrouvrait le battant.

« Niels, t'es là ? cria-t-il dans le garage plongé dans l'obscurité.

— Oui », répondit quelqu'un à l'intérieur.

Le clochard fit signe à Assad de le suivre et ils se trouvèrent face à un homme qui avait peut-être jadis ressemblé à celui de la photo.

« Salut, Niels, content de te voir. Ça fait un bout de temps que je te cherche. »

Hormis la puanteur doucereuse des toilettes sèches posées dans un angle de la pièce, ce lieu sombre et modeste pouvait faire office de foyer. Un canapé et deux fauteuils avachis sur lesquels s'entassait une collection de duvets entouraient une table basse bricolée avec plusieurs caisses de bière, encombrée de bouteilles d'alcool vides et de restes de nourriture. Les murs étaient décorés d'objets divers chinés ici et là, allant de l'affiche déchirée à des plaques de cuivre rutilantes. L'éclairage venait d'une simple douille voleuse d'où partaient plusieurs dérivations qui alimentaient une plaque électrique et un petit cumulus fixé au-dessus d'une bassine en plastique.

« Ça me rappelle un endroit où j'habitais au Moyen-Orient, Niels, dit Assad après les quelques politesses d'usage.

— C'est mon palace, rétorqua l'homme en se redressant avec fierté. Pour qu'il soit digne du nom que je porte, je l'ai baptisé Palais-Bourbon. » Il montra à Assad le blason orné d'une couronne, d'une cape doublée d'hermine et d'un dragon brandissant un bouclier accroché au mur du fond et entouré de divers diplômes et attestations de son titre nobiliaire acheté. Il fallait au moins ça.

Assad s'approcha pour mieux voir et constata à son grand dam que le type s'appelait désormais Niels B marquis de Bourbon.

Au moins, en voilà un qui s'est donné les moyens de ses ambitions, songea Assad, s'efforçant d'avoir l'air impressionné.

« Excuse-moi, je ne pouvais pas savoir que tu étais de la haute ! Comment dois-je t'appeler, désormais ? J'aurais dû t'apporter une bouteille de champagne pour fêter ça », dit-il.

L'homme esquissa une révérence maladroite. « Je préfère de la dope si tu en as. C'est pas que je sois accro, mais quand même.

— OK, la prochaine fois, promis, mais dis-moi d'abord qui a voulu te faire porter le chapeau pour le meurtre des deux mécaniciens de Sorø », demanda-t-il en agitant quelques billets devant son visage.

Niels B s'en empara à la vitesse d'un caméléon gobant une mouche. « Ici, tu peux m'appeler Niels, sinon, c'est "Excellence". Et à part ça, si je savais qui et pourquoi, je serais pas ici.

— De qui as-tu peur ? Tu as reçu des menaces ?

— J'ai pas peur, je suis prudent. J'étais allé voir Nick et Jake, enfin les mécaniciens, pour leur acheter de la drogue. La police a d'abord cru que je les avais tués, parce que c'est ce qu'a dit le type qui m'a accusé sans donner son nom, mais après les flics se sont rendu compte que ça pouvait pas être moi, mais ils ont cru que je savais qui c'était alors que j'en savais rien.

— Tu as dit que tu étais prudent. Pourquoi est-ce que tu es prudent ?

— Quand je suis rentré chez moi, après ma remise en liberté, j'ai trouvé deux longs clous au fond de mon lit. Alors je préfère rester tranquillement dans mon coin jusqu'à nouvel ordre.

— Tu penses que ces clous étaient une mise en garde ? Tu détiens des informations qui pourraient être dangereuses pour toi ? C'est pour ça que tu habites ici, maintenant ? » Assad agita un nouveau billet sous son nez en espérant qu'il réponde, parce que c'était son dernier.

« C'est possible. J'en sais rien. Mais celui qui a fait ça cherchait quelque chose qui devait avoir de la valeur, et je crois qu'il me soupçonnait de l'avoir planqué quelque part.

— Il ?

— Un Néerlandais à moitié danois qui venait au garage de temps en temps.

— Mais encore ?

— Il me semble qu'il s'appelait Rasmus, c'est tout ce que je sais.

— Il vendait de la drogue aux deux mécaniciens ?

— Je pense que oui, parce qu'il y en avait toujours au garage après son passage. »

13

Lundi 28 décembre 2020, un peu avant minuit

Malthe / Carl

Dès que Malthe s'allongea sur sa couchette, une véritable tempête se déclencha sous son crâne. Dans l'obscurité de sa cellule, les souvenirs de son ancienne vie remontèrent à la surface, avec tous ses bons moments, simples et rassurants. Les images de l'époque où son petit frère et lui étaient proches et heureux, avant la mort de leur père, avant que son frère tombe malade et que Malthe soit pour la première fois envoyé en prison, ces derniers évènements ayant contribué à faire exploser sa famille. Dans ces rêves éveillés, Malthe avait beau s'évertuer à créer une autre réalité dans laquelle ils seraient encore tous ensemble et heureux, aussitôt qu'il ouvrait les yeux sur les murs nus et grisâtres et la porte de la cellule verrouillée, la vérité venait le submerger. Les bruits étouffés au-dehors n'étaient pas ceux des pas de son frère. Les murmures, pas un appel au jeu. Ils étaient même tout l'inverse.

Il ne devait pas être loin de minuit quand Malthe entendit une clé tourner dans la serrure.

C'est mon tour, maintenant, mais ils vont voir ce qu'ils vont voir, songea-t-il en se redressant de toute sa taille. Et s'ils étaient trop nombreux, il se dit qu'il pouvait toujours se mettre à crier et espérer que quelqu'un vienne le secourir avant qu'il soit trop tard.

Il se campa solidement sur ses jambes, sa couverture enroulée autour de son bras gauche pour parer une éventuelle attaque au couteau. Il resta ainsi plusieurs minutes, avant de s'apercevoir que la porte de sa cellule était ouverte et que personne n'était entré. Elle était à peine entrebâillée d'un millimètre, on ne voyait qu'une minuscule fente par laquelle n'entrait même pas la lumière du couloir, mais dans le monde de Malthe, ça changeait tout.

Malthe s'avança tout doucement, il tira délicatement la porte vers lui et regarda à travers la fente. Dans le corridor, il ne perçut aucun mouvement. De légers ronflements s'échappaient des cellules, mais en dehors de cela, silence.

Malthe réfléchissait à en avoir le vertige. Qu'est-ce qu'ils avaient encore inventé ? Et qui étaient ces « ils » ? Était-ce ce gardien de prison auquel il s'était confié qui avait ouvert la porte de sa cellule ? Ou l'un de ses collègues ? Mais pourquoi ? Est-ce qu'il en savait trop ? Oui, sans doute. Dans ce cas, devait-il s'attendre à ce qu'on l'attaque d'une seconde à l'autre ?

Cette dernière hypothèse lui paraissant très probable, Malthe repoussa la porte dans sa position initiale et se remit dans la même attitude de défense qu'avant.

Sa patience résistait mal à cette attente et lorsqu'un nouveau bruit parvint à ses oreilles il était assis au bord de sa couchette, sur le qui-vive. Il sauta de nouveau sur ses pieds, le corps bandé, et resta ainsi un petit moment jusqu'à ce que tout à coup il réalise ce qui se passait. Ce n'était évidemment pas lui qui était la cible, mais le policier dans la cellule 437.

Ils n'ont pas parlé au directeur, songea-t-il. Quelqu'un voudrait que je m'en mêle, et que je fasse une bêtise, peut-être même que je meure en même temps que le policier, pour qu'ensuite ils puissent dire que c'est moi qui l'ai tué. Ils prétendront qu'ils ont tenté de m'en empêcher, mais que pour le policier il était déjà trop tard.

Malthe sourit. Jamais jusqu'ici il ne se serait cru capable d'aller jusqu'au bout d'un raisonnement aussi compliqué, mais les bruits qui lui parvenaient depuis le couloir en ce moment en disaient long. Des hommes marchaient sur la pointe des pieds et parlaient à voix basse. Des hommes qui se préparaient à agir.

Quand le cliquetis du verrou de la cellule 437 arriva jusqu'à lui, il était encore en pleine réflexion. Devait-il s'en mêler ? Qu'avait-il à y gagner ?

Carl sauta de sa couchette à la seconde où il entendit le clic dans la serrure, juste avant l'attaque.

Si tu as peur, tu n'auras pas les idées claires, Carl. Mais si tu n'as pas peur, ton corps ne sera pas prêt à réagir, eut-il le temps de penser avant de se jeter sur la porte comme la fois précédente. Mais là, ceux qui se trouvaient de l'autre côté s'y attendaient et ils poussèrent plus fort, trop fort pour que Carl ait la force résister.

Son instinct lui souffla qu'il n'aurait pas le temps d'atteindre la sonnette, et qu'il n'aurait pas non plus le dessus sur ses assaillants. Son unique chance était de se frayer un passage en donnant du poing et des pieds pour atteindre le couloir.

Mais Carl n'alla nulle part. Un nombre incalculable de coups s'abattirent un peu partout sur son corps, lui faisant perdre l'équilibre et heurter si violemment le sol en béton de l'épaule que la douleur le paralysa un instant.

Il leva les yeux vers ses agresseurs et reconnut l'une des gueules cassées qui l'injuriaient plus tôt dans la journée depuis les fenêtres du premier étage. Ses assaillants étaient déterminés à en finir au plus vite et martelaient la poitrine et le ventre de Carl sans relâche. L'un d'eux lui écrasa le larynx sous sa botte, lui arrachant un pathétique pépiement de douleur.

Puis ils se mirent à cinq pour le relever, malgré les coups de pied qu'il envoyait de tous les côtés, ils le poussèrent vers la fenêtre de la cellule et lui passèrent la corde au cou.

« T'en as eu ras le bol de toutes ces accusations portées contre toi, Carl Mørck, et t'as eu le courage de mettre fin à tout ça, voilà de quoi ça aura l'air », expliqua l'un d'eux en le soulevant pour attacher le bout de la corde à la poignée de la trappe de ventilation fermée.

Deux hommes lui tordaient les bras dans le dos pendant que deux autres immobilisaient ses jambes de toutes leurs forces.

Carl sentit la corde se serrer autour de son cou et lui scier la chair. Ses yeux s'écarquillèrent et ses bras et ses jambes se mirent à tressauter. Il regarda l'homme qui dirigeait les opérations.

Un bourreau, songea-t-il. L'oxygène se raréfia et un brouillard envahit son cerveau, alors il prit congé du monde, de Mona et de sa petite fille adorée.

Tandis qu'il sombrait lentement dans le néant, il entendit du remue-ménage à la porte de sa cellule, puis un énorme fracas quand la porte s'ouvrit en grand et alla cogner contre le mur. Il sentit qu'on lui avait lâché le bras droit et qu'on ne tenait plus ses jambes. Par réflexe, il leva sa main libre vers la poignée de la fenêtre et se hissa vers le haut en repoussant le sol avec ses jambes. La tension autour de son cou se relâcha. Une pulsation violente lui vrilla les tempes, mais un peu d'oxygène entra à travers ses narines et il trouva la force de desserrer légèrement la corde.

Le tumulte dans la pièce s'amplifia. Le détenu qui lui avait tenu le bras droit se mit à lui donner des coups de poing dans le ventre à la place. Carl s'écroula de nouveau, mais cette fois il avait les doigts dans la boucle de la corde.

Carl essaya plusieurs fois d'atteindre son bourreau avec les pieds et réussit finalement à lui donner un coup entre les jambes. L'autre se tordit en deux avec un grognement bestial. Enfin, Carl put passer la boucle au-dessus de sa tête et reprendre son souffle quelques secondes, tout en prenant conscience du combat qui se déroulait devant lui.

Le costaud de la cantine qu'il avait remarqué dans le couloir à son arrivée abattait ses poings inlassablement sur ses agresseurs. Trois d'entre eux gisaient déjà sur le sol de la cellule et n'avaient pas l'air en mesure de se relever, leurs gémissements à tous les cinq contrastaient étrangement avec le silence du géant qui continuait à s'en prendre aux deux autres qui étaient encore debout.

Ce ne fut que lorsqu'ils furent tous à terre que les pas précipités des matons résonnèrent dans le couloir en direction de la cellule 437.

14

Lundi 28 et mardi 29 décembre 2020, matin

Eddie Jansen

Eddie et Femke avaient passé une soirée délicieuse. Quand ensuite ils restèrent allongés côte à côte sur leur lit, épuisés et comblés, Eddie fut aussi certain que deux et deux font quatre qu'il avait transmis le coronavirus à son épouse. Il n'avait plus qu'à attendre de la voir développer les premiers symptômes. Il ne ressentait aucune culpabilité à l'avoir ainsi piégée. Il espérait que Femke, lui et la petite étaient en assez bonne santé pour combattre le virus, et même s'ils tombaient très malades, ce serait l'alibi idéal pour se confiner. La question était juste de savoir s'ils allaient pouvoir noyer le poisson assez longtemps pour recevoir de bonnes nouvelles du Danemark, celle de la mort de Carl Mørck, notamment.

Au milieu de la nuit, il reçut l'appel qu'il attendait. La malchance s'acharnait.

La nouvelle attaque contre Carl Mørck avait échoué. Non seulement l'homme était encore en vie, mais ses cinq agresseurs avaient été neutralisés. Ils allaient être interrogés et encouraient des peines supplémentaires. Si Eddie était dans la merde avant, il y était désormais jusqu'au cou. Le pire dans cette affaire étant que le type qu'il avait embauché au départ pour tuer Carl Mørck était aussi celui qui venait de lui sauver la vie.

Ils vont s'en prendre à nous, maintenant, songea-t-il en regardant son épouse endormie et inconsciente du drame qu'il était en train de vivre.

Il attendit deux heures, puis fit semblant de toussoter. Femke se retourna à peine dans son sommeil.

À cinq heures, il la réveilla.

« Je suis désolé, ma chérie, dit-il en lui montrant les deux tests rapides. C'était merveilleux hier soir, mais si j'avais su, je ne t'aurais pas exposée à ça.

— Qu'est-ce que c'est ? lui demanda-t-elle d'une voix endormie.

— Je crains d'avoir été en contact il y a un jour ou deux avec quelqu'un qui avait le Covid-19. Je me suis testé un peu plus tôt dans la nuit, et les traits sur les deux tests sont beaucoup trop nets pour que ce soit un faux positif.

— Oh non, Eddie ! s'écria-t-elle. Et maintenant, qu'est-ce qu'il va se passer ? »

Il toussa un peu et cracha dans un mouchoir. « Il y a une heure que j'y réfléchis, chérie. Nous allons devoir nous confiner. Nous ne pouvons pas prendre le risque que toi et la petite contaminiez quelqu'un au travail ou à la garderie. Je me suis dit que nous pourrions voir ça comme des vacances, en attendant d'être rétablis. »

Femke poussa un soupir. « La maison de vacances est glaciale en cette saison, Eddie.

— Je sais, c'est pour ça que j'ai réservé autre chose. »

Il lui montra la photo de l'appartement qu'il avait déniché à Valkenburg.

Ils y seraient dans quelques heures.

15

Mardi 29 décembre 2020

Mona / Rose

« On me l'a déjà montrée, Mona, c'est terrible. Sois gentille d'enlever ça de ma vue, maintenant », dit le patron de la criminelle en chassant de la main la photo de Carl, prise le matin même par le médecin de la prison, que Mona brandissait sous son nez. La blessure écarlate autour du cou de son mari en disait long sur ce qu'il avait dû endurer et sur le fait qu'il n'avait pas été loin de perdre la vie. « Il sera transféré dans une demi-heure à la maison d'arrêt de Slagelse, j'espère que tu es satisfaite », ajouta Marcus.

Quelle pitié. Il n'était même plus capable de prononcer le prénom de Carl. Si Mona avait eu un jour de l'affection pour le légendaire Marcus Jacobsen, elle se rendait compte aujourd'hui que les sentiments, si chaleureux soient-ils, avaient parfois une date de péremption.

« Oui, je suis satisfaite, mais j'espère que tu vas aussi faire quelque chose pour le détenu qui a risqué sa vie pour sauver mon mari ! Sans ce garçon, je ne voudrais pas être à la place de celui qui n'a rien fait pour protéger Carl, c'est-à-dire toi. »

Il leva la main vers elle pour se prémunir d'une nouvelle attaque. « Écoute, Mona, les cinq détenus qui s'en sont pris à Carl ont été emmenés au commissariat pour y être interrogés. Je peux t'assurer qu'ils paieront pour ce qu'ils ont fait et qu'ils écoperont de solides allongements de peine pour tentative d'assassinat en bande organisée. Ils vont prendre au moins six ans supplémentaires chacun. »

Elle garda les yeux braqués sur lui, les mâchoires serrées. « Est-ce qu'au moins tu veux bien admettre que tu as gravement sous-estimé les dangers auxquels Carl a été exposé ces derniers jours et reconnaître qu'il aurait dû être placé à l'isolement dès son arrivée en prison ? Tu t'en tires bien, puisque par miracle tu ne te seras pas rendu coupable de complicité de meurtre, mais maintenant, j'aimerais savoir comment tu comptes protéger Carl à Slagelse.

— Là-bas, il pourra être placé à l'isolement à sa propre demande. Il n'y a pas de meilleur endroit au Danemark pour être en détention provisoire.

— On a essayé de le liquider à deux reprises en quelques jours. Ce n'est pas rien, tout de même ! » Mona fit une pause. « Liquider » ! Quel mot effroyable. En le prononçant, elle avait eu du mal à retenir ses larmes, mais il fallait qu'elle garde la tête froide, elle savait qu'elle ne devait pas se laisser submerger par ses sentiments.

« Écoute, Marcus, Carl n'est pas dans une forme physique exceptionnelle et, comme tu sais, ce n'est pas un perdreau de l'année. Toi non plus, d'ailleurs. Tu crois que tu tiendrais combien de temps avec la pression qu'il subit en ce moment ? » Elle se leva. « Alors tu vas décrocher ce téléphone immédiatement et tu vas appeler l'administration pénitentiaire pour exiger que ce jeune homme, Malthe, soit transféré à Slagelse avec lui. À partir de maintenant, la sécurité de Carl doit être une priorité, sachant que le royaume tout entier est au courant de son arrestation. Tu m'as bien entendue, Marcus ? »

Toute la journée, Mona resta très perturbée. Il y avait la trahison et le cynisme de Marcus, et bien sûr l'épouvantable situation dans laquelle se trouvait Carl. Et puis aussi la déception de voir ses vieux collègues lui tourner le dos et le fait que ses amis du département V se voient refuser l'accès à l'affaire de Carl, mais ce qui la choquait surtout, c'était l'absence totale de marques de soutien de la part du peuple danois.

Les réseaux sociaux n'avaient pas pris le parti de son mari. Dans toutes les publications qu'elle avait pu voir, les articles, les notifications sur Instagram, Facebook et Twitter, elle avait lu principalement des commentaires haineux, et alors que les charges retenues contre Carl n'étaient pas connues du grand public et qu'il n'y avait aucune preuve ni d'abus de pouvoir, ni de corruption, ni de violence, l'opinion publique le fustigeait sans autre forme de procès. Personne en revanche ne parlait de la complexité des affaires qu'il avait contribué à résoudre, et pas un internaute ne faisait état des criminels qu'il avait arrêtés et des mystères qu'il avait élucidés avec l'aide de son équipe. Du jour au lendemain, Carl Mørck était considéré comme un traître et comme l'incarnation du mal, et ça, elle ne pouvait l'accepter. Il fallait qu'elle restaure son image et, surtout, qu'elle empêche le peuple danois de le condamner à l'avance. Elle devait même tenter de le rallier à sa cause.

Quand Mona arriva au département V, Gordon n'était pas seul et elle vit aussitôt qu'il écumait de rage. Elle salua d'un hochement de tête le nouvel enquêteur qui, assis à quelques mètres de lui, la regardait comme si elle était en train de contaminer son espace vital.

« Salut, Gordon, tu sais où est Rose ? » demanda-t-elle.

Le regard du jeune policier chercha fébrilement un endroit où se poser. « Euh, elle est… Nous avons une affaire en cours du côté de… Elle va repasser au bureau dans la journée, je pense, je ne suis pas sûr. »

Discrètement, Gordon leva quatre doigts tendus au-dessus du rebord de son bureau.

Mona hocha la tête. Elle avait compris.

Elle reviendrait à seize heures.

Toutes les fenêtres étaient éteintes dans l'appartement de Jess Larsen, le propriétaire de la voiture qui avait servi à tuer l'avocat commis d'office de Carl. Il n'était peut-être pas chez lui. Rose attendit devant l'immeuble. Au bout d'un moment, un homme d'entretien juché sur sa balayeuse débarqua à l'angle, à une allure laissant penser qu'il préparait le terrain pour une course de Formule 1.

« Vous ne sauriez pas si Jess Larsen est chez lui, par hasard ? J'ai appelé à son travail et sonné à l'interphone, sans succès.

— Oui, oui, il est là. Je lui ai parlé il y a une heure. Il venait de faire ses courses, dit le factotum en mettant le moteur de son engin au point mort. Ne vous fiez pas à l'absence de lumière, il vit dans le noir. Jess est chez lui, je vous le confirme. D'ailleurs j'aperçois sa silhouette en ce moment même. »

Il montra du doigt l'appartement à l'entresol où l'on voyait effectivement quelqu'un bouger derrière la fenêtre.

« Il paraît qu'on lui a volé sa voiture. Un type se serait fait écraser ou je ne sais quoi, bref, une sale histoire », dit-il avant de tirer sur une manette de son engin et de continuer sa course folle.

Rose dut sonner trois fois de suite avant qu'on vienne lui ouvrir, et le regard avec lequel l'homme l'accueillit était au moins aussi sombre que l'appartement. Apparemment, il était encore sous le choc de ce qui était arrivé l'avant-veille.

« Pourquoi n'êtes-vous pas à votre travail ? » lui demanda-t-elle après s'être présentée et avoir été invitée à entrer dans son salon.

Il fronça les sourcils. « Il est possible que chez vous, dans la police, on ne prenne pas de vacances de Noël, mais dans mon entreprise, c'est le cas. Et d'ailleurs, je ne vois pas comment je pourrais me rendre à mon travail vu que les techniciens n'ont pas terminé d'examiner ma voiture. Vous ne sauriez pas combien de temps ça va prendre, par hasard ?

— Vous ne pouvez pas prendre la voiture de la société ? Je vois qu'il y a une Mercedes enregistrée au nom de DKNL Transports. »

Jess Larsen hocha la tête sans répondre.

« Pour quelle raison avez-vous accompagné votre patron au cimetière Vestre, dimanche ?

— Si vous savez ça, vous devez savoir aussi que la voiture de DKNL est immobilisée en ce moment. Et vous savez sans doute aussi que mon chef a perdu son permis il y a six mois. Alors en attendant qu'on le lui rende, c'est moi qui le conduis.

— J'ai lu ça quelque part, en effet. Il avait de la drogue dans le sang, et ce n'était pas la première fois. »

Jess Larsen eut l'air incrédule. « Si c'est pour parler de mon patron, pourquoi est-ce que vous ne vous adressez pas à lui directement ? Qu'est-ce que vous me voulez, en fait ? J'ai dit tout ce que je savais à la police. Je l'ai conduit au cimetière parce qu'il voulait fleurir la tombe de sa femme.

— Hum, hum… Je vois ici qu'il s'appelle Hannes Theis et qu'il a commencé à prendre des substances après la mort de sa femme, c'est bien ça ? Je lis aussi que sa société s'occupe d'import-export. Mais au fait, vous importez quoi et vous exportez quoi, au juste ? Ce n'est écrit nulle part dans les documents que j'ai sous les yeux. J'ai appelé le numéro de la société, mais personne ne répond. »

L'homme haussa les épaules, cette fois la réponse tarda à venir. « Ne vous inquiétez pas, Jess, j'ai d'autres moyens d'obtenir ces informations si vous ne voulez pas me répondre, poursuivit Rose en allant s'asseoir sur un canapé qui devait occuper la moitié de la pièce, sans y avoir été invitée. Cela ne devrait pas être trop compliqué, vu que vous êtes le seul employé de cette entreprise.

— Nous sommes prestataires de services pour des sociétés d'expédition qui assurent la livraison de marchandises entre des fournisseurs et des acheteurs. Nous nous occupons principalement de la paperasse.

— Vous pouvez me fournir la liste de vos transporteurs ?

— Je préfère que vous voyiez ça avec Hannes Theis. Je ne suis qu'un employé. Est-ce que nous sommes soupçonnés de quelque chose ? Je croyais que vous étiez venue pour parler du vol de ma voiture ? »

Rose, Assad et Mona arrivèrent à la nouvelle unité d'investigation à quelques minutes d'intervalle et Gordon tapa à une vitesse vertigineuse toutes les informations apportées par chacun d'entre eux. Cette journée avait sans aucun doute ouvert plus de portes qu'elle n'en avait fermé.

« Tu veux bien nous faire un topo, Gordon ? » lui demanda Rose quand il eut terminé.

Il rougit et s'éclaircit la gorge. « Alors… Assad a rencontré Niels B… » Il plissa les yeux et se rapprocha de son écran. « Niels B marquis de Bourbon, qui avant s'appelait simplement Sørensen. » Il se retint de sourire. « Selon ce témoin, les deux mécaniciens avaient un fournisseur régulier en la personne d'un Dano-Néerlandais répondant au prénom de Rasmus, dont Assad pense qu'il pourrait s'agir d'un certain Rasmus Bruhn. Il paraît que je devrais m'en souvenir, mais ce n'est pas le cas. Enfin, admettons.

— Je t'assure que tu le connais ! » insista Assad en se grattant la barbe.

Gordon haussa les sourcils, dubitatif, et reprit : « Rose est allée s'entretenir avec Jess Larsen, le propriétaire du véhicule qui a écrasé Adam Bang, l'avocat commis d'office de Carl. Plusieurs choses ressortent de cette conversation. La société dans laquelle travaille Jess est une société de commerce sans stock réel. Elle n'a que deux salariés, l'un des deux étant son directeur, Hannes Theis, qui manque actuellement à l'appel. Il a bénéficié de deux libérations conditionnelles, à trois ans d'écart, pour des condamnations liées à la conduite sous l'emprise de stupéfiants, et il est lui aussi d'origine néerlandaise – élément qui est peut-être intéressant. En outre, Rose s'est demandé pourquoi Hannes Theis a voulu aller au cimetière pour fleurir la tombe de son épouse, alors que d'après mes recherches, ce n'était le jour ni de l'anniversaire de sa mort, ni de son anniversaire, ni de leur anniversaire de mariage. La date semble parfaitement aléatoire, à moins que la voiture de Jess Larsen n'ait pas été choisie au hasard pour renverser l'avocat de Carl. Je prends l'entière responsabilité de ce dernier commentaire.

— Tout est envisageable, intervint Mona.

— En effet, acquiesça Rose. Quant à toi, Mona, si je suis bien renseignée, tu es allée voir Marcus et tu ne le portes pas dans ton cœur en ce moment, enchaîna-t-elle.

— C'est un euphémisme. Si je pouvais l'étrangler sans en subir les conséquences, je le ferais sur l'heure. »

Seul Gordon rit à cette remarque, puis il dit : « Allons, allons, Mona, Carl va être transféré à la maison d'arrêt de Slagelse aujourd'hui, en même temps que ce Malthe qui lui a apparemment évité le pire lors de sa dernière agression. On peut considérer qu'il y a du progrès, quand même ! Et il paraît que tu es aussi allée voir le rédacteur en chef de *Gossip*. Tu veux nous en dire plus là-dessus ? »

La rédaction du journal était en effervescence jusqu'à l'arrivée de Mona, mais lorsqu'elle entra, un silence de mort l'accueillit. Les reporters se mirent à chercher leur caméra, les journalistes se penchèrent vers leurs écrans pour s'assurer qu'elle ne verrait pas ce qu'ils étaient en train d'écrire et au fond de la salle, Pelle Hyttested, l'ennemi juré de Carl, la regarda approcher avec l'air d'un condamné sur l'échafaud.

Alors qu'elle passait à côté de lui dans son élan vers le bureau du rédacteur en chef, ils échangèrent un regard sans aménité.

À l'instar de la majeure partie des journalistes, le rédacteur en chef de *Gossip*, Torben Victor, n'avait que faire de la critique et des décisions de la Fédération des agences de presse et encore moins de la pile de plaintes qui s'entassaient sur son bureau. Mais tout salaud sans scrupules qu'il était, le patron du journal avait aussi l'esprit pratique et il était capable d'abandonner sa ligne éditoriale sans hésitation si une histoire plus juteuse venait à ses oreilles.

« Nous savons tous les deux ce que vous êtes en train de faire, Torben Victor », déclara Mona sans préambule.

Il s'inclina et la remercia, beau joueur.

« Mais je suis venue vous informer que vous avancez sur une planche pourrie et que vous pourriez un jour vous en mordre les doigts.

— Je vous accorde que notre journal se nourrit de ce que notre société a de plus malsain. Vous êtes la femme de Carl Mørck, si je ne m'abuse ?

— Parce que l'homme sur lequel vous crachez en ce moment est innocent, continua-t-elle sans répondre, et vous vous en foutez peut-être, mais plutôt que de continuer de vous ridiculiser, vous et votre journal, vous devriez écouter l'histoire que j'ai à vous raconter. Elle est bien meilleure, elle a plus de substance et, je peux vous l'assurer, elle générera beaucoup plus de ventes à l'arrivée. »

Il sourit avec un scepticisme qui n'était pas totalement exempt de curiosité. « Tout cela est bien joli, ma petite dame, mais je connais ce genre de fausses promesses, surtout quand elles émanent d'une personne très proche d'un type qui a copieusement déconné. »

Mona maîtrisa son majeur et pointa à la place son index. « Je vous propose de vous fournir de quoi remplir plus de pages dans vos futures parutions que vous n'êtes capable d'en rêver, Torben Victor. »

Le type ne leva même pas un sourcil. Mais par sa profession, Mona avait l'habitude d'être confrontée à des hommes qui avaient juste besoin qu'on appuie sur les bons boutons pour les faire réagir. Et celui-là ne demandait qu'à être surpris.

« Pour commencer, je vais vous raconter de quoi Carl est injustement accusé. Je vais également vous fournir des informations sur ceux qui ont tout intérêt à voir condamner un innocent. Et pour finir, je suis en mesure de vous faire un compte rendu détaillé de l'importante affaire sur laquelle le patron de la brigade criminelle a levé le voile hier. Lors de la conférence de presse, il a volontairement évité de mentionner qu'elle avait été résolue par Carl et son équipe dans le courant du mois de décembre, alors même que toutes les forces de police le recherchaient pour l'arrêter. Parce que Carl Mørck est un enquêteur qui place son travail au-dessus de tout. L'affaire dont je parle est certainement l'histoire criminelle la plus extraordinaire qu'un rédacteur comme vous ait la chance de croiser dans toute sa carrière. Alors, Torben Victor, est-ce que vous commencez à comprendre la proposition que je suis venue vous faire, ou faut-il que je me répète ?»

Il fit la moue, hésita et répondit : « Tentant. Et combien ça va me coûter ?

— Ça va vous coûter de devoir retourner toute votre rédaction en faveur de Carl. Il faudra aussi que vous teniez ce Hyttested en laisse et, s'il s'obstine dans sa croisade, que vous l'envoyiez au Groenland écrire un article sur les chiens de traîneau et la fonte de la calotte glaciaire. Nous sommes d'accord ?»

Le rédacteur en chef de *Gossip* se leva, alla fermer la porte de la salle de rédaction et se cala confortablement dans son fauteuil.

« Il va falloir me donner du concret, si vous voulez que j'accepte votre proposition. »

Mona regarda chacun des plus fidèles soutiens que Carl pourrait jamais avoir.

« Et alors, vous êtes arrivés à un accord ?» s'enquit Gordon, comme s'il attendait le dénouement d'un récit palpitant. Mona acquiesça. « Je suis restée plusieurs heures dans son bureau. S'ils ont accès à tous les éléments que nous avons sur son affaire et au compte rendu exhaustif des crimes commis par Sisle Park, ils arrêteront leur campagne de dénigrement contre Carl. Dès ce soir, vous pourrez lire sur le site du journal le détail de ce que Carl a subi ces derniers jours.

— Tu es sûre de ce que tu fais, Mona ? demanda Rose, inquiète. Tu ne crains pas que le reste des médias soient furieux ? Que les journalistes te suivent jour et nuit pour obtenir les mêmes informations que celles qu'aura *Gossip* ?

— Je crois que si quelqu'un doit faire face au harcèlement médiatique, c'est moi.

— Ils seront aussi sur notre dos à nous, signala Gordon. Et comme tu sais, nous n'avons le droit de rien dire.

— Je le sais, et ils le savent également. C'est pour ça qu'ils ne vous harcèleront pas. En revanche, je ne sais pas s'ils ficheront la paix à Marcus. Quoi qu'il en soit, *Gossip* va publier en ligne la liste des charges retenues contre Carl. Et dans la version papier qui sortira jeudi, en guise d'amuse-bouche, on pourra lire un premier extrait sur l'explosion de ce garage à Sydhavnen. Ils continueront avec les affaires suivantes au fil de leurs parutions, et tu auras fort à faire, Gordon, parce qu'ils comptent sur toi pour leur transmettre les éléments. D'ailleurs, ce serait bien que tu commences dès cet après-midi pour qu'ils sachent quoi écrire sur cette femme qui avait perdu son enfant dans l'explosion du garage et qui s'est suicidée récemment. Dès le premier article, il sera révélé que ces crimes sauvages ont été commis par la célèbre femme d'affaires Sisle Park. *Gossip* devra être informé du nom des victimes et de la façon dont elle les a tuées. Il faudra leur parler de cette armée de femelles fanatiques qui travaillaient pour Sisle Park et du travail que vous avez accompli avec Carl pour résoudre cette affaire, malgré la guerre menée contre lui par les équipes du patron de la Crim. Tu leur diras aussi que malgré ses ennuis personnels, il a voulu aller jusqu'au bout de cette enquête avant de se rendre. Car il s'est rendu, il ne faut pas l'oublier. »

La gorge de Mona se serra. Si seulement elle arrivait à faire passer ce message, peut-être les gens verraient-ils Carl comme elle le connaissait.

« Nous continuerons à fournir des infos à *Gossip* aussi longtemps que Carl sera en détention provisoire, reprit-elle. Par mon intermédiaire et celui de son avocate, il nous fera un rapport régulier sur ses conditions de détention. Et si votre enquête aboutit à un élément qui puisse faire avancer son affaire, ce sera également publié. »

En une seconde, l'atmosphère changea. Gordon et Assad se tournèrent vers Rose, dont le visage s'était subitement froissé. Cette dernière proposition n'était pas une bonne idée, ils étaient tous du même avis sur ce point.

Rose prit la main de Mona. « Je suis d'accord avec presque tout ce que tu viens de dire, Mona. Et je pense que Gordon et Assad le sont aussi. »

Ils acquiescèrent tous deux.

« Marcus va évidemment nous demander comment *Gossip* en sait autant sur l'affaire Sisle Park, dit-elle en pressant la main de Mona. Mais en ce qui concerne notre enquête sur l'affaire de Carl, ne compte pas sur nous. Si nous révélons quoi que ce soit sur ce que nous faisons en ce moment pour aider Carl, nous serons tous les trois suspendus avec effet immédiat. On nous a strictement interdit de nous mêler de cette affaire, tu as vu toi-même la tête du gars qu'on nous a collé pour nous surveiller. Il comprendra tout de suite ce qui se passe et il le dira à Marcus… Alors je suis désolée, Mona, mais c'est impossible. Nos noms ne doivent en aucun cas être mentionnés dans le cadre des informations qui seront communiquées au journal. On veut bien être tes informateurs et te faire part de tout ce qui présentera un intérêt, mais en toute discrétion. Est-ce qu'on peut compter sur toi ? »

16

Mercredi 30 décembre 2020

Carl

Vingt-quatre heures s'étaient écoulées depuis qu'on les avait emmenés à la maison d'arrêt de Slagelse, lui et ce grand type, Malthe, qui s'était interposé et lui avait sauvé la vie lors de l'agression.

Carl avait passé les quatre-vingt-dix kilomètres séparant Copenhague de Slagelse à essayer de lui exprimer, d'une voix rauque et douloureuse, sa gratitude. Mais pendant tout le voyage, Malthe était resté prostré dans son coin, muet, de l'autre côté du fourgon, et quand ils étaient arrivés à destination, on les avait séparés.

La maison d'arrêt se trouvait en plein cœur de la ville de Slagelse, et vue de l'extérieur elle ne ressemblait pas du tout à ce qu'elle était en réalité. Il s'agissait d'une belle bâtisse en briques rouges, construite à la fin de la Première Guerre mondiale, percée de grandes fenêtres, avec au premier étage une imposante salle de tribunal. L'édifice avait été laissé à l'abandon durant de nombreuses années. Il donnait l'impression d'un endroit où il devait faire bon vivre, mais une fois entré, on comprenait rapidement qu'on n'était pas là pour s'amuser. La maison d'arrêt ne pouvait accueillir que trente détenus, au nombre desquels Carl et Malthe comptaient désormais.

Carl s'y était souvent rendu dans le cadre de ses fonctions et il avait toujours entretenu des rapports cordiaux avec la direction et le personnel pénitentiaire. C'étaient des gens aimables qui, dans le civil, devaient mener une existence paisible, loin du stress que Copenhague et sa banlieue imposaient à leurs habitants. Des hommes et des femmes simples, qui avaient la conviction que se montrer arrangeant et cordial avec les détenus était un gage de bonne entente au quotidien.

Carl les sentit désarçonnés par la situation. Il avait par le passé fait enfermer ici un certain nombre de prisonniers et y était souvent venu par la suite pour procéder à des interrogatoires. Des visites qui se passaient en grande partie à échanger des blagues avec les gardiens, et à tremper de la brioche dans une tasse de café.

Mais ce jour-là, il n'y eut ni blague ni pause café. Le personnel pénitentiaire se contenta de suivre la procédure à la lettre. Le préposé à la surveillance du transport retira à Carl sa chaîne ventrale et ses menottes, et il présenta sa fiche d'écrou à l'agent du greffe. Puis on le fouilla, corps, vêtements, effets personnels, comme n'importe quel autre détenu, avant de lui expliquer ce qui l'attendait et de lui détailler son emploi du temps. Le tout fut expédié assez rapidement et un maton l'entraîna dans le couloir de la maison d'arrêt qui se trouvait au rez-de-chaussée, mais qu'on appelait le premier étage. Carl leva les yeux un instant vers le filet de sécurité et l'escalier conduisant aux deux autres étages du bâtiment, admira comme chaque fois le plafond en acajou avant d'être emmené devant une porte grise, celle de la cellule numéro 6, où l'attendaient serviettes, torchons et draps, posés sur la couchette bleue sur laquelle il dormirait jusqu'à nouvel ordre.

« On m'a demandé de te mettre à l'isolement volontaire, mais il n'y a pas de place en ce moment parce qu'on a deux pédophiles qui n'osent pas en sortir. Enfin, tu connais la différence entre les régimes, Carl Mørck. Ta cellule sera fermée à clé et tu n'en sortiras qu'à ta demande. De toute façon, personne n'a envie de te voir dans une cellule où on enferme d'ordinaire les pédophiles, tu comprends ? »

Carl acquiesça. Il passa en revue le contenu du plateau posé sur l'étroite table : des couverts en acier, une assiette normale, en porcelaine, un gobelet, une éponge pour la vaisselle, du dentifrice et une brosse à dents neuve dans sa pochette en plastique. Une série de noms avaient été écrits au crayon sur le mur ; contrairement aux messages qu'on pouvait lire sur les murs à Vestre, ceux-là étaient relativement inoffensifs. « Honte à celui qui caricature le Prophète », disait l'un. « Merde à la police », disait un autre, ce qui dans sa situation était un peu plus gênant. L'étagère au-dessus de la table était vide et la fenêtre placée si haut qu'il voyait la cime des arbres, la tour des pompiers et, derrière les barreaux, un lambeau de ciel. Pour l'instant, elle était ouverte et l'air froid venant de l'extérieur avait chassé toutes les odeurs qu'un précédent occupant aurait pu laisser derrière lui. Sous les vantaux à double vitrage, une petite parabole était suspendue, légèrement de travers. Malgré un éventail de programmes sans doute restreint, la télévision serait probablement sa principale distraction dans les mois à venir.

Le réfrigérateur était vide et encore tiède, et dans son placard sans porte, au fond duquel quelqu'un avait dessiné une croix gammée, pendait un unique cintre. Le reste de la déco consistait en un calendrier fixé au mur, destiné à y tracer soi-même des croix inutiles pour regarder passer un temps interminable.

À côté du calendrier, quelqu'un avait écrit : « Tony de Ringsted est un enfoiré » et d'autres affirmations débiles auxquelles Carl n'avait pas l'intention d'apporter sa contribution. Peut-être pourrait-il même convaincre le personnel de lui fournir un rouleau et un seau de peinture, à ses frais, pour recouvrir tout cela. Vu la situation, il y avait fort à parier qu'il allait passer un bout de temps dans cet endroit.

Dès une heure de l'après-midi, il fut emmené au parloir où l'attendait un homme de la DUP qu'il n'avait encore jamais rencontré.

La pièce était décorée de couleurs vives avec des motifs enfantins partout sur les murs. Une montgolfière, le derrière d'un éléphant, un ours et autres dessins naïfs du même genre. Les chaises et la table pour enfant étaient également décorées et, s'il avait dû attendre, il aurait pu s'occuper en tournant quelques pages d'un livre d'images ou en jouant à la dînette.

Carl poussa un long soupir. Quand Lucia viendrait lui rendre visite la prochaine fois, elle pourrait même repartir avec un petit nounours au crochet. Mais putain, que ça faisait mal quand même ! Comment pourrait-il supporter de voir si peu sa fille ?

« Parmi les crimes dont on t'accuse, il y a cette affaire de cadavre découpé en morceaux qu'on a retrouvé sous la cabane de Georg Madsen, à Amager, dit le type après s'être présenté. Nous avons cependant pu établir que le cadavre dans la caisse et les objets qui s'y trouvaient avec lui pourraient être une fausse piste. Il est même possible que l'homme soit une victime lambda n'ayant rien à voir avec cette histoire. Nous sommes également convaincus que la photo sur laquelle vous apparaissez ensemble, toi, Anker Høyer et la victime, est un montage. Bien exécuté, certes, mais probablement fabriqué à partir de deux photos à la définition numérique presque identique. Nous pensons aussi que les pièces de monnaie avec tes empreintes et celles de Høyer ont été déposées là sciemment. On a pris soin de les emballer pour que les empreintes ne s'effacent pas, ce qui est déjà suspect en soi. »

Carl respira profondément. Même si tout cela lui avait toujours paru une évidence, c'était tout de même rassurant de l'entendre. Il réalisa qu'il aurait pu exiger que son avocate soit présente pour cette rencontre, mais en apprenant ces bonnes nouvelles, il se dit que c'était sans importance.

« Nous ne savons pas d'où proviennent ces empreintes, mais elles sont extraordinairement nettes. Notre enquêteur, l'inspecteur Laust Smedegaard, pense qu'elles ont été prélevées sur un verre, une bouteille, ce genre d'objet sur lesquels une empreinte digitale est particulièrement visible, et ont ensuite été transférées sur les pièces. »

Il termina sa phrase en baissant le nez vers ses papiers et Carl en profita pour pousser un soupir de soulagement.

Un soulagement qui, l'espace d'un instant, chassa ses idées noires, jusqu'à ce que l'homme relève la tête.

« Nous n'avons pas beaucoup avancé sur les autres chefs d'accusation, qui restent inchangés pour l'instant et doivent être considérés comme sérieux. »

Carl baissa la tête. Combien de temps tout cela allait-il durer ?

« Tu l'ignores peut-être, mais la presse à scandale a hélas commencé à s'intéresser de près à ton affaire. Résultat, tu n'as plus beaucoup d'amis dans le secteur judiciaire, ni chez nous, d'ailleurs. Mais poursuivons, si tu veux bien. Je suis prêt à t'interroger. »

Une heure et demie plus tard, le type avait terminé et rassemblait ses affaires pour retourner dans son bureau à Aarhus.

Le pauvre, dire qu'il va devoir se farcir toute cette route par un temps pareil, songea Carl.

Les autres chefs d'accusation restaient donc les mêmes qu'à l'audience préliminaire : complicité de meurtre, trafic de stupéfiants, fraude fiscale et manquement à ses obligations professionnelles, le procureur n'y était pas allé de main morte. Malgré tout, pour la première fois depuis son arrestation, Carl avait le sentiment que cette procédure pourrait aller dans le bon sens. Tant que ce serait la DUP qui s'en chargerait, il se savait à l'abri de tout parti pris. Ces gens retourneraient chaque pierre et, tant que sa culpabilité ne serait pas prouvée, la présomption d'innocence serait respectée. Surtout ils resteraient objectifs par rapport aux charges énoncées par le procureur.

Quelle chance d'avoir au Danemark des enquêteurs

indépendants pour investiguer quand un policier est accusé d'un acte criminel, songea-t-il.

« J'aimerais m'entretenir avec mon avocate dans la salle vidéo, vous pouvez arranger ça ? demanda-t-il un peu plus tard au gardien qui le conduisait aux toilettes.

— Bien sûr, il y a un créneau libre demain vers treize heures. »

Le front de Carl se plissa. C'était quasiment dans vingt-quatre heures.

« Je viens d'apprendre que des articles sont sortis dans la presse sur mon affaire. Ça vous parle ? »

L'homme secoua imperceptiblement la tête. « Non, je regrette, mais vous verrez ça avec votre avocate. »

17

Mercredi 30 décembre 2020

Malthe

Ils étaient quelques-uns parmi le personnel de la maison d'arrêt de Slagelse à se plaindre que la prison Vestre leur envoyait un prisonnier supplémentaire, alors qu'ils manquaient cruellement de place. Et si l'administration pénitentiaire n'avait pas décidé d'utiliser ce Malthe comme une sorte de garde du corps pour le détenu le plus célèbre du Danemark, ils se seraient empressés de le renvoyer dans une autre maison d'arrêt.

Mais les ordres étant les ordres, ils durent expliquer poliment au nouveau venu que s'ils avaient disposé de deux cellules voisines, ils l'auraient installé à côté de Carl Mørck, mais qu'en l'occurrence il aurait celle qui se trouvait au-dessus, au deuxième. Ils pourraient toujours se parler par la fenêtre, si nécessaire.

Malthe n'y trouva rien à redire. Même s'il avait bien saisi que Carl Mørck avait déjà une excellente opinion de lui – en tout cas, c'était ce qu'il lui avait fait comprendre pendant le trajet en fourgon –, il se dit que cette promiscuité lui permettrait d'établir avec lui une relation de confiance.

Malthe avait reçu ce matin-là une triste nouvelle. L'état de son petit frère s'était aggravé, il ne lui restait sans doute plus qu'un ou deux mois à vivre. Le voyage en Allemagne devenait urgent si on voulait avoir une chance de le sauver. Même si c'était purement expérimental, il était possible qu'un traitement spécifique et extrêmement coûteux puisse prolonger légèrement son espérance de vie. Et ce traitement n'existait pas au Danemark.

Pendant tout le voyage entre Copenhague et Slagelse, Malthe avait été incapable de penser à autre chose. Hansi, son petit frère, était l'être le plus doux et le plus gentil qu'il ait jamais connu. Et le seul à avoir toujours pris son parti.

« Ce n'est pas la faute de Malthe. Ce sont les autres qui le provoquent », disait-il quand Malthe avait des ennuis. Et lorsqu'il se retrouvait au tribunal, Hansi était toujours au premier rang, et il lui souriait, à l'entrée et à la sortie. Ces six derniers mois, il ne l'avait pas vu une seule fois, et cela lui fendait le cœur. Il aurait tant voulu être là pour lui.

Pendant le transport, Malthe avait préféré ignorer Carl Mørck. Il ne voulait pas qu'il voie son émotion et, surtout, il aurait trouvé malsain de lui parler. Le policier était son dernier espoir pour soigner Hansi. Malthe n'hésiterait pas à le tuer à la première occasion. « Garde tes distances avec les gens et ne leur montre pas tes sentiments », lui avait toujours dit sa mère.

« On ne flatte pas l'encolure du cochon qu'on va égorger dans une heure » était l'une de ses phrases favorites. Mais son frère Hansi caressait le cochon quand même, il le consolait jusqu'au moment où le couteau s'enfonçait dans sa gorge et jusqu'à ce qu'il s'arrête de crier. Malthe en était parfaitement incapable, et c'était pour ça qu'il n'avait pas regardé une seule fois Carl dans les yeux de la matinée.

L'autre problème qui se posait à Malthe était de savoir comment il allait se mettre en relation avec ceux qui devaient le payer pour ce contrat. Il avait déjà passé quelques mois à la maison d'arrêt de Slagelse quelques années plus tôt, mais il n'avait créé de liens avec personne lors de ce séjour et il doutait fort de pouvoir faire passer un message à Vestre à l'intention de Singe hurleur. Si seulement il connaissait son vrai nom, il aurait peut-être pu demander à quelqu'un de l'appeler pour lui dire à quel point il lui était reconnaissant d'avoir favorisé son transfert à Slagelse et lui faire savoir qu'il était bien content, parce qu'il allait probablement pouvoir croiser Carl Mørck, et finir le boulot. Singe hurleur pourrait informer les commanditaires et il aurait son argent.

Malthe jeta un œil à sa cellule, puis s'allongea par terre où il y avait suffisamment de place pour sa grande carcasse, et entama son habituelle série de deux cents pompes, suivie de cinquante pompes sur une main, rapides, un côté, puis l'autre. Quand il en arrivait au point où le poids de son énorme corps faisait trembler ses bras de fatigue, il pensait à tous ceux qui lui avaient fait du mal, et cela lui redonnait assez de force pour attaquer une nouvelle série.

Lorsqu'il eut terminé, il s'allongea sur sa couchette pour reprendre son souffle, en fixant le plafond.

Il allait devoir attendre que Singe hurleur ait reçu son message et lui ait donné le feu vert avant de tuer Carl

Mørck. Malthe se fichait de savoir s'il allait toucher un million de couronnes ou seulement la moitié comme on le lui avait fait miroiter au départ, du moment que la somme était versée au plus vite sur le compte de sa mère.

Quand les modalités du règlement seraient arrangées, il lui suffirait d'attraper Mørck par-derrière et de lui tordre le cou avant qu'il ait le temps de réagir. L'histoire du meurtre se répandrait tel un feu de brousse. Il était certain qu'elle aurait fait le tour du Danemark en un rien de temps, et Malthe était prêt à purger sans se plaindre la peine qui s'ensuivrait.

S'il montrait assez de remords et parvenait à faire croire que Mørck l'avait agressé le premier et qu'il avait agi en légitime défense, il échapperait peut-être à la réclusion criminelle à perpétuité. Mais même s'il devait ne plus jamais sortir de prison, au moins son sacrifice offrirait à son petit frère une chance de survie.

« Désolé de pas t'avoir répondu pendant le transfert, Carl Mørck », cria-t-il plusieurs fois après avoir ouvert grand sa fenêtre. Mais Carl ne répondit pas.

Quand il répéta la phrase cinq minutes plus tard, une voix résonna, venue d'une autre cellule.

« Eh, connard ! Vous couchez ensemble, le flic et toi, ou quoi ? Tu ferais mieux de la fermer si tu veux pas qu'on s'occupe de ton cas à la promenade, mec ! »

Malthe fronça les sourcils. Il n'avait pas réalisé que tout le monde pouvait l'entendre.

« Essaie un peu pour voir, minus », rétorqua-t-il.

Il ne s'attendait pas du tout à ce qui arriva ensuite. Un chœur d'éclats de rire et de cris éclata, de toutes les fenêtres à la fois.

« Minus ! Hahaha ! On voit bien que tu sais pas à qui tu parles ! » lança quelqu'un.

Et les rires déferlèrent le long de la façade de la maison d'arrêt de Slagelse.

Malthe se tut.

Qu'est-ce que c'était que cette taule ? Il était temps qu'il leur inculque le respect.

18

Mercredi 30 décembre 2020

Eddie Jansen

Il y avait trente-six heures à présent qu'Eddie s'était exposé au virus et il ne sentait toujours rien. Peut-être une petite sécheresse dans la gorge, un léger chatouillis dans le nez, mais les deux symptômes pouvaient aussi bien être dus au fait que l'appartement qu'il avait loué sentait encore la peinture fraîche.

« Il est aussi possible que ce soit un Covid léger, suggéra Femke. Peut-être qu'il n'y a que toi qui as été contaminé. Tu travailles nuit et jour depuis quelque temps, Eddie. Il faut que tu prennes soin de toi.

— J'ai mis mon téléphone en mode avion, c'est un pas dans la bonne direction, non ? »

Ce n'était pas tout à fait vrai. L'appartement de Valkenburg avait été loué pour un mois, payé d'avance avec de l'argent liquide intraçable, et il était largement assez grand pour qu'ils y circulent tosus les trois sans se gêner. Femke adorait jouer avec leur petite fille et, quand Eddie avait besoin de communiquer avec le monde extérieur, il lui suffisait d'aller récupérer son téléphone à carte derrière le réservoir d'eau des WC et de passer ses coups de fil.

Depuis la deuxième tentative ratée pour assassiner Carl Mørck, il devait veiller à faire profil bas et préférait aller chercher ses informations directement auprès de son contact danois. Il savait grâce à lui que l'homme qui lui avait sauvé la vie avait été transféré dans la même maison d'arrêt que Carl Mørck et que cet homme n'était autre que celui qu'ils avaient engagé au départ pour le tuer.

À présent, ils allaient devoir envoyer quelqu'un à Slagelse, au sud de Copenhague, afin de trouver un arrangement susceptible de contenter les commanditaires néerlandais. Peut-être que cette fois ça marcherait. Eddie ayant failli à sa mission, son contact lui déconseillait de se faire remarquer avant que tout soit terminé, et même à ce moment-là, il aurait sans doute intérêt à rester discret.

Comme s'il n'était pas déjà au courant… Il avait été loyal et dévoué toutes ces années et il leur avait rendu de nombreux services, mais en même temps il en savait un peu trop sur trop de sujets et il avait souvent eu l'occasion de constater que, dans cette organisation, aucun maillon n'était irremplaçable. Rasmus Bruhn, qui acheminait la drogue entre les Pays-Bas, le Danemark et le reste de la Scandinavie, en était l'exemple flagrant.

Eddie tremblait en pensant à ce qui lui était arrivé et le malaise s'amplifia quand son contact à Vestre l'informa que celui qu'on appelait Queue de lapin était malencontreusement tombé dans l'escalier du premier étage en revenant de l'infirmerie et qu'il s'était brisé les cervicales.

Eddie était-il le suivant sur la liste ?

Il pensa aussi à son homologue, Hans Rinus, qui dirigeait l'enquête sur l'affaire du pistolet à clous de Schiedam. Il avait été à deux doigts de comprendre qu'Eddie y était mêlé et n'avait pas eu la jugeote de garder ses opinions pour lui. La nouvelle de sa mort précoce avait été accueillie par un silence assourdissant. Dans la police, on n'ébruitait pas les histoires de collègues qui s'étouffent dans leur vomi après une cuite. Et cette affaire avait été classée, elle aussi, ce qui en disait long sur l'intransigeance et l'efficacité de ceux qui tiraient les ficelles. En réalité, Eddie était si las de lui-même qu'il ne craignait même plus pour sa propre vie. S'il s'inquiétait, c'était surtout pour sa femme et sa fille. Comment ses commanditaires pouvaient-ils croire qu'il avait maintenu Femke dans l'ignorance toutes ces années ? Qu'elle n'avait aucune idée de la provenance de tout cet argent ? Ne penseraient-ils pas qu'elle devait avoir compris à présent qu'il ne l'avait pas gagné à la sueur de son front ? C'était une femme intelligente et ils le savaient certainement.

Peut-être que je devrais me rendre et répondre de mes actes, songea-t-il. Et si le moment était venu ? Après tout, j'ai eu le temps d'en profiter, depuis que je me suis laissé enrôler par ces salopards.

Eddie eut mal au ventre, tout à coup. Qu'allait-il advenir de Femke et de la petite ? Leurs biens seraient-ils confisqués, les laissant dans une misère plus grande encore que celle dans laquelle ils étaient avant que tout cela commence ? Et l'humiliation, le scandale, la déception et la colère ? Comment sa femme allait-elle réagir ? Ne prenait-il pas le risque de la perdre définitivement ?

Quand le malaise se transforma en nausée et qu'il sentit qu'il allait vomir, il posa les mains sur son estomac et s'essaya à quelques exercices de respiration.

Ressaisis-toi, Eddie, tu perds les pédales. Tu es là maintenant, et tu vas rester là avec ta femme et ta fille aussi longtemps que si vous étiez réellement infectés par le Covid. En attendant, tu vas chercher un moyen d'empêcher tes commanditaires de s'en prendre à toi et à ta famille.

Il ouvrit un nouveau document Word et commença à écrire. Quand il aurait terminé, il l'enregistrerait sur le Cloud, et ses révélations retomberaient sur ceux qui voulaient sa peau, sans trop l'éclabousser au passage.

19

Mercredi 30 décembre 2020

Mona

Carl avait été transféré à la maison d'arrêt de Slagelse la veille et Mona n'avait toujours pas de nouvelles ; elle n'était pas tranquille. Elle se consolait en se disant que le colosse Malthe était là-bas avec lui. N'avait-il pas prouvé, au péril de sa propre vie, que personne ne devait toucher à Carl ?

Elle espérait de tout son cœur que son mari allait bien. Les gros titres de *Gossip* avaient provoqué un remous indescriptible et braqué les projecteurs sur lui. Dans un sens, cela pouvait lui attirer la sympathie du grand public, mais de l'autre cela voulait dire que ceux qui le haïssaient savaient maintenant où il se trouvait et à quel point il était vulnérable.

Les journalistes ne ménageaient pas leurs efforts. Ce matin-là, les manchettes et leurs sous-titres du site avaient été constamment corrigés et mis à jour.

« Le meilleur enquêteur du Danemark en prison. »

« Agressé par ses codétenus. »

« Il échappe à la mort de justesse. »

« Pas de cellule d'isolement. Ses collègues le lâchent. »

« Pourquoi Carl Mørck est-il en prison ? Tous les détails de l'affaire. »

Comme Rose l'avait prédit, cette surexposition ne fit qu'ajouter à la pression que subissait déjà Mona. Son téléphone portable avait sonné toute la nuit, faisant pleurer Lucia. Mais Mona n'osait pas l'éteindre parce qu'elle espérait un appel de Slagelse.

À peine levée, elle avait dû répondre à près de vingt appels de journalistes qui se présentaient brièvement avant de l'abreuver de questions. Chaque fois, elle avait dû les décevoir, leur expliquant qu'elle ne ferait pas de commentaire et qu'ils devaient s'adresser au patron de la brigade criminelle puisque c'était lui qui était responsable de l'arrestation de Carl Mørck et de son transfert. Cela ne les avait pas empêchés de continuer à la harceler.

Toutes les cinq minutes, on sonnait à sa porte. Voyant qu'elle n'ouvrait pas, ils se mettaient à frapper et à lui crier à travers le battant qu'ils savaient qu'elle était là, comme les pires des paparazzis. Pour conduire Lucia à la maternelle, elle dut se frayer un passage au travers d'une forêt de micros et de cris, d'abord devant sa porte d'entrée et sur le parking, puis en entrant et en ressortant de l'école. Lucia avait eu peur et avait beaucoup pleuré, ce qui lui serrait le cœur.

Tu récoltes ce que tu as semé, se reprochait Mona, avant de se raisonner. C'était un mal nécessaire.

Plus tard dans la matinée, elle était retournée au centre-ville pour deux consultations avec des étrangers en garde à vue au commissariat.

Elle venait de se débarrasser des journalistes qui l'avaient suivie et elle passait la sécurité quand on vint l'intercepter pour lui dire qu'elle était attendue immédiatement dans le bureau de la directrice de la police.

La patronne n'était pas seule à l'attendre dans son plus bel uniforme. Le commissaire Marcus Jacobsen était également présent, les joues encore un peu rouges après le savon que venait manifestement de lui passer sa supérieure.

Pourvu qu'elle soit dans notre camp, se dit naïvement Mona.

Mais la directrice pencha la tête de côté, ce qui était mauvais signe, Mona le savait d'expérience. « J'espère que vous êtes conscients l'un et l'autre que je vais devoir prendre très au sérieux la tempête médiatique dans laquelle nous sommes actuellement. »

Elle les regarda dans les yeux, tour à tour.

« Marcus prétend qu'il n'a rien à voir avec ce qui se passe, poursuivit-elle, et je t'informe que je viens de l'engueuler parce qu'il n'a pas suffisamment veillé à la protection de Carl. »

Mona dut se retenir d'applaudir et Marcus détourna les yeux. Il n'en avait rien à foutre et ça se voyait. Il n'avait manifestement jamais été aussi déçu par l'un de ses collaborateurs.

« J'en déduis donc, Mona, que c'est à toi et au département V que nous devons tout cela, et je t'ai fait venir pour te poser la question franchement : est-ce vous qui avez donné ces informations à la presse ? »

Mona ne se laissa pas démonter. « J'ai bien entendu ta question, mais si tu es si outrée de voir cette affaire échapper à tout contrôle, tu devrais peut-être commencer par demander au patron de la brigade criminelle ici présent pourquoi il s'abstient d'informer la presse ! »

Elle se tourna vers Marcus, qui ne lui avait jamais paru aussi vieux. Peut-être était-il déjà trop usé quand il était revenu à la tête de la brigade, quelques années auparavant. Peut-être cette affaire était-elle celle de trop.

Il était furieux mais elle soutint son regard. « Tu devrais tout leur raconter sur l'affaire Sisle Park et le travail d'enquête extraordinaire accompli par le département V. Et ensuite, je trouve que tu devrais expliquer au public en quoi consiste cette affaire dans laquelle Carl a été mis en cause. Et si toi, tu ne le fais pas, ne venez pas vous plaindre ensuite des coups que vous allez prendre dans les médias.

— Je vais réfléchir à cette question, Mona, rétorqua la directrice. Mais d'abord, j'aimerais que tu répondes à celle que je t'ai posée. »

Mona remarqua que sa cheffe ne s'était pas lavé les cheveux et qu'elle les avait coiffés à la va-vite à l'aide d'un grand nombre d'épingles. Elle avait dû partir de chez elle précipitamment. Elle l'imagina en pyjama en train de lire tranquillement les infos sur le Net et de réaliser soudain la gravité de la situation.

« Alors, qui a laissé fuiter cette histoire ? C'est toi ? » insista-t-elle.

Mona se redressa. « J'avoue être assez choquée par ce que j'entends. Est-ce que tu te rends compte de la situation dans laquelle je suis et combien tout cela est terrible pour ma famille et moi ? Carl a failli être tué à cause du manque de solidarité de la police et tu viens m'accuser ? En ce qui concerne le département V, tu ne crois pas qu'ils ont assez à faire avec les enquêtes que les autres équipes de Marcus n'ont pas su résoudre ? »

Sur ces mots, Mona hocha la tête en guise de salut et se leva. Puis elle ajouta :

« Et si tu as l'intention de faire le tour de tous ceux sur qui tu as des soupçons, je te rappelle que, contrairement à moi et aux amis de Carl au département V, un certain nombre de journalistes ont assisté à l'audience préliminaire et ont entendu les charges prononcées par le procureur à l'endroit de Carl. Alors bonne chance pour les passer en revue un à un. Je ne serais pas surprise quant à moi que certains, malgré l'anonymat accordé par le tribunal, aient eu vent d'un fait ou deux. Sans compter les indépendants de la DUP qui ont pris cette affaire en main. Ils sont au-dessus de tout soupçon, certes, mais tu ne crois pas qu'après l'audience leurs faits et gestes ont été surveillés de près ? Sans oublier nos propres agents, au sein de la police. *Gossip* n'a sûrement pas hésité à venir agiter sous le nez des moins scrupuleux d'entre eux de confortables honoraires de consultant contre quelques informations de première bourre.

« Quant aux affaires liées à Sisle Park, dont certaines ont très mal fini, entre autres celle du meurtre bestial d'une femme à Amagerbrogade, je te rappelle que le travail du département V n'est pas passé totalement inaperçu, poursuivit Mona. Alors si je peux donner mon avis, sachant que la presse ne dort jamais, tu devrais attirer son attention sur l'extraordinaire travail du département V dans l'affaire Sisle Park. Il faut que les collègues de Carl puissent divulguer librement les détails de ces enquêtes, en admettant qu'ils en aient le temps, parce qu'elles sont assez compliquées. »

Là-dessus elle s'en alla, les laissant tous deux muets, sans oublier de saluer au passage la secrétaire de direction derrière son bureau.

Elle n'avait aucune idée de ce qui allait découler de tout cela, mais au moins elle ne les aurait plus sur le dos.

Elle eut juste le temps d'attraper les dernières nouvelles sur le site de *Gossip* avant d'entrer dans la cellule des deux étrangers en garde à vue qu'elle devait voir en consultation.

« La femme d'affaires Sisle Park aurait tué au moins vingt personnes », disait la manchette, et les sous-titres n'étaient pas moins alléchants : « L'affaire de la tueuse en série Sisle Park dans ses moindres détails », était-il écrit en bas à droite de la page. « Lisez dès demain le numéro spécial Nouvel An de *Gossip* et découvrez comment le département V est parvenu à confondre la coupable de ces crimes atroces. »

Le chef de la brigade criminelle et la directrice de la police allaient avoir un choc, à l'instar de tous les journaux qui étaient passés à côté de ce scoop extraordinaire.

Mona entrevit l'enfer que ça allait être de rentrer chez elle. Rien que d'atteindre la porte d'entrée serait un véritable parcours du combattant.

20

Mercredi 30 et jeudi 31 décembre 2020

Gordon / Mona

Le mercredi 30 décembre à seize heures dix, le patron de la criminelle débarqua dans les bureaux du département V.

« Où est Petersen ? demanda-t-il, regardant autour de lui.

— Il s'en va tous les jours à seize heures pétantes », répondit Gordon.

Marcus Jacobsen fronça les sourcils. Il allait sûrement remédier à cela dès le lendemain.

« Je vois, mais moi je veux qu'il soit ici quand vous y êtes, pour être sûr que vous ne faites pas de conneries. Puisqu'on ne peut compter sur personne, je vais tout simplement vous demander de rentrer chez vous. Vous êtes en congé. Vous reviendrez le 2 janvier. »

Le patron faisait mine d'être calme. Il avait parlé froidement, comme s'il s'agissait d'une nouvelle comme une autre, mais en réalité, sous sa veste de cuir noir, l'adrénaline pulsait à fond. C'était un ordre et il n'y avait pas à discuter.

Gordon passait la majeure partie du temps seul au bureau et il réagit avec le même calme apparent, rétorquant d'une voix ferme qu'ils n'avaient absolument pas le temps de prendre des congés en ce moment. Il ne donna pas d'explication, mais se leva tranquillement, s'efforçant de marcher d'un pas sûr alors qu'il avait les jambes en coton, et alla inscrire quelques notes sur le tableau blanc, des notes qui n'avaient aucun sens, mais avec lesquelles il espérait noyer le poisson.

Il écrivit, dos à Marcus :

30/12/2020, QUESTIONS

L'arbre aux sorcières

« Celle-là, c'est pour moi ! » dit-il.

Était-ce la première fois ?

« Je la prends aussi ! »

Enoksen, Witt, Dennis Larsen ?

« Assad. »

Il resta quelques instants, le feutre posé sur la lèvre inférieure comme s'il réfléchissait, puis poursuivit :

Otages ou complices ? Micro-trottoir place Vesterbro. Rose ?

Puis il se tourna vers le patron. « Merci, mais non merci. J'aurais adoré prendre quelques jours de vacances supplémentaires, mais comme tu vois, nous avons deux trois trucs sur le feu. »

Marcus Jacobsen se frotta les tempes, se demandant s'il allait exploser tout de suite ou s'il valait mieux qu'il monte dans son bureau réfléchir à ce qui venait de se passer.

« Qui sont Enoksen, Witt et Dennis Larsen ? » s'enquit-il tout de même, le front plissé de rides.

Gordon regarda le tableau, soulagé qu'il n'ait pas posé de question sur « l'arbre aux sorcières », parce qu'il n'avait aucune idée de ce qu'il aurait pu répondre à ça. C'était stupide d'avoir inventé un truc pareil !

« Ce sont trois témoins que nous avons déjà interrogés, mais je voudrais voir avec Assad si on peut les rayer de la liste. A priori, ils ne nous serviront plus à rien. » Il s'éclaircit la gorge une fois ou deux, parce qu'il avait l'impression qu'il allait étouffer, mais heureusement, Marcus se contenta de cette explication. À vrai dire, il n'avait jamais très bien compris la façon de travailler du département V.

« Vous êtes sur quelle affaire, au fait ? » demanda-t-il par acquit de conscience, en regardant la liste.

Aïe ! songea Gordon. Il était coincé !

Il se retourna vers le tableau. « Nous avons sélectionné trois affaires parmi celles que tu nous as confiées et nous y travaillons en parallèle. Comme tu vois, pour l'instant, nous tâtonnons un peu et nous avons encore beaucoup de questions sans réponse. C'est un peu frustrant, mais nous allons bien finir par trouver quelques pistes qui nous mèneront quelque part. »

Marcus n'était pas idiot, mais d'après Mona il avait eu un début de journée difficile dans le bureau de la directrice et il avait peut-être juste envie de rentrer chez lui pour s'écrouler sur son canapé.

Il tourna les talons et s'en alla.

Gordon resta un moment planté là avec un sourire stupide. Ce qui était tout de même plus civilisé que de faire dans son froc.

Après le départ de Marcus, Gordon appela à plusieurs reprises le bureau de la DUP pour finalement s'entendre dire que ce n'était pas la peine d'insister. Il devait y avoir une totale étanchéité entre eux et la brigade criminelle de Copenhague, tous départements confondus. En temps voulu, ce serait l'autorité indépendante elle-même qui appellerait les uns et les autres pour leur poser des questions et leur faire part de ses conclusions.

Rose arriva dans le bureau et resta une seconde figée, la bouche ouverte, devant le tableau blanc.

« C'est quoi tout ça, Gordon ?

— Je n'en ai aucune idée, j'ai écrit ça parce que Marcus est venu voir ce qu'on faisait.

— Tu vis dangereusement. Qu'est-ce qu'il a dit ?

— Rien, mais j'ai bien peur qu'il nous renvoie chez nous sous peu. »

Rose s'assit lourdement sur une chaise. « J'aimerais tellement que Carl soit là. Je suis sûre qu'il arriverait à comprendre ce qui se cache derrière la société DKNL Transports. Le président, Hannes Theis, n'est pas chez lui ; quant à son employé, Jess Larsen, tout ce qu'il a su me dire, c'est qu'il était probablement aux Pays-Bas. Moi je crois que Hannes Theis est parti là-bas pour faire son rapport et peut-être préparer une sorte de rupture de contrat, ou alors il est allé superviser le prochain chargement pour le Danemark.

— Tu sembles convaincue qu'il s'agit de trafic de stupéfiants.

— Je pense que c'est une possibilité, répondit Rose, mais vu la situation, on n'en saura pas plus pour l'instant.

— On pourrait faire passer l'information aux Stups... » Gordon s'interrompit. « D'ailleurs, maintenant ça s'appelle brigade de répression du trafic illicite de stupéfiants, un peu pompeux, tu ne trouves pas ?

— Quel que soit leur nom, ils devraient au moins organiser une perquisition dans leurs locaux. C'est leur domaine de compétence, non ?

— OK, essaie toujours, mais contente-toi de leur dire que tu as entendu une rumeur. » Rose lui pinça les deux joues. « Finalement, tu es moins bête que tu en as l'air, mon petit Gordon ! »

Le lendemain, jour de la Saint-Sylvestre, ils se retrouvèrent tous chez Mona en fin d'après-midi pour confronter leurs idées sur l'affaire.

Assad et l'avocate de Carl avaient prévenu qu'ils ne resteraient que quelques heures parce qu'ils étaient attendus chez eux, mais Gordon et Rose, qui sinon se seraient retrouvés tout seuls, acceptèrent avec joie l'invitation de la maîtresse de maison à réveillonner avec elle et la petite Lucia.

« J'ai parlé à Carl en visio il y a deux heures, leur annonça l'avocate, Molise Sjögren. Il a l'air d'aller bien et il a le moral. Un gardien a bien voulu lui faire passer un exemplaire de *Gossip*, et hormis quelques photos qui lui ont paru hors sujet, il était content qu'on oriente l'opinion publique vers l'affaire Sisle Park. Il vous embrasse tous, surtout toi, Mona. Et Gordon, bien sûr, pour avoir si bien briefé le journal. »

Le jeune homme habituellement si pâle devint tout rouge. « Ça me fait plaisir. Certaines anciennes affaires dont j'ai parlé à *Gossip* datent d'avant mon arrivée au département V, alors ça n'a pas été facile.

— Qu'en est-il de la sécurité de Carl, est-ce que je dois m'inquiéter ? demanda Mona à l'avocate.

— Honnêtement, j'ai eu l'impression qu'il se sentait rassuré. On lui apporte ses plateaux-repas dans sa cellule, et il est allé plusieurs fois aux toilettes et à la promenade, escorté par deux matons plutôt sympathiques. La DUP est venue l'interroger hier, et Carl m'a demandé de te dire qu'il y a un parloir qui ressemble à l'école maternelle de Lucia. »

Mona sourit. « Il t'a dit quelque chose à propos du jeune homme qui a été transféré avec lui ?

— Malthe a la cellule au-dessus de la sienne, pour l'instant. Carl ne sait pas ce qui est prévu. Je suis allée au poste de garde et ils m'ont dit qu'ils allaient rapidement trouver une solution et que l'administration pénitentiaire était furieuse que les agressions contre Carl soient sorties dans la presse. »

Mona tourna machinalement son alliance autour de son annulaire. « Je vois… L'administration pénitentiaire est furieuse que ça se sache ! Elle ne ferait pas mieux de s'inquiéter de son incapacité à prendre soin de ses détenus ? C'était son rôle de veiller à sa sécurité. »

Des rires et des voix claires résonnèrent. Lucia avait la visite d'une petite copine, et à plusieurs reprises Mona tourna la tête vers la pièce où jouaient les filles. Lucia et elle étaient seules à présent, et une nouvelle année allait bientôt commencer. Que leur réservait-elle ? Elle osait à peine y penser.

« La DUP m'a informée qu'en ce qui concerne le cadavre retrouvé dans une caisse à Amager et le lien que ça pourrait avoir avec Carl, les soupçons ont été levés, poursuivit Molise Sjögren. Ils n'étaient pas obligés de me le dire et c'était gentil de leur part de l'avoir fait. Ils ont ajouté cependant qu'il était toujours mis en examen pour meurtre et trafic de stupéfiants en bande organisée. Ils n'ont pas su me dire quelle serait la peine encourue s'il était condamné pour l'ensemble de ces délits, mais m'ont informée que, dans le pire des cas, une peine de douze années de réclusion, voire plus, n'était pas à exclure, et j'ai tendance à être de leur avis. »

Elle prit la main de Mona qui s'était mise à trembler. « Ne t'inquiète pas, Mona. Pour l'instant, personne n'a découvert la moindre preuve. Il s'agit peut-être d'une ruse pour amener Carl à avouer sa participation afin d'obtenir une réduction de peine.

— Sa participation à quoi ? dit Mona d'une voix tremblante. Je SAIS qu'il n'a rien fait.

— Et c'est pour ça que nous sommes tous rassemblés ici aujourd'hui, Mona. Parce que nous en sommes convaincus. » Molise Sjögren se tourna vers les autres. « Est-ce que l'un d'entre vous a avancé sur une piste ? »

Assad s'agita sur sa chaise. « D'abord j'ai une nouvelle à vous annoncer. Vous n'allez pas me croire. J'ai invité Hardy et Morten à nous rejoindre. Ils arrivent dans une demi-heure environ, accompagnés d'une sorte d'ingénieur dont le rôle est de s'assurer que l'exosquelette de Hardy fonctionne correctement. Le type ne parle que le français, mais Hardy et lui arrivent quand même à communiquer. Je me suis souvenu que vous aviez un ascenseur, alors je me suis dit que ça ne poserait pas de problème. »

On aurait pu entendre voler une mouche dans la pièce. Mona semblait avoir du mal à respirer et les autres étaient pétrifiés. Hardy avait pris une balle dans le dos quatorze ans auparavant, et depuis il était paralysé des épaules jusqu'aux pieds. Le voir serait un choc important. Si tant est qu'il parvienne à arriver jusque chez elle.

Rose secoua la tête. « Tu aurais dû nous informer avant, Assad, que nous ayons le temps de nous préparer psychologiquement.

— Oui, je sais. Je vous avoue que ça m'a fait un drôle d'effet de le voir. C'est lui qui m'a demandé de me taire. Je n'avais le droit de le dire qu'à Molise tant qu'on ne serait pas tous au calme ici, ensemble. Au cas où vous auriez envie de lui témoigner de la… hum… je crois que le mot qu'il a employé était "pitié", sachez qu'il le supporte très mal. De toute façon, il ne restera pas longtemps, mais il avait très envie d'être avec nous et de répondre à nos questions de son mieux. Cette nuit de réveillon lui a paru un bon moment pour démarrer le reste de sa vie.

— Comment est-il ? À quoi devons-nous nous attendre ? » demanda Gordon qui était encore plus blanc qu'à l'accoutumée, en admettant que ce soit possible. « Je ne me sens pas bien du tout, là. Tu l'as vu, toi ?

— J'ai passé une heure avec lui ce matin. Il était en fauteuil roulant, je ne l'ai pas vu marcher.

— Comment va-t-il venir jusqu'ici ? demanda Rose.

— Un véhicule aménagé pour le transport des personnes handicapées le déposera devant la porte. »

Rose regarda par la fenêtre. Elle fut soulagée de ne voir ni journalistes ni photographes. Elle imaginait le cirque s'ils avaient été devant l'immeuble à l'arrivée de Hardy.

« Alors, Assad, à quoi devons-nous nous attendre ? » demanda de nouveau Gordon.

Assad porta ses mains à sa bouche et Mona comprit son hésitation à répondre. Ils étaient tous bouleversés par le drame que vivait Hardy et ce qu'il avait traversé ces derniers mois, sans parler de ces dernières années.

Et il y avait Morten aussi, et Mika, son compagnon. Ces deux-là méritaient toute leur admiration pour l'avoir soutenu avec autant d'abnégation et l'avoir accompagné en Suisse. Ils avaient trouvé les financements pour le séjour et les traitements et avaient veillé chaque jour à ce que Hardy garde le moral pendant son douloureux chemin de croix.

« Hardy a deux implants dans le cerveau qui lui permettent de contrôler son gigantesque exosquelette, dit enfin Assad, se ressaisissant. Je l'ai vu et, finalement, ça fait moins Robocop que je pensais. Il ressemble plutôt à un *stormtrooper* dans *Star Wars*, vous savez, les gars habillés tout en blanc qui visent comme des manches avec leurs pistolets lasers. »

Mona tenta de s'imaginer Hardy dans ce costume. C'était un homme très grand, et son salon était plutôt petit.

« Je propose qu'on déplace les chaises, dit Rose en joignant le geste à la parole. Il ne faudrait pas qu'il trébuche. »

C'est à ce moment-là que Molise Sjögren intervint. « Écoutez, sans vouloir être l'oiseau de mauvais augure, nous ne savons pas à l'heure qu'il est quels témoins le juge d'instruction voudra présenter à la barre, et il serait bon de nous assurer d'abord que Hardy est bien de notre côté, et là je parle aussi en vue du procès, si les choses devaient en arriver là. »

Mona secoua imperceptiblement la tête. « Personne ne manipule un homme comme Hardy, dans un sens comme dans l'autre. Mais il est vrai que cela pourrait être intéressant d'entendre sa version des faits.

— Je ne parle pas de manipuler qui que ce soit, Mona. Je parle de ce que Hardy dira de Carl, un véritable ami qui l'a accueilli dans sa maison et lui a redonné le goût de vivre. La gratitude peut avoir des vertus, vous ne croyez pas ? »

Quand l'interphone sonna enfin, tous retinrent leur souffle et, tandis que la cabine d'ascenseur montait les étages, chacun gambergea de son côté. Comment était-il à présent ? Ressemblerait-il au Hardy qu'ils avaient connu ? Que pensait-il de tout cela ? Allait-il poignarder Carl dans le dos ?

Mona alla ouvrir la porte d'entrée et ils virent d'abord Morten. Derrière, une demi-tête au-dessus, s'élevait une montagne. Un homme droit comme un I, attaché à un monstre d'exosquelette d'un blanc de craie. Mona eut beau tenter de se contrôler, elle en resta bouche bée et ses lèvres se mirent à trembler. Quel choc ! Elle tourna la tête vers Assad avec un regard qui en disait long. Avait-il été aussi bouleversé quand il avait vu Hardy plus tôt dans la journée ?

Assad croisa son regard et ses paupières frémirent. Évidemment qu'il était remué – ils l'étaient tous.

Hardy s'avança d'un pas lourd qui résonna dans la cage d'escalier, comme il fallait s'y attendre.

La partie supérieure de son torse était solidement maintenue au dos de l'exosquelette par de larges sangles croisées sur sa poitrine et passant au-dessus de ses épaules. Il avait un coussin derrière la tête à hauteur de la nuque, et au-dessus de ses cheveux trônait une sorte d'arceau, comme une couronne ou un casque audio placé trop haut.

Il doit s'agir d'un dispositif relié aux deux implants greffés à l'intérieur de son crâne, se dit Mona. Tout cela était assez effrayant, à vrai dire.

Tandis que tous étaient occupés à assimiler cette vision surréaliste, Hardy sourit à leur petite assemblée comme un enfant qui vient d'accomplir ses premiers mètres à vélo sans petites roues. Cet homme, jadis très athlétique, avait maintenant des cuisses aussi maigres que celles d'un adolescent et un visage sec et ridé. Sa barbe grise bien taillée donnait malgré tout l'impression, peut-être fausse, d'une vitalité retrouvée. Une chose était sûre en tout cas : Hardy avait poussé ses forces à leur extrême limite pour en arriver là. Et il était debout.

Tout d'abord, personne ne dit rien. Les mots restaient coincés dans leur gorge.

« Ah, vous aviez prévu de jouer aux chaises musicales », dit-il pour blaguer, en voyant la disposition des sièges dans la pièce.

Derrière lui, un homme qu'ils ne connaissaient pas retenait fermement Hardy par une sangle passant dans son dos, puis venait Mika, qui avait lui aussi perdu un certain nombre de kilos dans leur combat pour arriver jusque-là.

Hardy s'arrêta et examina les lieux. Il ne pouvait pas circuler n'importe où dans la pièce, sachant qu'avec les plaques sous ses chaussures, il culminait à deux mètres dix. C'est-à-dire exactement la hauteur à laquelle pendait l'imposant lustre vénitien de Mona. Pendant quelques secondes, on le crut pris d'un vertige et tous songèrent qu'il allait tout écraser s'il perdait l'équilibre.

« Je vais m'asseoir dans le fauteuil qui se trouve derrière toi, Assad. Il semble assez grand. »

Quand Assad se fut écarté, il plia les genoux avec une lenteur infinie, puis se laissa tomber sur les derniers centimètres.

C'était un spectacle plutôt macabre. Ses bras et ses jambes attachés à l'exosquelette qui épousait le fauteuil en cuir noir lui donnaient l'apparence d'un condamné à mort sur la chaise électrique.

« Pff », soupira-t-il, détendant l'atmosphère. Il fit signe à son assistant de relâcher un peu les sangles autour de sa poitrine.

« Je vous confirme que la tenue que je porte n'est pas adaptée pour un bal costumé, ni pour aller danser », dit-il en souriant avec sa décontraction naturelle qu'Assad, Rose et Gordon découvraient pour la première fois.

Puis, ému : « Je n'en reviens pas d'être là avec vous, dans ce joli salon. »

Il s'adressa ensuite à Mona, lui disant à quel point il était désolé de ce qui leur arrivait, à elle et à Carl. « Je suppose que vous avez envie de connaître mon avis sur toute cette histoire, et c'est normal. Je ne vous cache pas que tout cela est extrêmement difficile pour moi. Aujourd'hui est mon premier jour dans la vraie vie depuis de très nombreuses années. Mes pensées partent dans tous les sens, je suis troublé et tout se mélange un peu dans ma tête. En revanche je peux vous dire une chose, c'est que je n'ai pas le moindre souvenir concret qui me laisse à penser qu'Anker ait pu entraîner Carl dans tout cela. »

Molise serra la main de Mona, qui se mit à pleurer. Elle ne savait pas elle-même si c'était de soulagement ou de désespoir. La scène fut interrompue par l'irruption des deux petites filles qui déboulèrent dans la pièce et s'arrêtèrent net, l'air d'être rentrées de plein fouet dans un mur.

La petite copine de Lucia poussa un cri strident et Lucia fondit en larmes, ses yeux allant de sa mère en pleurs à l'immense individu aux allures de robot assis dans le salon.

« Tout va bien, les filles ! dit Mona en se levant et en essuyant ses larmes. C'est juste Hardy, un ami de papa, qui a mis un drôle de costume qui l'aide à mieux marcher. Retournez jouer dans la chambre, je viendrai bientôt vous apporter de bonnes choses à manger et à boire. »

Les fillettes, moyennement rassurées, retournèrent jouer et Mona alla serrer Hardy dans ses bras. Il était manifeste qu'il aurait aimé répondre à son étreinte, mais il dut se contenter d'appuyer sa joue contre la sienne.

« Quel bonheur que tu sois revenu, Hardy, lui murmura-t-elle à l'oreille. Vraiment. »

Pendant la demi-heure qui suivit, Hardy parla longuement, disant tout ce qui lui passait par la tête.

Depuis son départ en Suisse plusieurs mois auparavant, entre les séances de rééducation et la gestion de la douleur, il n'avait pas pensé à grand-chose d'autre qu'à cette foutue affaire du pistolet à clous.

« Je dois admettre que pendant longtemps j'ai soupçonné Carl d'avoir été davantage mêlé aux histoires glauques d'Anker qu'il ne voulait l'avouer. » Il posa sur Mona un regard qui demandait pardon. « Mais ce n'est plus le cas. Et plus l'instruction avance, plus je suis convaincu du contraire.

— Il paraît que tu es allé voir l'inspecteur Ploug, dit Molise Sjögren. Du côté danois, depuis le début c'est lui qui dirige l'enquête sur Carl, alors je ne comprends pas bien. Est-ce qu'il a accepté de te parler ?

— Promets-moi que ça restera entre nous. » Il se tourna vers son assistant qui, sans avoir besoin d'autre explication, approcha une gourde avec une paille. Hardy but une gorgée, le remercia et reprit : « Ploug et moi avons toujours été bons amis et il m'a révélé que les Néerlandais considéraient que plusieurs des preuves contre Carl avaient été fabriquées et que la DPU et lui étaient parvenus aux mêmes conclusions à ce sujet. Le meurtrier qui a placé un cadavre dans une caisse sous la maison de Georg Madsen avait tout intérêt à éviter d'y mettre un objet qui le désigne comme coupable. Alors pourquoi y avait-il deux pièces avec les empreintes d'Anker et de Carl, bien enveloppées de surcroît pour que lesdites empreintes ne s'effacent pas ? C'est absurde ! Et pourquoi laisser dans la poche du mort une pièce datée de 2006 indiquant l'époque à laquelle il avait été enterré ? Anker et Carl sont trop malins pour ça. C'est forcément une mise en scène. Quelqu'un cherche à atteindre Carl et à lui faire porter le chapeau, purement et simplement. »

Ils hochèrent tous la tête et il en prit bonne note.

« D'un autre côté, je ne doute pas un instant de la culpabilité d'Anker. Plusieurs années avant la fusillade, j'avais remarqué son goût de plus en plus prononcé pour la cocaïne, et aussi qu'il y avait de plus en plus d'argent qui lui passait entre les mains. Je le hais d'autant plus qu'il est en grande partie responsable de mon malheur. »

Il se tut. Morten s'approcha et posa une main sur son épaule.

« Tu es fatigué, Hardy ? »

Pendant quelques instants, Hardy eut un regard un peu flou puis il reprit ses esprits.

« J'attire votre attention sur trois points. Le corps démembré dans la caisse et les fausses preuves ont peu d'intérêt en soi. L'important, c'est la personne vers laquelle ils pointent, la personne qui les a disposés et pourquoi elle l'a fait. Nous devons trouver qui avait intérêt à nuire à Carl dans le cadre de cette affaire, et pourquoi. Ensuite, nous devons prouver qu'Anker était impliqué dans une histoire plus vaste. C'est lui qui nous a entraînés Carl et moi à Amager le jour où nous avons découvert le cadavre de Georg Madsen. D'habitude, il entrait toujours le premier sur les scènes de crime. Sauf ce jour-là. Ce jour-là, étrangement, il a commencé par aller interroger le voisin. Pour moi, c'était une mise en scène et il savait que Georg Madsen était mort. »

Mona et Hardy échangèrent un long regard. Puis Mona haussa les épaules. Elle ne voyait pas où il voulait en venir.

« Moi non plus je ne comprends pas ce que tout cela signifie, Mona. Et c'est ce que nous devons découvrir. Et s'il s'avère qu'Anker Høyer était mouillé, d'autres le sont aussi, mais certainement pas Carl.

— Tout cela semble très plausible, Hardy, mais comment le prouver ? La tâche semble insurmontable. Les faits remontent à si loin, dit Rose.

— Je le sais mieux que personne. Et le travail que nous avons à accomplir est encore plus difficile que tu le penses, parce que j'ai désormais la conviction que nous ne pouvons pas nous contenter de creuser le passé et d'espérer faire libérer Carl faute de preuves. Nous sommes obligés de trouver les vrais coupables. D'établir qui sont les commanditaires, qui sont leurs intermédiaires, qui tire les ficelles au Danemark pour ainsi prouver l'innocence de Carl.

— Tu es au courant que Marcus Jacobsen est prêt à tout pour nous empêcher de mener notre enquête ? lui demanda Rose.

— Oui, il dit que c'est le travail de la DUP, mais on s'en fout de Marcus. »

Plusieurs fronts se plissèrent. Hardy avait-il réellement dit ça ?

L'intéressé hocha la tête. « Oui, c'est ce que je pense. Quand on voit avec quel acharnement il pourrit la vie de Carl, on pourrait presque croire qu'il a lui-même trempé dans cette affaire. Mais oublions cela pour l'instant et rappelons-nous plutôt qu'il a été absent plusieurs années quand sa femme est tombée malade, et que la brigade criminelle n'a jamais si bien tourné que depuis qu'il est revenu.

— Alors toi, tu penses que Carl ignorait ce que contenait la valise qu'Anker lui avait confiée et qui a passé toutes ces années dans son grenier ? lui demanda Mona.

— Carl s'est occupé de moi et il m'a hébergé chez

lui pendant deux ans. Il aurait pu dépenser cet argent pour nous rendre la vie plus facile à tous, alors non, je ne crois pas qu'il ait été au courant du contenu de cette valise. J'ai une totale confiance en lui. Sans compter qu'un homme aussi intelligent que Carl n'aurait jamais laissé cette valise au grenier après avoir emménagé chez toi, Mona. Ç'aurait été beaucoup trop risqué. Moi, je dis qu'il l'a tout simplement oubliée. Et ce n'aurait certainement pas été le cas s'il avait su ce qu'il y avait dedans. De la cocaïne, de l'héroïne et des millions de couronnes ! Et c'est là que l'ancien enquêteur que je suis se pose la question : par quoi on commence ? »

Hardy sembla manque d'air, tout à coup.

« Qu'est-ce qui se passe, Hardy, il y a quelque chose qui te gêne ? lui demanda Morten en se précipitant vers lui.

— Je n'arrive plus à respirer », répondit-il faiblement.

Morten et l'assistant de Hardy échangèrent un hochement de tête. « Je crois qu'on va arrêter pour aujourd'hui, Mona, on reprendra un autre jour. Après tout, c'est la première fois que Hardy…

— Attendez, dit Hardy d'une voix faible. Est-ce que je pourrais avoir un peu de café, s'il vous plaît ? »

Assad, Mona et Rose bondirent en même temps, mais Assad fut le plus rapide.

« Deux ou trois cuillerées de sucre ? » demanda-t-il en commençant à le verser avant d'avoir obtenu une réponse.

Il inclina la tasse entre les lèvres de Hardy, versant un peu trop vite, et le café dégoulina sur son menton.

Hardy déglutit avec difficulté et ses yeux s'ouvrirent

comme des soucoupes. « Dieu tout-puissant, Assad, tu n'y vas toujours pas de main morte avec le sucre ! Tu es sûr qu'il n'y a que trois cuillerées ? Si j'avais été diabétique au lieu de tétraplégique, je serais mort ! » Il rit sans joie et son aide-soignant lui essuya la bouche. « Bon, qu'est-ce qu'on a, et comment on avance ?

— Juste avant qu'Assad nous annonce que tu allais venir, Molise nous a demandé si l'un d'entre nous avait découvert de nouveaux éléments, répliqua Mona, et nous n'avons pas eu le temps de répondre. Rose, tu as quelque chose ?

— Oui, je suis intriguée, et je n'aime pas ça. J'ai un peu enquêté sur l'assassinat du premier avocat de Carl. Tu en as entendu parler, Hardy, n'est-ce pas ? »

Il hocha la tête péniblement, juste assez pour que Rose lise un oui.

« Le véhicule qui l'a renversé appartient à un homme qui se trouve être l'unique employé d'une société qui s'appelle DKNL Transports. Comme son nom l'indique, DK pour "Denmark" et NL pour "Nederland", il s'agit d'une entreprise de fret qui circule exclusivement entre les Pays-Bas et le Danemark. Le dirigeant de la société s'appelle Hannes Theis et il est néerlandais. D'après ce que m'a dit son employé, il se trouverait actuellement dans son pays d'origine, mais je n'ai pas réussi à déterminer où, ni pourquoi.

— CQFD ! s'exclama Gordon. Là encore, on découvre un lien avec les Pays-Bas. On sait déjà que la police néerlandaise s'intéresse depuis des années à l'affaire du pistolet à clous, parce que plusieurs hommes ont été liquidés aux Pays-Bas avec une arme similaire. »

Rose avait toujours l'air troublée. Pourquoi ce

transporteur, Hannes Theis, qui entretenait de toute évidence des liens étroits avec les Pays-Bas et transportait des marchandises entre son pays d'origine et le Danemark, aurait-il pris le risque de se trouver à proximité de la prison Vestre, sur les lieux de l'assassinat de l'avocat de Carl, s'il avait quelque chose à cacher? Est-ce que là encore, c'était de la poudre aux yeux? La voiture avait-elle réellement été volée par un parfait inconnu qui avait foncé sur l'avocat? Tout cela paraissait tellement alambiqué.

Hardy s'éclaircit la gorge. «Qu'il s'agisse d'un rideau de fumée ou d'un acte d'une extrême bêtise, nous sommes contraints de continuer à creuser dans cette direction, parce que pour le moment, nous n'avons rien de plus concret, je me trompe?»

Assad leva timidement le doigt, mais Gordon prit la parole d'autorité.

«Moi j'ai trouvé plein de trucs qui méritent vérification, dit-il. Par exemple, j'aimerais bien savoir comment Carl a pu se faire agresser dans sa propre cellule à Vestre. Pourquoi les détenus avaient-ils la clé de sa cellule? Je crois que ce maton qu'ils appellent Singe hurleur et qui s'est fait assommer avant la première agression pourrait être impliqué jusqu'au cou dans cette affaire et je vais continuer à étudier cette question. Et peut-être vous souvenez-vous de cet enquêteur de Schiedam, Hans Rinus, qui travaillait en collaboration avec Terje Ploug sur l'affaire du pistolet à clous?

— Oui, très bien. Il me semble me rappeler que Carl ne l'aimait pas beaucoup, dit Mona.

— Nous non plus, d'ailleurs, dit Rose. Il est mort au beau milieu de l'enquête. On peut dire ce qu'on veut, mais un inspecteur de police qui meurt étouffé dans son propre vomi en pleine enquête, c'est quand même un sacré coup de la providence pour d'éventuels suspects. Je suis d'accord avec toi, Gordon : tout cela est très louche !

— Bon, cela étant dit, son remplaçant, Wilbert de Groot, est autrement plus compétent et je trouve que nous devrions nous mettre en rapport avec lui, dit Gordon. En tout cas, je suis prêt à partir tout de suite à la pêche aux infos à Rotterdam, si personne ne se propose.

— Tu es encore loin d'être dans une forme olympique, dit Assad en posant sa grande main velue sur les cannes de serin de Gordon. Tu es aussi blanc qu'un cadavre qui aurait séjourné dans un congélateur. »

Les autres sourirent discrètement. Ils ne voulaient pas non plus risquer de blesser ce pauvre Gordon.

« Détrompe-toi. Je me sens tellement bien que je n'ai même pas pris l'ascenseur pour monter. Quelqu'un m'a trouvé essoufflé quand je suis arrivé ? »

La question resta sans réponse.

« Pour résumer, quel que soit le bout par lequel on prend le dossier, on est tous d'accord pour dire que le mal trouve sa source aux Pays-Bas », insista Gordon.

Hardy allait faire un commentaire, mais Assad l'interrompit. « Je suis allé interroger Niels B Sørensen, la première personne qui a été arrêtée après le double assassinat à Sorø. Maintenant, il se fait appeler Niels B marquis de Bourbon, il est toxicomane et squatte un local dans le quartier de Nørrebro. Au cours de la conversation que j'ai eue avec lui, il m'a communiqué une information qui m'a semblé importante. Il exprimait des soupçons envers un Dano-Néerlandais prénommé

Rasmus, affirmant que c'était lui qui l'avait dénoncé. Le Rasmus en question avait toujours des stupéfiants sur lui et ne venait au Danemark que de temps en temps. Niels B m'a dit qu'il se planquait parce qu'en rentrant chez lui, après avoir été libéré faute de preuves, il avait trouvé dans son lit des clous du même modèle que ceux qui avaient servi à tuer les deux mécanos. On peut comprendre son inquiétude et son désir de quitter la ville de Sorø au plus vite.

— Un Dano-Néerlandais ! Ce n'est pas le terme que Hans Rinus avait employé, à l'époque ? demanda Hardy.

— C'est en tout cas celui qu'emploie Niels B, dit Assad. D'après lui, c'était une sorte de mule, qui ne venait en ville qu'occasionnellement, avec toujours de la drogue sur lui. Et il s'appelait Rasmus. Je pense qu'il s'agit de Rasmus Bruhn.

— Juste pour être sûre, Assad, il t'a dit à quoi il ressemblait ? » demanda Rose.

Assad eut l'air un peu vexé par la question. Évidemment qu'il avait demandé une description.

« Oui. À l'époque il avait une trentaine d'années et il s'habillait toujours en costume gris. Il était plutôt gros, la peau grasse, comme s'il ne se nourrissait que de junk-food.

— Comme beaucoup de gens aux Pays-Bas, rétorqua Molise Sjögren. Un pays où il est dangereux de vivre si on aime les frites, la mayonnaise et les nuggets.

— Bingo, Assad ! C'est bien lui, Rasmus Bruhn », intervint Hardy. Il avait l'air satisfait, comme s'il attendait de leur part un complément d'information qu'il avait déjà en partie. « Maintenant, on sait qu'il a un rapport avec le meurtre des deux mécaniciens à Sorø, et les Néerlandais nous ont appris que c'est lors d'une perquisition du domicile de ce Rasmus Bruhn aux Pays-Bas qu'on a retrouvé le pistolet qui a été utilisé contre Carl, Anker et moi à Amager. »

Hardy les regarda tous un à un.

« Je vous propose de récapituler, car il me semble que ni Mona ni Molise n'ont de raison de savoir tout cela. Ce Rasmus Bruhn a-t-il été cité lors de l'audience préliminaire de Carl ? » demanda-t-il.

Molise Sjögren secoua la tête.

« Il est donc très probable que la DUP n'ait aucune connaissance non plus de ces éléments ?

— Je ne sais pas. Peut-être l'ont-ils appris des Néerlandais qui sont venus au Danemark exposer les charges contre Carl.

— D'accord. Alors partons du principe que la DUP le sait ou qu'ils l'apprendront d'une façon ou d'une autre. »

Molise Sjögren acquiesça.

« Bon, poursuivit Hardy. En deux mots. On suppose que Rasmus Bruhn était un trafiquant de drogue, mais également un journaliste freelance qui publiait des livres de voyage et des articles sous le pseudonyme de Pete Boswell. Il a maintenant été établi que le cadavre dans la caisse était celui d'un autre trafiquant, un type originaire d'Haïti qui s'appelait Gérard Gaillard, mais cela n'a sans doute rien à voir. »

Gordon le regardait, bouche bée. Ce détail lui avait manifestement échappé.

« Si ma mémoire est bonne, Rasmus Bruhn a été assassiné, on a retrouvé son corps supplicié dans un parc de la banlieue de Rotterdam en 2014. »

Rose hocha la tête et Gordon eut l'air de commencer à comprendre.

« Ce que vous ignorez, continua Hardy, c'est qu'à l'époque j'avais rappelé à Carl qu'il avait déjà croisé ce Rasmus Bruhn en 2005. Je me rappelle l'année parce que Anker, Carl et moi étions ensemble au restaurant Parnas pour une sorte de veillée funèbre : la femme de Carl, Vigga, venait de le quitter. En plein dîner, Rasmus Bruhn avait débarqué. Je ne sais pas s'il était entré là par hasard, mais une chose est sûre, Anker et lui se connaissaient, car Anker a prononcé son nom. Le type était ivre et plutôt envahissant et ils se sont disputés. On ne comprenait pas bien de quoi ils parlaient parce que le type n'articulait pas clairement, mais soudain Anker lui a mis son poing dans la figure, sans raison apparente. Carl les a séparés, et s'il ne l'avait pas fait, nous ne serions sans doute pas ici aujourd'hui.

— Pourquoi ne l'apprend-on qu'aujourd'hui ? demanda Rose.

— Carl ne s'en souvenait pas lui-même, quand je lui ai rappelé l'épisode en 2014. Et il n'en a sans doute jamais parlé à personne parce que entre-temps l'homme était mort et qu'il n'avait aucun lien avec lui.

— Mais tu penses quand même que ça peut être important ?

— Oui, parce que l'histoire ne s'arrête pas là. Un serveur a aidé Carl à jeter ce type dehors, lequel s'est mis à menacer Carl de lui crever les yeux avec ses clés de voiture. Mais il ne savait pas à qui il avait affaire, car une demi-seconde plus tard Carl lui a arraché les clés des mains et lui a dit, sur un ton qui n'admettait pas la discussion, qu'il allait prendre un taxi pour rentrer chez lui et qu'il reviendrait chercher ses clés plus tard. Ça n'a pas plu à Rasmus Bruhn, qui lui a flanqué un coup de poing dans l'œil. À partir de là, ça a dégénéré. Carl lui a tordu un bras derrière le dos et lui a pris ses papiers dans la poche intérieure de sa veste. Il a sorti son permis de conduire du portefeuille et y a mis le feu avec son briquet, devant le type ahuri. »

Gordon sourit. « Ha ! Ce Carl, alors ! Même s'il a poussé le bouchon un peu loin, le gars l'avait bien mérité.

— Je me souviens comme si c'était hier de ce que Bruhn a dit ensuite : "Ça, mon vieux Carl, je peux te dire que je ne l'oublierai pas." À aucun moment son prénom n'avait été prononcé jusque-là, ça m'a frappé. »

Un nuage sombre se posa soudain sur toute leur petite assemblée, quant à Mona, elle sembla dévastée. Comment un épisode sans importance, une minable bagarre de fin de soirée pouvait-elle coûter si cher à Carl aujourd'hui ?

« Il s'agit vraiment de ça ? demanda-t-elle. D'un pauvre type qui a voulu se venger de Carl ? Mais quel rapport cette bagarre a-t-elle avec la situation dans laquelle il se trouve aujourd'hui, Hardy ? Tu en as la moindre idée ?

— Non, mais cet homme était en possession de l'arme avec laquelle on nous a tiré dessus. Quant à savoir si elle a été placée chez lui par quelqu'un ou si c'est lui qui l'a utilisée… Bruhn appartenait à un monde sans scrupules. Qui sait ce qui lui est passé par la tête quand il était aux mains de ces trafiquants et qu'il luttait pour sa vie ? Qui sait s'il n'a pas lâché quelques noms, dont celui de Carl qui l'avait humilié ?

— D'accord, alors on en est là ? Les commanditaires avaient déjà dans l'idée que Carl était impliqué et ils en ont eu la confirmation avec le fric et la drogue retrouvés chez lui. Et maintenant Carl serait devenu une cible ? demanda Rose.

— C'est une hypothèse, oui. Ils doivent penser qu'il en sait trop. Nous sommes confrontés à une organisation qui ne fait pas de quartier.

— Il faut qu'on raconte tout ça à quelqu'un, dit Gordon.

— Tu pourrais faire quelques recherches sur ce Rasmus Bruhn en te rapprochant des gens de Schiedam et de Rotterdam », suggéra Rose.

Gordon hocha la tête. Dans sa tête, il avait déjà acheté son billet d'avion.

« Pendant ce temps-là, j'essaierai d'en savoir un peu plus sur les activités de Rasmus Bruhn ici, au Danemark », dit Assad en se levant. Pour la première fois depuis longtemps, il y avait de nouveau de la vie dans ses yeux bruns.

Hardy, en revanche, fixait un point droit devant lui, le regard vide. De toute évidence, quelque chose le travaillait.

« Quant à moi… » Il se tut, toussota sèchement à plusieurs reprises. « J'irais bien rendre visite à Carl.

— Pour une fois, les journalistes qui font le pied de grue devant la maison d'arrêt de Slagelse auront quelque chose à se mettre sous la dent », dit Mona.

21

Vendredi 1er janvier 2021

Rose

En ce premier jour de l'année, Rose n'allait pas bien du tout. Elle s'était couchée à six heures du matin après avoir abusé du gin-tonic. Résultat, elle avait les idées noires et son cerveau tournait au ralenti. Pour couronner le tout, elle avait commencé à renifler, elle avait dû prendre froid en rentrant.

Elle prit conscience de son état en se réveillant, la tête comme un tambour, au bruit de voix inconnues appelant son nom depuis le parking en contrebas.

Comme toujours, sauf quand elle invitait un inconnu chez elle pour un coup d'un soir, elle était seule dans l'appartement. Mais les murs nus de sa chambre lui avaient rarement paru aussi oppressants.

En l'absence de Carl, c'était à elle de diriger les troupes, n'est-ce pas ? À elle, à Assad et à Gordon d'accomplir l'impossible. Garder à distance le patron de la criminelle et ses sbires. Envoyer au diable les journalistes et les photographes rassemblés sous ses fenêtres. Permettre au département V de faire la lumière sur une affaire à laquelle même son témoin principal ne comprenait rien…

Elle s'extirpa du lit et renonça à prendre une douche. Se déshabiller lui paraissait un effort insurmontable.

L'horloge semblait lui adresser un reproche muet. « Toi, commence pas à m'emmerder ! On est le 1er janvier et j'en ai rien à foutre qu'il soit trois heures de l'après-midi. J'ai… »

À cet instant, on sonna à la porte.

Elle traversa l'entrée en titubant, pieds nus, en culotte, et jeta un coup d'œil à travers l'œilleton.

Sur le seuil se tenait un homme qu'elle ne connaissait pas, et derrière lui un autre qui peinait à dissimuler sa caméra entre son abdomen et le dos du premier.

« Foutez le camp ! Je dors, putain », cria-t-elle. Le miroir lui renvoya le reflet impitoyable de sa gueule de bois et de son corps flasque. Les poches sous ses yeux rivalisaient avec les rides qui commençaient traîtreusement à creuser leurs sillons. Heureusement, elle avait le visage un peu gonflé par le sommeil, ce qui atténuait légèrement le désastre. Les mains sur les hanches, elle observa avec un air de défi le combat de ses seins et de son ventre contre la pesanteur.

Quel spectacle désolant. Elle envisagea un instant d'ouvrir la porte dans cette tenue pour les faire décamper.

Pour finir, elle alla se jeter sur le canapé, se moucha et laissa sonner à l'envi. Au bout d'un moment, elle sentit qu'elle avait emmagasiné assez d'énergie pour appeler la brigade des stups et leur donner du grain à moudre.

« Bonjour, c'est Rose, du département V, dit-elle d'une

voix pâteuse. Je viens de recevoir un message anonyme indiquant que vous feriez bien de vous procurer un mandat de perquisition pour aller voir ce qui se passe dans une société du nom de DKNL Transports. Le type qui m'a appelée soupçonnait un important trafic de stupéfiants et m'a conseillé d'aller interroger le patron, un dénommé Hannes Theis. Vous passez le message à Pif ? »

Mais elle ne s'en tirerait pas à aussi bon compte.

« Qui t'a donné le tuyau ? lui demanda l'agent de service.

— J'ai reçu un appel anonyme ce matin.

— Alors donne-moi le numéro du type qui t'a appelée. »

Merde ! Il fallait vraiment qu'on lui rende son cerveau.

« Désolée, je ne l'ai pas. »

Et elle raccrocha.

« Pour moi ce sera une petite bière », dit-elle à haute voix en se traînant vers la cuisine.

Elle venait de boire une première gorgée quand on sonna de nouveau.

Bon, cette fois tant pis pour eux, ils vont avoir droit à la crise cardiaque, songea-t-elle en se levant. Elle resta quelques instants immobile, le bout des doigts sur le verrou, avant d'ouvrir la porte à la volée.

Une femme élégante, aux cheveux poivre et sel, se tenait sur son paillasson. Elle recula de deux pas sur le palier et détourna les yeux en voyant la poitrine dénudée de Rose.

« Je suis désolée, ma petite dame. Quelqu'un est passé ce matin pour récupérer les bouteilles consignées », dit

Rose d'une voix de crécelle en essayant de fermer sa porte que la femme avait eu le temps de bloquer avec son pied.

Je vais la gifler, celle-là, s'énerva Rose quand l'inconnue l'informa précipitamment qu'elle était là pour aider Carl, si elle le pouvait.

« Je m'appelle Merete Lynggaard », dit-elle en retirant son pied.

Rose fronça les sourcils. C'était elle, Merete Lynggaard ? Elles ne s'étaient jamais vues, mais quand même, comment ne pas reconnaître la femme restée enfermée dans un caisson hyperbare pendant six ans, jusqu'à ce qu'Assad et Carl viennent la libérer ?

« Vous voulez bien me laisser entrer ? Sinon, ça risque d'être la cohue sur votre palier. Je ne suis plus sous le feu des projecteurs depuis un moment, mais les journalistes m'auront forcément reconnue. »

Lorsque Rose entra dans le salon cinq minutes plus tard, vêtue d'une espèce de kimono japonais et deux mugs de café à la main, son interlocutrice hocha la tête en souriant.

« Excusez-moi de débouler comme ça sans prévenir, mais j'ai quelques amis à l'hôtel de police et ils m'ont dit que le département V n'avait pas le droit de travailler sur l'affaire de Carl. Ce sont eux qui m'ont donné votre adresse, ça ne vous dérange pas ? »

Rose secoua la tête. Elle tenta de se remémorer le visage de la jeune femme du temps où elle faisait la une des journaux.

Merete Lynggaard devait avoir plus de cinquante ans aujourd'hui et elle ne ressemblait plus du tout à la femme que Rose se rappelait. Elle avait toujours des traits fins et harmonieux, mais un voile s'était posé sur sa beauté, témoignant d'une vie qui n'avait pas été simple.

« J'ai changé, je sais. Le temps ne fait pas de cadeaux. » Merete porta la main à ses cheveux et les lissa un peu. « Carl n'est pas le seul à subir des épreuves. Je viens d'enterrer Uffe, mon adorable petit frère. Il avait trente-neuf ans. Il est mort d'un cancer le soir de Noël. Vous vous souvenez de lui ? »

Rose acquiesça. Le garçon était devenu muet après l'enlèvement de sa grande sœur.

« Après nos retrouvailles, il allait bien. On s'adorait et il avait même commencé à vivre presque normalement. Il avait trouvé un travail dans une entreprise d'électronique, il a emménagé seul et rencontré quelqu'un, ils ont eu une petite fille que j'aime beaucoup. Je m'en suis occupée quelques années, quand la mère a disparu du tableau, et maintenant elle n'a plus que moi. »

Rose essayait de retrouver le fil. Elle avait commencé au département V un an après Carl et Assad et la fameuse affaire Lynggaard. Les souvenirs revenaient lentement, à cause de l'alcool qui circulait encore dans ses veines et de l'épouvantable gueule de bois qui lui martelait le crâne.

« Comment pensez-vous aider Carl ? Vous voulez bien me l'expliquer en détail, pour que je comprenne ?

— Quand Carl et Assad m'ont sortie de cet horrible caisson hyperbare en 2007, après six années d'enfermement, j'avais perdu le goût de la politique et du travail parlementaire. Il fallait que je fasse autre chose. L'assurance m'avait versé une somme qui nous a permis de vivre, Uffe et moi, pendant deux ans. Nous sommes partis en Angleterre, parce que rester au Danemark me faisait peur. J'ai démarré là-bas une activité de consultante pour des gens qui cherchaient à se faire élire au Parlement.

— C'est vrai que vous connaissiez le sujet », dit Rose, hochant la tête, se concentrant du mieux possible malgré les imbéciles sur le parking qui continuaient à gueuler plus fort les uns que les autres.

« J'ai rencontré un homme qui avait une sorte de société de sécurité privée. Un homme avec qui je me suis mariée et dont le travail était d'aider les autorités quand des ressortissants britanniques se trouvaient en difficulté à l'étranger, qu'ils se faisaient kidnapper en Colombie, à Mexico ou au Moyen-Orient, par exemple. Nous étions ensemble depuis quelques années quand il a trouvé la mort au cours d'une mission, et j'ai repris la boîte. »

Rose but une gorgée de son café, qui était dégueulasse. Même Assad aurait fait mieux.

« Actuellement, nous employons plus de deux cents personnes et ça tourne bien. Alors si je peux vous être utile en quoi que ce soit, je peux me libérer aussi longtemps que ce sera nécessaire.

— Que proposez-vous ?

— J'ai appris que Carl s'était fait agresser deux fois en cellule. Je peux peut-être faire en sorte que ça n'arrive plus.

— Et comment ? Vous ne le sortirez pas de Slagelse, il vient d'y arriver.

— Faites-moi confiance. Je peux aussi envoyer des gens sur le terrain pour savoir qui est derrière tout ça.

— OK. Personnellement, je n'y vois pas d'inconvénient. Vous avez nos numéros de portables à Assad, Gordon et moi ? Parce que nous aimerions bien être informés de ce que vous faites, et de préférence en temps réel. »

Elle acquiesça.

« Pourquoi tenez-vous à nous aider, Merete ? »

Elle sourit. « Vous connaissez déjà la réponse. Sans Carl Mørck, moi, mon frère Uffe et un certain nombre de personnes comme nous ne serions plus en vie aujourd'hui. Nous voulons vous aider parce que nous avons une dette envers lui et aussi parce que c'est juste.

— C'est qui, "nous" ?

— Depuis ma libération, j'ai suivi un grand nombre d'affaires résolues par le département V et rencontré plusieurs des personnes que vous avez aidées. Je sais que vous connaissez beaucoup d'entre elles. Si leur vie n'a pas été irrémédiablement détruite, c'est à Carl qu'elles le doivent.

— Qui ça ? insista Rose.

— Kenneth, entre autres. Je suppose que vous vous souvenez de Mia, cette jeune femme retenue prisonnière et que ses ravisseurs gardaient cachée sous un tas de cartons dans un hangar ?

— Oui, bien sûr ! Mais Kenneth, non, je ne vois pas.

— C'était le militaire, celui qui l'a sortie du hangar en flammes. Ils se sont mariés et maintenant Kenneth travaille pour moi. Et je peux vous assurer que ce garçon ne recule devant rien. »

Merete Lynggaard repartit aussi soudainement qu'elle était arrivée. Elle promit à Rose de la rappeler d'ici quelques jours et dit qu'elle se réjouissait à la perspective de revoir Assad.

Par la fenêtre, Rose vit la horde des journalistes se jeter littéralement sur elle à sa sortie de l'immeuble. Elle crut que les deux armoires à glace qui attendaient à la porte étaient là pour l'escorter jusqu'à sa voiture, mais elle se trompait. Leur rôle était apparemment de veiller à ce que chaque reporter puisse réaliser une courte interview de leur patronne. Le tout sous les flashes affolés des appareils photo.

Merete Lynggaard mit un quart d'heure à répondre à chacun, puis les journalistes, repus, se dispersèrent. Merete et ses gardes du corps s'en allèrent à leur tour.

Merete Lynggaard en personne est venue proposer son aide au département V ? C'est surréaliste, songea Rose. Carl serait très touché de l'apprendre, et Assad aussi, certainement.

Rose se moucha et avala la dernière gorgée de bière tiède, en réfléchissant à la suite des opérations.

Elle allait justement appeler Assad pour lui faire part de la nouvelle quand son portable sonna. Elle ne reconnut pas le numéro, mais décrocha quand même. Si c'était encore l'un de ces journalistes, il allait l'entendre.

« Leif Lassen », dit l'homme sèchement au bout du fil.

Comme si elle en avait quelque chose à faire, de son nom.

« OK, et vous travaillez pour quel journal, en admettant que cela m'intéresse ?

— Je t'ai dit que c'était Leif Lassen, putain, tu vas vraiment m'obliger à me présenter ? Inspecteur de police, brigade des stups de Copenhague, Leif Lassen, ça te dit quelque chose ? »

Oh merde, c'est ce connard de Pif, se dit-elle en regardant la bouteille de bière vide avec une furieuse envie de lui raccrocher au nez et d'aller en chercher une autre.

« Tu nous prends pour des cons, Rose ? Je te préviens que j'ai déjà parlé au patron pour lui dire que tu enquêtes sans autorisation sur une affaire qui ne t'a pas été assignée. Tu frises la mise à pied, ma belle !

— Eh bien, merci de me prévenir, c'est bien aimable à toi. Mais qu'est-ce qui te fait dire ça ? Si tu fais allusion à l'appel anonyme que j'ai reçu aujourd'hui, je n'ai rien demandé, moi ! Il m'a simplement semblé judicieux d'en référer à qui de droit.

— Ferme-la. Tu sais très bien que le patron de DKNL Transports est Hannes Theis, le type qui venait de descendre de la voiture qui a renversé l'avocat de Carl. Le conducteur, Jess Larsen, l'a dit lui-même. Tu crois qu'on n'est pas au courant ? Tu nous crois stupides, Rose ? En tout cas, écoute-moi bien, tu travailles sur l'affaire de Carl et on vient de te griller. Tu vas avoir très vite des nouvelles de Marcus, je te le dis. Et il va te mettre à pied. »

Rose réfléchit à quelques injures bien senties puis se ressaisit et dit à la place :

« Je t'ai rencardé parce que je suis une collègue dévouée. Il n'y a pas besoin de chercher plus loin. Alors vous allez perquisitionner les locaux de la société en question, oui ou non ?

— Nous surveillons les entreprises de transport du genre de celle de Hannes Theis en permanence. Pour ton information, nous leur avons rendu une visite de politesse il y a quelques mois, bien avant cette histoire, et nous n'avons rien trouvé de suspect. Leur activité est tout ce qu'il y a de plus légal. Alors arrête tes conneries, s'il te plaît. » Et il raccrocha brusquement.

Rose avait enfin dessaoulé.

Elle fila illico à l'adresse de Jess Larsen à Smørum et, cette fois, elle laissa le doigt appuyé sur l'interphone jusqu'à ce qu'il lui ouvre.

« Excusez-moi, Jess, mais j'ai encore quelques questions à vous poser », dit-elle à l'homme qui titubait légèrement sur le pas de sa porte. Elle se dit qu'elle l'avait peut-être réveillé. Lui aussi avait dû passer un réveillon arrosé.

« Est-ce que la société DKNL Transports a déjà eu la visite de la brigade des stups de Copenhague ? »

Il acquiesça.

« Est-ce qu'ils ont perquisitionné ?

— Je ne parlerais pas d'une perquisition. Ils ont regardé quelques papiers et posé deux trois questions. Rien de spécial. Pourquoi est-ce que vous me demandez ça ? Ça fait un bail.

— Vous avez la clé du bureau ? »

Son front se plissa et il secoua lentement la tête. C'était probablement un mensonge. Il ne devait pas avoir envie de fourrer son nez là-dedans.

« Vous avez eu des nouvelles de Hannes Theis ? »

De nouveau, il secoua la tête, de manière peu convaincante. Il était sous l'emprise d'une drogue ou quoi ?

« Je suis désolée d'insister, mais j'aimerais vraiment lui parler. Il est toujours aux Pays-Bas ? »

Cette fois, il répondit par l'affirmative. « Oui, oui, absolument. Pourquoi ? Il a fait quelque chose de mal ? »

Elle sourit d'un sourire un peu trop large. « Non, non, pas du tout. Mais il peut peut-être m'aider sur certains points de mon enquête. Il me reste une dernière question. » Elle lui fit les yeux doux, mais cela n'eut aucun effet. Autant aller droit au but.

« Que faisiez-vous au cimetière Vestre le jour où vous vous êtes fait voler votre voiture, Jess ? »

Il se tourna vers la fenêtre et prit quelques secondes pour réfléchir. « C'est une histoire bizarre. Hannes avait reçu un coup de fil lui disant que la tombe de sa femme avait été vandalisée, mais quand on est arrivés là-bas, on n'a rien vu.

— Qui l'a appelé, vous avez une idée ?

— Hannes m'a dit que c'était le bureau du cimetière, alors on a pensé que c'était un jardinier ou un fossoyeur.

— Vous avez vérifié l'information ? »

Il la regardait en face, maintenant. Peut-être était-il en train de se réveiller. « Moi pas, en tout cas. Et je ne crois pas non plus que Hannes l'ait fait.

— Même plus tard ?

— Pas que je sache.

— Tout ça il l'a expliqué à la police ?

— Oui, je pense qu'il l'a dit à l'inspecteur au téléphone.

— Au téléphone ?

— Bah oui, mais plus tard. On était repartis en taxi, vu que ma voiture avait été volée.

— Alors vous avez dû passer à côté de l'homme qui s'était fait écraser.

— C'est ce que j'ai réalisé après. Sur le coup, on a

juste vu un attroupement sur le trottoir. Il y avait aussi une ambulance, mais on n'était au courant de rien à ce moment-là. J'ai cru que quelqu'un avait fait un malaise. Il y a beaucoup de vieux qui viennent là pour se recueillir sur la tombe d'un proche. J'ai pensé que c'était ça.

— D'accord. Mais vous n'avez pas reconnu votre voiture ?

— Non, il y avait trop de monde et le taxi roulait trop vite.

— Et ensuite, pourquoi la police n'est-elle pas venue vous interroger en personne ?

— Ils ont dit que c'était à cause du coronavirus. Il paraît que c'est la règle en ce moment. »

Rose s'imagina Carl levant les yeux au ciel. S'il avait été là, il aurait pété les plombs.

« Le type qui a appelé a dit qu'il travaillait pour le service des vols de véhicules. Ce n'est qu'un peu plus tard que j'ai eu la visite de deux inspecteurs de la brigade criminelle et que je leur ai expliqué ce qui s'était passé.

— Et Theis, ils sont allés le voir, lui aussi ? »

Il haussa les épaules. Theis était peut-être déjà en route pour les Pays-Bas à ce moment-là, il n'en savait rien.

Une fois sortie de chez Jess Larsen, Rose resta un petit moment dans sa voiture, les lèvres pincées, en pleine réflexion. Combien d'informations qui auraient été bien utiles au département V la brigade criminelle gardait-elle pour elle ?

Vingt minutes plus tard, elle était plantée, grelottante, la goutte au nez, devant l'immeuble impersonnel qui abritait la société DKNL Transports. Des murs à la peinture écaillée, des bâtiments de plain-pied avec des toitures en toile goudronnée, bref, un endroit qui ne payait pas de mine, à l'exception d'un grand hangar tout neuf s'élevant à cinq mètres au-dessus des autres. Vu la taille des portes et l'asphalte tout lisse, il devait servir à abriter des camions.

Sur la clôture, un logo bien visible avec le nom de l'entreprise et un panneau indiquant qu'il s'agissait d'une propriété privée interdite au public. Elle leva les yeux vers le fil barbelé qui, contrairement à celui qu'on voit sur les murs des établissements pénitentiaires, était disposé sur des barres métalliques inclinées vers la rue. Une mesure pour le moins dissuasive vis-à-vis des personnes non autorisées.

Elle hésita un instant puis jeta un coup d'œil alentour : en ce lendemain de réveillon, il n'y avait pas âme qui vive à des kilomètres à la ronde.

La boîte à outils qu'elle gardait dans le coffre de sa voiture n'était pas de celles qui dépannent une vieille dame pour monter sa bibliothèque et Assad l'avait baptisée sa « mallette de la parfaite cambrioleuse ».

Elle s'empara d'un gros coupe-boulon qui serait facilement venu à bout de la chaîne du portail, mais l'emporta à l'arrière du bâtiment pour découper un joli trou dans le grillage et, plutôt que de pénétrer par effraction dans le bureau où un grand nombre de plaques émaillées prévenaient les intrus de la présence d'alarmes, elle se rendit dans le hangar, qu'elle ouvrit à l'aide de son pistolet de crochetage.

Elle patienta quelques instants et, s'étant assurée qu'aucune sirène ne se mettait à hurler, elle alluma le néon au plafond.

22

Vendredi 1er janvier 2021

Malthe

Malthe n'avait pas demandé de parloir, mais lorsqu'il apprit que son visiteur était avocat et qu'il venait avec des nouvelles importantes concernant sa famille, il accepta aussitôt de le voir, espérant par son intermédiaire avoir quelques renseignements sur son frère.

La raison de sa visite se révéla très différente de ce que Malthe attendait et ne lui plut pas du tout.

L'avocat était bel homme. Son apparence détonnait dans cette salle à la décoration enfantine. Courtois, bien élevé, le cheveu gominé, vêtu d'un costume sur mesure et sentant le parfum à plein nez.

« Tout d'abord, merci, Malthe, d'avoir bien voulu me recevoir, déclara-t-il en le regardant dans les yeux avec tant d'intensité qu'il le mit mal à l'aise. Ce que je vais te dire doit impérativement rester entre nous. Si tu en parles à quelqu'un, ce sera ta famille qui en pâtira. » Il ponctua sa phrase d'un sourire qui n'avait rien d'aimable.

« Tu as échoué à Vestre, mais apparemment, ce

n'était pas entièrement ta faute et, pour information, le type qui a pris ta place et tenté de faire monter le prix du contrat n'est plus parmi nous. »

Malthe fronça les sourcils. Que voulait-il dire par « plus parmi nous » ? Queue de lapin était mort ?

« Nous avons un peu de difficulté à comprendre pourquoi tu as saboté la deuxième tentative pour éliminer Carl Mørck, mais nous nous sommes dit que tu n'avais pas compris qu'on t'avait retiré la mission et que tu estimais que c'était à toi de le tuer, je me trompe ? »

Malthe opina. L'homme avait raison. Ils étaient donc informés du message qu'il avait tenté de faire passer à Singe hurleur et ils avaient capté qu'il voulait finir le travail à la maison d'arrêt.

« Mais d'un autre côté, nous ne savons pas vraiment ce que tu avais en tête, Malthe. Nous ne sommes plus certains de pouvoir te faire confiance. En fait, nous sommes certains du contraire. Alors je suis venu te dire que nous avons choisi quelqu'un d'autre pour l'exécuter. Un grand costaud, comme toi. Et aussi que si tu nous mets de nouveau des bâtons dans les roues, nous nous en prendrons à ta famille, compris ? Voilà, tu es prévenu. »

Malthe regarda ses mains qui avaient commencé à trembler.

Ils avaient tué Queue de lapin. Malthe ignorait comment, mais cela n'avait pas d'importance : il n'y avait pas de limite à ce que ces gens étaient capables de faire.

Il pensa à sa famille. À sa mère qui se tuait à la tâche tous les jours pour faire bouillir la marmite, à sa sœur qui avait dû arrêter l'école pour aider à remplir le frigo et à son petit frère qui ne pouvait rien faire d'autre que rester allongé dans son lit en redoutant ce qui allait lui arriver. Allaient-ils en plus devoir payer pour les péchés de Malthe ? Sa famille n'avait-elle rien d'autre à attendre de l'avenir que la mort de son frère, ou une fin fatale pour eux tous si Malthe n'obtempérait pas ?

Il regarda son interlocuteur. Il aurait pu sans difficulté fracasser le crâne de cet avocat trop propre sur lui, il avait déjà fait pire et il en mourait d'envie. Mais Malthe inclina la tête et lui dit poliment au revoir. Il avait besoin de réfléchir.

Malthe était en prison depuis un certain nombre d'années à présent et lors de la promenade il comprit tout de suite quel genre de détenus se trouvaient dans la cage, car ils étaient tous représentés. Les arnaqueurs, avec leur sourire ironique, qui passaient leur vie à entrer et à sortir de prison pour fraude. Les craintifs, qui restaient dans leur coin parce que leur catégorie de délit ne leur conférait aucun prestige. Les types qui pouvaient vous procurer n'importe quoi ; les toxicos, déchets de l'humanité, maigres et livides ; l'aristocrate de la prison avec ses cheveux gris, capable de parler à tous et de s'en faire respecter. Et puis il y avait ceux qui subissaient le joug de détenus plus ou moins violents. Tous ou presque arboraient des tatouages hideux, manière de montrer qui ils étaient. Il avait vu des prisonniers plus athlétiques à Vestre, mais jamais des bras aussi noueux et des veines aussi épaisses, lacis bleuâtre sous sa peau pâle, que chez l'homme adossé à la grille qui l'observait d'un regard qu'il préféra ne pas chercher à soutenir.

La majeure partie de ses codétenus étaient plutôt sympathiques. Ils le saluèrent et lui demandèrent prudemment pourquoi il était là. Le type avec ses gros bras ne tarda pas en revanche à le provoquer et à l'accuser de lécher le cul du policier incarcéré. « Pute à flic » fut l'injure qu'il employa, et il n'en fallut pas plus pour modifier l'ambiance du tout au tout. Quelques taulards allèrent s'appuyer à la grille à côté du gars qui ne le lâchait pas des yeux, et l'un après l'autre ils expliquèrent à Malthe, dans leur langage basique, que si c'était vrai, ils allaient lui faire sa fête et qu'il ne fallait pas qu'il s'imagine que sa taille leur faisait peur. Quelques-uns se désolidarisèrent, signalant aux premiers que Malthe avait tué un homme ou deux à coups de poing, mais les autres se contentèrent de rire.

« On va voir ce qu'on va voir » était l'idée générale.

Au bout de quelques minutes, une gardienne arriva avec plusieurs détenus du deuxième étage.

La plupart des hommes dans la cour saluèrent respectueusement le dernier arrivant et Malthe les imita.

C'était une montagne. Deux mètres de haut et du genre à faire la planche jusqu'à avoir du sang dans la bouche avant d'enchaîner avec deux cents pompes énergiques. Dire qu'il était bien proportionné était un euphémisme, et même le type aux bras noueux le gratifia d'un bref hochement de tête en signe de respect.

« OK, dit la Montagne en passant à côté de Malthe. Alors c'est à ça que tu ressembles ? » Il le prit par le menton et le secoua un peu, comme s'il avait été un tout petit enfant, et tous reculèrent contre la grille pour se mettre à l'abri au cas où la situation dégénérerait.

Malthe lui saisit la main et la serra très fort. « Je suppose que c'est toi qu'on appelle P'tite Merde ? dit-il. Salut, ravi de te connaître. »

La Montagne sembla quelque peu ébranlé. Que

pouvait-il répondre à cela ? Qu'il dise oui ou qu'il dise non, de toute façon il aurait l'air d'un con. Alors il lui rendit sa poignée de main, avec la même force, et ils restèrent comme ça jusqu'à ce que leurs jointures virent au blanc. Il était hors de question que Malthe s'efface devant celui qui avait probablement été choisi pour tuer Carl Mørck.

Ils devaient peser à peu près le même poids, mais le colosse mesurait dix à quinze centimètres de plus que lui et ses bras avaient l'envergure des ailes d'un albatros. Certains auraient pu croire le combat inégal, et ce fut l'erreur que commit celui que Malthe avait rebaptisé P'tite Merde. Comme commandée par une pompe hydraulique, la poignée de main de Malthe passa à la puissance supérieure, faisant craquer la main du géant. Celui-ci commença à transpirer, mais choisit de serrer encore plus fort, et Malthe fit de même.

À la ferme, Malthe avait vite appris que lorsque l'effort et la douleur allaient de pair, il n'y avait pas de limite à ce qu'on pouvait accomplir. Les boulons bloqués par la rouille sur les roues du tracteur devaient sortir pour que son père puisse finir les semailles. Le cheval de trait qui servait la famille depuis que Malthe avait vu le jour devait monter dans le camion de l'équarrisseur. Chaque fois que ses forces d'adolescent apportaient une solution à un problème, il voyait la joie éclore autour de lui et des sourires sur les visages, alors il s'était entraîné et avait appris à les contrôler.

Quand Malthe vit son reflet dans les yeux du géant où perlaient des larmes, il sut que, toute force de la nature qu'il était, il n'en pouvait plus.

« On va dire... qu'on a... fait connaissance...

d'accord, dit la Montagne d'une voix blanche, son regard se levant vers la caméra au-dessus d'eux.

— D'accord. Merci pour l'accueil», répliqua Malthe avant de faire une chose qu'il allait regretter. Il serra une dernière fois la main du colosse, laquelle émit plusieurs craquements lugubres.

Livide, mais les yeux d'un noir d'encre, celui-ci alla rejoindre les autres.

«On peut dire que tu sais comment te faire des amis pour la vie, toi», dit le détenu préposé à la distribution des repas. Le maton lui fit la même remarque en venant lui souhaiter une bonne nuit.

«Fais attention à toi, mon gars. Tu as dépassé les bornes, aujourd'hui. Rappelle-toi qu'un bras dans le plâtre tape plus fort qu'un bras sans plâtre. Nous ne ferons pas de rapport cette fois, parce que nous connaissons le bonhomme et que nous sommes peut-être quelques-uns en bas, dans les bureaux, à nous réjouir du fait que quelqu'un l'ait pour une fois remis à sa place.

— Comment s'appelle-t-il, au fait? demanda Malthe. C'est la moindre des choses de connaître le nom de son ennemi.

— Il s'appelle Tom Gravgaard et se fait appeler Cassius, en hommage à Cassius Clay, l'ancien nom de Mohamed Ali.

— C'est qui Mohamed Ali?» Le gardien fit la grimace.

«T'en as jamais entendu parler?

— Non, je crois pas.

— Eh bien, pour moi, c'était le meilleur boxeur de tous les temps dans la catégorie poids lourds. Notre

Cassius à nous, on dit qu'il aurait pu devenir un champion chez les super-lourds, mais qu'une fracture à la main a mis fin à sa carrière. La main que tu viens de lui broyer tout à l'heure, maintenant que j'y pense.

— Il est en prison pour quoi ? »

Le maton secoua la tête. « Tu sais très bien qu'on a pas le droit de colporter des ragots à ce sujet.

— Alors est-ce que tu sais qui a mandaté cet avocat qui est venu me rendre visite ?

— Non, j'étais pas de garde. Mais je suppose que c'était une décision de l'administration pénitentiaire. »

Puis il changea de ton. « Ce que je peux te dire, c'est qu'avec les collègues, on dévore les articles de *Gossip* qui racontent l'affaire que Carl Mørck a résolue avant d'être arrêté. C'est assez incroyable comme histoire. En lisant ça, on a un peu de mal à croire qu'il puisse avoir assez de casseroles pour atterrir ici. »

Il hocha la tête, pensif, et donna une tape sur l'épaule de Malthe.

« À partir de demain, tu seras transféré dans la cellule voisine de celle de Carl ou peut-être même dans la sienne. Comme ça vous pourrez jouer à des jeux de société, ou à des trucs comme ça. »

Malthe sourit. Et pas pour la raison que croyait le maton.

« Vous irez à la promenade en même temps, aussi.

— Ah bon, juste nous deux ? » Il entrevit la fin rapide de ses soucis. C'était lui qui allait approcher Carl Mørck, et pas la Montagne avec sa main cassée, alors pourquoi les commanditaires s'opposeraient-ils à présent à ce que ce soit lui qui le tue ? Il y avait de nouveau de l'espoir pour son petit frère.

« Non, je crois que le détenu qui est à l'isolement au bout du couloir dans la section de Carl serait content de sortir en même temps que vous. Il a peur des autres détenus, mais pas de toi et de Carl, et si vous y allez en même temps, ça nous fera moins de travail puisqu'on sera pas obligé de le faire sortir de son côté.

— Il est pas pédophile ?

— Qu'est-ce que t'en as à foutre ?

— Je déteste ces ordures. S'il sort en même temps que nous, je te préviens, je lui démonte la tête. »

Le gardien dit qu'il en prenait bonne note.

Vu le sérieux avec lequel il avait balancé ça, Malthe était sûr qu'il allait le rapporter à ses supérieurs.

Une fois la lumière éteinte, Malthe resta un moment assis sur sa couchette à réfléchir. Est-ce qu'il avait dépassé les bornes ? Les hommes qui lui avaient envoyé ce beau parleur apprendraient certainement ce qui s'était passé entre le colosse et lui. Avait-il mis sa famille en danger ?

Il se balança un peu d'avant en arrière. Tout cela était trop pour son petit cerveau. Le géant mis à part, il ne craignait pas la réaction des détenus. Ils l'avaient vu de leurs propres yeux prendre le dessus. Mais pour ceux du dehors, il était impuissant. Il fallait qu'il accélère les choses, maintenant.

Et tandis que les voix aux fenêtres se taisaient peu à peu, Malthe commença à dessiner un plan qui arrangerait tout le monde.

Sauf Carl Mørck.

23

Vendredi 1er janvier 2021

Eddie Jansen

L'infection fut plus violente que prévu et le soir du réveillon ils étaient tous les trois malades. Femke souffrait d'une céphalée de type migraine et, comme Eddie, elle toussait et son nez coulait abondamment. Dans sa chambre d'enfant, Marika dormait d'un sommeil comateux, avec une fièvre très élevée, depuis près de vingt-quatre heures.

Il se demanda si les gens qui avaient jeté leurs Kleenex dans cette poubelle devant l'hôpital étaient tombés gravement malades. Il aurait bien voulu le savoir, car si la température de la petite ne faiblissait pas bientôt, ils allaient devoir demander de l'aide. Sinon, tout cela risquait de mal se terminer.

Eddie était angoissé.

Le compte mail anonyme qu'il utilisait au bureau pour communiquer avec son contact lui avait appris qu'ils avaient abattu Queue de lapin. Même du côté des Danois, on commençait à s'inquiéter.

Ils avaient récemment envoyé un homme à la maison

d'arrêt où se trouvait à présent Carl Mørck. Personne n'avait informé Eddie de l'identité de l'émissaire et Eddie en avait déduit que les commanditaires avaient eux-mêmes pris les choses en main.

Suis-je déjà devenu superflu ? songea-t-il. Le moment qu'il craignait depuis si longtemps était-il finalement arrivé ? Était-il le suivant sur la liste des personnes à abattre ?

Non, il n'en était pas question. Depuis deux jours, il combattait le virus tout en passant des heures devant son ordinateur. De manière chronologique, il avait raconté par le menu tous les crimes de l'organisation dont il avait connaissance. Il avait parlé des meurtres, du trafic de stupéfiants, des faux et usages de faux, des pots-de-vin, des menaces de mort et de tout ce dont il avait eu connaissance ou à quoi il avait participé. Son intention était de produire un document clair pour se protéger, sachant que les commanditaires écoperaient de longues peines de prison si ses écrits étaient rendus publics. Il déposerait le tout chez un avocat chargé de remettre ce récit aux services d'investigation et aux magistrats concernés s'il leur arrivait malheur, à lui ou à sa famille.

Eddie espérait vivement que cela n'arriverait pas et que l'existence de ce document suffirait à maintenir les criminels de l'organisation en respect, sachant qu'il contenait les noms de ses membres et le rôle joué par chacun d'entre eux, ainsi que les preuves de ce qui était arrivé à ceux qui s'étaient montrés déloyaux à leur égard – le plus souvent, ils n'étaient plus de ce monde.

Eddie fit une petite estimation. S'il travaillait sans interruption, il ferait passer le fichier à son avocat d'ici quelques jours. Il relut avec satisfaction la liste de noms consignés et les crimes commis. Il avait presque le sentiment de participer à l'un des grands procès de l'Histoire. Comme ces puissants magistrats qui amassaient des preuves contre les criminels de guerre dans l'Allemagne nazie, au Japon ou en Serbie. Il lui arrivait parfois d'oublier que ces accusations étaient à double tranchant et pouvaient se retourner contre lui si les autorités finissaient malgré tout par les lire. En même temps, il pouvait peut-être compter sur une forme d'immunité en sa qualité de principal témoin, s'il se montrait coopératif et plein de remords. N'aurait-il pas droit à une forme de pardon s'il servait sur un plateau à la police la résolution d'une des plus importantes affaires criminelles des Pays-Bas ?

Lorsqu'il perçut du mouvement, il était déjà trop tard.

« Qu'est-ce que tu fais, Eddie ? » Femke était juste derrière son dos, avec de lourds cernes mauves sous les yeux et une poignée de mouchoirs en papier collés sous le nez.

Eddie tâcha de masquer l'écran avec son buste. « À l'arrivée, ça devrait devenir un roman policier. Mais c'est trop tôt pour que je t'en fasse lire des bouts maintenant, chérie. Je viens juste de commencer.

— Marika est de plus en plus fébrile. Qu'est-ce qu'on fait ? »

Le simple fait qu'elle l'appelle par son prénom, au lieu de dire « la petite », comme d'habitude, le fit bondir sur ses pieds.

L'enfant gisait, parfaitement immobile. Elle respirait beaucoup trop vite et ses joues étaient en feu.

« Elle a 40, dit Femke en caressant ses cheveux trempés de sueur.

— Il faut la déshabiller, Femke. Il fait largement

assez chaud dans la pièce. Et on va bien la surveiller pendant les heures qui viennent. »

Elle acquiesça à contrecœur. Évidemment, elle ne pouvait pas deviner les problèmes avec lesquels se débattait Eddie. Comment faire venir leur médecin de famille alors qu'ils étaient si loin de chez eux ? Comment contacter l'hôpital le plus proche sans donner le numéro de Sécurité sociale de Marika ?

Eddie savait parfaitement que ses ennemis les retrouveraient aussitôt que Marika serait admise à l'hôpital.

« On ne devrait pas lui mettre un linge mouillé sur le front ? Ça la rafraîchirait peut-être un peu ? dit-il.

— Reste avec elle, s'il te plaît. Il faut que j'aille m'allonger, je suis à bout. Et promets-moi de prendre sa température toutes les demi-heures. »

Il continua d'écrire, aussi vite qu'il pouvait. Chaque demi-heure, la température de la petite montait d'un demi-degré. Lorsqu'elle fut arrivée à 42, il alla réveiller Femke.

« Je vous conduis à l'hôpital d'Aix-la-Chapelle, habille-toi, on peut y être dans trois quarts d'heure. »

Elle le regarda sans comprendre, encore endormie.

« Elle est à combien ?

— 42,1 !

— Pourquoi est-ce qu'on ne l'emmène pas à Maastricht ? C'est à un quart d'heure de route.

— Parce que l'hôpital d'Aix est mieux équipé pour les urgences pédiatriques.

— Mais, Eddie, Aix-la-Chapelle est en Allemagne, à l'étranger. Ils ne nous laisseront pas passer la frontière sans passe sanitaire, et nous n'en avons pas ! »

Il agita quelques papiers. Ils étaient vieux de plusieurs mois, mais la date de validité n'était pas dépassée.

« On se servira de ceux qu'on avait fait faire pour aller voir ta tante à la maison de retraite. Allez, viens, il n'y a pas de temps à perdre ! »

Femke était en colère, et en découvrant l'interminable file d'attente au poste-frontière, elle faillit se mettre à pleurer. Elle et Marika étaient brûlantes de fièvre.

Eddie parvint à doubler tout le monde en montrant son badge de policier, et il fit la même chose en arrivant à l'hôpital. Ils patientèrent une demi-heure, puis on leur donna un antipyrétique pour Marika. Après quelques analyses et un examen rassurant, on les laissa sortir, en leur recommandant de la faire boire et de la surveiller en permanence.

« Maintenant que la fièvre a commencé à baisser, vous allez pouvoir reprendre la route. Mais vous auriez mieux fait d'aller à Maastricht, où ils ont un très bon hôpital », dit le médecin. Heureusement, Femke ne l'entendit pas, car elle était allée attendre Eddie dans la voiture avec Marika. « Ça aurait quand même été plus facile pour tout le monde, puisque l'enfant a la nationalité néerlandaise, n'est-ce pas ? Mais bon, vous étiez là, il était normal que nous l'examinions. » Il tendit la main vers Eddie. « Pourrais-je voir la carte d'assurée de votre fille ? Vous ne l'avez pas donnée à la réception.

— Oui, je sais, mais nous étions pressés. Je peux juste vous régler la consultation, non ? »

Au-dessus de leur masque, le médecin et l'infirmière le regardèrent tous les deux d'un air incrédule.

« Peut-être que cela se passe comme ça aux Pays-Bas, mais pas chez nous. »

Eddie sortit la carte et la leur remit d'une main hésitante. En se donnant un peu de mal, ils arriveraient sans doute à le tracer jusqu'ici, mais ce genre d'information ne devait pas circuler si vite d'un pays à l'autre ; cela leur donnerait le temps de disparaître. De toute façon, pourquoi les commanditaires s'intéresseraient-ils à la carte de Sécurité sociale de leur fille ? Et s'ils le faisaient malgré tout, cela leur apprendrait seulement où ils étaient allés, mais pas où ils s'étaient rendus ensuite. Non, il ne risquait pas grand-chose à montrer cette carte.

Eddie ne se sentait pas très bien, mais il laissa quand même Femke dormir et veilla sa fille jusqu'aux petites heures du matin. Après plusieurs heures sans aggravation notable, il se remit à écrire, son ordinateur posé sur ses genoux.

Par précaution, son contact ne lui avait pas communiqué l'identité de certains responsables, et d'autres intermédiaires avaient utilisé des noms d'emprunt. Cependant, il était sûr de reconnaître la plupart des visages s'il les revoyait. Il nota ceux qu'il connaissait.

Dans sa liste, il souligna ceux qui représentaient un risque pour les activités de l'organisation et, évidemment, ceux qui avaient fini avec un clou dans la tête pour avoir trahi ou triché avec les comptes.

Enfin, il dressa la liste de ses collègues « honnêtes » et des affaires liées au trafic de drogue sur lesquelles ils avaient travaillé ensemble, ainsi que de ceux, au sein de la brigade criminelle de Rotterdam, qui avaient été dangereusement près de découvrir le pot aux roses.

Depuis quelques années, les affaires de drogue étaient chapeautées par un certain Wilbert de Groot, un homme excessivement prudent, qui faisait tout son possible pour ne pas terminer comme son prédécesseur.

Hans Rinus, qui avait mené l'enquête sur les meurtres au pistolet à clous de Schiedam avant lui, était un homme naïf, mais aussi un enquêteur consciencieux et intègre. En face de son nom, Eddie écrivit simplement : « Rinus buvait très peu. Ses ennemis ont-ils quelque chose à voir avec sa mort ? »

Puis il évoqua les criminels qui avaient travaillé pour l'organisation et que, pour une raison ou une autre, elle avait éliminés. Eddie avait quant à lui eu l'occasion d'informer son contact de certaines irrégularités dans les comptes. Par exemple, il était certain que le volume de marchandise qu'il remettait à Rasmus Bruhn, qui dirigeait le réseau de distribution au Danemark et en Suède, n'était pas cohérent avec l'argent qu'il rapportait à ses fournisseurs. Il arrivait qu'il y ait un peu de triche en cours de route sur les poids et les prix de vente, mais il soupçonnait Bruhn d'avoir commencé à recruter des dealers au sein du réseau, et des intermédiaires, pour monter un réseau concurrent à Amsterdam.

D'une manière ou d'une autre, Rasmus Bruhn avait dû apprendre qu'on le soupçonnait de double jeu et, du jour au lendemain, il avait disparu de la circulation, sachant pertinemment que les commanditaires élimineraient tous ceux qui avaient joué un rôle dans cette combine.

Rasmus Bruhn était le premier sur la liste, mais, avant de mourir, il avait dû donner les noms de ceux qui avaient participé au nouveau réseau de distribution. À l'époque,

Eddie n'avait pas compris comment l'organisation avait réussi à remettre la main sur lui. Il n'avait pas fallu plus de vingt-quatre heures à l'homme aux yeux vairons pour le débusquer. Ensuite, ils l'avaient tué d'une manière aussi brutale qu'ingénieuse. Ils l'avaient ligoté, puis tiré à travers une canalisation. Chaque fois qu'il émergeait d'un côté de la conduite, ils le frappaient sans pitié avec une barre de fer, sourds à ses supplications.

Quand ils avaient estimé qu'ils lui avaient arraché tous les noms qu'ils attendaient, ils l'avaient laissé se noyer, et un maillon faible supplémentaire avait disparu de l'organisation.

Eddie se retourna vers le lit de Marika et lui caressa le front. Sa fièvre était tombée, sa respiration était plus lente et plus profonde.

Il renifla une fois ou deux, hocha la tête et relut ce qu'il avait écrit sur Rasmus Bruhn. Avec lui, ils avaient été impitoyables, l'homme était indigne de confiance et il en savait trop. Adieu Rasmus Bruhn.

Mais comment avaient-ils fait pour le trouver aussi vite ?

Eddie s'assoupit alors que le jour se levait doucement au-dessus des toits pittoresques de Valkenburg. Sa douleur à la gorge avait augmenté et son nez coulait en permanence. Pourtant, il était soulagé. Femke dormait profondément depuis leur retour et Marika allait mieux. Il avait hâte d'annoncer la bonne nouvelle à sa femme.

Il se réveilla brusquement avec une sensation si désagréable qu'il se mit à frissonner des pieds à la tête. Que se passait-il ? Était-ce un accès de fièvre ? Ou autre chose. Il ferma les yeux et s'efforça de se rappeler l'instant qui avait précédé son réveil. Un instant sans image particulière, une idée qui s'était imposée peu à peu et qui l'avait réveillé. Mais laquelle ?

Il baissa la tête vers l'ordinateur toujours posé sur ses genoux et se mit à trembler comme une feuille. L'idée qu'il cherchait était là, sous ses yeux. C'était la dernière phrase qu'il avait écrite avant de s'assoupir.

« Mais comment avaient-ils fait pour le trouver aussi vite ? »

Eddie fit un tel bond qu'il faillit faire tomber l'ordinateur. Il enfila des chaussettes, mit ses chaussures, sa doudoune et sortit de l'appartement en courant. Il retrouva leur vieux SUV garé à quelques centaines de mètres, dans une rue en pente, couvert d'une fine couche de neige qui était tombée dans la nuit. Et malgré la maladie, la neige et le temps hivernal, il se coucha sous le châssis et rampa aussi loin qu'il put.

Avec la saleté, la terre et la neige agglomérée, il ne voyait pas grand-chose, et pourtant il la repéra, au milieu du châssis. Elle n'était pas grosse. Mais elle était là.

Il connaissait l'existence des balises GPS, mais il n'en avait jamais utilisé lui-même. Eddie fut terrifié. Il comprenait maintenant comment ils avaient retrouvé la trace de Rasmus Bruhn aussi rapidement et il comprit que si sa femme, sa fille et lui ne quittaient pas cet appartement immédiatement, ils étaient condamnés.

24

Samedi 2 janvier 2021

Carl

Devrais-je commencer à faire des encoches sur le mur ? songea Carl.

Il y avait une semaine maintenant qu'il avait été arrêté, et il lui semblait que cela faisait un siècle.

On le traitait comme un criminel et après quelques jours dans cet endroit il avait déjà le sentiment d'en être réellement un. La distance entre sa situation actuelle et sa vie d'avant, pleine d'étreintes, d'échanges et de sentiments, était incommensurable. Des portes qu'on verrouille, des grilles qu'on claque, des trousseaux de clés qu'on agite et les voix étouffées des détenus vaquant à leurs occupations matinales dans un couloir de prison. Voilà à quoi se résumait son quotidien, désormais.

Carl s'était toujours considéré comme un homme fort. Il pensait avoir hérité de la nature stoïque et imperturbable des habitants de l'île de Vendsyssel, dans le Jutland du Nord. De véritables forces de la nature. Mais dans ce climat de réprobation générale, il avait perdu toute confiance en lui.

Enfin, Carl, tu n'as rien à faire dans cet endroit, avec ces gens que tu as passé la moitié de ta vie à poursuivre, songeait-il sans y croire lui-même.

Et maintenant, ces mêmes personnes allaient lui faire mordre la poussière. Elles ne le feraient peut-être pas de manière aussi délibérée qu'à Vestre, mais elles trouveraient d'autres moyens. En tout cas, il avait intérêt à surveiller ses arrières.

Ils pourraient essayer de me garrotter, il n'y a rien de plus facile, réfléchit Carl. Il suffit d'une ficelle, d'un morceau de chaîne ou d'un câble en acier comme celui que j'ai vu hier enroulé autour d'une caisse, dans le couloir.

Ils pourraient aussi empoisonner sa nourriture. Une seule goutte versée sur le salami suffirait à le tuer si le poison était assez fort. Ou alors un pseudo-accident. Dans son travail d'enquêteur, il avait eu l'occasion de voir d'innombrables meurtres ainsi maquillés. L'affaire Sisle Park qu'ils venaient de résoudre avec ses collègues n'était faite que de cela.

Putain, Carl, ça ne sent pas bon, tout ça, se dit-il en sursautant violemment parce qu'on venait d'insérer une clé dans sa serrure.

« Bonjour, Carl », le salua la gardienne en entrant. Il la reconnut pour l'avoir rencontrée du temps où il venait à la maison d'arrêt en tant que flic. Il croyait se rappeler qu'elle s'appelait Klara Kvist. Parmi les gardiens, c'était probablement celle qui avait le plus d'ancienneté.

« Tu as une journée chargée, alors dépêche-toi de manger, je reviens te chercher dans un quart d'heure. Ta femme va t'appeler. Tu peux considérer ça comme un traitement de faveur parce que normalement, on n'autorise pas les appels en dehors des heures réglementaires, mais nous savons ce que tu as traversé à Vestre et elle veut t'entendre dire que tu vas bien. Ça va se passer dehors, au guichet du poste de garde. Vous aurez dix minutes. Plus tard dans la journée, quand tu auras parlé à l'assistante sociale, il paraît que tu as un parloir, mais je n'en sais pas plus. Je dois aussi t'informer que Malthe, avec qui tu es arrivé, va être transféré dans la cellule d'à côté et que, désormais, vous irez à la promenade ensemble et serez peut-être même autorisés à passer du temps dans la même cellule. » Elle allait partir, mais s'arrêta sur le seuil, dos à lui, et pencha légèrement la tête comme s'il y avait une chose qu'elle avait oublié de lui dire.

« Merci, Klara », dit Carl. Puis il but une gorgée de café.

Elle se retourna avec un large sourire. « Ça me fait plaisir de te revoir, Carl, et je regrette que ce soit dans ces conditions. Ça doit te faire bizarre. Nous, en tout cas, ça nous fait bizarre. »

Il acquiesça, bien que « bizarre » ne soit pas le mot qu'il aurait employé.

« Nous suivons le feuilleton de ta dernière affaire dans *Gossip*. Mes collègues et moi, on voulait te dire que c'est passionnant. Et la prime de sept millions de couronnes promise à toute personne ayant des éléments susceptibles de prouver ton innocence et de te faire relâcher est probablement l'annonce la plus extraordinaire qu'on ait jamais entendue au Danemark. »

Carl ne voyait pas du tout de quoi elle voulait parler.

Il en sut un peu plus quand on le conduisit jusqu'au téléphone. La voix de Mona lui rendit par petites touches un peu de son optimisme.

Après s'être assurée qu'il allait bien et qu'elle n'avait

plus à s'inquiéter de sa sécurité et lui avoir demandé de remercier chaleureusement Malthe de sa part, elle se mit à le submerger d'informations.

Elle avait beaucoup pensé à lui, surtout le soir du réveillon ; avec l'équipe du département V, ils avaient travaillé à fond. Tandis qu'elle lui parlait de leur enquête et des bâtons que malheureusement on leur mettait dans les roues, Carl eut l'impression qu'elle différait le moment de révéler le véritable objet de son appel.

« Hardy a obtenu un droit de visite, Carl, dit-elle enfin. Nous l'avons vu avant-hier, à la maison, et il est entièrement de ton côté.

— Quoi ? Hardy va venir ici ? » Il était abasourdi.

Mona lui raconta alors l'exosquelette et les implants crâniens. Elle lui dit qu'il se tenait debout et avait l'esprit clair. Que le séjour en Suisse, les interventions, la rééducation, tout cela avait dépassé leurs espérances.

Elle dut répéter les dernières phrases. Carl, bouleversé, avait du mal à tenir le combiné du téléphone, son cœur battait à tout rompre, il était au bord de la syncope. Il s'accrocha au comptoir, inspira profondément et, enfin, il put accueillir la merveilleuse nouvelle.

Si c'était vrai, alors tout le reste devenait moins important, les accusations, la prison, les agressions et la peur. Hardy était debout.

Quand Carl se fut ressaisi, qu'il eut exprimé sa surprise et sa joie, Mona enchaîna avec une deuxième nouvelle, qui fit elle aussi l'effet d'une bombe.

Merete Lynggaard avait rendu visite à Rose, chez elle.

Il dut laisser l'écho de ce nom résonner un court moment avant de le comprendre vraiment.

Il s'était souvent demandé ce qu'elle était devenue, après

qu'ils l'avaient sauvée d'une mort certaine dans le caisson hyperbare de son tortionnaire, mais il n'avait jamais osé vérifier. La peur d'être confronté à une cruelle vérité sur les séquelles de son calvaire avait freiné sa curiosité.

Quand ils l'avaient libérée, Merete Lynggaard n'était plus que l'ombre d'elle-même. Entre la politicienne de premier ordre, forte et sûre d'elle, qui avait probablement aspiré, un temps, à devenir la première femme à prendre les rênes de l'État et l'être à l'esprit torturé et au corps martyrisé qui était sorti de cette chambre de décompression, il y avait une différence si spectaculaire qu'on avait du mal à imaginer que cette expérience ne lui ait pas fait perdre la raison.

Mais Mona lui fit un compte rendu extrêmement positif de sa vie et l'informa de l'énorme récompense promise à quiconque viendrait en aide à Carl Mørck. Elle lui apprit aussi que plusieurs personnes parmi les gens que Carl avait croisés au cours de ses enquêtes faisaient désormais cause commune avec Merete et qu'une partie des médias avaient commencé à publier des témoignages en sa faveur.

« Carl, tu es encore là ? » lui demanda-t-elle quand il cessa de réagir à toutes ces incroyables nouvelles.

La gardienne qui l'accompagnait eut juste le temps de le rattraper avant qu'il s'écroule.

Après avoir dit au revoir à Mona, il resta plus d'une heure dans sa cellule à pleurer comme un enfant. Tant de nœuds s'étaient dénoués en lui, et quand ce genre de choses arrive à un véritable Jutlandais du Vendsyssel, il perd littéralement sa capacité à respirer.

Son père lui avait toujours dit qu'une authentique douleur n'est qu'une raison de plus pour garder la tête haute, que l'adversité était un mal qu'il fallait savoir regarder dans les yeux et que si l'on ne pouvait rien faire pour y remédier, on avait le choix de mourir ou de mener un combat sans merci pour garder à distance la malchance. Carl n'avait jamais bien compris où il voulait en venir avec ces considérations oiseuses, mais dans sa situation actuelle elles prenaient tout leur sens. L'adversité était bel et bien là ! Tout ce que Mona venait de lui apprendre lui rendait le combat infiniment plus supportable. Quand ses larmes se furent taries, il laissa retomber sa tête sur sa poitrine et poussa un soupir à fendre l'âme.

Contrairement au règlement, on fit entrer Carl dans le parloir le premier. Il attendit près d'une demi-heure dans la pièce avant d'entendre un pas lourd approcher.

Le cœur battant, il se souvint de moments de ce genre où il s'était trouvé debout derrière des portes qui allaient compter dans sa vie. Des portes de salles d'interrogatoire, la porte d'une fille dont il était amoureux et à qui il venait déclarer sa flamme, la porte de la chambre mortuaire de sa grand-mère. Une autre allait s'ouvrir, à présent.

Hardy lui sembla plus grand que dans son souvenir. Ses traits étaient plus marqués, ses bras plus musclés. Son regard s'était endurci, mais le sourire était le même.

Quelle vision extraordinaire ce fut de le voir marcher vers lui dans son immense armure ! Carl s'était déjà préparé à la façon dont il allait l'accueillir. Mais il resta bouche bée, incapable de dire un mot.

« Salut, mon ami ! » dit Hardy en l'attirant contre lui, ses bras produisant un bourdonnement mécanique. Carl voulut lui donner une accolade, mais n'attrapa que la coquille dure qui l'entourait.

Il leva les yeux, croisa le regard de son ami plusieurs centimètres au-dessus du sien et lui sourit, avec des lèvres qui tremblaient.

Puis Morten entra, accompagné d'un policier et d'un inconnu qui était sans doute là pour aider Hardy et, fermant la marche, Klara, qui vint poser derrière Hardy une chaise prise dans la salle des gardiens.

Il lui fallut une minute pour l'installer, et autant à Carl pour que sa gorge se desserre et qu'il soit capable d'exprimer à quel point il était heureux de le voir se déplacer pratiquement seul et qu'il soit venu lui rendre visite dans ce lieu maudit.

Quand ils en eurent fini avec les politesses, Hardy se désola de retrouver Carl dans des circonstances pareilles ; Carl renouvela son soulagement à l'idée que Hardy marche après tant d'années, grâce aux soins reçus en Suisse. Il salua Morten d'un hochement de tête reconnaissant et lui dit de passer le bonjour à Mika et de le remercier également pour sa patience et son dévouement.

Puis Hardy demanda à Morten d'une voix ténue s'ils voulaient bien aller l'attendre à l'extérieur avec la gardienne qui s'était assise dans le couloir en laissant la porte ouverte. Carl et lui avaient un grand nombre de sujets personnels à aborder.

Carl s'inquiéta un peu. Hardy avait-il décidé que c'était l'heure des confessions ? Allait-il tomber à genoux et avouer on ne sait quel crime ? Ou bien son vieil ami cachait-il une mauvaise surprise derrière son armure ?

« Je te demande pardon, Carl, déclara Hardy quand ils furent seuls tous les deux. Viens là et donne-moi ta main. J'avoue avoir pensé certaines choses de toi qui n'auraient jamais dû effleurer mon esprit. »

Carl secoua la tête. « Je t'en prie, Hardy, je comprends que tu aies pu t'interroger. Anker et moi avons toujours été proches. Il m'arrive moi-même de douter, à force, et de me demander si je n'ai pas trempé dans quelque chose d'illégal. Cette caisse dans laquelle on a découvert un cadavre, la valise dans mon grenier et les fausses preuves contre moi : il faut drôlement m'en vouloir pour imaginer tout cela, pas vrai, Hardy ? »

Hardy serra la main de Carl. Puis il ferma les yeux et ses narines frémirent légèrement.

« C'est bizarre, mais ces derniers mois je me suis mis à voir les choses avec beaucoup plus de clarté. Mes sens se sont affûtés, comme si je compensais mon handicap moteur. J'entends mieux, ma voix s'est renforcée. Mon odorat est devenu plus sensible aussi, ce qui n'est pas toujours un cadeau. Par exemple, l'odeur de pamplemousse qui flotte dans cette pièce m'a littéralement assommé. C'est ta nouvelle eau de toilette ? »

Carl secoua la tête, renifla à fond et ne sentit qu'un léger effluve se détachant des autres odeurs de la prison. Mais oui, il y avait peut-être quelque chose à base d'agrume. Hardy avait raison.

« Oui, mes sens sont exacerbés, et j'ai l'intention de m'en servir le temps que ça durera. Je réfléchis beaucoup aussi, bien plus que je ne l'avais fait depuis des années, et j'ai retrouvé dans ma mémoire des informations qui auraient dû avoir disparu depuis longtemps. J'ai vu des liens entre certains éléments qui m'avaient toujours échappé. Sans doute parce que dans le douloureux protocole que j'ai suivi en Suisse, j'ai découvert que chaque journée supplémentaire consolidait les choses, y compris dans ma tête. Tu viens de mentionner le cadavre démembré qu'on a exhumé sous la cabane du vieux Madsen. Une découverte macabre et effroyable, certes. Mais le tuyau anonyme selon lequel le mort s'appelait Pete Boswell, qu'il venait de la Jamaïque et travaillait pour la société Kandaloo Workshop, qui nous l'a donné ? Les Néerlandais ont déclaré que Pete Boswell était le nom de plume de Rasmus Bruhn, lequel était un trafiquant de drogue. Le problème est que Rasmus Bruhn était encore en vie au moment où on a découvert la caisse. Et bien avant qu'on trouve le cadavre, Rasmus Bruhn s'était disputé avec Anker, dispute à laquelle tu as assisté. Mais est-ce que quelqu'un s'est intéressé sérieusement à cette entreprise, Kandaloo Workshop, citée par cet informateur inconnu ? Il n'y en a aucune trace nulle part, ce qui est plutôt curieux, tu ne trouves pas ?

— Je ne sais pas, Hardy. Cette affaire n'est jamais arrivée jusqu'au département V. J'étais un peu trop concerné, tu comprends ? Ce que je trouve bizarre en revanche, c'est qu'elle n'ait pas été résolue depuis tout ce temps. Qu'est-ce que tu en penses ?

— Je suis obligé de vous rappeler que vous ne pouvez pas parler de l'affaire dans laquelle Carl a été mis en cause, signala le policier posté dos au mur.

— Nous le savons. Rassurez-vous, monsieur l'agent, nous évoquons simplement quelques souvenirs du passé », dit Hardy.

Carl regarda le policier. Est-ce qu'il venait de faire un clin d'œil ? Toujours est-il qu'il alla rejoindre les trois autres dans le couloir.

« Écoute, dit Hardy, baissant la voix. Je travaille sur ces questions depuis quelques semaines et il fallait que je t'en parle. Les Néerlandais ont découvert que Rasmus

Bruhn, alias Pete Boswell, avait eu un associé jadis, un Haïtien du nom de Gérard Gaillard. Or il apparaît que ce Gérard Gaillard était l'unique propriétaire de Kandaloo Workshop, ce qu'on peut voir en consultant le registre du commerce. On peut aussi y constater que cette société était pratiquement déficitaire depuis sa création et qu'elle a été mise en faillite judiciaire et dissoute à la mort de Gaillard.

— Je croyais qu'elle importait du mobilier fabriqué en Asie ou quelque chose de ce genre, dit Carl à voix basse.

— Cette boîte n'a jamais importé la moindre chaise, si tu veux mon avis. Il s'agissait juste de quelques lignes sur sa carte de visite, rien d'autre. En revanche, le type semblait avoir un train de vie plutôt confortable, sachant qu'il a pu faire l'acquisition de plusieurs propriétés d'une certaine valeur. Deux hangars à Rotterdam et un ici, au Danemark. Un appartement en centre-ville de Copenhague, place Gråbødre, et une ferme à Albersdorf, dans le Schleswig-Holstein en Allemagne. L'ensemble valant actuellement plus de dix millions d'euros sur le marché.

— Sacrément suspect ! réagit Carl, toujours à voix basse. Quelqu'un aurait forcément dû être au courant que l'homme avait un patrimoine pareil. Qu'est-il advenu de tout cela après sa mort ?

— Je n'ai pas tout à fait fini de le vérifier. Mais cela ne devrait pas tarder.

— Pourquoi as-tu fait sortir Morten et ton assistant de la pièce ? Ils n'ont rien à voir avec tout cela ? dit Carl.

— Bravo, Carl, je vois que tu es toujours vif, malgré l'endroit où tu te trouves ! Tu me demandes pourquoi ? Eh bien, tout simplement parce que mon nouvel assistant vient d'arriver.

— Et ?

— J'avais un Suisse francophone avant, qui travaillait à la clinique où j'étais, mais après que je suis sorti, je me suis retrouvé avec celui-ci. A priori, c'est un brave type, mais je trouve qu'il pose beaucoup de questions sur mon entourage et tout ce que je fais, et sur ce qui s'est passé à Amager, à l'époque.

— D'accord, laisse-moi deviner. Il est venu lui-même proposer sa candidature, c'est ça ? »

Hardy hocha la tête plusieurs fois.

« Et évidemment, il est francophone, mais belge, pas français, j'ai bon ? »

Les rides sur le visage de Hardy, creusées par la douleur, s'aplanirent. « Merci, Carl, dit-il. Nous allons à nouveau pouvoir faire équipe ! »

Ils parlèrent encore de tout et de rien pendant une demi-heure puis, brusquement, Hardy flancha, à bout de forces.

Mais ils avaient eu le temps d'établir une stratégie. Hardy tâcherait de savoir qui avait récupéré les propriétés de feu Gérard Gaillard et essaierait d'en savoir plus sur le pedigree de son nouvel assistant. Il demanderait à Gordon de fouiller du côté néerlandais, après quoi ils se reverraient.

Quand Hardy et lui eurent terminé leur conversation, Carl parla un petit moment avec Morten. Il sentit que celui-ci n'était pas loin de fondre en larmes, il avait toujours été sensible. Carl le rassura en lui tapotant l'épaule, lui affirmant que tout allait s'arranger.

Lorsqu'ils furent tous partis, y compris le policier complaisant, cela fit un sacré vide. Surtout quand Hardy s'éloigna cahin-caha de son pas lourd dont l'écho résonna entre les murs. Carl resta là, immobile, à assimiler tout ce qui venait de se passer, en attendant qu'on vienne le chercher pour le ramener en cellule.

Le souffle court et rapide, il contempla la pièce dans laquelle il se trouvait, avec ses couleurs gaies et ses motifs enfantins, et soudain il sentit nettement le parfum d'agrume qui avait frappé Hardy. Il inspira profondément, remplissant ses poumons à fond, et expira lentement par le nez. À chaque inspiration, l'odeur devenait plus épaisse et plus présente.

Quand il la reconnut, il cessa complètement de respirer et retint son souffle jusqu'à ce qu'il se rappelle la première fois qu'il l'avait sentie.

À présent, il voyait clairement l'individu qui portait cette eau de toilette. Ce type gominé qui l'avait menacé devant la grille du camembert à Vestre. Cet homme qui était apparu et avait disparu tel un fantôme.

Curieux… Qu'est-ce qu'il était venu faire à la maison d'arrêt de Slagelse ? se demanda-t-il sans trouver de réponse. Il n'aimait pas ça du tout.

« Alors ? s'exclama Klara Kvist en venant le chercher pour le ramener dans sa cellule. Ce n'était pas une bonne surprise ? En tout cas, nous, ça nous a fait drôlement plaisir de voir Hardy Henningsen, on en parlait justement dans *Gossip.* C'est extraordinaire, ce que la science arrive à faire de nos jours, et qu'il ait autant de gens pour l'aider, entre ses amis danois et son assistant belge. Après toutes ces années, tu pensais qu'il remarcherait un jour, toi ? »

Carl secoua la tête. Il ne l'avait jamais cru, mais il en avait rêvé, ça oui.

Il la regarda droit dans les yeux. « Il y a une chose

que tu pourrais faire pour moi, Klara, si tu veux bien. J'ai besoin d'un renseignement. »

Elle fronça les sourcils. « Peut-être, ça dépend… Qu'est-ce que tu veux savoir ?

— Il y a une vague odeur de parfum dans cette pièce. Comme une odeur d'agrume. »

Elle sourit devant cette question improbable. Renifla une fois ou deux.

« Oui, peut-être. Pourquoi ? Ce parfum te plaît ?

— Je ne sais pas, non, je ne crois pas que ça m'irait. Mais tu as une idée de qui a pu venir ici et laisser cette odeur ? Il y a eu un parloir avant moi ?

— Un parloir ? Non !

— Et hier, quelqu'un a reçu une visite ?

— Il y a un avocat qui est venu. Maintenant que j'y pense, ça pourrait bien être lui qui sentait comme ça. C'est quelqu'un que tu connais ?

— Possible. Tu te rappelles comment il s'appelait ?

— Tu sais très bien, Carl, que si tu me poses la question de cette façon, je n'ai pas le droit de te répondre. »

Il acquiesça. « Alors tu peux peut-être juste me dire qui il est venu voir ? »

Elle pinça les lèvres. Puis, respect du règlement oblige, elle secoua la tête.

« Tu me promets de ne pas le répéter, d'accord ? Il était là en tant qu'avocat de Malthe, ton ami de Vestre. Ensuite, il a rencontré un autre client, Tom Gravgaard, alias Cassius, le gars massif dont la cellule se trouve à l'étage au-dessus. C'est drôle, parce que ces deux-là se sont défiés un peu plus tard dans la journée, dans la cour de la prison, probablement pour marquer leur territoire. »

25

Samedi 2 janvier 2021

Eddie Jansen

Mais comment ai-je pu être aussi stupide ? La question tournait en boucle dans la tête d'Eddie. Le jour se levait à peine tandis qu'il courait à perdre haleine dans la côte de Valkenburg, le traceur GPS à la main. L'objet qu'il avait récupéré sous sa voiture était un boîtier magnétique d'environ dix centimètres de côté.

Il dépassa le centre de vacances au sommet de la colline, redescendit deux cents mètres de l'autre côté, s'engagea dans une ruelle où il photographia le traceur avant de le placer sous un véhicule en stationnement. « Le meilleur boulanger de la ville », disait l'enseigne sur le flanc de la camionnette. Il espérait sincèrement que son propriétaire serait toujours en état de travailler une fois que les commanditaires auraient localisé leur balise.

Mon Dieu, que faut-il que je fasse ? Dois-je tout avouer à Femke ? songea-t-il. Mais est-ce réellement utile si nous sommes toujours en sécurité dans l'appartement ?

Puis l'atroce vérité s'abattit sur lui.

On était le 2 janvier et il y avait quatre jours qu'ils avaient fui Rotterdam. Ceux qui avaient placé le traceur sous leur voiture connaissaient donc leur itinéraire et également leur actuel lieu de résidence.

Il reprit son téléphone, étudia attentivement la photo du boîtier et chercha le modèle sur Internet.

L'appareil, d'une technologie avancée, pesait 168 grammes et valait une bouchée de pain. Eddie se retint de jurer à haute voix quand il lut l'autonomie de la batterie. Soixante jours, disait le site de vente. C'était effroyable. SOIXANTE jours ! Il était peut-être là depuis des semaines, et Eddie avait assez de bon sens pour savoir que la probabilité qu'ils aient pu omettre de changer les piles une fois ces deux mois écoulés était nulle. L'organisation qui le payait depuis des années n'oubliait pas ce genre de choses.

Eddie était pétrifié. Cette balise GPS expliquait le sort de Rasmus Bruhn. Il avait eu beau s'enfuir, il n'avait pas pu leur échapper, et Eddie et sa famille ne leur échapperaient pas non plus.

Ceux qui lui voulaient du mal ne devaient pas être loin.

Eddie retourna en courant à l'endroit où était garé le SUV. Quand il fut à une vingtaine de mètres, il s'approcha doucement.

Quelqu'un, quelque part, était-il en train de l'observer ? À vrai dire, c'est le contraire qui aurait été étonnant.

L'avaient-ils vu retirer le traceur et l'avaient-ils déjà remplacé par un autre ?

Eddie aurait voulu pouvoir vérifier, mais il n'osait pas. Pas ici.

Après avoir fait quelques détours par des petites rues, il se posta à l'angle de celle où était garée la voiture et se pencha pour jeter un coup d'œil. Ne remarquant rien de particulier, il courut vers le SUV et se jeta sur le siège, côté conducteur.

Alors qu'il était presque sorti de la ville, il s'arrêta et se glissa de nouveau sous la voiture. L'asphalte était dur et glacé, mais quelle importance, du moment que c'était pour confirmer qu'il n'était plus suivi ?

Dans la lumière de l'aube, alors que la ville s'éveillait, assis au volant, immobile, Eddie ne savait plus quoi faire.

Si l'émetteur fonctionnait toujours, ils savaient à quelle adresse et probablement aussi dans quel appartement sa famille et lui s'étaient réfugiés. Ils le savaient et ils étaient vraisemblablement en train de les surveiller.

Et si c'était le cas, tout était perdu. Il était coincé.

Finalement, Eddie prit une décision. Il avait d'abord pensé tout abandonner et partir. Quitter la ville et disparaître dans la nature afin de mettre à l'abri Femke et la petite. Mais cette idée était absurde. Elles seraient toujours en danger… Les gens pour qui il travaillait depuis si longtemps ne reculaient devant rien ; en outre, son ordinateur portable se trouvait toujours dans la chambre avec toutes les preuves de sa trahison.

S'il choisissait de fuir avec elles, Femke ne se contenterait pas d'une excuse bidon. Elle le questionnerait jusqu'à ce qu'il lui avoue la vérité, puis elle le quitterait sur-le-champ. C'était inéluctable. Non, Femke ne devait rien savoir.

Il lui restait la possibilité d'appeler la police et de se rendre, mais à qui faire confiance ? Il n'était peut-être pas le seul à travailler pour l'organisation. Et ses collègues auraient-ils le temps d'arriver avant qu'il soit trop tard ? Rien n'était moins sûr. L'autre possibilité était évidemment de vérifier d'abord si on les avait suivis. S'il désactivait le mode avion de son téléphone et lisait ses SMS, il apprendrait peut-être où il en était par rapport à l'organisation. Mais il devrait faire vite pour qu'ils n'aient pas le temps de le géolocaliser. C'était un peu comme de choisir entre la peste et le choléra.

Eddie choisit la deuxième option.

Trente secondes plus tard, une nuée de messages arrivèrent sur son téléphone dans un concert de bips.

Eddie les survola en diagonale. La moitié avaient été expédiés par ses supérieurs à Rotterdam qui se demandaient où il était passé. Les premiers exprimaient la contrariété, mais à mesure qu'ils défilaient, Eddie constata qu'on commençait à s'inquiéter. C'était toujours ça.

L'autre moitié était beaucoup plus effrayante.

Ça commençait en substance par « Où es-tu, donne de tes nouvelles ». Il fut un instant rassuré. L'organisation ignorait où il se trouvait.

Mais bientôt le ton changeait, et la gravité de sa situation devint évidente.

« Qu'est-ce que tu es allé faire à Valkenburg ? Et à Aix-la-Chapelle ? Pourquoi tu ne réponds pas ? »

À mesure que les messages se succédaient, le ton devenait plus dur.

« Il ne te reste plus beaucoup de temps, on sait où tu es », et puis vint le message qui lui glaça le sang :

« Eddie Jansen, nous avons constaté que tu as enlevé le traceur et que la voiture n'est plus là. Reviens immédiatement à l'appartement de Valkenburg, ou tu ne reverras plus ta famille en vie. »

Il traversa la ville pied au plancher. Il aimait sa femme et sa petite fille plus que tout. S'il devait donner sa vie pour la leur, qu'à cela ne tienne.

Il abandonna la voiture à cheval sur le trottoir devant un immeuble à quelque distance de la rue en pente où il l'avait garée au départ, courut à perdre haleine jusqu'à leur location, monta les escaliers quatre à quatre et ouvrit la porte à la volée.

Femke l'attendait, en robe de chambre, la petite dans les bras, et dans ses yeux il y avait autant de colère que d'incompréhension.

« Où étais-tu, Eddie ? Tu ne peux pas disparaître comme ça, sans rien dire. J'étais… »

Eddie regarda de tous les côtés. Apparemment, ils étaient seuls dans l'appartement.

« S'il te plaît, Femke, ne pose aucune question et contente-toi de faire ce que je vais te dire. Habille-toi et prépare-toi à partir d'ici. »

Perplexe et furibonde, elle le suivit dans l'appartement en le bombardant de questions. Eddie ne répondit à aucune, ouvrit son ordinateur portable, y inséra une clé USB et commença à télécharger son fichier.

« Allez, dépêche-toi », la pressa-t-il en la voyant plantée devant lui, refusant de lui obéir avec une obstination contre laquelle il savait qu'il ne pouvait rien.

« T'as vu dans quel état on est, Eddie, je ne comprends pas ce que tu veux. »

Il secoua la tête sans répondre, récupéra la clé et la laissa tomber dans la poche de la robe de chambre de Femke. Puis il colla tendrement son visage contre sa joue et lui chuchota à l'oreille d'y faire très attention et de la remettre à la police d'Amsterdam, et à personne d'autre.

Ensuite, il retourna à sa table pour effacer le document. Quand il croisa de nouveau le regard de son épouse, il vit qu'elle n'avait pas la moindre idée de la gravité de la situation. Elle restait là, muette, interloquée.

« Si nous ne sommes pas partis dans moins de cinq minutes, tu peux me dire adieu pour toujours, Femke. Ils vont s'en prendre à moi ! » cria-t-il.

Il caressa les cheveux de la petite, qui se blottit contre sa mère et se mit à pleurer.

« Tu fais peur à Marika. Qui va s'en prendre à toi ? » lui demanda-t-elle d'un ton furieux.

Eddie inspira profondément, et il était sur le point de lever une partie du voile sur l'abominable vérité quand un nouveau SMS arriva sur son téléphone.

Il leva une main pour lui demander une seconde, le temps de lire le message.

« C'est bien que tu sois revenu, Eddie. On vous a entendus vous disputer, on est derrière la porte. Apparemment, ta femme ne sait rien, et c'est tant mieux parce que ça va les sauver, elle et ta fille, mais pas toi. »

Et on sonna.

26

Samedi 2 janvier 2021

Carl

Ses promenades dans la cour se résumèrent à de brèves sorties après le dîner, le petit déjeuner et le déjeuner du lendemain, toujours sous bonne escorte. Elles furent de courte durée. Carl prétendit qu'il n'avait pas besoin de prendre l'air, ce qui n'était pas tout à fait vrai, mais pour le moment il avait avant tout besoin de réfléchir tranquillement dans sa cellule à la visite de Hardy.

La veille, l'impuissance était près de l'étouffer. Il avait l'impression de voir les murs de sa cellule se rapprocher et l'écraser. Mais lorsqu'il avait entendu la voix douce et claire de Mona au téléphone, il s'était senti moins seul. Ensuite il avait vu Hardy. Pour la première fois depuis son arrestation, Carl s'était dit qu'il avait encore son libre arbitre, et il sut qu'il n'accepterait rien qui ne soit dans son intérêt.

Quand la porte de sa cellule s'ouvrit sur Klara, Carl sourit.

« Voilà, Malthe est là, Carl. On s'est dit que vous pourriez bavarder un peu tous les deux en attendant qu'il s'installe dans la cellule numéro 7. Et, ce qui est rigolo parce que ça n'arrive quasiment jamais ici, il va y avoir une autre rotation de détenus dans la cellule numéro 5, en face de la tienne. C'est le grand chambardement, dans ce couloir ! »

Elle rit et s'effaça pour laisser entrer Malthe, dont la carcasse occupa tout l'espace devant la couchette de Carl.

« Vingt minutes », prévint Klara avant de refermer la porte à clé.

Carl salua Malthe d'un hochement de tête sans se lever. « Tu pourrais peut-être t'asseoir sur la table, en espérant qu'elle résiste », dit-il avec un sourire qui s'excusait de la mauvaise blague. Malthe sembla décontenancé. Est-ce qu'il aurait préféré s'asseoir sur le lit à côté de lui, c'était ça qu'il avait en tête ?

« Encore merci pour ton aide, à Vestre. Tu te rends compte que tu m'as sauvé la vie ? »

Le remerciement ne modifia pas l'expression du gars, qui resta planté sans rien dire.

« J'ai une femme et une petite fille que j'aime plus que tout au monde. D'une certaine manière, tu leur as sauvé la vie à elles aussi, tu sais ? Ma femme Mona t'envoie toute sa gratitude. »

Les épaules de Malthe se détendirent un peu. Son corps massif parut vaciller, mais reprit aussitôt sa position initiale.

« Tu auras compris que ma famille, c'est tout pour moi. Savoir que tu es près de moi a rassuré ma femme. Grâce à toi, elle va retrouver le sommeil. Nous te sommes extrêmement reconnaissants, Malthe, et je tenais à ce que tu le saches. »

Carl sourit timidement. Il se demanda un instant si

son interlocuteur comprenait ce qu'il lui disait. On était en droit d'en douter, parce que strictement rien dans son visage ne le laissait penser.

« Tu sais quoi ? continua-t-il, des gens qui me connaissent bien travaillent désormais à prouver mon innocence. Ils sont tous au courant que tu m'as sauvé et que tu es là pour veiller sur moi. Alors je ne le dirai jamais assez : merci, Malthe. »

Puis Carl se tut. Ses paroles glissaient sur le type sans l'atteindre. Il avait cru percevoir une vague réaction au moment où il avait prononcé le mot « famille », mais il n'en était pas sûr.

« Et toi, Malthe ? Tu as quelqu'un qui pense à toi en dehors de ces murs ? »

Pour la première fois, Malthe détourna les yeux. Il y eut un silence qui dura près d'une minute et Carl se dit que le type devant lui était peut-être un peu simplet.

Puis de nouveau, Malthe le regarda droit dans les yeux et, avec une dureté qui surprit Carl, il répondit : « Mon petit frère est en train de mourir, je pense à lui nuit et jour, je n'arrive pas à penser à autre chose, je voulais te le dire. »

Carl resta un instant silencieux. L'épaisse carcasse de Malthe sembla fondre sous ses yeux, l'impression que dégageait son énorme masse musculaire fut effacée par des lèvres tremblantes, des yeux humides et des mains qui pendaient, inutiles. Pourquoi voulait-il me dire ça ? se demanda Carl. Est-ce pour excuser son mutisme pendant le transfert ? Peut-être l'impression de naïveté que donnaient son corps surdimensionné et ses bras ballants était-elle le reflet de la réalité ? Peut-être son cerveau était-il incapable d'emmagasiner certaines choses ?

« Je suis désolé de l'apprendre, Malthe. Et il n'y a rien à faire ? » lui demanda-t-il.

Il crut voir un hochement de tête.

« Qu'est-ce qu'il a, exactement ? Ça peut se soigner ?

— C'est le pancréas. » La réponse était venue d'une voix éteinte, dépourvue de sentiment. « On refuse de l'opérer au Danemark. Il paraît que dans son état c'est trop dangereux et trop cher. »

Carl se leva de sa couchette. Le pancréas, il n'y avait rien de pire !

« Et les médecins ont renoncé, c'est ça ? »

Malthe acquiesça. « Au Danemark, ils ne veulent plus rien faire. Mais en Allemagne, ils sont d'accord pour essayer de l'opérer. »

Carl hocha la tête. « Alors ils vont le faire, n'est-ce pas ? »

Malthe fit un pas vers Carl. Son haleine était chaude et son artère temporale pulsait fort. « C'est cher, très cher, et nous n'avons pas cet argent.

— Ça coûte combien ? »

Carl aurait aussi bien pu tendre un bras vers lui, car l'homme s'immobilisa comme si la question l'avait transformé en statue de sel.

Puis ils entendirent un bruit de clés à la porte. Klara apparut dans l'ouverture, les manches relevées, et leur annonça que, malheureusement, ils allaient devoir écourter leur rencontre. Un gardien s'était mis à tousser et ils l'avaient renvoyé se confiner chez lui. Comme il n'y aurait personne pour venir le chercher plus tard parce qu'ils seraient tous occupés à installer le détenu dans la cellule numéro 5, elle était obligée de reconduire Malthe dans sa cellule sans attendre.

« Donne-nous encore une seconde, Klara. Malthe était en train de me dire quelque chose. »

Carl leva une main pour stopper la matonne, mais le visage de Malthe se métamorphosa de nouveau. Sa vulnérabilité disparut, ses yeux s'étrécirent. Il secoua la tête.

« Laisse tomber, Carl », dit-il avec une surprenante froideur.

Carl hocha la tête. Ils reviendraient sur ce sujet la prochaine fois, se dit-il.

« Tu as eu de la visite hier, Malthe. C'était qui ?

— J'ai eu de la visite, moi ? Je ne m'en souviens plus. »

Carl regarda Klara, mais son visage resta sans expression. Évidemment.

« Bon, j'ai dû me tromper. Ça arrive », dit Carl, affable. Malthe ne lui rendit pas son sourire.

Quand ils furent sortis, il retourna s'asseoir sur sa couchette. Il analysa, tourna et retourna en tous sens chaque mot, chaque intonation, tous les non-dits de la conversation qu'il venait d'avoir avec son voisin, et le sentiment qui en resta à la fin n'était pas bon.

Carl venait d'acquérir la certitude qu'il était toujours seul dans cet endroit de malheur.

27

Samedi 2 janvier 2021, soir

Rose

L'ancienne maison de Carl à Allerød était quasi méconnaissable. Le lit d'hôpital de Hardy avait été remplacé, et même si son nouveau lit se trouvait au même endroit que l'ancien, avec toujours une potence et une télécommande pour en modifier l'inclinaison, la pièce ne ressemblait presque plus à une chambre d'hôpital : il y avait un couvre-lit mordoré et deux chevets de style Empire.

Le salon avait été repeint et les meubles avaient été déplacés de manière à permettre à la fois d'y avoir une conversation et de regarder la télévision. Tout semblait plus clair et plus ordonné qu'avant.

« Mika et moi passons encore beaucoup de temps dans la cave, dit Morten. Mais nous dormons au premier. »

Rose regarda autour d'elle dans le séjour et la cuisine attenante. À en juger par les innombrables objets personnels et bibelots qui encombraient la maison et qui ne devaient pas être du goût de Carl, il ne restait pas grand-chose de l'époque où lui-même y habitait.

« Molise Sjögren n'était pas supposée être là, aujourd'hui ? » s'enquit Gordon.

Assad secoua la tête. « Nous devons nous voir tout à l'heure. Mais elle m'a dit en passant qu'elle avait eu un bon contact avec Rommel, de la DUP, même si ça ne signifie pas qu'elle ait du nouveau. Elle pense qu'ils ont envoyé quelqu'un aux Pays-Bas pour mener l'enquête, mais elle ne m'a pas dit où ni pourquoi. Elle en saura plus bientôt.

— Et toi, Assad, tu as du nouveau ? demanda Mona.

— Moi ?! Je suis retourné à Nørrebro parce qu'il y avait des détails dont je voulais discuter avec ce Niels B marquis de Bourbon, mais il avait filé. Je suis entré dans son garage et il n'y avait plus rien. Les murs étaient nus et il ne restait que des détritus et quelques vieux journaux par terre.

— Et ces SDF qui le connaissaient ? Tu leur as parlé ? »

Assad gratta son menton de hérisson. « Ils m'ont demandé quelle foutue… » Il réfléchit un instant. « Quelle foutue connerie je lui avais racontée, parce qu'ils n'ont plus vu l'ombre du gars depuis ce jour-là. L'un d'eux a suggéré que je méritais des taffes.

— Des baffes, plutôt ! » le taquina Hardy.

Assad le regarda avec des sourcils en accents circonflexes.

« Cette histoire avec Niels B est préoccupante, en effet, mais il y a autre chose qui devrait nous inquiéter, continua Hardy. On a retiré à Terje Ploug l'affaire du pistolet à clous, sans autre explication que le fait qu'on avait besoin de ses talents sur une autre enquête, maintenant que la DUP avait repris tout le dossier.

— Tu vas quand même pouvoir continuer à lui demander des informations et des conseils, non ? demanda Rose.

— Peut-être, mais je n'en suis pas sûr.

— Pourquoi ?

— Parce que Terje Ploug a été convoqué chez la directrice. Je crois qu'elle lui a fait miroiter le poste de patron de la brigade criminelle, une fois que Marcus Jacobsen aura pris sa retraite.

— Et alors ? Je ne vois pas ce que ça change. Ça me paraît être une évolution assez naturelle, rétorqua Rose.

— Le risque, c'est que Terje se montre moins coopératif si Marcus a fait cela pour le museler.

— Putain de brigade criminelle. Il n'y a plus personne qui soutienne Carl, là-bas ?

— Et sa collègue, Bente Hansen ? Elle l'a toujours bien aimé, non ? demanda Mona.

— Je te le confirme, dit Hardy. Mais j'ai le regret de vous annoncer qu'elle aussi a été convoquée par la direction. Elle est également en lice pour prendre la place de Marcus, une histoire de parité. Alors bon, on attend de voir. »

Une atmosphère pesante s'abattit sur la pièce. De tous côtés, l'enquête se heurtait à des murs.

« Bon, c'est vrai que ce n'est pas très cool, tout ça, dit Rose. Moi, je voulais vous raconter qu'hier, je suis entrée par effraction au siège de DKNL Transports à Vanløse », annonça-t-elle.

Étrangement, il n'y avait pas d'alarme dans le hangar, et ce n'était pas parce qu'il n'y avait aucun objet de valeur à l'intérieur, au contraire. Le fourgon Iveco avec monte-charge, d'un modèle assez récent, garé au milieu, devait à lui seul valoir un demi-million de couronnes.

Rose regarda autour d'elle à la lumière des rampes de néons clignotants. L'endroit était étonnamment propre et bien rangé, du moins, elle avait eu l'occasion de voir bien pire. Aucune machine rouillée et mal entretenue, pas d'affiches déchirées sur les murs représentant des femmes dénudées, pas de taches d'huile au sol. Tout portait à croire que DKNL Transports était une entreprise parfaitement gérée et n'ayant rien à se reprocher. Des étagères en métal, numérotées et compartimentées, s'élevaient jusqu'au plafond, qui culminait à six ou sept mètres au-dessus de sa tête. Elle put voir par exemple dans le compartiment 27, sur l'étagère numéro 4, trois gros cartons sur lesquels était inscrit *Rob de V., Groningen*, et dans le compartiment suivant, trois autres cartons marqués *Daniel Wouters, Haarlem*. Au total, plus d'une centaine de boîtes d'archives.

Rose se moucha, fourra le mouchoir dans sa poche et laissa son regard glisser sur les étagères. Elle s'arrêta sur l'une d'elles, à hauteur de poitrine, non loin de l'entrée. Sur celle-là, il n'y avait pas de cartons, mais une rangée de minces livres de comptes avec des dates.

L'espace d'un instant, Rose resta indécise, puis elle choisit le volume le plus récent et l'ouvrit. En moins de cinq secondes, elle constata qu'il contenait les numéros d'ordre et la description détaillée du contenu de chacun des cartons entreposés, ainsi que la date et l'adresse auxquelles il devait être expédié. Dans le carton du milieu du compartiment 7 de l'étagère numéro 4, destiné à Rob de Vries à Groningen, il était censé y avoir soixante abat-jour « Le Klint », et dans le troisième carton, vingt rouleaux de câble textile. Nul besoin d'être expert-comptable pour savoir que cet entrepôt était rempli de marchandises dont la valeur devait s'élever à une petite fortune.

Rose survola les dates de livraison du doigt. Dans moins d'une semaine, la majeure partie des cartons devraient être chargés et emportés. Elle alluma son portable et photographia quelques pages du registre, essuya son nez qui coulait et se dirigea vers le fourgon.

Elle tenta d'ouvrir les portes de la cabine de l'Iveco. Verrouillées. Elle traîna une caisse jusqu'au marchepied pour regarder à l'intérieur. Par une étroite fente dans la vitre, elle sentit une odeur un peu écœurante, venant probablement d'un sac en plastique transparent jeté sur le siège passager, avec dedans des bananes noircies. Deux paquets de cigarettes neufs, de marque Prince, étaient posés sur le tableau de bord, ainsi qu'un sachet de bonbons Haribo et des feuilles de papier au format A4 qu'elle identifia comme étant des photocopies du cahier de commandes qu'elle venait de consulter. Tout indiquait que le fourgon était prêt à partir, et cela depuis au moins deux jours.

« Je crois qu'il s'est passé quelque chose de grave chez DKNL Transports, leur annonça-t-elle. Car si la société voulait tenir ses engagements, le fourgon aurait dû être chargé et avoir pris la route avant le Nouvel An. Ensuite, je suis entrée, également sans autorisation, dans le bâtiment adjacent, dans lequel se trouve un bureau où aucune alarme ne s'est déclenchée non plus. » Elle haussa les épaules. « J'ai eu tout le temps et la tranquillité nécessaires pour fouiller les lieux à fond.

Un petit bureau avec table et imprimante et une autre pièce, encore plus petite, remplie de dossiers plus ou moins récents.

— Tu pourrais te faire renvoyer pour un truc pareil, Rose, tu le réalises, j'espère, dit Gordon, épouvanté.

— Bah oui, je sais, mais en même temps, si Pif ne fait pas correctement son boulot, il faut bien que quelqu'un s'y colle, pas vrai, mon petit Gordon ? »

Il secoua un peu la tête et son visage changea de couleur. Elle produisait toujours cet effet-là sur lui.

« Bref, je ne vais pas vous faire languir plus longtemps, j'ai trouvé ceci. »

Elle étala devant Hardy une série de clichés imprimés sur des feuilles A4 et les autres vinrent se placer autour du lit pour regarder.

« J'ai commencé par les classeurs les plus récents pour remonter ensuite vers les plus anciens. La plupart contenaient des confirmations de commandes et des factures, mais il y avait aussi des dossiers avec des lettres et des documents beaucoup plus vieux. Et là-dedans, je peux vous dire que j'ai trouvé des choses surprenantes », dit Rose en regardant ses collègues l'un après l'autre.

« Le répertoire de la société était posé sur le bureau, et je l'ai évidemment compulsé. Il y avait par exemple les coordonnées de Nemlig.com, un site d'épicerie en ligne que beaucoup d'entre nous utilisent en cette période de pandémie. J'en ai déduit que le répertoire était à jour. Apparemment, Hannes Theis est un amateur de fastfood, j'ai d'ailleurs vu des emballages de McDo dans la corbeille à papier.

— Il n'y avait pas de PC dans le bureau ? demanda Mona.

— Non. S'il y en avait eu un, je l'aurais rapporté. Ça m'a étonnée aussi, vu qu'il y avait une imprimante, mais je suppose que Hannes Theis a pris l'ordi en partant. Ce qui m'a le plus surprise, c'est de ne pas trouver une seule société de livraison dans le répertoire. J'ai également cherché parmi une pile de cartes de visite. Mais là non plus, aucun contact de transporteur. Cela dit, qui se sert encore de ce genre de choses aujourd'hui ? » poursuivit-elle en posant la pile de cartes probablement obsolètes sur le lit.

« En revanche, j'ai trouvé trois noms sous l'intitulé "Chauffeurs". Jess Larsen, nous le connaissons déjà, et j'ai appelé les deux autres. L'un est maintenant salarié d'une autre boîte, mais le plus intéressant, c'est l'autre. Il était en colère et s'est plaint de sa collaboration avec DKNL Transports.

— Pour quelle raison ? lui demanda Hardy.

— Parce qu'il est leur seul chauffeur longue distance et qu'il aurait dû prendre la route le 29 ou le 30 décembre.

— Mais les livraisons prévues au planning n'ont pas été effectuées ? » Hardy ferma les yeux et se tut un instant, comme s'il essayait de mettre de l'ordre dans ses idées.

« Bon, les enfants ! Et si on buvait tous un petit thé de Noël ? Ça nous ferait du bien par ce froid de gueux », gazouilla Morten en commençant à remplir les tasses.

« Est-ce que tu sais si quelqu'un a annulé la livraison, Rose ? » demanda tout à coup Hardy.

Rose fit la moue. « Bonne question, Hardy, et c'est là que ça coince. Parce que la réponse est oui. Et c'est notre ami Jess Larsen en personne qui a appelé son collègue pour lui dire qu'il fallait tout repousser d'une quinzaine de jours parce que Theis était aux Pays-Bas et qu'il était le seul à pouvoir remplir les bordereaux d'expédition.

— Bizarre ! » dirent Hardy et Assad en même temps.

Rose leur montra la photo suivante. « La deuxième chose qui m'a sauté aux yeux, c'est ce classeur avec une couverture en carton, l'un des plus anciens que j'ai trouvés dans la pièce. Apparemment, il couvre les années 2000 à 2005. Et ici, sur la page 5… »

Elle montra la photo suivante, et tous s'avancèrent pour déchiffrer les pattes de mouche.

« … J'ai failli avoir une crise cardiaque. Regardez la signature.

— Je n'arrive pas à lire, Rose, qu'est-ce qui est écrit ? demanda Gordon en plissant les yeux.

— Gérard Jérôme Gaillard, c'est marqué là, noir sur blanc ! »

Gordon avait pratiquement le nez collé sur la feuille. Il était peut-être temps qu'il se fasse prescrire des lunettes.

« Eh oui, c'est bien lui, le cadavre dans la caisse. Par le biais de sa société Kandaloo immatriculée aux Pays-Bas, il a acheté ces locaux à Vanløse, avec entrepôt, terrain et tout. Un million et demi d'euros qui sont allés tout droit dans la poche de Hannes Theis. Alors je pense qu'on peut établir sans trop de risque une connexion entre Hannes Theis et Gérard Gaillard, qu'est-ce que vous en dites ? Ainsi qu'entre Gaillard et Rasmus Bruhn et les affaires louches dans lesquelles ils ont trempé depuis. »

S'il avait pu, Hardy aurait joint les mains et levé

ses bras en signe de victoire, c'était évident. En l'occurrence, il se borna à dire : « Beau travail, Rose ! » et : « Yes ! Yes ! » plusieurs fois de suite.

Et tous étaient de son avis. Assad alla même jusqu'à lui donner une tape sur l'épaule. Ils venaient grâce à elle de faire un pas de géant dans la bonne direction.

« Attendez ! Ce n'est pas tout, dit-elle. Regardez ça. »

Elle sortit un troisième cliché.

« Ce document-là était rangé à la première page du classeur le plus récent. Ce n'est qu'une simple note au crayon sur un bout de papier. À première vue, rien d'important, mais vous allez voir. »

Elle lut à haute voix :

26/12/20
07,25, nouvelles instructions.
Contact sur place entre 10 et 11
HT

« Je pense qu'on peut partir du principe que les initiales sont celles de Hannes Theis, c'est la dernière trace de lui que j'ai pu trouver. Et au cas où vous me demanderiez qui est son contact aux Pays-Bas, je vous répondrai que je n'en sais rien, malheureusement.

— Le 26 décembre, c'est le jour où Carl a été arrêté, et la veille de celui où Hannes Theis et son chauffeur se sont rendus au cimetière Vestre, récapitula Mona.

— Ça fait des fenêtres de temps vachement étroites, il y a vraiment de quoi faire, Rose », dit Hardy en hochant la tête pendant que Morten lui resservait une tasse de thé.

Il recula brusquement la tête. « Nom de Dieu,

Morten ! Ça sent fort, ton truc ! Qu'est-ce que tu as mis là-dedans ?

— Ah bon, tu trouves ? Il y a juste de la cannelle et un mélange d'épices. »

Rose huma sa tasse. « Je ne sens rien de particulier, moi. Tu dois avoir un très bon odorat, Hardy.

— C'est vrai, c'est bizarre, ça m'est venu récemment, confirma celui-ci. Un effet inversé de ce foutu virus, peut-être. Mais, dis-moi, ce chauffeur, qui devait partir aux Pays-Bas après Noël, c'est quoi, son nom, au fait ?

— Birger Ottesen. Un type plus tout jeune, mais manifestement très pointu dans son boulot, puisqu'il connaissait par cœur le carnet de commandes jusqu'au 10 janvier.

— OK. Est-ce qu'on pourrait en déduire que le message de Theis a un lien avec le fait que la livraison que ce Birger Ottesen aurait dû effectuer a été annulée ?

— Nous n'en savons rien, bien sûr, mais c'est une possibilité.

— Et pourquoi n'est-ce pas le patron lui-même qui a téléphoné à Birger Ottesen pour annuler sa mission ? Ç'aurait été plus logique, non ? Pourquoi demander à un chauffeur de se charger de la commission ? » demanda Gordon en haussant les épaules. Assad se gratta la barbe. Ils n'avaient pas de réponse à cette question non plus.

« Qu'est-ce qu'il est fort, ce thé, Morten, Hardy a raison ! Tu es sûr que tu n'as pas mis du piment dedans ? » dit Mona en portant une main à sa gorge et en s'essuyant les yeux de l'autre.

« Non », répondit Morten, puis il se tourna vers Mika : « Et toi ? »

Mika allait nier puis se ravisa. « Peut-être un petit peu », dit-il.

Morten secoua la tête, et les autres portèrent leur tasse à leur nez pour humer le breuvage.

« Ça me rappelle le pays. Un peu de dynamite dans les épices, ça n'a jamais fait de mal à personne », dit Assad, mais il était sans doute le seul à le penser.

Puis un profond sillon se creusa entre ses sourcils broussailleux. Hardy et lui échangèrent un regard. Ils venaient d'avoir la même idée.

« Dis donc, Rose ! Ça fait combien de temps que tu es enrhumée ? Tu ne l'étais pas quand on s'est vus le soir du réveillon ?

— Je crois que j'ai justement pris froid en rentrant de chez Mona.

— Donc hier, t'étais déjà dans cet état ? » lui demanda Hardy.

Rose sourit. « Non, hier, c'était pire !

— Et tu as quand même senti l'odeur des bananes malgré la vitre fermée ? » insista-t-il.

Hardy échangea un nouveau regard avec Assad.

Les yeux de Rose se déplacèrent de l'un à l'autre. Puis des rides plissèrent son front et elle prit sa tête entre ses mains. « Oh merde, dit-elle doucement.

— On y va, Rose ? dit Assad qui s'était déjà levé. On vous laisse continuer à réfléchir, vous nous direz si vous avez du nouveau ? »

28

Samedi 2 janvier 2021

Assad

Le trajet entre Allerød et Vanløse aurait dû prendre dix à douze minutes un samedi soir mais, malgré la chaussée rendue glissante par la neige fondue, Rose gagna près de quatre minutes. À chaque virage, à chaque carrefour, Assad se crispait davantage.

« Tu crois vraiment qu'une minute de plus ou de moins va changer quelque chose, Rose ? risqua-t-il timidement.

— Tais-toi, s'il te plaît, Assad, j'ai fait une connerie et on doit y aller MAINTENANT ! »

Assad posa les pieds contre le tableau de bord en se demandant si cela le sauverait en cas de choc frontal. De la même manière que dans un ascenseur il se demandait s'il survivrait à une rupture du câble en sautant en l'air juste au moment où la cabine toucherait le fond du puits.

La sueur dégoulinait de son cuir chevelu et de ses aisselles lorsque Rose s'arrêta devant la grille d'entrée de DKNL Transports.

Assad inspira profondément et regarda les bâtiments.

Le portail était ouvert et la cour était éclairée. « Il y a quelqu'un, Rose !

— Suis-moi », dit-elle d'un ton décidé tandis qu'il se débattait encore avec sa ceinture de sécurité.

Il n'y avait pas à discuter, car Rose savait exactement ce qu'elle était venue faire. Elle traversa la cour à toute vitesse et, en arrivant devant la porte basculante du hangar, elle se retourna et dit à Assad de s'écarter et de se préparer au pire.

Assad regretta amèrement d'avoir cessé de porter une arme.

« Police ! dit Rose d'une voix forte dans l'obscurité. Sortez, les mains sur la tête.

— Tu vas faire quoi, s'ils déboulent, Rose ? » chuchota Assad, mais elle lui fit signe de se taire. Avec ou sans arme, Rose était inarrêtable.

À l'intérieur du hangar, le silence était assourdissant. Où étaient ceux qui avaient tout préparé pour le départ ? Assad inspecta les alentours. Allaient-ils se faire attaquer sur le flanc gauche, ou bien arriveraient-ils du bureau ?

« Sortez maintenant, ou c'est nous qui entrons ! » cria Rose, encore plus fort.

Assad alluma discrètement son portable et commença à taper un numéro.

« Qu'est-ce que tu fous ? lui demanda-t-elle à voix basse.

— C'est stupide de vouloir agir seuls, Rose. Faut demander du renfort. S'il y a des gens là-dedans, ils ne sont pas là pour rigoler. Souviens-toi de ce qui est arrivé à Hardy et à Anker, et eux, ils étaient armés. »

Mais Rose voyait les choses autrement et elle entra, les bras tendus devant elle, les mains jointes, comme si elle tenait une arme chargée, en position de tir.

Assad était sidéré et il aurait voulu avoir le courage de la rattraper et de la sortir de là.

Puis ils entendirent un bruit venant de l'autre côté du hangar et un courant d'air agita les cheveux de l'intrépide jeune femme.

« Merde, ça venait de la porte latérale. Tu continues, et moi je vais faire le tour par l'extérieur », lança Rose.

Assad jura intérieurement et plissa les yeux pour discerner quelque chose dans l'obscurité. Un grand fourgon blanc empêchait de voir le mur du fond, et il était convaincu que c'était de là que viendrait le danger. Il se déplaça vers la gauche aussi discrètement que le lui permettaient ses semelles dures et ses presque cent kilos et longea les racks de stockage.

Il n'y avait pas un bruit, hormis les ordres lancés par Rose depuis la porte.

« Montrez-vous, je ne vous ferai rien, du moment que vous sortez les bras en l'air », tenta Assad, le cœur battant. Il avait survécu à tant de choses dans sa vie, le destin avait-il réellement décidé qu'il devait finir ses jours sur le sol en béton d'un hangar de banlieue dans une ville dont il n'arrivait même pas à prononcer le nom correctement ?

« Ce petit salopard s'est barré ! cria Rose depuis le seuil. Il est passé à travers le trou que j'ai moi-même découpé dans le grillage. Mais c'était juste un gamin. Je l'ai entendu rigoler avec son copain dehors ! »

Si tu pouvais juste la fermer une seconde, pensa Assad tandis qu'il s'apprêtait à contourner le fourgon par-derrière.

C'est alors qu'il sentit l'odeur douceâtre dont avait parlé Rose et qu'il l'identifia. Trop souvent dans sa vie, il avait été confronté à cette preuve indiscutable qu'il y avait quelque part de la viande en train de pourrir.

Il s'approcha de l'arrière du véhicule et se retrouva devant une montagne de vieux pneus et d'un établi couvert de taches d'huile, contre le mur du fond.

Il n'y avait toujours aucun bruit, hormis celui de sa propre respiration. Tout laissait à penser qu'ils étaient seuls.

Il chercha à tâtons sur l'établi jusqu'à ce que sa main s'arrête sur une clé en croix servant à démonter une roue.

Puis il appela Rose, qui au même instant allumait une rangée de néons qui se mirent à clignoter au plafond.

Baignés dans cette lumière aveuglante, ils se retrouvèrent tous les deux, hésitants, devant la porte coulissante du fourgon, avant qu'Assad se décide à insérer un pied-de-biche dans la fente et à forcer la porte latérale.

Lorsqu'elle s'ouvrit, une insupportable odeur de cadavre en putréfaction faillit le faire tomber en arrière.

« Je te déconseille d'approcher, Rose, lui dit-il, mais elle avait déjà levé le coude pour se boucher le nez.

— Qu'est-ce que tu vois ? lui demanda-t-elle.

— Je vois qu'il va falloir qu'on appelle les collègues. »

Rose le rejoignit.

Dans la pénombre, on devinait un homme couché sur le flanc, et il devait y avoir un certain temps qu'il était là.

« Je suis obligé de mentionner dans mon rapport que c'est vous qui avez trouvé le cadavre ! » Terje Ploug n'était pas content. « Qu'est-ce que vous faites ici, et qu'est-ce qui vous a pris de fracturer la porte de ce fourgon ? Il va falloir que vous trouviez une bonne explication à servir au patron ou vous allez avoir des problèmes. Il sera là dans quelques minutes, alors réfléchissez, et vite ! »

Les experts de la police scientifique arrivèrent sur les lieux une minute avant que la voiture de service de Marcus Jacobsen se fraie un chemin parmi les flaques d'eau.

« Nous étions à Vanløse pour autre chose et nous sommes passés ici par hasard », dit Rose sans battre un cil.

Le patron de la criminelle n'avait rien à répondre à cela, mais il ne fut pas dupe. Il traversa la cour d'un pas furieux.

Ils éclairèrent le cadavre, le spectacle n'était pas beau à voir.

Le mort ouvrait de grands yeux terrifiés, comme si son meurtrier était encore penché au-dessus de lui. Il avait les mains posées sur sa gorge, comme s'il pensait que le coup allait tomber là, mais le marteau planté dans sa tempe témoignait d'un autre dénouement.

« C'est Hannes Theis ? » demanda le patron de la brigade criminelle, s'adressant à Terje Ploug, qui acquiesça en même temps que Rose et Assad. « Je pense que c'était lui qui était responsable de l'alarme, mais vu son état, il n'a pas pu la brancher », fit-il remarquer, souriant – en homme du métier que plus rien n'impressionnait.

Le patron de la Crim se tourna vers Rose et Assad. « Quant à vous deux, vous voulez vraiment me faire croire que c'est un pur hasard si vous êtes ici et que vous savez à quoi ressemble Hannes Theis ?

— Son portrait-robot est partout sur la Toile, Marcus. On connaît tous ce visage », intervint Ploug pour leur venir en aide.

Il va falloir mettre cette photo en ligne fissa, avant que Marcus ait l'idée d'aller vérifier, songea Assad.

29

Dimanche 3 janvier 2021

Torben Victor

Il y avait plusieurs années déjà que la femme de Torben Victor s'était lassée de lui. Elle avait commencé par le menacer de le tromper s'il continuait à passer plus de temps au journal qu'avec elle et les enfants, qui de toute façon sortaient de la pièce aussitôt qu'il rentrait. Et comme, en fin de compte, il était assez soulagé de ne plus avoir à remplir son devoir conjugal, il s'était contenté de hausser les épaules et de la laisser faire ce qu'elle voulait. Comme c'était à prévoir, elle ne tarda pas à lui demander de divorcer, mais quand il lui expliqua comment il avait assuré ses arrières financièrement en cas de séparation, elle décida finalement de rester.

En ce dimanche, alors que la majeure partie de ses collaborateurs étaient partis en week-end, le rédacteur en chef de *Gossip* profitait du calme de son bureau. TV2 News passait en boucle sur le mur, dehors le temps était humide et froid, et le journal était l'endroit que Torben Victor préférait au monde.

Il avait déjà fallu faire deux retirages du numéro du

jeudi. Torben Victor allait devoir honorer l'imprudente promesse faite à ses journalistes de leur verser à chacun une prime s'ils atteignaient les deux cent cinquante mille exemplaires. Le journal n'avait jamais aussi bien marché.

En ce moment, il tâchait de se faire une idée de ce que les trois derniers jours avaient apporté dans leur escarcelle. Il y avait d'abord une impressionnante quantité de mails, de SMS et de posts sur les réseaux sociaux félicitant *Gossip* pour son excellente couverture des enquêtes de Carl Mørck et de son affaire. Un nombre un peu moins important exprimaient l'avis inverse, jugeant que *Gossip* ne traitait l'affaire que pour augmenter ses tirages – ce qui était la pure vérité –, que les photos utilisées étaient presque toujours sorties de leur contexte, que le journal encensait de manière entièrement subjective un policier poursuivi pour des actes graves, ce qui laissait penser à tort que la police était au-dessus des lois, que pour changer un peu ils feraient mieux d'écrire des articles sur les affaires dans lesquelles un représentant de l'ordre avait réellement enfreint la loi. Enfin il avait reçu des messages de menace disant en substance que s'ils continuaient ainsi, le journal allait avoir des problèmes.

Torben Victor mit moins d'une minute à répartir ces derniers messages en trois catégories. Primo, les emmerdeurs habituels, qui atterrirent, comme de juste, à la corbeille – réelle ou virtuelle. Deuzio, les gens pensant détenir des informations susceptibles d'apporter un éclairage nettement moins positif que ne le faisait *Gossip* sur l'affaire Carl Mørck. Et enfin, trois mails émanant respectivement de Marcus Jacobsen, de la directrice de la police de Copenhague et du procureur.

Torben Victor buvait du petit-lait. Si des personnalités aussi importantes que ces trois-là cherchaient à empêcher la parution des prochains articles de *Gossip*, cela signifiait que sa stratégie éditoriale fonctionnait au-delà de toutes ses espérances.

Il se leva et se rendit dans la salle de rédaction, où il glissa dans les casiers de ses deux meilleurs enquêteurs les courriers mentionnant des informations à charge sur l'affaire Carl Mørck. À eux maintenant de découvrir s'il y avait quelque chose à retenir dans toutes ces allégations, et combien cela coûterait au journal. Personnellement, il ne pensait pas que ça tienne la route, c'était rarement le cas.

De retour dans son bureau, il passa au broyeur de documents les trois courriers de la police. Mais Torben Victor n'était pas naïf. Il savait qu'elle reviendrait à la charge avec des exigences draconiennes si *Gossip* ne changeait pas son fusil d'épaule malgré ses mises en garde. Il devrait se préparer à diverses sanctions, sous forme de dommages et intérêts et autres mesures d'intimidation. Mais d'ici là, un nouvel exemplaire de *Gossip* serait paru, avec un tirage de quatre cent mille exemplaires, et ses patrons jugeraient sans aucun doute qu'ils avaient les moyens d'engager une longue procédure avec les autorités.

Par ailleurs, les exigences de la police ne reposaient sur rien de solide. Le Danemark jouissait à la fois de la liberté d'expression et de la liberté de la presse. On ne pouvait toucher à ces droits fondamentaux que si l'on commettait quelque chose d'illégal, et ça, il fallait encore le prouver. Bonne chance !

Sur son ordinateur, le rédacteur en chef jeta un coup

d'œil au chemin de fer qui donnait les grandes lignes du prochain numéro de *Gossip*.

Il ouvrit un tableau Excel et commença à faire ses comptes. Les enquêtes du département V autour de l'affaire Sisle Park et de ses meurtres spectaculaires étaient de l'or en barre. Une victime avait eu les mains sectionnées et s'était vidée de son sang avant de mourir. Une autre était morte décapitée après un pseudo-accident lors d'une promenade à cheval et une troisième avait été enlevée et tuée à l'aide d'une injection de chlorure de potassium. Leur source au sein du département V ne leur avait pas encore fourni tous les détails, mais cela sentait déjà très bon.

Et, à mesure que le logiciel actualisait les chiffres, le journal et Torben Victor s'enrichissaient. Si seulement cela pouvait durer encore trois mois, sa prime personnelle s'élèverait à plus de dix millions de couronnes. « Quelle aventure extraordinaire ! » aurait dit son épouse à une époque où elle était mieux disposée à son égard.

La porte battante de la réception émit son grincement caractéristique et il entendit des pas approchant de son bureau. Il fut pris de court en voyant entrer Pelle Hyttested. Sans frapper, en plus.

« Qu'est-ce que tu fais là, Pelle ? Tu ne devrais pas être en route pour le Groenland ? »

Le reporter haussa les épaules. « Retourne ton fauteuil et jette un coup d'œil à la chaîne info, Torben. La direction de la police a appelé à une conférence de presse à midi, aujourd'hui. Ensuite, tu commenceras peut-être à m'écouter… »

Qu'est-ce qu'il a encore ? se dit le rédacteur en chef, et il secoua la tête, agacé. Il était temps que ce serpent se range à la ligne éditoriale du journal s'il ne voulait pas qu'il le colle de force dans l'avion. Cette vendetta personnelle contre Carl Mørck avait assez duré à présent !

Mais les trois minutes qui suivirent changèrent intégralement la donne.

La prise de parole eut lieu devant l'entrée de la brigade criminelle à Sydhavnen, par un temps de chien. Le patron de la criminelle incarnait la force et l'autorité. À ses côtés se tenaient la directrice de la police et son directeur de la communication. Tous les trois en uniforme, arborant la panoplie complète de décorations que leur autorisait leur fonction.

« L'immense intérêt suscité par l'affaire Carl Mørck et par les nombreux crimes commis depuis trente ans par Sisle Park ne nous a pas échappé. Malheureusement, il s'avère que ces informations et la manière dont elles sont arrivées entre les mains de la presse portent gravement atteinte à l'enquête menée par la police. »

Le patron de la criminelle regarda droit dans l'objectif et s'adressa aux téléspectateurs avec une intensité qui ne laissait aucun doute sur le fait que c'était lui, et lui seul, qui prenait les décisions dans ce domaine.

« La direction de la police de Copenhague et moi-même avons donc décidé de rendre publiques sous vingt-quatre heures l'intégralité des pièces contenues dans le dossier Sisle Park, puisque l'affaire a été résolue, ainsi que la liste des accusations portées contre Carl Mørck, en fonction de ce que l'autorité indépendante chargée des plaintes contre la police, mieux connue sous le nom de DUP, nous autorisera à divulguer. Vous serez également informés de ce qui est arrivé à Carl Mørck depuis son arrestation.

« Je reste convaincu que nous pourrons ainsi donner

une image plus claire de la façon dont, en haut lieu, nous traitons les éléments criminels. Je précise que pour l'instant Carl Mørck est seulement mis en examen et que son procès, si procès il y a, ne se tiendra qu'une fois que nous aurons reçu les conclusions de la DUP. »

Il fit à la caméra un sourire si satisfait que Torben Victor eut la certitude que tout ce numéro s'adressait à lui et aux sources de son journal.

Pelle Hyttested s'abstint de tout commentaire, ce qui valait mieux pour lui, car en cet instant le rédacteur en chef de *Gossip* et son optimisme avaient été mis KO.

Merde, merde, merde ! jura-t-il intérieurement. Les chiffres sous ses yeux semblaient le narguer à présent. L'affaire Carl Mørck allait être de notoriété publique. Elle serait couverte par tous, du plus modeste journal local jusqu'à ses plus féroces concurrents de la presse à scandale, sans compter les réseaux sociaux. On venait de le priver de ce qui aurait dû se traduire par une énorme quantité d'exemplaires vendus. Il avait le sentiment d'avoir été honteusement pillé.

« Comment étais-tu au courant de ce que Marcus Jacobsen allait dire ? » demanda Torben Victor à son journaliste en posant sur lui un regard glacial. Si Pelle Hyttested avait quelque chose à voir avec la nouvelle stratégie de la police, il veillerait personnellement à ce qu'il tombe au fond du canal de Frederiksholm et n'en remonte jamais.

« Qu'est-ce que tu insinues ? rétorqua l'interpellé avec un air si faussement innocent que Torben eut envie de lui en coller une.

— Quelle est ta source, Pelle ? Tu as deux secondes pour me répondre.

— Regarde l'écran, Torben ! Et si tu es en train de devenir sourd, je peux monter un peu le son. »

Torben Victor se retourna et vit un quatrième personnage s'approcher du micro. Son nom et sa fonction étaient inscrits en bas à droite de l'écran. « Terje Ploug, inspecteur de la police judiciaire ». Un vieux de la vieille et un très bon policier avec de nombreuses enquêtes résolues à son actif.

L'inspecteur expliqua qu'au département de lutte contre le crime organisé, ils travaillaient actuellement sur plusieurs affaires d'envergure qui, à l'instar de celles évoquées à l'instant par le patron de la brigade criminelle, étaient traitées avec le plus grand sérieux et avec toutes les ressources mises à leur disposition.

Il expliqua ensuite que le corps d'un individu d'âge moyen et de sexe masculin avait été découvert la veille dans un fourgon, à Vanløse. La victime s'avérait être le dénommé Hannes Theis, le passager de la voiture ayant servi à assassiner l'avocat de Carl Mørck. On avait pu déterminer que l'homme était déjà mort au moment où l'avocat s'était fait écraser, un élément qui avait permis l'arrestation d'un suspect. Quant au meurtrier de Vanløse, il n'avait pas encore été arrêté.

Torben Victor éteignit la télévision et se tourna vers son reporter.

« Eh bien, il s'en passe des choses au royaume du Danemark, mais ça ne répond pas à ma question de tout à l'heure. »

Il connaissait par cœur le sourire ironique de Pelle Hyttested, mais d'habitude il annonçait certains renseignements utiles au journal.

« Il faut d'abord que tu saches que depuis plusieurs

jours, je colle aux basques du département V. Hier, deux de leurs meilleurs enquêteurs, Rose Knudsen et Assad, le bras droit de Carl Mørck, sont partis en mission de leur propre initiative. J'ai suivi leur voiture dans tout Copenhague, jusqu'à une société à Vanløse qui s'appelle DKNL Transports. Comme tu l'as peut-être compris d'après ce que vient de dire Terje Ploug, cette société était dirigée par Hannes Theis, l'homme supposé se trouver à bord de la Passat qui a tué Adam Bang, l'avocat de Carl Mørck. Les deux enquêteurs du département V ont profité de la nuit pour fouiller les locaux de l'entreprise, et en particulier le hangar. Et ils y ont trouvé… ce que nous venons d'entendre.

« À l'arrivée d'une autre équipe de policiers, je me suis avancé jusqu'à la porte du hangar, tandis qu'ils éclairaient la cour avec leurs projecteurs et qu'ils parlaient ensemble en petits groupes. J'ai vu le patron de la criminelle s'entretenir avec ceux du département V, et il n'avait pas l'air content. Ils ont été priés de quitter les lieux et ils ont obtempéré.

— Ils t'ont vu ?

— Non, ne t'inquiète pas, je connais ton accord avec la femme de Carl Mørck, alors j'ai fait attention. »

Son rédacteur en chef écoutait attentivement.

« J'ai pris des tas de photos, au cas où ça t'intéresserait. »

Torben Victor se cala au fond de son fauteuil de bureau et alluma une cigarette. « Volontiers, mais ça ne me dit pas comment tu as pu savoir que la conférence de presse de tout à l'heure allait nous concerner directement.

— Il y avait pas mal de monde à Vanløse et je me suis dit que j'allais essayer discrètement d'en savoir un peu plus. J'ai tenté d'entrer en montrant ma carte de presse, mais bien entendu j'ai été refoulé. C'est à ce moment-là que Marcus Jacobsen m'a aperçu.

— Putain, Pelle, tu fais chier ! Il t'a reconnu ?

— Ah ça, oui, il m'a reconnu ! »

Le sourire qui coupait en deux sa gueule de ravi de la crèche ne plaidait pas en sa faveur. Il avait l'air carrément content de sa connerie.

« Pour tout te dire, il savait ce qu'il faisait en me faisant jeter dehors. Mais il m'a quand même dit qu'il était content que *Gossip* ait envoyé quelqu'un et qu'il avait le plaisir de m'informer qu'il s'adresserait à nous directement lors de la conférence qu'il allait donner aujourd'hui à midi.

— Donc, c'est bien par ta faute qu'il vient de nous voler notre sujet !

— Tu n'y crois pas toi-même, Torben. Le type est simplement malin comme un singe, mais nous allons l'être aussi, n'est-ce pas ?

— Tu as encore le temps d'attraper ton vol pour Nuuk, Pelle, et je peux te dire que tu vas y rester un bail.

— Ha ! Tu ne m'enverras pas au Groenland, Torben, toi et moi on va continuer à faire marcher ce journal comme on en a l'habitude. On n'aura plus d'exclusivité sur les affaires Carl Mørck et Sisle Park quand la brigade criminelle les aura rendues publiques, soit. Mais en échange on va écrire des articles sur les flics corrompus, Carl Mørck, entre autres, et sur toutes les affaires dans lesquelles le département V a fait de gros dégâts. Des sujets bien noirs, si tu vois ce que je veux dire, ou bien dois-je me considérer comme foutu à la porte ? En tout cas, une chose est sûre : je n'irai pas au Groenland. »

30

Dimanche 3 janvier 2021

Carl

Carl avait entrepris plus de dix fois de mesurer sa cellule. À vrai dire, elle lui rappelait beaucoup la chambre de valet de ferme dans laquelle ses parents l'avaient fait vivre toute son enfance. Deux bons mètres sur un côté et un peu plus de trois mètres sur l'autre, ce qui ne devait pas donner beaucoup plus de huit mètres carrés de surface en tout, ressentis comme sept, au maximum. À cette différence près que la porte de sa chambre d'enfant ne fermait pas à clé, alors que celle-ci était verrouillée en permanence.

Quelle situation idiote ! Un dimanche matin comme celui-ci, il aurait dû être chez lui devant les fourneaux, enveloppé par l'odeur du bacon frit, avec Mona près de lui en train de préparer un smoothie. Il pouvait presque l'entendre fredonner tandis que Lucia courait pieds nus dans l'appartement.

Mais sa vie avait basculé. Son univers tout entier se limitait désormais à sept mètres carrés et un verrou, sans perspective de changement à l'horizon.

Heureusement, dehors, certaines forces s'étaient mises en œuvre, travaillant sur son affaire en parallèle de la DUP qui menait toujours son enquête. Peut-être parviendraient-elles à débusquer des personnes susceptibles de prouver son innocence. Il l'espérait.

Si seulement il pouvait s'entretenir avec Rose et Assad…

Il interrompit le cours de ses pensées et soupira. Cela n'arriverait pas. Parler de temps en temps avec son avocate et peut-être avec Mona et Hardy était probablement le seul moyen de savoir où il en était.

Carl regarda la cellule autour de lui. À la maison d'arrêt, il ne se passait jamais rien. Le seul évènement de la journée avait été d'être presque parvenu à se débarrasser de la teinture rouge de ses cheveux et d'avoir retrouvé son physique banal. Peut-être se remettrait-il à la lecture, dans un jour ou deux. Mais quel genre de littérature pourrait distraire un enquêteur qui avait baigné pendant plusieurs décennies dans le crime et côtoyé une telle faune de tordus ? Regarder la télévision ne le tentait pas non plus. L'écran minuscule diffusait une image si pâle et si dépourvue de contraste que cela ne faisait presque aucune différence qu'elle soit allumée ou pas. Malgré tout, ça lui donnait l'impression qu'il n'était pas seul. Il l'avait souvent entendu dans la bouche des détenus qu'il venait voir en prison au fil des années. Et même si le choix des chaînes était limité, la télé restait la meilleure amie du prisonnier.

« Good morning Danemark » avait démarré depuis plusieurs heures, sans que la rediffusion soit encore parvenue à capter son attention. Qu'est-ce qu'il en avait à foutre de savoir que la poêle Machin-Truc était l'ustensile idéal pour faire sauter les légumes, et qu'on pouvait trouver la recette de ceci ou de cela sur le site de TV2, alors qu'il n'avait pas accès à Internet ? Lorsque défila le générique de l'émission, Carl reconnut des noms de gens qui, en des temps meilleurs, lui demandaient régulièrement une interview. C'était bien loin, tout ça.

Le pire, c'était la pub. Il l'avait toujours pensé. Mais au moins, avant, il pouvait se lever, aller pisser ou se chercher une bière.

Il regarda la sonnette au-dessus de laquelle un ancien détenu avait écrit au feutre noir pour rigoler : « Room Service ».

Puis il vit le lavabo. C'était bien sûr une option, mais il se sentait encore au-dessus de cela. Les vieux taulards pissaient volontiers dans le lavabo, mais pas lui. Pas encore.

Il faut que je commande du Nescafé et que je remplisse le frigo, songea-t-il. Heureusement que Mona a fait un virement. Il avait droit à trois mille couronnes sur son compte, c'était toujours ça.

Les pubs se terminèrent dans une débauche de couleurs avec un spot pour des serviettes hygiéniques qui rendaient les femmes sereines et sûres d'elles et un dernier dans lequel on voyait un couple qui, parce qu'il jouait sur des machines à sous digitales, restait merveilleusement jeune et en forme.

Et ça continue encore et encore, soupira-t-il intérieurement. Toutes les Sisle Park du monde ne parviendraient pas à mettre fin à cet abêtissement collectif.

Il y eut ensuite une annonce disant qu'une conférence de presse allait avoir lieu à midi, c'est-à-dire dans une minute. Des membres du gouvernement et des représentants du ministère de la Santé n'en finissaient pas de défiler sur le petit écran pour faire la leçon aux Danois sur la manière dont ils devaient se comporter face à la pandémie et à la nouvelle version de ce foutu Covid-19 qui allait leur pourrir la vie.

C'est pourquoi il fut un peu surpris de voir apparaître à l'image, derrière les frimas de cette journée hivernale, son ancien lieu de travail, à Teglholmen.

Carl se redressa, inquiet, et vit arriver en grande pompe Marcus Jacobsen et la directrice de la police, suivis de près par son directeur de la communication.

Quelque dix minutes plus tard, sa nouvelle situation lui avait été clairement exposée. Après qu'il avait eu la main, grâce à l'initiative de Mona et du journal *Gossip* qui avait restauré son image médiatique et fait basculer une partie de l'opinion publique en sa faveur, force était de constater que le patron l'avait reprise en lui faisant un magnifique enfant dans le dos, s'il osait s'exprimer ainsi.

Il faut que je parle à Mona, se dit Carl en appuyant sur le bouton de la sonnette.

Il fut très poli, mais sa requête fut rejetée. Il y avait des absents parmi le personnel, et pas le temps pour ce genre d'initiatives spontanées, lui répondit un gardien qu'il ne connaissait pas. Par ailleurs, les détenus avaient accès au téléphone une fois tous les trois jours et pendant dix minutes, ce qu'il savait sûrement déjà.

« Vous croyez que les gens auront vu la conférence de presse de tout à l'heure ? » lui demanda Carl.

Il acquiesça. « On l'a tous vue, et on trouve que Marcus Jacobsen a bien fait. Les secrets, ce n'est jamais bon. »

Il était gentil et souriant, du genre bien-pensant qui garde son badge du ministère de la Justice jusque dans son bain.

« En revanche, j'ai une bonne nouvelle. Vous allez pouvoir faire votre petite promenade ensemble, avec Malthe Bøgegård. Il ne fait pas chaud dans la cour, alors pensez à vous couvrir. Il y aura aussi le détenu de la cellule numéro 5 et celui qui est à l'isolement dans la 10. Comme ça fait un moment qu'il n'a vu personne, il a demandé à vous accompagner. On l'appelle Åbenrå, parce que c'est de là qu'il vient. »

Carl fut déçu que la réponse à sa question sur la conférence de presse ait été évacuée si vite.

« N'oublie jamais que la patience est mère de toutes les vertus, mon fils », lui répétait sans cesse son père, mais Carl n'avait jamais été d'accord avec cette maxime.

Il secoua la tête. Sa patience avait-elle aidé son père quand il avait finalement dû renoncer à l'étable qui aurait dû accueillir quarante vaches supplémentaires ? Ou que les tickets perdants du Loto s'entassaient sur le radiateur de la cuisine sans que jamais un ticket gagnant ne vienne changer son destin ? Non, Carl n'était pas un homme patient, mais il était bien conscient qu'en l'occurrence, il n'était plus aux commandes. Et il ferma sa gueule.

Il fut le premier à arriver dans la cour, et en effet on se gelait les miches. Ils appelaient cela prendre l'air, mais cela tenait plutôt du supplice. Il regarda au-dessus de sa tête le grillage et la couverture nuageuse gris souris. Contre un mur, une table et deux bancs sales n'incitant guère à se poser. À part ça, il n'y avait rien. Des briques rouges sur trois côtés, avec une cage de but trop étroite tracée à la peinture blanche sur le mur du fond et des barreaux à la place du mur d'en face. Pour une récréation, il aurait préféré quelques arbres et un peu plus de chaleur.

Les caméras dans l'angle de la cour filmèrent l'arrivée des autres détenus avant que Carl les remarque.

« Bonjour », dit poliment le premier. Un homme âgé, élégant, qui par sa retenue et son calme aurait pu passer pour un comptable ou un banquier. « Je me présente : Paul Manon, votre nouveau voisin, dit-il, en tendant la main. On m'appelle le Récidiviste. »

Il sourit chaleureusement et alla se coller contre le mur.

Puis Malthe arriva, les mains au fond des poches. Il regarda Paul Manon de travers, comme s'il avait déjà un contentieux avec lui.

« Salut », dit-il en allant rejoindre Carl.

Le troisième homme, le fameux Åbenrå, était la caricature du pédophile solitaire au regard sournois. Carl en avait souvent croisé dans sa carrière. Des types inoffensifs du moment qu'on ne les embauchait pas pour s'occuper d'enfants à l'école maternelle. Il n'était ni jeune ni vieux. C'était simplement un être humain qui en avait déjà beaucoup trop vu.

Åbenrå fouilla dans sa poche et en sortit un paquet de cigarettes. « Quelqu'un en veut une ? » demanda-t-il, plein d'espoir.

Carl déglutit. Et comment ! Une clope, ça ne se refusait pas. Il acquiesça, mais les deux autres détournèrent la tête.

Le petit homme sortit son briquet de sa poche et alluma la cigarette de Carl, les mains tremblantes. Il croyait peut-être que Carl allait en profiter pour lui piquer le paquet et le tabasser ensuite. Ce genre de mésaventures lui était probablement déjà arrivé. Mais quand Carl le remercia et qu'il aspira la première bouffée comme si c'était son ultime goulée d'oxygène avant de se noyer, les lèvres de l'homme s'entrouvrirent et un soupir de soulagement creusa sa poitrine chétive.

Étrangement, Carl pensa à Rose en ce moment d'extase. Est-ce que, dans le même contexte, elle lui en aurait offert une ?

« Prenez-en une autre. » Le type lui tendit de nouveau son paquet.

Alors Malthe s'approcha et le pédophile présumé recula en trébuchant. Il suffisait apparemment d'un regard pour que son instinct de survie se déclenche aussitôt. S'il devait purger une lourde peine, il ne ferait pas long feu dans un endroit comme celui-là.

« J'ai demandé qu'on passe une heure ensemble dans ta cellule à partir de cet après-midi, si tu es d'accord », dit Malthe à Carl.

Le colosse le regardait avec des yeux remplis… d'espoir ?

En un sens, c'était presque touchant. Toute distraction était la bienvenue, pour lui comme pour Carl.

« Tu es sûr de vouloir faire confiance à ce type-là ? » lui demanda Paul Manon.

Il fixa le triangle entre les deux sourcils de Malthe qui s'était creusé de profondes rides sans paraître le moins du monde effrayé.

« Tu parles de confiance ? Qu'est-ce que tu sais sur lui que j'ignore ? Moi, je sais seulement que Malthe m'a sauvé la vie, et ça me suffit, répondit Carl.

— Lui, il sait rien de rien et il va surtout fermer sa gueule, dit Malthe en se jetant sur Manon. Tu m'as bien entendu, le Récidiviste ?» Il referma ses doigts sur sa gorge. Åbenrå, impressionné, couina et battit en retraite vers la porte grillagée.

«Arrête ça, Malthe, qu'est-ce qui te prend ?» cria Carl.

Mais la grosse pogne ne desserra pas son emprise.

«Il prétend qu'il sait des choses alors qu'il sait rien, dit Malthe avant de le lâcher et de le repousser, le laissant suffocant.

— Tu te rappelles pas qu'il était dans la cellule en face de la tienne à Vestre, Carl ?» dit Paul Manon.

Carl secoua la tête.

«Je ne sais pas ce que tu fous ici, Manon, mais fais très attention aux ragots que tu colportes.

— Tout ce que je dis, Mørck, c'est que tu ferais mieux de pas tourner le dos à Malthe», dit l'homme en toussant.

31

Dimanche 3 janvier 2021

Wayne Peters

Wayne Peters avait quatre ans quand il éprouva pour la première fois les joies du mensonge, ce fut une découverte extraordinaire. Tout pouvait s'expliquer par un mensonge. Un oui pouvait signifier non, et un « peut-être » était la réponse parfaite quand on n'avait pas envie de répondre.

Wayne mentit tellement durant toute son enfance que ni ses parents ni ses camarades ne surent jamais qui il était, ni ce qu'il pensait réellement.

Le mensonge pourra-t-il me protéger si je vais au bout de mes fantasmes ? se demanda-t-il plus tard, quand il fut adolescent. Il commença par se faire la main en volant ses parents, en tuant le chat du voisin et en assommant un inconnu dans la rue. Comme chaque fois il parvenait à s'en tirer par des mensonges plus ou moins crédibles, il finit par se convaincre pour de bon que le monde était à sa portée.

« Je serai multimillionnaire avant l'âge de trente ans, répétait-il, sans expliquer comment il comptait s'y prendre exactement.

— Tu as la folie des grandeurs», lui répliqua son père, ce qui n'est pas la meilleure chose à dire à un mégalomane.

Alors Wayne se vengea, découvrant une autre facette très utile de sa personnalité : il était impitoyable.

Son père mourut peu de temps après que Wayne eut commencé à intervertir le contenu des flacons de l'armoire à pharmacie. L'autopsie détermina très vite qu'une consommation excessive de nitroglycérine n'était pas adaptée à un patient au cœur fragile, et personne ne mit en doute la parole de Wayne quand il raconta que son père parlait fréquemment de suicide depuis quelque temps. La mère fut bien sûr bouleversée de n'en avoir jamais eu vent, mais il est vrai que Wayne était plus proche de son père qu'elle ne l'était de son mari.

Le corps n'était pas encore froid que Wayne, majeur depuis peu de temps, lui demanda de vendre la maison en lui faisant croire que son père lui avait dit sur son lit de mort qu'il souhaitait lui en léguer la moitié afin de lui permettre de démarrer dans la vie. Comme elle hésitait, il enfonça le clou en lui montrant un budget prévisionnel faussé où il apparaissait clairement qu'elle n'aurait de toute façon pas les moyens de la garder. Sa mère choisit d'avaler cette couleuvre et ne discuta pas.

Deux semaines plus tard, la maison était vendue et la mère installée dans un appartement minable à quelques kilomètres de là.

Avec un solide pécule en poche, Wayne partit au volant de la voiture de son père et se rendit à Amsterdam, où il parvint à faire croire à deux filles ramassées dans une rue du Quartier rouge qu'il n'avait à cœur que de protéger leurs intérêts.

Installées dans deux cabines mitoyennes, les prostituées exerçaient leur métier et lui versaient en liquide la moitié de leurs gains.

Quelques années plus tard, une guerre sauvage opposa les proxénètes du quartier. Il se fit tout petit et décida de passer au trafic de stupéfiants.

Si son père avait encore été de ce monde, il aurait été contraint de faire amende honorable, car à l'âge de trente ans Wayne avait plus de millions de côté en liquide qu'un homme ne pouvait rêver en accumuler dans sa vie entière.

En mettant en doute le fait qu'il soit le cador qu'il prétendait être et en exigeant des preuves de son immense fortune, l'une de ses maîtresses fit tomber les dernières digues de sa moralité. La jeune femme disparut et on ne la revit jamais. L'épisode le fit réfléchir : comment avait-il pu échapper aussi longtemps à la prison en gagnant autant d'argent dans la drogue et la prostitution ? À compter de ce jour, Wayne se réfugia dans l'anonymat.

Au bout de quelques mois, il commença à entrevoir pour lui un avenir plus sûr et plus attrayant. Son projet était de devenir si immensément riche qu'il jouirait d'une liberté totale et de moyens suffisants pour atteindre son but ultime : le pouvoir et le contrôle absolus sur son entourage.

Ensuite, il devrait s'assurer que personne au monde ne sache qui il était, ni ce qu'il faisait. Si quelqu'un avait le malheur de se mettre sur son chemin, il l'éliminerait, comme il avait éliminé son père, sa maîtresse et quelques autres en cours de route. Ce qu'il voulait, c'était être le maître invisible et incontesté.

Comme dans tous les secteurs d'activité, on ne devient pas immensément riche sans avoir des gens qui travaillent pour vous. Wayne l'avait bien compris et, une dizaine d'années plus tard, son réseau s'étendait bien au-delà des frontières du pays. Lui-même vivait discrètement dans l'un de ces jolis villages de carte postale qu'on trouve au sud de Rotterdam, jouissant de la confiance naïve de ses voisins qui le prenaient pour un homme d'affaires entre deux âges, ayant pris sa retraite un peu tôt certes, mais toujours bienveillant et généreux envers les jeunes de la commune.

Wayne Peters était apprécié, alors qu'il était loin d'être le voisin qu'on croyait. Derrière son sourire doux et son regard aimable se cachait un psychopathe pure souche, totalement dépourvu d'empathie pour ses victimes et pour ceux qui travaillaient pour lui et qui avaient le malheur de le trahir.

« Une assiette ébréchée doit être brisée » était devenu sa devise.

Son camp de base, si on pouvait l'appeler ainsi, se trouvait à Rotterdam même. C'était de là que les bateaux partaient et arrivaient. La cocaïne en provenance de Colombie, du Pérou et de Bolivie était expédiée du port. Depuis une dizaine d'années, le marché réclamait de l'héroïne venant d'Afghanistan, mais Wayne n'était pas convaincu par le produit. Tous les pays et toutes les classes sociales clamaient leur haine de l'héroïne, alors que la cocaïne était considérée comme une drogue plus propre, moins addictive de surcroît. En tout cas, on ne retrouvait pas les cocaïnomanes gisant au fond des ruelles de Los Angeles ou de Barcelone, ni dans le quartier de Vesterbro à Copenhague. La cocaïne était plus

« chic », et ses consommateurs aussi : ils n'avaient pas besoin de devenir des criminels pour se procurer leur drogue. Cependant, même si cela restait anecdotique, une petite centaine de kilos d'héroïne transitait par son réseau chaque année, vers l'Espagne et les Pays-Bas, mais également vers la Scandinavie.

Au sommet d'une narco-hiérarchie se trouvent toujours les investisseurs. Ce sont eux qui prennent les décisions. Et qui sont aussi le plus à l'abri des conséquences de ces décisions. Wayne étant l'unique investisseur de l'organisation, il était aussi seul décisionnaire quant aux limites à ne pas franchir pour ne pas se mettre en danger.

Après lui venaient les importateurs, qui étaient souvent en lien direct avec les producteurs, c'est-à-dire les pauvres cultivateurs qui ne gagnaient que des miettes de ce business très lucratif.

Puis il y avait les commanditaires, qui récupéraient la marchandise chez les importateurs et engageaient des transporteurs, aussi appelés distributeurs, pour la livrer. C'étaient ces trois maillons-là qui étaient le plus surveillés.

La Scandinavie était un marché extraordinaire pour la cocaïne. Les gens étaient riches et discrets, et un phénomène de mode avait rendu sa consommation si courante qu'on sniffait cette saloperie chez les bourgeois les plus ordinaires dès qu'il s'agissait de faire la fête ou de marquer le coup pour une raison ou pour une autre. Mais même là, le marché était devenu plus compliqué et plus risqué récemment, surtout au Danemark. Ceux qui trichaient avec les comptes ou qui avaient été trop bavards étaient sévèrement punis, et on ne comptait plus les transporteurs et les dealers qui l'avaient payé de leur vie.

À l'instar des importateurs, les commanditaires avaient intérêt à ne pas se faire remarquer. Leur lien avec les transporteurs, les grossistes, les dealers et les consommateurs en bout de chaîne devait rester indétectable.

Wayne Peters avait fait en sorte que le réseau dispose d'indicateurs au sein même de la police néerlandaise et, grâce à ces ripoux, un grand nombre de coups de filet et de perquisitions avaient échoué. Quand, de surcroît, il réussissait à obtenir d'eux qu'ils acceptent de convoyer des stupéfiants et de l'argent, la couverture était parfaite.

Dès le commencement de son règne, Wayne avait mis un point d'honneur à ce que la déloyauté soit sévèrement sanctionnée. Tuer les contrevenants n'était pas exclu, mais il se devait malgré tout d'être prudent : le meurtre était passible de longues peines.

Mais Wayne éprouvait un certain plaisir à exercer son pouvoir et il s'amusait beaucoup à inventer des punitions spectaculaires lorsqu'une sanction s'imposait.

Une importante quantité de stupéfiants et de devises, volée à son organisation en 2007, avait resurgi dans le grenier d'une maison au Danemark, et cette découverte avait réveillé en lui une vieille rancune. Malgré toutes les mesures punitives mises en œuvre à l'époque des faits, on n'avait pu remettre la main ni sur la marchandise ni sur l'auteur du vol et Wayne en avait gardé un sentiment d'humiliation. Comment lui, Wayne Peters, avait-il pu se faire doubler ?

En 2007 déjà, plusieurs suspects avaient été liquidés,

et parmi eux l'un de ses trois indicateurs danois, un inspecteur de police répondant au nom d'Anker Høyer.

Plus tard, il avait été établi que Rasmus Bruhn, l'un de ses distributeurs au Danemark, avait participé au vol. Le traître avait été noyé dans une canalisation, mais pas avant d'avoir dénoncé sous la torture plusieurs noms dans la chaîne de distribution. Malheureusement, parmi eux se trouvait un flic que Wayne Peters considérait depuis comme un maillon faible. Il s'appelait Carl Mørck, avait jadis fait équipe avec Anker Høyer, et Bruhn le soupçonnait d'être complice du vol, ce qui était parvenu aux oreilles de la police néerlandaise et de la police danoise.

Quand, quinze jours auparavant, le chargement disparu en 2007 avait refait surface dans le grenier de ce Carl Mørck, les derniers doutes de Wayne Peters s'étaient envolés.

Cet homme devait disparaître de la surface de la terre et, à présent qu'il était en prison au Danemark, il devenait plus urgent encore de l'éliminer avant qu'il parle en échange d'une remise de peine.

Pour l'instant Carl Mørck avait tenu sa langue, mais il en savait trop, ses contacts danois en étaient persuadés. L'homme était malin, la preuve : il avait déjà réussi à échapper à plusieurs tentatives d'assassinat.

Et maintenant, voilà qu'Eddie Jansen, l'un des personnages clés de son organisation, avait disparu, ce qui était très ennuyeux. Lui aussi en savait beaucoup trop. Que sa disparition coïncide avec ces nouveaux développements au Danemark était franchement suspect.

Pourquoi Eddie Jansen n'avait-il pas fait en sorte que Carl Mørck disparaisse avant qu'on en arrive là ?

Était-ce parce qu'il voulait le protéger, d'une manière ou d'une autre ? Il fallait qu'ils en aient le cœur net.

Wayne avait toujours été prudent. Ses revenus officiels de ces dernières années provenaient des rentes de plusieurs opérations boursières réussies. Sachant qu'il vivait simplement, l'administration fiscale n'avait aucune raison de s'intéresser à lui.

Toutes les transactions se faisaient en liquide, puis l'argent était envoyé par conteneur aux îles Caïmans, où il était entassé dans différentes banques du petit paradis fiscal.

Personne au sein du réseau ne connaissait sa véritable identité et il avait fait courir la rumeur que les cerveaux étaient des hommes d'affaires domiciliés dans les Antilles néerlandaises. Qui irait soupçonner un retraité aux cheveux gris et à la démarche claudicante d'être un des plus importants trafiquants de drogue des Pays-Bas ? Le mensonge et la dissimulation avaient de tout temps été sa marque de fabrique ; c'étaient les fondations sur lesquelles reposait son empire.

Il veillait à ce que tous ses échanges professionnels, que ce soit aux Pays-Bas ou dans le reste du monde, se fassent sur le darknet. Quand il avait besoin de se faire une opinion sur un individu, il procédait toujours de la même façon. Il arrangeait un rendez-vous dans un café d'une ville voisine. À distance, il observait le travail de son collaborateur le mieux payé, un homme aux yeux vairons qui se faisait appeler Cees Pauwels, mais avait probablement un tout autre patronyme.

Wayne s'asseyait en général dans un angle, comme un consommateur lambda, et il suivait la discussion entre Pauwels et l'individu qu'il était en train de recruter.

En général, il ne se donnait même pas la peine de valider l'embauche. Cees Pauwels était seul en charge des recrutements, et c'était également lui qui se débarrassait de ceux qui finalement ne répondaient pas à ses exigences et à celles de son employeur.

C'était malheureusement ce qui était arrivé avec Eddie Jansen, et Pauwels venait justement de lui écrire que l'homme avait été rattrapé.

Avait-il été en contact direct avec ce Carl Mørck ? Quoi qu'il en soit, Eddie serait bientôt de l'histoire ancienne.

Quant à Carl Mørck, Wayne Peters avait mis tellement de monde sur son cas que ce n'était plus qu'une question de temps avant qu'on lui règle son compte. Ils réfléchissaient en ce moment à une méthode plus radicale que celles employées jusque-là. Après tout, la fin justifie les moyens.

32

Dimanche 3 janvier 2021

Mona / Rose

Moins d'une demi-heure après la conférence de presse explosive de Marcus Jacobsen, Mona se frayait un passage à travers la rédaction de *Gossip* et entrait dans le bureau de Torben Victor.

Trois journalistes étaient assis en face du rédacteur en chef, avec chacun son bloc-notes en main, et parmi eux figurait malheureusement Pelle Hyttested. Bien qu'elle n'ait fait aucun effort pour entrer silencieusement, aucun d'eux ne se donna la peine de lever la tête.

« Pour commencer tu vas résumer en quelques mots ce que pourrait être la nouvelle stratégie de la police et pourquoi elle l'a adoptée, dit Torben Victor à une des journalistes. Et vous, messieurs, vous partez à fond sur ce que nous sommes convenus. Allez, au travail ! »

« C'est dommage, hein, Mona… », lui murmura en passant Hyttested avec un sourire plein de fiel. Le mal était donc fait.

Quand ils furent sortis, Torben Victor pria Mona de fermer la porte.

« Je regrette, mais nos accords sont caducs », dit-il de but en blanc. Elle n'eut pas le temps de protester que, déjà, il secouait la tête. « Il n'y a plus de sujet, et donc plus d'accord. C'est aussi simple que ça. Si tu veux te plaindre, c'est au patron de la Crim qu'il faut t'adresser, parce que c'est lui qui nous a coupé l'herbe sous le pied. Il a fait ce qu'il jugeait bon pour lui et la brigade criminelle.

— Mais pour Carl, c'est une catastrophe », dit-elle d'une voix tremblante.

Il écarta les bras en signe d'impuissance. « J'en suis désolé pour vous, et pour moi aussi. Tu te rends compte du nombre d'articles fabuleux qui vont nous passer sous le nez ? Bien sûr nous allons devoir compenser ce manque à gagner en choisissant d'autres angles, alors prépare-toi.

— C'est-à-dire ?

— Eh bien, nous allons reprendre comme nous avons commencé. Rassembler toutes les saloperies commises par des policiers véreux et les passer au crible.

— Et ça ne va pas porter préjudice à Carl ?

— C'est possible. Les enquêtes du département V n'ont pas toujours été sans conséquences pour les personnes qui y ont été mêlées, tu en as conscience, n'est-ce pas ? Et c'est Carl qui en est responsable, jusqu'à nouvel ordre.

— Garde ça pour la fin, Torben. Je peux t'assurer que pas une fois dans sa carrière Carl n'a cherché à nuire à quelqu'un. »

Il y avait dans le sourire du journaliste autant de bienveillance que de scepticisme. « Quoi qu'il en soit, j'avance comme ça. Nous verrons bien où ça nous mène, Mona. »

« Et tu ne l'as pas menacé de mettre le feu à son foutu journal ? » demanda Rose.

Mona poussa un soupir. « J'ai bien peur qu'il soit suffisamment malin pour ne pas franchir la ligne qui sépare le mensonge de la vérité. »

Ils restèrent tous un long moment sans rien dire, réfléchissant chacun de son côté. Si aider Carl était difficile auparavant, cela leur semblait désormais impossible.

Assad se gratta les joues sous ses imposantes rouflaquettes. « Vous connaissez l'histoire du chameau qui détestait l'herbe fraîche et adorait le foin ? » leur demanda-t-il tout à coup.

Qu'est-ce qu'il raconte, encore ? pesta Rose intérieurement. Comment pouvait-il penser à des histoires de chameau dans une situation aussi dramatique ?

Assad continua sur sa lancée. « Alors voilà. C'est l'histoire d'un chameau qui arrivait toujours trop tard au râtelier et qui était obligé de manger de l'herbe fraîche. L'herbe fermentait dans son estomac, lui donnant des gaz qui empestaient tellement que le chamelier s'était mis à le battre. Un jour, le chameau péteur dit à son voisin : "Tu ne veux pas échanger mon herbe contre ton foin ?" L'autre chameau refuse. "Tant mieux, dit le premier chameau. Je posais juste la question. — Pourquoi tant mieux ? demande l'autre. L'herbe fraîche te fait péter, ça met le chamelier en colère et il te bat." Le premier chameau répond : "C'est vrai, mais si je continue à péter comme ça, le chamelier ne voudra plus m'emmener. Tu ne crois pas que quelques coups de trique valent mieux que d'être obligé de traverser le désert avec une lourde charge sur le dos ?" Alors le deuxième chameau s'arrête de mâcher. Il se demande si les autres chameaux du troupeau ont entendu leur conversation. Et tandis que les autres chameaux continuent de ruminer, perdus dans leurs pensées, le deuxième chameau cède sa portion de foin. »

Assad se versa une tasse de thé et la sucra sans modération, comme à son habitude.

« Franchement, Assad, pourquoi est-ce que tu nous racontes ça ? C'est quoi, la morale de ton histoire ? lui demanda Mona.

— Le deuxième chameau est comme toi, il n'a pas compris la morale de l'histoire. »

Gordon, qui était un garçon bien élevé, leva le doigt avant de suggérer : « Le premier chameau a menti, n'est-ce pas ? Le chamelier a quand même emmené tous les chameaux dans le désert. »

Assad acquiesça. « Bravo, Gordon. Le plus rusé des deux a obtenu le bon foin qu'il convoitait, tandis que le plus stupide, qui a dû manger de l'herbe, a marché dans la fournaise en pétant à tout va, ce qui lui a valu tant de coups de bâton qu'il a retenu la leçon. »

Rose avait l'air contrariée. « Pardon, mais ça, je l'avais compris, merci. En revanche, je ne vois toujours pas le rapport avec *Gossip* et Mona.

— Nous allons leur en faire bouffer, de l'herbe !

— À qui ?

— À *Gossip*, bien sûr. Et de préférence à cet emmerdeur de Pelle Hyttested.

— Et ce sera quoi, cette herbe, Assad ? voulut savoir Rose.

— Des mensonges !

— Ça, on avait tous compris, Assad, putain ! Mais à quel propos ?

— Il faut servir à ce crétin une histoire bien croustillante sur Carl et le département V qui soit complètement hors sol. » Il se tut et son visage se fendit d'un immense sourire. « En même temps, on donnera à d'autres journaux la véritable histoire et on leur soufflera l'idée d'épingler *Gossip* et Hyttested. Après un coup comme ça, on devrait être débarrassés de Hyttested. Qu'est-ce que vous en dites ? »

Rose réfléchit. « Quand est-ce que tu t'envoles pour les Pays-Bas, Gordon ?

— Demain. Le commissaire ne pouvait pas me recevoir avant.

— Parfait, alors, c'est toi qui vas avoir l'honneur de fabriquer les fausses informations dont nous gaverons *Gossip* et Hyttested, OK ?

— OK, dit-il en se frottant les mains.

— Il faut que je vous dise aussi que nous avons un nouvel allié en la personne de notre vieil ami Terje Ploug ! » annonça Rose, et Assad acquiesça. Rose poursuivit : « Il m'a appelée pour m'informer de ce que la brigade criminelle de Copenhague Ouest a trouvé chez DKNL Transports hier soir et cette nuit. Il affirme que Hannes Theis ne pouvait pas se trouver dans la voiture le jour de la mort du premier avocat de Carl, parce qu'il était déjà décédé depuis vingt-quatre heures. Son bol alimentaire l'a révélé ce matin lors de l'autopsie et il avait encore des fibres de steak haché dans la bouche et entre les dents. L'historique de sa carte de crédit indique que le hamburger en question a été acheté au McDo de Jyllingevej à Rødovre à 10 h 09 le 26 décembre, la veille du jour où Bang s'est fait renverser. L'emballage du sandwich était sur le dessus de la corbeille, dans son bureau. Si l'on ajoute à cela que le cadavre est resté au frais dans le fourgon depuis, on peut situer avec certitude le décès au 26 décembre, veille de la mort d'Adam Bang.

— Tu n'avais pas pris une photo du message que tu as trouvé dans le carnet de commandes de DKNL Transports ? » lui demanda Assad.

Rose hocha la tête et fit défiler les photos de son téléphone.

« La voilà », dit-elle en posant l'index dessus.

26/12/20
07,25, nouvelles instructions.
Contact sur place entre 10 et 11
HT

« Eh bien voilà ! s'exclama Assad. C'est écrit noir sur blanc. Theis lit ce mot le matin, et quelques heures plus tard, il est mort. Ploug l'a vu ? »

Rose acquiesça. « Bien sûr, Hardy le lui a montré. Sa théorie est que Theis a dû déjeuner avec son meurtrier. Qu'immédiatement après ils sont montés dans le fourgon, et là, Theis a pris un coup de marteau sur la tête. Il y avait toutes sortes d'outils sur l'établi au fond du véhicule, l'agresseur avait l'embarras du choix. Le commissariat de Copenhague Ouest, Terje Ploug et Hardy sont tous d'accord sur ce point.

— Oh là là ! s'exclama Gordon, dont la pâleur s'était encore accentuée en écoutant cette description. Le sac du McDo qui se trouvait dans la corbeille pourrait-il avoir été touché par son meurtrier ? »

Rose haussa les épaules. « L'analyse scientifique n'a

rien révélé, hormis les empreintes de Theis et de l'employé qui lui a servi le repas.

— La vache ! Ils ont fait vite ! dit Gordon, hochant la tête avec admiration. Donc, Theis ne se trouvait absolument pas dans la voiture le lendemain matin.

— Non, il n'y était pas, et nous pouvons remercier le médecin légiste pour cette information. Sans les restes du hamburger, nous n'aurions pas été en mesure de l'établir, confirma Rose. Tout cela nous prouve aussi que son chauffeur, Jess Larsen, a menti. Raison pour laquelle Ploug est allé le chercher à son domicile et l'a arrêté. Il va probablement être mis en examen pour le meurtre de l'avocat de Carl, il passe en audience préliminaire demain matin.

— En admettant que ce soit lui qui conduisait, intervint Gordon derrière son ordinateur.

— Ploug a aussi interrogé le secrétariat du cimetière à propos de leur prétendu appel à Hannes Theis concernant la pierre tombale renversée, reprit Rose. Cet appel n'a jamais existé, à leur connaissance. Ils sont allés vérifier par acquit de conscience, et effectivement la pierre était légèrement de travers, mais pas de quoi fouetter un chat.

— Je ne comprends pas pourquoi vos collègues n'ont pas vérifié ce détail immédiatement après la collision, dit Mona. Ni pourquoi ils n'ont pas cherché à interroger Hannes Theis le jour même.

— Rassure-toi, Ploug doit être en train d'enquêter pour savoir qui a mal fait son boulot. » Rose fouilla quelques instants dans ses notes. « Ah oui, j'ai oublié de vous dire que Jess Larsen a été assez stupide pour garder l'ordinateur professionnel de Hannes Theis chez lui. Les assistants de Ploug l'ont embarqué, et je ne serais pas étonnée qu'il nous apprenne encore des choses, quand ils auront réussi à le déverrouiller. »

Enfin elle trouva ce qu'elle cherchait. « Ah, regardez ça. » Elle leur fit passer la copie d'un mail en néerlandais. « On peut en déduire beaucoup de choses. Même si on ne parle pas la langue.

— Est-ce qu'il est écrit quelque chose du genre : pourquoi la livraison n'a-t-elle pas été effectuée ? » hasarda Mona, ce qu'Assad put confirmer après avoir rentré la phrase dans Google Translate.

Le mail avait été réceptionné le 23 décembre et était resté sans réponse. À moins que cette réponse se trouve dans l'ordinateur de Theis ?

« J'ai hâte de voir ce qu'ils vont tirer de Jess Larsen. Le type a de l'aplomb, parce que je vous avoue ne pas avoir douté de lui une seconde quand je suis allée le voir. Ah, et encore une chose : selon Ploug, l'affaire d'import-export que dirigeait Hannes Theis était parfaitement légale.

— On lui a quand même donné de l'argent pour fermer les yeux ! grogna Gordon depuis le coin de la pièce.

— C'est possible. C'est sûrement comme ça qu'il a pu acheter les bâtiments aux commanditaires pour une miette de pain », hasarda Assad.

Mona hocha la tête. « Une bouchée de pain, Assad. Une miette, ce serait vraiment pas cher. »

Assad haussa les sourcils. La langue danoise avait parfois des subtilités qui lui échappaient encore. « Vous avez le bonjour de Hardy. Lui aussi pense que Theis voulait se retirer, mais qu'il était dans une impasse.

— Il devait avoir peur, dit Rose. Il ne pouvait pas

savoir que c'était après Carl qu'ils en avaient. Peut-être a-t-il senti qu'il était au bord du gouffre, qu'est-ce que vous en pensez ?

— Je ne comprends pas. » Assad secoua la tête.

« Qu'est-ce que tu ne comprends pas, Assad ? C'est pourtant simple.

— Je ne comprends pas comment il pouvait être à la fois dans une impasse et au bord du gouffre. »

33

Dimanche 3 janvier 2021

Malthe / Carl

Dans une heure, Malthe serait introduit dans la cellule de Carl Mørck. Ils seraient seuls tous les deux et la porte serait verrouillée. Il avait gagné sa confiance et aurait largement le temps de lui régler son compte. Une solide clé de bras autour de la tête, la main tenant le menton, puis une bonne pression sur l'épaule tandis qu'il lui tordrait le cou. Un petit *crac*, et l'homme serait mort en quelques secondes.

Ensuite, Malthe frapperait à la porte pour appeler les gardiens et il avouerait tout. Qu'ils s'étaient disputés et qu'il avait pété les plombs. Tout le monde savait qu'il n'avait pas conscience de sa force. Il se montrerait sincèrement désolé et réussirait peut-être à faire trembler un peu sa voix. Il aurait bien voulu être capable de pleurer un peu, aussi, mais il n'était pas très doué pour ça. À moins de convoquer la pensée de son frère mourant…

Malthe contempla, rêveur, le mur jauni en face de lui. Pourvu que Carl n'ait pas pris au sérieux ce que lui avait dit ce serpent de Paul Manon, tout à l'heure. Déjà à la prison

Vestre, Malthe n'était pas à l'aise en le voyant manœuvrer comme une vipère qui cherche sa proie. Avec sa façon de fourrer son nez partout, de prodiguer des conseils à tout le monde, il était ami avec la moitié de la prison et indifférent à l'autre moitié. Qui était Manon, en réalité ? Le genre de détenu protégé par son argent et ses contacts qui en fin de compte obtient un non-lieu ? Il était resté des mois en détention provisoire dans l'attente de son procès. Et apparemment, les choses traînaient tellement en longueur qu'on avait fini par le transférer à la maison d'arrêt de Slagelse.

Manon était-il au courant de l'accord que Malthe avait passé avec Singe hurleur ? Avait-il vu quelque chose qu'il n'aurait pas dû voir ?

Malthe inspira profondément, emplissant ses poumons d'air jusqu'au seuil de la douleur. Il fallait qu'il se ressaisisse. Dans une heure, tout cela n'aurait plus d'importance. Il serait aussitôt envoyé dans un autre type d'institution, dans laquelle on le garderait en attendant que la justice décide quoi faire de lui. Il verrait bien. Son unique crainte était que les commanditaires oublient d'envoyer à sa famille le demi-million qu'ils lui devraient.

Il se frappa les cuisses avec les poings plusieurs fois d'affilée.

Allez, Malthe, ça va bien se passer ! se promit-il. Ils savent que tu parleras s'ils ne te donnent pas l'argent, et que quelqu'un devra payer au final. S'ils te la font à l'envers, tu iras tout raconter à Peter Singe hurleur, et quand il aura cafté, ils regretteront de ne pas avoir tenu leur promesse. Calme-toi ! Tu te fais du souci pour rien. Bien sûr qu'ils transféreront l'argent quand le boulot sera fait.

« Entre », dit Carl gentiment, comme s'il s'agissait d'un jour normal et d'une invitation comme une autre. Et même s'il n'y avait ni gâteau sur la table ni café dans les tasses, il avait pris la peine de cantiner auprès de l'épicerie ambulante qui venait de passer et il régnait dans la cellule une atmosphère presque civilisée, avec des biscuits au chocolat et du Coca au frais.

Carl lui tendit une canette bien fraîche et Malthe la regarda d'un air surpris.

« Tu n'aimes peut-être pas ça », lui dit Carl. Malthe se contenta de hocher la tête et il alla s'asseoir sur la couchette à côté de lui.

« Non, mets-toi sur la chaise, plutôt. Comme ça, on pourra se parler sans être obligés de tourner la tête.

— Elle est trop petite pour mon gros cul, rétorqua Malthe sans se relever.

— Alors c'est moi qui prendrai la chaise, même si mes fesses aussi débordent. » Carl sourit et alla s'asseoir.

« Alors ? lui demanda-t-il, sa canette à la main.

— Alors, quoi ?

— De quoi veux-tu qu'on parle ? Tu n'aurais pas apporté un jeu de cartes, par hasard ? »

Parler ? Malthe faisait tourner sa boisson entre ses grandes mains et Carl trouva qu'il avait l'air tendu.

« J'ai reçu un message de mon père, ce matin, dit Carl pour engager la conversation. Il m'appelait pour me dire que ma mère voulait venir ici me rendre visite et qu'ils pensaient beaucoup à moi. Je ne savais pas quoi lui dire. À part la promenade dans la cour, c'est tout ce qui m'est arrivé aujourd'hui.

— Ton père ? » Le visage de Malthe fut agité d'un

tressautement nerveux. Il semblait surpris, mais pourquoi ?

« Oui, j'ai la chance d'avoir encore mes deux parents. Ils ont plus de quatre-vingts ans tous les deux. Tenir une ferme, ça donne les joues rouges et un cœur solide. »

Tel un enfant à qui on vient de raconter un mensonge, le grand type pencha la tête sur le côté et un mur de doute se dressa soudain dans l'espace qui les séparait. « Mon père aussi était agriculteur, il avait cinquante ans quand il est mort. On n'a pas tous les mêmes chances, dans la vie », dit-il.

Quand on a interrogé plusieurs milliers de personnes dans sa carrière, on sait précisément à quel moment on a commis un impair. Une crispation de la bouche, un regard suspicieux, peut-être une narine qui frémit et exprime de la colère. « On n'a pas tous les mêmes chances », avait dit Malthe. Est-ce qu'il y avait un sens caché dans sa phrase, ou dans la façon dont il l'avait formulée ? Carl le regarda au fond des yeux. De son point de vue, avec son image limitée du monde, il avait raison, bien sûr. Perdre son père prématurément est toujours une épreuve.

« Je ne sais pas si j'ai eu tant de chance que ça… Mes parents sont sûrement des gens très bien, mais je ne peux pas dire qu'ils aient été de très bons parents. Je ne veux pas me plaindre, mais ils n'ont pas été tendres avec moi. J'ai l'impression que ta relation avec ta mère et avec ton frère et ta sœur est bien plus forte, et je t'avoue, Malthe, que je suis un peu envieux. »

Malthe tourna la tête de quelques degrés, sans quitter Carl des yeux, tandis que celui-ci ouvrait le paquet de biscuits et le lui tendait pour qu'il se serve.

Il secoua la tête en guise de refus et inspira à fond plusieurs fois, avant de laisser tomber au sol sa canette de Coca-Cola. En un bond, il fut sur Carl et referma son bras autour de son front, tout en essayant d'attraper son menton avec son autre main.

Carl réagit au quart de tour. L'adrénaline pulsait dans tout son corps. « Mais… Non, putain ! » croassa-t-il en donnant instinctivement de grands coups de coude dans le ventre dur comme du bois de son agresseur.

Malthe ne faisait aucun bruit. Il cherchait de toutes ses forces à tourner le buste de Carl et à replier le bras autour de son cou. Il dégageait une odeur puissante et les poils sur son bras étaient épais comme des soies de sanglier.

Carl bloqua sa respiration, contracta les muscles de son cou, projeta en arrière l'une de ses mains qui avait ramassé la canette de Coca et frappa plusieurs fois Malthe sur le nez et entre les yeux.

Le colosse ne laissa pas échapper un gémissement, mais la pression autour du cou de Carl se relâcha pendant une seconde, que Carl mit à profit pour le cogner à la gorge. Sa réaction ressembla à celle qui se produit lorsqu'on jette de l'essence sur un feu. La fumée s'épaissit, donnant du carburant à l'explosion qui intervint une seconde plus tard avec une force inattendue. Une pluie de coups de poing atterrit sur la tête de Carl et sur toutes les parties de son corps que la brute parvenait à atteindre, ça tombait dru, à l'aveugle. Carl réussit à se redresser légèrement et à poser un genou sur le bord de la couchette tout en continuant à cogner la canette sur le nez de Malthe sans discontinuer.

Enfin, le jeune homme bascula en arrière, aveuglé par le sang qui lui éclaboussait les yeux.

« Aaaahhhh ! » gémit-il, tandis que par réflexe Carl se réfugia près du lavabo et passa son torchon sous l'eau froide.

« Chuut ! Malthe, dit-il en pressant de ses mains tremblantes le linge humide sur son nez et ses joues. Mets-toi ça sur la figure et arrête de bouger. »

Carl regarda autour de lui dans la cellule. Il y avait du sang partout. Sur la couchette et sur le mur au-dessus. Lui-même en avait sur les mains et sur le bras de sa chemise, du poignet jusqu'au coude.

Il était secoué et ne parvenait pas à comprendre ce qui venait de se passer. Et en même temps, n'était-ce pas exactement ce contre quoi ce petit malin de Paul Manon l'avait mis en garde dans la cour moins d'une heure auparavant ? S'il n'avait pas eu cette canette de Coca à la main, Malthe le tuait à coup sûr.

Carl contempla le grand corps replié sur lui-même tel un animal sans défense, la nuque contre le mur et le visage enfoui dans le torchon dégoulinant d'eau et de sang. Son ventre se contractait comme s'il essayait de réprimer un sanglot. Carl eut l'impression qu'il pleurait.

Le géant ramena ses jambes sous lui quand Carl se mit à genoux, posa une main sur sa cuisse et serra brièvement le muscle entre ses doigts.

« Pourquoi t'as fait ça, Malthe ? Tu veux bien m'expliquer ? »

Le pauvre secoua la tête, tandis que ses sanglots retenus agitaient sa poitrine et son ventre.

« Je ne dirai rien aux gardiens, promit Carl en s'efforçant d'adopter un ton calme et posé. On dira que tu t'es cogné contre le bord de la couchette en tombant. Je suis en train d'étaler du sang sur le rebord. Regarde. »

Malthe continua à secouer la tête. On aurait dit qu'il était en état de choc.

« On va trouver une solution, Malthe. » Carl s'écarta un peu. Il coulait à présent du nez de Malthe une matière liquide et translucide qu'il ne pouvait pas cacher. Des larmes.

« Écoute-moi. Tu vas rester tranquillement assis là et te calmer. On en parlera tout à l'heure. »

Carl alla s'asseoir sur la chaise et observa l'homme roulé en boule devant lui.

Cet homme qui lui avait sauvé la vie quelques jours auparavant à la prison Vestre venait d'essayer de la lui prendre. Que s'était-il passé entre-temps ?

« Je ne le dirai pas non plus à ma femme. Je ne veux pas qu'elle sache ce que tu as voulu me faire. Ça la briserait de devoir s'inquiéter pour moi à chaque seconde, tu comprends, Malthe ? »

Celui-ci acquiesça, et à ce moment-là seulement il laissa les pleurs venir, brusquement et sans retenue, comme un ciel qui se déchire soudain et montre toute sa puissance.

Carl revint s'asseoir sur la couchette à côté de Malthe et le prit par l'épaule.

Ils restèrent ainsi un long moment.

L'heure que Carl et Malthe avaient été autorisés à passer ensemble était bientôt écoulée. Ils avaient nettoyé le sang de leur mieux. Chacun des coups de canette qu'avait reçus le colosse lui avait laissé des hématomes bleuâtres entre les sourcils, et des coupures au nez et à la joue gauche. Malthe était sérieusement amoché, et ce serait un miracle si on voulait bien croire au scénario de la chute sur le coin de la couchette. Les vaisseaux éclatés avaient déjà rougi la conjonctive et, en quelques minutes, le tour des yeux était tellement bleu et enflé que seul un combat de boxe dans la catégorie super-lourds aurait fait autant de dégâts.

Une ou deux fois, tandis que Carl consolait Malthe à voix basse, il crut l'entendre lui demander pardon, mais il n'en était pas certain.

Finalement il saisit les deux larges épaules du bonhomme et les secoua un peu. « Dis-moi pourquoi tu pleures, Malthe. Tu es triste à cause de ce que tu as essayé de faire, ou tu es triste parce que tu n'y es pas arrivé ? »

Malthe s'arrêta de pleurer. Il tourna la tête et regarda Carl avec ses yeux de vampire.

« Maintenant, c'est sûr, mon frère va mourir », dit-il simplement.

Carl avait bien entendu. Et ce fut comme si les mots avaient eu le pouvoir de révéler tous les secrets d'un seul coup.

« D'accord, j'ai compris. On t'a promis de l'argent pour me tuer, n'est-ce pas ? »

Malthe ne baissa pas les yeux. C'était donc ça.

« Et si tu m'as sauvé la vie l'autre jour, c'est parce que quelqu'un d'autre allait toucher l'argent à ta place, je me trompe ? »

Il hocha la tête.

Carl lui lâcha les épaules et s'assit lourdement sur l'unique chaise. La sensation fut presque physique. Il venait enfin de comprendre.

Il inspira une grande bouffée d'air, retint son souffle un instant et expira longuement.

« Combien t'avaient-ils promis, Malthe ?

— Cinq cent mille couronnes, souffla-t-il.

— Et tu avais besoin de cet argent pour venir en aide à ton frère. »

Sa réponse fut presque inaudible. « Oui. »

Carl se balança quelques instants d'avant en arrière. Un demi-million, c'était ce qu'il valait ? Sa vie ne pesait pas plus que ça ?

« Qui devait te les verser ?

— J'en sais rien. C'est Peter Singe hurleur, de la prison Vestre, qui était en lien avec le contact.

— Le gardien ? demanda Carl, comme s'il n'avait pas déjà deviné à quel point le type était mouillé dans cette affaire. Pourquoi n'as-tu pas rempli ton contrat à Vestre et pourquoi d'autres ont-ils dû s'en charger ? demanda-t-il encore.

— Parce que le type qu'on appelait Queue de lapin m'a doublé. Il fallait que je récupère ma mission et, pour ça, fallait que tu sois en vie.

— Tu as bien dit : celui qu'on "appelait" Queue de lapin ?

— Oui, il est mort. Quand il est rentré de l'infirmerie, ils l'ont poussé dans l'escalier. Mais il était peut-être déjà mort à ce moment-là. »

Peu à peu, tout devenait clair.

« Est-ce pour conclure cet accord que cet avocat est venu te voir l'autre jour ?

— Non, répondit Malthe en baissant la tête.

— Tu sais comment il s'appelle ?

— Il me l'a peut-être dit, mais j'ai pas bien écouté, je suis désolé. J'ai dit que c'était mon avocat, mais en fait c'était juste un type qui savait des choses sur mon petit frère. De toute façon, il était pas venu pour ça. Il était venu pour me dire que c'était plus moi qui devais te tuer. Il avait confié la mission à un type du premier étage, Cassius, une force de la nature. Mais comme je lui ai écrasé la main dans la cour de la prison, ils ont dû le sortir du jeu. En plus, lui, il peut pas passer du temps avec toi, dans ta cellule. On a pas les mêmes horaires d'un étage à l'autre. »

Carl hocha la tête. Morceau par morceau, les pièces du puzzle venaient se mettre en place. Il se mordilla la joue quelques instants et regretta de ne pas avoir de cigarettes. Il fallait agir. Et s'il voulait avoir Malthe de son côté, il fallait agir vite.

« Je peux trouver l'argent pour ton frère, si en échange tu restes près de moi pour me protéger, quoi qu'il arrive. »

Malthe se redressa brusquement. Ses traits étaient complètement tordus et sur son visage une succession d'expressions défilèrent à toute vitesse. On aurait dit un feu de signalisation détraqué. Carl y lut la suspicion, l'espoir, de nouveau la suspicion, puis l'incompréhension, la suspicion toujours, la colère, l'espoir encore une fois, le soulagement. Son esprit était en pleine ébullition. Pouvait-il réellement croire à ce que Carl venait de lui dire ?

« Quelqu'un a offert une prime de sept millions de couronnes à qui apportera la preuve de mon innocence. À mon avis, cette personne acceptera sans problème d'en offrir le dixième à celui qui me gardera en vie. Et même si elle ne veut pas, ou si elle ne peut pas, ma femme et moi trouverons ce demi-million de couronnes, je peux te l'assurer. Il faut simplement que tu me dises où il faut l'envoyer. Tu es d'accord ? »

Carl regarda les mains de Malthe. Lentement, ses doigts se détendirent et se mirent à trembler. Ses avant-bras furent également agités de mouvements spasmodiques, les commissures de ses lèvres s'affaissèrent et son ventre se mit à tressauter si fort que tout le haut de son corps faisait des vagues. Il pleurait si fort et si ouvertement à présent que deux rigoles rouges se dessinèrent, parallèles, sur ses joues. Son appel au secours avait été entendu et sa douleur se transforma en un sourire ému. Il prit entre ses bras l'homme que moins d'une heure auparavant il avait failli tuer, avec une telle chaleur et une telle spontanéité que Carl décida de lui faire confiance.

Ce n'est que plus tard dans la journée que Carl comprit ce à quoi il avait échappé. Ils expliquèrent au maton venu chercher Malthe pour le reconduire dans sa cellule qu'il y avait eu un incident, mais qu'à part ça, tout allait bien.

Ils devaient manquer de personnel ce jour-là également, car ni Carl ni Malthe n'en entendirent plus parler.

Carl se mit à trembler de tous ses membres. Pas à l'idée qu'il aurait pu à cet instant reposer froid et mort sur une table à la morgue, mais parce qu'à partir de cet instant, il devait se considérer comme en sursis et vivre désormais avec une épée de Damoclès au-dessus de la tête. Quand aurait lieu la prochaine attaque ? Réussirait-elle, cette fois ?

La conscience de l'imminence du danger le fit presque tomber à genoux sur le sol de sa cellule.

34

Dimanche 3 janvier 2021

Cees Pauwels

Il y avait presque vingt-quatre heures maintenant qu'Eddie Jansen avait ouvert sa porte, horrifié. Peut-être était-il préparé à ce que sa dernière heure soit venue, parce qu'il n'avait opposé aucune résistance. Cees n'avait eu qu'à passer le seuil et, de lui-même, Eddie avait reculé vers le séjour. Sa femme, en peignoir, pâle comme une morte, la petite dans les bras, avait semblé complètement dépassée.

« J'emmène votre mari avec moi. Si vous ne voulez pas que je prenne aussi votre fille, dites-moi ce que vous savez de ses activités. » Pour marquer le sérieux de la situation, il avait pointé l'index vers elle, dégainé son arme et l'avait posée sur la tempe d'Eddie.

« Répondez, sinon ça va mal finir. »

Femke et la petite s'étaient mises à pleurer, tandis que le pauvre Eddie se battait pour leur vie sans penser à la sienne. Il avait juré que sa femme ne savait rien. Qu'elle croyait qu'il avait gagné une grosse somme d'argent au Loto. Le policier avait voulu regarder en face l'homme aux yeux vairons pour lui faire comprendre qu'il disait la vérité, mais Cees l'avait repoussé avec le canon du revolver.

« Il me paraît très improbable que votre mari ait réussi à garder le secret aussi longtemps, avait-il dit. Il a été une bonne recrue, mais je ne le crois pas assez intelligent, ni toi assez bête pour que tu n'aies pas compris après tant d'années. »

La femme d'Eddie s'était suffisamment ressaisie pour calmer l'enfant, mais n'avait pas réussi à maîtriser sa colère.

« Je ne vous ai vus qu'une ou deux fois dans ma vie, toi, ta sale gueule et tes yeux bizarres, et je n'ai aucune idée de ce que tu voulais à mon mari, ni de ce que tu lui veux maintenant. Il travaille dans la police, et je n'ai pas besoin, ni le droit d'être informée de ce qu'il fait. Alors tu vas la fermer et nous foutre la paix. »

Puis elle s'était laissée tomber dans le canapé d'angle, son enfant serrée contre elle. Elle n'avait pas levé les yeux, n'avait pas cherché, comme on aurait pu s'y attendre, à savoir ce que son mari avait bien pu faire. Elle s'était simplement repliée, choquée, dans sa bulle, s'évertuant à y emmener sa petite fille qui s'était remise à pleurer.

« Prends ton ordinateur, Eddie, avait ordonné Cees en désignant la table sur laquelle il était toujours posé. Sache qu'on te surveille, avait-il dit à Femke tout en poussant Eddie Jansen devant lui. Je te conseille de rentrer chez toi et d'y rester. Tu peux dire adieu à ton mari. »

Depuis ce moment, Eddie n'était plus qu'une loque. Étonnamment résigné, il regardait son geôlier, impuissant. La chaise à laquelle il était ligoté l'aurait de toute façon empêché de tenter la moindre attaque.

« À qui est-ce que tu nous as balancés ? » lui aboyait l'homme, encore et encore, et Eddie se taisait. Il ne se redressa que lorsque Cees le menaça de retourner chercher sa femme et sa fille et de les faire payer pour son silence.

« Que tu le croies ou non, hurla-t-il si fort qu'une gerbe de postillons s'envola, je te répète que j'ai toujours été loyal. Ce n'est pas parce que je n'ai pas réussi à éliminer ce Carl Mørck que j'ai trahi. J'ai essayé de le faire tuer. Plusieurs fois. » Puis Eddie se tut, essoufflé.

Cees le regardait avec attention. Eddie lui avait expliqué qu'ils s'étaient confinés à cause du virus. Leur visite à l'hôpital d'Aix-la-Chapelle le prouvait, non ? Et comment aurait-il pu savoir qu'il n'avait pas le droit de prendre quelques jours de vacances avec sa famille sans prévenir l'organisation ? Il n'avait rien fait de mal.

Ce n'était pas la première fois que Cees ligotait un suspect sur cette chaise et il savait que ce ne serait pas non plus la dernière, après qu'Eddie serait mort et oublié.

Il l'avait emmené dans la maison de sa sœur. Personne n'aurait jamais eu l'idée d'aller lui rendre visite dans cette ancienne ferme isolée dans les polders de la province de Zélande. Son adresse privée se trouvait au centre-ville de Liège, en Belgique. C'était là que résidait sa famille, et là qu'il avait son bureau officiel d'où il gérait ses affaires. Il ne vivait pas sur un grand pied et la maison en Zélande était au nom de sa sœur. Tant qu'elle était encore en vie, en état végétatif, dans une maison de retraite à Zeist, il n'y aurait pas de problème.

Qu'est-ce qu'ils vont faire de toi si tu refuses de parler, Eddie ? songeait-il en ouvrant une session sur le darknet, où avaient lieu tous les échanges avec les commanditaires.

La réponse ne tarda pas.

« Tu sais que nous ne tuons pas les enfants, Cees. Alors je te suggère d'aller chercher quelqu'un qui nous escroque. Je pense par exemple aux deux revendeurs de Katowice qui couvrent le marché polonais. On m'a informé que les prix avaient augmenté de 35 % à cause de la pandémie et qu'ils avaient empoché la différence. Tu vas faire d'une pierre deux coups. Tu vas abattre l'un des Polonais sous les yeux du deuxième et d'Eddie. Tu te serviras d'un pistolet à clous, comme d'habitude. Ça devrait suffire pour que les deux autres se mettent à table. »

Cees se tourna vers Eddie. « Bon, toi, tu vas rester ici quelques jours pendant qu'on se renseigne sur ton compte. On verra bien ce qu'il en ressort. »

Sonné, Eddie ne répondit pas, et il ne se débattit pas non plus lorsque Cees le bâillonna.

35

Du samedi 2 et mardi 5 janvier 2021

Femke Jansen

Femke attendit quelques minutes, puis se prépara à quitter l'appartement.

Toujours très pâle et secouée de sanglots, elle essayait malgré tout de réfléchir de façon rationnelle. Jamais elle n'aurait imaginé se trouver dans une situation pareille.

Le sac avec les affaires de Marika, le portefeuille et les clés, ça je prends. J'enfile mon manteau, j'attrape la petite et je sors d'ici, se dit-elle, fonctionnant presque par automatismes. Il fallait qu'elle s'en aille.

Des dizaines de questions se bousculaient dans sa tête pendant qu'elle courait, sa fille dans les bras, pour aller s'abriter dans le SUV. Qui était cet homme avec ces yeux de couleurs différentes ? Qu'est-ce qu'Eddie avait fait ? Alors, il n'y avait jamais eu d'argent gagné au Loto ? Où se cacher, puisque l'homme connaissait leur adresse à Schiedam ?

Elle s'arrêta et regarda autour d'elle. Mais où elle est, cette voiture ? se demanda-t-elle, fébrile. Elle n'était pas garée au milieu de la rue en pente ?

Soudain elle entendit un moteur qui accélérait et se rapprochait d'elle par-derrière. Instinctivement, elle serra son enfant contre elle et se colla contre la façade d'un immeuble. Une Skoda break noire passa à sa hauteur et elle reconnut derrière la vitre l'homme qui avait emmené Eddie.

Il ne m'a pas vue, faites qu'il ne m'ait pas vue ! pria-t-elle de toutes ses forces tout en essayant de mémoriser la plaque d'immatriculation.

Son regard allait et venait sur la file de voitures garées le long du trottoir. Eddie, oh Eddie, où as-tu planqué cette fichue voiture ?

Elle se rendit compte à quel point il faisait froid, la petite tremblait et toussait. « Maman va retrouver la voiture, ma chérie. On sera bientôt au chaud. »

Tout à coup, le SUV apparut, à peine visible derrière un gros camion, une roue arrière sur le trottoir.

« Voilà, mon trésor, elle est là. » Moins d'une minute plus tard, elle était assise au volant et Marika dans le siège auto à l'arrière.

Femke était une bonne conductrice. Au fil des ans, elle avait appris que même s'il y avait beaucoup de monde sur la route, conduire n'avait rien de dangereux, du moment qu'on tenait ses distances et qu'on regardait où on allait. Elle desserra le frein à main, déboîta en souplesse et s'engagea sur la chaussée.

Ils doivent être loin devant moi, se dit-elle en enfonçant le pied sur la pédale d'accélérateur. On la klaxonna dans les petites rues, mais cela lui était égal. Si elle se faisait arrêter par la police, elle aurait toutes les excuses du monde pour avoir roulé trop vite quand ils sauraient pourquoi…

Deux fois, elle traversa un carrefour alors que le feu passait au rouge et le crissement des freins des automobilistes venant des rues transversales lui fit comprendre que ce n'était pas une bonne idée si elle voulait éviter de les tuer toutes les deux.

Elle était presque sortie de la ville quand elle aperçut de nouveau la Skoda noire à quelques dizaines de mètres devant elle. Elle roulait vite, mais apparemment elle respectait quand même les limitations de vitesse et le code de la route.

« Encore un feu rouge et je te file au train », dit-elle à voix haute en évitant de justesse un cycliste venu de la droite qui n'avait pas eu la patience d'attendre que le feu passe au vert. Elle jeta un coup d'œil dans le rétroviseur et, au-dessus de la tête d'une Marika enfin souriante, elle vit que le cycliste, planté au milieu de la chaussée, la menaçait avec des gestes explicites.

Il avait sans doute relevé sa plaque, mais tant pis. Elle avait maintenant rattrapé le break et pouvait le suivre à distance sans difficulté.

Au cours des deux heures qui suivirent, ils passèrent deux fois la frontière entre la Belgique et les Pays-Bas. Une première fois au nord, après Valkenburg en passant par Maastricht pour entrer en Belgique, et une deuxième fois après Anvers, pour revenir aux Pays-Bas, vers la Zélande à l'ouest, où elle n'était encore jamais allée. Après avoir roulé un long moment dans un plat pays sans fin, sans doute d'anciens marécages désormais cultivés, elle arriva dans les polders. Elle ralentit, comprenant qu'elle allait se faire repérer si elle suivait la Skoda plus longtemps.

« On va ramener papa à la maison, Marika », dit-elle sans grande conviction dans la voix à la petite qui avait dormi pendant les cent derniers kilomètres. Femke laissa la voiture noire disparaître dans le paysage blanc, couvert de neige. Son voyage se terminait ici, dans ce paysage fertile, désolé et bien trop plat. Elle craignit que, peut-être, il ne se termine aussi pour son mari.

Elle trouva à Middelburg un hôtel dans ses moyens. Il était un peu à l'extérieur de la ville et dans un endroit suffisamment isolé pour qu'elle ait le loisir de réfléchir et de prendre une décision.

« Tu dois remettre cette clé USB à la police d'Amsterdam. Surtout, ne la donne à personne d'autre », avait dit Eddie. Pourquoi ne pouvait-elle pas la rapporter à Rotterdam et la confier à ses collègues ? Elle n'arrivait pas à comprendre. Et puis, qu'y avait-il de si mystérieux sur cette clé ?

Épuisée, elle mit Marika en pyjama, fit apporter un repas léger dans la chambre et toutes les deux s'endormirent.

Elle se réveilla le lendemain matin, la clé USB serrée dans la main. La petite fille était assise sur la couette, d'excellente humeur.

Quand elles eurent terminé le petit déjeuner, Femke n'y tint plus.

Elle prit la petite dans les bras et alla demander aux deux femmes qui se trouvaient à la réception si elle pouvait avoir accès à un ordinateur.

Elle fut conduite dans une petite pièce donnant sur le hall. On l'informa aimablement que si elle avait besoin d'imprimer quelque chose, il lui suffisait de passer les voir à l'accueil.

Elle posa Marika par terre, inséra la clé dans le PC et commença ses recherches.

Femke était une secrétaire efficace et elle avait souvent été appelée à résoudre divers problèmes informatiques pour des collègues moins chevronnés qu'elle. Quand elle vit que le document de son mari était enregistré sous un format Word trop récent pour le vieux PC de l'hôtel, elle ne se laissa pas démonter. Impossible de télécharger le logiciel gratuit sur cet ordinateur sans autorisation, c'était verrouillé. Elle regarda autour d'elle en quête d'une solution : dans le salon, un jeune homme élégant travaillait justement sur son ordinateur portable, une tasse de café fumante devant lui sur la table.

« Excusez-moi, dit-elle en se plantant devant lui. Cela m'ennuie de vous déranger, mais le PC de l'hôtel n'a qu'une ancienne version de Word, et ma clé USB contient un document plus récent. Est-ce que, par hasard, vous pourriez me laisser utiliser votre ordinateur pour que je le convertisse ? »

Il refusa. Il ne pouvait pas mettre la clé USB d'une étrangère dans son ordinateur. Ce n'était tout simplement pas autorisé dans la société pour laquelle il travaillait.

C'était dimanche, tout était fermé, elle et sa fille étaient toujours malades, alors Femke décida de se reposer à l'hôtel. Le lundi, elle reprit ses recherches. Elle repéra un ordinateur d'occasion dans un magasin discount situé sur Zandstraat qui lui affirma qu'il était chargé à 100 % et équipé du logiciel dont elle avait besoin. Puis elle emmena Marika au supermarché Albert

Heijn au coin de la rue, acheta des couches et quelques produits de première nécessité, et retourna dans la voiture.

« Encore deux minutes, Marika, ensuite on ira au café pour te changer. »

Elle donna à l'enfant quelques prospectus ramassés dans la grande surface pour l'occuper, inséra la clé dans l'ordinateur, ouvrit le document et commença à lire.

Cinq minutes après, elle pleurait à chaudes larmes. Toute sa vie venait de s'écrouler. Elle eut beau essayer de se ressaisir, elle en était incapable. Marika s'était mise à pleurer si fort qu'une passante âgée vint frapper à la vitre pour lui demander si tout allait bien.

Femke prit le volant, les mains tremblantes. Son mari avait participé à des choses effroyables. Un nombre incalculable de victimes dont elle avait entendu parler dans la presse, des gens qui avaient été tués d'un clou dans la tête, ou noyés, tués par balle ou à l'arme blanche, étaient mentionnés dans ce document. Trafic de drogues dures, divulgation de documents confidentiels, fraude fiscale et usurpation d'identité, association de malfaiteurs et contacts avec des dealers et des dockers qui faisaient venir des stupéfiants par bateau. Son mari était au courant de toutes sortes d'agissements liés au crime international et il en avait même été complice. Comment avait-il pu faire ça ?

Cela voulait dire aussi que tout ce qu'ils possédaient, Eddie l'avait acquis de manière criminelle et qu'en communiquant ce document toutes les fondations sur lesquelles était bâtie son existence allaient s'écrouler du jour au lendemain.

Elle trouva un café en périphérie de la ville où elle put

s'occuper de sa fille. Quand enfin elles furent attablées toutes les deux, elle devant un café bien serré et Marika devant un verre de lait, ainsi que deux beignets qui firent remonter à la fois son taux de sucre et sa bonne humeur, Femke se sentit plus apte à gérer la tempête qui faisait rage sous son crâne.

Allait-elle respecter le souhait de son mari ? La question restait posée. Pourquoi donner satisfaction à un monstre qui lui avait menti de façon abominable ?

Pourquoi ne pas retourner vivre à Schiedam en faisant comme si de rien n'était ? Il lui suffirait d'appeler le commissariat et de leur dire qu'Eddie l'avait abandonnée dans une location à Valkenburg et qu'elle n'avait pas eu de nouvelles depuis. Pourrait-elle continuer à vivre tranquillement, entre l'appartement et la maison de vacances et le paquet de fric qu'il avait sûrement caché quelque part, si elle choisissait cette option ? À en croire le document qu'elle venait de lire, elle avait peu de chances de le revoir vivant. Pourquoi irait-elle lever le voile sur tout ça alors qu'elle avait tout à y perdre ?

Femke secoua la tête. Non, cela n'avait aucun sens. Elle allait détruire cette clé USB à la première occasion. Voilà ce qu'elle allait faire.

Elle retourna à l'hôtel et y passa la journée avec sa fille, très déprimée. Puis le lendemain, elle descendit prendre un petit déjeuner dans le café où elle était allée la veille.

Elle observa par la fenêtre la vie paisible de cette petite ville de Middelburg si calme en dehors de la saison touristique. Les gens qui marchaient dans la rue en bavardant, pataugeant dans la neige fondue, les paniers à provisions attendant d'être remplis, les cyclistes zigzaguant entre les flaques. Que cette nouvelle journée soit une journée comme une autre, pour elle et pour sa petite fille, n'était-ce pas ce qu'elle souhaitait ?

C'est alors qu'elle vit le break Skoda noir passer devant les arbres nus en direction du centre-ville, avec son nuage de fumée blanche sortant du pot d'échappement.

36

Lundi 4 janvier 2021

Gordon

Le voyage en train entre l'aéroport de Schiphol à Amsterdam et la gare centrale de Rotterdam ne prit que vingt-cinq minutes pendant lesquelles Gordon garda les yeux rivés sur le paysage sans pouvoir lire les noms des gares qu'ils dépassaient à toute vitesse.

À une autre saison que celle-ci, il aurait adoré venir en touriste, mais cette fois il y avait un but à son voyage et il devrait reprendre l'avion dans l'autre sens d'ici quelques heures.

C'est pourquoi, après avoir été en métro jusqu'à la station Hôtel-de-Ville et trouvé enfin l'énorme bâtiment bleu ciel en forme de V qui abritait le commissariat central de Rotterdam, il fut extrêmement déçu d'apprendre qu'il ne pourrait pas rencontrer l'inspecteur Wilbert de Groot ce jour-là parce qu'il était alité chez lui, victime du Covid-19.

«Je suis désolé, mais ma femme est partie faire un stage en Angleterre et elle nous a rapporté un sympathique variant Alpha dans ses bagages, dit l'homme d'une voix éteinte quand Gordon le joignit par téléphone. Mais on peut se parler maintenant. J'ai cru comprendre que vous vouliez en savoir plus sur un citoyen danois, Rasmus Bruhn. Vos collègues de la DUP d'Aarhus m'ont appelé à ce sujet il y a quelques jours, ils compléteront mes informations si j'oublie quelque chose. »

Gordon le remercia, sans faire de commentaire sur la dernière phrase. Le type savait qu'il n'avait pas accès aux dossiers de la DUP et Gordon était furieux. Si c'était pour avoir une simple conversation téléphonique, il aurait aussi bien pu rester chez lui.

« J'espère que vous et votre famille n'êtes pas trop atteints, répondit-il, tâchant de montrer un peu de compassion. En fait, j'aurais aimé lire votre rapport sur cette affaire, si vous m'y autorisez, expliqua-t-il, certain que l'homme qui venait d'être pris d'une quinte de toux n'accéderait pas à cette demande.

— Je comprends, et c'est vraiment dommage que vous ayez fait un si long voyage pour rien, mais mes rapports sont dématérialisés, et vous comprendrez qu'il m'est impossible de vous laisser y accéder.

— Alors peut-être pourriez-vous répondre à quelques questions, puisque je vous ai au téléphone ? »

Après une longue pause, l'homme se racla la gorge et dit : « Je vous donne un quart d'heure. Après il faudra que j'aille me reposer. »

Gordon imagina son interlocuteur en robe de chambre et pantoufles. Les narcotrafiquants n'avaient qu'à bien se tenir !

« D'accord. Je vous remercie, alors parlons de Rasmus Bruhn. La DUP n'est pas très communicative, mais je sais que votre département est en relation avec la brigade criminelle et le bureau du procureur au Danemark par le biais de la Joint Investigation Team. Pouvez-vous me confirmer que Rasmus Bruhn était bien l'homme qui s'occupait de la distribution des stupéfiants sur le territoire danois ?

— La perquisition que nous avons effectuée chez lui à sa mort en 2014 pointait nettement dans ce sens, oui.

— Bon, donc ça, c'est établi. Savez-vous que Rasmus Bruhn avait une poule à plumer avec Carl Mørck ?

— Pardon ?

— C'est une expression danoise. Nous avons appris que, sans le vouloir, Carl Mørck a eu une altercation avec Rasmus Bruhn il y a quelques années. L'incident aurait pu être sans conséquence, mais apparemment ce n'était pas l'avis de Bruhn.

— Un incident ? Que s'est-il passé ?

— Un soir qu'il était ivre, Rasmus Bruhn a eu un comportement violent dans un restaurant de Copenhague dans lequel Carl Mørck se trouvait par hasard. Carl a brûlé son permis de conduire. Fou de rage, Rasmus Bruhn l'a menacé et lui a promis qu'il s'en souviendrait. »

Gordon s'attendait à une réaction quelconque au bout du fil, mais rien ne vint. Est-ce que de Groot l'écoutait, seulement ?

« Notre département travaille sur l'hypothèse que ce serait Bruhn qui, en représailles, l'aurait désigné comme étant l'associé et le complice d'Anker Høyer, mais nous ne savons évidemment pas si c'est vrai. Est-ce que cela vous semble être une théorie valable ?

— Que Bruhn ait voulu se venger de Carl Mørck, non, j'avoue que cela ne nous a pas effleuré l'esprit. »

Gordon soupira. Il s'attendait à cette réponse. « Alors pourquoi avoir suggéré à la police danoise qu'elle s'intéresse de plus près à Carl Mørck ? »

Cette fois encore, de Groot mit quelques secondes à répondre.

« C'est vous, ou plutôt vos collègues de la brigade criminelle de Copenhague, qui nous aviez communiqué son nom à l'époque où on avait exhumé le cadavre du Haïtien Gérard Gaillard.

— Et vous vous souvenez qu'un tuyau anonyme nous avait indiqué que ce corps était celui de Pete Boswell, ce nom étant le pseudonyme du journaliste Rasmus Bruhn ?

— Oui, je sais tout cela.

— Vous ne trouvez pas que c'est une drôle d'idée de tuer un homme et de laisser dans ses poches des pièces de monnaie avec ses propres empreintes, des empreintes bien nettes ? Cela mérite d'être précisé.

— Vous êtes inspecteur de police, n'est-ce pas ? » lui demanda de Groot.

Gordon ne répondit pas, mais il sourit. Ce n'était pas souvent qu'on lui donnait ce titre. « C'est exact, répondit-il.

— Alors vous devez savoir que les assassins aiment bien se vanter et laisser leur signature sur le lieu du crime.

— Je le sais, merci, nous avons récemment élucidé une affaire dans laquelle le meurtrier avait typiquement ce profil, mais je n'arrive pas à imaginer qu'un homme comme Carl Mørck soit assez stupide pour faire une chose pareille. »

Son interlocuteur éclata de rire, ce qui ne plut pas du tout à Gordon.

« Carl Mørck est tout sauf stupide, c'est bien là le problème. »

Gordon eut l'impression que son interlocuteur l'avait déjà presque condamné. C'était très inquiétant. Il regarda autour de lui dans la pièce : les collègues de Wilbert de Groot étaient penchés sur leurs dossiers, les yeux cernés, travaillant d'arrache-pied pour tenter de contenir les méfaits opérés par la lie de la société néerlandaise et d'ailleurs – une mission impossible. Cette affaire durait depuis dix ans. L'un d'entre eux allait-il soudain se lever et crier : « Voilà ! J'ai tout compris ! » ?

« Dites-moi, de Groot, le tuyau concernant Carl émanait du Danemark, n'est-ce pas ? Est-ce que vous vous rappelez qui vous l'avait donné, à l'époque ?

— Qui ? Je n'en sais rien ! La police de Copenhague nous a simplement fait passer des copies de rapports concernant des affaires qui pouvaient éventuellement avoir un lien avec les nôtres. Et nous avons fait de même.

— D'accord, mais qui assurait la coordination, à Copenhague ?

— Écoutez, ça remonte à dix ans, cette histoire, et il me semble que plusieurs de vos collègues ont travaillé là-dessus.

— Si je vous donne des noms, vous pensez que vous les reconnaîtrez ?

— Essayez toujours.

— Terje Ploug, par exemple.

— En effet, c'est quelqu'un à qui nous avons souvent eu affaire. Je crois savoir qu'il était très impliqué.

— Leif Lassen, de la brigade des stups, aussi connu sous le nom de Pif. Est-ce que ce nom vous dit quelque chose ?

— Évidemment. Il a notamment participé à l'arrestation de Carl, non ?

— Et Marcus Jacobsen, le patron de la brigade criminelle ?

— C'est mon prédécesseur, Hans Rinus, qui assurait la coordination en ce temps-là. À l'époque, nous étions répartis en je ne sais combien d'équipes. Personnellement, je ne m'occupe que des affaires récentes.

— Récentes, dites-vous ? Alors Hannes Theis, ça vous parle ?

— Theis, oui. Il a une société de livraison qui s'appelle DKNL Transports. On la surveille depuis un certain nombre d'années. En particulier parce que Gérard Gaillard a fait appel à eux et parce qu'on sait que lui et Rasmus Bruhn travaillaient en étroite collaboration à ce moment-là.

— Vous soupçonniez Hannes Theis d'avoir convoyé de la came ?

— Je ne sais pas. Nous n'en avons pas la preuve en tout cas.

— S'il n'était pas mêlé à tout ça, comment expliquez-vous qu'il ait été retrouvé assassiné dans son propre fourgon il y a deux jours ? »

Silence total au bout du fil.

« Vous avez compris ce que je viens de vous dire ? demanda Gordon.

— Eh bien, figurez-vous que je n'avais pas cette information. Il y a quelques jours que je n'ai pas ouvert mes mails. »

Je ne vais rien lui dire de plus, se dit Gordon. La balle est dans son camp.

« Écoutez ! Pourquoi n'iriez-vous pas prendre un café en m'attendant, proposa de Groot après quelques instants de réflexion. Je vous rejoins au commissariat. J'en ai pour moins de vingt minutes, j'habite à côté.

— Vous voulez venir ici ? Mais je croyais que vous étiez malade !

— Je mettrai un masque, ne vous inquiétez pas. Nous n'aurons qu'à tenir nos distances. »

« C'est n'importe quoi ici, dit Gordon à Rose au téléphone alors qu'il était en route pour l'aéroport. Finalement, Wilbert de Groot est venu me rejoindre au commissariat alors qu'il était censé être malade. Drôle de personnage. J'ai franchement l'impression qu'il a mené cette enquête en fermant les yeux sur beaucoup de choses. J'ai quand même réussi à lui soutirer deux trois trucs, et seulement parce que je l'ai caressé dans le sens du poil et que je me suis apitoyé sur son état de santé. Non pas qu'il ait eu l'air très malade, d'ailleurs. Le Covid tombe à point nommé pour les tire-au-flanc qui cherchent à gagner quelques jours de congé.

— Bon, mais à part ça, tu as pu choper des infos qui vont nous permettre d'aider Carl ? lui demanda-t-elle.

— Il a allumé son ordinateur et m'a laissé regarder par-dessus son épaule. Comme si j'avais un doctorat en néerlandais ! Mais j'ai vu le rapport sur la perquisition du domicile de Rasmus Bruhn, en 2014, dans lequel beaucoup de noms apparaissent, entre autres celui d'Anker. Hans Rinus, qui dirigeait l'enquête à l'époque, a conclu que l'unique raison pour laquelle les assassins de Rasmus Bruhn n'avaient pas pris la peine d'emporter l'ordinateur était que seuls des individus ayant déjà été liquidés y étaient mentionnés. Les recherches personnelles de de Groot ont cependant révélé certains indices indiquant qu'une partie des fichiers de Rasmus Bruhn avaient disparu et que ce qui restait avait certainement été rédigé par ses assassins.

— Il n'y avait rien concernant Carl ?

— Non, pas dans le disque dur. Mais Rasmus Bruhn avait un panneau d'affichage sur lequel était fixé un Post-it décoloré où figuraient d'autres noms. Notamment ceux de Hannes Theis, du chauffeur Jess Larsen et, malheureusement, de Carl.

— C'est tout ce qu'ils avaient ?

— Venant du domicile de Rasmus Bruhn, oui, c'est tout. Mais j'ai aussi vu des éléments concernant des perquisitions chez des organisations criminelles rivales, que de Groot a effectuées personnellement quand il a repris l'enquête. Il a ainsi découvert des preuves de la collaboration entre Rasmus Bruhn et Gérard Gaillard à la fin des années 2000, c'est-à-dire peu avant que le corps retrouvé sur l'île d'Amager ait été identifié comme étant celui de Gaillard. Ce qui correspond à ce que nous a raconté Hardy. Ensuite, j'ai vu des échanges de courriers entre Marcus Jacobsen et Hans Rinus, mentionnant l'amitié qui unissait Anker et Carl. Juste des insinuations, rien d'autre. Et quand j'ai parlé à de Groot de tout ce qui se dit dans la presse ou à la radio danoise, où on accuse ou défend Carl tour à tour, il a rigolé et m'a dit que Carl et cette affaire étaient beaucoup trop médiatisés et qu'une chose semblable ne pourrait pas arriver aux Pays-Bas.

— Comment a-t-il réagi à la nouvelle de la mort de Hannes Theis ?

— Il n’en avait pas entendu parler, mais ce qui l’a étonné surtout, c’est qu’il ait été tué à coups de marteau. Cela faisait par ailleurs un long moment qu’ils avaient sa boîte dans le collimateur.

— Mais ils n’avaient jamais trouvé de preuve.

— C’est là que ça devient intéressant, Rose. Tu sais qui a perquisitionné les locaux de DKNL Transports ? Un inspecteur du nom d’Eddie Jansen qui, de manière générale, était très impliqué dans cette enquête. Figure-toi qu’il a disparu de la circulation juste avant le Nouvel An et qu’on ne l’a pas revu depuis. Il n’a pas laissé d’adresse, son portable ne répond pas, et, détail intéressant, il a emmené sa femme et sa fille. »

37

Lundi 4 janvier 2021

Carl

Une semaine s'était écoulée depuis que Malthe l'avait attaqué. Et même si au moment de son arrestation Carl s'était promis de ne jamais perdre espoir, la paranoïa commençait à s'insinuer en lui.

La communication avec Mona n'était pas optimale (un euphémisme), et bien que son avocate, Molise Sjögren, ait annoncé sa visite dans la journée, il se sentait abandonné et perdu. Chaque seconde où il ne dormait pas, sa situation lui semblait désespérée. Il n'arrivait pas à faire abstraction des bruits de la prison, et quand il s'assoupissait un court moment, il se réveillait les mains plaquées sur les oreilles.

Arrête ça, Carl, se recommandait-il. C'est trop tôt. Tu viens d'arriver. Et avant que ton affaire soit jugée, tu risques de passer dix fois plus de temps ici, sans compter que ton procès pourrait parfaitement aboutir à une condamnation.

Meurtre, trafic de drogue, abus de pouvoir par une personne dépositaire de l'autorité publique n'étaient que quelques-uns des crimes pour lesquels il risquait d'être condamné. Et pourquoi ? Parce qu'il était enfermé ici, dans l'incapacité de mener une véritable enquête et de fournir des preuves pour se défendre. Il avait l'impression d'avoir déjà les mains liées dans le dos tandis que le bourreau levait le couperet au-dessus de sa nuque, malgré toute l'énergie déployée par ceux qui étaient là pour le soutenir dehors.

Mais ses alliés étaient-ils assez puissants pour se battre contre tous ceux qui lui voulaient du mal ? La gardienne Klara Kvist lui avait dit que l'opinion publique oscillait constamment entre sympathie et antipathie à son égard, avec une amplitude de plus en plus grande. Le journal *Gossip* avait opéré un virage à cent quatre-vingts degrés et œuvrait désormais contre lui. De vieilles photos floues en noir et blanc prises en pleine action, sur lesquelles il avait l'air louche, avaient remplacé les clichés en couleurs, beaucoup plus flatteurs, qui fleurissaient en première page la veille encore.

« Je ne comprends pas à quoi ils jouent, avait dit Klara Kvist. Mais c'est vrai qu'eux, ce qui les intéresse, c'est de vendre du papier. Enfin, il ne faut pas t'inquiéter, Carl, le citoyen lambda sait faire la part des choses. »

Carl n'en était pas si sûr.

Chaque fois qu'il allait dans la cour, il entendait ses codétenus le traiter de sale flic par la fenêtre de leur cellule, et les gardiens avaient beau essayer de les calmer, leurs insultes reprenaient de plus belle aussitôt qu'ils avaient le dos tourné.

C'est ainsi que naît la peur. Nul besoin du crissement lugubre d'un pas derrière soi dans la rue par une nuit de brouillard, comme dans les romans noirs. Non, la peur surgit en plein jour, quand on comprend qu'on est une cible.

Toute la matinée il s'était demandé si, pour se changer les idées, il n'allait pas proposer son aide à l'atelier où, contre un modeste salaire, les prisonniers assemblaient des éléments en plastique pour fabriquer des pompes pour une savonnerie locale. Mais il avait craint d'être trop exposé. S'il voulait travailler, il devrait effectuer ces assemblages dans sa cellule. La peur venait aussi du fait que le personnel pénitentiaire n'avait pas assez d'effectifs pour le surveiller en permanence. Et même si les détenus qui demandaient à travailler pendant leur détention étaient en général les plus fiables, il n'avait aucun moyen de savoir ce que ses ennemis avaient prévu. Si le danger ne venait plus du géant surnommé Cassius et pas non plus de Malthe, alors l'agression suivante jaillirait d'une direction qu'il ne pouvait pas prévoir.

Peut-être devrais-je soulever la question avec ce Paul Manon la prochaine fois que je le verrai ? se dit-il. Le type semblait avoir un sixième sens et en savoir long sur ce qui se passait derrière les murs de la prison. Il serait peut-être capable de lui signaler les dangers. Carl n'était plus capable de les distinguer lui-même.

Malthe et lui allaient de nouveau pouvoir passer une heure ensemble. Klara Kvist avait dit à Carl qu'à l'infirmerie il avait eu droit à quelques points au front et sur l'arête du nez. Elle le prévint que les traces de Bétadine jaune associées aux ecchymoses noires autour de ses yeux lui faisaient un masque de carnaval.

« Vous vous êtes battus, dit-elle. Et Malthe m'a avoué que c'était lui qui avait commencé. Il m'a aussi dit qu'il t'avait attaqué avec une grande violence et que, malgré cela, tu l'avais aidé ensuite, sans le juger. »

Klara Kvist se rapprocha de Carl. « Tu t'es occupé de lui, et cela l'a bouleversé. » Elle posa une main sur son épaule. « C'était un très beau geste de ta part, Carl. La foi que tu as en lui l'a profondément touché. C'est pourquoi je ne ferai pas de rapport sur cette altercation. Je m'y engage. »

Carl la remercia, mais se demanda ensuite s'il avait bien fait. Pouvait-on réellement faire confiance à Malthe ?

D'où viendrait l'attaque suivante ? La question ne lui laissait pas de répit. Il tâchait de trouver la faille dans son emploi du temps quotidien.

Le personnel pénitentiaire supervisait le réveil des prisonniers à sept heures trente, et là, il n'y avait guère de contacts entre détenus. Après le déjeuner, il y avait le passage aux sanitaires, soumis à une longue liste de consignes en danois et en anglais. Très vite, Carl les avait apprises par cœur : « Merci de fermer la porte quand vous êtes aux toilettes », ou encore : « Ne pas jeter le papier par terre ou dans la poubelle, mais exclusivement dans la cuvette ». Ensuite venait la promenade dans la cour. Tant qu'il serait accompagné de sa cellule jusqu'à la cour et qu'il partagerait ces quelques mètres carrés lugubres avec un misérable pédophile, Malthe et l'insipide Paul Manon, qu'il surveillerait constamment ses arrières, cela ne l'inquiétait pas.

Ensuite il y avait la nourriture qui arrivait depuis la prison de Jyderup. Dans sa carrière d'enquêteur, il avait rencontré d'innombrables manières d'empoisonner des aliments avec des doses mortelles sans que le goût devienne suspect.

Mais qui préparait les repas à la prison de Jyderup ? Était-il possible de cibler un détenu en particulier, en l'occurrence lui, avec une portion individuelle ? Carl l'ignorait. Mais il suffisait d'un seul individu vénal dans toute la chaîne allant de la fabrication à la livraison de sa nourriture pour que les conditions de son trépas soient réunies.

Assis au bord de sa couchette, Carl regardait le sol entre ses pieds écartés, cherchant quels autres moments de sa journée constituaient un danger. Il pouvait se faire attaquer dans le couloir pendant qu'on l'emmenait aux toilettes, au parloir ou en salle vidéo pour ses interrogatoires ou ses briefings. Un coup de feu en plein corridor ? Ou à travers le hublot des toilettes au moment où il s'apprêtait à s'asseoir ? Était-ce réalisable ?

Un coup de feu. Carl leva les yeux vers la fenêtre et blêmit. Il venait de se rendre compte que sa position habituelle faisait de sa tête et de sa poitrine les cibles idéales d'une lunette de visée.

Il se leva, déplaça sa chaise devant la fenêtre, y grimpa pour jeter un œil dehors. Le cas échéant, quelle serait la position du tireur ? Non loin de l'enceinte de la prison, on apercevait les cimes dénudées d'un bouquet d'arbres de hauteur modeste dont les branches ne devaient pas pouvoir supporter le poids d'un adulte. Mais entre les arbres, à une faible distance, se dressait une caserne de pompiers avec sa tour vertigineuse servant à suspendre les divers tuyaux pour les faire sécher. Depuis ce poste, un tireur expérimenté l'atteindrait sans difficulté au moment où il se levait de sa couchette.

Carl descendit de sa chaise et se rassit sur celle-ci, les yeux rivés sur la fenêtre.

Une solution pourrait être d'échanger sa cellule avec celle de Paul Manon.

Il se sentit un instant rassuré, puis le manège des questions se remit à tourner. Mais pouvait-on seulement demander à permuter ? Sans doute pas. Et se déplacer de quelques mètres suffirait-il à le mettre à l'abri ? Et si quelqu'un versait un combustible quelconque dans sa cellule et y mettait le feu ? Avec une fenêtre donnant sur l'extérieur et un hublot sur la porte, c'était faisable.

Je vais devoir rester éveillé en permanence, conclut-il. Ne dormir que d'un œil. Me déplacer le dos courbé dans la cellule, pour ne jamais constituer une cible. Demander aux gardiens s'il est possible de mettre une plaque devant la fenêtre ou de teinter la vitre pour que je ne sois plus visible de l'extérieur.

Enfin il respira plus calmement. S'il pouvait recouvrer une forme de contrôle et cesser de subir les évènements, ses ennemis auraient plus de mal à l'atteindre.

Mais la peur était toujours là.

« OK, Carl. Je demande à Merete Lynggaard de transférer un demi-million de couronnes sur le compte de la mère de Malthe Bøgegård et je fais en sorte que son petit frère soit emmené en Allemagne pour se faire soigner, promit son avocate. Et toi, quand tu retournes en cellule, regarde TV2 News. Marcus a annoncé une nouvelle conférence de presse. Nous allons être très attentifs à ce que les médias disent de ton histoire et nous ferons le maximum pour éviter le pire, mais il ne faut pas se voiler la face, on ne pourra pas tout contrôler ni tout interdire. »

Elle regarda Carl d'un air las qui signifiait probablement que cette affaire l'accaparait plus qu'elle ne l'aurait voulu.

« Maintenant que Marcus Jacobsen a révélé tous les détails de l'affaire Sisle Park, l'opinion publique est impressionnée par le travail du département V et le tien, mais son discours en a aussi conforté certains dans l'idée que tu la jouais solo depuis de nombreuses années. Les médias les plus virulents en ont profité pour suggérer que tu t'étais complètement affranchi des lois. »

Carl hocha la tête : ils n'avaient pas totalement tort.

« Étant ton avocate, c'est à moi de défendre ton image, mais actuellement, le pendule oscille tellement vite que j'avoue avoir du mal à suivre.

— Alors laisse pisser, Molise, dit Carl. Mais dis-moi une chose : pourquoi Assad, Rose et Gordon ne viennent-ils pas me rendre visite ? Si Hardy a eu le droit, pourquoi pas eux ? »

Le sourire forcé de l'avocate ne suffit pas à atténuer la violence de ses propos. « J'ai eu Hardy au téléphone. Apparemment, la police a donné des instructions claires pour interdire ses visites jusqu'à nouvel ordre. Idem pour tes collaborateurs du département V. Et malheureusement, ça vaut aussi pour Mona, sachant qu'elle travaille pour la police de Copenhague et que, de ce fait, elle pourrait être en mesure de te fournir des informations sur l'enquête dont tu fais l'objet. Toutes ces précautions sous prétexte de ne pas compromettre l'enquête de la DUP. Bref, la police a décidé qu'en ce qui concerne ton courrier et tes visites, ça se limitera à moi.

Privilège avocat-client : contre ça, ils ne peuvent rien faire.

— Je ne comprends pas. Ça veut dire que je ne vais pas voir Lucia jusqu'à mon jugement ? Mais ça pourrait prendre des mois ! » Il secoua la tête, déglutit et reprit en s'efforçant de maîtriser sa voix : « On ne peut pas faire ça à une enfant aussi jeune. » Il hésita un instant comme s'il saisissait la gravité de la situation. « Ni à moi d'ailleurs.

— Malheureusement, si, Carl. Mais seulement pendant huit semaines. Depuis le temps que tu es de la partie, tu devais t'y attendre un peu, non ? »

Carl acquiesça, mais il était encore bouleversé. Ils avaient fait sauter tous les ponts le reliant à l'extérieur de manière si radicale qu'il n'avait plus qu'à s'asseoir dans ce trou noir et à attendre d'être fixé sur son sort. Et puis, il y avait Lucia. Comment allait-il faire pour garder le contact avec elle ?

Il préféra changer de sujet. « Au fait, Molise, je ne sais pas pourquoi je pense à ça maintenant, mais quand j'étais à Vestre, un homme a proféré des menaces contre moi, je t'en avais parlé ? »

Molise fit signe que non.

« Le type était hyper parfumé, ça m'a marqué parce que, ici, entre les odeurs de sueur et de renfermé…

— C'est sûr qu'en prison on est plus habitué aux odeurs bien viriles.

— On est d'accord. Figure-toi que l'autre jour, j'ai de nouveau senti ce parfum. Ici même, dans cette pièce.

— Ici ?

— Oui. Visiblement, c'était un avocat venu voir un

détenu. Il avait exactement le même parfum. Curieux, tout de même, je n'arrête pas d'y repenser. »

Molise sourit, puis reprit la parole. « Il faut que je te dise que Gordon est aux Pays-Bas. Nous sommes tous très impatients de savoir ce qu'il aura appris là-bas.

— Il est allé voir Wilbert de Groot ? »

Elle acquiesça. Elle avait à peu près fait le tour de ce qu'elle avait à lui dire.

Devant les locaux de la brigade criminelle à Teglholmen, le même trio que la dernière fois se tenait face aux micros des journalistes, la mine grave.

Le son du petit écran plat installé dans la cellule de Carl était exécrable et il avait le nez collé au téléviseur pour comprendre quelque chose.

« Le département V mérite toute notre gratitude pour le travail fourni, commença le patron de la Crim. Sans cette unité aussi talentueuse qu'efficace, Sisle Park aurait continué ses agissements criminels. Mais grâce à Dieu, au sein de la brigade criminelle, nous œuvrons tous, main dans la main, pour que nos concitoyens se sentent en sécurité au Danemark. »

Puis il reporta habilement le mérite de la résolution de l'affaire sur l'ensemble de la brigade criminelle, ce à quoi il fallait s'attendre. Carl eut envie de vomir, en particulier quand Marcus Jacobsen enchaîna en renvoyant les journalistes vers les liens mis à la disposition des médias le matin même, permettant à n'importe qui d'aller se documenter sur cette affaire, mais aussi sur les actes que Carl Mørck était supposé avoir commis.

Ils n'auraient évidemment pas accès à tous les détails de l'affaire Mørck, précisa Marcus, mais les charges retenues étaient suffisamment graves pour qu'elle soit confiée à la DUP. Chacun était évidemment libre de revenir vers eux, mais il doutait fort de pouvoir apporter plus d'informations.

Carl éteignit la télévision et se promit qu'à la première occasion il dénoncerait haut et fort à qui voudrait l'entendre l'injustice dont il était victime.

Une impulsion étrangement puérile de la part d'un inspecteur de police hautement compétent et aussi expérimenté que lui.

38

Lundi 4 janvier 2021

Eddie

L'endroit où il se trouvait n'avait rien d'effrayant en soi. Eddie aurait pu le comparer à l'appartement de sa grand-mère à Groningue. Des fauteuils trop imposants pour la pièce, mais confortables. Des rideaux fleuris, aux couleurs passées, une lourde nappe sur la table basse, des bibelots partout, de la commode aux rebords des fenêtres.

Ce qui était horrible, c'étaient les cordes qui lui entravaient les poignets, reliées par une chaîne à un anneau fixé au plancher.

L'homme aux yeux vairons s'était excusé pour le traitement brutal et les menaces, mais il fallait qu'il comprenne que l'organisation était obligée de garder Eddie dans cette maison le temps de s'assurer de sa loyauté. Ensuite il l'avait frappé plusieurs fois au visage et l'avait laissé assommé sur son siège.

Une journée entière s'était écoulée, entre menaces et menues confidences, comme s'il cherchait à se faire pardonner.

« C'est drôle, je me rends compte que je ne t'ai jamais vraiment parlé de moi, si ? » dit l'homme au regard troublant. Il poursuivit sans attendre la réponse d'Eddie. « Tu te trouves dans une maison qui est dans ma famille depuis des générations. Elle est assez isolée, alors ne t'attends pas à ce qu'on t'entende crier, s'il te venait à l'idée d'appeler au secours. » Il sourit. « Non pas que je pense que tu irais faire une chose aussi stupide, Eddie. Au fait, mon vrai nom est Cees Pauwels. J'ai hérité mon prénom d'un oncle qui habite Zandvliet, en Belgique. Et quand j'en aurai fini avec toi, j'irai rejoindre mes filles et mon épouse au sud de la frontière. Tu vois, c'est tout simple. »

Je ne veux pas savoir tout ça, songeait Eddie, abattu. Moins il en savait, plus il avait de chances que le type le libère au bout d'un moment. Mais, au fond de lui, il savait que ce n'était qu'un vœu pieux, car il connaissait mieux que personne les méthodes de l'organisation pour laquelle il travaillait. Le doute n'avait jamais bénéficié à un suspect. Il avait connaissance d'au moins cinquante cas dans lesquels un individu avait été éliminé sur un simple soupçon.

« C'est une très jolie maison. Tu habitais ici quand tu étais petit ? » hasarda-t-il d'un air appréciateur.

Cees fit comme s'il ne l'avait pas entendu : « Il faut que je sache si tu as transmis à qui que ce soit des informations sur tes contacts et les missions que tu as exécutées pour nous. »

Eddie tenta de mettre de l'ordre dans ses pensées.

« Des informations ? C'est-à-dire que oui et non. J'ai fait une sorte de résumé que j'ai rangé dans un dossier au bureau, à Rotterdam. Sur la couverture, j'ai juste écrit “2003”, mais je peux t'affirmer que personne d'autre que moi ne serait capable de comprendre ce qu'il contient.

— Un résumé, dis-tu. Et comment t'est venue l'idée de faire un résumé, Eddie ? »

Allez, réponds-lui aussi calmement que possible, pensa-t-il, sentant les poils se dresser sur ses avant-bras.

« Je suis une personne organisée, tu sais bien que c'est essentiel, dans mon job. Toi et tes boss, vous m'avez demandé beaucoup de choses, et le contenu de ce dossier m'a aidé à me faire une idée des différentes missions, des contacts et des lieux, avant d'y apporter ma contribution et d'exécuter vos ordres. »

Cees Pauwels secoua la tête. « Ce n'est pas bien, ça, Eddie ! Parce que moi, je crois que tu as conservé ces informations pour avoir un moyen de pression sur nous, si cela devait mal tourner pour toi. Je me trompe ?

— Pas du tout. Je l'ai fait pour… »

L'homme le fit taire d'un violent coup de poing, à la gorge, cette fois.

« Sois tranquille, on va finir par se comprendre, toi et moi. » Il tourna la tête vers la porte. Trois hommes se présentèrent, l'un, au visage recouvert de taches de rousseur, un bonnet sur la tête, avait des clés de voiture à la main. Eddie eut l'impression diffuse de l'avoir déjà vu quelque part.

« Asseyez-vous, dit Pauwels avec un signe de tête au chauffeur signifiant qu'il pouvait se retirer. Nous avons quelques questions à vous poser. Ne vous occupez pas du type qui est là, je veux juste lui montrer comment nous remercions les gens sur qui nous pouvons compter, afin qu'il fasse mieux la prochaine fois. N'est-ce pas, Eddie ? »

Eddie sourit machinalement, mais ce n'était sans doute pas une bonne idée.

Les deux hommes échangèrent un regard en douce. Ils avaient plutôt l'air de braves types, mais une légère crispation du sourcil chez l'un d'eux lui fit comprendre que celui-là au moins avait quelque chose à cacher.

« Nous sommes très contents de votre travail », commença Pauwels. Les deux hommes hochèrent la tête. « Comme on a dû vous le dire, nous vous avons fait venir ici depuis la Pologne pour vous verser vos primes. »

Eddie trouvait un peu bizarre d'être témoin de cet échange, mais il fut soulagé. L'atmosphère était moins tendue, tout à coup.

C'est alors qu'il devina une silhouette au fond de la pièce. Un homme les regardait, immobile dans la pénombre.

Le sang d'Eddie se figea dans ses veines. Ce n'était pas bon signe. Eddie essaya d'entendre ce que son geôlier disait aux Polonais, mais il n'arrivait plus à se concentrer. L'homme tapi dans l'ombre ne venait-il pas de faire un pas en avant ?

Ma dernière heure est venue, crut-il comprendre en suivant attentivement chacun des mouvements du type. Ils veulent donner une leçon à ces deux Polonais. Ils les ont fait venir pour qu'ils assistent à mon exécution. Oh, mon Dieu !

« Il y a juste une chose que je n'arrive pas à saisir dans votre comptabilité, mais vous allez peut-être pouvoir m'aider », entendit-il Cees Pauwels leur dire.

La silhouette était maintenant tellement proche qu'il pouvait distinguer dans sa main un objet assez volumineux.

« Comment se fait-il que vous n'ayez pas appliqué l'augmentation des prix du marché dans votre secteur ? »

L'un des deux plissa le front, feignant de ne pas comprendre.

« Nous l'avons fait », prétendit-il, tandis que la silhouette entrait dans la lumière juste derrière eux. C'était l'homme aux taches de rousseur.

Il mania le pistolet à clous qu'il tenait à la main comme s'il ne pesait rien et, en un geste aussi bref que coulant, il l'appuya sur la tempe du Polonais qui venait de s'exprimer et pressa la détente.

Le second Polonais recula brusquement et il n'eut pas le temps de pousser un cri que déjà le rouquin lui posait l'arme sur la tempe.

Les bras d'Eddie tremblaient si fort que les pieds de la chaise cognaient contre le sol. Paralysé, il ne pouvait quitter des yeux le corps de cet homme qui, en un instant, était passé de vie à trépas. Soudain, il sentit un spasme lui soulever l'estomac et commença à hyperventiler.

« Tenez-vous tranquilles », ordonna Cees Pauwels.

Eddie essaya de contrôler sa terreur en fermant très fort les paupières, mais un sanglot traître monta de sa poitrine.

« Vous nous avez trahis en Pologne mais ça ne se reproduira plus, compris ? »

Le Polonais se força à hocher la tête.

« Aujourd'hui, tu as eu de la chance, camarade. Mais la prochaine fois, si tu ne rends pas des comptes conformes à nos accords, ce sera ton tour, pigé ? Alors maintenant, tu vas me dire de combien est monté le prix de la cocaïne dans ton secteur ces dix derniers mois, et ne t'avise pas de faire le malin. »

Cette fois le Polonais opina avec énergie.

« Alors je t'écoute. De combien le marché est-il monté ? » L'homme qui tenait toujours le pistolet à clous lui poussa légèrement la tempe avec le plat de l'arme pour le motiver.

« Je ne sais pas exactement, dit le Polonais d'une voix tremblante. Pas loin de quarante pour cent, je crois. »

Cees Pauwels confirma d'un geste. C'est tout juste s'il ne souriait pas.

« Voilà qui est mieux », s'exclama-t-il avant de se tourner vers Eddie.

« Toi et moi avons encore quelques petites choses à voir. Maintenant, je pense que tu as compris que tout cela est très sérieux, n'est-ce pas ? »

Eddie voulut répondre, mais les mots restèrent coincés dans sa gorge.

« Eh oui, ça t'a fait réfléchir, mais c'était le but. » Pauwels s'adressa de nouveau au Polonais. « Tu vas aller voir Gustaaf, le chauffeur qui vous a amenés. Il te montrera où creuser. Il y a des outils derrière la remise. Ensuite, tu pourras t'en aller. D'accord ? »

L'autre obtempéra aussitôt. À en croire la sueur qui dégoulinait sur son visage, il avait compris.

« Quant à toi, Eddie, nous allons te donner à boire et à manger et on se retrouvera demain. J'espère que d'ici là tu auras les idées plus claires et que tu me diras tout. Tu as vu comment ça se passe, maintenant ? Quand on parle, on a le droit de s'en aller. »

Eddie était tétanisé. C'est tout juste s'il osa respirer tandis qu'ils évacuaient le cadavre et que le bruit de leurs pas s'éloignait.

39

Lundi 4 janvier 2021

Terje Ploug

Quand l'inspecteur Ploug vint le chercher dans la salle d'attente de la brigade criminelle, Jess Larsen n'avait pas bonne mine.

« Qu'est-ce qu'il y a encore ? » demanda-t-il au policier qui le fit entrer dans la salle d'interrogatoire sinistre où l'attendait déjà son avocat.

Il avait mauvaise mine, mais on ne pouvait pas dire qu'il avait l'air inquiet. C'était souvent comme ça, avec ce genre d'individus.

Terje Ploug allait devoir percer sa carapace et lui soutirer ce qu'il avait omis de leur dire, à lui et au juge.

Ploug désigna une chaise à côté de l'avocat qui avait assisté Larsen lors de l'audience préliminaire.

« Le juge a demandé qu'on te garde ici jusqu'à ce qu'on ait fini de t'interroger, dit Ploug. Ensuite, on te transférera à la prison Vestre.

— Je croyais que ma détention provisoire devait durer quatre semaines. »

L'avocat et Ploug confirmèrent.

« Quatre semaines pour commencer, et ensuite on verra.

— Mais j'ai rien fait, putain ! On m'a volé ma voiture près du cimetière Vestre et quelqu'un s'en est servi pour écraser ce type. Voilà, c'est tout, alors qu'est-ce que j'y peux, moi ? »

Ploug poussa un soupir. Contrairement à ce qu'on aurait pu croire, les imbéciles sans scrupules n'étaient pas les plus faciles à interroger.

« Hannes Theis était avec toi dans la voiture, et c'est pour l'accompagner que tu es allé au cimetière Vestre, c'est bien ce que tu nous as dit ? »

Jess Larsen caressa pendant quelques secondes une moustache inexistante. « C'est ça. Je l'ai même répété plusieurs fois.

— En effet, répondit Ploug en tournant les pages du rapport qu'il avait sous les yeux. Et ça n'a pas été trop compliqué avec Hannes Theis ?

— Pourquoi, compliqué ? »

Ploug désigna sa montre-bracelet. « Tu vois ma montre, là ? Elle est tellement moderne qu'elle a même un chronomètre. Regarde ! » Il pressa un bouton sur le côté du cadran et une aiguille arrêtée au sommet se mit à bouger. « À partir de maintenant, tu as une minute pour changer ta version des faits, Jess. Et si tu ne le fais pas, tes mensonges vont te mettre dans une telle merde que tu nous supplieras de te laisser nous donner une autre explication. » Il se tourna pour essayer de rallier à sa cause l'avocat, qui se borna à froncer les sourcils.

« Ton avocat, ici présent, pourra t'expliquer que, lorsque nous aurons prouvé que tout est faux là-dedans, ça te coûtera plusieurs mois de prison supplémentaires. »

Jess secoua la tête. « Mais pourquoi ? Je n'ai rien fait ! » Il prit son voisin à partie. « Je l'ai dit, pourtant, à l'audience, que j'étais innocent.

— Tu t'es prétendu innocent, ce qui n'est pas la même chose. Mais bon, admettons. Dans ce cas, est-ce que tu veux bien faire l'effort de m'expliquer comment vous pouviez vous trouver, Hannes Theis et toi, au cimetière Vestre, alors qu'il était mort depuis vingt-quatre heures ? »

L'unique réaction de l'avocat fut un mouvement incontrôlé qui fit légèrement crisser les pieds de sa chaise.

« Mort ! Pourquoi voulez-vous qu'il soit mort ? » Jess s'autorisa un petit ricanement, comme si c'était une idée ridicule.

« Puis-je vous rappeler que M. Jess Larsen est gardé à vue parce qu'il est soupçonné d'avoir renversé maître Adam Bang et rien d'autre ? » signala l'avocat. Ploug ignora l'interruption.

« Tu prétends donc que Hannes Theis n'était pas mort, mais ça ne colle pas, parce que tu vois, ce que j'ai entre les mains, là, c'est justement le rapport d'autopsie de Hannes Theis, sur lequel sont indiquées la date et l'heure approximative de son décès. Nous avons établi avec certitude que son crâne a été enfoncé à l'aide d'un marteau le 26 décembre – le procureur l'a précisé à l'audience, ce matin. Mais peut-être que tu n'écoutais pas. » Ploug tapota le rapport du bout de l'index. « Moi, je crois que tu as volontairement renversé et tué Adam Bang, l'avocat de Carl Mørck, le 27 décembre dans la matinée, et que rien de ce que tu as raconté à propos des évènements de cette journée n'est vrai. Theis ne pouvait pas être avec toi puisque sa dépouille se trouvait dans un fourgon garé chez DKNL Transports. Tu n'avais donc rien à faire près du cimetière Vestre, hormis tuer l'avocat de Carl Mørck. Était-ce une manière de prévenir Carl de ce qui l'attendait ? »

Jess Larsen parut un instant pris de panique. Peut-être était-il surpris qu'on ait pu déterminer avec autant d'exactitude l'heure de la mort de son patron.

« J'ai écouté le début de l'audience, mais ensuite j'ai lâché l'affaire, ils disaient trop de conneries.

— J'ai pourtant observé que ton avocat te chuchotait un tas de trucs à l'oreille et qu'il prenait beaucoup de notes. Il connaît ton dossier et va pouvoir te conseiller de ne pas t'enferrer davantage dans des mensonges incohérents.

— C'est son job, en même temps. » Il se tourna vers son avocat. « Il faut bien qu'il justifie les honoraires astronomiques qu'il va me réclamer, pas vrai ? »

L'avocat hocha la tête et ramassa son attaché-case. « Je crois que nous allons devoir mettre fin à cet interrogatoire, monsieur Ploug. Mon client et moi-même avons besoin de nous concerter pour remettre de l'ordre dans cette histoire.

— Juste une seconde. Je regrette, mais je dois réitérer ma dernière question. Le meurtre d'Adam Bang était-il un avertissement destiné à Carl Mørck ? »

L'avocat leva la main pour empêcher son client de répondre. Il fallait impérativement qu'il s'entretienne avec lui pour décider de la suite.

Ploug fut rappelé dans la pièce dix minutes plus tard, mais il n'eut aucune réponse à la question qu'il avait posée à Jess Larsen. À partir de ce moment, même au pied-de-biche, il n'aurait pas réussi à faire rouvrir la bouche au suspect. La communication était rompue.

De deux choses l'une, soit Jess Larsen avait une volonté de fer, soit son avocat avait plus de pouvoir qu'il n'aurait dû.

Ploug était dépité. Le mutisme de Larsen risquait de durer, et il pouvait se passer des mois avant que cette enquête progresse. Il avait déjà été confronté à ce genre de situations par le passé.

Pourtant, cette fois, il avait mis la main sur le coupable idéal, qui était aussi le seul à pouvoir expliquer pourquoi ce pauvre avocat commis d'office, père de deux enfants, devait mourir. Un meurtre absurde, à première vue, mais qui avait forcément un motif.

Restait le meurtre de Hannes Theis. N'y avait-il pas tout lieu de penser que les deux hommes avaient été tués par une seule et même personne ?

Terje Ploug n'était pas dépourvu d'ambition, et lorsque Marcus Jacobsen prendrait sa retraite, il se voyait bien dans son fauteuil.

La directrice de la police leur avait clairement dit, à lui et à Bente Hansen, que si un jour elle avait le privilège de devoir proposer au chef de district des candidats susceptibles de reprendre les rênes de la brigade criminelle, ils seraient sur la liste. Contrairement à ses prédécesseurs, elle souhaitait voir une certaine continuité à la brigade criminelle, alors il avait toutes ses chances.

Terje et Bente avaient du respect l'un pour l'autre. Bente avait bon caractère, c'était une femme franche et sérieuse dans ses investigations, elle n'avait personne dans sa vie et était littéralement mariée à son travail. De surcroît, c'était une femme et elle serait la première de l'Histoire à occuper ce poste. Beaucoup d'arguments plaidaient en sa faveur.

Ploug n'avait ni son charme ni sa disponibilité. Surtout s'il voulait continuer à être un bon époux et un bon père pour ses enfants adolescents. Et si, en plus, il était enlisé dans deux enquêtes pour meurtre non résolues, à la place de sa hiérarchie, lui non plus n'hésiterait pas à désigner Bente.

« Allez tous vous faire foutre » était une expression que son fils avait commencé à employer dernièrement, à leur grand dam, à lui et à sa femme, mais dans la merde où il se trouvait en ce moment, il n'en voyait pas de mieux adaptée.

« Allez tous vous faire foutre ! » Jess Larsen n'allait pas s'en tirer comme ça.

Assis à un bureau de la brigade des stups, Knud avait la tête plongée dans le PC saisi au domicile de Jess Larsen. Si quelqu'un était capable de dénicher des informations planquées dans un ordinateur, c'était lui.

« Mais s'il n'y a pas de poisson dans la mer, le filet du pêcheur remontera vide », avait-il coutume de dire. En ce moment il était en train de jurer bruyamment : son filet devait avoir des mailles trop larges.

Terje lui fichait la paix. Il attendait la visite, dans quelques minutes, de la célèbre Merete Lynggaard, avec qui il avait déjà parlé trois ou quatre fois depuis l'arrestation de Carl.

À son entrée, même Knud leva la tête. Il faut dire qu'elle était d'une élégance peu commune. Après sa première réunion avec elle, Terje avait consulté les archives pour se rafraîchir la mémoire sur l'histoire de cette pauvre femme que le département V avait libérée après six années passées dans un caisson hyperbare. En ce temps-là, on aurait dit une rescapée des camps de la mort, un squelette ambulant, la peau pendait sur son corps couvert de plaies et d'eczéma. Quinze ans plus tard, elle faisait vingt ans de moins qu'à sa libération. La vie sourit parfois à ceux qui ont surmonté l'adversité sans faiblir.

« Voilà, Terje, notre messager est en place à Slagelse et le contact a été établi, même si Carl ignore encore qui il est.

— Alors quelle est la situation, là-bas ?

— Selon Manon, il y a quelque chose de pas net chez ce Malthe Bøgegård. Le type est sorti tellement amoché de la cellule de Carl, après qu'on les a laissés une heure tous les deux, qu'il a dû faire un séjour à l'infirmerie. D'après ce que j'ai pu apprendre, on lui aurait recousu plusieurs plaies au visage qui seraient dues à une chute contre la couchette de Carl, mais qui peut croire ça ? Carl semble toujours avoir confiance en Malthe, mais quelque chose nous échappe.

— Et vous dites que vous continuez à surveiller les alentours de la prison ?

— Oui, il y a des endroits qui ne nous paraissent pas sûrs du tout. Alors j'ai envoyé sur place l'un de mes meilleurs collaborateurs. Kenneth est un ancien militaire et il surveille attentivement la zone derrière la prison, ainsi qu'une caserne de pompiers désaffectée, dont la tour a une vue dégagée sur les fenêtres des cellules, y compris sur celle de Carl.

— Bien, tout cela paraît assez rassurant. De mon côté, je suis malheureusement dans l'impasse avec Jess

Larsen, qui s'est refermé comme une huître, sur les conseils de son avocat, je pense.

— Vous connaissez l'avocat en question ?

— Non. Je l'ai vu pour la première fois ce matin à l'audience préliminaire. Il s'appelle Christian Mandrup. J'ai pris des renseignements sur lui. Il gagne des fortunes en droit des affaires, mais apparemment il a gardé son accréditation d'avocat pénaliste. Rien que ça, ça sent l'embrouille. C'est un type élégant, tiré à quatre épingles, un vrai look de fiscaliste.

— Je vois ! Vous savez s'il a des casseroles ?

— Aucune. Il est aussi blanc que les neiges du Kilimandjaro. »

Dans son coin, Knud émettait des grognements de plus en plus sonores, ses doigts tapant avec un crépitement effréné sur le clavier de l'ordinateur de Hannes Theis.

« J'ai quelque chose, déclara-t-il soudain. C'était un drôle de type, ce Hannes Theis. » Ploug fit glisser son fauteuil à roulettes pour se rapprocher de son collègue et Merete le suivit pour regarder par-dessus son épaule.

« J'ai tout de suite eu des doutes sur sa boîte mail, parce qu'il n'y avait que des courriers reçus : des invitations à des fêtes d'anniversaire ou à des réunions familiales, des rendez-vous avec d'anciens camarades de classe. Jamais rien d'envoyé. »

Knud montra l'une des invitations. « Celle-là par exemple vient d'une nièce, à Uelzen, une ville située en Basse-Saxe, en Allemagne. L'objet dit simplement "invitation", mais ensuite il n'y a rien dans le mail. Et ce n'est pas le seul exemple. Il y a des invitations provenant d'amis ou de membres de sa famille, avec une ville et une date, mais aucun texte associé.

— Et qu'est-ce que tu en conclus ? demanda Terje. Tu penses qu'il s'agit d'heures et de lieux de rendez-vous pour des chargements ? La marchandise partirait des Pays-Bas à destination de l'Allemagne, puis elle serait convoyée dans un camion de DKNL Transports vers le Danemark ? »

Knud mit quelques secondes à confirmer l'hypothèse. « Mouais, pourquoi pas. Mais en admettant que la plaque tournante du trafic de stupéfiants se trouve aux Pays-Bas, je me dis que les camions pourraient partir du Danemark avec un chargement de meubles, de lampes ou d'autres objets manufacturés chez nous, livrer les marchandises aux Pays-Bas dans une ville décidée à l'avance et revenir avec la drogue. En quantité raisonnable, évidemment, pour pouvoir la rapporter au Danemark cachée dans le camion. Avec peut-être un détour par l'Allemagne pour brouiller les pistes.

— De la drogue en petites quantités. Mais ils la cacheraient où, à ton avis ? demanda Ploug.

— Dans de la marchandise défectueuse retournée vers le Danemark, par exemple. Une chaise avec un pied cassé, une caisse de vaisselle brisée, que sais-je. Tu ne pourrais pas vérifier dans le stock de DKNL Transports s'ils ont ce genre de cargaison entreposée quelque part ?

— Mais ce n'était pas Hannes Theis qui assurait lui-même ces transports, n'est-ce pas ? » intervint Merete.

Knud lui montra le bas de l'une des « invitations ».

« Je crois qu'elles étaient destinées à deux chauffeurs distincts. Le premier étant celui qui fait le trajet entre le Danemark et l'Allemagne et le second, celui qui vient des Pays-Bas vers l'Allemagne.

« Il y a juste écrit : “Birger O/xx”. »

40

Mardi 5 janvier 2021

Mona / Carl

Le 5 janvier 2021 à midi, la Première ministre du Danemark apparut sur les écrans de télévision pour annoncer un reconfinement partiel. La nouvelle mutation du Covid-19, le « variant anglais », étant extrêmement contagieuse, il était conseillé aux habitants de recommencer à porter un masque, d'éviter tout contact physique avec les autres, surtout avec les personnes à risque, et, dans la mesure du possible, de s'isoler chez soi.

Lucia sauta de joie à l'idée de pouvoir rester à la maison, parce qu'elle adorait sa mère et courir partout dans le grand appartement. Mona se réjouissait nettement moins. Personne ne savait combien de temps cela allait durer, cette fois.

« Maman a juste un coup de fil à passer », expliqua-t-elle à sa petite fille en appelant le numéro de Merete Lynggaard.

« Calme-toi, Mona, dit Merete, j'ai eu Paul Manon au téléphone hier soir. Carl sera informé dès aujourd'hui que les cinq cent mille couronnes ont été transférées sur le compte de la mère de Malthe et aussi que Ploug travaille en ce moment sur la piste de DKNL Transports et de son activité de trafic de stupéfiants. Il lui dira également que Gordon s'est rendu aux Pays-Bas, où il a appris qu'ils n'avaient pratiquement rien sur lui ni sur DKNL Transports et que l'un de leurs meilleurs inspecteurs, Eddie Jansen, a disparu des radars du jour au lendemain.

— Je n'ai aucune idée de ce que signifie cette dernière information, mais la prochaine fois que tu parles à Paul Manon, je voudrais que tu lui demandes de prévenir Carl que ce confinement va certainement monopoliser l'attention des médias et réduire, voire stopper le flot d'histoires sur l'affaire Sisle Park et les articles dans les journaux qui le soutenaient ces derniers temps. »

Merete Lynggaard promit de faire passer le message et lui dit ensuite que l'analyse des risques que Carl courait en prison était en cours et qu'elle ne devait pas s'inquiéter.

Mais Mona s'inquiétait quand même.

Carl vit aux infos l'annonce des nouvelles mesures sanitaires et haussa les épaules. Puisqu'il n'avait pas droit à d'autres visites que celles de son avocate, le virus ne changerait pas grand-chose à sa vie, hormis qu'il devrait porter un masque pour ses rares déplacements au sein de la maison d'arrêt. Du moment que les détenus n'avaient aucun contact avec l'extérieur, le coronavirus épargnerait le milieu carcéral.

La promenade dans la cour se déroula donc exactement selon les mêmes modalités que la veille. Carl, Malthe,

Paul Manon et le pédophile de la cellule numéro 10 se saluèrent, puis la valse des cigarettes commença. Carl aimait cette bouffée de nicotine dans la fraîcheur hivernale. Il n'avait jamais pris autant de plaisir à fumer qu'en ce moment. Il tira à fond sur cette première cigarette. Puis il y eut quinze secondes de vertige avant qu'il expire vers le ciel toutes ses frustrations et son immense dégoût de l'existence. Quelle sensation enivrante !

Ensuite seulement, il se tourna vers ses codétenus.

« Et voilà, c'est parti pour un nouveau confinement. Ça va poser un problème à pas mal de gens, fit remarquer l'homme de la cellule numéro 10 qui se faisait appeler Åbenrå. Personnellement, je m'en fous, ma boîte a coulé quand j'ai été arrêté. Et vous, vous en pensez quoi ? »

Paul Manon rigola. « Moi j'ai jamais eu de boulot officiel, alors je suis pas concerné.

— Moi, on me verse les deux tiers de mon salaire tant que j'ai pas été condamné, et ma femme est en CDI. Je m'inquiète juste de savoir comment elles vont se débrouiller, ma fille et elle, pour gérer tout le quotidien », dit Carl.

Malthe ne dit rien, mais il vint rejoindre Carl dans son coin de la cour. Dans la lumière grise, avec toutes ses plaies au visage, même suturées, il ressemblait à quelqu'un qui vient d'avoir un accident de voiture. Et bien que cet épisode datât déjà de deux jours, son visage faisait peine à voir.

« Tu peux nous laisser une seconde, Malthe ? lui dit Manon, qui s'était installé à l'autre bout de la cour. J'ai quelques mots à dire à ton ami.

— Ce n'est pas à toi de décider avec qui il parle, face

de rat », grogna Malthe, prêt à lui sauter dessus. Mais Carl le retint.

« Ne t'inquiète pas, Malthe, c'est bon. » Il avait noté le regard insistant de Paul Manon et tourna le dos à Malthe pour aller écouter ce qu'il avait à lui dire. Manon se colla pratiquement à lui pour que Carl entende ce qu'il murmurait.

« Ce que je vais te dire doit rester entre nous. Au risque de te surprendre, sache que Merete Lynggaard est une vieille amie. On s'est connus à l'époque où elle faisait de la politique. »

Carl recula de cinquante centimètres.

« Essaie de ne pas réagir à ce qui va suivre, d'accord ? On ne s'était pas vus depuis plusieurs années, mais là, elle s'est débrouillée pour que je sois transféré ici, ne me demande pas comment, parce que je l'ignore, mais si elle l'a fait, c'est pour toi et… comment on va appeler ça… ton bien-être ? »

Carl avala une nouvelle profonde bouffée de fumée. Il fallait au moins ça pour digérer ces informations.

« Pour commencer, tu vas pouvoir informer ton copain Malthe qu'un demi-million de couronnes a été versé à sa mère. » Manon s'interrompit un instant. « Comme je suis quelqu'un de bien élevé, je ne te demanderai pas pourquoi, mais si tu as un autre demi-million qui traîne, je devrais bien trouver un compte à mon nom sur lequel vous pouvez les mettre. À partir de maintenant, je suis ton facteur. Puisque tu n'as droit ni aux visites ni aux lettres, toute correspondance entre toi et l'extérieur pour les huit prochaines semaines se fera par mon intermédiaire, si tu es d'accord. »

Carl lui toussa un nuage de fumée dans la figure. Son

étonnement était total, mais le soulagement à l'idée de ne plus être censuré et isolé était si grand que ça lui avait coupé le sifflet.

« C'est quoi, ces messes basses, Carl ? Ne crois pas ce que ce type te raconte ! » lui lança Malthe.

Carl leva un bras. « Je reviens dans une minute, Malthe. »

Il aurait eu envie d'embrasser le petit homme soigné devant lui, mais s'abstint. « Merci, Paul. Tu n'imagines même pas à quel point ce que tu viens de me dire est important pour moi. Et pour lui, là-bas. »

Paul Manon sourit et alluma à son tour une cigarette.

Carl retourna auprès de Malthe. « Figure-toi, mon vieux, que Manon et moi avons des amis communs. Ça m'a fait du bien de parler un peu d'autre chose que de ce qui se passe ici. J'en avais besoin. »

Malthe bougeait la tête comme un animal blessé qui a perdu ses repères. « Où est-ce qu'on en est avec l'argent pour ma famille ? Je n'arrive plus à penser à autre chose. J'ai parlé à mon frangin hier soir et tu sais ce qu'il m'a dit ?

— Non, qu'est-ce qu'il t'a dit, Malthe ? » Son frère était-il déjà au courant de l'argent qui allait être versé en vue de son opération ? Et si c'était le cas, pourquoi Malthe avait-il l'air si triste ?

« Il a dit… » Le géant eut besoin d'un instant pour se ressaisir et déglutit une fois ou deux afin de ne pas se mettre à pleurer. Mais quand il reprit, ses lèvres tremblaient.

« Il m'a dit au revoir, Carl. Voilà ce qu'il a fait. Mais pas comme il fait d'habitude. J'ai entendu à sa voix qu'il était en train de renoncer. »

Carl prit un air grave. Lui disait-il vraiment que son frère avait décidé de se suicider ? Ce serait épouvantable si cela devait arriver maintenant, alors qu'on avait enfin trouvé un moyen de l'aider.

« Tu as peur qu'il fasse une bêtise ? »

Malthe secoua la tête. « Il ne ferait jamais ça à notre mère, j'en suis sûr. Mais il avait l'air de baisser les bras, ce qui est très dangereux quand on est aussi malade que lui. »

Carl posa ses mains sur les épaules de Malthe. « Personne ne va baisser les bras, d'accord ? L'argent est parti sur le compte de ta mère, Malthe, ce matin. Cinq cent mille couronnes, comme on a dit. Il va se faire soigner. »

Carl avait eu plusieurs fois l'occasion de voir un individu prendre une balle dans la tête, et quand cela arrive, il se passe cette chose étrange et effroyable : le corps s'affaisse brusquement sur lui-même. C'est pourquoi il eut un choc en voyant Malthe faire de même sous ses yeux. Alors qu'il était encore pleinement conscient, tous ses muscles lâchèrent et, en un millième de seconde, le colosse s'écroula à genoux.

Avec les quelques forces qui lui restaient, il leva la tête vers Carl et le regarda dans les yeux comme personne ne l'avait jamais regardé auparavant. Et il resta là, sans un mot, jusqu'à ce que Carl et Åbenrå le relèvent et l'aident à s'asseoir sur le banc.

« C'est vrai, Carl ? » lui demanda Malthe d'une toute petite voix.

Carl acquiesça. « On est mardi, et tu n'auras droit à ton coup de fil que jeudi, mais demande aux gardiens si tu ne peux pas téléphoner exceptionnellement ce soir à vingt heures quinze, quand le deuxième étage aura terminé ses appels. Tu n'as qu'à leur dire que c'est une question de vie ou de mort. Je suis sûr qu'ils te laisseront appeler de leur poste. »

Un sourire éclaira le visage de Malthe, comme un enfant dont on vient d'exaucer le vœu le plus cher après plusieurs années de requête. Un bonheur absolu. Il ne dit rien, se contenta de rester assis là, secouant la tête lentement, incapable de comprendre ce qu'il venait d'entendre.

Des clés cliquetèrent dans la serrure, et les deux gardiens de service déboulèrent dans la cour.

« Que se passe-t-il ici ? » L'un se plaça entre Malthe et les autres, pendant que le second demandait à Malthe s'il s'était fait attaquer. Et, bien qu'il secouât la tête, ils ne le crurent pas.

« T'as fait un malaise ? On t'a planté ?

— Allons, détendez-vous, messieurs, intervint Paul Manon. Vous n'avez jamais vu quelqu'un pleurer de joie ? Si vous le prenez avec vous et que vous l'autorisez à appeler chez lui, vous comprendrez beaucoup mieux la situation. »

Par précaution, ils décidèrent de l'exfiltrer pour vérifier que tout allait bien.

Carl se tourna vers Paul Manon et le remercia d'un signe du menton.

« Je pense que tu as compris que je n'ai plus rien à craindre de Malthe ? Je t'invite à faire passer le message plus haut », dit Carl.

L'autre haussa les épaules. « Il y avait une rumeur à Vestre qui disait qu'il avait été recruté pour te tuer quand tu étais là-bas.

— La rumeur était exacte, Malthe m'a tout avoué. Il avait besoin de l'argent que Merete vient de lui envoyer. »

Carl réfléchit quelques instants. « Un avocat est venu voir Malthe ici pour lui dire qu'on lui avait retiré le job. J'en déduis que cet avocat doit être en relation avec ceux qui cherchent à se débarrasser de moi, parce que le même homme m'avait déjà menacé à Vestre. Je ne sais pas comment il s'appelle, le personnel pénitentiaire ne veut rien me dire. Quant à Malthe, il ne peut pas me renseigner parce que le type ne s'est pas présenté. Je suis à peu près sûr en revanche que c'est le même homme, parce que nous avons tous les deux remarqué qu'il puait le parfum. Un homme assez élégant, un bon mètre quatre-vingts, brun, du gel dans les cheveux. Tu pourrais te renseigner auprès de nos contacts, voir si quelqu'un pourrait l'identifier ? Je pense que c'est un individu clé dans cette histoire. »

Paul Manon acquiesça. « À propos, personne ne m'a expliqué pourquoi on cherche à t'éliminer, qu'est-ce que tu as fait de si terrible ? »

Carl aspira une dernière taffe de sa cigarette et l'écrasa. « Je n'ai rien fait du tout, mais apparemment quelqu'un refuse de le croire.

— Hmm. Alors dans ce cas je peux t'informer… » Manon montra la grille au-dessus de leur tête qui les séparait de la liberté : « … qu'il y a quelqu'un dehors qui veille à ta sécurité, je ne sais pas de quelle façon, mais on m'a demandé de te le dire.

— OK, merci, c'est rassurant !

— Et puis, je devais aussi te dire qu'un certain Gordon rentre tout juste d'un court séjour aux Pays-Bas où il n'a pas appris grand-chose si ce n'est que, sur place, ils ne s'intéressent pas particulièrement à toi, mais plutôt à l'un de leurs principaux inspecteurs du commissariat de Rotterdam, qui s'est volatilisé. Eddie Jansen, ça t'évoque quelque chose ? »

Carl secoua la tête.

« Ah, encore un truc. Ils ont arrêté le gars qui conduisait la voiture avec laquelle on a tué ton premier avocat. C'est un dénommé Ploug qui dirige l'enquête et il est en contact à la fois avec Merete et avec quelqu'un qu'elle connaît qui s'appelle Hardy, je crois. »

41

Mardi 5 janvier 2021

Femke / Cees / Eddie

Femke roula pendant vingt minutes dans les petites rues de Middleburg sans avoir la moindre idée de ce qu'elle ferait si tout à coup elle tombait sur la Skoda noire.

Allait-elle tout gâcher en se présentant devant l'homme qui avait emmené son mari ? Et voulait-elle vraiment prendre un tel risque avec la petite à l'arrière ?

Femke était dans tous ses états.

Elle avait déjà compris que sa vie ne redeviendrait jamais comme avant, quoi qu'elle fasse. Si elle abandonnait son mari à son sort et s'il n'en sortait pas vivant, elle devait d'abord savoir pour quelle raison l'administration n'avait jamais posé de questions sur l'origine de leur fortune. Eddie avait-il été assez malin pour que ni le fisc ni les autorités, tant à Rotterdam qu'à Schiedam, ne soient au courant de tout ce qu'ils possédaient ? Elle ne doutait pas qu'il s'agisse de sommes considérables et elle avait compris désormais que cet argent gagné par le biais d'activités criminelles lui vaudrait un emprisonnement à vie.

Une chose était sûre, Femke le haïssait pour ce qu'il avait fait, et après avoir lu ce fichier qu'il lui avait laissé, elle ne voulait plus entendre parler de lui.

Que se passerait-il si elle parvenait à le faire libérer ? Allait-il lui proposer de tout garder, de sortir de sa vie et de quitter les Pays-Bas ? Cette solution lui conviendrait-elle, le cas échéant ?

Ou pas ?

Dans le café, un peu plus tôt, elle avait pris la décision de ne pas dénoncer son mari, et donc de ne pas remettre la clé USB à la police. Car en y réfléchissant, elle non plus n'était pas à l'abri des représailles de ces hommes qu'il avait contrariés. Et si Eddie mourait, elle serait la suivante sur la liste. Cette clé USB était son unique protection.

Elle trouva la Skoda garée à l'extérieur de la ville, devant un magasin d'équipement automobile, et n'eut aucune idée de ce qu'elle allait faire ensuite. Je devrais peut-être essayer de le suivre ? se dit-elle en voyant l'homme aux yeux vairons sortir de la boutique. Il s'arrêta un instant, palpa ses poches, regarda dans le sac en plastique qu'il avait à la main, puis retourna dans le magasin.

Et si je l'écrasais au moment où il ressort ? songea-t-elle.

Il lui était arrivé une fois de tuer un chevreuil sur une route de campagne, et malgré le choc et les dégâts à l'avant de la voiture, l'épisode ne lui avait pas laissé un souvenir particulièrement traumatisant. Ce ne serait pas très différent avec un être humain. Un être humain méprisable, de surcroît.

Elle regarda autour d'elle. Il n'y avait personne dans

la rue, donc tout était possible. Mais peut-être cette ville à l'écart était-elle équipée de caméras de vidéosurveillance ? Si c'était le cas, elle ne les apercevait nulle part.

En attendant que l'homme sorte de nouveau, elle réfléchit aux conséquences si elle le tuait.

L'inconvénient serait qu'elle ne retrouverait sans doute jamais son mari. Elle avait déjà perdu de vue son kidnappeur une fois, et la région des polders était immense.

Femke se retourna vers Marika qui babillait dans son siège-auto, à moitié endormie. Elle avait tellement grandi ces derniers mois et elle comprenait tant de choses, à présent. Comment Femke pourrait-elle écraser un être humain avec sa petite dans la voiture ?

Non, décidément, elle ne pouvait pas faire ça. Mais alors quoi ? L'homme aux yeux vairons ne relâcherait pas Eddie, elle en était convaincue. Son mari en savait trop et il était complice de trop de choses. Il représentait un danger pour l'organisation. Sinon, pourquoi se seraient-ils donné autant de mal pour les localiser ?

De plus, même s'ils l'avaient laissée partir, elle était devenue une menace pour eux. Ils lui avaient quand même pris son mari, le père de sa fille, comment pouvaient-ils être sûrs qu'elle allait l'accepter sans broncher ?

En admettant qu'elle se sorte vivante de cette histoire, réussirait-elle, comme son mari avait voulu le faire, à disparaître des radars avec un enfant en bas âge ?

Elle fut interrompue dans ses pensées : l'homme ressortait de la boutique, un bidon à la main. Il était pressé tout à coup, et Femke n'avait pas encore démarré qu'il avait déjà une sérieuse avance.

De nouveau, elle le prit en filature. La fumée blanche du pot d'échappement se voyait d'assez loin et cette fois il y avait quelques autres voitures sur la route, ce qui lui permit d'en laisser une entre son SUV et la Skoda.

Ils ne devaient plus être loin de leur destination quand elle le perdit de vue. Il avait tourné avant une haie d'arbres et continué tout droit. Grâce au temps froid, les gaz d'échappement restaient assez visibles, et quand le nuage disparut, elle ralentit l'allure.

Cinq cents mètres plus loin, elle vit la Skoda garée devant une ferme de taille modeste.

Une épaisse fumée s'élevait de la cheminée, ce qui signifiait que la maison était occupée depuis un certain temps. Son mari était peut-être à l'intérieur.

Elle se gara dans un chemin creux pour que la voiture ne soit pas visible de la maison, alluma le lecteur CD et laissa Marika seule avec des comptines enfantines dans les oreilles et des fruits sur la banquette à côté d'elle.

« Maman reviendra quand les chansons seront terminées, Marika, lui dit-elle sans se laisser attendrir par sa moue et son regard triste. Ça ne sera pas long, d'accord, ma chérie ? »

Elle alla ensuite ouvrir le coffre, prit le cric et le soupesa. En faisant très attention, elle parviendrait peut-être à s'approcher suffisamment pour assommer le ravisseur de son mari. Elle allait essayer en tout cas.

Les champs étaient encore recouverts d'une fine couche de neige et Femke laissa derrière elle une trace qu'elle pourrait suivre si elle était obligée de s'enfuir.

Elle longea un premier corps de bâtiment, probablement une ancienne grange à laquelle on avait ajouté des portes et des fenêtres solides.

Elle ralentit l'allure et tendit l'oreille pour tenter de savoir s'il y avait d'autres personnes dans la maison que le ravisseur et, elle l'espérait, son mari.

Instinctivement, elle tourna la tête vers l'ouest, d'où venait le vent. Elle avait aperçu du coin de l'œil quelque chose qui tranchait dans le paysage. Un monticule de terre fraîche se détachait sur la neige. Elle se figea, glacée.

Était-ce déjà terminé ? Était-elle arrivée trop tard ?

Elle contempla la tombe récemment refermée et eut soudain la certitude qu'il était inutile de chercher son mari plus longtemps.

Alors elle retourna à la voiture et repartit vers la ville les larmes aux yeux. Une fois arrivée, elle achèterait une carte prépayée et préviendrait la police.

Cet homme avec ce regard étrange avait tué son mari. C'était épouvantable. Il y a une semaine encore, ils étaient insouciants, et maintenant…

Brusquement, elle s'arrêta de pleurer. Eddie était coupable ! C'était lui qui avait choisi la route qui l'avait mené jusqu'ici. Elle ne devait pas l'oublier.

Il était hors de question que l'homme qui l'avait tué leur fasse subir le même sort, à elle et à Marika.

Elle téléphonerait à la police et elle leur dirait où se cachait le meurtrier. On lui demanderait qui elle était et d'où elle appelait, mais ça, elle ne le leur dirait pas. Ensuite, elle se débarrasserait de la carte de téléphone et elle rentrerait à la maison.

Cees Pauwels avait à peine roulé cent mètres quand il remarqua la voiture qui le suivait. Ces deux dernières années, il lui était arrivé plus d'une fois de devoir se glisser sous le SUV d'Eddie Jansen pour changer la pile du traceur GPS, et il le reconnut dès le premier virage une fois sorti de la ville. Quand ils furent arrivés dans le paysage monotone des polders, le petit point dans le rétroviseur et la fumée sortant du pot d'échappement du SUV lui confirmèrent que la femme d'Eddie volait à son secours.

Voilà qui n'est pas très malin de ta part, ma petite Femke, se dit-il. À présent, il allait devoir se débarrasser du mari, de la femme et de l'enfant pour effacer ses traces.

De temps en temps, pas trop souvent parce que la voiture manquait de liquide de refroidissement, il appuyait à fond sur la pédale d'embrayage tout en accélérant pour s'assurer que la fumée sortant du pot d'échappement était bien visible et que Femke pouvait le suivre facilement.

Je vais rentrer dans la cour de la ferme. Puis je sortirai de la voiture et je guetterai son arrivée. Il ne faut pas que je me laisse surprendre, elle a peut-être une arme. Elle est mariée à un officier de police, il a sans doute un pistolet dont elle est capable de se servir, réfléchissait-il en allant se garer contre le mur.

Il attendit, entendit le véhicule approcher de la propriété puis s'arrêter à une certaine distance.

Elle devait s'être garée dans le chemin derrière la haie, ce qui allait lui faciliter la tâche lorsqu'il l'attaquerait par surprise.

Il ne comprit pas ce qui se passa ensuite. Il venait de contourner le mur de végétation, quand il la vit courir ventre à terre vers sa voiture.

Il envisagea un instant de se lancer à sa poursuite,

mais s'il repartait sans avoir fait le plein de liquide de refroidissement avec le bidon qu'il venait d'acheter, le moteur allait chauffer.

Il suivit la voiture des yeux et s'étonna du courage de cette femme. Elle était sacrément téméraire. Elle savait pourtant qu'il connaissait son adresse, qui se trouvait à moins de deux heures de route.

Tuer Eddie et aller s'occuper de Femke Jansen ensuite était la première option. La deuxième était de garder Eddie en vie encore un peu, parce qu'il n'avait pas réussi à lui soutirer toutes les informations souhaitées, et de négocier sa vie avec son épouse.

Eddie n'arrivait pas à oublier l'horrible vision des yeux écarquillés du Polonais la veille, quand le clou lui avait traversé le cerveau, le tuant net.

Après une nuit affreuse, assis et ligoté, il était resté seul une heure ou deux, pendant que Cees Pauwels avait à faire en ville. Il n'avait pas perdu son temps, avait tiré sur ses liens comme un acharné, luttant de toutes ses forces pour se sortir de là. Son poignet droit s'était mis à saigner abondamment là où la corde avait scié la chair, mais la main gauche progressait bien. De minute en minute, la corde se relâchait, et depuis quelques secondes il avait l'impression qu'il allait bientôt pouvoir dégager son bras.

C'est alors qu'il entendit la voiture de son geôlier se garer dans la cour. Il suspendit son geste. Si seulement il avait pu attendre un peu pour arriver, une demi-heure. Ne serait-ce qu'un quart d'heure. Eddie tira comme un fou sur la corde qui retenait son bras gauche, sa main devint toute bleue et le sang commença à couler aussi de ce poignet-là.

« Pourquoi n'entre-t-il pas ? » La question explosa dans sa tête au moment où la corde cédait enfin.

Eddie était en panique. Il ne fallait pas que son ravisseur le trouve en train de chercher à se libérer. Il fallait qu'il finisse le travail. Sinon, la sanction serait immédiate, il le sentait. Alors, tandis que les secondes défilaient à toute vitesse, il se débattit avec le nœud qui maintenait sa main droite prisonnière.

Allez ! Allez ! se répétait-il, entendant la portière de la voiture claquer, puis la porte qu'on ouvrait.

Et enfin, durant les secondes où son geôlier suspendit sa parka au portemanteau et retira ses bottes, Eddie réussit à faire passer ses doigts dans le nœud et à le détacher.

Je n'aurai pas le temps de libérer mes jambes, se dit-il, affolé, en tendant le bras pour attraper le pistolet à clous sur la table.

Il venait à peine de refermer la main sur la crosse de l'outil quand la silhouette de Cees Pauwels se découpa dans l'encadrement de la porte, et que celui-ci le prit sur le fait.

Eddie braqua le cloueur sur son ravisseur qui se précipitait vers lui.

Mais quand il appuya sur la détente, il ne se passa strictement rien et le coup que lui administra l'homme aux yeux vairons fut si violent que sa tête alla cogner contre le dossier du fauteuil.

« Pauvre crétin », lui dit Pauwels avec mépris en lui arrachant le cloueur des mains. Il fit un pas en arrière et regarda les poignets ensanglantés d'Eddie et les cordes par terre. J'arrive juste à temps, se dit-il. Dix minutes de plus et il n'était plus là. Et j'aurais dû lui courir après par ce temps pourri.

« Où est-ce que tu croyais aller, comme ça ? »

Il agita le pistolet à clous dans sa main. « Quant à ce truc-là, pour qu'il se déclenche, il faut l'appuyer contre l'objet qu'on veut clouer. Il ne projette pas des clous dans l'air, comme ça. Ce serait terriblement dangereux. »

Il frappa Eddie de nouveau, cette fois avec la tranche du cloueur, et Eddie s'évanouit.

Quand il rouvrit les yeux et croisa le regard froid de Pauwels, il avait un goût de sang dans la bouche et envie de vomir.

« Ça a failli mal finir, cette histoire, et on ne va plus prendre le risque que cela recommence », dit-il en saisissant le bras gauche d'Eddie. Il posa sa main à plat sur l'accoudoir, puis pressa fermement le cloueur contre le dos de sa main et enfonça un premier clou.

Eddie hurla. Il n'eut pas le temps de réagir, déjà son autre main était clouée au deuxième accoudoir.

« Tu cries, Eddie. C'est normal. Mais tu peux te lamenter tant que tu veux parce que tu ne sortiras plus d'ici. Jésus est mort les mains clouées sur la croix, et j'ai le regret de t'annoncer que c'est plus ou moins ce qui t'attend. »

Eddie tremblait de douleur et de peur. « Je n'ai rien fait de mal, supplia-t-il. Pourquoi vous vous en prenez à moi ?

— Ordres de la direction. Tu t'es comporté de manière irrationnelle et incompréhensible et quelque chose nous dit que tu représentes un danger important. On ne peut pas se permettre de prendre ce genre de risques, faut faire un peu de ménage. En ce moment, on se débarrasse de tous ceux qui peuvent nous causer du tort. C'est évidemment ennuyeux pour l'organisation, mais on retombera bientôt sur nos pieds, une fois que les mauvaises herbes auront toutes été arrachées. »

Eddie secoua la tête de douleur et d'impuissance. « Les mauvaises herbes, mais qu'est-ce que tu racontes ? Je te dis que je n'ai rien fait. J'ai une femme et une petite fille auxquelles je tiens beaucoup. Elles sont toute ma vie. Alors pourquoi je chercherais à vous nuire alors que vous vous êtes si bien occupés de moi, de nous, pendant tant d'années ? Hein, pourquoi ? »

Cees Pauwels plissa les yeux. « En parlant de ta femme. Elle en sait trop, maintenant. Elle était ici tout à l'heure et je vais devoir te laisser, Eddie. Il faut que je mette du liquide de refroidissement dans ma voiture et qu'ensuite j'essaie de la rattraper. Cette fois, au moins, je sais que toi, tu n'iras nulle part en attendant que je revienne. »

Puis il tapota affectueusement les deux mains d'Eddie et s'en alla.

42

Mardi 5 janvier 2021

Mona / Assad

« Foutu confinement », jurait Mona. Le cellier était certes plein d'aliments non périssables, légumes en boîte, riz, pâtes ou flocons d'avoine, mais contrairement au précédent confinement elle était seule pour tout gérer, Lucia avait un an de plus et s'occuper d'elle était une tâche plus prenante.

Aider Carl dans cette situation semblait impossible. Elle ne pouvait ni lui rendre visite ni lui téléphoner, elle était persona non grata à la DUP et elle ne pouvait même pas rencontrer ses trois collaborateurs.

Elle appela Rose.

« Qu'est-ce qu'on va faire ? lui demanda-t-elle.

— Gordon et moi bossons comme des dingues. Dans le contexte actuel, la brigade criminelle nous fout une paix royale. Ils ont assez à faire avec leurs propres problèmes.

— Et Assad ?

— De ce côté-là, les nouvelles sont moins bonnes. Son fils, Alfi, a fait plusieurs crises et Marwa ne s'en sort plus toute seule. C'est un grand gaillard de vingt et un ans, maintenant, et comme les deux filles se chamaillent en permanence, il pète les plombs. Assad a décidé de travailler principalement depuis chez lui. Mais je sais qu'il essaie de retrouver la trace de Niels B marquis de Bourbon.

— Bon. Je suppose que nous allons devoir nous débrouiller chacun de notre côté. C'est vrai que je me sens un peu seule en ce moment, mais grâce à Merete Lynggaard on a désormais la possibilité d'envoyer des messages à Carl et d'en recevoir par l'intermédiaire d'un homme incarcéré là-bas.

— Oui, je suis au courant, je suis également en contact avec Merete. D'ailleurs, au cas où elle ne te l'aurait pas encore dit, Carl a annoncé à Malthe Bøgegård que l'argent pour son frère avait été envoyé à sa mère et il s'est pratiquement évanoui de joie en l'apprenant. Alors tu n'as plus besoin de te faire du souci à ce sujet. Merete, Ploug et Hardy travaillent chacun de leur côté, mais dans la même direction, et ils nous tiennent au courant de leurs progrès au fur et à mesure pour que nous, au département V, on puisse bientôt avoir des réponses à nos questions. Ah, et au fait ! Jette un coup d'œil à *Gossip.* Ça devrait t'amuser, je pense. Je te promets de tout t'expliquer ensuite. »

Mona sortit son iPad de sa pochette et pianota sur le clavier jusqu'à ce que le journal apparaisse à l'écran.

« Tu y es ? » lui demanda Rose.

La manchette laissa Mona muette. On lisait en grandes lettres rouges sur fond jaune : « CARL MØRCK DIVORCE ». En tête de paragraphe, un peu plus bas : « L'inspecteur Mørck aurait plusieurs millions cachés dans une banque étrangère. »

« Je ne sais pas si je trouve ça très drôle, Rose, mais tu m'avais avertie. Combien de personnes vont lire ce journal, à ton avis ?

— Quelques centaines de milliers, sinon plus. La première fake news, Gordon l'a signée de sa main et la rédaction ne l'a pas mise en doute une seule seconde, puisque toutes les autres infos qu'il leur avait données étaient exactes. La deuxième info a été envoyée sous un faux nom et *Gossip* s'est fait plaisir en la traitant sous deux angles différents comme tu pourras le voir en lisant l'article. Si tu vas jusqu'au bout, tu trouveras une troisième info bidon concoctée par Gordon. »

Mona fit défiler quelques articles concernant une forte tempête sur le pont suspendu du Grand Belt et un animateur télé mis à la porte puis trouva ce qu'elle cherchait.

« Carl Mørck, le chef du département V, emprisonné, prêt aux aveux. »

« Ne te fatigue pas à lire l'article, ce n'est que pure invention d'un bout à l'autre, dit Rose en riant. *Gossip* est tombé dans le panneau à pieds joints et ils n'ont rien cherché à vérifier. Sinon tu en aurais entendu parler. Dieu merci, le rédacteur en chef et toi n'êtes pas en très bons termes en ce moment, et ils ont dû se dire que tu démentirais de toute façon. D'après Merete, Torben Victor a été convoqué à la direction de *Gossip*, à Stockholm. Je ne serais pas étonnée si le journal devait se trouver un nouveau rédacteur en chef dans un avenir proche. Surtout que plusieurs autres journaux nous ont déjà appelés pour avoir confirmation de tout cela. C'est à crever de rire, je te jure.

— Alors Assad avait raison de prétendre que quelques mensonges suffiraient à freiner la campagne de diffamation de *Gossip*…

— L'avenir le dira, mais ça ne m'étonnerait pas, dit Rose. Pour ce qui est de Pelle Hyttested, l'auteur de ces articles, il va en prendre pour son grade.

— Et Carl, qu'est-ce qu'il va penser de tout ça ?

— On l'a prévenu. Rassure-toi. »

Dès qu'il entra dans l'appartement avec ses quatre sacs de courses, Assad sentit l'ambiance glaciale qui y régnait. Muets comme des tombes, assis tous les quatre à la table vide de la cuisine, son épouse et ses trois enfants évitaient de se regarder.

« Que se passe-t-il ? » demanda-t-il à Marwa en arabe.

Elle leva vers lui un regard las. « Alfi n'a pas arrêté de crier toute la matinée, les filles deviennent folles avec tous ces bruits bizarres qu'il fait et elles se disputent tout le temps. Maintenant, Ronia, Nella et moi avons décidé de ne plus ouvrir la bouche, et il s'est arrêté. »

Assad posa ses sacs et mit sa main sur celle d'Alfi, qui la retira. Le garçon n'allait pas bien.

Les cris avaient commencé la nuit du Nouvel An, quand Alfi était descendu dans les boxes des garages avec ses copains. Marwa et lui avaient entendu l'énorme détonation jusque dans l'appartement et deux minutes après il était arrivé, l'oreille en sang, d'abord sanglotant. Un peu plus tard, ses pleurs s'étaient transformés en hurlements de douleur.

À l'hôpital, on leur avait appris qu'il avait le tympan déchiré et qu'il était complètement sourd de l'autre oreille. Assad avait acquiescé et dit qu'il n'avait jamais eu l'ouïe très fine. Longtemps, ils avaient craint que leur fils muet soit légèrement attardé, mais ils avaient fini par comprendre quel était son véritable problème.

On peut aider les enfants sourds de différentes façons, les avait-on rassurés. Il y avait certes un peu d'attente, mais cela valait la peine.

Mais les cris avaient continué, et Alfi était inconsolable. Peut-être ses cris étaient-ils une manière pour lui d'essayer de communiquer du fond de son silence, mais ils ne parvenaient pas à comprendre ce qu'il voulait leur dire, hormis qu'il avait mal. Cela faisait cinq jours, à présent.

« Je vais l'emmener faire un tour, Marwa, dit Assad. Pendant ce temps-là, vous aurez la paix. »

Le dernier tuyau qu'il avait eu sur Niels B était venu de ses amis SDF de Baggesensgade, après qu'ils s'étaient un peu calmés.

Niels avait cité devant eux quelques endroits qu'il appréciait, et, la veille, Assad s'était rendu dans un village nommé Gurre, près d'Elseneur, et avait demandé en vain à tous les passants s'ils connaissaient un certain Niels B. Il était même allé jusqu'au château de Gurre pour s'apercevoir qu'il s'agissait en fait d'une ruine du XVIe siècle dans laquelle même un royaliste convaincu comme Niels n'aurait pas eu l'idée de s'installer. Là non plus, on n'avait vu personne répondant à sa description.

Procéder ainsi était trop hasardeux. Assad n'était même pas certain que l'homme soit encore en vie, néanmoins il décida de faire une nouvelle tentative. Selon les compagnons de Niels B à Baggesensgade, Niels leur avait dit qu'un jour, il retournerait dans son eldorado.

« Ça veut sûrement dire qu'il veut retourner dans un

endroit où il était heureux », lui expliqua le meneur de la bande, mais Assad n'avait jamais entendu l'expression et préféra chercher lui-même la signification du mot.

L'Eldorado était une contrée mythique censée regorger d'or, mais cela pouvait aussi simplement vouloir dire que Niels B cherchait un lieu où il pourrait être tranquille, où personne ne viendrait le chercher pour lui nuire.

Plus tôt dans la journée, en tapant le mot dans Google, Assad avait appris que non loin de l'endroit où il était allé la veille, il y avait un parc qui s'appelait « l'Eldorado », une longue bande de verdure en périphérie d'Elseneur, la ville où se trouvait le château de Kronborg.

Il se mit donc en route, Alfi boudant à côté de lui.

Comme toujours, il posa la main de son fils sur sa gorge pour l'apaiser et se mit à fredonner une chanson que Marwa chantait quand Alfi allait particulièrement mal. Un jeune homme qui avait passé toute son enfance avec Ghaalib, l'ordure qui l'avait enlevé, isolé et privé de tout stimulus, ne redeviendrait jamais entièrement normal, Assad le savait et sa femme aussi, et ils se contentaient de faire de leur mieux. C'était leur fils.

Quelque chose tout au fond du garçon réagit au chant d'Assad. Alors il chanta plus fort. Si fort qu'Alfi commença à se balancer en rythme, posant à son tour la main sur la gorge de son père pour mieux percevoir les vibrations.

Heureusement qu'il ne m'entend pas réellement chanter, songea Assad, car c'était plus effrayant qu'un troupeau de chameaux en train de blatérer.

Alors qu'ils approchaient de la bretelle de sortie « Elseneur », il se mit à chanter « Frère Jacques » en arabe parce que c'était la chanson préférée d'Alfi quand il était enfant.

«*Abbi Jakob, Abbi Jacob. Aantanaim? Aantanaim? Haltasma alsaato? Haltasma alsaato?*»

Alors qu'il allait terminer le couplet, Alfi lâcha son cou, se redressa et se mit à brailler la suite en boucle, de toutes ses forces et sans s'arrêter: «*Ding, dang, dong! Ding, dang, dong!*»

Assad faillit envoyer la voiture sur la piste cyclable, et malgré les véhicules klaxonnant derrière lui, il s'arrêta sur le bas-côté et coupa le moteur.

Il était sidéré. C'était la première fois qu'il entendait Alfi s'exprimer d'une manière aussi intelligible, et en plus il chantait les bonnes notes, dans l'ordre. C'était un monde nouveau qui s'ouvrait tout à coup pour le père et le fils, et Assad était au comble du bonheur et de l'étonnement. «*Ding, dang, dong!*» répétait Alfi, encore et encore. Assad attrapa sa main et frappa en rythme sur le siège, et Alfi rit entre les mots, continuant comme une machine qui se serait enfin remise en marche après avoir passé des années à rouiller dans le fond d'un garage.

«*Ding, dang, dong!*»

Assad chanta la fin avec lui de sa voix éraillée, et quand ils l'eurent entonnée en chœur plusieurs fois de suite, il reprit depuis le début. «*Abbi Jakob, Abbi Jakob.*»

Le visage d'Alfi s'éclaira, tout à sa complicité avec son père.

Au bout de quelques couplets, il s'interrompit et, ému, regarda celui-ci comme jamais auparavant. Il paraissait avoir compris l'immense étape qu'il venait de franchir et les possibilités que cela lui offrait.

Assad se pencha et serra son fils contre lui. Il était

impatient d'être de retour chez eux pour raconter cela aux autres. Et pendant qu'ils étaient ainsi enlacés, Assad entendit un léger chuchotement venant d'Alfi. Il ne comprit pas tout de suite ce qu'il disait, puis les mots l'atteignirent, car c'étaient de vrais mots.

«*Abbi Jakob, Abbi Jakob.*»

Alors qu'Assad venait de se dire qu'ils devraient rentrer, et le plus vite possible, il aperçut sur sa droite une route qui longeait le parc de l'Eldorado et changea d'avis.

«On va se promener dans un parc», dit-il à Alfi en arrêtant la voiture devant une pancarte bleue à moitié cachée par des branchages qui révélait qu'à cet endroit commençait le chemin menant au parc.

«Allez, mon grand, partons à l'aventure, dit-il. On va chercher un homme qui s'appelle Niels et qui est peut-être ici.» Il prit Alfi par la main et le fit sortir de la voiture.

Alors qu'ils avaient parcouru une centaine de mètres, Alfi lui montra sur la gauche une antenne-relais placée au bord du chemin. Il rit et recommença à se balancer de droite à gauche tandis qu'ils continuaient à marcher, passant à côté d'un panneau communal indiquant qu'ils arrivaient à l'entrée du «parc Kong Peder, au sud de Kongevejen». Assad, conscient de l'étape cruciale que représentait ce moment avec son fils, se promit d'essayer de se souvenir de cette pancarte jusqu'à la fin de ses jours.

Quand le parc s'ouvrit devant eux, tout en longueur et saupoudré de givre, Alfi lâcha sa main et se mit à courir dans l'allée en agitant les bras comme un oiseau, en chantant: «*Abbi Jakob, Abbi Jakob, ding, dang, dong!*»

Assad n'avait pas été aussi heureux depuis l'époque

où ses filles étaient petites, de nombreuses années auparavant. Voir son grand garçon aussi libre et débordant de joie était une sensation indescriptible.

« Vous ne voulez pas essayer de le tenir tranquille ? » lui demanda une dame âgée qui passait à côté d'eux. « C'est un danger public ! » s'offusqua son amie.

Assad sourit. Elles n'avaient aucune idée de ce qui était dangereux et de ce qui ne l'était pas.

Et il se mit lui aussi à courir sur le sentier verglacé en chantant à tue-tête : « *Ding, dang, dong !* »

La mission au départ était de chercher Niels B, mais à ce moment précis, elle n'avait plus la moindre importance. Il aurait voulu que cet instant dure éternellement.

Alfi repéra un terrain de jeux avec un parcours de santé un peu plus loin. Animé par une pure joie de vivre, il s'y précipita en criant : « *Ding, dang, dong !* »

Après avoir testé les premiers agrès, il vint se planter un instant devant Assad et prononça en danois un « papa » calme et articulé, puis il alla continuer sa séance d'entraînement.

Quand Assad l'entendit dire « papa », le mot résonna dans sa tête comme s'il cherchait à lui trouver un sens. Que s'était-il passé ? Contrairement au Hans Brinker de l'histoire, Alfi avait-il retiré son doigt du trou de la digue[1], lequel allait maintenant laisser échapper un flot de mots enfouis en lui ? Alfi aurait-il une vie ? Pour la

1. Dans le célèbre roman américain de Mary M. Dodge *Les Patins d'argent*, ce petit garçon passe une nuit entière le doigt enfoncé dans le trou d'une digue, sauvant ainsi son village qui menaçait d'être englouti par les flots.

première fois, un timide espoir naissait chez son père… Alfi l'avait appelé papa.

Au même moment, Assad se rendit compte qu'ils n'étaient pas seuls. À une trentaine de mètres, un groupe de personnes à la peau sombre étaient regroupées autour d'un bidon métallique, dans lequel brûlait un feu. Il leur fit un signe de la main. Ils ne répondirent pas.

« Je vais aller parler un peu avec ces gens, là-bas, Alfi. Reste ici, je reviens tout de suite. »

Il devait s'agir d'une famille élargie, car Assad dénombra trois ou quatre enfants en bas âge, deux hommes et deux femmes, ainsi qu'une aïeule, une grand-mère, sans doute.

« Bonjour, dit Assad, remarquant que certains d'entre eux semblaient apeurés. J'aurais une question à vous poser.

— On a le droit d'être là », rétorqua l'un des hommes.

Assad s'approcha et vit la main du deuxième homme se crisper autour du manche du couteau avec lequel il était en train de couper de la viande.

« Bien sûr. C'est un endroit public. Qui dit que vous n'en avez pas le droit ?

— Il y en a beaucoup qui n'aiment pas les gens comme nous… et comme toi.

— C'est possible, mais ça ne leur donne pas le droit de décider pour vous, ni pour moi. Qu'est-ce que vous préparez ? Ça a l'air délicieux. Mais il ne fait pas un peu froid pour cuisiner dehors ?

— La cuisine est trop petite pour qu'on se réunisse tous, alors on s'habille chaudement et on vient ici. »

Assad hocha la tête et regarda derrière lui. Alfi avait quitté le terrain de jeux et il était en train d'approcher.

« C'est mon fils, le présenta Assad. Vous venez souvent, ici ?

— Tous les jours depuis le Nouvel An. Pour les vacances de Noël, on était au Pakistan, répondit le type.

— Je suis à la recherche de cet homme, lui dit Assad en leur montrant la vieille photo de Niels B. Vous le connaissez ? »

Les hommes secouèrent la tête, mais l'une des femmes les regarda en fronçant les sourcils.

« C'est une très vieille photo, bien sûr. Maintenant, il ne ressemble plus tout à fait à ça », dit Assad en voyant qu'Alfi s'était approché du feu et qu'il saluait tout le monde d'un hochement de tête. Il jeta un coup d'œil à la photo lui aussi, puis alla rejoindre les enfants qui s'amusaient à faire du tape-cul sur une planche posée sur deux gros ressorts.

« Vous êtes sûrs que ce n'est pas lui ? » demanda la femme. Les hommes se penchèrent sur la photo et l'étudièrent encore un moment.

« C'est possible », dit l'un.

Ils expliquèrent ensuite à Assad qu'ils croyaient avoir vu cet homme, ou quelqu'un qui lui ressemblait, cuisiner ici de temps en temps. Si c'était lui, alors c'était aussi lui qui avait apporté tout le bois qui était empilé à côté du feu de camp. Il s'était fait virer par des jeunes qui les avaient menacés eux aussi, mais eux étaient plus nombreux, alors ils avaient moins peur.

Assad retint son souffle. « Pourquoi l'ont-ils viré ?

— Ils l'ont traité de porc. Ils lui ont dit qu'il était sale et qu'il puait. Et après ils lui ont dit de se barrer de leur parc.

— Quand est-ce que ça s'est passé ? » demanda Assad.

Ils se consultèrent de nouveau du regard. « Avant-hier », dit la femme qui l'avait reconnu.

Assad regarda Alfi qui se tenait dos au feu de camp et balançait les enfants sans faire de bruit. En poussant la planche vers le sol, il disait : « *Ding, dang* », et en la laissant retomber il ajoutait : « *Dong.* »

Leur jeu se déroulait dans le calme. Quelque chose d'essentiel semblait s'être mis en place dans l'esprit d'Alfi.

« Savez-vous où il crèche ? » demanda Assad.

Tous haussèrent les épaules. Ils ne l'avaient vu qu'au feu de camp et, depuis, il avait disparu.

« Est-ce qu'il vous a dit quelque chose ?

— Non, quand on est venus près du feu, on lui a dit bonjour, bien sûr. Mais il s'est contenté de hocher la tête.

— Vous croyez que vous lui avez fait peur ?

— Ça se peut, dit la femme avec un petit rire. C'est vrai qu'on est nombreux. »

À ce moment, Alfi interrompit sa comptine. Il resta un moment sans rien dire, et tout à coup il cria si fort qu'il effraya les enfants.

« Là, papa ! »

Tous se retournèrent vers le taillis qu'Alfi montrait du doigt. Il avait raison.

Mal dissimulé par la végétation peu fournie en cette saison hivernale, Niels B marquis de Bourbon les regardait, la bouche ouverte et les yeux écarquillés de terreur.

Se voyant repéré, il détala.

43

Mardi 5 janvier 2021

Femke / Cees Pauwels

Femke dut s'adresser à trois magasins avant de trouver une carte de téléphone prépayée. En attendant, le temps filait.

Marika hurlait à pleins poumons sur la banquette arrière. Elle voulait rentrer. Elle voulait voir son père. Elle voulait sortir de cette voiture et elle avait faim.

Tu veux voir papa, songea Femke. Ça n'arrivera plus jamais, mon trésor. Elle contempla le visage de la petite dans le rétroviseur, si fin, si doux, inconscient de la terrible situation dans laquelle son père les avait mises. En un sens, cette tombe fraîchement recouverte était un soulagement. À présent, elle n'avait plus besoin de se demander si elle devait tenter de secourir son mari au risque de tout sacrifier pour lui. Maintenant elle n'avait plus à penser qu'à elle-même et à Marika. Il fallait se débarrasser de l'homme aux yeux vairons. Et continuer sa vie.

« J'ai des informations à vous donner sur un meurtre et sur son auteur, dit-elle en guise de préambule quand elle eut au bout du fil le standard du commissariat de Breda.

— D'où appelez-vous ? Je ne peux pas…

— Le cadavre est enterré à cent mètres de la maison dans laquelle se trouve son meurtrier. On voit la tombe dans le champ, depuis le chemin de terre, poursuivit-elle, ne se laissant pas interrompre.

— Veuillez avoir l'obligeance de me communiquer votre nom et l'adresse de l'endroit où vous vous trouvez. J'entends un enfant qui pleure derrière vous. Êtes-vous en danger ?

— La victime pourrait être le dénommé Eddie Jansen, inspecteur de police à Rotterdam. Si vous appelez la brigade criminelle de cette ville, on vous confirmera son nom et son identité. »

Le planton renouvela sa demande, mais Femke l'ignora. « Le meurtrier habite dans le polder à l'extérieur de Middelburg. » Elle donna les coordonnées GPS de l'endroit. « Mais faites vite, parce que l'homme se déplace beaucoup. »

Elle raccrocha, sortit la carte SIM de son téléphone et la brisa net.

Elle respira profondément, soulagée. Voilà, c'était fait. Maintenant, il fallait qu'elle rentre à Schiedam. Psychologiquement, elle était KO, mais physiquement elle se sentait mieux, un peu mal à la gorge, peut-être. La toux s'était arrêtée et Marika semblait également s'être remise de la sévère infection virale qu'elle venait de traverser.

« Maman sait que tu as faim et sommeil, ma chérie. Maintenant, on va rouler vers le nord pendant une petite demi-heure et trouver un endroit pour se reposer, d'accord ? »

Tandis que la mauvaise humeur de la fillette montait en puissance, au point qu'elle était devenue écarlate, Femke entrouvrit sa vitre et jeta les deux moitiés de la carte SIM sur la route à une centaine de mètres d'intervalle.

Le trajet le plus logique et le plus court aurait été de rouler vers Goes avant d'obliquer vers le nord par la N 256. Mais Femke n'était pas rassurée à cette idée. Ne serait-ce pas par là que passerait l'assassin s'il se dirigeait plein nord ? Elle choisit donc de rentrer par Berg-op-Zoom, qui était l'endroit parfait pour faire une halte et redonner le sourire à Marika.

Un peu de repos, un sandwich et une boisson, et ensuite elles rentreraient à la maison. Elle avait des documents à lire, des dossiers à étudier, un coffre-fort à vider.

Cees jeta un rapide coup d'œil dans le salon, où Eddie Jansen se tordait de douleur. Le sang qui avait coulé en abondance sur les bras du fauteuil avait commencé à se coaguler d'un côté, mais continuait à couler de l'autre. S'il revenait avant vingt-quatre heures, Eddie serait peut-être encore en vie et Cees pourrait continuer à essayer de lui soutirer la vérité avant qu'il rende son dernier souffle.

Il roula vers le nord tandis que le soleil disparaissait lentement derrière la ligne d'horizon, avec la certitude qu'avant la nuit tombée, il en aurait terminé avec Femke et Marika Jansen.

Il utiliserait un couteau. Il fallait que cela ressemble

à un cambriolage qui aurait mal tourné, et un cambrioleur de passage qui tire avec une arme à feu munie d'un silencieux, ce n'est pas courant.

En arrivant à l'embranchement de Breezand, il remarqua plusieurs voitures de police roulant, gyrophares allumés, vers le sud. Plutôt rare dans cette région, mais après tout, Middelburg n'était plus une petite commune, et il se passait tellement de choses de nos jours.

Cent kilomètres plus loin, il garait son véhicule sur la Louis-Raemaekersstraat, à Schiedam. Le soir tombait et la plupart des résidents de l'immeuble étaient déjà rentrés de leur travail. Il roula lentement le long des parkings, mais ne vit nulle part le SUV d'Eddie Jansen.

Elle a dû prendre une autre route, se dit-il en levant les yeux vers les fenêtres de l'appartement plongé dans le noir. Peut-être s'était-elle arrêtée en chemin, c'est souvent le cas quand on voyage en voiture avec un enfant. Il en savait quelque chose.

Pas pressé, il s'installa confortablement pour attendre et en profita pour écrire un message à son employeur.

« Rapport positif imminent en ce qui concerne EJ et sa femme. »

Il termina le SMS avec ses initiales, se cala contre le dossier de son siège et son regard devint flou. C'était ainsi qu'il se reposait le mieux quand il était en mission de surveillance.

La réponse lui parvint au bout de quelques minutes.

« Tu fais le ménage, c'est parfait ! Il ne manque plus que CM. Ce problème doit être définitivement réglé dans les plus brefs délais. »

Cees Pauwels hocha la tête. Quand le couple Jansen aurait été éliminé et son rapport rédigé en bonne et due forme, un paquet arriverait à son adresse d'Anvers. La dernière fois, il contenait cent mille euros en billets de cinquante. Il devrait toucher à peu près la même somme pour cette mission.

Enfin, la lumière des phares du SUV glissa sur les voitures en stationnement et il eut juste le temps de se baisser avant que le faisceau caresse brièvement son propre véhicule.

Cees vit Femke sortir délicatement la petite fille endormie de la voiture et lui trouva très mauvaise mine. Il se redressa.

Je vais les tuer tout de suite, sur le parking, décida-t-il en ouvrant sa portière.

Il entendit Femke parler avec l'enfant qui s'était réveillée. Elle sortit leurs sacs du coffre et s'arrêta un instant pour pousser un soupir parce que la petite faisait un caprice.

Cees se glissa derrière une rangée de voitures et sortit son couteau. D'abord la mère, puis l'enfant. Un rapide coup de lame à la gorge et elle mourrait sans un cri.

Il se faufila entre deux véhicules. À présent, il n'était plus qu'à quelques mètres d'elles, et même si Femke le voyait, elle n'aurait pas le temps de lui échapper.

Au même moment, des lumières bleues clignotèrent sur la façade en béton de l'immeuble.

« Regarde, Marika ! Une voiture de police », dit Femke, mais l'enfant s'en fichait.

Ce n'était pas le cas de Cees. Il se baissa précipitamment.

Le clignotement devint plus impérieux tandis que le véhicule de service blanc roulait droit sur elle, et l'espace d'un instant, elle fut aveuglée par les phares.

Puis la portière passager du véhicule de patrouille s'ouvrit sur une femme en civil qui se dirigea vers Femke, pendant que le chauffeur en uniforme de policier la couvrait. Femke semblait les connaître et elle leur fit un sourire qui se figea aussitôt. L'expression de l'inspectrice ne laissait aucun doute. Il ne s'agissait pas d'une simple visite de courtoisie.

L'homme aux yeux vairons n'était qu'à quelques mètres du petit groupe quand la flic prit Femke dans ses bras. Il s'accroupit davantage entre les voitures pour qu'on ne le voie pas.

Il apercevait vaguement la scène. La femme souffla quelques mots à Femke puis il y eut un instant de silence et les genoux de la femme d'Eddie cédèrent sous son poids alors qu'elle tenait toujours sa fille dans ses bras. La policière dit encore quelque chose tout en arrachant doucement la petite à son étreinte.

Et Femke se mit à pleurer.

44

Mardi 5 janvier 2021

Assad

Un court moment, ils entendirent l'homme se frayer un chemin dans l'obscurité à travers l'épais sous-bois, puis plus rien.

Alfi pointa du doigt une trouée dans la végétation et un étroit sentier moucheté de givre qui longeait une route dans le quartier résidentiel. Tout excité, il fit signe à Assad de le suivre, mais son père resta un instant pétrifié. Ce jeune homme qui l'incitait à venir était-il réellement le même que celui qui pleurnichait dans leur salle à manger quelques heures auparavant ?

Que s'était-il passé ?

Assad le suivit, et presque aussitôt il vit se découper dans la nuit les ruines d'une maison dont les murs semblaient près de s'écrouler. Le chambranle d'une porte d'entrée disparue ouvrait sur une pièce envahie de ronces. Un peu plus loin, on pouvait voir les vestiges d'un mur plus grand, prolongé par un troisième mur en pignon, percé de deux portes, qui paraissait à lui seul retenir l'ensemble. Des tags pathétiques et une profusion de graffitis témoignaient du fait que les lieux avaient été régulièrement utilisés par des squatteurs.

Assad chercha des indices prouvant que Niels B aurait pu y séjourner, mais rien n'indiquait sa présence. Il se tourna vers son fils, mais Alfi avait déjà repris sa quête.

Depuis qu'ils l'avaient ramené au Danemark, les rares fois où ils étaient allés se promener avec Alfi en forêt, le garçon avait montré une peur prononcée pour les endroits où la végétation était dense et où la cime des arbres masquait le ciel. Sa vie jusque-là avait eu pour décor des villages isolés en plein désert au milieu d'un paysage monochrome, et toute cette verdure le bouleversait. Mais pas aujourd'hui, apparemment.

« Viens ! » appela-t-il.

Assad n'en revenait pas. Il connaissait donc ce mot-là aussi ?

« Viens, papa ! Viens ! »

Assad écarta les broussailles et courut vers d'autres constructions, en bien meilleur état. Alfi pointait du doigt des murs en briques jaunes qui se révélèrent appartenir à une bâtisse qui avait dû jadis être une superbe demeure. Derrière, on pouvait encore voir un bel escalier tournant en fer forgé conduisant à une terrasse.

La villa était tout en hauteur, en bord de route et partiellement éclairée par les réverbères. Assad avait aperçu un peu plus tôt les ouvertures de fenêtres sans cadre et un escalier à demi écroulé avec une rampe en béton menant sans doute au rez-de-chaussée. Il avait trouvé dommage que dans un quartier aussi idyllique on ait laissé cette maison s'abîmer de cette façon.

Ils descendirent l'escalier jusqu'à une terrasse en contrebas, où ils découvrirent une porte donnant sur la cave, laquelle se trouvait donc au niveau de la rue. Bien qu'il n'y ait pas d'autre lumière que l'éclairage public, ils y voyaient suffisamment pour se repérer.

Assad chercha un escalier intérieur reliant le sous-sol à l'étage supérieur. Mais rien.

Ici aussi, les jeunes du quartier avaient tout vandalisé et barbouillé les murs de leurs dessins infantiles, une manière sans doute de marquer un territoire qui n'avait jamais été le leur et ne le serait jamais.

Alfi et Assad sentirent tout à coup une secousse venue d'en haut et une fine pluie de poussière et de plâtre leur tomba sur la tête.

Assad fila dehors et remonta quatre à quatre l'escalier. Arrivé devant la porte principale, il saisit sans hésiter la poignée. Cette fois, je te tiens, se dit-il.

La porte était verrouillée et il secoua énergiquement la poignée en laiton.

« Niels, cria-t-il. C'est moi, Assad. Tu veux bien m'ouvrir ? Je ne te veux pas de mal, je te le promets. »

Si ç'avait été possible, il aurait fait le tour de la maison et serait entré par une fenêtre, mais cette porte était apparemment la seule qui donnait accès à l'étage supérieur.

« Allez, Niels, sois gentil, j'ai juste une petite question à te poser, continua-t-il alors que, derrière la porte, seul le léger grincement des lames du plancher vermoulu signalait une présence. Tu veux que j'appelle la police, Niels, ou tu me laisses entrer ? Cette maison ne t'appartient pas, si ? »

Pas de réponse.

« C'est ta dernière chance avant que j'enfonce la porte. »

Assad fit signe à Alfi qui se tenait juste derrière lui

de s'écarter pour qu'il prenne son élan. Mais Alfi le devança : il s'élança et donna un grand coup de talon dans la porte, juste en dessous de la serrure.

La porte ne céda pas d'un pouce et Alfi fut projeté en arrière contre la rambarde. De douleur ou de peur, il se mit à hurler, son cri résonna dans tout le quartier.

Alors, tout doucement, la poignée s'abaissa et la porte s'entrouvrit.

Tous trois étaient assis par terre dans un salon obscur sans fenêtres, aux murs sales, avec quelques tas de briques ici et là et des morceaux de verre partout. Un logement bien misérable pour un homme qui porte un titre de noblesse, se dit Assad, mais les sacs de supermarché posés dans un coin étaient remplis de victuailles et le tapis au sol assez épais pour l'isoler du froid. Assad reconnut les meubles du garage de Nørrebro, entassés n'importe comment, et tout son bric-à-brac rangé dans des cartons de déménagement le long du mur.

« J'ai vissé une plaque de métal sur la porte pour qu'on ne puisse pas l'enfoncer d'un coup de pied », dit Niels B à Alfi pour le consoler. Le pauvre frottait encore sa hanche douloureuse.

Puis il se tourna vers Assad : « Je sais ce que tu vas me demander.

— Et moi, je sais ce que tu vas me répondre, rétorqua Assad. Je vais te demander pourquoi tu t'es enfui de Nørrebro et tu vas me répondre que tu te sentais en danger. »

Niels B acquiesça.

« Mais qu'est-ce que tu as vu qui t'a tellement effrayé ? »

Il réfléchit quelques instants.

« Du temps où ils étaient en vie, mon grand-père et ma grand-mère habitaient dans la maison qui est en face de celle-ci. Et quand ma mère venait leur rendre visite, je jouais dans le parc qui est juste derrière et qu'on appelle l'Eldorado. En ce temps-là, cette maison était la plus belle du quartier et je rêvais qu'un jour, elle soit à moi. Je suis revenu la voir il y a quelques années, après l'enterrement de ma mère, et j'ai vu dans quel état d'abandon elle était.

— Et tu t'es dit que tu pourrais te cacher ici, ce que je comprends parfaitement. Mais vous cacher de quoi, Votre Excellence ? »

Niels B sourit de cette flagornerie. « Tu te souviens quand je t'ai raconté qu'après ma libération j'avais trouvé des clous dans mon lit et que ça m'avait tellement fait flipper que j'ai aussitôt quitté mon appartement de Slagelse ?

— Je m'en souviens, et je pense que tu as bien fait. »

Il hocha la tête. « Est-ce que je t'ai raconté aussi que j'avais remarqué une odeur dans l'appartement ?

— Non, ça je ne m'en souviens pas.

— Il y avait un parfum dans l'air, hyper spécifique, genre pamplemousse.

— OK, et alors ?

— Il y a deux jours, je suis allé faire des courses au supermarché Netto, au coin de Nørrebrogade, et pendant que je faisais la queue à la caisse, j'ai de nouveau senti cette odeur.

— C'était peut-être un hasard.

— Oui, c'est ce que je me suis dit aussi, ça pouvait venir du rayon des produits ménagers, ou des fruits et légumes, mais une fois dans la rue, j'ai vu un homme en train de discuter avec quelqu'un du quartier. Un homme assez chic, pas du genre qu'on voit d'habitude dans les parages, moi, en tout cas, je ne l'avais jamais vu. La façon dont il parlait à son interlocuteur montrait qu'ils ne se connaissaient pas et qu'il avait arrêté un passant au hasard, enfin, c'est ce que j'ai pensé. Alors, quand il est passé à côté de moi, je me suis collé au mur en lui tournant le dos et j'ai senti ce parfum de nouveau.

— Tu crois qu'il te cherchait ?

— Je le sais, parce qu'ensuite j'ai rattrapé l'homme à qui il venait de parler et il m'a dit que le type cherchait un certain Niels B Sørensen. Une demi-heure après, j'avais chargé toutes mes affaires et filé.

— Tu as une idée de qui ça pouvait être ?

— Aucune. Je ne l'avais jamais vu de ma vie et j'espère ne jamais le revoir.

— Il parlait danois ?

— Parfaitement. Comme quelqu'un des beaux quartiers de Copenhague.

— Je te promets qu'on va trouver qui c'est.

— Et qu'est-ce que vous ferez de ceux qui l'envoient ? »

Assad prit son temps pour répondre. Niels B semblait prêt à parler.

« Puisque tu abordes la question, Niels, j'avoue que c'est exactement pour ça que je suis venu. Parce que je pense que tu peux m'aider à les identifier. »

Niels resta impassible et ne nia pas.

« As-tu entendu les deux mécaniciens du garage de Sorø évoquer l'existence d'un réseau de trafic de drogue et citer le nom de leurs commanditaires ? Je crois que ça nous aiderait tous les deux, si tu recouvrais la mémoire à ce sujet. »

Niels B resta muet un long moment avant de prendre une longue inspiration et de répondre : « Si je dois te dire quoi que ce soit, il faut d'abord que tu me promettes quelque chose. »

45

Mardi 5 janvier 2021, après-midi

Wayne Peters / Cees Pauwels

Cet après-midi-là, Wayne Peters avait eu la visite d'une petite bande d'enfants du quartier. La nouvelle des délicieuses odeurs venant de sa maison s'était répandue rapidement : le vieil homme avait préparé ses fameuses brioches et ses tartelettes aux amandes. Dans ces cas-là, par n'importe quel temps, il avait pour habitude d'ouvrir la porte de sa véranda et de poser ces pâtisseries exquises sur les tables du jardin, avec de grandes carafes de sirop à l'eau afin que les enfants puissent venir se servir à volonté.

Ces petites réceptions lui donnaient une aura particulière et les parents le saluaient avec déférence, comme s'il avait été un aïeul chéri de tous. Et si par hasard de mauvaises herbes apparaissaient sur sa pelouse, il pouvait être sûr de voir quelqu'un débarquer le jour même avec sa binette. Un homme comme Wayne Peters ne se rencontrait pas souvent, et tous le traitaient avec chaleur et respect.

Wayne adorait son avatar, car derrière cette façade

séduisante il était libre de faire tout ce qu'il voulait. Et ces quinze derniers jours, sa cruauté naturelle avait été particulièrement sollicitée.

Dire que la situation était préoccupante aurait été un euphémisme.

Il ne se faisait pas de souci pour Carl Mørck, car il savait qu'ils auraient sa peau tôt ou tard et que l'évènement occuperait la une des journaux un certain temps.

Mais les rapports qui lui arrivaient indiquaient des faiblesses dans son organisation, tant aux Pays-Bas qu'au Danemark, auxquelles il allait falloir remédier au plus vite.

Il ignorait où en était Cees de l'interrogatoire d'Eddie Jansen et ne savait donc pas encore de manière précise sur qui il pouvait compter ou pas. Wayne avait envoyé plusieurs messages à Cees au cours de la dernière heure et tous étaient restés sans réponse, ce qui ne lui plaisait pas du tout. Quand Wayne se manifestait, ses collaborateurs étaient censés répondre dans la seconde, de nuit comme de jour. Eddie Jansen devait mourir, Cees le lui avait écrit la veille, mais était-ce chose faite ?

La tête de l'organisation danoise avait signalé qu'il y avait beaucoup trop d'agitation autour de Carl Mørck et qu'on était en train de perdre le contrôle de la situation. Le conseiller de Wayne au Danemark, l'avocat Christian Mandrup, avait repéré plusieurs personnes en dehors de la DUP qui effectuaient des recherches sur le rôle qu'avait joué Carl Mørck dans cette affaire. Le département V et ses anciens collaborateurs travaillaient à plein régime. L'un d'eux s'était rendu à Rotterdam pour rencontrer l'inspecteur Wilbert de Groot, de la brigade criminelle locale, et quelles que soient les informations qu'ils avaient partagées, Mandrup estimait qu'il était temps que de Groot parte en voyage six pieds sous terre.

Toujours au Danemark, il avait été décidé qu'un ancien suspect dans l'affaire des exécutions de Sorø, un certain Niels B, demeurant à Nørrebro, devait être sacrifié pour la cause. On lui avait déjà fait comprendre à l'époque qu'il avait tout intérêt à se taire et, depuis, il avait disparu des radars. Mais après avoir appris qu'il avait été vu en compagnie d'un proche collaborateur de Carl Mørck, Wayne commençait à se demander s'il n'en savait pas un peu trop sur la période ayant précédé la mort de Rasmus Bruhn.

À présent, ce Niels B s'était de nouveau évanoui dans la nature.

Tous les signaux étaient au rouge, et c'était le moment qu'avait choisi l'un des meilleurs éléments de la brigade criminelle de Copenhague pour enquêter sur le meurtre de Hannes Theis. Bien que l'avocat, Christian Mandrup, ait tout fait pour l'empêcher, Jess Larsen, le chauffeur de Theis, était maintenant en détention provisoire.

Wayne exécrait ce désordre, cela le rendait fou furieux, mais sa force était de savoir maîtriser ses peurs et garder une vision d'ensemble. Tous ceux qui constituaient actuellement une menace pour le trafic de stupéfiants au Danemark semblaient s'être mis en tête de protéger Carl Mørck. Mais qu'arriverait-il si ces mêmes personnes apprenaient que l'homme ne méritait pas leur loyauté et que c'était à juste titre qu'il se trouvait sur le banc des accusés ? Qu'il jouait double jeu. Que d'un côté, c'était un criminel sans scrupules qui avait accaparé le butin détourné par son collègue Anker Høyer, une valise pleine d'argent, de cocaïne et d'héroïne, et que de l'autre il jouait les inspecteurs modèles. Cees Pauwels, Christian Mandrup et tous les autres intermédiaires travaillant pour Wayne au Danemark parviendraient-ils à orchestrer une campagne de dénigrement suffisamment efficace pour que ces gens perdent l'envie de se battre pour Carl Mørck ?

Non, c'était peu probable. La solution à tout, et la seule manière de prévenir d'autres attaques imprévisibles contre le réseau de Wayne, était que Carl Mørck meure. Car s'il disparaissait de l'équation, il n'y aurait plus d'enquête. C'était d'ailleurs l'avis de la tête de l'antenne danoise de son organisation.

Dans le pire des cas, Wayne savait ce qu'il ferait s'il sentait le filet se refermer sur lui. Pour commencer, il liquiderait un maximum d'intermédiaires. Il n'était jamais mauvais dans une organisation comme la sienne de faire un peu de nettoyage par le vide, de temps en temps. La question étant de savoir quand lancer l'opération, et qui serait sur la liste.

Il ouvrit son ordinateur portable, alluma un cigarillo et écrivit pour la troisième fois ce soir-là à Cees Pauwels.

« Donne des nouvelles. » Puis il se cala dans son fauteuil de bureau et attendit.

Cees était toujours accroupi entre deux voitures quand les agents aidèrent Femke à porter ses bagages et les accompagnèrent, elle et sa fille, dans leur appartement. Il se releva à demi et les vit ressortir sur la coursive du septième étage et pénétrer dans l'appartement. Le séjour s'illumina et il suivit leur progression des yeux.

La température avait tellement baissé à présent qu'il

se mit à claquer des dents. Il décida de retourner dans sa voiture et de la déplacer jusqu'à un recoin du parking où il pourrait laisser le moteur et le chauffage allumés sans se faire remarquer.

Que signifiait la scène à laquelle il venait d'assister tout à l'heure ? Et que s'était-il passé depuis le moment où Femke s'était enfuie de la maison du polder ? Elle avait eu le temps de faire toutes sortes de choses. D'envoyer la police inspecter la maison par exemple, et si c'était le cas, qu'y avait-elle découvert ? Eddie Jansen était-il mort ? Était-ce pour cela qu'elle avait craqué ?

Il n'était pas arrivé à ses fins avec Eddie et n'avait pas réussi à lui faire avouer pourquoi il avait soudain disparu, ni quels moyens de pression il avait contre eux, et il valait mieux qu'ils l'aient retrouvé mort que vivant. Quoi qu'il en soit, tant qu'il n'en était pas certain, il ne pouvait pas faire son rapport à sa hiérarchie qui le harcelait pour savoir ce qui se passait.

Cees s'enfonça dans son siège et alluma l'enceinte. Les enregistrements d'Herbert von Karajan l'aidaient en général à réfléchir. Le début de l'*Adagietto* de la *Symphonie numéro 5* de Mahler avait le pouvoir de ralentir son rythme cardiaque, de calmer sa respiration, et en ce moment où il était particulièrement sous pression, c'était exactement ce dont il avait besoin.

Il y avait de fortes chances que sa planque dans le polder soit désormais compromise. Et même s'il était certain de n'avoir laissé sur place aucun objet personnel qui permettrait à la police de l'identifier, les recherches pourraient remonter jusqu'à lui. Le titre de propriété de la maison était au nom de sa sœur et bien qu'il ne voie pas qui, quelqu'un dans son entourage révélerait peut-être à la police qu'il y venait de temps en temps. Mais les risques étaient limités.

Il était toutefois possible qu'ils aient trouvé Eddie en vie, et là, ce serait plus ennuyeux. Cees avait certes donné un nom à Eddie Jansen, mais ce n'était pas celui qui figurait sur son acte de naissance et il ne mènerait à rien. Son signe distinctif, ses yeux de couleurs différentes, n'était pas un problème non plus, parce qu'il s'agissait d'une coquetterie à laquelle il pouvait remédier en un clin d'œil, au sens littéral du terme puisqu'il lui suffisait de retirer la lentille de contact marron dans son œil droit et de la remplacer par une lentille translucide. Même son léger accent était faux.

Il augmenta le chauffage, prit le plaid sur le siège passager et le posa sur ses jambes. La soirée et la nuit risquaient d'être longues. Et si la police restait dans l'appartement ? Et si Femke en avait déjà trop dit ? Peut-être était-il temps pour lui d'intervenir sérieusement. Il avait déjà eu l'occasion de tuer des flics, même si cela remontait à quelques années à présent, mais s'il le fallait…

Il sortit jeter un nouveau coup d'œil à la coursive qui longeait les logements du septième étage à partir de la cage d'ascenseur. Pour éliminer tout le monde dans cet appartement, il faudrait qu'il s'assure au préalable de ne pas être dérangé par quelqu'un qui déboulerait brusquement de l'ascenseur ou de la cage d'escalier. La dernière demi-heure, il n'avait vu personne, mais comment savoir si cela n'allait pas arriver ? Un voisin allant prendre sa garde de nuit, ou un fêtard rentrant d'une soirée de beuverie qui débarquerait au même moment et deviendrait une victime collatérale.

Non, il valait mieux qu'il attende que la voie soit libre et que Femke soit de nouveau seule avec sa fille. En plus, cela lui donnerait le temps de lui faire dire ce qu'elle savait avant de la tuer.

Cees était toujours convaincu qu'Eddie et sa famille avaient pris la tangente parce que Eddie voulait quitter l'organisation. Si ses calculs étaient bons, celui-ci avait dû mettre au moins dix millions d'euros de côté, et une vie loin de Rotterdam et des Pays-Bas était largement à sa portée.

Le fin mot de l'histoire était probablement qu'Eddie avait commencé à craindre pour sa vie et qu'il avait eu l'intention d'arrêter de travailler pour eux et de dénoncer anonymement toutes les personnes impliquées qu'il connaissait. Il avait conscience que son nom à lui allait apparaître au cours de l'enquête à un moment donné, mais si de grands criminels nazis avaient réussi à disparaître en Argentine ou en Bolivie, Eddie Jansen le pouvait aussi.

Enfin, pour l'instant, Eddie ne devait pas trop compter sur cette possibilité, en admettant qu'il soit en vie et entre les mains de la police. Mais à quoi fallait-il s'attendre dans ce cas de figure ? Admettrait-il sa participation ou pas ? Toutes ces questions sans réponse lui faisaient mal à la tête.

Toutes les cinq minutes, Cees allait jeter un coup d'œil à la baie vitrée des Jansen, se demandant pourquoi la police n'avait pas encore quitté les lieux. Étaient-ils déjà en train d'interroger Femke ? De lui soutirer tout ce qu'elle savait avant qu'elle ait eu le temps de prendre un avocat ?

Il regarda l'heure. Il avait déjà plusieurs fois ignoré

les demandes de son commanditaire. Il espérait que celui-ci avait supposé que sa batterie de portable était déchargée, tout en sachant que cette excuse ne tiendrait pas longtemps. À la seconde où la police laisserait Femke et sa fille seules dans l'appartement, il se précipiterait là-haut pour savoir ce qu'il était advenu d'Eddie et ce que la police avait demandé à sa femme, et puis il fermerait cette parenthèse une bonne fois pour toutes.

Sans tergiverser.

46

Mardi 5 janvier 2021

Femke

Eddie était mort. Voilà ce que ses anciens collègues du temps où elle était secrétaire au commissariat de Rotterdam lui annoncèrent quand ils débarquèrent tout à coup sur le parking devant chez elle. Comme si elle ne s'en doutait pas déjà après avoir vu cette tombe fraîche dans l'herbe.

Mais il s'était avéré que c'était un autre homme qui gisait dans la tombe qu'un témoin anonyme avait signalée à la police locale. Un homme qui avait été tué à l'aide d'un pistolet à clous et qui, à en juger par ses vêtements et le contenu de ses poches, était un ressortissant polonais.

Puis vint le choc. Son mari était bien mort. Ses collègues l'avaient retrouvé en entrant dans la maison. Il était assis dans un fauteuil et il avait dû trépasser juste avant leur arrivée, parce que son corps était encore chaud quand ils l'avaient découvert.

Il a dû mourir alors que j'étais encore là-bas, songea Femke avec horreur, et ses jambes se dérobèrent sous elle. Sans l'intervention de son amie Siri, elle aurait fait tomber la petite par terre.

Elles étaient restées un moment sur place, le temps que Femke reprenne ses esprits, et Siri avait gardé Marika dans ses bras pour qu'elle ne soit pas effrayée si elle venait à se réveiller.

Ensuite les deux agents les avaient raccompagnées chez elles.

Eddie aurait pu être sauvé si les agents étaient arrivés une heure plus tôt, mais le destin en avait décidé autrement. C'était regrettable.

Siri alla coucher Marika dans sa chambre et Femke regarda autour d'elle dans l'appartement. Pourrait-elle supporter de rester dans cet endroit où tout lui rappelait Eddie ? Le canapé qu'ils avaient acheté ensemble il y a des années, après avoir longuement économisé. Le cendrier en argent dont Eddie était si fier parce qu'il l'avait gagné alors qu'il était encore au lycée – il ne s'en était jamais servi. Toutes ces photos sur lesquelles ils apparaissaient, trop gais et trop souriants, des clichés qui lui rappelaient leurs rêves, petits et grands, des rêves qui désormais appartenaient au passé. Son regard s'arrêta un instant sur un portrait de lui en uniforme, sur lequel elle lui trouva une expression mauvaise, accusatrice.

J'aurais peut-être pu le sauver, se dit-elle de nouveau.

« Comment te sens-tu, Femke ? » lui demanda Boris, son ancien chef.

Elle haussa les épaules, mais fondit en larmes en levant les yeux sur le vide qui se dégageait à présent de son séjour.

« Est-ce que tu veux en savoir plus sur ce qui s'est passé ? » lui demanda-t-il ensuite.

Elle acquiesça, alors que ce n'était sans doute pas une bonne idée.

Boris raconta qu'il avait été contacté par la police locale qui lui avait parlé de la maison isolée au milieu du polder, et d'Eddie qu'ils avaient découvert les mains clouées aux bras du fauteuil sur lequel il était ligoté. Selon toute probabilité, il s'était vidé de son sang en très peu de temps parce que l'un des clous avait traversé sa paume et perforé l'artère radiale.

Femke faillit tourner de l'œil en imaginant la scène. Le choc, la peine et la nausée la firent suffoquer, la vision de son mari en train de mourir et surtout la raison pour laquelle il était mort de cette façon l'assommèrent littéralement.

Son ancien supérieur la consola comme il put, mais dans son regard Femke lut que bientôt viendraient les questions, dont elle connaissait les réponses, mais qu'elle devait à tout prix éviter si elle ne voulait pas qu'il l'oblige à se dévoiler.

Au bout d'un quart d'heure, alors que Siri était revenue de la chambre un pouce levé pour lui faire comprendre que Marika dormait paisiblement, elle se sentit prête à raconter son histoire.

« Nous avons attrapé le Covid tous les trois et avons loué un appartement à Valkenburg pour nous remettre tranquillement, expliqua-t-elle en guise d'introduction. La petite était plus durement atteinte qu'Eddie et moi, et nous avons dû l'emmener à l'hôpital d'Aix-la-Chapelle où on nous avait dit qu'elle serait mieux soignée. »

Ils hochèrent la tête et prirent des notes.

« À notre retour à Valkenburg, Eddie m'a confié qu'il avait reçu des menaces et qu'on lui avait demandé de quitter son poste à la brigade des stupéfiants. » Elle avala sa salive plusieurs fois pour montrer combien il lui était pénible de parler de tout cela. « Il avait vraiment l'air terrifié, je ne l'avais jamais vu comme ça.

— Quand l'ont-ils enlevé ? » s'enquit Siri en prenant doucement la main de Femke dans la sienne.

Femke courba la nuque et plongea son visage dans sa main encore libre. « Eddie m'a dit qu'il sortait prendre l'air pour réfléchir à tout ça et je ne l'ai plus revu. Maintenant, je comprends pourquoi. Oh, mon Dieu !

— Pourquoi n'as-tu pas déclaré sa disparition, Femke ? demanda Boris.

— J'y ai pensé, mais je ne pouvais pas savoir pourquoi il ne revenait pas. » Elle s'interrompit et leva les yeux vers eux. Qu'aurait-elle pu répondre d'autre ? Quelle idiote ! Elle aurait dû s'attendre à une question de ce genre.

Allez, Femke, reprends-toi, songea-t-elle avec un coup d'œil vers la chambre d'amis où dormait la mère d'Eddie quand elle était de passage dans la région. C'était dans cette pièce, au fond du placard, que se trouvait le coffre-fort numérique d'Eddie, la clé de tous ses secrets. Que pourrait-il contenir d'autre que des numéros de comptes bancaires, voire les clés d'autres coffres, des liasses de billets et des objets de valeur ? Dans cet espace confiné et sombre il y avait son avenir, et elle était convaincue qu'elle ne mettrait pas longtemps à trouver la bonne combinaison pour l'ouvrir. Six pauvres petits chiffres. Et quand on savait l'homme d'habitudes qu'était Eddie, ces chiffres avaient forcément à voir avec cette mère qu'il avait toujours adulée. Sa date d'anniversaire à l'endroit, ou à l'envers, peut-être.

« Femke ! Tu es toujours avec nous ? » Siri lui secouait doucement la main. « Si ça ne va pas, on peut revenir demain. Tout cela doit être incroyablement éprouvant, on en a bien conscience. »

Femke tourna la tête vers elle. « Oui, excuse-moi, j'ai eu un moment d'absence. Quand il m'a fait part du danger, je lui ai demandé s'il en avait parlé à ses collègues de Rotterdam, mais je me souviens qu'il a haussé les épaules en me disant qu'il n'y avait pas de quoi s'inquiéter et qu'il ne voulait mêler personne à cette affaire avant de savoir qui était à l'origine de ces menaces.

— Il t'a expliqué concrètement ce qu'il voulait faire ?

— Non, mais tu le connais. Il n'a jamais été très bavard quand il s'agissait de son travail. »

À ce moment-là, son ancien collègue changea de ton et elle commença à avoir peur.

« Vous aviez le Covid et vous étiez confinés dans un appartement, tous les trois. Tu t'imagines vraiment qu'il aurait eu l'idée de partir mener sa propre enquête pendant plusieurs jours sans t'en parler ? À pied, qui plus est ? Allez, arrête de mentir, maintenant. Pourquoi n'as-tu pas déclaré sa disparition, Femke ? »

Elle pressa son poing fermé contre ses lèvres. « Oh, j'ai tellement honte, je n'ose presque pas le dire.

— Allez, Femke, tout va bien se passer, la rassura son amie en lui caressant l'avant-bras.

— Nous avions décidé de prendre quelques jours pour mettre de l'ordre dans notre mariage, mais nous n'y sommes pas parvenus. Nous nous disputions du matin au soir. Alors j'ai fini par lui demander de s'en aller parce qu'il faisait pleurer Marika. Et il est parti. »

Un court silence succéda à son aveu. Femke sentit le soulagement l'envahir, elle avait enfin trouvé une explication plausible.

« D'accord, alors tu as pensé qu'il t'avait prise au mot et tu n'as pas fait le lien entre sa disparition et les menaces dont il avait fait l'objet, c'est ça ? » commenta Boris.

Elle poussa un long soupir. Ils avaient avalé son explication toute crue.

« Oui. Et ce matin, quand Marika et moi nous sommes senties plus en forme, j'ai pris la voiture et nous sommes rentrées. »

Boris hocha lentement la tête. « Et tu n'as aucune idée de l'identité de ces gens qui le menaçaient ? Un nom, un motif ?

— Je suis désolée. »

Au bout d'une heure d'interrogatoire supplémentaire, ils lui demandèrent s'ils pouvaient faire quelque chose pour elle. S'ils pouvaient appeler quelqu'un, ou lui prendre rendez-vous avec un psychologue de crise.

Comme elle refusait poliment, ils s'en allèrent.

Femke était rassurée. Les évènements de la soirée l'avaient exonérée de toute responsabilité. Tout le monde ignorait que c'était elle qui avait passé l'appel anonyme à la police. Personne ne savait à quel point Eddie avait été un mari dévoué. Ni qu'aussitôt qu'ils seraient partis, elle irait fouiller de fond en comble toutes ses affaires. Quelque part, probablement dans le coffre-fort, se trouverait la clé d'une fortune dont elle espérait qu'elle existait et que, le cas échéant, elle n'avait pas l'intention de partager.

47

Mercredi 6 janvier 2021

Femke

Femke s'était assoupie avec Marika dans sa chambre. La petite s'était réveillée et elle avait pleuré et réclamé son papa, Femke l'avait consolée puis avait éteint la lumière et l'avait serrée contre elle pour qu'elle ne voie pas à quel point elle était bouleversée. Par flashes beaucoup trop réalistes, elle imaginait son mari, les mains clouées aux bras d'un fauteuil, en train de se vider lentement de son sang, et les images refusaient de la lâcher.

Mais n'était-ce pas sa faute si les choses s'étaient passées ainsi ? Avait-elle trop demandé à la vie et à son mari ? Plus qu'il n'était capable de lui offrir. Était-ce pour cela qu'il s'était senti obligé de faire toutes ces choses horribles ? Était-ce pour elle ?

Surtout, aurait-elle pu le sauver si elle était entrée dans cette maison ? Aurait-elle trouvé un moyen de maîtriser le geôlier d'Eddie ?

Elle ne pouvait pas nier que cela aurait tout changé. L'hémorragie aurait probablement pu être stoppée, elle aurait pu lui faire un pansement de fortune et le conduire à l'hôpital le plus proche.

Ils auraient affirmé qu'il s'agissait d'un accident du travail et seraient rentrés à la maison. Le temps aurait guéri ses blessures et ils auraient trouvé ensemble des solutions d'avenir, viables et sans danger.

Ensuite Eddie aurait récupéré leurs avoirs, et il n'était pas impossible non plus qu'il ait placé des fonds quelque part, acheté des biens immobiliers et prévu une nouvelle existence pour sa petite famille.

Femke regardait fixement l'obscurité. Tout cela n'était que fantasmes. La réalité était qu'Eddie était mort, et son ravisseur en liberté quelque part là, dehors. Qu'est-ce qu'il allait faire maintenant ? Venir la voir, et si oui, dans quel but ?

L'hypothèse était très vraisemblable, il connaissait leur adresse et il était déjà venu chez eux.

C'est à ce moment-là seulement qu'elle prit conscience des conséquences qu'une telle visite pourrait avoir, car il avait certainement torturé Eddie dans ce terrible endroit. On ne lui avait parlé que des clous enfoncés dans ses mains, mais avant cela, Dieu sait quels sévices on lui avait fait subir. Cet homme était-il parvenu à le faire parler ? Savait-il déjà où Eddie cachait ses secrets et son pactole ?

Femke s'écarta doucement et Marika glissa sur la couette sans se réveiller. Elle sortit la clé USB de son sac à main et alla l'insérer dans l'ordinateur portable qu'elle gardait dans une petite pièce où elle entreposait ses affaires de couture et les livres dont elle n'avait jamais pu se séparer. À côté de l'ordinateur se trouvait un cadre en bois sombre avec une photo prise sur le port de plaisance de Hoorn, on y voyait Marika dans les bras de son père. Elle avait toujours adoré cette photo. À cet instant, elle fut obligée de la poser à l'envers sur la table.

Elle cliqua sur l'icône de la clé et le fichier d'Eddie s'ouvrit. Il n'était pas très lourd, mais les trente pages qu'il contenait avaient le pouvoir de détruire l'existence d'un grand nombre de gens, y compris la sienne. Alors Femke prit une décision qui n'était pas facile. Elle s'envoya un mail à elle-même avec le fichier en pièce jointe.

Dans l'intitulé du mail, elle écrivit : « Marika 2020 ». Puis elle effaça le contenu de la clé. Par précaution, elle enregistra dessus toutes les photos qu'ils avaient prises ces six derniers mois. Elle nomma également « Marika 2020 » le dossier photo qu'elle avait téléchargé sur la clé et posa celle-ci sur une étagère avec les albums photo.

Et maintenant l'armoire, se dit-elle.

Elle était à côté du lit de la chambre d'amis. Une horreur qu'Eddie avait héritée d'une vieille tante, on faisait difficilement plus massif. C'était pour cela aussi que la chambre était devenue celle de sa mère lorsqu'elle venait leur rendre visite, du temps où elle vivait encore.

Eddie adorait cette chambre. Femke n'avait jamais su si c'était pour des raisons purement sentimentales ou parce que le lit était confortable et qu'il aimait s'y allonger pour lire ou réfléchir. En fin de compte, elle ne savait presque rien de son mari.

Le coffre-fort était là, caché derrière une pile de boîtes à chaussures, boulonné à la fois au plancher du meuble et au mur derrière le fond de l'armoire. Bonne chance à celui qui aurait voulu le voler.

Femke entreprit de rentrer systématiquement des combinaisons à six chiffres. D'abord la date de naissance de sa belle-mère, à l'endroit et à l'envers, puis elle recommença l'opération avec celles de son père, de sa tante, de Marika. Avec la sienne et celle d'Eddie lui-même. Ensuite, elle essaya avec les dates marquantes de la vie d'Eddie, telles que le jour de leurs fiançailles, celui de leur mariage, de son entrée dans la police et, après avoir également tapé quelques jours de fête plus officiels, toujours sans succès, elle dut admettre que pour une fois son mari avait fait preuve d'imagination.

Elle se releva et fit le tour de toutes les pièces de l'appartement. Où avait-il caché le code ? L'avait-il inscrit sur un bout de papier qu'il aurait rangé quelque part ? Dans un tiroir, un livre, entre les CD ou les vinyles ?

Qu'est-ce que tu aimais par-dessus tout, Eddie ? se demanda-t-elle. Quelle passion ou quel vice avait-il pu choisir comme sésame ? Dans quel domaine avait-il engrangé ses meilleurs souvenirs et ses plus belles expériences ?

Femke s'assit. Peut-être devrait-elle se concentrer sur quelque chose qui appartenait à Eddie, et à Eddie seul. Les coupes qu'il avait héritées de son père, par exemple. Ces stupides trophées rappelant que son père avait été nageur d'élite. Nager un cent mètres nage libre en cinquante-sept secondes était une performance extraordinaire à l'époque, à Utrecht. Il y avait aussi l'imposante coupe en argent remportée au cent mètres crawl juste après la Seconde Guerre mondiale.

Elle vérifia les dates et les nota. Tant de nouvelles combinaisons. La tâche semblait infinie et désespérée.

Femke s'écroula, épuisée, dans le grand fauteuil du séjour et laissa son regard errer une dernière fois autour d'elle.

Si elle parvenait à mettre la main sur le trésor, elle

quitterait cet endroit qui avait été son foyer pendant une décennie. À cet instant, l'appartement lui parut plus laid que jamais, à vrai dire, pas un détail sur lequel elle posait les yeux n'était à son goût.

C'était comme si depuis une semaine son ancienne personnalité l'avait désertée. Elle savait qu'elle ne redeviendrait jamais celle qu'elle avait été. Elle ferait table rase du passé, oublierait son mari, son quotidien, son foyer, sa ville, son pays. Il n'y aurait plus qu'elle et Marika, et elle découvrirait plus tard quelle femme elle voulait devenir.

Elle sourit à cette idée et leva par hasard les yeux sur l'une des pires horreurs collectionnées par Eddie. Des visages de stars du rock'n'roll découpées dans des disques vinyles. Il les avait fièrement rapportés d'une brocante à Leiden et les avait affichés dans le salon, à côté de l'écran plat, sans lui demander son avis.

Son regard s'arrêta sur celui qui était l'idole absolue de son mari, Jimi Hendrix. Avec ses cheveux fous et sa barbe hirsute, il la regardait de ses yeux vides et elle hocha la tête.

Hendrix !... Si le code n'avait rien à voir avec lui, alors elle attendrait le lendemain et reprendrait tout depuis le début.

Elle se leva et alla inspecter l'un après l'autre tous les disques d'Eddie, qui étaient bien sûr classés par ordre alphabétique. Elle sortit ceux de Jimi Hendrix et fouilla les pochettes. Puis elle recommença avec les boîtes de CD, les enregistrements pirates et les éditions spéciales, mais elle n'y trouva pas non plus de code à six chiffres susceptible d'être utilisé comme combinaison.

« Il y a aussi les bouquins », dit-elle tout bas en retournant dans la petite pièce. Les biographies de musiciens de son mari étaient rangées au-dessus de ses affaires à elle. Elle feuilleta toutes les pépites d'Eddie sur la musique rock et retomba en soupirant dans le fauteuil, parce que rien n'avait particulièrement attiré son attention. Découragée, elle leva les yeux vers les étagères, convaincue que quelque chose lui avait échappé.

Soudain, elle se souvint qu'avant de commencer à chercher elle avait remarqué que les livres n'étaient pas parfaitement alignés, et surtout qu'il en manquait un.

Ses livres à elle sur la haute couture étaient rangés deux étagères plus bas. Si l'on voulait imiter Dior, Balmain, Yves Saint Laurent ou tout autre grand couturier, on avait intérêt à potasser ces livres-là. Et là aussi, il y avait un léger interstice vide.

Elle se tourna vers le petit bureau et vit le livre qu'elle avait consulté en dernier et omis de remettre à sa place précisément à cet endroit-là.

Alors où est passé le livre sur Jimi Hendrix qui devrait être là-haut, avec les autres ? se demanda-t-elle. Logiquement, il devait s'agir du dernier qu'Eddie avait feuilleté, et où l'aurait-il fait, sinon dans la chambre d'amis ? Mais peut-être ne l'avait-il pas pris pour le lire, mais pour avoir le code avec lui à proximité du coffre ?

Elle reprit espoir, bondit sur ses pieds et se rendit de nouveau dans la chambre d'amis, où elle alluma toutes les lumières pour examiner la pièce avec un regard neuf. Et si… ? Elle s'approcha du lit et souleva l'un des oreillers. Et il était là, *The Life and Death of Jimi Hendrix*, par Mick Wall.

Femke s'assit au bord du lit, ouvrit le livre le cœur battant et fit défiler les pages rapidement au cas où Eddie aurait souligné un passage ou glissé un morceau de papier à l'intérieur. Comme ce n'était malheureusement pas le cas, elle recommença à le feuilleter ultra lentement, et dès la page de copyright son regard s'arrêta sur le numéro ISBN et, au-dessus, sur une série de chiffres plus longue qui devait être le numéro d'enregistrement de la maison d'édition elle-même.

1 3 5 7 9 10 8 6 4 2, bref, les chiffres de 1 à 10, d'abord les impairs puis les pairs. Ça, c'est du Eddie tout craché, se dit-elle. Ce sont des chiffres faciles à mémoriser, mais lesquels avait-il employés ? Car il n'en fallait que six, ça, elle le savait.

Elle recopia la série de chiffres et s'agenouilla devant le coffre-fort.

Son index tremblait, tout comme le reste de son corps, quand Femke tapa les six premiers chiffres. Rien. Elle essaya d'autres combinaisons, prises au hasard dans la série, et eut finalement l'idée d'en prendre un sur deux. 1 5 9 0 6 2.

Elle entendit un clic qui lui donna le vertige.

Le coffre-fort venait de s'ouvrir.

Mais quelle déception en découvrant son contenu ! Car hormis un coffret en bois, il était vide. Elle s'attendait à trouver des billets de banque, des documents, des titres de propriété, des relevés de placements, mais après tout, peut-être que tout cela tenait dans une modeste boîte ? Elle inspira profondément et posa la main sur le couvercle. La clé du reste de sa vie se trouvait-elle à l'intérieur ?

Elle sentit une boule lui serrer la gorge en découvrant un pistolet. Elle le soupesa. Pourquoi Eddie gardait-il une arme chargée à leur domicile ? Cette arme était-elle la porte de sortie qu'il avait choisie pour s'extraire de la fange qui les avait nourris toutes ces années ? Avait-il l'intention, s'il se retrouvait dans une impasse, de mettre fin à ses jours et de laisser sa femme et sa fille dans l'opprobre et la honte ?

Femke pleura. Ses larmes coulaient à flots, pas parce qu'elle était malheureuse d'avoir perdu son mari, mais à cause de ses mensonges et de cet avenir qu'il leur avait promis et que la présence de ce pistolet semblait contredire.

Où est l'argent, Eddie ? hurlait-elle intérieurement. Où est tout ce que tu me dois ?

Elle tituba jusqu'au salon, jeta l'arme sur le canapé en se promettant de s'en débarrasser à la première occasion.

Alors seulement, elle sentit à quel point elle était fatiguée. Ses jambes ne la soutenaient plus et, sans même éteindre la lumière, elle alla se coucher sans un bruit. Marika se retourna dans son sommeil et Femke s'allongea à ses côtés et ferma les yeux.

Il y eut trois bruits successifs. Bien qu'il ne s'agisse que de légers craquements, comme ceux d'une branche morte brisée par le vent, le premier la réveilla. Au septième étage d'un immeuble d'habitation, les bruits sont toujours d'origine humaine.

Instinctivement, elle se redressa et tendit l'oreille. Elle jeta un coup d'œil à la petite, qui dormait la bouche ouverte, puis se tourna vers le séjour qui était toujours éclairé. Ensuite elle entendit un autre bruit qui était grosso modo une répétition du premier, mais plus fort et plus reconnaissable et accompagné d'un tintement de verre brisé.

En quelques bonds, elle sortit de la chambre, referma la porte, et entra dans le séjour. Elle n'était réveillée que depuis quelques secondes, mais déjà en pleine possession de ses moyens au moment où le troisième bruit retentit sous la forme d'un craquement sec accompagnant l'ouverture de la porte. Elle ne s'attendait pas cependant à ce que l'homme s'élance si vite dans la pièce.

Il avait toujours le pied-de-biche à la main et le pointait sur elle comme une arme, tout en explorant le salon des yeux.

Femke se figea. C'était l'homme qui avait tué son mari. L'homme aux yeux vairons.

« Tu n'as pas chômé », constata-t-il en montrant les disques et les CD d'Eddie répandus sur le sol devant la bibliothèque avec le contenu des tiroirs.

Elle fit un pas vers le canapé où se trouvait le pistolet. « Reste où tu es ! » lui ordonna-t-il. Il l'avait donc repéré.

À cet instant, Femke n'eut pas le moindre doute sur l'issue de la confrontation, et si ce pied-de-biche n'avait pas été aussi près de son visage, elle aurait hurlé de terreur. Non seulement l'homme pouvait la tuer, mais sa fille courait le même danger. Femke était sûre que c'était ce qu'il avait prévu de faire sitôt qu'il lui aurait soutiré les informations qu'il était venu chercher.

« Tu es venue à la maison dans le polder aujourd'hui, je t'ai vue », lui dit-il.

Femke était pétrifiée. La peau de son visage s'était figée et elle avait froid tout à coup, comme si les fenêtres étaient grandes ouvertes sur la nuit glaciale.

Il l'avait donc vue. Et il était là pour la faire taire.

« Je suis sûr que c'est toi qui as appelé la police. Mais est-ce que tu te rends compte des conséquences ? Y compris pour toi ? »

Femke retint son souffle et tâcha de rassembler ses

forces. D'où viendraient les secours à présent, et quelle issue lui restait-il ?

Elle le regarda dans les yeux en se demandant comment on pouvait devenir un être aussi infâme. Et dans sa profonde détestation du personnage, elle lâcha la bride à sa colère.

« Toi, en tout cas, tu ne peux pas revenir en arrière ! Tu es un assassin. Tu as tué mon mari, je le sais, et tu as tué aussi le pauvre type qui est enterré dans le champ. »

Il abaissa le pied-de-biche à la hauteur de sa hanche. Un tiraillement à la commissure des lèvres le trahit. Il n'était pas au courant.

« Qui t'a dit qu'Eddie était mort ? Tes amis de la police qui étaient là tout à l'heure ? »

Si cet homme n'avait pas entendu les sirènes de police, serait-il resté auprès d'Eddie ? Aurait-il essayé de le maintenir en vie ?

Bouleversée à cette idée, Femke se tourna vers la chambre. Un léger gémissement venait de lui signaler que Marika était en train de se réveiller.

Elle se retourna brusquement vers l'homme. « Ne t'avise pas de la toucher », aboya-t-elle en allant ouvrir la porte de la chambre à coucher. Marika, assise sur le lit, la regardait, les yeux écarquillés.

« Là, ma chérie. Recouche-toi, maman revient bientôt. » Elle lui caressa les cheveux et lui murmura à l'oreille que tout allait bien et que demain elle aurait droit à une glace, même si c'était l'hiver et qu'il faisait trop froid pour manger des glaces.

La petite soupira et se rallongea sur le flanc. Elle dormait déjà quand Femke revint vers son bourreau avec des larmes dans les yeux.

Le pistolet d'Eddie était maintenant pointé sur elle.

« Si tu tires, tu vas ameuter tout l'immeuble, et le temps que tu arrives dans la rue, tous les voisins t'auront vu, dit-elle d'une voix mécanique, alors qu'elle tremblait de toutes les fibres de son corps. J'ai cherché partout, mais je n'ai rien trouvé d'intéressant, continua-t-elle en montrant le désordre qu'elle avait laissé par terre. Alors je n'ai rien pour toi, mais je peux continuer à chercher pendant que tu me surveilles, si tu veux. Si je trouve ce que tu cherches, tu pourras l'emporter et tu n'entendras plus jamais parler de moi. »

Il sourit, sans daigner répondre. Il avait le contrôle de la situation et il le savait. L'appartement n'était pas grand, il n'y avait qu'une seule issue et elle ne pourrait pas lui échapper avec sa fille dans les bras.

Il la contourna pour atteindre la porte de la chambre, la poussa et marcha à reculons vers le grand lit. Doucement, comme s'il l'avait fait des centaines de fois, il prit l'enfant endormie dans ses bras.

Femke était terrifiée et troublée à la fois. « Tu as des enfants, dit-elle. Je le vois à ta façon de la tenir. »

Il hocha brièvement la tête. « Mais ne t'imagine pas que ça change quoi que ce soit. Ça ne m'empêchera pas de la jeter par-dessus le balcon, si tu refuses de me dire ce qu'Eddie manigançait, et où il cache ses preuves. Ceux qui me paient ne peuvent pas se permettre de courir le moindre risque, tu comprends ? »

Femke comprenait parfaitement, mais il n'avait pas besoin de le savoir. Le fichier contenant le compte rendu des activités de l'organisation en disait assez long sur ce que lui et ses « patrons » avaient sur la conscience.

« Je sais que tu penses que j'ai en ma possession une

chose que tu cherches, dit-elle. Si tu crois qu'elle est ici, alors je te propose de m'aider à la trouver. »

Il fronça les sourcils. Peut-être abaissa-t-il même un peu son arme.

Soudain, il y eut un bruit venant de la coursive. La porte de l'ascenseur qui se refermait.

Il entendit les pas, comme elle, et aussi qu'ils s'arrêtaient devant sa porte. Elle jeta un regard effrayé à Marika et à celui qui la serrait contre lui.

« Il y a quelqu'un ? Femke ! Eddie ! Vous allez bien ? » cria une voix devant la porte.

L'homme agita le pistolet pour lui ordonner d'aller chasser l'intrus avant de poser le canon de l'arme sur la tempe de la fillette endormie.

Elle obtempéra sans hésitation et reconnut son voisin Job, un jeune homme qui travaillait comme barman en ville et qui rentrait souvent tard.

Planté devant la vitre brisée et la porte d'entrée au battant défoncé, il la regardait, perplexe, le front plissé. Femke posa le doigt sur ses lèvres.

« Eddie a déjà appelé la police, Job. Les cambrioleurs n'ont même pas eu le temps d'entrer. Nous n'avons pas vu qui c'était. La porte ne ferme plus complètement, comme tu vois. »

Il secoua la tête lentement et la regarda d'un air inquiet. Elle articula en silence le mot « po-li-ce ».

« Bah, merde alors, dit-il en haussant les épaules. Ce quartier commence à être un peu trop agité à mon goût. Mais bon, si vous n'avez pas besoin de moi, alors je vais vous souhaiter une bonne nuit. Tu salueras Eddie pour moi. » Puis il entra dans l'appartement voisin et claqua la porte derrière lui.

Femke referma la sienne comme elle put et retourna dans le séjour, où l'homme se tenait sur le qui-vive.

« Il est rentré chez lui », dit-elle, convaincue que son voisin n'avait pas perçu la gravité de la situation et sa terreur. Aurait-elle dû être plus explicite, ou bien cela l'aurait-il exposé lui aussi au danger ?

Elle s'efforça d'avoir l'air calme, mais elle était morte de peur. « Alors qu'est-ce que tu en penses ? Comme je ne sais pas ce que tu cherches, je te propose qu'on s'y mette ensemble. »

Il recula vers le canapé et reposa doucement l'enfant.

« Tu mens, salope, je le vois sur ton visage ! » Il fit un pas vers elle et la frappa violemment au visage avec la tranche du pistolet. « Tu crois que je ne sais pas qu'il a compris ce qui se passait ici ? »

Femke porta la main à sa joue meurtrie. Les larmes coulaient et son oreille sifflait, mais elle secoua la tête. Je suis sûre qu'il n'a rien compris, disaient ses yeux.

Il se retourna vers l'enfant endormie. « Allez, Femke, tu as dix secondes pour me dire ce que tu sais. Sinon elle passe par-dessus la rambarde. »

Femke regarda sa fille, innocente et sans défense. Elle sut que la partie était perdue.

« Tu lâches la petite et le pistolet et je te donnerai ce que tu veux, d'accord ? »

Il hésita un court instant, le temps d'évaluer les conséquences de ce qu'elle lui proposait. Puis il tendit l'arme devant lui et vida le chargeur avant de poser le pistolet à un bout de la pièce et les balles de l'autre côté.

« Il s'agit d'un fichier », dit-elle en lui demandant de la suivre dans la petite pièce où se trouvait l'ordinateur. « Tu trouveras un mail dans ma boîte de réception, accompagné d'une pièce jointe. Je ne l'ai pas lu, mais je sais qu'il contient les aveux d'Eddie. Il a eu le temps de me le dire avant que tu me l'enlèves. »

Elle vit qu'il avait remarqué le cadre posé à l'envers sur la table. Il le retourna et contempla un instant Eddie et la petite souriant à l'objectif. Il hocha la tête à son intention et reposa le cadre à l'endroit.

Le front de Femke se plissa un instant, mais elle ralluma l'ordinateur et lui donna son mot de passe.

Lorsqu'il découvrit le contenu de la pièce jointe, il fut visiblement satisfait. Sans hésitation, il la transféra vers une autre adresse électronique et supprima mail et pièce jointe de la boîte d'envoi.

Puis il se tourna vers elle. « Tu as été stupide, Femke », dit-il en se relevant brusquement et en l'attrapant par le cou avec son avant-bras.

Elle se débattit et tenta de lui griffer le visage et les bras.

Il est trop fort pour toi, tu vas mourir, pensa-t-elle, luttant pour ne pas perdre connaissance.

Au même moment, on frappa violemment à la porte, tandis qu'une sirène de police en approche résonnait dans la rue.

L'homme jeta un coup d'œil à l'écran et la lâcha.

En quelques secondes, il fut dans l'entrée. Un bruit de bagarre et des cris parvinrent à Femke, tandis qu'elle se relevait en suffoquant.

Puis ce fut le silence.

Femke tituba jusqu'au seuil et trouva son voisin couché sur la coursive. En sang, mais vivant.

L'homme aux yeux vairons avait disparu.

48

Mercredi 6 janvier 2021

Molise / Ploug

Dès le mercredi matin, les aventures d'Assad à Elseneur avaient fait le tour de tous ceux qui travaillaient sur l'affaire. Il avait retrouvé Niels B marquis de Bourbon dans une maison en ruine du quartier. L'histoire des clous l'avait déjà bien affecté, et voilà qu'un homme dont il avait reconnu le parfum caractéristique était à sa recherche. Niels avait préféré fuir.

Molise Sjögren fut la première à lire le message d'Assad.

Dès le moment où son mari commençait à s'étirer dans le lit à côté d'elle à cinq heures quarante-cinq, elle pouvait en général dire adieu à son sommeil profond, et tandis que son conjoint prenait sa douche, elle avait l'habitude de lire ses mails et de traîner sur son téléphone. Ce matin-là, à la lecture du message d'Assad, elle se redressa d'un bond.

Après que Carl lui avait parlé de cet homme au parfum évoquant le pamplemousse, elle avait fait quelques vagues recherches pour essayer de trouver un avocat correspondant à cette description, mais l'entreprise n'étant pas simple, elle s'était rapidement tournée vers d'autres tâches.

À présent, tous ses voyants d'alerte étaient allumés. Quand son mari sortit de la douche en costume d'Adam et suggéra qu'ils prennent un peu de temps pour eux, elle ignora sa proposition et transmit au groupe WhatsApp créé par Assad ce que Carl lui avait raconté au sujet de cet homme.

Après quoi, elle resta plusieurs minutes les yeux rivés à l'écran de son portable.

Comme tous les jours, Terje Ploug mit un temps fou à émerger du sommeil. À vrai dire, cela faisait quelque temps déjà que son quotidien ne lui donnait plus envie de se lever le matin. Depuis que la brigade criminelle avait déménagé à Teglholmen, une grande partie de l'ancienne équipe s'était fait muter dans d'autres unités et d'autres bureaux et la moyenne d'âge à la Crim avait chu d'environ deux générations. À présent, ses collègues venaient au travail en courant ou à vélo, ils parlaient fort et se vantaient de leur condition physique, ce qui était en soi une injure aux anciens comme lui qui s'entretenaient plus volontiers au Jägermeister et à la cigarette. Parfois, Terje était si épuisé le matin qu'il n'avait même pas la force de tousser, et quand on commence sa journée comme ça, il y a peu de chances que cela s'arrange au fil des heures. Quasiment tous les flics de sa génération étaient logés à la même enseigne.

Il roula sur le côté et enfouit sa tête dans l'oreiller pour que le vacarme joyeux de sa progéniture ne l'arrache pas définitivement aux bribes de son sommeil, mais le bip du portable posé sur sa table de nuit s'en chargea. Maudit soit celui qui avait inventé cet instrument diabolique.

À contrecœur, il tendit la main pour attraper le téléphone, constata qu'il n'était pas encore sept heures, chercha ses lunettes à tâtons et ouvrit le message de Molise Sjögren.

Il le lut à deux reprises et ressentit une bouffée d'exaltation qui frôla l'exultation en découvrant ce qu'Assad avait écrit plus tôt.

« Bah merde alors ! » s'exclama-t-il en éclatant de rire. Tout cela correspondait exactement à ce qu'il pensait de cet avocat gominé, ce Christian Mandrup ! Un orvet, une vipère de la pire espèce, qui s'insinuait partout.

Une heure plus tard il était dans son bureau à Teglholmen, métamorphosé.

« Dis-moi, Lis, je voudrais que tu appelles Christian Mandrup, l'avocat, demanda-t-il à la secrétaire. Tu lui diras que nous voulons réentendre son client, Jess Larsen, à la brigade criminelle et que nous comptons sur sa présence lors de cet interrogatoire. Suggère-lui de venir à midi. »

Ploug écouta Lis faire son numéro de charme à l'avocat.

« Il refuse, chuchota-t-elle, la main sur le micro. Il dit qu'il est occupé. »

Ploug hocha la tête, pensif. Évidemment que le type était occupé, avec tous les fers qu'il avait au feu, mais ça n'allait pas se passer comme ça. S'il croyait pouvoir remettre la main sur Niels B avant tout le monde, il allait être cruellement déçu. Assad avait ramené Niels B à son propre domicile, et il n'en bougerait pas jusqu'à nouvel ordre.

Il prit le téléphone des mains de Lis. « Bonjour, maître Mandrup. Terje Ploug à l'appareil. Je suis désolé de vous déranger, mais nous disposons de nouveaux éléments concernant votre client Jess Larsen et nous devons les traiter de toute urgence. Si ce n'est pas pratique pour vous à midi, disons midi trente ? »

En entrant dans le bureau de Bente Hansen, Terje tomba sur le patron. Son équipe venait d'intervenir sur un meurtre à l'arme blanche à Amager, le suspect était en garde à vue et la cheffe avait l'air très contente d'elle. Il est vrai que ce n'était pas tous les jours que Marcus Jacobsen venait en personne féliciter ses troupes.

« Désolé de débouler en pleine cérémonie d'hommage », s'excusa Ploug, hypocrite. Puis il s'adressa à Marcus :

« Dans une demi-heure, je vais annoncer à un avocat qu'il est mis en examen. Il ignore qu'il fait l'objet d'une enquête et ne sait pas non plus que je compte le piéger à l'occasion de l'interrogatoire de l'un de ses clients, dit-il. Je vais avoir besoin de quelqu'un pour m'assister de façon à faire les choses dans les règles. Est-ce que tu vois un inconvénient à ce que je demande à Rose Knudsen d'être présente, sachant qu'elle travaille maintenant sur l'affaire Hannes Theis ? »

Marcus Jacobsen le regarda comme s'il venait de le tacler et de lui donner délibérément un coup de crampons dans le genou.

« Cette affaire ne concerne ni Rose Knudsen ni le

département V, Terje, répliqua-t-il froidement. Tu veux piéger un avocat ? Et on peut savoir comment tu comptes t'y prendre ?

— En le confrontant avec une personne qu'il n'a aucune envie de rencontrer.

— Pendant l'audition de son client ?

— Non, après. »

Marcus Jacobsen émit un grognement. Apparemment, il n'avait pas envie d'être mêlé à ce genre de combine. « Et c'est qui, cet avocat ? s'enquit-il.

— Il s'appelle Christian Mandrup. Il s'est rendu à la prison Vestre quand Carl y était et a lancé contre lui des menaces suffisamment graves pour que nous soyons en mesure d'affirmer qu'il travaille pour les gens qui essayent de tuer Carl.

— Christian Mandrup ! C'est marrant, intervint Bente Hansen. J'ai déjà eu affaire à lui. Je suppose que tu sais que c'est lui qui s'est occupé de la transaction concernant la reprise des bâtiments de DKNL Transports par Hannes Theis ? »

Ploug fit mine de réfléchir un instant et répondit que non, il ne le savait pas.

Bente Hansen prit un air sceptique, mais n'insista pas.

« Enfin, ça remonte tout de même à quelques années et c'était une affaire un peu compliquée sur laquelle j'ai moi-même dû me documenter pas mal. Quoi qu'il en soit, les bâtiments en question appartenaient à l'époque à un certain Gérard Gaillard, au sein d'une holding appelée Kandaloo Workshop dont il était le seul actionnaire. C'est le même homme qui a été retrouvé découpé en morceaux dans une caisse, à Amager. Ça a été mentionné, d'ailleurs, lors de l'audience préliminaire de Carl.

— La vente des bâtiments de Gaillard, incroyable ! Tout se tient, alors ! »

Ploug avait toujours ce même sentiment de jubilation quand plusieurs affaires complexes présentaient des points de convergence. « Il devient difficile de ne pas remarquer le nombre d'éléments qui relient Christian Mandrup à cette affaire », ajouta-t-il, la mine pensive.

Bente Hansen se tourna vers le patron. « Si tu veux, je peux assister Terje lors de cette audition, proposa-t-elle. Ça m'intéresserait de rencontrer le personnage. »

Après une nuit passée sur une banquette à « l'hôtel des barreaux », Jess Larsen avait encore plus mauvaise mine que la veille.

Dommage pour lui, songeait Ploug. Il allait devoir s'habituer à vivre enfermé s'il ne se décidait pas bientôt à parler.

« Ton avocat n'est pas arrivé ? » constata-t-il en prenant place à côté de Bente dans la petite salle d'interrogatoire située au rez-de-chaussée du commissariat.

Jess Larsen le fixait d'un regard éteint. Cet imbécile avait apparemment décidé de garder le silence.

« Je me présente : Bente Hansen, inspectrice. Je suis présente à cette audition à titre d'observatrice », dit sa collègue.

Larsen ne se donna même pas la peine de tourner la tête vers elle, mais le pli méprisant à la commissure de ses lèvres en disait assez long.

« De quel droit osez-vous me convoquer ici au dernier moment ? » éructa Christian Mandrup en pénétrant dans la pièce, l'air furibond.

Dès cet instant, Ploug commença à hocher la tête

pour lui-même. Il n'y était pas allé de main morte sur l'eau de toilette ce matin. Les fameux effluves d'agrume avaient envahi la petite salle dès qu'il avait fait son entrée.

« J'espère que vous n'avez pas ouvert la bouche, Jess ! » dit-il ensuite à son client qui, en guise de réponse, le regarda d'un air torve. Puis, aux policiers :

« Je croyais qu'il était établi que Jess Larsen ne souhaitait faire aucun commentaire. Qu'est-ce que c'est que ces nouvelles informations que vous vous targuez d'avoir ?

— Qui vous dit que ce sont des informations ? Il pourrait s'agir de preuves matérielles, rétorqua Ploug. Mais OK, si nous n'avons rien à nous dire, nous allons le renvoyer à Vestre. Qu'est-ce que t'en dis, Jess ? »

Le type haussa les épaules.

« Parfait, alors on va demander à l'aimable collègue qui t'a conduit ici de te ramener là-bas. Et vous, maître Mandrup, auriez-vous l'obligeance de rester un peu avec nous ? »

La question n'attendait évidemment aucune réponse, mais Mandrup commença malgré tout à se plaindre d'être débordé et à s'indigner, arguant qu'on se moquait de lui.

« Je crois pourtant, maître, que nous avons deux trois choses à vous dire qui pourraient vous intéresser. Mais laissez-moi d'abord vous complimenter pour votre agréable parfum. Une bouffée de printemps. Tu reconnais cette odeur, Bente ? » lui demanda-t-il.

Elle haussa les sourcils, surprise. « Euh, non. Je ne suis pas experte en parfum pour hommes. C'est quoi ? »

L'avocat la regarda un long moment sans rien dire.

« Étrange sujet de conversation, mais si vous tenez à le savoir, c'est Terre d'Hermès », dit-il finalement.

Ploug le remercia, le complimenta de nouveau pour son goût raffiné, puis il se leva et les laissa tous les deux seuls pendant trente secondes. Puis il revint et referma la porte derrière lui.

« Il paraît que vous avez été très occupé ces derniers temps, Mandrup. Mais avant d'aborder ce sujet, est-ce que vous pourriez me dire qui est l'exécuteur testamentaire de Hannes Theis ? »

Mandrup eut un sourire ironique. Peut-être s'attendait-il à cette question. « Vu la manière dont vous posez la question, j'en déduis que ce n'est plus un secret. Effectivement, c'est moi. Je représente Hannes Theis et la société DKNL Transports depuis plusieurs années.

— Ah, parfait, voilà qui est établi. Mais excusez ma curiosité, ne trouvez-vous pas contestable, déontologiquement parlant, de représenter l'homme qui est poursuivi pour le meurtre de feu votre client ?

— C'est vrai que la situation est quelque peu inhabituelle. Mais non, je ne vois pas en quoi cela devrait poser un problème. Jess Larsen était le seul employé de Theis qui soit sous contrat dans la société et il était presque toujours présent quand je me trouvais là-bas. Il me paraît de mon devoir de veiller à ce que l'assassinat de mon client décédé ne soit pas imputé à un innocent.

— Vous êtes donc convaincu de l'innocence de Jess Larsen.

— Bien sûr. Et je le resterai jusqu'à ce que vous m'ayez fourni la preuve du contraire. » Là, il s'autorisa un sourire.

« Il me semble que vous multipliez les casquettes

et que vous êtes constamment par monts et par vaux, continua Ploug. Et à ce propos, vous avez le bonjour de Carl Mørck. Lui aussi aimerait bien connaître la marque de votre parfum. »

Sous les sourcils froncés, le regard se fit soupçonneux. Était-ce de la méfiance ou de la surprise ?

« Je ne connais pas Carl Mørck.

— Vous ne l'avez pas croisé à Vestre ? »

Mandrup bascula la tête en arrière et resta un quart de seconde sans rien dire. Puis il passa la langue sur ses lèvres et sa bouche esquissa une expression qu'il voulait sans doute faire passer pour de l'indulgence.

« On vous aura mal renseigné. Je…

— Et vous n'avez pas non plus rendu visite à deux détenus à la maison d'arrêt de Slagelse, un certain Malthe Bøgegård et un géant répondant au nom de Tom Gravgaard ? Ce ne sera pas difficile à prouver, il me suffit de passer un coup de fil au personnel pénitentiaire.

— Ça, je suppose que vous l'avez déjà fait, mais je ne vois pas quel rapport cela a avec Carl Mørck ou quoi que ce soit d'autre. Je les ai rencontrés en ma qualité d'avocat, bien entendu.

— Avocat de qui ? Pas de Malthe Bøgegård, je suppose.

— Écoutez, j'ai beaucoup de travail et je vais devoir y aller. Si c'est si important pour vous, je vous propose que nous en parlions ultérieurement. Mais tant que cela n'a pas de lien direct avec Jess Larsen, cela devra attendre.

— Très bien. » Ploug fit un signe de tête à Bente Hansen qui hocha la tête en retour. « Mais avant que vous partiez, il y a un détail que je voudrais voir avec vous. »

Il se leva et alla ouvrir la porte du couloir.

« Tu peux entrer, Niels », dit-il.

Il se tourna vers Christian Mandrup pour voir sa réaction. L'expression qui apparut sur le visage de l'avocat au moment où l'homme passa le pas de la porte constitua aux yeux de l'inspecteur Ploug ce qu'on appelle dans le domaine des statistiques « une preuve significative ». Quant à Bente, elle le regarda entrer les sourcils froncés, déconcertée.

« Ces derniers jours, maître Christian Mandrup a remué ciel et terre pour retrouver cet homme. Permettez-moi de vous présenter Niels B marquis de Bourbon.

— C'est une plaisanterie ? » Mandrup s'efforça d'avoir l'air à la fois énervé et indigné, mais un léger tremblement dans sa voix le trahit. Il était surpris.

« Niels, tu reconnais ce monsieur ? »

Celui-ci redressa le dos, mais évita de croiser le regard de l'avocat.

« Oui, il a cherché à me retrouver à Copenhague. Je reconnais son parfum pour l'avoir senti à Baggesensgade dans le quartier de Nørrebro et dans mon appartement de Slagelse, après ma sortie de prison. Si vous voulez, je peux vous amener quelqu'un de Baggesensgade à qui il a posé des questions sur moi.

— Alors, Christian, dit Ploug à l'avocat sans cacher son mépris. Pourquoi teniez-vous tant à mettre la main sur Niels, ici présent ? Qu'est-ce que vous lui vouliez ? Vous aviez l'intention de le menacer, comme vous avez menacé Malthe Bøgegård et Carl Mørck ?

— Vous divaguez, inspecteur. » L'avocat se tourna vers Bente Hansen. « Et vous, vous ne pouvez pas faire quelque chose pour arrêter ce délire ? »

Ploug et Bente échangèrent un regard. De façon quasi imperceptible, elle secoua la tête. « Il faut que tu nous expliques où tu veux en venir, Terje. J'avoue que je ne te suis pas très bien non plus, dit-elle.

— OK. Maître Mandrup, j'aimerais que vous m'expliquiez pour qui vous travaillez. Vous paraissez étrangement impliqué dans ce qui arrive à Carl Mørck et dans tout ce qui touche aux faits qui lui sont reprochés. Vous êtes présent dans des endroits où vous n'avez aucune raison de vous trouver. Qu'aviez-vous à dire à Malthe Bøgegård, par exemple ? Est-il exact que vous êtes venu l'informer que ce n'était plus lui qui devait tuer Carl Mørck, mais Tom Gravgaard ?

— Vous perdez la tête, mon pauvre ami. J'ai rendu visite à ces deux prévenus en relation avec leurs affaires.

— C'est ce que vous prétendez, en effet, mais Malthe Bøgegård a raconté à Carl Mørck une tout autre histoire.

— Qu'est-ce que vous me voulez, à la fin, avec ce Carl Mørck ? J'ai entendu parler de lui dans les médias, d'accord, mais je ne le connais pas et je n'ai rien à voir avec lui.

— Nous pourrions vous garder ici et aller chercher Carl Mørck et Malthe Bøgegård pour qu'ils vous donnent leur version des faits. »

Mandrup ricana. « Vous voulez me mettre en présence de deux criminels aguerris qui feraient n'importe quoi pour se disculper, et confronter leurs histoires avec la mienne ? Mais vous rêvez ! Quant à me retenir ici, vous savez bien que vous n'en avez pas le droit, pauvre imbécile. »

Bente Hansen soupira. Elle cherchait manifestement

à faire comprendre à Ploug que tout cela ne le mènerait nulle part.

Ploug se tourna vers Niels B, qui n'avait pas dit un mot.

« Et toi, Niels, qu'est-ce que tu en penses ?

— Moi, je ne sais rien, dit-il, les yeux baissés. Ce qui est sûr, c'est que le jour où les deux mécaniciens ont été tués à Sorø, il était là. Et cette odeur qu'il sème partout, je l'ai sentie dans mon appartement. » Puis il leva les yeux vers l'avocat. « Pourquoi est-ce que vous me cherchiez, l'autre jour, à Nørrebro ? Qu'est-ce que vous me vouliez ? »

Mandrup rassembla ses papiers sur la table, les rangea dans sa serviette et se leva.

« Je sais que vous essayez simplement de bien faire votre travail, inspecteur, et je comprends que vous soyez quelque peu débordé. Mais si vous voulez un conseil, vous devriez prendre quelques jours de repos, parce que je crois que vous frôlez le burn-out. »

Il hocha poliment la tête à l'intention de Bente Hansen et posa un regard apitoyé sur Ploug, puis sur Niels B qui dut s'effacer pour le laisser sortir.

Un taxi raccompagna Niels B chez Assad, et Ploug et Bente Hansen se retrouvèrent face à face avec chacun sa version de ce qui venait de se passer.

Bente se mordit la lèvre avant de déclarer qu'elle venait d'assister à la manœuvre la plus pitoyable qu'elle ait jamais vue dans toute sa carrière pour amener un suspect à se dévoiler. Elle annonça franchement à Terje qu'elle allait devoir se faire violence pour ne pas rapporter l'épisode au patron, mot pour mot.

Ploug s'évertua à l'amener dans son camp. Ne voyait-elle pas à quel point le type était empêtré dans ses mensonges ? Il suffisait de penser au nombre de rencontres qui avaient eu lieu, à tous les points de concordance entre lui et la situation de Carl. Ça ne pouvait pas relever du hasard ! Est-ce qu'ils ne devraient pas plutôt parler de ce qu'il fallait faire pour découper ce serpent en rondelles ?

Bente Hansen se leva. « Je pense que tu m'as demandé d'assister à cette petite représentation pour que je soutienne tes allégations. Sache que je t'ai toujours estimé et c'est pourquoi j'ai accepté de venir, mais je t'avoue que je ne te reconnais plus. Je comprends que tu veuilles à tout prix trouver une issue pour Carl, mais là, tu viens de scier la branche sur laquelle il est assis. Je suis sûre que Christian Mandrup a une excellente explication à chacune de tes accusations et qu'il faudrait un miracle désormais pour qu'il accepte de te reparler. »

Elle conclut par une tape amicale sur son épaule et s'en alla.

49

Du dimanche 3 au mardi 5 janvier 2021

Kenneth

La province du Helmand, en Afghanistan, avait été l'enfer personnel de Kenneth, et la poussière du désert son cauchemar. Un tas de ferraille au bord d'une route. Un endroit où mieux valait ne pas se trouver à la nuit tombée. Ni dans la lumière du jour, d'ailleurs. Les mines, il y en avait partout et elles pouvaient exploser à chaque instant, tandis qu'on avait les yeux collés à ses jumelles. Un séjour en Irak et deux en Afghanistan, c'était plus qu'assez. La chance n'était pas une compagne de route sur laquelle il fallait trop compter.

Depuis sa démobilisation, il vivait dans une petite maison à Roskilde, tâchant d'apaiser les démons du passé, d'oublier et de reprendre une vie normale. Il avait tué. Une balle, droit dans la trachée d'un adolescent. Ce guerrier taliban n'était qu'un jeune homme avec un peu de poil au menton. Il n'en avait parlé à personne, même pas à Mia. Jusqu'à ce que Merete Lynggaard fasse appel à lui.

Elle avait lu qu'il avait sauvé la jeune Mia d'un

incendie et que sa vigilance et son sens de l'observation lui avaient permis à plusieurs reprises et de manière inattendue d'aider Carl Mørck dans une enquête, quelques années après sa propre affaire.

Elle s'était renseignée et avait appris que, malgré un syndrome de stress post-traumatique qui n'avait jamais tout à fait disparu, il donnait entière satisfaction à ses employeurs en tant que responsable de la sécurité dans une grande entreprise informatique.

Merete l'avait débauché, et depuis que le marché couvert par l'entreprise de son mari s'était étendu à la Scandinavie, il travaillait avec elle. Kenneth s'était révélé particulièrement efficace dans les affaires de prises d'otage. Il comprenait vite, ne reculait jamais devant le danger et, à l'exception d'une affaire qui s'était mal terminée, avait toujours su trouver une issue favorable.

« Nous devons beaucoup à Carl Mørck et à ses collaborateurs du département V, lui avait-elle rappelé quand les premiers gros titres concernant l'arrestation de Carl étaient sortis. J'ai des contacts dans la police et aussi à la prison Vestre. Je propose que nous payions notre dette envers Carl en faisant tout ce qui est en notre pouvoir pour le protéger durant sa détention provisoire. Il vient d'être transféré à Slagelse, un bon établissement, assez ouvert. Peut-être même un peu trop quand il s'agit d'assurer la sécurité d'un détenu aussi célèbre que lui. »

Kenneth avait hoché la tête. Sa belle et douce Mia, dont il était encore amoureux à perdre le souffle et dont il serait incapable de se passer, n'aurait plus été de ce monde sans lui et sans Carl Mørck. Il accepta sans hésiter.

« D'accord, qu'est-ce que tu attends de moi ?

— Je voudrais que tu ailles sur place surveiller les allées et venues dans la maison d'arrêt et autour des bâtiments. Il faut à tout prix éviter à Carl une attaque venant de l'extérieur. »

Kenneth s'installa dans le très joli hôtel Lillevang, à dix minutes à pied de la prison, réservant la chambre pour un mois sous prétexte qu'il rédigeait une thèse et avait besoin de calme et de tranquillité pour en venir à bout.

Le quatrième jour, comme d'habitude, il sortit dès six heures du matin, prit l'allée qui longeait la façade arrière de la maison d'arrêt, entra dans le bosquet masquant le mur d'enceinte et resta assis une heure environ entre deux arbres couverts de givre, sur un tronc couché, dissimulé aux yeux de tous. Depuis ce poste d'observation, il pouvait voir tout un côté de la maison d'arrêt et la haute grille par-dessus laquelle des proches des détenus avaient pour habitude de lancer de l'argent et des cigarettes, en espérant qu'ils tombent dans les bonnes mains durant la promenade. À présent, le grillage fermant la cour avait été renforcé et ces pratiques étaient quasiment abandonnées.

Ensuite, Kenneth reprit le sentier dans l'autre sens sur une centaine de mètres et inspecta le vaste terrain vague, un endroit facile d'accès où poussait une végétation dense, mais d'où on avait une vue imprenable sur les fenêtres à l'arrière de la prison. Un tractopelle ou un chariot élévateur pouvait sans aucune difficulté approcher de la grille par ce côté, la franchir et accéder à la cellule de Carl, qui se trouvait à peu près au milieu de la façade du bâtiment, à quelques mètres au-dessus du sol.

Kenneth n'aimait pas ça.

Enfin, à proximité immédiate de la maison d'arrêt, il y avait cette caserne de pompiers désaffectée. Il observa les garages désormais vides et leurs immenses portes, leva les yeux vers les toits et la tour de séchage qui les dominait de toute sa hauteur. Depuis ce poste, la maison d'arrêt était très exposée et il se rappela les embuscades en Afghanistan où un simple éclat lumineux sur une colline pendant une mission de reconnaissance pouvait être synonyme de mort. Ce souvenir le rendit particulièrement attentif au danger que représentait cette tour. De là-haut, avec l'arme adéquate, un bon tireur disposait d'un angle de tir parfait pour atteindre la cellule de Carl.

Il jeta son sac à dos sur une épaule et testa prudemment la poignée de la porte d'entrée de la caserne. Elle était verrouillée, et ça, c'était une bonne nouvelle. En jetant un coup d'œil par la fenêtre du garage mitoyen, il découvrit un autre accès, à côté des toilettes. Il n'y avait plus de doute, il devait sécuriser les lieux.

Il avait plusieurs solutions. La première était de soulever la porte à bascule à l'aide d'un pied-de-biche ou d'un cric hydraulique, de se glisser en dessous et de passer par le garage. La deuxième, moins évidente, était de grimper sur le toit par l'arrière, de poser un pied sur l'énorme projecteur surplombant la porte et l'autre en dessous de la première fenêtre de la tour, de casser la vitre et d'entrer par là.

Il longea la porte jusqu'à un étroit passage conduisant à un bâtiment moins haut, appuyé à celui qui jouxtait la tour. Il avait constaté qu'il permettait d'accéder à une cave dans laquelle se trouvait une porte, verrouillée, donnant elle aussi à l'intérieur de la tour. De ce côté du bâtiment, il y avait une autre entrée, fermée à clé également, mais en collant son visage à la partie vitrée, on apercevait sur la gauche une porte ouverte donnant directement dans la tour. Il aurait bien sûr pu casser la vitre, mais quelqu'un aurait pu le voir et il préférait l'éviter. Le plus simple et le plus discret était donc de forcer la serrure de cette porte à l'arrière.

Pour commencer, il installerait un mouchard à l'intérieur de la tour elle-même, ce serait l'affaire d'une minute. Ensuite, il placerait deux de ses caméras miniatures sur le toit de l'un des petits bâtiments qui se trouvaient face à la tour et couvrirait également la façade des bâtiments avec des caméras posées sur la palissade envahie de végétation qui fermait le site.

Je ferai cela après la tombée de la nuit, pour être sûr de ne pas être dérangé, se dit-il. La cour de la caserne était utilisée comme parking dans la journée, et entre l'accès à la route et la circulation devant la prison, son entreprise aurait du mal à passer inaperçue.

Il fit son rapport à Merete Lynggaard et lui demanda de faire préparer le matériel de surveillance nécessaire ainsi qu'un pistolet de crochetage. Il lui demanda également de réfléchir à l'arme dont il pourrait éventuellement se servir. Un pistolet serait bien sûr idéal, mais selon Merete, ce n'était pas une bonne idée sur le sol danois. Ils décidèrent donc d'un commun accord qu'il serait équipé d'une paire de Taser. Ce n'était pas davantage autorisé au Danemark, mais l'infraction était moins grave, avec cette catégorie d'armes. Il lui faudrait aussi le paquetage habituel : couteau, corde, bombe lacrymo et menottes. Merete n'avait pas besoin de savoir qu'il possédait sa propre arme de poing. Ainsi, elle serait exonérée de toute responsabilité en cas de problème.

Elle lui dit qu'il recevrait le tout le lendemain et qu'elle ajouterait quelques caméras pour qu'il puisse aussi surveiller l'allée et quelques bosquets derrière la prison.

« Fais bien attention de ne pas te faire remarquer par le personnel pénitentiaire quand tu installeras le matériel, Kenneth, recommanda Merete. Trouve un bar dans le quartier, installe-toi tranquillement avec ton ordinateur portable, et fais semblant de travailler sur un doc Word bidon pendant que tu contrôles discrètement les images de la vidéosurveillance.

— Et si le personnel de la prison a quand même des soupçons ?

— Tu dégages immédiatement et on te remplace aussitôt. »

50

Mercredi 6 janvier 2021

Carl

Quand Tove Mørck se présenta à la maison d'arrêt de Slagelse, on lui demanda, après avoir contrôlé son sac, de déposer dans une bannette divers articles qu'elle n'était pas autorisée à apporter à son fils au parloir. Un pull-over bien chaud qu'elle avait elle-même tricoté, deux kilos de biscuits et une livre de crevettes à moitié décongelées.

Elle raconta l'épisode avec beaucoup d'indignation, une voix de crécelle et un accent du nord du Jutland à couper au couteau qui ne donnèrent pas le mal du pays à Carl Mørck.

Elle continua de vociférer plusieurs longues minutes et Carl vit à la mine du planton qu'il compatissait.

« Comment as-tu obtenu cette visite, maman ? lui demanda Carl, ce qui était à peine plus gentil que s'il lui avait demandé pourquoi elle était venue.

— Encore heureux que j'aie le droit de venir voir mon fils ! Est-ce que tu as la moindre idée du nombre de correspondances pour se rendre de Hjørringvej à

Brønderslev et enfin à cette prison à Slagelse, et par ce temps, en plus ? »

Elle était à deux doigts d'en dresser la liste, mais Carl parvint à l'arrêter.

« Je suis désolé que tu sois contrainte de t'infliger ça. Peut-être aurais-tu mieux fait de t'abstenir.

— Oh, mon Dieu, Carl, tu as toujours été un enfant tellement ingrat, dit-elle, tremblant de colère. Tu aurais mieux fait d'écouter ton père et de reprendre la ferme quand il était encore temps.

— Mouais… Mais…

— … Mais il a à tout prix fallu que tu ailles vivre à Copenhague, et regarde où cela t'a mené, mon pauvre garçon. Et ça, qu'est-ce que c'est que cette pièce avec des dessins d'enfants sur les murs ? »

Carl pensa à la décoration de la maison où il avait grandi avec ses bibliothèques pyramidales et ses frises de toits. Il n'y avait qu'un seul tableau, et personne n'avait pris la peine de le raccrocher le jour où la ficelle à laquelle il était suspendu s'était cassée.

« C'est pour les enfants. Pour qu'ils ne soient pas trop impressionnés.

— Ne me dis pas que Lucia vient te voir ici !

— Il s'avère que je n'ai normalement droit à aucune visite, alors non, ça n'a pas été possible. C'est d'ailleurs pour ça que je ne comprends pas comment ça se fait que toi, tu sois là.

— Parce que j'ai appelé la police et que je les ai engueulés. Je ne vois pas ce que j'aurais pu te raconter ! Je ne sais rien, puisque tu ne me dis jamais rien.

— Ils pensaient peut-être que tu lisais les journaux,

ou Internet, ou que tu regardais la télé de temps en temps.

— C'est ce qu'ils m'ont dit, mais je leur ai répondu qu'ils ne savaient pas ce que c'est de tenir une ferme quand on a un mari malade.

— Papa est malade ? »

Le visage de sa mère s'adoucit l'espace d'une seconde. Ses yeux étaient-ils réellement devenus légèrement brillants, ou bien avait-il rêvé ?

« Ton père est usé jusqu'à la corde, voilà tout. Et tu crois que quelqu'un viendrait nous aider ? On est tout seuls. Ça a été pareil pour ton grand frère, quand ils lui ont tué tous ses visons. Que voulais-tu qu'il fasse ? Quant à cette maudite Première ministre, inutile d'attendre d'elle le moindre soutien au monde agricole !

— Bent peut venir vous aider à la ferme, maintenant !

— Il est bien obligé ! Qui veux-tu qui le fasse, à part lui, pendant que je viens rendre visite à son imbécile de petit frère qui a trouvé le moyen d'atterrir en prison ? »

Cette fois, il en était sûr, c'étaient bien des larmes qu'il sentait poindre.

« Mais ton frère n'est pas doué pour les travaux de la ferme, Carl. Et puis, il n'est plus lui-même depuis qu'on a tué ses visons. Qu'est-ce que j'ai fait au bon Dieu pour avoir une famille pareille ?! »

Carl lui prit la main. « Je suis désolé, maman. Pourquoi est-ce que vous ne vendez pas ? »

Elle faillit s'étouffer devant l'insensibilité dont son fils venait de faire preuve en posant cette question.

« Je suis venue aussi pour t'annoncer que la ferme est hypothéquée de la cave au grenier depuis des lustres.

Il ne nous reste plus que le travail, et si nous n'avons plus la ferme, nous n'aurons plus rien pour vivre, tu comprends ça ?

— Je suis désolé de l'apprendre. » Il réfléchit quelques instants. « Mona et moi avons quelques économies, je crois que nous avons six cent mille couronnes à la banque, si ça peut vous aider. »

Un court instant, les traits de sa mère se relâchèrent et, pour la première fois depuis longtemps, elle posa la main sur la joue de Carl. L'agent derrière eux était sur le point de leur rappeler que tout contact était interdit, mais il n'en eut pas le cœur.

Carl remarqua à quel point sa mère avait vieilli. Ses yeux étaient plus enfoncés dans ses orbites, ses lèvres d'une minceur effrayante. Mais sa main était aussi chaude que dans ses souvenirs d'enfant. Il avait encore ses parents, il devait s'en réjouir. Mais seraient-ils encore là à sa sortie ?

Sa mère poussa un soupir. « C'est gentil de ta part, Carl, mais ça ne suffira pas. Nous espérons simplement que Bent touchera bientôt un dédommagement pour son élevage de visons, ce qui nous permettrait de nous en sortir. Nous espérons aussi que tu viendras nous aider quand on t'aura libéré. »

Était-ce pour lui dire ça qu'elle était venue ? Pas pour l'engueuler ou le couvrir de reproches, mais pour lui tendre la main ?

Il leva les yeux vers le gardien, qui hocha brièvement la tête et se détourna.

« Je te le promets, maman, dit-il en la serrant dans ses bras. Tu as eu Mona au téléphone, n'est-ce pas ? »

Elle acquiesça. « Oui, c'est une bonne fille, Carl, et

tu lui manques beaucoup. » Elle en savait donc plus sur l'affaire qu'elle n'avait tenté de lui faire croire.

« Salue papa de ma part et dis-lui que je viendrai, d'accord ?

— Parce que tu es innocent, n'est-ce pas ? »

Elle n'avait tout de même pas pu s'en empêcher.

« Bien sûr ! Qu'est-ce que tu crois ?

— Si tu m'avais répondu le contraire, j'aurais rapporté les biscuits chez ma nièce qui m'héberge cette nuit. Mais là, je vais les donner au personnel de la prison, en espérant qu'en contrepartie ils prendront bien soin de toi. »

Carl pensait encore à cette rencontre avec sa mère lorsqu'il sortit dans la cour pour la promenade sous la neige qui venait de se mettre à tomber. Son père était-il gravement malade ? « Usé », avait-elle dit, mais qu'est-ce que cela voulait dire, au juste ?

Il salua Malthe et Paul Manon d'un hochement de tête. Les deux hommes se surveillaient déjà du coin de l'œil, debout chacun dans son coin.

Le frêle Manon s'approcha. La promenade était le meilleur moment de leur journée à tous, car le reste du temps, ils étaient au régime sec des murs blancs, et la télévision allumée en permanence leur faisait un effet comparable à celui du bruit obsédant d'une lourde horloge. Tic, tac, disait le temps. Et les secondes passaient, vides. Tic, tac, le temps passe et il ne vous sera jamais rendu.

Paul Manon sourit et resserra les pans de sa veste. « Il y a des nouvelles de la base, annonça-t-il. Et tu peux écouter, Malthe. » Il fit signe au grand gaillard, qui enfonça les mains dans les poches de son coupe-vent et s'approcha de quelques pas.

« Ça va, Malthe ? » lui demanda Carl.

Il secoua la tête. « Ma sœur dit que mon petit frère va très mal et qu'ils ne savent pas comment faire pour le conduire en Allemagne. Une histoire d'assurance, je crois.

— Et ce n'est pas un problème qui peut se résoudre avec de l'argent ? demanda Carl, fronçant les sourcils.

— Peut-être. Ma mère et ma sœur essayent de trouver une solution. Mais même si elles y arrivent, il risque de mourir pendant le trajet en ambulance. »

Il resta planté là, tremblant un peu. Il ne pleurait pas, on aurait dit l'onde de choc de pleurs qui ne voulaient plus sortir. Il ne faisait aucun doute que ce pauvre Malthe souffrait dans les tréfonds de son âme d'enfant.

« Je peux demander à mon contact de voir ce qu'il peut faire, proposa timidement Manon. C'est elle qui a payé pour l'opération. Je suis sûre qu'elle peut les aider. Tu veux que je lui en parle ? »

Malthe leva les yeux vers lui. On aurait dit qu'il ne comprenait pas que quelqu'un comme Manon lui montre de la bienveillance.

« Il me faudrait évidemment l'adresse de ta mère et de ton frère et celle de l'hôpital. »

Malthe hocha la tête. Puis il parcourut le reste de la distance qui le séparait de Paul Manon et le prit dans ses bras puissants, ce qui était en cet instant la seule chose qu'il pouvait faire. « Merci », dit-il en le gardant serré contre lui.

« Qu'est-ce qu'il se passe ici, tout va bien ? » demanda

un maton qui arrivait avec Åbenrå, le détenu de la cellule numéro 10, en voyant les deux hommes enlacés.

« Merci », dit de nouveau Malthe, en libérant Manon.

Ce dernier attendit que le gardien soit reparti dans le couloir. Puis, à voix basse : « Il y a un type dehors qui surveille les alentours de la prison pour toi, Carl. D'après Merete, c'est quelqu'un que tu as connu il y a quelques années.

— OK, voilà qui est rassurant. Qui est-ce ?

— Un ancien militaire de carrière, il s'appelle Kenneth et travaille dans l'entreprise de sécurité que Merete a reprise au décès de son mari. Il doit être plus que qualifié pour assurer ta protection. »

Carl sourit. « Mia et Kenneth. Je m'en souviens comme si c'était hier, dit-il tout bas comme s'il se parlait à lui-même. Oui, c'est un type bien, je suis content.

— Il paraît qu'il a installé des mini-caméras partout pour pouvoir suivre tout ce qui se passe autour de la maison d'arrêt. J'ai aussi un message pour toi de la part de Hardy. Il est désolé de ne pas avoir été très efficace ces derniers jours, mais on lui a fait une proposition qui ne se refuse pas. Après mûre réflexion, il a décidé de déménager et il te remercie pour les années qu'il a passées chez toi à Allerød. C'est déjà en cours, d'ailleurs. »

Ça alors ! s'exclama Carl in petto, en pensant à Hardy et à son échafaudage ambulant, et en se demandant si un déménagement était une très bonne idée, que ce soit pour lui ou pour Morten.

« Dis-lui que je suis ravi pour lui et que j'espère pouvoir lui rendre visite à l'occasion, mais que pour l'instant, la perspective est un peu lointaine. »

Manon opina, puis reprit : « Mais la grande nouvelle

reste à venir. Figure-toi que le type qui t'a menacé à Vestre et qui s'est entretenu à la fois avec Malthe et avec la grosse brute du deuxième étage a été identifié. C'est un avocat du nom de Christian Mandrup. C'est son parfum qui l'a trahi.

— Qui l'a identifié ?

— Principalement Assad et un inspecteur de police qui s'appelle Terje Ploug, grâce à un travail d'équipe auquel tu as largement contribué en confiant tes craintes à ton avocate. »

Ce bon vieil Assad… Pas étonnant qu'il ait eu quelque chose à voir avec cette bonne nouvelle. Tout comme ce stakhanoviste de Ploug.

« On va le mettre en examen ? » demanda Carl.

Manon haussa les épaules. « Ça viendra. Pour l'instant, il est libre. »

Carl s'accroupit et plaça ses mains à l'abri du froid entre ses jambes. Cette information allait-elle faire évoluer sa situation dans le bon sens ou l'aggraver au contraire ? C'était à voir. À cet instant, il aurait donné n'importe quoi pour sortir de ces murs pendant quelques heures afin de mettre en place avec ses collègues une stratégie pour l'enquête à venir.

51

Mercredi 6 janvier 2021

Wayne Peters / Christian Mandrup

La journée avait commencé de manière paisible. Wayne Peters avait décidé de stocker la dernière livraison de cocaïne en provenance de Colombie, en attendant de s'être assuré qu'il n'y avait pas de faille dans son organisation. Pour lui, le crime ne payait que lorsque tout baignait dans l'huile, et si ce n'était pas le cas, mieux valait mettre la pédale douce jusqu'à ce que le calme revienne à tous les niveaux. L'agitation générait une curiosité malvenue et il relevait du bon sens d'arrêter les frais au plus vite.

Le mail qu'il attendait de Cees Pauwels arriva enfin, un peu après midi. Son contenu était clair et concis.

Il l'informait qu'Eddie Jansen était mort et que sa femme ne leur créerait pas de problème parce qu'elle n'était au courant de rien. Il avait colmaté la brèche juste à temps, à en juger par le fichier extrêmement compromettant qu'avait rédigé Eddie et que Cees avait joint à son courrier. Il disait aussi qu'il allait devoir réduire provisoirement son activité au sein de l'organisation en attendant d'avoir trouvé une alternative viable à la maison dans les polders à partir de laquelle il opérait jusque-là.

Wayne mit vingt minutes à parcourir les trente pages de la pièce jointe. Si ce contenu avait été divulgué, il aurait pu nuire considérablement à son business.

Certaines réflexions de Jansen sur la dernière page firent particulièrement monter la tension de Wayne.

Apparemment, les nombreuses années passées à travailler pour l'organisation avaient amené le flic à se demander s'il y avait réellement à la tête de ce réseau un groupe d'individus puissants, ou s'il n'était dirigé que par un seul homme, ce qui le rendrait plus vulnérable.

« Comment diable est-il arrivé à cette conclusion ? » jura Wayne. Il se pencha pour attraper la bouteille de Campari à laquelle il n'avait recours en temps normal que lorsque sa hanche le faisait souffrir.

Les deux gorgées ne lui firent aucun effet.

Il relut la dernière phrase plusieurs fois de suite. « Plus vulnérable », avait écrit Jansen.

Comment cet insecte insignifiant avait-il même osé avoir ce genre de pensée ? D'autres que lui avaient-ils eu la même ? La femme de Jansen peut-être. Et Cees Pauwels, évidemment.

Ni l'un ni l'autre ne survivrait à cet affront.

Wayne avala deux gorgées supplémentaires et parvint à maîtriser un peu sa fureur. Puis il répondit à Cees Pauwels qu'il lui était reconnaissant pour son travail et qu'il le serait encore plus quand il se serait définitivement débarrassé de la femme de Jansen. Sa prime l'attendrait dès le lendemain, mais avant de se mettre en vacances, il avait encore une mission urgente :

neutraliser l'inspecteur Wilbert de Groot. Et s'il pouvait faire passer cela pour un accident de la route, ce serait encore mieux.

Wayne se prépara une théière de tisane, s'installa confortablement, alluma un nouveau cigarillo et écrivit par mail sécurisé à son contact danois qu'il était satisfait que les nouvelles venant du Danemark soient aussi précises et qu'elles lui parviennent aussi rapidement. Il lui confirma qu'il estimait lui aussi que Christian Mandrup, qui leur avait pourtant été très utile jusque-là, constituait désormais un danger aussi important pour leur sécurité que Jess Larsen et Carl Mørck, et qu'ils ne pourraient dormir tranquilles que lorsque tous les trois auraient été réduits au silence, d'une manière ou d'une autre.

Il lui laissait le soin de décider de la façon de procéder. En revanche, si maître Mandrup était d'accord pour être muté en Colombie toutes affaires cessantes, un travail l'attendait. Dans le cas contraire, eh bien, il fallait mettre fin aux activités de l'avocat et, si possible, de manière spectaculaire.

En ce qui concernait Jess Larsen, il était pour l'instant convenu qu'il toucherait une importante somme d'argent s'il parvenait à se taire jusqu'à ce que la police abandonne les poursuites.

Carl Mørck devait mourir. Ce n'était qu'une question de temps avant qu'il passe un accord avec la justice. Le simple fait qu'on le soupçonne d'avoir travaillé main dans la main avec Anker Høyer en 2007 était suffisant pour justifier son élimination.

Enfin, Peters indiqua dans son mail que deux experts néerlandais avaient été recrutés pour accomplir cette mission apparemment trop compliquée pour les Danois. Et que ces experts étaient pratiquement en place.

Quand Mandrup rentra chez lui après l'entrevue musclée qu'il avait eue avec Terje Ploug et Niels B dans les locaux de la brigade criminelle, la première chose qu'il fit fut de prendre un bain pour se débarrasser de la moindre trace de parfum. C'était le préféré de sa femme, et depuis qu'elle l'avait quitté, il ne lui était jamais venu à l'idée d'en changer. Quel con !

Depuis des années, il avait une vie confortable grâce aux services qu'il rendait à l'organisation. Elle avait payé les études de ses enfants à l'étranger, lui avait permis de s'habiller avec élégance, de vivre dans des appartements de haut standing et de rouler dans de belles voitures. Jusque-là, il avait réussi à se maintenir à peu près du bon côté de la loi. Certes, il avait servi de messager quand il s'était agi de menacer quelqu'un et il connaissait l'existence d'un réseau qui se chargeait de faire circuler des produits de contrebande d'un pays à l'autre. Mais personne n'aurait pu prouver qu'il savait quoi que ce soit sur le trafic de drogue, les liquidations d'individus gênants ou les fraudes fiscales. Il était régulièrement confronté à des évènements pouvant être qualifiés de violents, mais c'était le métier d'avocat qui voulait cela.

Il reçut un SMS un peu plus tard dans la journée.

« Ferme immédiatement ton cabinet. Tu trouveras dans ta Dropbox des billets pour Amsterdam sur le vol de vingt-deux heures avec une correspondance pour Bogota demain dans la matinée. Un poste de coordinateur t'attend à notre bureau local. Ton salaire de départ sera de 160 000 dollars par mois avec prime de résultat. Tu signeras ton contrat à ton arrivée sur place.

« Il nous faut la copie de tous tes courriels et tu emporteras dans tes bagages cabine tes ordinateurs portables et tablettes. Lorsque tu seras arrivé à destination, tu nous feras, si tu le souhaites, une liste des biens que tu aimerais récupérer et de ceux que nous pouvons vendre. Tu as quelques heures devant toi avant de te rendre à l'aéroport. Tu n'as pas envie de savoir ce qu'il se passera si tu n'es pas dans cet avion. Efface ce message immédiatement. Bon voyage. »

« Tu n'as pas envie de savoir ce qu'il se passera si tu n'es pas dans cet avion »… Christian Mandrup était sous le choc. Comme s'il n'était pas capable de le deviner… Et que se passerait-il quand il arriverait dans l'infernale ville de Bogota ? En pleine épidémie de Covid, en plus. Ne serait-il pas plus simple de le faire disparaître là-bas ?

Il relut le message plusieurs fois avant de l'effacer. Que faire ? S'il n'obéissait pas, il devrait cesser toute collaboration avec eux et demander la protection de la police, car nul n'était à l'abri de représailles s'il était soupçonné de trahison. Un clou dans la tête était l'une des conséquences possibles. Il trembla à cette idée ; il avait beau en savoir beaucoup sur le réseau et ses méthodes, il ignorait qui était le donneur d'ordre et, le cas échéant, qui devrait l'exécuter.

« Si je vais voir la police, j'irai en prison, est-ce que j'ai envie de ça ? »

Après mûre réflexion, il répondit qu'il comprenait parfaitement ce qu'on attendait de lui, sachant que la police l'avait dans le collimateur depuis peu. Mais que, d'un autre côté, elle n'avait aucune preuve contre lui et qu'il se faisait fort de détourner l'attention un peu trop pressante qu'elle lui portait.

Le soir même, deux silhouettes sombres s'introduisirent chez lui et le regardèrent pleurnicher, la corde au cou, suppliant, les yeux révulsés, qu'on lui laisse la vie sauve.

52

Mercredi 6 janvier 2021, soir

Pelle Hyttested

Depuis vingt-quatre heures, Pelle Hyttested ne décolérait pas. *Gossip* avait publié sous son nom des informations dont il savait avec le recul qu'elles étaient fausses. Une collection de confidences en off et de scoops bidon qui allaient faire de lui la risée de ses collègues. Mais le pire dans cette affaire était que quelqu'un se foutait de sa gueule, alors que d'habitude c'était lui qui se foutait de la gueule des autres.

Les conséquences ne se firent pas attendre. Torben Victor fut convoqué à Stockholm et licencié séance tenante et on vint chercher Pelle à son domicile pour un entretien à la rédaction. Plusieurs de ses confrères assistèrent à la réunion, et tous avaient des notes sous les yeux.

Il ne s'agissait pas de faire un exemple, dit le rédacteur en chef intérimaire, un incompétent notoire incapable de voir la différence entre de l'info et de l'intox. Comment ce type pouvait-il espérer diriger une rédaction décapitée qui n'avait pas la moindre chance de revenir aux chiffres de vente auxquels ils s'étaient habitués ces derniers temps ?

« Nous devons te demander de rendre ton ordinateur portable et ta carte d'accès, de rassembler tes affaires personnelles et de quitter les lieux immédiatement. Tes collègues ici présents ont répertorié à ma demande toutes les fausses informations publiées sous ta signature. La direction estime que tu as causé un tort impardonnable au journal, dit le rédacteur en chef en montrant les notes posées sur les différents bureaux. En remontant cinq ans en arrière, ils ont trouvé trente autres exemples d'histoires entièrement inventées, et nous ne comptons pas nous arrêter là. Les derniers mensonges que tu as jugé bon de faire publier ont, comme tu le sais, fait le tour des médias et, par ta faute, le journal risque d'être lourdement sanctionné. »

Pelle écumait. Comme s'il était le seul ici à enjoliver la réalité !

« Je t'informe que tu vas être contacté prochainement par l'avocat du groupe de presse qui te communiquera nos intentions.

— Vous ne ferez rien du tout, rétorqua-t-il, furieux. Ce qui est fait est fait, alors arrêtez de pleurnicher, putain ! » Il se tourna vers ses collègues. « Et vous, vous n'avez pas honte de tirer sur l'ambulance ! Pauvres cons !

— On connaît tes arguments, Pelle, mais en l'occurrence ils nous glissent dessus comme l'eau sur les plumes d'un canard. Avec un bon procès, on devrait arriver à te réclamer des dommages et intérêts bien supérieurs à ce que ton licenciement nous coûterait », conclut l'incompétent.

Pelle alla ramasser ses affaires et se promit qu'il se vengerait, d'eux tous, mais surtout de ce petit salopard du département V qui avait osé lui faire passer de fausses informations. Il allait le regretter.

Pelle Hyttested s'accrochait fébrilement à un vieux cahier d'écolier marron contenant toutes sortes de renseignements dont personne d'autre que lui n'avait connaissance. Un cahier qu'il avait gardé pour le cas où, un jour, il se retrouverait dans une situation comme celle-ci, à devoir chercher un autre employeur.

Dans son esprit tordu, il était convaincu qu'un rédacteur en chef donnerait n'importe quoi pour mettre la main sur les ragots rassemblés dans ce cahier : révélations juteuses sur les secrets les mieux gardés des membres de la famille royale ou les escrocs du monde de la finance, infidélités de célébrités ou de leurs conjoints, fraudes de grande envergure aux assurances et une longue liste des mensonges proférés par diverses personnalités politiques et des torts que ces contrevérités avaient causés au pays depuis une décennie. Il avait même des fiches sur les travers peu reluisants de certains présentateurs télé, acteurs et actrices de cinéma et sur un certain nombre de plagiats commis par des écrivains à succès.

Bref, ce cahier était de la dynamite, et avec ça, tous les médias numériques, la presse à scandale et les hebdos lui ouvriraient leurs portes.

Du moins il le croyait.

Il brossa la neige sur ses vêtements. Il venait d'arriver à la rédaction de l'un des plus gros concurrents de *Gossip*, *La Semaine*, où il s'attendait à tomber sur l'habituelle effervescence des salles de rédaction, avec des journalistes en train de pianoter sur leurs claviers nuit et jour.

Mais personne n'était assis à son poste de travail. Tout le monde était réuni en demi-cercle devant un grand écran accroché au mur.

Pelle les imita et resta bouche bée. En matière de scoop, ce qui était en train de se passer aux abords du Congrès de Washington battait tous les records.

Une énorme foule de partisans de Trump envahissait le Capitole tel un troupeau de bisons furieux et le visage du correspondant exprimait autant l'incrédulité que la peur. Apparemment la manifestation avait démarré aussitôt après le discours du président sortant, Donald Trump, qui avait refusé de valider le résultat des élections. À quatorze heures, heure locale, la situation avait dégénéré. Les images tournaient en boucle sur TV2 News comme sans doute sur les télévisions du monde entier.

Pelle se plaça derrière deux journalistes qui fixaient, muets, le fier édifice abritant le Parlement américain profané par une horde sauvage. Jamais personne n'aurait imaginé qu'une chose pareille soit possible aux États-Unis et que les notions de droit et d'ordre puissent être pulvérisées en une seconde.

Pelle regarda autour de lui, avec le sentiment de se trouver au mauvais endroit au mauvais moment. Dans un angle de la pièce, le rédacteur en chef engueulait les secrétaires qui, à leur tour, engueulaient les autres. Partout régnaient le chaos, la stupeur et la confusion la plus totale.

Il remit le cahier dans son sac.

Le moment venu, il leur montrerait ce que le peuple voulait réellement.

53

Jeudi 7 janvier 2021

Ploug

Le cadavre de Christian Mandrup fut découvert par sa femme de ménage. Vingt-huit minutes après que, d'une voix tremblante, elle avait expliqué la situation au standard de la police de Copenhague, Ploug l'avait rejointe et il essayait de la calmer.

« Vous êtes arrivée à neuf heures et vous l'avez trouvé comme ça ? dit-il en désignant Mandrup pendu au bout d'une corde, les yeux écarquillés, l'air terrifié et une langue bleue pendant hors de sa bouche. Et il n'y avait personne d'autre dans la maison ?

— Non, il ne vient jamais personne. Maître Mandrup a divorcé il y a plusieurs années, et je n'ai encore jamais rencontré ses enfants, alors que je viens ici depuis sept ans. »

Elle réalisa soudain que ce chapitre de sa vie venait de s'achever. Elle s'efforça de se ressaisir et d'expliquer aux techniciens de la police scientifique ce qu'elle pouvait avoir touché.

Quand ce fut terminé, ils la renvoyèrent chez elle.

Terje, furieux, jurait comme un charretier. On venait de lui arracher son principal témoin, pourquoi n'avait-il pas trouvé de motifs suffisants pour le garder la veille ? Est-ce qu'au regard du tour que prenaient les évènements Bente Hansen n'allait pas se mordre les doigts de s'être montrée si dubitative ?

Un expert de la police scientifique s'occupa de décrocher le corps. Le médecin légiste conclut avec humour que la victime était morte par pendaison, ce qui n'avait échappé à personne, et aussi que la corde avait été tirée depuis un balustre de l'escalier, ce qui signifiait que la strangulation avait été relativement lente. Peut-être quelqu'un avait-il ordonné que la scène soit spectaculaire.

« Je peux affirmer que Mandrup a trouvé la mort ici, et qu'il s'est longuement débattu », dit le chef de l'équipe scientifique en montrant des traces de frottement sous le pendu et l'une de ses chaussures qui avait fini devant le miroir du vestibule. « Nous devons supposer que les meurtriers étaient au moins deux. Il pendait assez près du sol et le premier homme a dû le soulever à un mètre de hauteur pendant que l'autre tirait sur la corde.

— Des traces de pas ? D'ADN ? Des empreintes digitales ? s'enquit Terje. Il doit bien y avoir quelque chose avec le temps pourri qu'on a eu hier. Il y a encore de la neige dans le jardin de devant. »

Tous deux secouèrent la tête. « Seulement celles de la victime, et dehors il a reneigé, alors s'il y avait des empreintes, elles ont été effacées. Nous pensons que les tueurs étaient des professionnels. Comme tu peux le constater, il a les poignets liés dans le dos pour éviter qu'il se détache pendant la pendaison. Nous supposons qu'ils portaient des surchaussures en plastique, ainsi que des gants, des masques et des combinaisons de protection.

— Comment sont-ils entrés ? Vous avez une idée ?

— Personnellement, je pense qu'ils guettaient son arrivée et qu'ils ont attendu qu'il ait ouvert sa porte pour l'agresser.

— Je vous laisse vérifier ça, dit Terje aux enquêteurs qui l'accompagnaient. Allez frapper chez les riverains et renseignez-vous sur tout évènement suspect. » Il se tourna vers le médecin légiste. « Tu as une idée de l'heure du décès ? »

Ce dernier haussa les épaules. « C'est l'hiver, mais à l'intérieur il faisait assez chaud et la température du corps est trompeuse. On pourrait en discuter pendant des heures, mais disons, avec toute la réserve nécessaire, qu'elle a dû intervenir hier entre dix-neuf heures et vingt et une heures. La rigidité cadavérique n'est pas encore entièrement intervenue, en tout cas. »

Terje Ploug hocha la tête et se tourna de nouveau vers ses deux enquêteurs. « Concentrez-vous sur ce que les voisins ont vu ou entendu hier, entre dix-huit heures et vingt-deux heures. Tout mouvement dans la rue ou alentour, en particulier devant la maison de Mandrup, peut avoir son importance. Voyez s'il y a des caméras de surveillance privées dans le quartier qui filmeraient autre chose que les propriétés elles-mêmes et demandez aux gens s'ils ont vu passer des voitures. »

Ils acquiescèrent et partirent, laissant Terje seul avec le sentiment de se trouver les yeux bandés dans une impasse.

Son téléphone sonna et il vit que c'était Gordon, du département V.

« J'ai appris que vous étiez occupés avec la mort de Christian Mandrup, alors je serai bref. Je vous appelle parce qu'on vient de m'informer que Wilbert de Groot, l'inspecteur qui dirigeait l'enquête sur les meurtres au pistolet à clous et le narcotrafic dans la région de Rotterdam, a trouvé la mort dans un accident de la route, tard dans la soirée d'hier. »

Ploug eut l'impression qu'il venait de recevoir un direct au plexus, il lui fallut quelques secondes pour se remettre.

« Ploug ! Vous êtes toujours là ? demanda Gordon.

— Oui, oui ! Nom de Dieu ! Mais comment est-ce arrivé ?

— De Groot rentrait chez lui, quand un camion a débouché à toute vitesse d'une voie transversale et a percuté son break Mazda de plein fouet. Le camion ne s'est pas arrêté avant que la voiture de Groot soit totalement broyée contre un arbre de l'autre côté de la route. Il était mort à l'arrivée des secours, mais il avait sans doute été tué dès l'impact. »

Ploug ferma les yeux. « Le chauffeur a disparu et le camion était un véhicule volé, je présume ?

— Exactement ! Alors maintenant, qu'est-ce qu'on fait ? C'est l'hécatombe, là ! »

Ploug demanda à Gordon de lui laisser un instant. Il ferma la porte d'entrée pour que les techniciens puissent travailler tranquilles.

« Faites apporter les ordinateurs portables, fixes, téléphones et éventuelles tablettes à mon bureau aussitôt que vous aurez fini de relever les empreintes ! » leur lança-t-il avant de remettre le portable à son oreille. « Je suis de nouveau là, Gordon. Une hécatombe, c'est le mot. C'est quoi, la suite ?

— Rose et moi sommes d'accord sur le fait que Carl n'est pas le seul dont la vie est menacée en ce moment. Nous pensons à Jess Larsen et au gardien de prison corrompu qu'ils appellent Singe hurleur. Est-ce que vous les avez à l'œil ? »

Peter Joensen, aussi connu sous le surnom de Singe hurleur, avait une adresse plus prestigieuse qu'on n'aurait pu s'y attendre pour un fonctionnaire de l'administration pénitentiaire, même à un haut niveau de la hiérarchie.

Il s'agissait de l'une de ces vieilles maisons mitoyennes, jadis prévues pour loger deux ou trois familles travaillant pour la brasserie Carlsberg. Rien de tape-à-l'œil, mais ce genre de maison pouvait aujourd'hui facilement atteindre les dix millions de couronnes sur le marché et il y habitait seul, à une distance confortable de la prison Vestre. D'après le cadastre, il en était propriétaire depuis bientôt quatre ans et il avait mis une importante somme d'argent sur la table pour l'acquérir. Terje Ploug en déduisit en toute logique que l'homme avait dû toucher un héritage ou avoir eu des rentrées importantes en dehors de son salaire officiel.

Une heure auparavant, les deux cents derniers appels du téléphone de Christian Mandrup avaient été analysés, mais tous étaient cohérents avec sa profession. En revanche, il avait appelé dix fois le numéro de téléphone portable de Singe hurleur et cela méritait qu'on s'y intéresse sérieusement.

Peter Joensen, alias Singe hurleur, était en congé maladie depuis l'agression qu'il avait prétendument subie à Vestre, mais il semblait bien remis, à tout point de vue.

Le maton n'eut pas l'air enchanté de recevoir de la visite, soit parce qu'on l'avait dérangé en plein match de handball – un match que des centaines de milliers de Danois étaient en train de regarder à la télévision – ou alors parce qu'il avait eu un mauvais pressentiment en voyant Terje et son badge. Pour être honnête, Terje était soulagé que l'homme soit encore en vie. Rassuré aussi qu'en apprenant que l'avocat Christian Mandrup avait été trouvé pendu dans sa villa et qu'il ne s'agissait pas d'un suicide, il ait aussitôt accepté de l'accompagner.

Cette fois, Ploug n'avait pas demandé l'autorisation de prendre Rose Knudsen comme assistante pour aller interroger le gardien de prison. Contrairement à lui, qui avait tendance à prendre des gants, elle était plutôt du genre à foncer dans le tas.

« Nous sommes sans doute les seuls alliés qui te restent en ce moment, parce que notre mission est de te garder en vie, dit-elle. Personnellement je t'enverrais volontiers au diable, car nous savons que c'est à cause de toi que Carl a été à *ça* de mourir pendant ta garde, à Vestre. » Elle montra entre son pouce et son index l'infime marge grâce à laquelle ils avaient évité la catastrophe.

Il secoua la tête et grommela qu'il ne savait pas de quoi elle parlait.

« Ils ont éliminé ton bienfaiteur, Christian Mandrup, hier soir, et je peux t'assurer que ce n'était pas beau à voir. » Elle illustra son propos en enroulant une corde imaginaire autour de son cou et en tirant brusquement. Le geste fit frémir Singe hurleur.

« Nous avons des preuves incontestables que vous vous êtes téléphoné régulièrement depuis que Mørck a été incarcéré à Vestre. Et à l'instant où nous parlons, notre département de lutte contre la criminalité financière est en train d'éplucher ta situation fiscale et tes comptes. Alors tu ferais aussi bien d'avouer. Je pense que tu n'as pas envie de te retrouver derrière les barreaux, au milieu d'anciens collègues et de détenus à qui tu as chié dans les bottes. En revanche, nous pouvons te promettre, si tu avoues, de t'envoyer dans une prison sûre où tu auras une chance de survivre pendant les cinq ou six prochaines années, qu'est-ce que tu en dis ? »

Elle lui envoya un regard qui ne laissait que peu de place au doute.

À ce moment, Terje Ploug lui assena le coup de grâce. « En admettant que tu t'en sortes à aussi bon compte. Ça dépendra de la façon dont nous déciderons d'interpréter le rôle que tu as joué dans cette affaire. Alors je suggère que pour l'instant nous nous contentions de dire que tu as donné un coup de main à Christian Mandrup pour organiser un certain nombre d'actions au sein de la prison, auxquelles tu n'as pas concrètement participé toi-même, qu'en penses-tu ? »

Il hocha la tête avec enthousiasme.

« Dans ce cas, il va falloir que tu nous dises qui d'autre rendait des services à l'avocat.

— OK. » La réponse vint aussitôt et avec une étonnante bonne volonté.

« Sais-tu si le dénommé Jess Larsen, qui est en détention provisoire et dont Christian Mandrup était le défenseur, est dans la ligne de mire des tueurs ?

— Non, je ne crois pas. Sinon, je serais au courant. »

Rose et Ploug se regardèrent et hochèrent la tête de conserve. Pour l'instant, la situation était sous contrôle.

54

Jeudi 7 janvier 2021

Kenneth / Assad

Le matériel de surveillance était en place depuis plus de vingt-quatre heures et Kenneth avait commencé sa journée comme la veille en achetant une viennoiserie à la pâtisserie Sejers à six heures trente, avant d'aller s'installer dans sa Volvo sur le parking d'en face, son ordinateur sur les genoux.

Les images étaient assez nettes, de manière générale, malgré la lumière basse du mois de janvier. Le son du mouchard posé dans la tour d'incendie était en revanche plutôt médiocre, à cause du bruit de la circulation.

Pendant plusieurs heures, il regarda les gens défiler devant l'entrée de la caserne désaffectée, les enfants courir sur le sentier et les SDF tituber dans le bosquet derrière la maison d'arrêt pour pisser. Comme la veille, un peu avant treize heures, il partit en voiture chercher une escalope panée au restaurant Superbowl pour son déjeuner, avant de piquer une sieste d'une heure ou deux.

La difficulté n'était pas tant de rester concentré sur sa mission que de se tenir prêt à bondir, les veines saturées d'adrénaline, à n'importe quel moment, au péril de sa vie. C'était ce qu'on attendait d'un soldat.

Kenneth savait d'expérience que, lorsque les signaux d'alerte se déclenchaient, il devait parfois réagir en quelques secondes. Malheureusement, il avait cette fois à peine eu le temps de planter sa fourchette dans son escalope quand le sentiment d'un danger imminent le parcourut après qu'il eut jeté un coup d'œil sur son écran de surveillance. Un homme vêtu d'un manteau de couleur sombre marchait de long en large, apparemment sans destination précise. Il avait le pas aérien et ne devait donc pas transporter d'arme lourde. Mais Kenneth fut aussitôt convaincu qu'il n'avait rien à faire là. Et quand l'individu porta la main à son oreille, Kenneth sut avec certitude qu'il allait devoir agir. Et très vite.

Il abandonna son escalope et trois minutes plus tard il entrait sur le parking derrière la maison d'arrêt.

Mais l'homme avait déjà disparu.

Depuis qu'Alfi s'était mis à parler, pendant la virée à Elseneur, l'ambiance au domicile d'Assad s'était transformée de manière spectaculaire.

Ronia, un tantinet rebelle et qui ne faisait d'habitude aucun effort pour parler danois, passait des heures avec son frère à jouer à la maîtresse d'école, lui faisant répéter des mots et des phrases avec une patience qu'aucun autre membre de la famille n'aurait pu égaler. Personne ne comprenait ce qui était arrivé à Alfi. On aurait dit qu'un blocage psychologique était tombé et que, tout à coup, il entendait tout ce qu'on disait.

« Il n'a probablement jamais été ni stupide, ni sourd, ni muet », suggéra Nella, l'aînée.

Marwa était folle de joie. Ce qui s'était passé entre Alfi et Assad dans cette voiture avait ressoudé sa famille, et désormais Assad pourrait partir travailler sans se faire du souci pour les siens.

Il avait ramené Niels B à l'appartement pour la nuit. Évidemment, Ronia s'était plainte de devoir partager sa chambre avec sa grande sœur, mais Niels était un homme discret et, comme toujours, Marwa s'était comportée en hôtesse exemplaire, douce et accueillante, mettant leur invité à l'aise.

Puis, après la contribution de Niels B à la mise en scène ratée de Terje pour confondre Christian Mandrup, Assad s'était engagé à l'aider à trouver un nouveau logement où il serait plus en sécurité qu'à Elseneur. S'il y avait quelqu'un qui maîtrisait l'art de la disparition, c'était bien lui.

Quand il appela la brigade criminelle, Rose était en train d'interroger le gardien de prison Singe hurleur, tandis que Gordon essayait de rassembler des éléments sur la mort de Wilbert de Groot.

« Les Néerlandais affirment que de Groot a été assassiné, dit Gordon. Entre ça et l'exécution de Christian Mandrup hier soir, il faut absolument trouver un moyen de protéger Carl. »

Assad acquiesça. « Ce matin, j'ai lu un rapport concernant un vol d'armes à la caserne Antvorskov, à Slagelse, à trois kilomètres de la maison d'arrêt. Le type d'armes volées m'inquiète. Je crois que je ferais bien d'aller faire un tour sur place pour voir si Kenneth n'aurait pas besoin d'un coup de main. »

Puis il déroula son tapis de prière, remercia Allah un

grand nombre de fois de lui avoir rendu son fils et Lui rappela gentiment qu'il y avait un homme en prison sur lequel il Lui demandait de veiller tout particulièrement.

Un peu avant deux heures de l'après-midi, il se garait sur le parking derrière la maison d'arrêt.

Comme il aurait voulu pouvoir s'asseoir en compagnie de Carl rien que dix minutes ! Le toucher et s'assurer qu'il allait bien, qu'il tenait le coup dans cette situation absurde. Il y avait bientôt deux semaines qu'ils ne s'étaient pas parlé, ce n'était jamais arrivé en quatorze ans. Rien à voir, évidemment, avec ce qu'il avait vécu pendant ces terribles années où sa femme et ses filles avaient été retenues prisonnières en Irak, mais tout de même il était inquiet.

Son téléphone sonna : correspondant inconnu.

« C'est Kenneth ! Je viens d'apprendre que tu étais en route. Tu es loin ?

— Je suis sur le parking près de la maison d'arrêt, et toi ? »

Kenneth éclata de rire, assez fort pour qu'il l'entende à la fois dans le téléphone et juste derrière lui.

Assad ne l'avait pas croisé depuis l'affaire de la bouteille à la mer et des deux garçons séquestrés, onze ans auparavant. Il remarqua, un peu jaloux, que Kenneth n'avait absolument pas changé : il avait forci mais c'était surtout du muscle.

« J'ai vu sur mon écran un homme qui parlait au téléphone en posant la main sur son oreille, comme s'il portait une oreillette. C'était juste là, au début du petit sentier qui longe la prison. Malheureusement il a disparu et je ne suis pas tranquille.

— Qu'est-ce que tu crains ? » lui demanda Assad.

Kenneth lui montra les bosquets puis pointa son doigt vers la tour des pompiers.

« Si je voulais tirer sur Carl dans sa cellule, je le ferais depuis l'un de ces deux endroits. »

Assad était de son avis. « Où est ton écran ?

— Dans la voiture. »

Il tendit une oreillette à Assad. « Elle est chargée à bloc mais on vérifie quand même. »

Assad fit signe que tout marchait.

« Si tu restes dans la voiture avec le moniteur, tu pourras me tenir informé en temps réel », dit Assad. Pour la première fois depuis très longtemps, il se sentait à sa place. Il allait peut-être enfin pouvoir faire quelque chose pour Carl et, en dépit des températures glaciales, ça faisait du bien d'être enfin dans l'action. Il préférait être là qu'enfermé toute la journée dans le petit appartement avec femme et enfants, ou pire, assis au bureau devant un écran d'ordinateur.

Ils discutèrent ensuite de ce que chacun devait faire si ça tournait mal.

Ni Kenneth ni lui n'avait d'arme à feu, et l'unique moyen de stopper une attaque serait de neutraliser l'agresseur avec un couteau, du gaz lacrymogène ou un Taser.

Assad soupesa le Taser que Kenneth lui tendait. Il ne devait pas peser plus de deux cents grammes et il était juste assez petit pour être glissé dans la poche.

« L'arme projette vers la cible deux électrodes reliées à des filins, c'est ça ? demanda-t-il à Kenneth.

— C'est ça, mais ça ne marche pas au-delà de cinq ou six mètres.

— Pas très rassurant tout ça, dit Assad. Celui ou ceux à qui nous aurons affaire seront beaucoup mieux armés que nous.

— C'est sûr ! Mais si ça commence à chauffer, j'appellerai du renfort. La police locale est déjà au courant et elle rappliquera dans la seconde. »

Assad enregistra le numéro d'alerte sur son téléphone portable et ils se souhaitèrent bonne chance.

Malgré le froid et l'humidité, malgré le fait que la nuit ne tarderait pas à tomber, malgré le danger latent, Assad savait qu'il n'y avait que sur le terrain qu'il était réellement dans son élément, ce dont les innombrables marques qu'il avait sur le corps témoignaient. La base de son pouce et le doigt lui-même étaient encore tout noirs et couverts de cicatrices après une électrocution et de graves brûlures. Le reste de son corps portait de multiples traces de balle, de blessures à l'arme blanche et de coups de fouet. Il avait eu une intoxication à la fumée et une hémorragie cérébrale qui, des années après, se devinait encore à la mollesse de certains muscles de son visage. Il avait été soumis à la torture et avait parfois quelques troubles liés au stress post-traumatique. Il avait tué, et vu mourir des camarades et des amis. Ses cheveux étaient devenus plus gris que noirs et les boucles au sommet de son crâne s'étaient clairsemées. Malgré tout cela, il se sentait fort et en phase avec lui-même.

Il ferma sa parka jusqu'au col et piétina quelques instants sur le sol à moitié gelé pour réactiver la circulation dans ses pieds, puis il s'assit sur une souche et inspecta attentivement la façade arrière de la prison et l'allée longeant l'enceinte.

Des cris sporadiques montaient des cellules, mais il n'en comprit que deux. Le premier était « Mørck » et le second, « mort ». Il avait terriblement envie de leur dire de fermer leurs putains de gueules, mais il se retint.

Au bout d'une heure, la voix de Kenneth résonna enfin dans son oreillette.

« Une voiture entre sur le site de la caserne... Elle ressort. Elle entre sur le parking... Elle vient se garer juste derrière moi. »

Assad se redressa pour essayer de voir la caserne à travers les branches, au cas où la voiture aurait déposé quelqu'un, mais il ne vit personne.

Son portable vibra.

Il chercha le téléphone et en le sortant de sa poche, maladroitement, il fit tomber son oreillette dans l'herbe trempée.

Il s'attendait à Kenneth, mais ce fut Marwa qu'il eut au bout du fil.

Que se passe-t-il encore ? songea-t-il en portant le téléphone à son oreille. Il entendit des rires.

« Hé, Zaid, dit-elle, écoute un peu. » Il n'y avait que sa femme pour l'appeler par son vrai prénom. Assad fut rassuré par son ton enjoué. « Génial, dit-il en remettant l'oreillette. Qu'est-ce que vous faites ?

— Oh, Alfi s'est remis à chanter "Abbi Jakob", comme tu m'as raconté. » Elle tâcha de contenir son émotion, mais quand elle se remit à parler, il la sentit au bord des larmes. « Il connaît toutes les paroles en arabe, dit-elle d'une voix tremblante. Et il les chante sans s'arrêter. Ça fait une demi-heure qu'on chante avec lui. Je suis tellement heureuse, mon Zaid. Je voulais juste te le dire. » Sur quoi elle raccrocha.

Assad s'ébroua, inspira à fond l'air humide pour reprendre pied dans la réalité. Il avait du mal à gérer tous ces évènements en même temps.

« Comment ça se passe de ton côté, Kenneth ? »

Seul un bruissement lui répondit et il réitéra la question. Ils étaient manifestement connectés, alors pourquoi ce silence ?

Il s'avança avec prudence, en prenant soin de ne pas faire craquer les branches mortes sous ses pieds. Il prit le sentier et le parcourut jusqu'au bout, d'où il pouvait apercevoir le parking et la voiture de Kenneth sur le côté.

Ce dernier était tranquillement assis derrière son volant, la tête inclinée vers l'écran de l'ordinateur posé sur ses genoux.

Assad traversa la route. Il appela Kenneth plusieurs fois, toujours sans succès.

Il sentit l'inquiétude le gagner et se mit à courir, caché par les véhicules, de manière à approcher celui de Kenneth par-derrière sans être vu.

Dix mètres avant la voiture, il vit des traces de pas dans la boue, la portière était entrouverte côté passager. Il contrôla visuellement la zone. Quelqu'un était-il en train de le surveiller ? Quelqu'un qui savait qu'il participait à la planque ?

Tous les sens d'Assad étaient en alerte. D'où allaient-ils arriver ? Qui étaient-ils ? Il faut que tu sortes le Taser et que tu l'allumes, se dit-il en le faisant aussitôt. Puis il appela le numéro d'urgence et prévint la police locale, suivant les instructions de Kenneth.

Tel un animal avançant sur sa proie, Assad s'approcha de la voiture pas à pas. Quand il fut tout près, il vit que la tête de Kenneth pendait mollement sur son cou, et que son menton était appuyé sur sa poitrine.

Assad ouvrit grand la portière et se jeta sur le siège passager. Il prit le bras de Kenneth et le secoua. Voyant qu'il ne réagissait pas, il posa les doigts sur sa carotide pour prendre son pouls. Il retint son souffle jusqu'à ce qu'il sente enfin un faible battement. Il composa de nouveau le numéro des secours. « Envoyez une ambulance au parking près de la caserne de pompiers », dit-il simplement.

Il inspecta les alentours. Contourna la voiture. À travers le pare-brise, il contempla le corps avachi de Kenneth. Alors seulement, il vit le point d'entrée d'une balle et les débris de verre sur le tableau de bord.

Assad ouvrit la portière côté conducteur et passa la tête à l'intérieur. La balle l'avait touché à la base du cou et il avait du sang sur sa veste, mais pas assez pour craindre que la carotide soit perforée.

La clé était sur le contact et Assad envisagea un court instant de l'emmener lui-même à l'hôpital.

J'y vais, ou bien…, eut-il le temps de penser quand un bip venant de l'ordinateur posé sur les genoux de l'ancien militaire arrêta son geste.

C'était l'alarme de la tour qui s'était déclenchée. Assad bascula doucement la tête de Kenneth pour mieux voir les images des caméras de surveillance. Pour l'instant, il n'y avait rien. Assad ressortit de la voiture et se mit à courir vers les portes des garages. Il venait d'arriver dans la cour, quand il entendit un faible *plop* et vit un cratère se former dans la gadoue sous ses pieds.

Il se précipita vers la porte la plus proche. L'angle de tir suggérait que le coup était parti de la tour même.

Arme avec silencieux ou pas, ce chien ne sortira pas d'ici, songea Assad, priant pour que la police de Slagelse ne tarde pas. « Hé, toi, là-haut ! cria-t-il. Tu vas faire quoi, maintenant ? Tu ne t'attendais pas à ce qu'on soit plusieurs, hein, espèce de salopard ! »

La réponse ne se fit pas attendre.

La balle déchira sa jambe de pantalon et instinctivement il se jeta sur le côté. Elle lui avait éraflé le mollet. Il s'écarta rapidement du garage et se dirigea vers la porte de la tour, qui avait été fracturée. Quand le coup suivant partit, il était déjà à l'intérieur.

Ils étaient donc au moins deux. Un premier en haut, peut-être sur le toit de l'un des bâtiments de plain-pied, et un autre dans la tour, plus haut. Il remonta son pantalon. Le mollet saignait, mais la plaie était superficielle.

Assad se figea pour se concentrer. Brusquement, un bruit le fit sursauter. On aurait dit que quelqu'un donnait des coups quelque part au-dessus de lui. Au bout d'un moment, un cliquetis de verre brisé lui fit comprendre qu'on avait cassé la fenêtre au sommet de la tour.

La première idée qui lui passa par la tête fut qu'il était arrivé trop tard. Si cet homme était là-haut, armé d'une fusée explosive du genre missile antichar, Carl était foutu. Assad avait vu plusieurs fois en vidéo ce qu'une arme comme celle-là était capable d'accomplir. Alors qu'il s'apprêtait à attaquer la première des innombrables marches conduisant au sommet, une détonation sourde suivie d'une terrible déflagration fit exploser toutes les fenêtres de la tour et transforma la maison d'arrêt en un enfer de flammes, de fumée et de gravats. Un concert de klaxons éclata dans les parkings avoisinants, se mêlant aux hurlements montant de la prison.

Assad entendit des pas dévaler l'escalier dans sa direction. Il se replia sur le garage pour ne pas être abattu par le fuyard. Puis il activa le Taser et le pointa vers l'entrée de la tour, fou de rage.

Tandis que la poussière retombait, il entendit enfin au loin les sirènes des véhicules de secours.

Il vit une ombre se relever sur le toit du bâtiment d'en face et disparaître de l'autre côté. Assad recula vers le mur et se mit à l'abri derrière une rangée de tables en acier. Cet endroit du garage n'offrait a priori aucune issue et l'homme de la tour ne le suivrait pas dans cette direction. Il émergerait par la porte de la tour, traverserait la cour et s'enfuirait en longeant la prison.

Quelques instants après, il entendit l'inconnu se précipiter à l'extérieur et lui emboîta prudemment le pas.

À travers les nuages de poussière, c'est tout juste s'il distinguait sa silhouette. L'homme contourna le bâtiment en face des garages, ventre à terre, tout en retirant sa veste militaire, qu'il jeta sur le bitume mouillé.

Les gens commençaient déjà à se rassembler sur le parking et devant la maison d'arrêt, venus de la prison ou des bâtiments avoisinants. Plusieurs véhicules de police étaient enfin sur les lieux.

Assad remit le Taser dans sa poche et réussit à suivre l'individu d'assez près pour le voir se glisser dans la foule.

Il reconnut les plus anciens des fonctionnaires de police, qui à distance regardaient, médusés, le ballet des camions de pompiers renversant la grille d'enceinte pour se placer au plus près du feu.

Les curieux continuaient d'affluer et la horde de badauds avides de sensations fortes lui masqua la vue.

Où le tireur était-il passé ? S'était-il dirigé vers le parking ? Juste avant qu'il perde le contact avec lui, Kenneth lui avait dit qu'une voiture s'était garée derrière la sienne.

Assad se fraya un passage à travers la foule et hurla des injures dans toutes les langues qu'il connaissait, pour que les gens le laissent passer.

Une ambulance était stationnée à côté de la voiture de Kenneth et un groupe de personnes s'activaient au-dessus de son corps inerte.

Assad regarda au-delà de la voiture et aperçut une Mercedes grise qui quittait la place de stationnement. Il décida de la suivre. Quand elle parvint à s'extirper de l'attroupement et qu'il put avoir une vue plus dégagée, il vit l'homme assis à la place du passager lui faire un doigt d'honneur. Puis le conducteur mit le pied au plancher et la Mercedes disparut.

55

Jeudi 7 janvier 2021

Carl

Carl et Malthe furent une nouvelle fois réunis dans la cellule de Carl, et Malthe était presque heureux. Ils avaient pu sortir en promenade dans la cour, avec Paul Manon et Åbenrå, et Manon avait fait savoir à Malthe que son frère était en route vers la frontière allemande à bord d'une ambulance spécialisée et qu'il était en outre accompagné par un médecin. Sa tension était basse ce matin-là, mais la perspective de ce voyage l'avait ragaillardi. À cette nouvelle, le colosse s'était de nouveau jeté au cou de Manon et de Carl. Même le pédophile avait eu droit à une accolade.

Par la pensée, Carl envoya à Merete toute sa gratitude. Son séjour dans cet endroit lui avait appris beaucoup de choses sur lui-même et sur les délinquants qu'il avait passé sa vie à poursuivre et à faire enfermer. Il avait également réalisé que, dans son métier d'inspecteur de police, il avait causé le malheur de nombreuses personnes, et même la mort de certaines, mais qu'il avait aussi aidé les gens. À présent, c'était son tour d'être aidé. Hors de ces murs, Kenneth, Merete Lynggaard, Mona et sa famille veillaient sur lui. Ses amis du département V le soutenaient, et au sein de la prison il avait deux solides alliés en Malthe et Manon. Malgré le profond sentiment d'injustice et l'impression déprimante que son avenir était bouché, la vie lui semblait encore avoir quelques bons côtés.

« Tu crois qu'ils arriveront à l'hôpital à temps ? lui demanda Malthe, assis près de lui sur la couchette alors que Carl lui tendait une canette de Coca.

— Ils feront tout leur possible, Malthe, et une équipe l'attend de pied ferme en Allemagne. »

Carl leva les yeux vers le ciel à travers les barreaux de la cellule. Le temps était de nouveau froid et humide. Il devait être à peu près quatorze heures trente, et bientôt Mona irait chercher Lucia à la maternelle. Une demi-heure plus tard, elles seraient en train d'écraser des bananes pour fabriquer le gâteau qu'elles emportaient presque toujours à l'école le vendredi. Il sourit à cette idée. Un gâteau à la banane !

Malthe tressaillit. « Tu as entendu ? » demanda-t-il.

Carl avait entendu quelque chose lui aussi. Des coups étouffés venant de la caserne de pompiers, des bruits inhabituels. Il faillit demander à haute voix si des travaux étaient prévus dans la caserne désaffectée, mais…

Moins de deux secondes séparèrent la première détonation de l'énorme, assourdissante explosion qui plongea tout le bâtiment dans le noir pendant une seconde, juste avant que le feu se déclare.

Ce fut le chaos. Carl n'arrivait plus à respirer. Une tornade de destruction s'élevait autour de lui. Tout ce qui n'était pas boulonné au sol ou aux murs fut projeté en direction de la porte, et quand Carl revint à lui, il était couché sur son placard, la tête sous l'évier fendu en deux morceaux. À côté de lui, Malthe suffoquait sous la couchette appuyée à la verticale contre le mur. Ses vêtements avaient été arrachés sur tout le côté droit. Ses bras et ses jambes saignaient abondamment.

Mais il était en vie.

Carl tenta de se dégager des blocs de béton sous lesquels il était enseveli et qui lui avaient sans doute fracturé plusieurs côtes. Il avait perdu ses pantoufles et des bouts de l'écran de télévision s'étaient plantés profondément dans son mollet et dans son pied. À travers une cacophonie de sirènes, tous deux toussaient à s'arracher la gorge. Un épais tourbillon de plâtre venant du plafond et des murs pleuvait sur ce qui restait de sa cellule et Carl ferma les yeux pour ne pas être aveuglé. Il tendit la main vers Malthe et lui serra fortement le bras. Malthe sursauta, effrayé, et tourna la tête vers Carl au prix d'un gros effort.

Au-dessus d'eux, le plafond craquait dangereusement. De grosses plaques de béton tombaient des étages supérieurs, s'accumulant devant l'énorme trou dans le mur extérieur de la cellule.

Tous les meubles avaient pris feu à présent. L'encadrement de la fenêtre, le bureau et les étagères au-dessus, la chaise, tout brûlait, et une fumée noire et épaisse se mélangeait à la poussière ambiante, leur gorge et leurs poumons étaient au supplice à chaque inspiration.

« Il faut qu'on sorte d'ici, Malthe, c'est dangereux », cria Carl d'une voix râpeuse en se redressant en position plus ou moins assise. La douleur dans ses côtes et ses tibias, écrasés sous des morceaux de mur, était si forte qu'il devait respirer par à-coups pour ne pas s'évanouir. Toussant comme un forcené, il repoussa de son bras gauche les gravats et les briques amoncelés sur lui.

« Viens m'aider, Malthe, s'étouffa-t-il. Tu as quelque chose de cassé ? »

Son compagnon acquiesça. « Le bras gauche, je crois, et il y a aussi quelque chose qui ne va pas avec mon genou… »

Ils entendaient à présent les cris venant du dehors. La partie du plafond qui se trouvait la plus proche du mur extérieur commençait à céder, et ce n'était plus qu'une question de minutes avant qu'elle s'écroule.

Bandant tous ses muscles, Carl parvint à se dégager. La douleur n'avait plus d'importance à ce stade. Il se tourna vers Malthe et se fraya un chemin jusqu'à lui, les doigts et les paumes en sang.

« Tu es prêt, Malthe ? » cria-t-il, et, sans attendre sa réponse, il tira un grand coup pour le libérer.

Malthe était pâle comme la mort, et pas un son ne franchit ses lèvres. Ensemble, ils baissèrent les yeux vers son genou gauche qui avait été entaillé jusqu'à l'os.

Carl se leva, prit Malthe sous les aisselles et le traîna sur le sol tandis que les larmes dégoulinaient sur les joues maculées de gris du pauvre garçon. Pour atteindre l'ouverture dans le mur, ils durent passer sur des morceaux de parpaing et des lambeaux de bois, et à chaque seconde un nouveau craquement sinistre leur faisait craindre que le plafond leur tombe sur la tête.

« Pardon », gémit Malthe. Ses excuses étaient totalement incohérentes dans cette situation, mais Carl comprenait ce qu'il voulait dire. Le rapport de force entre eux s'était inversé depuis longtemps et, en ce moment, Carl était en train de risquer sa vie pour sauver celle de Malthe.

L'ouverture dans la brèche était encombrée par un amas d'énormes blocs de béton. Traînant Malthe en arrière pour passer au-dessus de cette digue glaciale et chaotique, Carl aperçut ses propres pieds, nus et ensanglantés.

Une fois l'obstacle franchi, ils purent constater les dégâts provoqués par l'explosion. Des hurlements de douleur s'échappaient de la cellule de Tom Gravgaard, qui augmentèrent en intensité quelques instants avant que le calme revienne. Le mur surplombant la cellule commençait à se fendre de manière inquiétante, mais les flammes bleues et orange qui sortaient de la cellule voisine de celle de Carl l'étaient plus encore.

« Paul ! » appela Carl à plusieurs reprises, mais seul le silence lui répondit.

Carl se sentit accablé par un terrible sentiment de culpabilité. C'était sa faute si tout cela était arrivé. L'attaque avait manqué de précision, un peu trop haut et un peu trop à droite. C'est lui qui aurait dû mourir dans cet endroit lugubre. Lui et personne d'autre.

Le bâtiment commença à trembler. S'armant de ses dernières forces, Carl éloigna Malthe du mur et le fit asseoir, apathique, dans l'herbe trempée, contre la grille.

Une seconde plus tard, une fissure déchira le bâtiment central de haut en bas et toutes les cellules au-dessus de celles de Carl et de Paul Manon s'écroulèrent dans un vacarme infernal.

Il y eut des cris d'effroi, venant à la fois de la prison et de la rue, et des appels à l'aide montèrent des cellules voisines.

La pression s'atténua dans les oreilles de Carl et il entendit vaguement les véhicules de secours au loin.

Il regarda autour de lui. Il était dehors. Certes, la grille autour de la maison d'arrêt était encore à peu près intacte, mais s'il devait s'enfuir, il fallait qu'il se fasse discret et qu'il essaie de trouver un trou par lequel se faufiler.

Il se tourna vers Malthe.

« Il faut que je m'en aille d'ici avant qu'ils me tuent ainsi que d'autres détenus qui n'ont rien à voir avec cette histoire. Si je suis dehors, j'arriverai peut-être à trouver une explication. »

Malthe acquiesça. Il se tenait le genou de la main droite et son bras gauche pendait le long de son corps inerte. Les plaies de son visage étaient plus ou moins colmatées par la poussière, et les blessures sur ses cuisses et ses mollets épais comme des troncs d'arbre saignaient moins que tout à l'heure. Il allait s'en tirer.

De l'autre côté du bosquet séparant la maison d'arrêt de la caserne, quelqu'un démarra une tronçonneuse et ils entendirent la chaîne attaquer le bois. En moins de trente secondes, l'arbre était tombé et la cour de la caserne et les garages ayant jadis abrité les camions apparurent dans leur intégralité. Plusieurs hommes entreprirent de débiter le tronc en morceaux et de nombreuses bonnes volontés vinrent aider à rouler les billes et les branches afin de dégager le passage entre la cour de la caserne et la grille de la prison.

« Ils veulent faire passer les camions de pompiers par-là, Malthe. Ce qui veut dire qu'ils vont découper la grille à cet endroit pour se rapprocher du foyer de l'incendie », dit Carl en montrant la partie la plus proche des flammes.

Il arracha avec précaution les éclats de verre fichés dans son mollet et dans son pied. Ses plaies à la jambe étaient profondes et elles saignaient beaucoup, mais son pied avait l'air à peu près normal.

« Je vais te demander un service, Malthe, dit-il en montrant ses chaussures. Tu veux bien me les donner ? Je n'irai pas loin pieds nus par ce temps. »

Malthe hocha la tête et demanda seulement à Carl de faire attention en les lui retirant, ce qui se révéla justifié. Ses orteils étaient d'un bleu noir côté droit, son cou-de-pied était à vif et une longue plaie sanglante zébrait la plante de son pied gauche.

Carl lui enleva ses chaussures avec délicatesse.

« Merci, Malthe », dit-il, puis il les enfila. Heureusement qu'elles étaient trop grandes, parce que Carl était à peu près sûr d'avoir plusieurs orteils cassés.

« Nous sommes en vie, Malthe. C'est tout ce qui compte, n'est-ce pas ? »

Malthe haussa les épaules et leva les yeux vers la cellule numéro 5 en feu dans laquelle Paul Manon avait probablement péri un instant auparavant.

« Comment j'aurai des nouvelles de mon frère, maintenant ? demanda-t-il d'une voix pitoyable.

— On trouvera une solution, Malthe, j'en suis sûr. Il n'y a aucune raison pour que les soignants ne puissent pas t'en donner directement. »

Le regard du colosse était plein de doute quand les camions-citernes approchèrent, sous les yeux des gardiens catastrophés.

« Je te donnerai de mes nouvelles, Malthe, je te le promets. Fais attention à toi », dit Carl avant de partir.

Le premier véhicule s'avança vers la grille et Carl alla

se cacher entre deux arbres. Puis le chauffeur accéléra brusquement, il roula droit sur la grille et commença à pousser. Quand la grille se coucha, Carl se félicita d'avoir installé Malthe à une distance raisonnable.

Une fois que le camion se fut frayé un passage, il recula un peu pour laisser passer les pompiers à travers la trouée avec les tuyaux et, lorsque plusieurs énormes jets d'eau eurent commencé à arroser l'incendie et le bâtiment sinistré, Carl franchit l'enceinte clopin-clopant, invisible derrière les cascades d'eau, tandis que le personnel pénitentiaire, regroupé de l'autre côté du rideau liquide, rassurait les prisonniers qui s'affolaient derrière leurs fenêtres, leur promettant qu'aussitôt que les pompiers auraient éteint l'incendie, on les ferait sortir dans le couloir.

En regardant vers le parking, Carl aperçut un vêtement abandonné au sol. Profitant de ce que l'attention des matons était concentrée sur l'ampleur du désastre, il ramassa ce qui se révéla être une veste militaire et l'enfila rapidement.

Devant lui, sur le parking, un cercle s'était formé autour d'une ambulance. Une équipe médicale prodiguait les premiers soins à un individu couché sur un brancard.

Il s'approcha discrètement, détourna la tête en croisant deux agents en uniforme qui couraient vers la prison, et rejoignit les urgentistes.

« Excusez-moi, je sais que vous êtes très occupés, mais… »

Il voulait leur demander de la gaze pour panser son mollet blessé, mais au même moment il aperçut la dernière personne qu'il se serait attendu à voir en ces lieux.

L'homme se tenait à l'extrémité du parking, de profil, le visage tourné vers une voiture grise qui s'éloignait. Un homme avec une silhouette qui semblait taillée dans le granit et des cheveux frisés poivre et sel.

Assad. C'était lui !

Carl le vit retraverser le parking en sens inverse, courant droit vers lui. Quand il fut arrivé à proximité de l'ambulance, il changea brusquement de direction et alla s'asseoir dans une Volvo bleu marine que Carl n'avait jamais vue.

Au milieu des cris, Carl longea la rangée de voitures pour se rapprocher de celle dans laquelle Assad était monté.

Son collègue et ami venait de tourner la clé de contact quand il se planta devant le pare-brise trempé et troué d'une balle.

Assad eut un mouvement de surprise. Il lui fallut presque deux secondes pour se ressaisir, puis il fit signe à Carl de monter et ouvrit la portière côté passager.

« C'est à cette heure-ci que t'arrives ? » lui dit Carl. Ils se regardèrent en silence un court instant et éclatèrent d'un rire nerveux qui, chez Carl, se transforma sur-le-champ en grimace.

Assad posa la main sur son épaule. Ils sourirent, des larmes roulant sur leurs joues, mais ne dirent pas un mot avant de s'être éloignés du parking et de la foule qui se pressait vers la maison d'arrêt.

« Tu sais que tu as des plaies au visage et que tu saignes beaucoup ? » dit Assad.

Carl s'essuya avec la manche de sa veste. Ce n'était rien en comparaison de la souffrance que chaque inspiration lui infligeait.

« Je ne comprends pas comment tu peux être libre et vivant, Carl. C'est tout simplement fantastique ! Il faut que tu me racontes tout pendant qu'on roule. Tu as vu la Mercedes grise qui quittait la place tout à l'heure ? Les types qui ont fait sauter la prison sont dedans. »

Carl regarda les mains d'Assad serrer si fort le volant que ses jointures blanchissaient. Entre ses jambes, le siège était imbibé de sang.

« Je suis désolé, Carl. Je n'ai pas réussi à les arrêter, dit-il, visiblement affecté.

— Ce n'est pas ta faute, Assad. Je ne veux pas t'entendre parler comme ça. » Il adressa un sourire chaleureux à son ami. « À qui appartient cette voiture, et ça, c'est quoi ? » demanda-t-il en montrant le trou dans le pare-brise et le sang sur le siège.

Assad hésita un instant avant de répondre. « C'est le sang de Kenneth. C'est lui qui était couché sur le brancard que tu as peut-être aperçu. Ma voiture à moi était coincée, alors j'ai pris la sienne. Quand je l'ai trouvé inanimé au volant, j'ai remarqué que la clé était sur le contact.

— Tu sais s'il a survécu ? »

Assad secoua la tête. « La balle qui a traversé le pare-brise l'a touché à la base du cou, ce n'était pas beau à voir. » Il montra sur son propre cou à quel endroit la balle était entrée.

Carl ferma brièvement les yeux pour oublier le trou dans le pare-brise. Encore une vie brisée dont il allait devoir porter le poids sur ses épaules. L'idée était difficilement tolérable.

Il toussa en se tenant les côtes. Son mollet droit pulsait douloureusement et l'une des entailles saignait toujours à gros bouillons. Tant de sang versé à cause de lui.

Son regard devint flou. En sens inverse, la circulation était dense. Voitures de particuliers, véhicules d'intervention, motards de la police roulant vers la colonne de fumée qui s'élevait vers le ciel.

« Je saigne beaucoup, Assad », dit-il au bout d'un moment en fouillant dans la boîte à gants à la recherche de quelque chose pour éponger.

Tout au fond, derrière les manuels d'instructions et les paquets de bonbons à moitié vides, il mit la main sur un chiffon blanc. En fermant les doigts dessus, il sentit qu'il contenait un objet lourd qu'il aurait reconnu les yeux fermés. Un pistolet.

Carl se tourna vers Assad, perplexe. Ce dernier, se sentant observé, jeta un coup d'œil à l'arme avant de se reconcentrer sur la route devant lui.

« Il doit appartenir à Kenneth, dit-il. Je ne savais pas qu'il était là. Il m'a dit que nous n'avions que des Taser. » Assad posa la main sur sa poche pour montrer où se trouvait le sien.

« Je prie Allah tout-puissant pour que Kenneth survive à sa blessure, parce qu'elle avait l'air grave. Il faut que tu saches, Carl, que sans lui, toi et moi ne serions plus de ce monde.

— Tu as un portable, Assad ? » demanda Carl en s'efforçant de ne pas tousser.

Assad acquiesça et désigna le tableau de bord. Son téléphone était connecté en Bluetooth.

« Je voudrais que tu appelles Merete Lynggaard et que tu lui demandes de nous tenir informés de l'état de Kenneth. Et puis j'aimerais lui parler. »

Assad secoua la tête. « D'ici peu, sitôt qu'ils auront vu que tu es sorti vivant de cette cellule, tu seras l'homme le plus recherché du pays, Carl. Tu ne dois parler à personne. Tous tes contacts seront mis sur écoute. Y compris moi. Tu peux en être sûr. »

Carl hocha la tête. L'homme le plus recherché du pays : Assad n'était sans doute pas loin de la vérité.

Dans un virage à la sortie de la ville, ils virent la Mercedes grise à deux cents mètres devant eux. Elle roulait tranquillement vers le sud, les deux hommes à bord ne se doutaient apparemment pas qu'ils étaient suivis.

Assad activa le téléphone et quelques secondes plus tard son interlocuteur avait décroché.

« Terje Ploug », dit celui-ci d'une voix lasse.

Carl opina du chef. Assad avait appelé Ploug, bonne idée. Maintenant, il fallait à tout prix qu'il évite de tousser.

« Assad à l'appareil. Tu as entendu parler de l'attaque ?

— Et comment ! répondit-il. J'étais en train de regarder les images de l'assaut du Capitole qui a eu lieu hier quand la chaîne a interrompu la diffusion du reportage. Au moment où je te parle, j'ai la maison d'arrêt en flammes sous les yeux. Qu'est-ce qui se passe, putain, Assad ? Ils disent que c'est la cellule de Carl qui était visée. On l'a retrouvé ? Il est vivant ? Tu sais quelque chose ?

— Rien de plus, non. Mais écoute-moi. Je viens de repartir de Slagelse et je suis en train de filer la voiture des assaillants. »

Il lui communiqua le numéro de la plaque de la

Mercedes et les coordonnées GPS. « On roule vers le sud et on n'est pas armés, alors un peu de renfort serait plus que bienvenu.

— Qui ça, "on" ? »

Assad leva les yeux au ciel en se rendant compte de sa bévue.

« Débrouille-toi pour mettre des barrages plus loin vers le sud, enchaîna-t-il pour noyer le poisson. N'oublie pas les petites routes, qu'ils ne nous filent pas entre les pattes. Et reste en contact. »

Il y eut un long *biiip* sur la ligne en guise de réponse. Ploug s'était déjà mis à l'œuvre.

« Pas armés, Assad ? » Carl toussa et ramassa l'arme qu'il avait posée à ses pieds. « Un SIG P210 9 mm, ce n'est pas ce que j'appellerais ne pas être armé. »

Assad jeta un nouveau coup d'œil au pistolet.

« Il est chargé ? »

Carl le retourna et éjecta le chargeur pour vérifier. Puis il tira en arrière le bloc de culasse pour s'assurer qu'il y avait déjà une balle dans la chambre.

« Chargé à bloc.

— Je ne pouvais pas le savoir, si ? »

Raisonnement par l'absurde. Du Assad tout craché.

Carl soupesa le pistolet. Un vrai petit bijou d'un kilo à peine, l'une des armes de poing les plus précises qui soient. Rien d'étonnant à ce qu'un soldat ait fait l'acquisition d'une arme de cette qualité pour le cas où un jour la chance ne serait pas de son côté.

56

Jeudi 7 janvier 2021

Femke / Cees

Après l'agression, Femke avait été interrogée par la police à propos de l'individu qui avait pénétré dans son appartement et brutalisé son voisin. Elle avait fait mine de ne pas savoir que répondre lorsqu'on lui avait demandé pourquoi, à son avis, le cambrioleur avait été aussi violent, s'ils avaient des objets de valeur et si elle pensait que cette visite pouvait avoir un lien avec la mort de son mari. Elle s'était contentée de dire qu'elle ne savait rien et qu'elle était sous le choc, cette dernière réponse étant on ne peut plus vraie. Pour le reste, elle avait décidé que jamais, sous aucun prétexte, elle ne révélerait quoi que ce soit des activités criminelles d'Eddie, ni des revenus qu'il en avait tirés.

Sa déclaration avait coïncidé avec celle du voisin, qui avait décrit un Néerlandais grand et fort, sans aucun signe particulier. Il n'avait même pas mentionné ses yeux vairons. Plus tard dans la nuit, la police scientifique, guidée par Femke, avait examiné plusieurs objets que l'homme pouvait avoir touchés dans l'appartement.

Après avoir relevé quelques empreintes digitales, ils l'avaient laissée tranquille.

Le lendemain, Femke s'était efforcée d'oublier l'agression qui aurait pu leur être fatale à toutes les deux en fouillant l'appartement de fond en comble à la recherche du moindre indice susceptible de la mettre sur la piste du trésor qu'Eddie avait sûrement caché quelque part. Elle avait soigneusement scruté tout ce qui aurait pu lui fournir le plus petit élément de réponse. Sans succès.

Le matin de bonne heure, elle avait déposé Marika à la maternelle comme s'il ne leur était rien arrivé d'autre que ce satané virus qui les avait terrassés pendant quelques jours, et quand elle était allée la chercher quelques heures plus tard, elle l'avait retrouvée aussi gaie et pleine de vie qu'elle-même était fatiguée et abattue.

« Est-ce que le monsieur était un méchant ? » lui avait demandé la petite tout à coup.

Femke fut épouvantée. De quoi sa fille se souvenait-elle ? Était-elle réveillée quand tout cela s'était produit ?

Tandis qu'elle s'interrogeait, Marika reprit ses jeux. Une minute plus tard, elle se tourna vers sa mère, un petit bateau en bois à la main.

« Baaateau suuur l'eau, chantonna-t-elle.

— Mais oui, le bateau !… », s'exclama Femke.

Combien de fois Eddie avait-il changé de bateau durant toutes ces années ? Il y avait eu la première barque, puis un bateau à voile et ce voilier en polyester, qu'ils avaient également revendu. Et ensuite cet autre voilier dont elle n'était jamais parvenue à mémoriser le modèle et sur lequel Eddie ne montait que lorsqu'il était sur ber. Les seuls moments agréables qu'ils avaient passés à bord étaient ceux où Marika était avec eux. La petite adorait s'asseoir sur le pont et observer la vie du port.

Femke hocha la tête. Il y avait aussi la maison de campagne, bien sûr. Eddie adorait cette maison. Il fallait absolument qu'elle aille fouiller là-bas. C'était une cachette parfaite.

Elle regarda l'heure. La distance entre Schiedam et la station balnéaire était d'environ cent cinquante kilomètres et le trajet lui prendrait au moins deux heures. Ensuite, elle aurait un peu de temps devant elle pour inspecter chaque recoin avant la tombée de la nuit.

Les rues de Bergen-aan-Zee étaient désertes par ce temps glacial, et lorsque Femke et Marika arrivèrent à la maison, les fenêtres étaient tapissées de cristaux de glace.

La porte couina un peu sur ses gonds gelés mais une chaleur diffuse régnait à l'intérieur, et Femke en fut surprise. Eddie était-il passé récemment pour allumer le chauffage ? Il ne lui en avait rien dit.

« Oh, Eddie », soupira-t-elle. Son esprit flottait encore entre les murs et l'image de son mari mourant, les mains clouées aux bras d'un fauteuil, là-bas dans les polders, revint la hanter comme une malédiction.

Elle se secoua et regarda autour d'elle. La maison de vacances était plus grande que l'appartement de Schiedam, mais cela n'avait pas toujours été le cas. Quand Eddie s'était soudain enrichi – et elle rougissait à présent de savoir de quelle manière –, ils avaient fait construire une extension de plus de cinquante mètres carrés, ajouté deux chambres et une entrée côté dunes, agrandi le séjour, aménagé un bureau pour Eddie et un espace pour elle. Et à l'automne dernier, ils avaient installé une salle de jeux pour Marika.

Marika voulut s'y rendre aussitôt. Sans enlever son manteau, elle s'y précipita sur ses petites jambes et commença à s'amuser avec ses jouets. Femke hocha la tête. Cela allait lui donner le temps de fouiller le reste de la maison.

Elle attaqua par le bureau d'Eddie, où rien ne laissait penser qu'il avait eu une double vie. Pièce après pièce, elle dut se rendre à l'évidence : la chance refusait de lui sourire.

Il y avait plusieurs jours que Cees Pauwels n'avait pas pu profiter d'être le centre de toutes les attentions de sa famille, à Liège. Ses petites filles étaient collées à ses basques depuis qu'il avait franchi le pas de la porte et sa femme Lilian l'avait accueilli avec la plus grande tendresse dont un homme puisse rêver.

Elles l'avaient bichonné et couvert de baisers et de câlins jusqu'à ce que Lilian conduise les filles à l'école, avant de se rendre à son travail.

« Nous serons de retour à seize heures. Pense à laisser un mot si tu as une autre mission aux Pays-Bas », dit-elle, taquine, en agitant la main pour lui dire au revoir.

La phrase lui resta dans la tête. « Une mission aux Pays-Bas ».

Oui. C'était exactement ça : une mission inachevée. La fuite était colmatée, comme il en avait informé sa hiérarchie, mais personne ne savait mieux que lui qu'il n'y avait qu'un seul moyen de traiter ce genre de fuite.

On lui avait ordonné de s'occuper de Wilbert de Groot *et* de Femke Jansen. Or, celle-ci était en vie et elle était en mesure de le reconnaître. Plus grave encore, elle savait qu'il avait tué son mari et tenté de les tuer, elle et sa fille. Une fois déjà, elle avait montré de quoi elle était capable, et c'était uniquement la chance qui l'avait empêché d'être pris sur le fait par la police dans la chambre de torture de la maison des polders. De surcroît, elle connaissait bien la police de Rotterdam, il l'avait vu de ses propres yeux.

Ce qu'elle savait ou ne savait pas sur les activités de son mari n'avait plus grande importance, car il n'y avait plus qu'une issue : qu'elle meure – il avait essayé de la joindre plusieurs fois chez elle, à Schiedam, depuis un téléphone prépayé, mais personne n'avait répondu.

Cees réfléchit. T'es-tu déjà enfuie, Femke ? As-tu trouvé ce que tu cherchais ?

Toutes ces années où il avait travaillé pour l'organisation, la mort avait été le prix à payer pour la déloyauté et l'amateurisme. Ses supérieurs le surveillaient et ils savaient que Femke Jansen représentait encore un risque pour eux. S'il ne réglait pas le problème et ne se débarrassait pas d'elle, la sanction serait rapide et sans pitié. Il avait lui-même joué les bourreaux en de nombreuses occasions, mais d'autres que lui remplissaient ce rôle, il l'avait constaté très récemment quand Gustaaf Mulder avait abattu le Polonais sous ses yeux.

C'est pourquoi il devait la retrouver sans tarder et lui régler son compte une bonne fois pour toutes.

Il mit les mains derrière sa nuque et resta un long moment ainsi, dans son lit, à faire défiler dans sa tête tous ses faits et gestes des derniers jours.

Au bout d'une heure, il parvint à isoler un point dans la suite des évènements auquel il aurait dû attacher plus d'importance.

Lors de sa visite dans leur appartement de Schiedam, Femke l'avait conduit dans une petite pièce encombrée et lui avait donné le mot de passe de son ordinateur portable. Il avait vu son front se plisser et s'était dit que c'était à cause de sa réticence à répondre à ses exigences. Mais maintenant, il n'en était plus aussi sûr. Cees ferma les yeux et se remémora l'épisode. Quelque chose sur la table avait attiré l'attention de la femme. De quoi s'agissait-il ? Était-ce un document ?

C'est alors que cela lui revint. Non, c'était le cadre retourné, celui qui contenait une photo d'Eddie avec sa fille dans les bras. Pourquoi l'avoir cachée ? Était-ce parce qu'elle ne voulait plus voir son mari ? Était-ce pour cela qu'elle avait froncé les sourcils quand il avait redressé le cadre sur la table ? Cette image la mettait-elle mal à l'aise ?

Ce n'était pas de la peine qu'il avait lue sur son visage quand elle avait regardé son mari photographié avec leur enfant dans les bras. C'était du dégoût. Mais pourquoi ?

Cees comprit soudain. La femme venait d'apprendre ce qu'avait fait son mari et elle ne supportait plus de le regarder. Contrairement à ce qu'elle avait prétendu, Femke avait lu le document rédigé par Eddie, et cela faisait d'elle un élément beaucoup plus dangereux qu'il ne l'avait rapporté à sa hiérarchie.

Et Cees venait aussi de réaliser autre chose. Sur cette photo, Eddie se trouvait sur un ponton.

Il se leva, prit une douche, s'habilla et se rendit dans

la cuisine où il laissa un mot sur la table expliquant brièvement à Lilian et aux enfants qu'il devait malheureusement retourner travailler, mais qu'il serait très vite rentré, et qu'ensuite ils pourraient prendre un peu de vacances.

Jadis, Cees avait acheté la maison de vacances d'Eddie et de Femke à Bergen-aan-Zee lors d'une vente aux enchères. C'était ainsi que tout avait commencé. Il avait négocié avec Eddie en se servant de cette maison comme moyen de pression, c'est comme ça qu'il l'avait recruté. Dix-huit ans s'étaient écoulés depuis et Cees n'y était jamais retourné. Il était probable que Femke ne sache pas qu'il en connaissait l'existence. C'était une hypothèse qui méritait d'être vérifiée. Car si elle ne se trouvait plus à Schiedam et qu'elle n'avait pas quitté le pays, il y avait fort à parier que c'était là qu'elle était allée se terrer.

Entre Liège et Bergen-aan-Zee, il y avait à peine trois cents kilomètres. Malgré les conditions hivernales, il pouvait y être en quatre heures.

57

Jeudi 7 janvier 2021

Carl

Ils avaient dû entendre l'hélicoptère, car la Mercedes grise, qui à ce moment-là roulait à trois ou quatre cents mètres devant eux, accéléra brusquement.

« Plus vite, Assad, ils se sont aperçus qu'ils étaient repérés. » Carl aperçut au loin une bretelle de sortie. « Je crois qu'ils vont quitter l'autoroute, tiens-toi prêt. »

Assad acquiesça et au même instant il reçut un appel de Terje Ploug. Il mit un doigt sur ses lèvres en se tournant vers Carl.

« Nous avons demandé à un hélicoptère de l'armée de vous escorter. Je vois sur mon écran les images qu'il est en train de filmer, lui dit Ploug. Il y a une sortie un peu plus loin, à mon avis ils vont la prendre, qu'est-ce que tu en penses ? »

Assad émit un grognement en guise de réponse.

« Tu roules dans quelle voiture, Assad ?

— Une Volvo bleu marine. Tu ne devrais pas avoir trop de mal à la repérer, je suis juste derrière eux.

— Garde la ligne ouverte pour que je puisse te

joindre et que l'équipage de l'hélico sache ce qu'il se passe. Voilà, ça y est, je te vois. Il vaut mieux que tu accélères, tu vas les perdre de vue. »

C'était le genre de chose qu'il ne fallait pas dire deux fois à Assad ; il mit la gomme, les collant tous les deux à leur siège. Quand il tourna le volant pour prendre la sortie, Carl s'arrêta de respirer.

« À gauche ! » cria Ploug à la dernière seconde, et Assad s'engagea dans le carrefour sur deux roues.

« Est-ce que tu as des nouvelles de Carl ? demanda-t-il à Terje quand il eut repris une trajectoire normale.

— On le cherche, mais tout laisse à penser qu'il a survécu à l'attaque et qu'il s'est enfui. Il y avait un autre détenu dans sa cellule quand c'est arrivé. Il a été transporté à l'hôpital, mais il est mutique. Le choc, sans doute. »

Carl refréna une quinte de toux et fit signe que c'était impeccable.

« Et Kenneth, le type qui a reçu une balle dans le cou ?

— Je ne sais pas. Ils n'en ont pas parlé. Mais je zappe sur les chaînes télé et le sujet du jour, c'est la disparition de Carl. Tout le monde se demande où il est passé.

— J'espère qu'il ne lui est rien arrivé de grave, répondit Assad avec un sourire amusé à son voisin.

— J'éviterais de trop espérer, à ta place. Il paraît que l'explosion a coûté la vie à au moins trois détenus, son camarade de cellule a eu une chance inouïe. Écoute, nous avons installé un barrage routier sur la nationale à quelques kilomètres de là où tu te trouves, alors l'hélico va se retirer. Il faut que les types dans la Mercedes pensent que nous les avons perdus de vue. Reste à une distance raisonnable tout en les gardant dans ton champ de vision. S'ils prennent un chemin de traverse, il faut qu'on le sache.

— Entendu», répondit Assad avant d'actionner la touche «silencieux» de son téléphone.

Carl reprit la parole, et au ton de sa voix Assad comprit qu'il était bouleversé : «Il faut qu'on chope ces ordures, tu m'entends, Assad ?» Trois hommes avaient été tués dans l'explosion, et l'incendie avait certainement fait de nombreux blessés. Carl n'arrivait pas à comprendre. Où étaient les salauds qui tiraient les ficelles ? Ça ne pouvait être que des individus d'un cynisme absolu, pour qui le sang et la douleur n'étaient que des mots. Il secoua la tête, c'était toujours les mêmes qui trinquaient. Quels que soient les crimes qu'avaient commis les hommes incarcérés dans cette prison, la sanction qu'ils venaient de subir était totalement injuste et disproportionnée. Carl osait à peine penser à ceux qu'il laissait derrière lui. À cause de lui, parce qu'on avait voulu le tuer, leur vie venait de prendre un nouveau cours.

Sa mâchoire se crispa. Quoi qu'il lui en coûte, il poursuivrait ces criminels jusqu'à ce qu'ils soient eux-mêmes derrière les barreaux.

Il se tourna vers Assad, qui avait pratiquement le nez collé au pare-brise. La route devant eux n'avait pas été sablée et l'asphalte scintillait par endroits. Il avait intérêt à se concentrer sur sa conduite.

«On est vraiment au milieu de nulle part, dis donc. Il n'y a personne à des kilomètres à la ronde. Qu'est-ce qu'on fait s'ils prennent un chemin de terre ?»

Assad montra le pistolet. «Si l'occasion se présente, on leur collera une balle au milieu du front. Ensuite, on...»

Il s'interrompit brusquement et scruta la route. La

voiture qu'ils poursuivaient avait mystérieusement disparu.

« Tu l'as vue tourner quelque part, toi ? » demanda-t-il à Carl en ralentissant. D'un côté s'étendaient des champs à perte de vue, de l'autre une haie d'arbres séparait la route d'autres champs.

« Non ! » Carl se demanda s'ils avaient raté une piste de terre à un moment donné, mais il savait qu'il n'en avait vu aucune.

« Ils nous tendent un piège, Carl, je le sens. Ils sont un peu plus loin et ils nous attendent. »

Carl acquiesça. Les hommes qui se trouvaient dans cette berline disposaient probablement d'une force de frappe suffisante pour faire sauter un véhicule blindé, et ni Assad ni lui n'avaient envie de partager le destin des malheureuses victimes de la maison d'arrêt.

« Je n'ose pas aller plus loin, Carl, s'excusa Assad en arrêtant la voiture sur le bas-côté. Si tu sors sous le couvert de la haie et que je te suis, tu crois qu'ils nous verront ? »

Carl ouvrit sa portière, s'extirpa de la voiture, plié en deux, tête baissée, et s'éloigna de quelques mètres avant de se jeter à plat ventre. Il inspecta les alentours dans la lumière déclinante, mais ne détecta aucun mouvement sur la route.

Assad se fraya un passage entre les arbres et s'allongea à côté de lui.

« Toi ou moi ? » demanda-t-il.

Carl serra la crosse du pistolet. Lui bien sûr. C'était à lui de s'approcher des inconnus en rampant. C'était à cause de lui qu'ils étaient tous les deux ici, étendus sur la terre gelée dans cet endroit paumé.

Une légère détonation suivie d'un sifflement traversa l'air au-dessus de leur tête avant que la Volvo soit touchée de plein fouet. L'explosion fut si violente que le véhicule décolla de deux mètres avant d'aller se fracasser au milieu de la chaussée dans un brasier d'apocalypse.

Carl et Assad se regardèrent.

Assad montra son portable, dont le micro était toujours coupé. « Assad, ça va ? demandait Ploug. J'ai vu l'explosion sur la chaîne News. On vous a envoyé un drone pour participer à la chasse.

— Heureusement qu'on n'était plus à l'intérieur, on aurait été pulvérisés, murmura Carl en tenant ses côtes cassées.

— Ils doivent penser que c'est le cas, dit Assad. Et si nous ne les arrêtons pas, ils vont repartir. »

Carl avait à peine entendu la dernière phrase qu'il s'était relevé, quoique avec difficulté, et boitillait déjà en longeant la haie côté champs. S'ils l'apercevaient, ils le tueraient aussitôt, mais il devait tenter le coup, sinon ils allaient disparaître à jamais.

Le bruit caractéristique d'un hélicoptère lui fit lever la tête. Il vit l'appareil arriver de l'est en rase-mottes, tandis que d'autres sons derrière lui l'informaient qu'Assad l'avait suivi avec autant de discrétion qu'un troupeau de gorilles dans la jungle. Si les deux hommes ne les avaient pas encore entendus, c'est qu'ils étaient aussi sourds que son ex-belle-mère.

Il mit un doigt sur sa bouche puis fit signe à Assad de s'arrêter. Au même instant, plusieurs salves de coups de feu dans leur direction les obligèrent à s'accroupir.

Carl leva les yeux. L'hélicoptère vira de bord et

s'éloigna. C'était lui qui était visé, et il avait été touché. Carl profita de la confusion pour parcourir au pas de course les cinquante derniers mètres qui le séparaient du tireur.

La fumée sortant du canon de sa mitrailleuse lui avait révélé la position de l'homme dans les broussailles. Il tira plusieurs balles dans sa direction puis se jeta à terre de nouveau, ce qui lui fit un mal de chien.

De l'endroit où il se trouvait, il pouvait voir à une vingtaine de mètres de distance le flanc gauche de la Mercedes arrêtée contre la haie d'arbres. Il visa les deux pneus de ce côté. La voiture s'affaissa sur ses jantes.

Puis il resta immobile et attendit. Il n'entendait plus le moindre bruit du côté de l'individu qui avait tiré sur l'hélicoptère. Mais où était passé l'autre ?

Quelques feuilles mortes craquèrent derrière lui. C'était Assad qui avançait en rampant.

« Tu as vu l'ombre ? demanda-t-il en chuchotant.

— Quelle ombre ?

— L'ombre du type qui a traversé la haie et qui est ressorti sur la route.

— Tu en es sûr ?

— Tu as touché le premier. J'ai vu son bras qui dépassait. Il ne bouge plus. »

Carl se retourna, toujours plaqué au sol. En effet, un bras tendu sortait de la haie, parfaitement immobile.

« Assad, tu m'entends ? » demanda la voix de Terje Ploug dans le téléphone portable d'Assad, qui ne répondit pas parce qu'il était en train de traverser la haie pour voir ce qui se passait sur la route.

« Carl ! Viens ! Le type court à découvert dans le champ, de l'autre côté. »

L'inconnu avait parcouru trois cents mètres sur les sillons gelés, en direction de quelques modestes fermes disséminées un peu plus loin.

Carl traversa la route, tira, mais il était trop loin.

C'est alors qu'il entendit le bourdonnement du drone de la télévision qui s'immobilisait juste au-dessus de lui.

« Ne les laisse pas voir ton visage », lui cria Assad.

Mais son conseil arrivait trop tard.

« Non, mais je rêve ! entendirent-ils Ploug aboyer dans le portable. Tu m'as menti, Assad ! C'est Carl que je vois en veste militaire en train de tirer sur le type qui s'enfuit ! Le Danemark tout entier est en train de suivre ça en direct ! »

58

Jeudi 7 janvier 2021

Femke

Après avoir minutieusement fouillé la maison pendant une bonne heure, Femke prit Marika par la main pour l'emmener prendre l'air avant la nuit. Elles en avaient besoin toutes les deux. L'océan était déchaîné et inapprochable et elle préféra monter au sommet d'une dune regarder les mouettes, tandis que Marika essayait d'imiter leurs cris.

Femke était à la fois heureuse et triste. Sans le pouvoir d'achat d'Eddie, c'était probablement la dernière année où elles pourraient jouir du plaisir d'être propriétaires de cette villégiature. L'entretien, les assurances, l'électricité et le chauffage n'avaient jamais été de son ressort et, pour être honnête, elle n'avait qu'une vague idée de ce que leur coûtait ce petit morceau de paradis.

Elle prit conscience qu'un chapitre de sa vie avait pris fin.

Mais elles étaient en vie. Et même si elle ne trouvait pas le trésor de feu son mari, Marika et elle étaient ensemble, et c'était tout ce qui comptait. Elle appela la petite et lui proposa de faire la course jusqu'à la maison. Marika dévala la pente en agitant bras et jambes, criant à tue-tête comme les oiseaux qui tournoyaient là-haut, et Femke prit soin de ne pas la rattraper tout en restant à sa hauteur.

La maison les attendait, bienveillante, les regardant avec des yeux de chat par ses deux fenêtres illuminées. Marika claqua la main sur la façade et se retourna vers sa mère, hilare et fière de sa victoire, mais Femke pensait à autre chose. Sans pouvoir l'expliquer, elle avait l'impression que l'arrière de sa maison n'avait pas son aspect habituel. Le sens infaillible de la symétrie qu'Eddie s'était toujours vanté de posséder lui sembla subitement contrarié, et elle se mit à compter les bardeaux de bois entre les fenêtres.

« Allez, maman, viens ! » cria Marika.

Femke ne comprenait pas ce qui la dérangeait et elle s'approcha d'une fenêtre pour regarder dans le bureau de son mari. Eddie avait fait poser les fenêtres de manière à pouvoir travailler face à l'océan. Femke voyait son bureau et une armoire contre le mur du fond, ainsi que le mur auquel était fixée la bibliothèque, et plus loin le séjour.

Elle secoua la tête, se moquant d'elle-même. Elle n'avait jamais su dessiner un plan ni bricoler. Ça avait toujours été le domaine réservé d'Eddie, qui excellait dans l'art de valoriser un espace. Elle sentit sa gorge se serrer. Tout était si vide, sans lui.

Elles entrèrent par le garage et Femke referma à clé derrière elles. Marika était trop attirée par les dunes et leur immensité, il fallait être prudente. Elles allèrent s'asseoir dans le coin cuisine, Marika grignota quelques biscuits tout en poussant de temps à autre des cris de mouette.

Je me demande combien je pourrais tirer de cette maison, se demanda Femke en espérant qu'il n'y ait plus de crédit dessus. Elle alla chercher quelques dossiers dans le bureau d'Eddie en se disant qu'elle y trouverait peut-être les papiers de la maison et éventuellement un échéancier d'emprunt.

Eddie était très ordonné et, après avoir survolé quelques documents, elle fut entièrement rassurée. La maison était intégralement payée. La dernière mensualité avait été versée plus de dix ans auparavant et les travaux d'agrandissement payés comptant.

Femke remit les classeurs à leur place et, de nouveau, elle eut ce sentiment étrange que le mur donnant sur l'extérieur n'était pas parfaitement droit. Elle retourna dans la salle à manger pour regarder le bureau depuis cette perspective. C'était vraiment une sensation étrange. Quel que soit l'angle sous lequel elle contemplait la pièce, elle lui trouvait l'air bancal.

Elle prit un nouveau classeur dans la bibliothèque, sur la tranche duquel était écrit : « Extensions ». Elle étala le plan sur le bureau d'Eddie et l'étudia attentivement quelques instants avant d'émettre un petit grognement surpris.

Sur le croquis qu'elle avait sous les yeux, les fenêtres du bureau et des deux chambres d'amis étaient à équidistance les unes des autres, alors que ce n'était pas le cas dans la réalité ! Elle avait compté les planches de bardage entre les fenêtres, et sur les plans, le pan de mur entre le bureau et la chambre d'amis côté séjour différait légèrement. C'était vraiment bizarre.

Pendant que Marika jouait avec ses Lego en poussant de temps en temps ses cris de mouette, elle alla se poster au milieu de la chambre d'amis en question. Elle ne s'en était jamais rendu compte, mais la pièce était effectivement asymétrique, dans le sens où la distance entre les murs côté salle à manger était plus grande que celle entre les murs extérieurs.

Elle toqua sur les cloisons. Elle commença par celle de la chambre d'amis, puis testa celle du bureau. En comparant le son obtenu avec celui des cloisons qui avaient récemment été posées dans le bureau d'Eddie, elle trouva une nette différence. Les nouvelles rendaient un son sourd alors que ce mur en particulier avait un son ferme, comme s'il était plus solide, comme s'il y avait du métal derrière la cloison en bois.

Femke retint son souffle. C'était bien fait, elle n'avait rien remarqué jusqu'ici en tout cas, mais à présent elle en était sûre. Le mur entre le bureau et la chambre d'amis avait été doublé et il y avait un espace entre les deux parois.

Mais pourquoi ce mur était-il un peu de travers ? Elle retourna dans la chambre d'amis et examina les lambris du mur mitoyen au bureau. Femke se souvint qu'elle n'était pas d'accord quand son mari avait proposé de poser une isolation phonique. Elle trouvait que cela gâcherait l'harmonie de la maison. Mais Eddie avait insisté, prétextant que cela isolerait en même temps le bureau dans lequel il travaillait souvent tard le soir.

Ils s'étaient un peu disputés, et Femke lui avait fait remarquer que de toute façon ils ne recevaient jamais personne. Mais quand ils étaient revenus l'été suivant, les travaux étaient terminés et elle avait trouvé ça plutôt réussi.

À présent, elle se demandait en regardant le panneau en question s'il y avait un quelconque moyen de l'ouvrir. Elle ne voyait aucune fente ni aucune charnière apparente, et elle eut beau essayer de tirer sur les planches de lambris l'une après l'autre, il ne se passa rien non plus. Ensuite, elle tenta d'appuyer, espérant déclencher un mécanisme quelconque, comme sur une porte de placard de cuisine. Sans succès.

Femke recula d'un pas et examina attentivement chaque lame, jusqu'à ce qu'elle découvre, au pied de l'une d'elles, une imperceptible tache grise, à un mètre de la porte de la salle à manger. Comme une trace de semelle.

« Allez ! » dit-elle en donnant un léger coup de pied à cet endroit. Quand la porte s'ouvrit, elle ressentit un étrange mélange de soulagement et de crainte. Elle avait enfin trouvé le mystérieux coffre au trésor... Et s'il était vide ?

Elle entra avec circonspection dans la pièce étroite, huma une vague odeur d'huile et, après avoir tâtonné quelques instants, elle sentit un interrupteur.

Elle eut le souffle coupé en découvrant l'étroite étagère fixée au mur côté bureau, sur laquelle était entassé ce qui devait représenter plusieurs mètres carrés de liasses de billets de banque. Il y avait des titres de propriété partout, mais aucun livret de compte en banque, ni aucune clé correspondant à un coffre dans une banque. Tout était là, et Femke regardait cette masse d'argent, incrédule. Comment Eddie avait-il osé laisser une telle fortune cachée là ? Et si la maison avait brûlé ?

Elle observa la pièce en forme de placard. Ce local était-il blindé ? Les murs étaient-ils habillés d'épaisses plaques en acier sous le revêtement en placo ? Elle tapa dessus et eut de nouveau le sentiment qu'ils étaient particulièrement solides. En tirant sur une poignée, elle constata que la porte se fermait également de l'intérieur avec un clic discret.

Tout cela était particulièrement ingénieux. Elle baissa les yeux vers la plinthe dans laquelle était monté le mécanisme de la porte. Il lui suffit de presser une petite pédale avec le pied pour que la porte s'ouvre de nouveau. Elle renifla et sentit la même odeur d'huile, comme celle qu'on utilise pour dévisser un écrou récalcitrant. Eddie avait bien fait les choses.

Femke fit glisser doucement sa main sur une étagère couverte de billets. Elle soupesa une liasse de coupures de cinquante euros et en feuilleta l'extrémité comme s'il s'agissait d'un jeu de cartes. Elle jugea qu'il devait y avoir au moins cent billets, ce qui voulait dire qu'une seule de ces liasses contenait cinq mille euros.

Quand elle prit conscience de l'avenir doré qui s'offrait à elle, elle eut l'impression qu'elle allait s'évanouir.

Elle croisa les mains et pensa de nouveau à Eddie. À cet instant, elle aurait aimé qu'ils profitent ensemble de cette manne.

Elle sortit de la pièce, éteignit la lumière et repoussa la porte dans sa position initiale.

Et maintenant je fais quoi ? songea-t-elle. Elle rit toute seule à cette idée. On ne part pas à l'étranger avec une somme pareille en liquide, mais ce n'était peut-être pas ce qu'Eddie avait en tête non plus. Peut-être pouvait-on à la rigueur circuler à l'intérieur de l'Union européenne sans être contrôlé aux frontières. Mais pour aller où ?

Elle était euphorique. Quel casse-tête extraordinaire ! se dit-elle en se mettant à imaginer une vie dans laquelle elle n'aurait aucun souci matériel.

Puis son regard tomba sur les plans posés sur le bureau d'Eddie.

Ça, il faut que ça disparaisse, décida-t-elle en repliant aussitôt la grande feuille de papier.

Elle était tellement fière d'avoir réussi toute seule à percer le mystère.

Soudain, mue par l'instinct peut-être, elle leva la tête vers la fenêtre et vit soudain l'homme qui avait tué son mari. Il avait le visage collé à la vitre. Ses deux yeux étaient bleus, à présent, et son regard froid et dur.

Le choc la tétanisa.

La porte de derrière est-elle fermée ? fut la première pensée qui lui traversa l'esprit. Pouvait-il casser une fenêtre et entrer par là ? Qui l'entendrait si elle appelait au secours ?

Il frappa au carreau du plat de la main avec un sourire sardonique et, quand il leva l'autre, elle vit qu'il braquait une arme sur son visage.

« Tu vas mourir », articula-t-il très distinctement avant de plonger la main dans sa poche et d'en sortir ce qu'elle supposa être un silencieux.

Pendant qu'il le vissait tranquillement au bout du canon de son pistolet, Femke courut dans la cuisine. Un très court instant, elle pensa ouvrir la porte de devant et s'enfuir avec Marika dans les bras, alors qu'elle se savait prise au piège.

« Viens, mon ange », dit-elle à sa petite fille en l'arrachant à son jeu.

Marika allait crier, mais Femke la prit dans ses bras et la serra contre elle.

« Si tu ne fais pas de bruit avant que je te le permette, tu auras droit à dix glaces par jour tout le reste de l'année. »

Heureusement, la petite sourit, elle était entrée dans le jeu. Le bruit d'une fenêtre cassée retentit du côté de la maison où les fenêtres étaient les plus grandes et elle sentit un souffle d'air glacé courir sur le plancher.

Le cœur de Femke battait à se rompre. Elle appuya sur le mécanisme de la porte secrète, entra dans la pièce étroite, referma la porte, alluma, posa Marika sur le sol et lui fit signe de se taire. « À partir de maintenant, maman ne va plus dire un mot non plus », chuchota-t-elle.

Son pouls battait à la vitesse d'un cheval au galop et elle dégoulinait. Elle s'essuya la main et prit celle de Marika qui regardait partout autour d'elle, perplexe devant tous ces morceaux de papier. La petite tendit le bras vers l'étagère la plus basse et essaya de prendre une petite boîte en bois qui lui échappa des mains. Non ! hurla Femke intérieurement, et une seconde avant que la boîte touche le sol elle parvint à la rattraper. Elle secoua la tête et une fois de plus, d'un doigt sur ses lèvres, elle intima le silence à sa fille.

Marika sourit. Elle avait compris.

« Marika ! Où es-tu ? une voix assourdie résonna à l'extérieur. Papa est rentré ! Où est-ce que tu te caches ? Viens faire un câlin à papa ! »

Marika allait répondre, et Femke secoua la tête avec

autorité. Sur le visage de la petite fille, une expression de surprise et de joie apparut. Elle devait se dire que cela faisait partie du cache-cache.

« Ce n'est pas papa, murmura Femke. C'est encore le méchant monsieur. »

Marika ouvrit la bouche, et dans ses yeux l'amusement se transforma en terreur. Femke lui caressa doucement la joue en voyant que ses lèvres commençaient à trembler.

« Pense à toutes les glaces que tu vas avoir, lui dit-elle dans le creux de l'oreille.

— Marika ! Tu joues à cache-cache avec maman ? Tu t'amuses bien ? »

Puis l'homme commença à tirer, sans doute dans le mobilier de la cuisine à en croire les détonations étouffées et les échos de vaisselle brisée.

Vandale ! songea-t-elle en puisant au fond d'elle tout le courage dont elle était capable. De quoi pourrais-je me servir dans cette pièce pour nous défendre ?

Il n'y avait aucune place sur ces étagères pour le moindre outil ni la plus petite arme. Eddie n'aurait évidemment pas pu prévoir que son petit monde secret se transformerait un jour en un château fort d'où sa famille ne pourrait sortir en vie qu'une arme à la main.

Les pas se rapprochèrent. « Mariiiikaa ! répétait l'homme. Papa t'a apporté un petit cadeau ! »

Femke se mit à trembler. Le cadeau dont il parlait, c'était la mort. Elle regarda le visage de sa fille et faillit se mettre à pleurer quand elle aperçut le contenu de la boîte en bois que Marika avait failli faire tomber par terre.

Un paquet de cigarettes à moitié vide et un briquet.

C'était donc là qu'Eddie les cachait. Elle avait parfois senti l'odeur du tabac et deviné qu'il fumait en cachette sur la terrasse. Ils avaient pourtant passé un accord, le jour où elle lui avait appris qu'elle était enceinte. Elle l'engueulait, mais il avait toujours nié.

En tout cas, la preuve était là. Femke vida la boîte, au fond elle découvrit une petite bombe bleue de WD-40 et reconnut à l'odeur l'huile avec laquelle il lubrifiait le mécanisme de la porte secrète.

Femke secoua la bombe, qui paraissait presque pleine.

Des coups de feu sourds retentirent dans la chambre, sans doute dirigés vers l'armoire. Il était horrible de penser qu'il ne prenait même pas la peine de vérifier si elles étaient là, avant de tirer.

« C'est quoi, maman ? » murmura Marika, mais Femke se contenta de secouer la tête, comme si ce n'était rien du tout.

On entendait des pas tout proches à présent, comme si l'homme faisait des allers-retours juste devant leur cachette.

Femke retint son souffle en caressant la nuque de la petite. Soudain, il tira directement sur le mur derrière lequel elles se trouvaient. Le bruit intense et métallique fit sursauter Marika, qui poussa un cri et se mit à pleurer. Elle s'accrocha aux jambes de Femke, tandis que l'homme, dehors, rugissait qu'il savait maintenant où elles se cachaient et qu'il trouverait un moyen de les en déloger.

Il tira encore quelques balles contre le mur blindé, Marika hurla et Femke renonça à l'en empêcher.

Elle lâcha sa fille, se pencha vers la boîte et se saisit

du lubrifiant. Elle testa la bombe contre le mur et vit d'une part qu'il y avait toujours de la pression, et d'autre part que le produit qui en sortait ne sentait pas seulement l'huile, mais aussi vaguement le pétrole.

« J'ai trouvé le trésor, cria-t-elle à travers le mur. Il y en a pour plusieurs millions, je crois. Bien assez pour nous deux ! »

Elle prit quelques liasses et les jeta par terre à côté de la pédale d'ouverture de la porte.

« Ne tire pas, regarde d'abord ce que j'ai pour toi », dit-elle encore.

Elle n'avait jamais été aussi effrayée de sa vie. L'homme derrière le mur était muet comme une tombe. Attendait-il qu'elle ouvre la porte pour les abattre sans autre forme de procès ?

« Marika, tu vas dans le coin, là-bas, et tu ne bouges plus, d'accord ? »

Marika secoua la tête, elle ne voulait pas lâcher la jambe de sa mère. Femke se ressaisit et s'efforça de sourire comme s'il s'agissait toujours d'un jeu.

Enfin, la petite desserra les bras et alla se recroqueviller dans l'angle du réduit.

Femke ferma les yeux et réfléchit à la suite des évènements. Il allait falloir enchaîner.

Elle pressa délicatement la pédale et il y eut un clic. Elle entrouvrit la porte et poussa rapidement l'argent dans la chambre.

Pendant la seconde qu'il fallut à l'homme pour saisir ce spectacle inattendu avant de se baisser vers les billets, elle ouvrit la porte d'un coup de pied, alluma le briquet et projeta l'huile dans la petite flamme. Le liquide explosa, générant un océan de flammes. Les cheveux de l'homme prirent feu et il hurla de douleur, mais ses cris ne désarmèrent pas Femke, qui déplaça la flamme vers la main qui tenait l'arme.

Il se jeta sur le parquet, ses vêtements en feu. Fou de douleur, il tirait au hasard sans rien voir vers ce qu'il croyait être les cheveux blonds de son agresseuse.

Femke tournait autour de lui, le visant de son lance-flammes improvisé. En un réflexe de défense, l'homme lâcha le pistolet pour se protéger le visage, mais c'était trop tard.

Femke ne prit pas le temps de réfléchir, elle se contenta d'agir. Elle ramassa l'arme à feu par terre et la pointa vers le brûlé qui se tordait de douleur à ses pieds.

Je le laisse souffrir jusqu'à ce qu'il perde connaissance ou… ?

Alors qu'elle se posait cette question, elle entendit dans son dos que Marika avait quitté son recoin.

« Stop, Marika, ne sors pas, il y a le feu ici, chérie ! »

Quand elle fut sûre que sa fille lui avait obéi, elle abattit le meurtrier de son mari de deux balles dans le cœur.

59

Jeudi 7 janvier 2021

Hardy / Assad

Hardy exultait. Même le jardin devant la jolie maison lui donnait le vertige. Chaque petit îlot de végétation lui semblait une oasis, malgré cette nuit hivernale grise et glacée, et c'était un plaisir des yeux et des oreilles que de contempler les buissons persistants et les vivaces fanées ondulant et bruissant dans le vent.

Quand elle avait eu connaissance de sa lutte acharnée pour retrouver sa mobilité, Minna était venue le voir et, en l'écoutant parler des gens qui l'avaient aidé dans son combat pour regagner sa place parmi les vivants, les sentiments qu'elle avait eus pour lui jadis avaient rejailli.

Hardy et Minna avaient divorcé dix ans auparavant. C'était lui qui avait demandé à son épouse de chercher de nouvelles perspectives, ce qu'il n'était plus en mesure de lui offrir. Il lui avait rendu sa liberté, mais elle avait toujours vu cette liberté comme un cadeau qu'elle n'aurait pas dû accepter.

Certes, elle s'était remariée et avait vécu une existence

privilégiée auprès d'un homme plus âgé qu'elle, et ce dernier avait fait en sorte qu'une fois veuve elle puisse rester dans une maison dont elle occupait le rez-de-chaussée et le fils de Minna et Hardy et sa famille, l'étage supérieur. Mais les lieux lui avaient toujours semblé trop vastes et solitaires.

Ils s'étaient revus il y avait un peu moins d'une semaine, à son initiative, et en regardant le visage de cet homme au corps immense et sec debout dans son carcan par la seule force de sa volonté s'illuminer de joie à sa vue, elle avait compris qu'elle était confrontée à un nouveau chapitre de leur histoire qui donnerait du sens à son existence.

Pour l'heure, Hardy se trouvait dans sa véranda, ému et rempli de gratitude. La partie de la maison que lui et son assistant belge occuperaient bientôt était déjà en cours d'aménagement. La compréhension immédiate qu'avait Minna de ses besoins particuliers et du fait qu'il ne puisse pas se passer d'une aide extérieure pour accomplir un certain nombre d'actes du quotidien était à la fois touchante et presque surnaturelle.

En vivant là, il aurait l'opportunité de la voir tous les jours, ainsi que ses deux petits-enfants et leurs parents. Son fils Mads était médecin, tout comme son épouse, et il était extrêmement rassurant, si quelque chose devait arriver, d'habiter avec eux et à seulement dix minutes en fauteuil roulant de l'hôpital de Bispebjerg.

Il n'aurait pu rêver mieux.

Pourtant le bonheur de Hardy n'était pas sans nuage, et le reste de la maisonnée le savait. Et ce nuage, c'était la situation de Carl.

« Hardy, viens voir, dépêche-toi ! » cria Minna.

Il sourit. Il y avait si longtemps qu'il ne l'avait pas entendue lui donner des ordres.

Pour lui, on avait retiré tous les meubles superflus et les tapis épais du salon. Un coin télé avait été installé dans un angle avec un fauteuil assez grand pour son exosquelette. À côté, dans le canapé, son assistant et son ex-épouse étaient assis devant le grand écran plat, l'air grave. Comme d'habitude, Hardy regarda d'abord le bandeau jaune fluo en bas de l'image réservé aux dépêches qui tombaient.

« De mystérieux criminels ont attaqué la maison d'arrêt de Slagelse au missile antichar », disait le bulletin spécial qui défilait en boucle. Hardy, pétrifié, continua à lire. « Plusieurs détenus seraient décédés, parmi lesquels Carl Mørck, inspecteur de police en détention provisoire, poursuivi pour meurtre, trafic de stupéfiants et abus de pouvoir. »

Hardy fit un pas en arrière et serait tombé à la renverse si son assistant ne s'était pas précipité pour le rattraper.

Carl… mort ? Si c'était vrai, c'était parce que tout le monde l'avait abandonné, lui le premier. Depuis trois jours, il avait cessé de s'occuper de son affaire. Il n'avait pensé qu'à lui-même et à sa nouvelle vie.

« Ça va ? » lui demanda son assistant.

Hardy secoua la tête et accepta son aide pour aller s'asseoir.

« Ça ne peut pas être vrai, Minna », dit-il en cherchant maladroitement son téléphone.

Terje Ploug mit près de trente secondes à décrocher. « Je suis devant les infos et en communication avec l'hélicoptère de la police, ainsi qu'avec Assad sur une autre ligne. Il a pris les auteurs de l'attaque en filature. Tu peux suivre la poursuite avec moi, mais je ne peux pas parler avec tout le monde en même temps, d'accord ? »

Hardy s'efforça de se faire une idée globale de la situation, mais ce n'était pas facile. Assad était en train de courir après les incendiaires, et il prétendait n'avoir aucune nouvelle de Carl. Hardy, qui connaissait la configuration de la maison d'arrêt, pouvait se faire une idée assez précise de la violence de l'attaque en regardant le reportage. Les dégâts étaient impressionnants.

Le cœur battant, il suivit la filature jusqu'à ce que Terje annonce que l'hélicoptère se repliait. À ce moment-là, l'échange entre Assad et Ploug fut interrompu. Le suspense était insupportable.

« Regarde ! » s'écria Minna en montrant l'écran, et tout ce que Hardy avait essayé de visualiser à travers la communication avec Terje devint une réalité.

La chaîne avait envoyé sur place un drone, qui filmait en temps réel un échange de coups de feu qui sembla à Hardy particulièrement virulent. Puis le drone survola un bouquet d'arbres, et un homme qui visait l'un des deux assaillants présumés leva la tête une seconde.

Hardy en eut le souffle coupé. C'était Carl, en veste militaire, le visage strié de rigoles de sang.

Hardy fut si soulagé qu'il en aurait pleuré.

« C'est Carl Mørck ! C'est Carl, putain ! CARL MØRCK !!! » brailla, surexcité, le présentateur de la chaîne News, tandis que le drone continuait de suivre le fuyard. Puis l'engin s'arrêta et effectua un demi-tour, comme si son pilote avait réalisé qui il venait de saisir dans son objectif. Et puis, sans prévenir, la liaison avec le drone fut coupée.

« Ils l'ont reconnu, ils vont le rattraper, Hardy, dit Minna depuis le canapé. Où pourrait-il aller, en admettant qu'il parvienne à s'échapper ? »

Hardy s'épongea le visage et tenta de se calmer. Repoussant l'aide de son assistant, il se leva et retourna lourdement dans la véranda.

Il réfléchit un instant à la situation puis pressa un numéro préenregistré sur son téléphone.

« Je m'attendais à ton appel, Hardy, répondit Merete Lynggaard. Et oui, je te confirme que je suis devant ma télé. Carl a survécu, Dieu soit loué. »

Hardy n'émit plus qu'un filet de voix, de manière à n'être pas entendu depuis le salon.

« Est-ce que tu peux le récupérer et l'amener ici ? Personne ne sait que j'habite chez Minna, à part toi et les collaborateurs de Carl au département V.

— Je vais faire mon possible. J'ai déjà envoyé plusieurs voitures sur place. Ploug m'a donné la position approximative de l'hélicoptère de l'armée.

— Génial ! Mais faites vite. Et aussi, Merete, j'ai un problème. Il s'agit de Gaston, mon assistant. Je le soupçonne d'être un espion, et si on réussit à amener Carl ici, il faut d'abord me débarrasser de lui. »

Merete éclata de rire, elle n'avait peut-être pas compris la gravité de l'information. Ce type était peut-être à la solde de ceux qui cherchaient à tuer Carl.

« Pardonne-moi, Hardy. En effet, c'est un espion, mais c'est pour moi qu'il travaille. C'est un garde du corps extraordinairement compétent, qui a pour mission de prendre soin de toi aussi longtemps que nécessaire. »

Hardy fronça les sourcils mais ne fit aucun commentaire.

« Il ne faut pas m'en vouloir, Hardy. Je me suis dit que si je t'en parlais, tu refuserais mon aide. Mais Mika et Morten étaient au courant. »

Il ne trouva rien à rétorquer.

« Il faut qu'on foute le camp d'ici, Carl, cria Assad. Tu n'arriveras pas à le toucher à cette distance, de toute façon. »

Carl leva la tête vers le drone qui repartait vers l'homme en fuite. L'engin s'immobilisa et pivota pour le filmer de face. Le type se retourna, pointa son arme et l'abattit. Il en profita pour tirer dans la direction de Carl, qui était hors de portée, ayant replongé dans la haie.

Carl était maintenant publiquement démasqué et les reporters de toutes les télés allaient rappliquer. TV2, entre autres, disposait d'équipes mobiles aux quatre coins du pays.

« Et comment tu comptes filer, Assad ? Dans leur Mercedes ? J'ai crevé les deux pneus du côté droit. »

Assad ne répondit pas. Après avoir zigzagué un moment entre les arbres, il bifurqua vers le corps de l'assaillant gisant au sol. L'homme au visage couvert de taches de rousseur n'avait pas dû mourir sur le coup, à en juger par la quantité de sang que son cœur avait eu le temps de pomper hors de son corps.

« La balle l'a touché juste là. » Assad le fit basculer sur le dos et montra à Carl un orifice sous l'oreille, puis l'orifice de sortie, de l'autre côté du cou, où l'on pouvait voir que le projectile avait emporté avec lui l'une des artères carotides.

Assad secoua la tête, déçu. « Ce n'est pas lui qui m'a fait un doigt d'honneur, Carl. Je sais très bien à quoi ressemblait celui qui a lancé le missile antichar sur la prison. Celui-là, c'est le gars qui était sur le toit en face des garages de la caserne et qui m'a tiré dessus. »

Assad s'accroupit pour fouiller les poches du mort.

« Ils avaient prévu de prendre un vol privé à l'aéroport de Roskilde pour le Jutland et de continuer depuis là-bas, dit-il. Regarde ! »

Il montra le reçu à Carl ainsi que le passeport du défunt.

Il s'appelait Gustaaf Mulder.

Un Néerlandais, songea Carl. Évidemment !

« Allez, Carl, viens m'aider, il faut qu'on démarre cette voiture. »

Quelques années auparavant, Carl et Assad avaient poursuivi un suspect dans une voiture aux pneus crevés sur une distance de huit kilomètres. Les jantes ne s'en étaient pas remises et la balade avait été tout sauf confortable, mais quand on n'a pas le choix…

Dans le coffre, ils trouvèrent une roue de secours sous un arsenal impressionnant, que les deux hommes n'avaient heureusement pas utilisé de manière exhaustive. Tandis qu'Assad changeait la roue avant, Carl trouva dans les rangements du coffre une bombe aérosol noire. Il la secoua et contrôla le tube fixé sur le côté. Apparemment la bombe anti-crevaison n'avait jamais servi et elle était prête à injecter de la mousse dans le pneu arrière.

Assad, à genoux en train de dégager le cric hydraulique, leva la tête et pointa le doigt vers le ciel.

« J'ai une ligne directe, Carl, ça va bien se passer. Un peu d'humilité et quelques prières n'ont jamais fait de mal. Le pneu arrière, il dit quoi ?

— Je crois qu'il dit OK et merci, Assad. »

Ils sautèrent dans la voiture, qui était dans un désordre indescriptible. Les deux hommes à bord étaient parés à tout.

Sur le siège passager était posé un iPad sur l'écran duquel s'affichait une carte avec leur position, quant à la banquette arrière, elle était jonchée d'outils et d'appareils électroniques en tout genre. Du matériel d'espionnage, des caméras sans fil et des micros, des pistolets de crochetage de serrure, la panoplie du parfait cambrioleur, un téléphone satellite et même un défibrillateur. Carl n'avait aucune idée de ce à quoi pouvait servir le reste. Du temps où il avait fait l'école de police, il y a des lustres, ses instructeurs ne lui avaient pas appris à se servir de tous ces trucs-là.

« C'est Ploug qui rappelle. Réponds-lui, Carl, je démarre. »

Carl hocha la tête. Il valait mieux en effet qu'Assad se concentre sur la conduite, parce que, avec cette réparation de fortune, la voiture faisait des bruits pour le moins alarmants.

« Assad, tu es là ?

— Non, c'est moi, Terje. Content de t'entendre. »

Il y eut un court silence au bout de la ligne. « Moi aussi, Carl, dit ensuite son interlocuteur. Dieu merci, tu es vivant. Mais je vais être bref, parce que je pense que le téléphone d'Assad va être mis sur écoute par la police. Merete Lynggaard vous envoie du renfort. Restez sur la nationale. Quelqu'un va venir à votre rencontre. »

Quelques kilomètres plus loin, un vieux pick-up Toyota leur fit un appel de phares et s'arrêta légèrement en travers de la chaussée pour qu'il n'y ait aucun doute sur ses intentions.

« Dépêchez-vous, lança le conducteur. Videz la voiture et poussez-la dans le fossé. »

Carl dénicha un sac-poubelle dans la boîte à gants et jeta dedans tous les papiers qui se trouvaient dans la cabine et un peu de matériel électronique peu encombrant, pendant qu'Assad vidait le coffre.

Une fois la voiture dans le fossé, ils purent rapidement constater que leur chauffeur était l'homme de la situation. Outre un talent de pilote indiscutable, il disposait sur le tableau de bord de deux petits écrans lui indiquant, l'un où ils se trouvaient sur la carte, et l'autre dans quelle direction ils pouvaient rouler sans risque.

Sous le capot rugissait un moteur qui n'était certainement pas de série.

Quand ils croisaient des véhicules de police avec leurs gyrophares bleus allumés, leur chauffeur ralentissait l'allure et les invitait à se baisser au maximum. Sitôt qu'il estimait le danger passé, le pick-up donnait de nouveau tout ce qu'il avait dans le ventre.

« Tout le monde descend », annonça l'homme un quart d'heure après les avoir pris en charge, en leur montrant une deuxième voiture qui les attendait sur le bord de la route.

La suite du voyage se déroula sans encombre, et à peine une heure plus tard ils s'engageaient dans l'allée d'une élégante villa située à dix minutes de l'hôtel de ville de Copenhague.

60

Jeudi 7 janvier 2021

Hardy / Carl

L'image grumeleuse d'un Carl Mørck en veste militaire, arme au poing, au milieu d'un champ gelé à la tombée de la nuit rendit les médias à moitié fous, et un flot de théories et d'interprétations diverses déferla sur le public danois.

L'attaque de la maison d'arrêt de Slagelse n'était-elle qu'une cynique manœuvre de diversion pour permettre à Carl de s'évader ? se demandaient certains. D'autres estimaient que cette fusillade en plein champ ne plaidait pas en sa faveur. D'ailleurs, comment s'était-il procuré cette arme ? Et comment était-il arrivé aussi loin de la prison en si peu de temps ? Quelqu'un devait bien être au courant de ce qui se tramait à Slagelse.

Hardy était dans tous ses états. Comment ces foutus journalistes pouvaient-ils se montrer aussi insensibles et peu professionnels ?

Toutes les chaînes avaient modifié leur programme habituel et aucune ne traitait l'affaire sous le même angle.

« Carl Mørck a-t-il autant de vies qu'un chat ? » se demandait face caméra l'un des experts militaires qui avaient analysé la force de frappe extraordinaire employée pour détruire les cellules de la maison d'arrêt.

« Carl Mørck s'est-il enfui tout seul ? » fut la question purement rhétorique posée par le journaliste de News, tandis que les images du drone tournaient en boucle.

Une autre chaîne était allée chercher des cas similaires d'attaques contre des prisons à l'étranger, en particulier en Amérique du Sud. Une troisième résumait à tâtons pour la énième fois de quoi il était question dans l'affaire Carl Mørck.

« Carl Mørck ne nous échappera pas, avec tous les moyens mis en œuvre pour le rattraper », dit un officier de police en déclarant que, dès à présent, tous les trains et les avions partant ou entrant dans le pays étaient bloqués, et les péages à l'entrée des ponts surveillés.

« Nous contrôlons tout le réseau routier du sud et de l'est du Seeland et travaillons sans relâche pour localiser Carl Mørck. Si l'un d'entre vous pense l'avoir vu entrer par effraction dans une maison vide ou, plus grave, prendre des otages dans une maison habitée, il doit immédiatement contacter la police. Aucun appel ne sera ignoré. »

Hardy ricana. On entendait toujours ce genre de conneries dans ce type de situation. Rien que sur l'île du Seeland, ils seraient des dizaines de milliers à être persuadés de détenir une piste, d'avoir vu quelque chose, alors comment cet homme pouvait-il en son âme et conscience promettre à la télévision danoise que tous les signalements seraient traités ?

Hardy regarda par la fenêtre. Le premier voisin était à

une bonne distance et les buissons et les arbres entourant le jardin étaient constitués d'essences persistantes qui protégeaient la maison des regards indiscrets. Carl aurait difficilement pu trouver une planque plus discrète.

« Je voudrais que vous restiez tous en dehors de ça, Minna, dit-il. Quand Carl sera là, nous l'emmènerons directement dans ma partie de la maison. Comme ça, vous pourrez toujours prétendre que vous ne saviez pas qu'il était là. »

Minna le regarda avec indulgence. « C'est très généreux de ta part, Hardy, mais nous sommes tous avec Carl, dans cette famille. Non mais ! Il ne manquerait plus que ça ! »

Quand Assad et Carl arrivèrent, les retrouvailles furent émouvantes. Carl était profondément touché par la confiance que Hardy et Minna lui témoignaient mais il faisait peine à voir. Le visage crispé par la douleur, il se tenait les côtes sur le flanc droit. Il avait une toux caverneuse et les plaies sur son visage et sa jambe étaient d'une saleté inquiétante.

« Nous avons deux médecins à l'étage, dit Minna. Est-ce que je ne devrais pas… ? »

Carl secoua la tête. Il ne voulait pas que le fils de Minna et Hardy soit mêlé à cette histoire.

« Depuis ce matin, trois ou quatre personnes sont mortes à cause de moi. Et j'ai moi-même tué un homme pour la première fois de ma vie. L'un des hommes de Merete, qui était là pour m'aider, a été grièvement blessé et il est entre la vie et la mort. Alors s'il y a quelque chose qui a besoin d'être soigné chez moi, c'est là-dedans », dit-il en se tapotant la tempe avec l'index.

Assad était resté assis dans le fauteuil sans rien dire,

mais à ce moment-là il interrompit son ami. « Les seuls coupables, ce sont ceux à l'origine de cette dinguerie. » Il se tourna vers Minna. « Carl voudrait enregistrer une déclaration, dans l'idée qu'elle soit diffusée à la télévision. Est-ce que tu as un ordinateur portable à nous prêter ? Nous la publierons par l'intermédiaire de Rose et de la brigade criminelle pour que ton adresse IP reste anonyme.

— Bien sûr », répondit-elle en allant aussitôt le chercher.

Assis, pâle devant l'objectif, Carl se préparait pour sa déclaration. Ils avaient communiqué le plan à Rose par l'intermédiaire de Merete Lynggaard, et Carl était maintenant sur le point de faire sa toute première prestation sur Internet.

« Peut-être devrais-je commencer par : Bonsoir ? » dit-il. Puis il fut pris d'une quinte de toux. « Je m'appelle Carl Mørck et j'ai récemment été suspendu de mes fonctions à la tête du département V de la brigade criminelle de Copenhague. Je suis actuellement poursuivi pour une série de crimes que je n'ai pas commis. Sur le lien ci-dessous, vous pourrez voir la liste des charges que le parquet a dû publier en vertu du Code civil, paragraphe 41f, section 21. Je vous souhaite une bonne lecture, mais rappelez-vous : il s'agit de pure fiction.

« J'ai survécu aujourd'hui à une attaque abjecte contre le bâtiment dans lequel j'étais en détention provisoire. On m'a dit que plusieurs détenus incarcérés avec moi y ont trouvé la mort. Cela me désole, tout criminels qu'ils étaient, ils n'avaient pas mérité cela. »

Il déglutit plusieurs fois et posa la main sur ses côtes. « Je suis obligé de me cacher pour pouvoir donner ma version des faits. Je suis victime d'une grave erreur judiciaire et constamment attaqué par des gens que je ne connais pas, pour des raisons que j'ignore. Au cours de ces onze derniers jours, j'ai fait l'objet de quatre tentatives de meurtre, et je dois exprimer ma déception en voyant le peu d'efforts fournis par mes pairs pour me protéger. »

Tout au fond de ses poumons, une quinte de toux était en train de monter. Il n'osait même pas penser à la douleur qu'elle allait lui causer. Puis elle se déclencha, explosive, atroce. Son corps s'efforçait d'expulser la poussière respirée plus tôt.

Il mit un moment à s'en remettre, puis il tourna de nouveau son visage vers la caméra et s'excusa. Pendant les vingt minutes suivantes, il raconta son histoire. Alors que son récit touchait à sa fin, les premières minutes étaient déjà diffusées dans tout le Danemark.

61

Jeudi 7 et vendredi 8 janvier 2021

Femke

Femke laissa Marika pleurer et crier dans le réduit pendant une dizaine de minutes, le temps d'enrouler le cadavre de Cees Pauwels dans un tapis et de l'emporter dans la salle de bains.

Tout ce qu'elle était en train de faire était illégal, mais c'était aussi la seule solution. Elle avait tué un homme, et même s'il s'agissait de légitime défense, cette odeur d'huile et de viande brûlée la poursuivrait toute sa vie.

Les mains tremblantes, elle but plusieurs verres d'eau en se répétant qu'elle avait le droit d'être en état de choc maintenant, mais que dans un petit instant, quand elle aurait libéré Marika, elle devrait recommencer à se comporter comme une maman normale. Elle devrait l'emmener en ville et lui acheter les glaces promises, trouver des valises, puis elle jouerait avec la petite jusqu'à ce qu'elle soit fatiguée et aurait tout loisir ensuite de faire ce qu'elle avait à faire.

Il était déjà très tard quand Marika s'endormit sur le canapé du salon.

Femke mit une heure à remplir les huit valises de liasses de billets et de titres et à les porter dans le gros SUV. Elle ignorait de combien d'argent il s'agissait, mais évalua la somme à près de quinze millions d'euros.

Avec Marika profondément endormie dans son siège auto, elle roula dans la nuit noire jusqu'à l'appartement de Schiedam où elle récupéra les doudous de la petite, des vêtements de rechange pour elles deux, leurs passeports et quelques albums photo.

Quand elle ferma tant bien que mal la porte endommagée, elle repensa à sa vie avec Eddie et poussa un long soupir. À cet instant, debout sur cette coursive, elle ne savait plus qui elle était.

« Faut que je me ressaisisse, pas le choix », s'ordonna-t-elle en redescendant sur le parking où Marika dormait toujours. Son plan consistait à aller au Luxembourg déposer un tiers de l'argent sur plusieurs comptes en banque, d'y rester jusqu'au lundi puis de rouler pied au plancher pour arriver en Suisse.

Là, elle déposerait une autre partie de l'argent dans une ou deux banques à Berne, un peu plus à Zurich, jusqu'à ce que tous les billets soient au chaud sur différents comptes. Il y aurait sans doute des gens pour s'étonner devant une telle quantité d'argent liquide, mais elle espérait que l'histoire selon laquelle elle avait fui un mari russe qui la battait lui vaudrait un minimum de compassion.

Et il en fut ainsi.

Armée de l'une de ses cartes de crédit flambant neuves, elle acheta deux allers simples sur la Swiss International Airlines, destination Rio de Janeiro. Dans le hall de départ de l'aéroport de Zurich, la main de Marika dans la sienne, elle se retourna une seconde et fit un grand sourire à la caméra de surveillance, en guise d'adieu à son ancienne vie.

62

Vendredi 8 janvier 2021

Marcus

Jamais de toute son existence le patron de la brigade criminelle Marcus Jacobsen ne s'était trouvé acculé à ce point.

Il poussa quelques jurons bien sentis, éteignit la télévision et sortit de son bureau. Au secrétariat, Lis et quelques collègues regardaient sur un petit écran plat le clip de Carl Mørck qui défilait en boucle depuis le matin.

Les regards qu'ils lui lancèrent ne laissaient aucun doute sur le camp qu'ils avaient choisi. Ces dernières heures, le visage livide de Carl avait balayé toute autre info sur les chaînes de télévision, et Marcus ne décolérait pas.

« Lis, je veux tous les chefs d'équipe dans mon bureau d'ici dix minutes. »

Lis ne répondit pas, mais elle avait compris.

Bente Hansen fut la première à se présenter.

« Nom de Dieu, Marcus, j'ai l'impression d'être dans un mauvais téléfilm », dit-elle en arrivant.

Le patron grimaça un sourire, alors qu'il bouillait de colère. Quelqu'un avait rendu cette situation possible, et il remuerait ciel et terre pour trouver qui.

« C'est très ennuyeux, en effet. En l'état, que Carl soit innocent ou coupable n'a plus aucune importance, parce que ce sont tous les policiers qui passent pour des cons. »

Bente n'était pas du genre à se laisser déstabiliser, mais, cette fois, même elle avait l'air affectée.

« Essayons de nous mettre à sa place, Marcus. Que voulais-tu qu'il fasse après tout ce qui lui est arrivé ? »

Marcus fut surpris de la voir prendre le parti de Carl Mørck, mais d'un autre côté ce n'était pas elle qu'il avait humiliée.

« Je ne comprends pas pourquoi tu es aussi dur avec lui, Marcus, continua-t-elle. Il a quand même… »

Marcus la coupa, furibond. « Il a quand même quoi ? Personne au monde ne m'a déçu autant que Carl, tu peux le comprendre, ça ?

— Bien sûr, mais…

— Je l'ai pris sous mon aile, je l'ai aidé à monter le département V, alors que personne ici n'y croyait. Jamais je n'ai fait autant confiance à quelqu'un, et je me rends compte que j'ai eu tort. Je savais que les Néerlandais menaient une enquête et qu'ils avaient des soupçons sur lui depuis des années et je l'ai toujours défendu. Mais depuis qu'on a retrouvé cette valise chez lui, beaucoup d'autres éléments ont été découverts et ils cadrent mal avec son innocence. À présent, tout l'accuse, et il me paraît normal de me sentir trahi, Bente. Il y a quelque chose qui s'est cassé en moi et je n'y peux rien. Alors non, je ne le défendrai pas. »

Il hésita un instant et posa sur elle un regard pénétrant. « Je me souviens parfaitement à quel point ça t'avait blessée à l'époque quand on a découvert qu'Anker Høyer était un salopard de la pire espèce. »

Marcus tâcha de maîtriser sa voix. « Tu étais déçue. Mais tu as dû apprendre, de la pire des façons, qu'on ne peut pas se compromettre avec des gens comme Anker, et c'est là que j'en suis aujourd'hui avec Carl. »

Bente Hansen le regarda au fond des yeux. Il avait tapé là où ça faisait mal. Elle allait peut-être rentrer dans le rang, à présent.

La porte grinça légèrement et les chefs d'équipe entrèrent un à un dans le bureau de Marcus. Certains nouveaux participaient à leur première réunion dans le bureau du patron. Car depuis le début de la pandémie, les réunions de la brigade criminelle se tenaient au réfectoire.

Le dernier à arriver fut Terje Ploug. Ils étaient au complet.

« Je pense que vous avez tous vu Carl Mørck faire son petit numéro, n'est-ce pas ? » Il y eut quelques grognements ici et là en guise de réponse.

« Et aucun d'entre vous… » En regardant autour de lui dans la pièce, Marcus nota qu'il manquait tout de même quelqu'un et il pressa le bouton du secrétariat sur l'Intercom. « Lis, tu veux bien demander à Rose Knudsen de nous rejoindre ? »

Il releva les yeux vers ceux qui étaient là et poursuivit : « Que je sache, aucun d'entre vous n'a été mêlé à l'affaire de Carl, mais si je fais erreur, merci de m'en informer. » Personne ne se manifesta.

« L'enquête est, comme vous le savez, entre les mains

de la DUP et nous avons tous, comme il se doit, respecté cet état de fait. À ce sujet, j'ai le regret de vous informer que leur enquêteur principal, Noah Rommel, est mort ce matin de bonne heure. »

Un murmure parcourut la pièce, puis chacun sembla pétrifié. « Ce n'est pas possible ! » s'exclama quelqu'un. Quant à Terje Ploug, il secouait la tête, incrédule.

Puis les questions fusèrent de droite et de gauche, quand, comment, pourquoi, et Marcus pouvait les comprendre. Il se passait vraiment trop de choses étranges en lien avec cette affaire.

« Heureusement, sa disparition n'a rien à voir avec Carl Mørck. Noah était malade depuis longtemps, mais en dehors de sa famille personne ne savait à quel point son cancer était agressif. Son décès a été un choc pour la majeure partie de ses collaborateurs et il est possible que leur enquête prenne du retard. Le bras droit de Noah, l'inspecteur Laust Smedegaard, va prendre la relève et devrait nous faire un rapport dans quelques jours sur l'état de leurs investigations. »

Le regard de Marcus glissa sur la salle, et il nota que seuls les anciens semblaient réellement affectés.

« Oui, c'est vraiment très triste. Noah était relativement jeune et sa mort doit être un coup terrible pour sa famille. » Il chercha à gagner du temps en hochant longuement la tête, pensif. Pourquoi Rose n'arrive-t-elle pas ? se demandait-il.

« Mais venons-en à la raison pour laquelle je vous ai convoqués. Carl Mørck semble avoir les coudées franches et avoir décidé de faire le procès de la police pour la façon dont il a été traité. Il s'attaque en premier lieu à moi, et j'en prends mon parti, mais je ne tolérerai pas qu'il monte l'opinion publique contre ses anciens collègues et cherche à s'attirer la sympathie de nos concitoyens à nos dépens. »

Marcus tourna les yeux vers la porte, où Rose Knudsen venait d'apparaître, manifestement prête à en découdre.

Il la salua d'un hochement de tête. « Bonjour, Rose, merci de nous rejoindre. Je viens juste d'annoncer à tes collègues la mort de Noah Rommel. »

Elle acquiesça, alla s'appuyer contre un mur, mais ne montra aucune émotion.

« Tu étais peut-être déjà au courant ? »

Nouveau hochement de tête.

« La vidéo sur laquelle apparaît Carl, et qui est parvenue entre les mains des chaînes de télévision, provient d'une adresse IP interne à la brigade criminelle. J'imagine que tu sais également cela ? »

Elle hocha la tête.

« Et tu hoches la tête parce que c'est toi qui la leur as envoyée, n'est-ce pas ? »

Cette fois, elle fit signe que non.

« Faut-il que je fasse également venir Gordon ? »

Rose haussa les épaules.

« Tu n'as rien à me dire à ce sujet, donc ? » reprit Marcus.

Elle décolla son dos du mur. « On m'a livré un certain nombre d'éléments matériels il y a quelques minutes, dit-elle sans répondre. Je n'ai pas demandé qui nous les envoyait, ni à qui ils étaient destinés. Mais je sais qu'ils proviennent du véhicule dans lequel se sont enfuis les auteurs de l'attaque contre la maison d'arrêt de Slagelse.

— Des éléments matériels ? On peut savoir de quoi il s'agit ?

— Nous avons le passeport de l'un des agresseurs, un passeport néerlandais, soit dit en passant. Des reçus, entre autres celui d'un vol nolisé entre l'aéroport de Roskilde et celui de Billund, des armes de divers calibres, plusieurs appareils électroniques, des caméras de surveillance et des émetteurs radio, un téléphone satellite, etc. Tout cela est probablement couvert d'empreintes digitales. Tu penses qu'on peut en tirer quelque chose, Marcus, ou faut-il d'abord que ça passe par la DUP, à Aarhus ? »

Marcus eut besoin d'un petit moment pour absorber l'information, qui paraissait incroyable. La nouvelle avait créé une certaine agitation dans la pièce. Ils auraient tous donné n'importe quoi pour mettre la main sur un trésor comme celui-là.

« Ces éléments pourraient nous conduire directement aux commanditaires, Marcus ! fit remarquer Terje Ploug.

— Espérons », répondit le patron. Puis son expression changea radicalement. Ses deux sourcils se rejoignirent au milieu du front en même temps qu'il s'efforçait de garder l'air avenant pour que sa prochaine question ne les braque pas. « Est-ce que quelqu'un parmi vous sait où se trouve Carl Mørck en ce moment ? »

Personne ne répondit, mais plusieurs haussèrent les épaules.

Il s'adressa à l'un de ses principaux lieutenants. « Tu le sais, toi, Terje ? » Le soupçon était si évident que Ploug sursauta, ce qui aux yeux de Marcus constituait un aveu. Il savait quelque chose en tout cas. « Tu as récemment interrogé plusieurs témoins en rapport avec l'affaire de Carl, est-ce que tu aurais connaissance de certains éléments qui nous auraient échappé ? L'enquête sur la mort de l'avocat Christian Mandrup, par exemple, vous en êtes où ? Les techniciens pensent qu'ils étaient deux pour le pendre. Est-ce qu'il pourrait s'agir des deux individus qui se trouvaient à Slagelse ? Bien sûr, tu l'ignores. Comment le saurais-tu, d'ailleurs ? Mais peut-être la police scientifique trouvera-t-elle un peu d'ADN, ou autre chose qui nous permettrait de relier ces deux affaires entre elles. »

Ploug l'arrêta. « Je ne sais pas ce que tu insinues, Marcus, mais je peux t'affirmer que je n'ai aucune idée de l'endroit où se trouve Carl.

— Très bien. Y a-t-il quelqu'un d'autre ici qui aurait une idée de l'endroit où se trouve Carl Mørck en ce moment ? Nous avons essayé de joindre Assad. Étrangement, il n'est ni chez lui ni dans nos locaux. Nous savons qu'il se trouvait à Slagelse, qu'il a poursuivi les auteurs de l'attaque, que la voiture qu'il conduisait a été prise pour cible, que l'un des assaillants a été tué, qu'Assad et le deuxième criminel ont disparu et qu'au même moment Carl a refait surface, tout en restant introuvable. C'est quand même étrange, non ? Carl s'est-il échappé de prison ? Assad est-il complice de son évasion ? Est-il otage et a-t-il besoin d'aide ? Son téléphone est éteint, tout comme celui de Hardy Henningsen, qui a également disparu. Nous avons envoyé un signalement dans les hôpitaux, les hôtels et divers autres lieux d'hébergement. Carl Mørck semble s'être volatilisé.

— Est-ce qu'il pourrait être retourné dans ses anciens bureaux à l'hôtel de police ? » s'enquit quelqu'un. « A-t-il de la famille dans le Seeland ? Ses parents sont du Jutland, je crois ? Peut-être qu'il est déjà là-bas ? On peut aller loin en une journée », suggéra un autre.

Pendant les minutes qui suivirent, chacun y alla de sa théorie sur l'endroit où Carl pouvait être allé et Marcus les démonta les unes après les autres.

« Malheureusement, toutes ces hypothèses ont déjà été explorées en vain, dit-il. Voyons ce que les jours à venir nous apprendront et quels dégâts Carl Mørck aura le temps de causer. Personne d'autre que moi ne parle aux journalistes, vous m'entendez ? Et je ne ferai aucune déclaration jusqu'à nouvel ordre. »

Pour finir, il s'adressa à Rose Knudsen. « Tu ne m'en voudras pas, mais pendant que tu étais parmi nous, j'en ai profité pour faire confisquer ton ordinateur, ainsi que ceux d'Assad et de Gordon, pour avoir une idée de ce que vous avez fabriqué. Le département V est désormais dissous, et Gordon et toi pouvez rentrer chez vous aussitôt que tu m'auras remis le matériel d'enquête que tu as évoqué précédemment. »

Rose se tut, mais si un regard pouvait tuer, son supérieur serait tombé raide mort dans la seconde. Plusieurs livres dégringolèrent de la bibliothèque de Marcus lorsqu'elle claqua la porte derrière elle.

Marcus regarda tous les chefs d'équipe l'un après l'autre. « Et maintenant, à qui vais-je confier la tâche d'analyser les éléments qui nous ont été apportés ? »

Plusieurs levèrent la main.

« Non, Terje, pas toi, l'inspectrice Hansen s'est également proposée. Y a-t-il quelqu'un de mieux habilité que Bente pour s'acquitter de cette mission, à votre avis ? »

Personne n'osa protester.

63

Vendredi 8 janvier 2021

Rose / Merete Lynggaard

« Ils viennent chercher le matériel dans un petit instant, Gordon. Marcus nous met à pied, il n'y a pas une minute à perdre. Tu as eu le temps de relever les informations sur le téléphone satellite et de tout expédier à Merete ? » demanda Rose.

Gordon avait son portable ouvert sur son bureau avec, à l'écran, le regard fixe de Carl suppliant le Danemark tout entier de croire en son innocence.

« Oui, c'est fait. Et j'ai eu le temps d'effacer toutes les communications entre toi, moi, Merete, Hardy, Mona, Assad et Kenneth. Les fichiers peuvent être recréés, mais cela prendra du temps. Et ton ordinateur ?

— Je l'ai rapporté chez moi hier soir, et je l'ai laissé chez ma voisine.

— Ton PC fixe ?

— Je ne l'ai pas utilisé, et toi ? »

Gordon sourit. « Il n'y a que des éléments archivés, aucun fichier de communication.

— Les copies du passeport du citoyen néerlandais

Gustaaf Mulder et les photos de ce qui a été récupéré dans la voiture ?

— Tout a été envoyé à Merete et j'ai gardé une copie du passeport. » Gordon mit la main sur sa braguette. Même si on les fouillait, personne n'irait chercher là.

« Tu as appelé l'aéroport de Roskilde ?

— Oui. Ils n'ont pas vu de Néerlandais – ni hier ni aujourd'hui.

— Donc nous avons un type dans la nature dont nous ne savons rien. Pourquoi sommes-nous convaincus qu'il est néerlandais, au fait ?

— Ah bon, on en est convaincus ? Je ne suis convaincu de rien, moi.

— Ils arrivent, Gordon. Tu es prêt ? »

Bente Hansen entra, souriante, fidèle à elle-même. « Je suis vraiment désolée pour tout cela, et sachez tous les deux que je ne suis pas d'accord avec la façon dont Marcus gère cette situation. Je ne sais pas ce qu'il a, mais il a beaucoup changé depuis l'arrestation de Carl. » Elle fit un signe de tête aux deux membres de son équipe qui l'accompagnaient. « Prenez tout le matériel électronique et apportez-le à l'unité technique. Je vous rejoins dans un instant. » Elle s'approcha de la table sur laquelle étaient étalés les armes et autres objets récupérés dans la Mercedes des agresseurs.

« Quand est-ce que vous avez reçu tout ça ? demanda-t-elle.

— C'est arrivé ce matin. Gordon a reçu un appel l'informant qu'un taxi l'attendait dehors avec deux sacs, répondit Rose.

— Vous avez les sacs en question ? »

Gordon les montra du doigt. Il s'agissait de deux sacs de sport en nylon sans signe distinctif, du genre qu'on peut acheter n'importe où.

« Et tout est là ? » s'assura Bente.

Gordon acquiesça. « Oui, tout ce qui est arrivé avec le taxi. La première chose que j'ai faite est de relever son numéro de licence, puis j'ai déballé les sacs et dressé une liste de leur contenu. J'avais des gants évidemment, au cas où tu en douterais. »

Bente lui adressa un large sourire. « Comment pourrait-on douter de toi, Gordon ? » Elle sortit une paire de gants en latex de la poche intérieure de sa veste et entreprit de tout remettre dans les sacs. « Rentrez chez vous et profitez-en bien. Je vous envie ! Vous allez pouvoir faire la grasse matinée et vous n'aurez plus à sortir par ce froid de canard. »

Elle les laissa seuls et pendant trente secondes ils restèrent sans rien dire.

« Tu lui as vraiment donné le numéro du taxi, Gordon ? demanda Rose, rompant le silence. Elle va le retrouver ?

— Détends-toi. Je lui ai demandé où il avait chargé les colis et il m'a répondu qu'ils lui avaient été remis par un client qui l'avait arrêté dans la rue.

— Tu es en train de me dire qu'il a accepté une course avec deux sacs et sans passager ? C'est complètement interdit.

— En effet, mais on lui a expliqué qu'il s'agissait de preuves matérielles qui devaient être remises à la police, et il ne s'est pas méfié. Sans compter qu'il a dû recevoir un bon pourboire. Cette course a dû lui faire sa journée. Ce n'est pas facile d'être taxi, de nos jours.

— Ils vont peut-être quand même pouvoir remonter jusqu'à Assad.

— Je ne crois pas, parce que ce n'est pas lui qui a remis les sacs, mais l'assistant de Hardy, et il a arrêté le taxi dans la rue, loin de chez Minna. L'équipe de Bente Hansen n'apprendra pas grand-chose en suivant cette piste-là. Et puis, on parle de Bente, là, ce n'est pas trop grave, si ? Maintenant, qu'est-ce qu'on fait ? »

Rose sourit. « Bonne question. Qu'est-ce qu'on fait ? On file chacun de notre côté vivre notre petite vie. Personnellement, je vais rentrer cuisiner ce qui traîne dans mon frigo et attendre les instructions de Merete. Et toi ? »

Rose vit qu'il mourait d'envie de se faire inviter à partager son frichti et l'éventuel dessert qui pourrait suivre, mais elle n'était pas d'humeur. Elle avait autre chose à faire.

Pour un bureau transitoire, le QG que Merete avait installé dans son appartement d'Ahlmanns à Hellerup était particulièrement bien équipé, tant en matériel qu'en personnel. Kenneth était toujours hospitalisé au service de traumatologie du Rigshospitalet, à Copenhague, mais elle avait réuni tous ses plus proches collaborateurs. Deux d'entre eux analysaient l'historique des évènements, il y avait aussi deux experts en données informatiques, qui suivaient depuis le début tous les faits et gestes de Jess Larsen, de Niels B marquis de Bourbon, de Peter Singe hurleur Joensen, de Leif Lassen alias Pif, ainsi que de feu Christian Mandrup et Hannes Theis. À ceux-là venaient s'ajouter une personne qui s'était occupée des échanges avec Paul Manon et avec l'assistant de

Hardy Henningsen, une autre qui était responsable de ce qui avait trait aux armes, au matériel, aux transferts de fonds, en particulier ceux destinés au frère de Malthe Bøgegård, et bien sûr il y avait Merete Lynggaard elle-même, qui restait en contact quotidien avec Terje Ploug, Hardy, Mona, Rose et, jusqu'à la tentative de meurtre dont il avait été victime, avec Kenneth.

« Je voudrais que vous traitiez en priorité les données du téléphone satellite, dit-elle aux techniciens. Analysez tous les numéros en remontant aussi loin en arrière que possible. Il faut s'attendre à un long travail, mais si nous voulons retrouver la trace des commanditaires de l'attaque perpétrée à Slagelse, il se peut que ce soit notre salut.

— Je crois que la ligne est en service depuis plus de cinq ans, dit l'un d'eux. Mais nous allons bien sûr commencer par l'historique le plus récent. »

Merete leva un pouce en l'air.

« Notre homme voyageait beaucoup, c'est peut-être pour ça qu'il utilisait un téléphone satellite, qui peut grosso modo être utilisé partout. Nous allons principalement nous intéresser aux appels passés dans la période qui a précédé l'attaque et dans l'heure qui a suivi, ce qui devrait déjà nous fournir quelques éléments de réponse. » Elle se tourna vers les techniciens et leur présenta les copies du document que leur avait fait parvenir Gordon. « Il s'appelait Gustaaf Mulder, et si le passeport est authentique, vous avez sa date et son lieu de naissance, ainsi qu'un certain nombre de tampons qui indiquent de nombreux déplacements en Europe et en Amérique du Sud. Alors au travail, messieurs. Si par ces informations nous arrivons à mettre la main sur son complice, celui qui a réussi à échapper à Carl et Assad, alors nous aurons touché le gros lot. »

Ils opinèrent. « Nous avons parlé au pilote du drone qui a suivi l'agresseur dans sa course à travers champs, précisa Merete. Il s'est trop approché, le fuyard l'a abattu et ils ont perdu sa trace. »

Parmi les armes les plus lourdes récupérées dans le coffre, quelques-unes n'avaient pas été remises au chauffeur de taxi et se trouvaient maintenant étalées sur une table. Toute arme de ce calibre avait son histoire. Qui les avait fabriquées, quand et comment les agresseurs se les étaient procurées. Un technicien s'occuperait exclusivement d'effectuer des recherches pour répondre aux questions auxquelles ils n'avaient pas encore de réponses.

Ils posèrent sur le bureau de Merete les photos que Gordon avait prises des autres objets récupérés dans la voiture des fuyards. Il y avait des numéros de série, des photos en plan large sur lesquelles on pouvait voir leur forme et leur modèle, bref, toutes sortes d'informations à traiter qui allaient leur donner des directions dans lesquelles chercher. Peut-être retrouveraient-ils le vendeur, voire l'acheteur de l'un de ces objets… Cela valait la peine d'essayer.

Songeuse, Merete étudiait les photographies l'une après l'autre. « J'ai l'impression en regardant tout cela que ceux qui sont derrière jouent dans une autre catégorie. Des Danois sont peut-être impliqués, mais tout indique que nous avons affaire à des commanditaires étrangers, et surtout à des hommes sans pitié. Notre rôle n'est pas de résoudre cette enquête, et ces indices doivent être remis à la police. Notre rôle à nous est de retrouver la trace de ces hommes et de les empêcher de nuire à Carl. Je parle de ceux qui sont aux commandes, des donneurs d'ordre. Le téléphone satellite est probablement notre meilleure piste, mais essayez quand même de fouiller sur Internet pour savoir si ceux que nous connaissons déjà ont été en contact avec quelqu'un à l'étranger, et plus spécifiquement aux Pays-Bas, et voyons où cela nous mène. Gordon a parlé d'un inspecteur de Rotterdam qui a disparu. Rassemblez tout ce que vous trouvez sur la Toile à son sujet. »

Merete s'interrompit, remercia tout le monde et se tourna vers Rose qui venait d'entrer dans la pièce.

« Bien joué, Rose. Tu n'as pas été suivie au moins ?

— Une partie du chemin, peut-être.

— Et Gordon, qu'est-ce qu'il fait ?

— Je crois qu'il est allé se coucher. Il n'a pas beaucoup dormi la nuit dernière.

— Et Carl ?

— Assad et lui sont encore bouleversés. Ils ont appris un nouveau décès parmi les détenus qui ont été blessés dans l'attaque et ça a été la goutte d'eau. J'ai l'impression aussi que Carl et Hardy ne supportent plus d'être confinés. »

Merete avait comme eux été choquée par l'annonce de cette nouvelle victime. Elle avait sa part de responsabilité puisque son interlocuteur, Paul Manon, avait trouvé la mort dans l'explosion.

« À présent, nous attendons tous de savoir ce que contient ce téléphone satellite. Les assaillants étaient à un bout de la ligne, mais qui était à l'autre bout ? Vous et l'équipe de Bente travaillerez chacun de votre côté sur les données de ce téléphone. Espérons que l'un de vous parviendra à un résultat », dit Merete.

Rose croisa les doigts. « Le patron de la brigade criminelle nous a réunis dans son bureau, aujourd'hui, et je crois qu'il en sait beaucoup plus sur ce que nous sommes en train de faire que nous le pensons.

— Je crois aussi. Je sais par exemple qu'il est allé voir Kenneth à l'hôpital hier et qu'il n'a pas appris grand-chose parce qu'il est toujours dans le coma. »

Rose regarda autour d'elle dans la pièce. Neuf personnes dévouées et compétentes se battaient pour Carl. Et elles iraient jusqu'au bout.

Elle aurait aimé qu'il voie cela.

64

Vendredi 8 janvier 2021

Gordon

Sur un coup de tête, Gordon s'arrêta sur le bord de la route, un peu avant l'avenue Vigerslev. S'il avait continué tout droit vers le quartier de Vesterbro, il aurait passé une fin de nuit particulièrement banale. Une pizza achetée à Istedgade et un film choisi sur une quelconque plateforme télé. Mais pourquoi manger une pizza alors qu'il n'avait même pas faim ? Il sentit que s'il rentrait chez lui maintenant, le souvenir encore très frais des tortures que lui avait fait subir Sisle Park allait le terrasser. Il avait travaillé comme un dingue toute la nuit, joué les chevaliers servants pour Rose, et par extension pour Carl, mais pourquoi s'arrêter juste avant la ligne d'arrivée alors qu'il avait encore du jus ?

Gordon regarda devant lui le pont au-dessus de la voie ferrée, à gauche, l'avenue Vigerslev et un peu plus loin la prison Vestre.

Il réfléchit. Derrière ces murs se trouvaient des personnes qui avaient rendu la vie impossible à Carl Mørck. La première était Peter Joensen, le gardien au service de ceux qui voulaient l'éliminer. La deuxième Jess Larsen, le chauffeur de Hannes Theis, poursuivi pour avoir écrasé le premier avocat de Carl, soupçonné d'avoir assassiné son employeur. Peter Joensen, alias Singe hurleur, s'était montré coopératif, mais pas assez bête pour révéler qui l'avait soudoyé. Il était maintenant en détention provisoire dans son ancien lieu de travail. Quant à Jess Larsen, il n'avait plus ouvert la bouche depuis que maître Christian Mandrup lui avait conseillé de se taire. Larsen et Singe hurleur avaient désespérément besoin l'un et l'autre d'une aide extérieure s'ils ne voulaient pas se retrouver face à de graves problèmes. Corruption et complicité de meurtre, sans parler de meurtre au premier degré. Mais comment allait-il s'y prendre pour les faire parler ?

Gordon regarda l'heure, inspira profondément et appela Molise Sjögren.

Elle l'écouta avec attention. Assura qu'elle aurait été ravie de l'aider si elle avait pu, mais que, n'étant l'avocate d'aucun d'entre eux, elle n'avait aucune légitimité pour les interroger.

« Et qui pourrait te donner cette légitimité ? lui demanda-t-il avec une fausse naïveté. Jess Larsen n'a plus d'avocat, que je sache. Je me demande d'ailleurs s'il est au courant.

— Je vais me renseigner. La démarche n'est pas très déontologique, mais donne-moi dix minutes. »

Dix minutes ! Il sourit et s'intéressa à la circulation sur Enghavevej. Décidément, il était beaucoup plus passionnant d'être là que dans son canapé.

Elle le rappela une heure plus tard et Gordon, qui

s'était endormi la tête sur son volant, se réveilla en sursaut.

« J'ai parlé à Terje Ploug, dit-elle. Il est en route pour la prison. Il avait déjà un parloir avec Jess Larsen et ne voit pas pourquoi tu ne pourrais pas l'accompagner. »

Jess Larsen n'eut pas l'air particulièrement content de revoir l'inspecteur Ploug, mais en apercevant Gordon et ses yeux de chien battu, il ne fut pas loin de rigoler.

« Tu n'es pas obligé de répondre, Jess, dit Ploug en guise de préambule. Mais si je suis bien renseigné, tu ne souhaites pas d'avocat pour remplacer Christian Mandrup, c'est ça ? »

Le type ne montra aucune réaction et Ploug soupira bruyamment.

« Peut-être qu'après avoir écouté l'homme qui m'accompagne, tu te montreras un peu plus conciliant. » Il hocha la tête à l'intention de Gordon.

Il a l'air un peu simplet, j'ai intérêt à la jouer sympa, songea Gordon en hasardant un sourire maladroit. « Salut, Jess. Je m'appelle Gordon Taylor et je suis enquêteur au sein du département V dirigé par Carl Mørck. »

L'homme ne put retenir un léger mouvement de surprise.

« Je sais que j'ai une sale tête, là, mais c'est parce que je travaille nuit et jour pour essayer de mettre la main sur une organisation que Carl et toi avez toutes les raisons de craindre comme la peste. Un réseau criminel qui risque d'exploser d'un instant à l'autre, tuant au passage tous ceux en qui ses membres n'ont plus confiance ou dont ils n'ont plus besoin. »

C'était peut-être un peu grandiloquent, mais au moins, maintenant, Jess Larsen était tout ouïe.

« Christian Mandrup s'est pris pour Jésus marchant sur l'eau, il a oublié qu'il n'était qu'un vulgaire subalterne. Il s'est montré un collaborateur zélé en prenant des mesures qui ont fait beaucoup de dégâts autour de lui. Mais Christian Mandrup n'avait pas le pouvoir de marcher sur l'eau. D'ailleurs, il n'avait même plus les pieds sur terre quand ils lui ont passé la corde au cou et l'ont laissé agoniser dans d'atroces souffrances. »

Gordon fit une pause étudiée. Mais qu'est-ce que c'était que ce type qui ne clignait même pas des yeux après avoir entendu une telle nouvelle ? Est-ce qu'il connaissait déjà tous les détails de la mort de Mandrup ? Si c'était le cas, il ne fallait plus le lâcher.

« Tu n'es pas en sécurité entre ces murs, tu comprends, Jess ? Regarde autour de toi ! La plupart de tes codétenus n'hésiteraient pas une seule seconde à te planter un couteau dans le dos si on leur promettait de l'argent. Carl Mørck a failli mourir deux fois dans cette prison et deux autres à Slagelse. Tu as entendu parler de l'attaque au missile antichar contre la prison ? »

Toujours aucune réaction. « Je pense que oui, parce que le pays tout entier a vu les images. Aujourd'hui, quatre détenus sont morts. Ceux qui ont commandité cette opération sont sans pitié, tu en as conscience, n'est-ce pas ? »

Jess parut intéressé, et Gordon eut l'impression qu'il voulait en savoir plus. Sa manière de déglutir et ses clignements d'yeux incontrôlés parlaient pour lui.

« Pour dire la vérité, Jess, de mon côté, celui de la loi, personne ne sait ce que tu as fait. Tu es seulement sous le coup d'une enquête judiciaire. Moi je crois que tu es innocent et que si tu te tais, c'est seulement parce que tu as peur de parler et que tu en sais peut-être un peu trop sur des actes que d'autres ont sur la conscience.»

Gordon se pencha et posa sa main sur celle de Jess Larsen, qui la retira brusquement.

«Maintenant, je vais te dire comment tu peux te sortir de cette impasse, Jess. Nous allons simplement requalifier les faits qui te sont reprochés, tu me suis ? On ne peut pas te condamner pour ton silence, évidemment. En revanche, on peut te condamner pour avoir refusé de donner le nom de la personne qui t'a demandé d'aller garer ta voiture sur le parking derrière la prison, le jour où Adam Bang a été tué par un chauffard. Et peut-être aussi parce que tu refuses de dire ce que tu sais sur la personne qui a assassiné Hannes Theis avec un marteau. Au fait, je me demande comment ils se sont débrouillés pour que tu aies l'air de l'avoir fait. Tout cela risque de te coûter cher si tu ne nous aides pas à trouver les vrais coupables.»

Gordon s'appuya au dossier de sa chaise et glissa la main dans son pantalon. La photocopie était un peu froissée quand il la sortit de sa cachette pour la plaquer sur la table devant Jess Larsen, mais le visage de Gustaaf Mulder était parfaitement reconnaissable.

L'expression de Jess ne changea pas, mais ses pupilles s'étrécirent comme si on venait de l'aveugler.

«Est-ce que c'est cet homme qui a tué Hannes Theis ? C'est lui aussi qui a renversé Adam Bang ? Tu le reconnais ?» demanda Gordon avec un calme absolu.

Le regard de Jess Larsen s'échappa un instant, mais

quand il revint croiser celui de Gordon, il était redevenu aussi impassible qu'à leur arrivée.

Alors Gordon saisit de nouveau ses mains. « Regarde-moi. Je suis convaincu que les charges qui pèsent contre toi sont injustifiées. »

Jess Larsen baissa les yeux. Gordon n'aurait pas été surpris de voir de la fumée sortir de ses oreilles tellement il réfléchissait.

Il se tourna vers Terje. « Tu m'avais prévenu que Jess était intraitable, mais je t'avoue que je n'arrive pas à comprendre pourquoi il préfère passer le restant de sa vie derrière les barreaux plutôt que de nous aider. Ou plutôt si. Je crois que c'est parce qu'il pense que, dès l'instant où il parlera, il ne pourra plus compter sur notre protection. Est-ce que je me trompe, Jess ? Non, je crois que j'ai raison. Alors écoute-moi bien, maintenant. Je peux te promettre que nous prendrons soin de toi et que si tu acceptes de répondre à nos questions, le juge en tiendra compte. »

Jess releva la tête et regarda Gordon droit dans les yeux. « Je suis innocent de ce dont on m'accuse », dit-il simplement.

Terje s'avança brusquement sur sa chaise. « Merci, Jess, de bien vouloir nous parler. Maintenant, on va te faire sortir d'ici. Je m'en occupe dès demain, d'accord ? »

Jess hocha la tête et replongea dans son silence.

65

Vendredi 8 janvier 2021

Rose

Rose se sentait bien avec l'équipe de Merete. D'abord, il y avait un tas de beaux mecs, et ensuite il régnait une telle énergie dans la pièce qu'elle en oubliait sa fatigue.

Elle écoutait les quatre techniciens et experts en informatique jurer en se bagarrant avec les données du téléphone satellite. L'Iridium 9575 Extrême était un modèle assez ancien, mais manifestement la marque et le modèle forçaient leur admiration parce que le système était relié à soixante-six satellites, ce qui lui donnait la meilleure couverture possible.

Ils ne mirent que quelques secondes à se rendre compte que malgré son GPS incorporé ils ne parvenaient pas à déterminer l'origine des appels pour la simple et bonne raison que ses utilisateurs avaient désactivé cette fonction. En revanche, ils surent en quelques minutes que le portable n'avait pas été loué, mais acheté, et que le numéro d'origine était américain. En général, les opérateurs de ce type de téléphonie mobile n'étaient pas avares d'informations concernant les satellites utilisés et le moment auquel ils l'avaient été, et il n'était pas difficile d'obtenir auprès d'eux le nom de celui qui avait acheté le téléphone. Mais il fallait du temps, et les quatre experts de Merete en manquaient.

« Écoutez, annonça l'un d'eux à la cantonade. Le téléphone a été programmé pour ne conserver l'historique d'appels sortants que sur la carte prépayée, mais à partir des données de cette carte il devrait être possible de retrouver la trace des appels s'ils n'ont pas été effacés entre-temps. Nous avons bon espoir que dans le feu de l'action, pendant les dernières heures qui ont précédé l'attaque, les agresseurs aient été trop occupés pour effacer leurs échanges avec les commanditaires. Nous allons donc continuer à travailler dans ce sens. En plus, l'appareil comportait des empreintes digitales que Gordon a pris soin de photographier. Ses photos sont de bonne qualité. Cependant, est-il vraiment utile de chercher une correspondance dans notre fichier danois alors que nous sommes presque certains que les deux hommes étaient néerlandais ? »

Tout le monde estima qu'il fallait le faire quand même. On n'avait rien à perdre à essayer !

Les techniciens se tournèrent vers Rose. « Tu peux t'en occuper, s'il te plaît ? Après tout, tu es de la police ? » demanda l'un d'eux.

Rose acquiesça. Terje Ploug allait faire cela en deux coups de cuillère à pot.

« Et l'assaillant qui a réussi à s'échapper ? On fait des recherches ou pas ? Qu'en penses-tu, Merete ? demanda un autre.

— Je crains qu'il ne soit déjà hors de portée, mais Assad a pu nous le décrire assez précisément parce qu'il a vu son visage de près pendant la poursuite. D'après lui, tout comme Gustaaf Mulder, il s'agissait d'un assez bel homme. Des fossettes marquées, des yeux bleus un peu cernés, des cheveux épais et bien coupés et une fine moustache, presque invisible. En courant derrière lui dans le champ, Assad a estimé qu'il devait faire pas loin d'un mètre quatre-vingt-dix. Vous pouvez toujours surveiller qu'il ne traîne pas dans le coin.

— Qui sait que nous travaillons sur cette affaire ? demanda l'un des experts.

— Seulement nous, Hardy et Ploug.

— Est-il ridicule d'imaginer que nous puissions également être une cible pour un poseur de bombe ? poursuivit le même homme.

— Surtout n'en parle pas aux autres », répondit Merete en souriant. Son portable vibra. « C'est Terje Ploug », articula-t-elle en silence.

Quelques minutes s'écoulèrent, puis elle raccrocha et frappa dans ses mains pour obtenir leur attention à tous.

« Je viens d'apprendre que Gordon Taylor a réussi à faire parler Jess Larsen. Ploug travaille maintenant à le faire sortir de prison. C'est l'accord qu'ils ont passé avec lui pour obtenir de Jess qu'il trie le vrai du faux concernant les crimes dont il est accusé. »

Des applaudissements spontanés jaillirent. Rose était fière de son coéquipier, bien sûr, mais aussi un peu surprise. Elle était persuadée que Gordon était rentré chez lui après que le patron les avait mis à pied.

« Terje Ploug va surveiller Jess Larsen comme le lait sur le feu, alors je suggère que lui, vous le laissiez un peu de côté, poursuivit Merete Lynggaard. Vous avez autre chose ? »

Ils acquiescèrent. « En ce moment, nous essayons de comprendre comment l'inspecteur de la brigade des stups dénommé Leif Lassen, alias Pif, a pu s'offrir une maison de maître à douze millions de couronnes à Snekkersten. Il y a sûrement une très bonne explication, mais nous allons tout de même nous pencher sur la question, répondit un de ses enquêteurs.

— Et nous avons aussi rassemblé les preuves que Peter Joensen, alias Singe hurleur, a engrangé ces dernières années des sommes considérables qui ne peuvent pas provenir uniquement de ses revenus d'agent de l'administration pénitentiaire. Nous avons bon espoir que les nombreux pots-de-vin qu'il a touchés nous mènent tout droit à des individus haut placés dans l'organigramme des trafiquants. »

Merete sourit. « Tout cela est très prometteur. Continuez dans cette direction et faites passer les informations à Ploug. »

Parfois, quand notre cerveau est saturé d'informations, il cesse d'en faire le tri et absorbe tout en un ensemble confus de fragments, sans lien les uns avec les autres. Avec un peu de chance, nous nous mettons à voir les choses sous un autre angle, ce qui nous fait faire un gigantesque bond en avant. C'était ce genre de révélation que Rose attendait, car en ce moment elle n'avait plus ni vision d'ensemble, ni perception des détails de cette affaire.

Mais l'évocation de ces mystérieux individus occupant une place prépondérante dans l'organisation responsable de tout ce chaos la ramena à une question cruciale : qui avait intérêt à ce que Carl Mørck disparaisse avant d'être arrivé au terme de son enquête et d'avoir prouvé son innocence ?

Ce qui était indiscutable et primordial, c'était que Rose croyait à l'innocence de Carl. D'une part, parce que son intégrité sans faille l'avait souvent exaspérée, d'autre part parce qu'il était parfaitement indifférent aux biens matériels – au point qu'il pouvait lui arriver d'enfiler ses chaussettes de travers parce que le trou au talon commençait à le gêner, au lieu de s'en acheter une nouvelle paire. Elle n'imaginait pas une seconde qu'un homme comme lui puisse céder à l'appât du gain et trahir ses idéaux en devenant un criminel du jour au lendemain.

Le problème de Carl, c'est qu'il s'était aperçu trop tard que cette affaire pouvait lui causer du tort. Pourquoi tant de candeur ? N'était-ce pas étrange de la part d'un enquêteur hors pair comme lui ? Un homme capable de garder la tête froide en toutes circonstances. Pourquoi cette histoire en particulier lui avait-elle fait perdre tous ses moyens ? Bien sûr, il avait subi un énorme choc émotionnel lors de la fusillade d'Amager qui avait causé la mort de son coéquipier Anker et rendu Hardy tétraplégique. Il avait même perdu la mémoire après cet épisode. S'agissait-il du même phénomène que celui qu'on observe parfois chez un enfant qui oublie complètement sa langue maternelle en changeant de pays ? N'y aurait-il pas un moyen de le ramener dans cette pièce verrouillée où ses souvenirs étaient enfouis ?

À ce moment précis, les automatismes de son cerveau prirent le relais et Rose put progresser dans sa réflexion. Une pensée inédite lui traversa l'esprit : et s'il ne se souvenait de rien parce qu'il n'y avait rien à se rappeler ? Et si son traumatisme – hormis celui de se sentir coupable de ne pas avoir protégé Anker et Hardy ce jour-là – s'expliquait tout simplement par le fait qu'il s'efforçait de se rappeler un souvenir qui n'existait pas ?

L'idée était vertigineuse. Quel gouffre s'ouvrirait sous les pieds de Carl s'il s'apercevait qu'Anker, l'homme qu'il prenait pour son meilleur et plus fidèle ami, était en réalité la cause de tous les malheurs qui lui arrivaient aujourd'hui ? Cela ne lui était peut-être jamais venu à l'idée.

Rose sentit vaguement que cela s'activait dans la pièce et que le volume des voix était monté d'un cran pendant qu'elle était dans ses pensées.

Au fond, Hardy et elle avaient probablement toujours su qu'Anker était le méchant de l'histoire. Mais qui couvrait Anker à cette époque ? Y avait-il quelque part autour de Carl un autre « ami » qui était en fait son pire ennemi ? Et si oui, qui était-ce ?

Ce soi-disant ami pensait-il que Carl en savait trop ?

66

Vendredi 8 janvier 2021

Carl

Carl était en train de devenir fou. Même si la cellule était plus grande et nettement plus confortable, il avait l'impression d'être encore en prison. Il contempla la nuit grise. C'était bien la première fois de sa vie qu'il avait envie de sortir par un temps aussi pourri. Seulement, de l'autre côté de cette fenêtre, il y avait la liberté.

Il savait qu'il ne tiendrait pas longtemps dehors, avec ses côtes cassées et ses multiples plaies, tant que la police le recherchait avec acharnement, mais d'un autre côté ce genre de détails ne l'avait jamais arrêté par le passé.

« Je sais à quoi tu penses, Carl, et tu vas arrêter tout de suite, le sermonna Assad qui était lui aussi comme un lion en cage.

— J'ai peut-être de quoi te remonter le moral, dit Hardy en venant de son pas lourd poser une photo sur la table.

— *Ya walad*, j'y crois pas ! » s'exclama Assad, les yeux rivés sur la photo.

Hardy sourit. « Oui… C'était le bon temps, on était jeunes et fringants. À l'époque, Marcus était encore inspecteur de police et nous ses sous-fifres. Regardez Bente, elle était sacrément canon, mais c'est vrai qu'elle est la plus jeune d'entre nous. »

Carl acquiesça. Bente avait toujours été irrésistible. Pourtant, son regard s'attacha principalement à Anker, le séducteur de l'équipe, avec son grand sourire. Il s'était passé tant de choses depuis.

« Moi, c'est à Lars Bjørn que je pense », dit Assad.

Hardy et Carl hochèrent la tête. Cela avait été un coup dur pour Assad, quand il était mort.

« Ces deux-là, je ne les connais pas, dit encore Assad, mais regardez-vous, les trois mousquetaires. Qu'est-ce que vous étiez minces, j'arrive à peine à vous reconnaître !

— C'est toi qui dis ça ? rigola Hardy. Nous formions une super équipe et nous sommes restés soudés quand tous les autres se sont éparpillés à droite à gauche. Putain, c'était le bon temps ! Et toi, tu étais le ciment qui nous liait, Carl.

— Et ça n'a pas changé », fit remarquer Assad en le regardant. Il se tortilla un instant sur son siège. Il devait encore avoir une carte dans sa manche. « À moi de vous montrer quelque chose, maintenant », déclara-t-il enfin.

Pendant qu'il était parti dans l'entrée, Carl pensa à ce qu'il venait de dire. En ce moment, il n'avait pas du tout l'impression d'assurer la cohésion de quoi que ce soit. Et il se demandait si ce serait à nouveau le cas un jour.

« Regardez ça », claironna Assad en revenant dans la pièce. Il tendit à Carl un petit livre à la couverture fanée sur laquelle on pouvait lire : *Haïti. Journal d'un voyage*.

Carl le porta à ses narines. Ça sentait l'huile de moteur.

« Regarde le nom de l'auteur », dit Assad.

Carl jeta un œil au-dessus du titre.

« Pete Boswell ! » Au dos du livre se trouvait une photo de Rasmus Bruhn très jeune.

« Je ne savais pas qu'il écrivait aussi des livres de voyage, s'étonna Hardy.

— Apparemment, si. Regarde où est inséré le marque-page », dit Assad.

« Ça alors ! » s'exclama Carl en découvrant une photo sur laquelle deux jeunes gens souriants posaient bras dessus, bras dessous dans une rue commerçante aux devantures exotiques. « Pete et Gérard », disait la légende.

« C'est donc comme ça que tout a commencé pour Rasmus Bruhn ! dit Hardy, songeur. Un homme jeune, libre, intrépide, qui se croit immortel, veut découvrir le monde et en parler. Et peut-être dealer un peu, comme beaucoup d'autres.

— Bruhn rencontre Gérard Gaillard, lequel le suit et vient s'installer au Danemark. Ils se lancent dans le trafic de drogue et ne peuvent plus s'arrêter. Une histoire innocente qui se termine en meurtre. Gérard finit en pièces détachées dans une caisse, rebaptisé Pete Boswell, et il est découvert grâce à un tuyau anonyme. Un avertissement envoyé à Rasmus Bruhn, le vrai Pete Boswell.

— Comment as-tu fait pour mettre la main sur ce bouquin, Assad ? » lui demanda Hardy.

Assad tourna la tête vers la cuisine. Est-ce qu'il ne sentait pas une odeur de café ? « C'est Niels B qui me l'a donné. Lui-même l'avait reçu de Nick, l'un des deux mécaniciens de Sorø. Il fréquentait le garage pour se piquer et fumer du shit. Ensuite il s'écroulait sur leur canapé et c'est là qu'il a été témoin d'un tas de trucs et qu'il a entendu plus de choses qu'il n'aurait dû. Il m'a raconté tout ça comme s'il était sur une scène de théâtre. »

Assad aurait aimé imiter l'accent sophistiqué de Niels B, mais il y renonça.

« Rasmus Bruhn était le cousin germain de Jake, le second mécanicien, commença-t-il en hochant la tête devant l'expression médusée de Carl et de Hardy. Vous m'avez bien entendu. Bruhn utilisait l'atelier mécanique de Jake et Nick comme plaque tournante pour son trafic de stupéfiants. Tout se passait bien, jusqu'au jour où on leur a demandé d'aller réceptionner une livraison sur une aire de repos assez loin de Copenhague. Niels B m'a raconté l'histoire sur un ton tragique. En arrivant sur place, ils ont découvert le coursier raide mort au volant de la voiture, quant à la drogue et à l'argent, ils avaient disparu. Évidemment, Bruhn s'est mis dans une colère terrible et il les a accusés tous les trois, les mécaniciens et lui, d'avoir volé le chargement. Alors je lui ai demandé s'il était avec eux ce jour-là et Niels m'a répondu que non et m'a expliqué que Bruhn était tellement terrifié à la perspective qu'on l'accuse du vol qu'il avait menti à son contact à Copenhague, prétendant qu'il y avait eu un retard dans la livraison, et s'était mis à la recherche du chargement disparu. Niels m'a dit qu'ils étaient complètement à cran, et c'est là que j'ai compris que son histoire devenait intéressante.

— Attends un peu, Assad, l'interrompit Hardy. Tu veux dire que ce sont ces deux mécaniciens qui nous ont tiré dessus ? »

Assad confirma.

Hardy s'appuya au fauteuil dans lequel Carl était assis. Leurs regards étaient devenus noirs, tout à coup. « Mais pourquoi ? Qu'est-ce qui s'est passé ? Abrège !

— OK ! Je vais essayer. Christian Mandrup a convoqué les deux mécaniciens à une réunion avec le commanditaire. Il leur a donné rendez-vous dans la cabane de Georg Madsen, sur l'île d'Amager. Ce dernier était leur plus proche contact et aussi l'oncle de Jake. La réunion devait porter sur l'étrange comportement de Rasmus Bruhn. »

Hardy soupira. Encore ce foutu avocat qui puait le parfum.

« Ils étaient terrorisés à l'idée de se rendre à ce rendez-vous, alors, pour se donner du courage, Nick a piqué un flingue à Rasmus Bruhn et ils sont arrivés là-bas complètement défoncés.

— C'est ce jour-là qu'ils ont trouvé l'oncle de Jake avec un clou dans la tête ? s'enquit Carl.

— Oui, et ça les a… » Assad hésita avant d'employer une expression qui ne lui était pas familière. « … ça les a fait complètement flipper. Ils ne savaient pas du tout quoi faire, alors ils sont restés là à attendre ce commanditaire qu'ils ne connaissaient pas.

— Et c'est nous qui sommes arrivés, soupira Hardy.

— C'est ça ! Vous êtes arrivés devant la porte avec vos combinaisons blanches et ils ont compris qu'ils s'étaient fait avoir.

— Ils se sont planqués dans la cuisine, c'est ça ? » demanda Hardy.

Assad acquiesça. « Ils ont vu Anker s'éloigner pour rassurer le voisin, pendant que vous entriez dans la cabane.

— C’est lequel qui a tiré, une fois que nous étions tous à l’intérieur ? demanda Carl.

— D’après Niels B, c’est Nick qui s’est précipité sur vous et s’est mis à vider son chargeur dans un délire paranoïaque.

— Et après, ils se sont enfuis ! » Carl croisa les mains derrière sa nuque, inspira à fond et expira lentement. Jamais il n’oublierait ces quelques secondes.

« Ce sont donc ces deux minables junkies qui ont détruit ma vie ! » dit Hardy.

Carl prit sa main, posée sur le dos de la chaise.

« Ils ont payé pour ce qu’ils ont fait, le consola Assad. Rasmus Bruhn leur avait demandé de retrouver la marchandise disparue, mais ils sont devenus de plus en plus ingérables. Alors Bruhn les a lâchés, et quelques mois plus tard ils ont fini tous les deux avec un clou dans la tête. Niels B a été un temps soupçonné de les avoir tués, mais on l’a rapidement mis hors de cause. Ça l’a sauvé.

— Je ne suis pas sûr d’être capable d’en supporter plus aujourd’hui », dit Hardy. Il s’écroula lourdement dans son fauteuil et son regard se perdit dans le vide pendant une trentaine de secondes. Après un douloureux soupir, il invita Assad à poursuivre.

« C’est bon, si tu as encore des choses à nous dire, continue. »

Assad s’éclaircit la gorge. Peut-être avait-il soif. Il est vrai que l’odeur de café devenait de plus en plus forte.

« Gordon a fouillé les archives pour moi hier et il a remis la main sur un rapport concernant un citoyen néerlandais retrouvé mort sur une aire de repos près de Sorø le 29 décembre 2006. Il n’y avait aucun signe d'agression, mais l'autopsie a révélé un important surdosage de son médicament pour le cœur.

— Incroyable. Et Niels B a gardé cette histoire pour lui pendant quatorze ans. Comment diable as-tu réussi à le faire parler, Assad ? lui demanda Carl.

— Très facilement. Je lui ai juste promis de ne répéter cette histoire à personne tant qu'il ne serait pas à l'abri quelque part, à l'autre bout du monde.

— Tu n'as pas fait ça ? s'écria Hardy.

— J'étais bien obligé, sinon il ne m'aurait pas dit un mot. Je l'ai aidé à effacer ses traces. À l'heure qu'il est, le marquis… » Il ponctua le titre d'un sourire ironique. « … s'est probablement installé dans un château abandonné, quelque part en France.

— Merci, Assad. » Hardy poussa un soupir. Ses bras mécaniques s'agitèrent sur ses genoux. « Il était grand temps que nous connaissions enfin cet aspect-là de l'affaire. Maintenant, si elle est vraie, nous n'avons plus qu'à essayer de nous inscrire, Anker, Carl et moi, dans ce scénario. »

Carl acquiesça, mais sentit une nausée l'envahir et le paralyser. Qu'étaient-ils sur le point de faire remonter à la surface ?

« Je me souviens qu'Anker a quitté la maison où il habitait avec Elisabeth aux alentours de Noël 2006. Il a occupé un temps notre chambre d'amis, et je me souviens qu'il n'était pas lui-même. Nous avions l'impression de vivre à côté d'une bombe à retardement. » Hardy secoua la tête d'une manière un peu bizarre. « Un soir, il est même rentré couvert de sang après avoir été mêlé à une bagarre… »

Il s'interrompit et sourit à Minna, qui entrait au même

moment avec un plateau chargé d'une cafetière fumante et de tasses.

« Je crois que tu te trompes, Hardy, dit-elle en commençant à remplir les tasses. Je suppose que tu parles de l'époque où Anker est venu habiter chez nous ? En fait, il l'a fait plusieurs fois, et la dernière, c'était peu de temps avant sa mort. Autant que je me souvienne, l'histoire des vêtements couverts de sang est un peu plus ancienne. Je dirais fin de l'été 2005. Je me rappelle qu'il était allé brûler les vêtements dans le jardin parce que les flammes ont failli se propager aux arbres fruitiers. Mais l'histoire de Noël l'année suivante est exacte. Il était très agité, pratiquement paranoïaque. Au bout d'un moment, il est parti vivre à l'hôtel. »

Carl observa Assad en train de verser cuillerée après cuillerée de sucre dans son café. Anker faisait cela parfois, lui aussi.

« Anker a habité un peu partout, c'est vrai, dit Carl, mais je viens de me rappeler un détail qui pourrait confirmer la date et l'heure du vol de la livraison. Vous savez qu'Anker est venu me rendre visite un jour, à la fin du mois de décembre 2006, pour me demander de lui garder une valise. Il voulait partir d'un nouveau pied pour la nouvelle année et se trouver un logement. Je n'ai jamais fait le lien entre cet épisode et la fusillade, mais si je le rapproche du meurtre du convoyeur néerlandais, cette visite a eu lieu quelques jours après seulement. »

Hardy réfléchit à ce que Carl venait de dire. « Je crois qu'Anker savait que ce chargement de drogue pouvait être volé sur cette aire de repos, cette nuit-là. »

Assad gratta ses poils de barbe. On aurait presque pu

lire dans une bulle au-dessus de sa tête l'exclamation d'Archimède : eurêka !

« À quoi penses-tu, Assad ? lui demanda Carl.

— Vous croyez qu'Anker aurait pu "aider" le coursier néerlandais à prendre trop de cachets ? demanda-t-il en traçant des guillemets dans l'air.

— Le soupçon est grave, mais l'idée n'est pas absurde, acquiesça Hardy. Et si c'est le cas, est-ce qu'il aurait pu administrer le même traitement au voisin de Georg Madsen la nuit où on nous a tiré dessus ? Cet homme est mort le jour où nous étions à Amager, et on n'a trouvé aucune trace de son interrogatoire dans les archives. Ce serait intéressant de savoir si la cause du décès était identique. »

Hardy était excité comme un chien de chasse qui a flairé une piste.

« Est-ce qu'il se serait passé quelque chose ce matin-là qu'Anker ne voulait pas qu'on découvre ?

— Difficile à dire, répondit Carl. Nous avons déjà envisagé l'hypothèse que la fusillade d'Amager ait été un coup monté d'avance. Ce qui disculperait Anker.

— Si l'histoire de Niels B est vraie, les mécaniciens étaient convoqués à une heure précise », dit Hardy. Il tourna le regard vers son assistant qui aussitôt vint l'aider avec son café.

« Mais le pistolet était leur idée, intervint Assad.

— Je pense en effet que le plan était que nous soyons les victimes, dit Carl. Mais qui l'a élaboré ?

— Je parierais sur Rasmus Bruhn, dit Assad.

— Je ne suis pas sûr d'être de ton avis, Assad, le contredit Hardy tandis qu'on lui essuyait la bouche. Rasmus Bruhn est mort, et c'est le fait qu'on ait trouvé la drogue chez Carl il y a deux semaines qui a déclenché les attaques dont il a été victime.

— Moi je dis que le comportement d'Anker, en particulier ce matin-là, suggère qu'il était au courant de quelque chose, dit Carl. Je crois que nous devons supposer qu'à de nombreux points de vue, il était sérieusement impliqué dans cette affaire.

— C'est certain. Mais en ce qui concerne le cadavre dans cette caisse à Amager, est-ce qu'il n'est pas un peu tordu de s'imaginer qu'il aurait placé ses propres empreintes digitales à l'intérieur ? demanda Hardy. En revanche, ce détail laisse à penser que celui qui a mis ces indices pourrait être une personne très proche de nous deux. Peut-être même quelqu'un qui est encore en activité. Et l'hypothèse n'a rien de plaisant. »

Pendant une minute, tous réfléchirent en silence. Puis Carl reprit la parole.

« J'avoue que j'ignore jusqu'à quel point Anker était un ripou. Mais je me rappelle tout à coup une chose qu'il m'a dite un jour et à laquelle je n'ai pas prêté attention sur le moment. Il m'a dit : "Tu sais très bien qui c'est, Carl !" En revanche je ne me rappelle plus dans quel contexte il m'a dit ça. » Il regarda tour à tour les visages attentifs de ses amis. « La phrase m'est revenue en mémoire quand la maison d'arrêt de Slagelse a été attaquée. D'abord je me suis dit que c'était ma faute si ce drame s'était produit. Ma faute si tous ces gens souffraient. Puis je me suis dit que j'aurais pu l'empêcher si je m'étais souvenu de ce que je sais au fond de moi. Ça fait plusieurs jours maintenant que j'ai cette intuition, que j'ose à peine formuler.

« Parce qu'elle est très désagréable. »

67

Nuit du vendredi 8 au samedi 9 janvier 2021

Bente / Assad

L'équipe dirigée par l'inspectrice Bente Hansen était sans doute, au sein de la brigade criminelle, celle qui avait le plus de métier et d'expérience, et c'était à elle qu'étaient confiées les affaires les plus compliquées. Il n'y avait que le département V pour battre son taux de résolution d'enquêtes, et ceux qui y travaillaient étaient si autonomes que tout ce qu'elle avait à faire, c'était de leur transmettre les directives venant d'en haut, ce qui lui convenait parfaitement.

« Alors, est-ce que ce téléphone satellite contient des données utilisables ? demanda-t-elle à l'un de ses hommes.

— Nous n'en sommes pas là. Nous essayons d'abord de savoir qui a acheté le matériel qui se trouvait dans la Mercedes. Mais pour répondre à ta question, il n'y aura probablement pas grand-chose à récupérer sachant qu'il y a de fortes chances que ce téléphone n'ait servi que dans un contexte criminel et qu'il ait été configuré de façon à n'enregistrer des données que sur la carte SIM.

Comme il s'agit d'une carte prépayée, nous pensons que son utilisateur la changeait souvent.

— J'aimerais y jeter un coup d'œil, dit-elle. Nous continuerons avec le reste des équipements demain. Il y a forcément quelque chose à en tirer. »

Elle s'adressa à deux hommes en train de travailler au fond de la pièce. « C'est vous qui êtes de garde ce week-end, n'est-ce pas ? »

Ils acquiescèrent.

« Parfait, alors maintenant, allez vous reposer ! Je vais rester encore un peu. »

Quand tout le monde fut parti, elle ferma la porte à clé et s'assit devant les tables sur lesquelles étaient étalées les pièces à conviction. Elle ouvrit le passeport taché de sang de Gustaaf Mulder, contempla la photo et secoua la tête. Quel imbécile, songea-t-elle.

Elle scruta l'ensemble des pièces avant de se concentrer sur le téléphone satellite et le reçu de location de l'avion. Les informations données par ce bon étaient des plus succinctes. On pouvait y lire l'heure de départ, la destination et le prix. Il n'indiquait ni le nom des passagers ni les détails sur le compte ou la carte de crédit avec lesquels les billets avaient été réglés. Ils ont payé en cash, bravo ! pensa-t-elle. Le survivant devait avoir gardé les billets sur lui, car on ne l'avait retrouvé ni sur le corps ni dans la berline.

Une patrouille routière avait également découvert une Volvo bleu marine presque entièrement détruite enregistrée au nom d'un certain Kenneth Fischer. Ce qui amenait à la conclusion logique qu'en s'échappant de la maison d'arrêt, Carl Mørck avait volé ladite voiture sur le parking.

Mais où était Carl en ce moment? Se trouvait-il à proximité de l'endroit où il avait laissé la Mercedes? Une chose était sûre, il était à l'abri, puisqu'il transmettait des vidéos, assis dans un salon.

Et il y avait ce Kenneth Fischer. Si les souvenirs de Bente étaient exacts, il s'agissait d'un soldat en lien avec une ancienne affaire du département V. Il avait pris une balle dans la gorge sur le parking proche de la prison de Slagelse, mais que faisait-il là-bas? En examinant l'ordinateur trouvé sur ses genoux, on s'était aperçu qu'il surveillait la caserne désaffectée et la maison d'arrêt. Mais pourquoi?

Bente ouvrit la fenêtre de son bureau, alluma une cigarette et, les yeux fixés sur la braise, elle chercha un sens à tout cela. La situation était en train de déraper sérieusement et avoir perdu contact avec Eddie Jansen n'arrangeait pas les choses. À présent, tout reposait sur elle.

Le soldat Kenneth pouvait avoir pris part à cette attaque s'il avait eu quelque grief lié au stress post-traumatique à l'endroit de Carl, mais il pouvait aussi avoir été une sorte de vigile dont le rôle était d'informer Carl d'activités anormales autour de sa cellule. Est-ce qu'il travaillait seul ou sous les ordres de quelqu'un? Le cas échéant, elle aurait bien aimé savoir qui. Peut-être les médecins du Rigshospitalet l'autoriseraient-ils à l'interroger le lendemain, en admettant qu'il soit en état de répondre.

Elle aurait pu le savoir par Carl, mais il avait disparu. Où se cachait-il?

Bente ouvrit son ordinateur et se repassa la vidéo. Il s'était filmé devant un fond neutre, un mur dans une pièce lambda, si ce n'est qu'au sommet de l'écran on apercevait une moulure en stuc à l'ancienne. Bente reconnut le style prisé dans les demeures bourgeoises du début du XXe siècle ou légèrement plus tardives. Mais cela ne lui disait pas où se trouvait la maison en question.

D'après Gordon, un homme dont on ne connaissait pas l'identité avait remis deux sacs de sport à un chauffeur de taxi, que la police avait pu contacter parce que Gordon avait eu la présence d'esprit de relever son numéro de licence. Le chauffeur, d'origine marocaine, avait donné la même version des faits au détail près. Il avait affirmé que d'habitude il n'acceptait jamais de transporter de bagages sans passager, mais qu'on lui avait demandé de remettre les sacs à un dénommé Gordon Taylor travaillant pour une unité d'investigation de la police judiciaire à Teglholmen, allée numéro 1. Il avait donc estimé qu'il ne pouvait pas se permettre de refuser.

Pauvre crétin, se dit Bente Hansen. Les sacs auraient pu être remplis d'explosifs. Et stupide, il l'était à plus d'un titre, parce qu'il ne se rappelait pas à quoi ressemblait l'individu qui lui avait confié les sacs. Mais après lui avoir montré une photo de Carl, il avait déclaré que ce n'était pas lui. En revanche, il était sûr de l'adresse où le client l'avait arrêté, parce que ce matin-là il n'avait pas cessé de faire des allers-retours sur l'avenue Jernbane à Vanløse.

Bente aspira une dernière bouffée de sa cigarette et jeta le mégot par la fenêtre. Carl s'était trouvé à proximité de la Mercedes grise, il pouvait donc également avoir circulé à bord du véhicule et s'être débarrassé des objets qu'elle avait maintenant sous les yeux. Mais à qui les avait-il confiés ? Était-ce lui qui avait donné des instructions pour qu'ils soient remis au département V ? Oui, certainement. Pensait-il que le fait de les remettre à la police allait le disculper ? Ou bien une tierce personne les avait-elle récupérés dans la Mercedes ?

Bente avait du mal à comprendre et elle avait toujours détesté cela. Il fallait qu'elle soit sûre.

Elle prit le téléphone satellite et le soupesa dans sa main. Elle avait lu qu'un Iridium 9575 comme celui-là valait une petite fortune et ne pesait que 247 grammes. Pourquoi les auteurs de l'attaque ne l'avaient-ils pas gardé sur eux s'il était si léger ?

Elle l'ouvrit et, non sans peine, parvint à en extraire la carte SIM, qu'elle mit dans sa poche. Puis elle se pencha au-dessus de la table sur laquelle étaient disposées les armes et empoigna la crosse d'un pistolet Heckler & Koch qui ressemblait beaucoup à sa propre arme de service. Quoi qu'il arrive, elle voulait être en mesure de riposter.

« Je crois que tu devrais rester ici quelques jours, Carl, lui dit Assad. Ton affaire déclenche trop de passions pour que tu prennes le risque de sortir.

— Tu n'as sans doute pas tort, Assad.

— Ça te donnera le temps de panser tes plaies. Tu as toujours une sale tête, lui fit-il remarquer sans prendre de gants.

— Et toi, tu vas faire quoi ?

— Il faut que je réfléchisse à ce dont nous avons parlé. Tout cela me fait de la peine. Et puis j'ai envie de retrouver ma famille et de dormir dans mon lit. » Il regretta cette dernière phrase en voyant le regard triste de son ami. « Excuse-moi, Carl, je n'ai pas fait attention à ce que je disais. » Il lui donna une tape amicale sur le bras. « Avant que nous ayons eu le temps de dire ouf, tu te seras réveillé de ce cauchemar et tu seras de retour chez toi, avec Mona et Lucia. »

Carl sourit, un peu jaune, n'osant croire que ce jour viendrait.

Assad dut prendre plusieurs bus et un métro avant d'arriver chez lui. Une douce lumière éclairait les fenêtres de l'appartement quelques étages plus haut, lui souhaitant la bienvenue.

Il souffla profondément. Carl était désormais convaincu que c'était Bente Hansen qui cherchait à le faire assassiner. C'était juste un peu difficile à croire. Si c'était vrai, qu'allaient-ils faire de cette information ? De nombreux indices pointaient dans ce sens, mais aucune preuve accablante, et ils ne pouvaient en parler à personne sans qu'elle soit au courant. Et si c'était vrai, elle aurait vite fait d'effacer toutes les traces. Le seul moyen de la confondre était de la forcer à se dévoiler. Mais comment ? Ils avaient décidé de s'octroyer une nuit de réflexion avant de faire part de leurs soupçons à quelqu'un d'autre.

Alors qu'Assad s'approchait de sa porte d'entrée, une voiture passa dans la rue derrière lui et le fit se retourner. Ces temps-ci, tout mouvement intempestif le mettait sur le qui-vive. Alors que la voiture s'éloignait, il aperçut une silhouette grise debout sur le sentier dans le parc d'en face. Il plissa les yeux, se préparant au pire, car il ne doutait pas que cet homme le surveillait. Avait-il passé toute la journée dans le froid à attendre qu'Assad rentre chez lui ?

À présent, voilà qu'il sortait son portable de sa poche, ou peut-être était-ce une arme ? Difficile à voir dans cette pénombre.

Assad glissa une main dans sa poche et la referma sur la crosse de l'arme qu'ils avaient trouvée dans la voiture de Kenneth. Comme l'homme de l'autre côté de la rue ne bougeait pas, Assad traversa rapidement la chaussée dans sa direction. L'individu mit aussitôt fin à sa communication.

« Haut les mains ! » lança Assad par mesure de prudence parce qu'il n'avait aucune envie d'être la prochaine victime. Mais l'homme fit volte-face et se mit à courir comme s'il avait le diable aux trousses. À ce moment seulement, Assad eut l'impression qu'il l'avait déjà vu quelque part. C'était quelque chose dans sa façon de courir. Les genoux levés très haut, de longues enjambées sur la pointe des pieds.

Aucun doute, c'était l'homme du champ. Celui qui avait lancé le missile antichar contre la maison d'arrêt de Slagelse, celui qui se trouvait dans la Mercedes après l'attaque et qui lui avait fait un doigt d'honneur. Était-il lui aussi en cheville avec Bente ? C'était à n'y rien comprendre.

Assad accéléra l'allure. Il savait que s'il lui tirait une balle dans le dos, son acte serait indéfendable devant un tribunal, en admettant qu'il le touche.

Assad tira quand même, sans atteindre sa cible qui bifurqua vers les arbres et disparut dans l'obscurité.

Le coup de feu fit aboyer des chiens, quelques fenêtres s'éclairèrent ici et là. La police ne tarderait pas à arriver, il devait faire vite.

Il appela Merete Lynggaard. « Je vais contacter Terje

Ploug immédiatement et envoyer des gens à moi pour sillonner le quartier autour de ton domicile, Assad. On va lancer une sérieuse chasse à l'homme. »

Assad la remercia et resta un instant les yeux levés vers son foyer.

Que me voulait cet homme ? se demanda-t-il. Me tuer ? Alors pourquoi n'a-t-il pas tiré ? Il ne pouvait pas avoir de doute sur mon identité, pourtant.

Assad refit défiler en pensée les dix minutes qui venaient de s'écouler. Il visualisa le trajet qu'il avait fait jusqu'à son immeuble, mais du point de vue de l'individu. Il y avait environ trente mètres entre deux réverbères, donc l'homme n'avait pu l'identifier que lorsque Assad était passé sous celui qui était en face du sentier.

Mais pourquoi avoir pris son portable au lieu de tirer ? se demanda-t-il une nouvelle fois, se rendant compte à ce moment que le cauchemar était loin d'être terminé.

Ils le voulaient en vie, pour pouvoir suivre ses déplacements, parce qu'ils pensaient qu'il pourrait les conduire jusqu'à Carl.

Assad ne se faisait aucune illusion sur la manière dont ils comptaient procéder. Par la force.

Il sourit et se dirigea vers l'entrée de son immeuble. Par la force ?

Chiche.

68

Samedi 9 janvier 2021

Bente

La nuit de vendredi à samedi avait été agitée et entrecoupée, car c'était un fait : l'aventure s'arrêtait là. Depuis vingt ans, Bente Hansen avait été insoupçonnable. Son métier d'enquêtrice était la couverture parfaite pour cette activité secrète qui lui avait permis d'amasser une fortune dans des banques offshore. Elle aurait dû se retirer au moins dix ans plus tôt, alors qu'elle avait déjà assez d'argent de côté pour vivre dans le luxe pour le restant de ses jours.

Mais elle savait que l'essentiel n'était pas là. Ce qu'elle recherchait avant tout, c'était l'adrénaline. L'ivresse, la conviction d'être la meilleure dans tout ce qu'elle faisait. En ce sens, cette existence au bord de l'abîme était faite pour elle.

Vivre de part et d'autre de la loi entre deux carrières, l'une dans la police, l'autre dans le trafic de stupéfiants, avait été aussi excitant qu'exigeant. Elle avait sans cesse dû prendre des décisions aussi rapides que courageuses. La témérité n'était pas ce qui caractérisait Bente Hansen, mais quand elle parvenait à mener à bien quelque entreprise périlleuse, c'était la peur qui lui procurait les plus grosses décharges d'endorphines. Lorsque le narcotrafiquant Rasmus Bruhn et son compagnon Gérard Gaillard l'avaient recrutée, à l'époque, elle avait tout de suite pensé au coup en solo qu'elle pourrait monter. Et elle avait passé les années suivantes à le préparer.

Puis elle avait attendu le bon moment. Une partie de son plan consistait à former sa propre équipe, sélectionnée hors du milieu de la drogue, et elle avait choisi dans son entourage parmi ses collègues mariés et un peu avancés en âge deux recrues potentielles : Anker et Carl.

Elle avait fait semblant d'être « flattée » par l'intérêt que lui portaient les deux camarades, tout en faisant en sorte de conserver leur respect durement acquis. Finalement, Carl s'était révélé trop coincé, figé dans les bonnes vieilles valeurs terriennes, et c'était Anker qui avait mordu à l'hameçon. Elle l'avait rendu accro à la cocaïne et lui avait fait croire qu'elle était folle de lui. Cela avait débouché sur une aventure clandestine à laquelle elle-même avait pris plaisir puisque sa drogue était l'excitation dans tous les domaines. Elle avait fini par embarquer Anker dans le trafic de stupéfiants et fait de lui son associé dans son projet d'arnaque.

Au début, Anker s'amusait. Il se fantasmait en Clyde Barrow et pensait avoir rencontré sa Bonnie. Mais quand les commanditaires lui avaient sévèrement remonté les bretelles pour s'être disputé avec Bruhn en public au risque de griller sa couverture, il avait compris que ce n'était pas un jeu. Gaillard l'escroc avait commis une escroquerie de trop et Anker avait reçu l'ordre de le tabasser jusqu'au sang sous les yeux de Bruhn, après quoi Gérard Gaillard avait été abattu d'un coup de pistolet à clous dans la tempe. Quelque chose s'était brisé en Anker après cet épisode, et Bente avait compris qu'elle allait devoir se protéger. Bruhn avait dû cacher le cadavre, mais avant qu'il soit enterré sous la baraque du dealer Georg Madsen, Bente avait pris soin de le truffer d'indices accusant Carl et Anker. Si tout partait à vau-l'eau, elle retomberait sur ses pieds. Et quand la caisse avait été retrouvée des années plus tard, elle avait fait en sorte, par le biais d'un message anonyme, que Bruhn soit également mis en cause.

Dans les derniers jours de l'année 2006, Bruhn avait été chargé d'une importante livraison de drogue et de devises en provenance de Rotterdam. C'est alors que Bente avait décidé d'agir. Avec l'aide d'Anker, elle avait joué les appeaux et intercepté le chargement au beau milieu du Seeland, par une froide nuit de décembre. L'opération s'était bien passée et n'avait pas laissé la moindre trace.

Anker et elle s'étaient ensuite mis d'accord pour se voir le moins possible en attendant que l'affaire se tasse, et chacun était rentré chez soi. Bente avait rangé dans une valise le magot auquel elle avait ajouté deux pièces qu'elle leur avait subtilisées à tout hasard, à Carl et à Anker, et qui portaient donc leurs empreintes. Sans le mettre au courant, elle avait ensuite entreposé la valise fermée à clé au fond du placard d'Anker à l'hôtel de police en se disant que personne n'aurait jamais l'idée de chercher à cet endroit.

Les jours suivant le vol de la marchandise, ils avaient pris leurs distances et gardé le masque. Mais peu à peu, l'inquiétude l'avait gagnée. Et si Anker craquait et qu'il lui faisait porter le chapeau pour toute l'affaire ?

Vis-à-vis de la police, elle aurait pu s'en sortir, mais pour ce qui était des commanditaires, il était hors de question qu'ils aient le moindre soupçon. Elle avait donc décidé de déplacer la valise… et c'est à ce moment-là qu'elle s'était aperçue de sa disparition. Anker ne lui avait rien dit, et son silence avait alimenté sa paranoïa. Avait-il eu l'intention de la doubler? Sans qu'elle le croie réellement, cette idée l'avait perturbée. Anker vivait probablement la même chose de son côté – un déficit de confiance mutuel, en quelque sorte.

Bente avait malgré tout respecté à la lettre le scénario qu'elle avait prévu. Après un délai raisonnable, elle avait contacté les commanditaires pour se plaindre auprès d'eux d'un défaut de livraison. Le vol avait été constaté, mais personne n'avait pu déterminer à quelle étape il avait été commis et par qui. Les commanditaires étaient furieux, non pas tant à cause du manque à gagner mais parce qu'on avait osé défier leur autorité. Ils avaient exigé une punition violente et exemplaire.

Le jour même, un tueur à gages néerlandais aux yeux vairons avait débarqué à Copenhague. Les soupçons étaient dirigés vers Bruhn, mais dans un premier temps il avait réussi à les détourner sur Jake, le neveu du dealer Georg Madsen, qui ne devait se douter de rien tant que Bruhn n'avait pas retrouvé la marchandise.

À titre d'exemple, le tueur avait tiré un clou dans la tempe de l'oncle Georg quasiment sous les yeux de Nick et de Jake, avait laissé le cloueur sur place et était rentré chez lui.

Le meurtre n'ayant toujours pas été découvert dix jours plus tard, Bente avait reçu l'ordre d'accélérer les choses. La nuit suivante, elle s'était rendue au domicile de Georg Madsen, avait senti l'odeur et demandé à l'avocat Mandrup de convoquer Jake chez son oncle le lendemain matin pour la rencontrer.

Le matin, elle avait passé un coup de fil anonyme au nouveau voisin de Georg Madsen en se plaignant de l'odeur. Le voisin venait tout juste de s'installer et il avait répondu que ça ne venait pas de chez lui, mais avait proposé d'aller vérifier à côté.

L'appel à la police n'avait pas tardé, Bente avait transmis le message à Anker, lui demandant de se rendre sur place avec son équipe pour voir ce qu'il en était et d'administrer au voisin une petite dose de leur « calmant » habituel.

« Je t'expliquerai », lui avait-elle promis. Il était grand temps qu'ils recommencent à se parler tous les deux, et Anker avait semblé à la fois soulagé et inquiet. Tout allait bien se passer.

Le plan de Bente était qu'Anker arrête le « coupable », Jake en l'occurrence, et que l'affaire arrive entre les mains de la police, où Bente pourrait contrôler la suite des évènements. Le fait que Jake et son cousin aient tiré sur l'équipe d'Anker avant de s'enfuir n'était pas prévu au programme et Bente avait été extrêmement contrariée par la mort de son complice, parce qu'il était le seul à savoir où se trouvait la valise.

Quant aux commanditaires, ils s'étaient montrés satisfaits du désordre que l'épisode avait provoqué, se disant que le voleur comprendrait le message.

Ils avaient nommé Bente à la tête des affaires danoises et lui avaient demandé de charger Bruhn de remettre la main sur la marchandise volée et d'exécuter les coupables pour l'exemple. Elle n'avait pas tout perdu.

Avec le temps, sa double vie était entrée dans une sorte de routine. Mais tout à coup, deux semaines auparavant, la valise disparue, avec son contenu illégal et les empreintes de Carl et d'Anker, avait resurgi dans le grenier de Carl.

Depuis, c'était l'enfer.

Bente savait que les commanditaires allaient exiger des représailles. Afin de garder le contrôle et de conserver sa position, elle avait tout mis en œuvre pour compromettre et liquider Carl, même si elle jugeait improbable qu'il soit au courant de quoi que ce soit. Si elle parvenait à le faire assassiner, plus personne ne douterait de sa loyauté, et le rôle qu'elle avait joué dans cette dangereuse affaire resterait un secret.

Mais Carl était toujours vivant, et les commanditaires avaient envoyé au Danemark leurs meilleurs tueurs à gages, Gustaaf Mulder et Thom Loos, de véritables machines à tuer. Ce qui était exactement ce qu'elle avait cherché à éviter. Eux non plus n'avaient pas réussi à éliminer Carl Mørck et leur intervention n'avait fait qu'aggraver sa situation. Mulder était mort et Loos n'était parvenu à s'échapper que de justesse. Au moins avait-il eu la bonne idée de l'appeler à partir d'un numéro de portable danois inconnu des commanditaires. Il ne pouvait pas rentrer à sa base ni éviter les représailles s'il ne menait pas à bien sa mission, qui était de tuer Carl.

Alors, où Carl était-il passé ? Bente aurait donné cher pour le savoir. Le meilleur moyen de le retrouver était d'attendre qu'Assad refasse surface et de le laisser les conduire jusqu'à lui. Mais Loos venait de la prévenir qu'il avait été repéré et qu'il allait devoir interrompre la surveillance pour l'instant. Manifestement, la filature n'était pas son point fort. Elle lui ordonna cependant de retourner à son poste. En attendant, elle allait essayer d'avoir des informations et promit de revenir vers lui dès qu'elle en saurait plus.

Bente appela le collègue de son équipe qui était de garde ce week-end pour lui dire qu'elle pensait avoir de nouveau attrapé le Covid, mais qu'ils n'avaient qu'à continuer à répertorier les éléments apportés par Gordon Taylor et l'appeler s'ils découvraient des éléments intéressants.

Elle regarda la page blanche devant elle sur la table et écrivit :

Où est Carl Mørck ?

1/ À proximité de l'endroit où les sacs ont été remis au chauffeur de taxi, à Vanløse ?
2/ Le département V sait-il où il se trouve ?
3/ À qui le chauffeur de taxi qui a transporté les sacs a-t-il eu affaire ? Était-ce un proche de Carl ?

Qu'est-ce que nous ignorons encore ?

4/ Carl a-t-il l'intention de faire des révélations devant une caméra ? A-t-il connaissance de détails réellement compromettants ?
5/ Jess Larsen va-t-il parler ? Représente-t-il un danger ?
6/ Un accord a-t-il été passé avec Peter Joensen, ce fameux Singe hurleur ?

Elle appela Terje Ploug.

« Salut, Terje, excuse-moi de te déranger. Comme

tu sais, nous sommes en train d'analyser tout ce que Gordon Taylor nous a fait passer. Est-ce que tu aurais le temps de répondre à quelques questions ? »

Bien qu'il soit chez lui et entouré des rires et des bavardages de sa famille, il lui répondit avec bonne humeur, comme chaque fois qu'elle s'adressait à lui.

« Pas de problème, Bente, demande-moi ce que tu veux. Heureusement qu'il y en a qui travaillent le week-end, pendant que d'autres prennent du bon temps.

— Je te remercie ! Est-ce que tu as les coordonnées du chauffeur de taxi qui a réceptionné les sacs ? J'aurais quelques questions supplémentaires à lui poser.

— Je n'ai pas son numéro de téléphone, parce que ce n'est pas nous qui l'avons interrogé. Mais j'ai son numéro de licence. Je te l'envoie, tu te débrouilleras pour le retrouver. Autre chose ? »

Parfait. Elle allait pouvoir mettre ses collègues au travail pour en savoir un peu plus.

« Oui, j'aimerais savoir si la police a passé un accord avec le gardien qui se fait appeler Singe hurleur. Je vois sur Pol-Intel[1] qu'il a été mis en examen et qu'il est en détention provisoire à Vestre. »

Elle nota le silence au bout du fil.

« Non, nous n'avons pas passé d'accord avec lui. La justice devra suivre son cours », répondit-il après un temps de réflexion.

OK ! se félicita-t-elle mentalement. Singe hurleur n'était donc pas une priorité dans l'enquête de Ploug.

« Et Jess Larsen ? continua-t-elle. Il s'est mis à table ?

---

1. Pol-Intel est un logiciel d'analyse de données de masse, basé sur les algorithmes, conçu aux États-Unis et utilisé par la police danoise.

On m'a dit que tu essayais par tous les moyens de le faire parler. »

De nouveau cette légère hésitation, Bente n'aimait pas du tout ça, mais depuis le temps elle savait que Ploug était ainsi parfois.

« … Pas encore. Mais la mort violente de son avocat l'a déstabilisé, apparemment, et je ne désespère pas d'y parvenir », dit-il.

Bente sourit pour elle-même. Terje Ploug, ce bonnet de nuit, était tellement facile à cerner. Il évitait sans doute de divulguer des informations qui donneraient à sa collègue une avance aux yeux de la cheffe, dans l'optique où il faudrait nommer un nouveau responsable à la tête de la brigade criminelle.

Et vivement que ça arrive, songea-t-elle.

Quoi qu'il en soit, Jess Larsen n'était donc pas non plus la priorité de Ploug et, de ce fait, il n'était pas non plus la sienne.

Elle remercia Terje et sourit. Quand tout cela serait terminé, elle serait vraisemblablement assise dans le fauteuil de Marcus. Si Carl ne l'avait pas aussi profondément déçu, il se serait battu pour lui. À présent, le fossé qui s'était creusé entre eux avait poussé Marcus à faire machine arrière et il avait laissé Carl à la merci des prédateurs qui voulaient sa peau.

Le chauffeur de taxi s'appelait Abdellah Alami et il était exactement tel que Bente l'avait imaginé. Maigre, sec, basané et barbu.

Il se rappelait parfaitement l'épisode. L'homme qui avait arrêté son taxi était aimable et il lui avait donné un bon pourboire.

« Vous a-t-il dit ce qu'il y avait dans les sacs ? lui demanda Bente.

— Non, non, on n'a pas parlé de ça. Les sacs étaient pour la police et leur contenu ne me regardait pas, répondit-il.

— Vous n'avez pas imaginé qu'ils pourraient contenir une bombe destinée à faire sauter le commissariat ? »

Il eut l'air complètement affolé et s'exclama : « Non, jamais de la vie ! Vous ne croyez pas que je suis mêlé à ça, hein ? »

Bente sourit, rassurante ; son inquiétude était touchante.

« Cet homme était-il jeune ou vieux ? »

Il haussa les épaules. « Ses cheveux n'étaient pas très gris, je crois.

— Vous avez dit qu'il était aimable. C'est le pourboire qu'il vous a donné qui vous fait dire ça ?

— On se comprenait, ça fait plaisir.

— Comment ça ?

— Il parlait français ! » Le visage de l'homme se fendit d'un large sourire. « Je suis du Maroc, on parle français là-bas. »

Bente fronça les sourcils. « Mais vous avez aussi parlé danois, n'est-ce pas ?

— Non, pas danois. Il ne savait pas parler danois.

— Et vous l'avez dit, ça, à Gordon Taylor, celui à qui vous avez remis les sacs de sport ?

— Non, il ne me l'a pas demandé.

— Vous avez dit à la police qu'il parlait français ? »

Il ne répondit pas tout de suite. Réfléchit. « Nooon, je ne crois pas. Je crois que j'ai seulement dit qu'on parlait la même langue.

— Mais pas que cette langue était le français ?
— On n'a pas évoqué ça. »
Elle le remercia et dit qu'elle reviendrait peut-être lui poser d'autres questions, s'il était d'accord.
Il acquiesça. Il n'osait sans doute pas protester.

69

Samedi 9 janvier 2021

Mona / Merete

Les derniers jours avaient été si éprouvants pour Mona qu'elle demanda un congé à durée illimitée.

On compatissait, mais il n'y avait pas grand monde pour défendre son mari. On aurait dit que tout ce qui s'était passé était sa faute.

Les proches des détenus décédés dans l'explosion pleuraient devant les caméras de télévision et reprochaient à l'administration pénitentiaire de ne pas être capable de veiller à la sécurité des prisonniers. Quant aux membres du personnel, ils étaient encore sous le choc. Le teint gris, ils se défendaient de l'injustice de ces accusations et se plaignaient d'être également des victimes.

La vérité était que ce drame n'aurait jamais dû arriver.

Tout de suite après l'attaque, Merete Lynggaard avait appelé Mona sur son lieu de travail pour lui dire que Carl avait disparu, ce qui voulait dire qu'il y avait de l'espoir.

Mona avait pleuré, prié et hurlé sa colère. Ce n'est qu'une heure plus tard, après avoir vu à l'écran le visage de son mari filmé par le drone, qu'elle avait repris confiance.

Depuis cet instant, elle attendait que Carl lui donne de ses nouvelles. Elle avait l'impression que plusieurs personnes de leur entourage en savaient plus qu'elle sur l'endroit où il se trouvait, mais aucune ne voulait la renseigner. Quand, de temps en temps, elle jetait un coup d'œil par la fenêtre, c'était pour être aussitôt aveuglée par les flashes des appareils photo. Plusieurs camions de chaînes de télévision étaient garés dans sa rue et des journalistes déambulaient devant son immeuble. Qu'auraient-ils pu obtenir d'elle, puisqu'elle ne savait rien ?

Lorsque Carl était apparu à l'écran la deuxième fois et que Lucia l'avait montré du doigt, ravie, elle s'était efforcée de ne pas pleurer de nouveau. C'était un immense soulagement de le voir et d'entendre sa voix, même s'il était affreusement pâle et couvert de plaies au visage. L'important était qu'il soit en sécurité quelque part.

Ce samedi matin, plus de trente-six heures après l'attaque, Merete Lynggaard l'avait appelée pour lui dire d'allumer sa télé. Le plan était que Carl s'exprime à nouveau dans une vidéo. Il se passerait environ vingt minutes avant que les chaînes d'info repèrent son message. Il y avait de grandes chances pour que la rédaction de News soit la plus réactive.

Mona essaya de questionner Merete sur l'endroit où se trouvait Carl, mais celle-ci affirma n'être au courant de rien.

Heureusement, Lucia dormait cette fois-ci.

Il était toujours très pâle, mais semblait plus calme, et les plaies sur son visage avaient commencé à cicatriser.

« Mon nom est Carl Mørck, et je suis toujours libre,

dit-il en guise d'introduction. Par libre, j'entends que je suis en mesure de parler librement, et j'en appelle à votre compréhension si je refuse de me rendre aux autorités aussi longtemps que ma vie sera en danger. Je me demande encore qui cherche à me tuer. D'un côté, l'État danois m'accuse d'actes gravissimes et, de l'autre, de mystérieux criminels semblent penser que je sais quelque chose qui pourrait leur nuire et ils tentent de me faire taire. Peut-être craignent-ils que je connaisse leur identité, mais si c'était le cas, qu'est-ce qui m'empêcherait de la donner à la police et de les faire arrêter ? Je vous demande de bien me regarder dans les yeux. » Il fit une longue pause étudiée. « Si je savais comment les arrêter, je le ferais, immédiatement. D'un autre côté, cela conforterait la police dans l'idée que j'ai dissimulé des informations. Des informations qui me rendraient complice des criminels qui cherchent à me tuer. Vous saisissez le paradoxe ? »

Mona, qui le connaissait bien, sentait qu'il ne croyait pas lui-même que cette attitude combative le mènerait où que ce soit. Elle était bouleversée de le voir démuni, perdu, lui d'ordinaire si solide, si intègre.

« Aujourd'hui, je suis là avant tout pour envoyer un message spécial à une personne très spéciale », continua Carl. Il approcha la tête de la caméra.

« Mona, dit-il sur un ton si intime qu'elle sursauta. Je t'aime et tu me manques. Je pense tout le temps à toi et à Lucia et je veux que tu saches que je vais bien. Bon anniversaire demain. Peut-être serons-nous bientôt à nouveau réunis. » Il voulut lui envoyer un baiser volant et, dans son geste, il heurta accidentellement l'objectif et son visage disparut brièvement de l'écran. Il le remit en place aussitôt et sourit tendrement. « Tu auras de mes nouvelles bientôt, mon amour », dit-il avant de mettre fin à l'enregistrement.

La plupart des collaborateurs de Merete avaient regardé la vidéo.

« Il tient drôlement bien le coup, je trouve », dit l'un d'eux, mais Merete n'en était pas aussi sûre. Si de leur côté ils n'avaient pas rapidement des résultats, elle craignait fort que Carl, Rose, Assad et Gordon prennent eux-mêmes l'affaire en main. Et n'était-ce pas exactement ce qu'espéraient les ennemis de Carl à la brigade criminelle ?

« Il y a pas mal de données sur la carte SIM du téléphone satellite, mais pour l'instant, nous n'arrivons pas à les décoder, dit un technicien. Tu crois que tu pourrais demander à Ploug de se renseigner auprès de Bente Hansen pour savoir si son équipe a avancé sur ce sujet ?

— Il est à Vestre avec Gordon pour entendre ce que Jess Larsen a à dire. Je l'appellerai dans une heure pour faire un point et je lui en parlerai.

— Nous avons lancé une recherche sur les empreintes relevées sur l'appareil et, comme il fallait s'y attendre, nous n'avons trouvé aucune correspondance dans le fichier danois.

— Dommage. Il n'y a plus qu'à demander aux Néerlandais, lui répondit Merete avant de poursuivre. Nous avions évoqué l'hypothèse que les douze millions de couronnes trouvées sur le compte de Leif Lassen puissent être liées à cette affaire. Est-ce qu'on en sait un peu plus là-dessus ? »

Son expert ne lui parut pas très optimiste. « Leif

Lassen a passé pas mal d'années à rénover sa résidence principale, puis il l'a revendue pour en acheter une autre qu'il a rénovée et vendue à son tour. Il a amassé cet argent tout à fait honnêtement. Avant d'entrer dans l'armée, puis dans la police, il était charpentier. Je crois qu'il n'y a rien de suspect à aller chercher de ce côté-là. Il servait dans la gendarmerie, à Viborg, quand cette affaire a commencé. Je crois que Leif est hors de cause. »

Merete fronça les sourcils. « On a d'autres pistes sur lesquelles travailler ?

— Pas vraiment, intervint un autre collaborateur. L'avis de recherche passé à la télévision pour retrouver le fuyard de l'attaque de Slagelse sera peut-être utile, mais le portrait-robot réalisé par le dessinateur de l'équipe de Ploug, avec l'aide d'Assad, n'a rien donné. Personnellement, je connais au moins cinq types de haute taille avec une moustache fine et des yeux bleus cernés. Espérons simplement que Carl Mørck et les gens chez qui il se cache ont vu l'avis de recherche et surveillent leur secteur.

« Le compte d'Eddie Jansen sur l'intranet de la police de Rotterdam est encore actif, alors qu'il a officiellement été déclaré mort. Nous le suivons attentivement, et en toute discrétion, comme d'habitude, dit un autre technicien, mais il y a peu de chances que nous trouvions une piste décisive par ce biais. Nous travaillons aussi sur le darknet, mais les probabilités sont encore plus minimes de ce côté. Alors ne nous faisons pas trop d'illusions. »

Facile à dire alors que tout ce qui leur restait, à présent, c'était l'espoir.

70

Samedi 9 janvier 2021

Bente Hansen

L'accueil réservé à Bente Hansen au service traumatologie de Rigshospitalet fut loin d'être chaleureux.

« Qu'est-ce qui vous fait croire que vous pouvez débarquer comme ça pour interroger un patient entre la vie et la mort ? » demanda le médecin de garde.

Elle s'excusa et admit que sa démarche était déplacée, mais dit qu'en l'occurrence il s'agissait d'une question de vie ou de mort pour d'autres que pour le dénommé Kenneth. L'explication sembla amadouer le médecin puisqu'il accepta de lui dire que le patient était sorti du coma le matin même et placé en soins intensifs. Puis il l'invita à faire un point avec le personnel du service. Alors qu'elle le remerciait et s'apprêtait à partir, il ajouta qu'elle aurait sans doute du mal à en tirer quoi que ce soit, vu que ses cordes vocales avaient été gravement abîmées par la balle qui lui avait traversé la gorge.

Bente avait l'habitude de l'effervescence qui régnait en soins intensifs et elle s'installa discrètement dans un coin pour attendre. Après quelques discussions avec le personnel, on finit par lui donner un masque et une blouse stérile et on la fit passer devant un groupe de personnes occupées à discuter des constantes du patient devant la porte de sa chambre.

Kenneth était allongé, la poitrine et le cou bandés, relié à des tuyaux et à une machine avec des voyants lumineux.

Il avait les yeux ouverts et son regard attentif suivit chacun de ses mouvements entre le moment où elle entra dans la pièce et celui où elle se trouva aussi près de son lit que l'infirmière voulut bien l'y autoriser.

Elle se présenta comme inspectrice à la brigade criminelle de Copenhague et mentionna les excellentes relations qu'elle entretenait avec le département V et Carl Mørck.

« On m'a dit que vous n'aviez pas encore retrouvé l'usage de la parole, et vous m'en voyez navrée. Mais peut-être pourrons-nous trouver un autre moyen de communiquer, dit-elle en forçant un sourire pour qu'il aille jusqu'à ses yeux. Je travaille d'arrache-pied pour que la justice triomphe dans l'affaire Carl Mørck. J'espère aussi que sa situation sera bientôt plus claire et qu'elle va se résoudre en bonne et due forme devant un tribunal. »

Kenneth cligna des yeux. Cela signifiait-il qu'ils étaient sur la même longueur d'onde ?

« Vous aviez sans aucun doute d'excellentes raisons de le surveiller, mais je ne pense pas que vous l'ayez fait de votre propre initiative. Je crois que vous travaillez avec quelqu'un qui souhaite et pense la même chose que moi et, dans l'état actuel des choses, il me semble essentiel que nous coordonnions nos efforts. Si je suis venue aujourd'hui, c'est pour vous demander votre aide. »

De nouveau, ce clignement des paupières. C'était bon signe.

« Peut-être pourriez-vous me dire à qui je dois m'adresser ? »

Pendant un long moment, il la regarda. Était-il en train de se demander comment il allait pouvoir communiquer avec elle sans parler ?

Puis il lui fit un grand sourire, ferma les yeux et tourna doucement la tête d'un côté à l'autre sur l'oreiller.

« Est-ce que cela signifie que vous ne savez pas à qui je dois m'adresser ? »

De nouveau il fit signe que non.

« Vous le savez, mais vous ne voulez pas me le dire ? »

Il ouvrit les yeux, puis les referma et d'une voix caverneuse il prononça le mot « NON ! » malgré sa gorge intubée.

Bente essaya de donner à son visage une expression déçue et même désolée, mais son interlocuteur était totalement indifférent.

De retour chez elle, elle revérifia sa check-list.

En ce moment, son tueur à gages était sur le terrain, quelque part à proximité du domicile d'Assad. On venait de diffuser aux infos un portrait-robot qui la fit sourire. L'homme était loin de mesurer un mètre quatre-vingt-dix, quant à ses vêtements, sa couleur de cheveux et sa fine moustache, ils n'étaient plus d'actualité.

Le type était habile et ultra professionnel. Ses fossettes lui donnaient un air inoffensif qui trompait son monde, mais elle savait qu'il était capable de tuer sans ciller, vite et discrètement, que ce soit avec un pistolet à clous, une arme à feu ou une arme blanche. Si elle ne parvenait pas elle-même à pister Carl Mørck, lui y arriverait certainement, et l'affaire serait réglée une fois pour toutes. Et s'il fallait sacrifier Assad, son fidèle bras droit, par la même occasion, alors tant pis.

Elle releva les yeux sur l'écran et écouta distraitement un retraité de la « force d'intervention de la police danoise » qui expliquait comment il fallait s'y prendre pour arrêter un criminel en cavale, avant que l'interview soit interrompue par une dépêche.

Éberluée, Bente Hansen vit apparaître Carl Mørck dans sa deuxième performance télévisuelle. Elle se tordit les mains d'inquiétude en l'écoutant faire état de sa situation. Il évita heureusement de la citer nommément, mais elle n'eut aucun doute : c'était à elle qu'il faisait allusion. Était-ce une dernière injonction qu'il lui adressait de le laisser en paix ?

Elle n'en avait nullement l'intention, et à cet instant moins que jamais. Tu es un homme mort, Carl Mørck ! Et tu peux compter sur moi pour te retrouver ! se jura-t-elle au fond d'elle-même. Puis Carl changea radicalement de ton pour faire une déclaration d'amour à sa femme. Le moins qu'on puisse dire était que le pathos était au rendez-vous. Pour finir, il lui envoya un ridicule baiser et bouscula sans le vouloir le moniteur et la caméra. Pendant la seconde qu'il mit à redresser l'écran, Bente remarqua un objet incongru à l'extérieur du champ de l'objectif. Elle n'aurait pas su dire de quoi il s'agissait, mais cela ressemblait à un casque de salon de coiffure vu de profil, ou au costume d'un personnage de *Star Wars*. Une forme arrondie en plastique blanc.

Elle retrouva sur Internet la vidéo qui avait déjà été partagée des milliers de fois et l'avança jusqu'au passage où Carl donnait un coup au moniteur. Elle aurait préféré une image plus nette, mais parvint malgré tout à isoler un détail. Était-ce une sangle ?

Bente ferma les yeux et tenta de se rappeler où elle avait vu un objet de ce genre. Chez un proche de Carl ? Pas chez Mona en tout cas, sinon il n'aurait pas eu besoin de lui envoyer ce message larmoyant. Rose, alors ? Ou Gordon ? Peut-être son vieil ami Hardy ? Avaient-ils renoué ?…

Elle s'interrompit dans ses pensées et resta un long moment le regard dans le vide. Puis elle lança une recherche. « Hardy Henningsen et Carl Mørck », tapa-t-elle dans la barre de recherche. D'abord sur Pol-Intel puis dans Google.

Le premier lien qui sortit dans Google la conduisit directement à ce qu'elle cherchait. Une interview de Hardy Henningsen dans laquelle le journaliste de *Gossip* racontait en texte et en images le miracle d'un homme tétraplégique qui avait retrouvé sa mobilité. Bente étudia longuement l'exosquelette blanc de Hardy. Retourna à l'image vidéo et revint sur l'article du journal.

Elle fut parcourue d'un frisson inhabituel.

Elle survola le texte de l'article jusqu'à une phrase qui, dans sa tête, aurait pu être écrite en lettres de feu. « L'assistant belge de Hardy Henningsen » et, à côté de Hardy, une photo de l'homme en question.

« Malgré la barrière de la langue, la communication passe avec quelques mots de français », disait le texte en dessous de la photographie.

C'était cet homme qui avait remis les sacs de sport au chauffeur de taxi, à Vanløse. Elle en était certaine. Et c'était aussi l'assistant francophone de Hardy Henningsen : Gaston. Carl était avec Hardy lors de l'enregistrement de cette vidéo. Mais à sa connaissance, Hardy habitait toujours l'ancienne maison de Carl à Allerød. Y avait-il des frises au plafond dans cette maison ? Elle en doutait fort. C'était une maison moderne en béton, entourée de dizaines d'autres en tous points identiques. Hardy se trouvait donc ailleurs.

« Tu as bien fait de survivre à ce coup de feu, Hardy », dit-elle à haute voix. Avec son aide, elle allait découvrir où se terrait Carl.

71

Samedi 9 janvier 2021

Wayne Peters

Wayne Peters n'avait pas eu de nouvelles de Cees Pauwels depuis plusieurs jours, mais cela ne l'avait pas étonné outre mesure, après leur dernier échange au cours duquel Pauwels lui avait confirmé que l'inspecteur Wilbert de Groot était mort, comme il l'avait demandé, et qu'il avait le projet de prendre quelques jours de vacances avec les siens.

Au moins, il aura profité un peu de sa famille avant de disparaître, songea Wayne. Car l'élimination de Cees était également programmée. Elle aurait lieu aussitôt que le tueur à gages Thom Loos serait rentré du Danemark, sa mission accomplie.

Mais ce jour-là, alors que tout semblait suivre son cours, les choses dérapèrent.

Comme les jours précédents, il avait préparé un goûter pour les enfants qui étaient venus jouer à grands cris dans son jardin. Une douce quiétude régnait à présent dans la maison et Wayne Peters alluma son ordinateur pour voir ce qui se passait sur l'intranet de la police de

Rotterdam, auquel il avait accès avec le mot de passe d'Eddie Jansen. Il arrivait parfois que ce privilège totalement illégal lui permette d'anticiper des situations qui auraient pu compromettre certaines de ses entreprises, mais la plupart du temps il n'y apprenait rien d'intéressant. Il était sur le point de se déconnecter quand soudain le nom d'Eddie Jansen apparut. L'enquête sur sa mort était en cours. Une équipe s'était rendue chez son épouse, Femke, après une tentative d'effraction. Le rapport entre le décès de son mari et cette intrusion à son domicile était en cours d'investigation et la veille la police était allée jeter un coup d'œil dans la résidence secondaire d'Eddie Jansen à Bergen-aan-Zee.

Wayne Peters comprit à cet instant qu'une tempête se préparait.

En arrivant, les enquêteurs avaient trouvé la porte fermée à clé et la maison déserte. Mais en regardant par la fenêtre, ils avaient cru voir du sang sur le plancher. N'arrivant pas à joindre Femke Jansen pour lui demander l'autorisation d'entrer, ils avaient forcé la serrure.

Une fois à l'intérieur, ils avaient senti une odeur inhabituelle, comme un relent de cheveux et de chairs brûlés, et parmi les taches de sang qu'ils avaient aperçues par la fenêtre, ils avaient trouvé une balle fichée dans une latte du plancher.

Ils avaient découvert le cadavre enroulé dans un tapis dans la salle de bains. Le corps présentait des brûlures sévères et deux orifices de balle dans la poitrine.

La description de la victime était succincte, à cause des brûlures, mais son âge, sa taille et son poids suffirent à convaincre Wayne. Selon toute probabilité, il s'agissait de Cees Pauwels, et Wayne ne comprenait pas ce qui avait pu se passer. Il ne pouvait pas se permettre de se laisser submerger par la colère qui l'envahit à ce moment. Il devait garder la tête froide.

Des recherches avaient déjà commencé pour retrouver Femke Jansen. Il semblait donc que la femme ait disparu, ce qui était fâcheux vu tout ce qu'elle devait savoir.

Wayne s'enfonça dans son fauteuil et réfléchit aux évènements des derniers jours. Deux hommes étaient en détention provisoire à Copenhague, Christian Mandrup et Wilbert de Groot étaient morts, Niels B et Femke Hansen avaient disparu. Et pour ce qui était des deux tueurs à gages qu'il avait envoyés au Danemark, le premier, Gustaaf Mulder, avait été abattu, et Thom Loos était recherché. Ils n'avaient pas réussi à le débarrasser de Carl Mørck, qui était en cavale et postait des vidéos sur Internet.

Parler de chaos aurait été un euphémisme, tant au Danemark qu'aux Pays-Bas, et Wayne savait mieux que personne qu'au moindre signe de faiblesse dans son organisation, d'autres acteurs du marché étaient prêts à reprendre le flambeau.

Il allait se déconnecter du compte d'Eddie Jansen quand il s'aperçut qu'il n'était pas seul à le consulter.

Wayne suait rarement, mais à cet instant il sentit ses aisselles se mouiller. Quelqu'un avait-il pu avoir accès à son ordinateur et à son réseau secret pendant qu'il était connecté ?

Il débrancha précipitamment le câble Ethernet et réfléchit. La crainte d'avoir été infiltré était pire que tout, surtout maintenant que tout partait à vau-l'eau.

Qui était-ce ? Et pourquoi ?

Il avait entendu parler des méthodes implacables employées par les trafiquants rivaux et ne doutait pas que les rumeurs faisant état de conteneurs de torture dans la zone portuaire étaient fondées. Ces derniers temps, beaucoup de ses meilleurs éléments avaient montré des signes de faiblesse et de déloyauté. Quelqu'un était-il en train d'essayer de le fragiliser pour reprendre son business ? Ou bien étaient-ce les problèmes au Danemark qui minaient son entreprise ?

Son regard se perdit un instant dans la contemplation de son jardin, où les enfants couraient en hurlant à qui mieux mieux. Plusieurs adultes les avaient rejoints, à présent, souriant et bavardant entre eux, comme si sa propriété était devenue le lieu de rendez-vous de tout le village. Wayne sourit tristement. Cette époque était révolue, et il allait quitter cet endroit où il n'était désormais qu'une cible vivante vers laquelle les flèches allaient pleuvoir de toutes les directions.

Sa colère s'était évanouie, remplacée par un calme glacé, insondable.

Dès aujourd'hui, il allait commencer à démanteler son organisation et sa vie telles qu'elles fonctionnaient actuellement, selon un plan élaboré dans ses moindres détails depuis des années. Il prévoyait la cessation de toutes ses activités et la destruction de la moindre piste pouvant conduire au lieu où il allait renaître de ses cendres, à huit mille kilomètres de là.

Un peu plus tard, il arrêta sa voiture au sommet d'une colline dominant le village dans lequel il avait vécu pendant les vingt dernières années. Les mères avaient déjà rappelé leurs enfants et leur mari pour le dîner, et la caméra de surveillance tournée vers le jardin montrait que l'activité trépidante de tout à l'heure avait cessé. La rue était déserte et la pelouse vide, seuls quelques corbeaux sautillaient pour récupérer des miettes de gâteau. Ces oiseaux de malheur ne manqueraient à personne.

Il inspira profondément et exprima en pensée sa gratitude pour le temps passé dans cette maison et avec ses voisins. Puis il pressa le bouton de la télécommande, provoquant une explosion de gaz qui souleva le toit de sa maison dans un immense déchaînement de flammes, suivie par une détonation qui déclencha toutes les alarmes du quartier.

Alors il entra sur son GPS la destination de l'aéroport d'Amsterdam et démarra, un sourire mauvais aux lèvres.

Il était à la fois triste et heureux.

Il était toujours le maître des horloges.

72

Samedi 9 janvier 2021

Bente

Quand Morten Holland répondit au téléphone, elle s'adressa à lui de sa voix la plus douce et la plus angélique. Cet homme naïf et bon, qui avec l'aide de son compagnon était parvenu à remettre Hardy sur pied, avait toujours été sensible aux compliments et à la flatterie. Pendant plusieurs minutes, Bente les inonda l'un et l'autre de son immense admiration, et lorsqu'il fut mûr et au bord des larmes, elle lui demanda, mielleuse, s'il voulait bien lui passer Hardy, prétextant qu'elle tenait à lui faire savoir à quel point tous ses anciens collègues étaient heureux qu'il ait enfin pu rebondir.

« Oh ! » s'exclama Morten. Elle l'entendit avaler la boule d'émotion qu'il avait dans la gorge. « Je suis désolé, mais Hardy n'habite plus ici. »

Elle prit un air étonné pour répondre : « Mais comment fait-il pour se passer de vous ? Il est parti vivre dans une maison médicalisée ? »

À ce moment, elle sentit une légère hésitation chez cet homme pourtant si bavard.

« Tu veux bien demander sa nouvelle adresse à quelqu'un d'autre, Bente ? Hardy nous a fait promettre de ne rien dire. »

Morten Holland savait donc où se trouvait Hardy. Bente aurait pu bondir de joie.

« Je comprends parfaitement. Vous devez être harcelés par les journalistes. »

Et maintenant, tu vas cracher le morceau bien gentiment, Morten, songea-t-elle. Ou je vais venir te l'arracher, et tu risques de le sentir passer.

« C'est vrai que nous avons pas mal d'appels. Mais vraiment, j'ai promis.

— C'est parce qu'il est avec Carl dans cette belle maison qu'on t'a demandé de garder le secret ? » lui demanda-t-elle.

Cette fois, silence total au bout de la ligne. Il raccrocha.

Oups, elle y était allée un peu fort. Merde ! Maintenant il allait rapporter à Carl leur conversation, s'il avait la possibilité de le joindre. Était-elle plus stressée qu'elle ne le croyait ? En général, elle ne commettait pas ce genre d'erreur. Jamais, en fait.

Elle réfléchit à la conversation qui venait d'avoir lieu. Morten n'appellerait pas Carl Mørck avec son portable. Il devait se douter que tous les téléphones de l'entourage de Carl avaient été mis sur écoute, vu la chasse à l'homme dont il faisait l'objet en ce moment.

Sauf erreur, Morten foncerait chez ses plus proches voisins pour appeler depuis leur téléphone. Carl lui dirait qu'il trouvait étrange que Bente Hansen ait mentionné une belle maison et il demanderait à Morten de ne pas retourner chez lui avant qu'il le rappelle.

Qu'allait-il penser ? Il se dirait peut-être simplement que Marcus avait sollicité son aide pour le rechercher. Après tout, pourquoi nourrir des soupçons à son égard ? Comme il était malin, il s'interrogerait quand même pour savoir pourquoi elle avait parlé d'une belle maison, et il se maudirait d'avoir laissé les moulures apparaître dans le champ de ses vidéos, mais rien d'autre. Des ornements en plâtre, il y en avait partout dans les beaux quartiers de la capitale.

Elle entreprit de chercher tout ce qu'elle put sur la vie actuelle et passée de Hardy Henningsen, pour découvrir qu'il avait peu d'amis.

Du coup, la question se posait de nouveau : où était Hardy ?

L'écran de son téléphone s'éclaira et elle vit s'afficher le nom de Terje Ploug.

Voilà quelqu'un qui va pouvoir m'aider, songea-t-elle en répondant à l'appel avec la même voix innocente qu'elle avait employée avec Morten.

« Sympa de t'avoir au bout du fil, Terje. Comment ça avance, de ton côté ?

— Plutôt bien. Gordon et moi avons finalement fait parler Jess Larsen et l'interrogatoire a donné quelques résultats. Je crois que nous devrions pouvoir lui proposer un accord satisfaisant. Gordon lui a montré la photo du passeport de Gustaaf Mulder hier et il semble qu'il l'ait reconnu. Apparemment c'est lui qui conduisait la voiture quand Adam Bang a été percuté. »

Bente fronça les sourcils, se demandant si Jess Larsen savait quelque chose sur elle.

« Super, c'est du bon boulot, mais comment le savait-il ?

— Parce que Gustaaf Mulder lui a arraché des mains la clé de contact. Ça s'est passé le lendemain du jour où son acolyte, celui qui est toujours en fuite, a tué Hannes Theis pendant que Mulder le tenait. Quant à Jess…

— Attends une seconde, Terje, je ne comprends pas très bien. Pour quelle raison ont-ils tué Hannes Theis ? demanda-t-elle, comme si elle l'ignorait.

— Theis voulait arrêter les transports vers les Pays-Bas, alors ils l'ont éliminé, sans autre forme de procès. Mais ce que j'allais dire, c'est que Jess était là et qu'il a tout entendu. Il leur a donné les clés du parking de DKNL Transports et celles de la voiture parce qu'il était aux abois. Il n'a pas osé aller voir la police parce qu'il se sentait complice, pas seulement pour avoir donné les clés, mais aussi parce que cela fait un moment qu'il travaille pour le réseau. C'était lui qui emballait les colis de meubles en partance pour les Pays-Bas et qui déballait le mobilier défectueux qui revenait au Danemark avec la drogue. Il a tout raconté à l'avocat quand il a été arrêté.

— À Christian Mandrup ?! s'exclama-t-elle, exagérant sa surprise. Eh bien, on commence à y voir plus clair, pas vrai ? »

Terje rit, c'était sa façon de réagir quand il était content de lui.

« En fait, je t'appelais pour autre chose. Qu'avez-vous découvert dans le téléphone satellite ? Est-ce qu'on en sait un peu plus sur les conversations entre les types qui ont fait sauter la maison d'arrêt et leurs commanditaires ? »

Elle prit son temps pour répondre, la prudence avait toujours été sa marque de fabrique.

« Non, je regrette. Rien à creuser de ce côté-là, Terje. Mes gars supposent que toutes les communications étaient enregistrées sur la carte SIM, et malheureusement elle n'était plus dans l'appareil.

— Merde ! dit-il.

— Est-ce que tu as des nouvelles de Carl ? demanda-t-elle alors, d'une voix inquiète.

— Oui, il va bien. Tu n'as pas vu ses vidéos ?

— Si. Et je suis contente de le savoir à l'abri dans un endroit sûr. Hardy a drôlement bien fait les choses, dis donc !

— Oui, Minna est une chouette fille, on ne peut pas lui enlever ça. »

Bente retint son souffle. Est-ce qu'elle avait bien entendu ? Minna ?

Elle avait à peine raccroché que déjà elle vérifiait la fiche personnelle de Hardy Henningsen. Minna Henningsen était son ex-femme.

Était-ce elle qui les hébergeait ?

Bente trouva son adresse dans l'annuaire et chercha ensuite la maison sur StreetView. Elle n'en revenait pas de la chance qu'elle avait en ce moment ! Le style, la taille, l'emplacement, tout correspondait à l'idée qu'elle s'en était faite.

Elle appela son homme de main néerlandais, lui communiqua l'adresse avec ses instructions. Personnellement, elle se tiendrait à l'écart jusqu'à ce que le boulot soit fait.

Elle sourit. Elle allait enfin pouvoir tourner la page de cette interminable valse-hésitation avec Carl Mørck. Dire qu'elle avait voulu l'entraîner du côté obscur ! Un défi qu'elle aurait adoré relever… La nature rebelle de

Carl lui conférait un potentiel qui méritait d'être utilisé. Elle n'aurait eu aucune difficulté à convaincre ses commanditaires que Carl et elle auraient formé un parfait tandem à la tête de la branche danoise de l'organisation.

Mais il était trop tard pour revenir là-dessus. Dans quelques heures, Bente en aurait terminé avec cette partie de l'histoire.

En revanche, elle se rendrait aux obsèques des victimes collatérales. Quelle performance elle allait donner ce jour-là !

73

Samedi 9 janvier 2021

Assad / Merete

Assad ne s'écartait que pendant de brefs instants du rideau du salon. En faisant très attention de ne pas se faire remarquer, il parvenait à observer sans être vu à la fois les allées et le parc de l'autre côté de la rue.

Marwa lui demanda pourquoi il restait là. Assad ne voulait pas l'inquiéter et lui expliqua qu'il était obligé de surveiller les alentours tant que Carl était en cavale. S'il décidait tout à coup de venir chez lui et qu'il y avait quelqu'un dans la rue en train de l'attendre, il fallait qu'il puisse le prévenir.

Marwa n'était pas à l'aise avec l'idée d'héberger un individu recherché. Le patron de la criminelle avait évité à la famille d'Assad les contrôles de sécurité obligatoires pour tout membre de la famille d'un policier. Ne risquaient-ils pas de graves problèmes si on découvrait qu'ils cachaient chez eux un prisonnier évadé ?

Marcus Jacobsen en voulait terriblement à Carl et il pourrait refuser de les aider à l'avenir.

D'un ton sec, Assad lui répondit que c'était le moins

qu'ils puissent faire pour lui. Que sans Carl leur vie serait très différente de ce qu'elle était aujourd'hui.

Elle hocha la tête, se retira, le front soucieux, et retint Alfi quand il essaya d'écarter le rideau à son tour pour voir ce que son père guettait par la fenêtre. Nella, en revanche, eut le droit de venir le rejoindre de temps en temps. Il n'y avait qu'une seule personne qui sache préparer le café comme Assad – un nectar qui vous démontait les papilles –, et c'était sa fille. Assad avait l'impression de se retrouver dans un café de village au bout du monde et il adorait ça. De temps en temps, un verre minuscule contenant un moka saturé de sucre venait relancer la machine, comme par miracle. Quand elle entra pour la troisième fois, elle ne put se retenir de lui poser la question.

« Tu surveilles ce que fait la police ?

— La police ? Qu'est-ce que tu veux dire ?

— Depuis le coup de feu d'hier, il y a une voiture de patrouille garée au coin de la rue. On la voit de la fenêtre de la cuisine. »

Assad secoua la tête sans comprendre.

« Le coup de feu ? Quel coup de feu ? Je n'ai pas entendu tirer. »

Nella le regarda d'un air déçu.

« Papa, j'ai grandi au son des armes. Tu ne crois pas que je suis capable de reconnaître le bruit que ça fait ?

— Je n'étais peut-être pas rentré quand ça s'est passé, parce que je ne m'en souviens pas », mentit-il.

Elle haussa les épaules, ça lui était égal, mais pas à Assad. Que ce soit le tueur à gages ou la police qui était là en bas ne changeait rien à l'affaire. S'il quittait cet appartement, Carl aurait de graves problèmes.

Assad détestait ce genre de situation. S'il n'agissait pas bientôt, il allait devenir fou. Les progrès réalisés la veille les avaient tous profondément secoués, et à présent il fallait qu'ils trouvent le moyen de continuer à avancer. Mais lui, Assad, que pouvait-il faire ? À quoi pouvait-il se rendre utile ?

Merete aurait-elle des informations sur Bente Hansen ? se demanda-t-il en composant son numéro.

« Tu tombes bien, Assad, répondit-elle. Figure-toi que je viens d'avoir Terje Ploug au téléphone. J'entendais derrière lui un bourdonnement que je n'ai pas réussi à identifier et des voix qui parlaient toutes en même temps. Terje a eu Bente au téléphone tout à l'heure, et il y a un élément dans leur conversation qui m'inquiète beaucoup – et encore, c'est un euphémisme.

— Vas-y, je t'écoute ! » dit Assad, croisant les doigts. Pourvu que ce soit quelque chose qui nous permette de la confondre, pria-t-il en son for intérieur.

« Bente a affirmé à Terje qu'il n'y avait pas de carte SIM dans le téléphone satellite. Alors que j'ai ici avec moi plusieurs experts en train de travailler avec les données de la carte SIM en question. Elles sont cryptées, Assad, mais elles y sont bel et bien.

— Allah tout-puissant ! » Assad était sur le cul. Non seulement elle venait de se dévoiler, mais en plus elle détruisait les preuves ! Assad serra les poings et dit à Merete que Hardy, Carl et lui avaient aussi des soupçons à son égard, mais qu'ils n'avaient rien pour les étayer.

« Et ce n'est pas tout, poursuivit Merete, lâchant sa deuxième bombe. Terje est en route pour aller prévenir Carl qu'il a malencontreusement cité le nom de Minna dans sa conversation avec Bente Hansen. »

Assad se figea : cela lui prendrait exactement dix secondes pour obtenir l'adresse. « Et où se trouve Bente Hansen en ce moment ? s'enquit-il.

— À son domicile. Nous avons envoyé quelqu'un pour s'en assurer. Je vais lui demander de surveiller si elle sort de chez elle.

— Écoute, Merete ! Bente Hansen n'agirait jamais de manière aussi flagrante. Elle a certainement demandé à quelqu'un de faire le sale boulot à sa place.

— Bien sûr. Elle va faire appel au type qui a survécu à l'attaque. Celui que Jess Larsen a désigné comme étant l'assassin de Hannes Theis.

— Il faut que j'y aille, tout de suite. Dis à Terje de faire très attention. Cet homme est extrêmement dangereux. »

Minna entra dans le salon. « Tiens, Carl, je t'ai acheté des cartes de téléphone. » Étrangement, elle était d'excellente humeur, ce qui était remarquable dans cette atmosphère pour le moins tendue.

Il inséra la carte SIM, appela Rose et lui demanda de le rappeler en se servant elle aussi d'une carte prépayée.

Cinq minutes plus tard, il l'avait au bout du fil. Il sentit à quel point elle était heureuse, émue et soulagée d'entendre enfin sa voix, mais sa joie ne dura pas longtemps.

« NON ! s'exclama-t-elle. Pas elle, ce n'est pas possible. Pas Bente, dis-moi que c'est une erreur ! »

Carl lui fit brièvement part de leurs réflexions et de leurs suppositions et termina en disant qu'ils n'avaient pas encore de preuves suffisantes pour l'arrêter.

« Il faut confondre Bente, mais je ne peux pas le

faire sans toi et Gordon, dit Carl. Est-ce que je peux te demander d'aller le chercher et de l'amener ici ? »

Alors que Carl reposait le portable, il entendit des grincements et un pas lourd venant de la chambre de Hardy. Il aurait voulu appeler Mona, mais tant pis. Dieu, qu'il aurait aimé l'avoir à ses côtés en ce moment.

« Je crois que nous avons commis une erreur en envoyant mon assistant, Gaston, donner les sacs au chauffeur de taxi qui les a ensuite apportés à Gordon, annonça Hardy en s'asseyant.

— Pourquoi ?

— Je lui avais demandé de parler anglais avec le chauffeur de taxi, mais ils ont échangé en français. Le gars était marocain, alors cela lui a paru plus naturel, évidemment.

— Et il est où, Gaston, en ce moment ? demanda Carl.

— À la pharmacie. »

Carl réfléchit. « Les sacs ont été remis à Gordon, à l'adresse de la brigade criminelle, n'est-ce pas ? »

Hardy avança maladroitement d'un pas. « Oui, Terje m'a dit que Marcus avait réclamé à Gordon de plus amples informations. Gordon avait noté le numéro de licence du taxi et il le lui a communiqué.

— Leur contenu étant particulièrement intéressant, la police est allée interroger le chauffeur, je suppose ? Et tu dis qu'ils se sont étonnés du fait que la personne qui avait remis les sacs parlait français ?

— Oui, c'était un signe distinctif, c'était vraiment une erreur de sa part. »

Carl regarda par la fenêtre. « Ce n'est pas la voiture de Terje que je vois arriver là ? »

Hardy se pencha pour regarder lui aussi. Il sourit. « Il y a aussi un taxi dans la rue. C'est peut-être Gaston qui revient. » Il secoua la tête. « Non, ce n'est pas lui. Il ne s'arrête pas.

— Espérons que Terje a de bonnes nouvelles pour nous, dit Carl en se levant. Je vais aller lui ouvrir. »

Enfin un évènement qui allait faire du bien au moral.

Par mesure de précaution, Carl se cacha derrière la porte pour que personne ne puisse l'apercevoir de l'extérieur et il ouvrit.

« Oh, mon pauvre Carl ! » s'exclama Terje. Il avait une drôle d'expression dans le regard. Le Terje que Carl connaissait était autrement plus stoïque.

« J'ai de mauvaises nouvelles, Carl, je… »

Il y eut un bruit étouffé, une sorte de *plop*, et le visage de Terje se figea, comme si les nerfs commandant la mobilité de son visage avaient été sectionnés. Une seconde plus tard, il tombait face contre terre sur le tapis du vestibule.

Sans réfléchir, Carl attrapa le bras de son collègue, il le tira en arrière pour dégager le seuil, claqua la porte et la ferma à clé.

« Écarte-toi des fenêtres, Hardy ! » hurla-t-il de toutes ses forces.

À ses pieds, Terje gémissait. Il avait été touché dans le dos, à côté de l'omoplate, la balle avait probablement perforé le poumon.

« Minna, descends, vite ! » cria Carl, inutilement parce qu'elle arrivait déjà. Elle s'arrêta une demi-seconde au milieu des marches et porta la main à sa bouche, puis finit de descendre en courant.

« Allonge-le sur le flanc pour qu'il ne s'étouffe pas

dans son sang, ordonna Carl. Reste loin des fenêtres et de la porte et appelle les secours, vite ! ajouta-t-il dans le même souffle et sans la moindre hésitation.

— Si j'appelle les secours, la police viendra aussi, Carl. »

Comme s'il ne le savait pas !

« Y a-t-il des fenêtres ouvertes quelque part dans la maison ? »

Elle secoua d'abord la tête, puis elle eut un doute.

« Peut-être dans la cuisine. »

Carl bondit. Les fenêtres de la cuisine donnaient sur le jardin. L'attaque viendrait peut-être de là. Il vérifia, mais elles étaient fermées.

Il sortit un couteau de cuisine de taille moyenne du bloc central et le coinça dans sa ceinture.

« Qu'est-ce qu'on a pour se défendre ? » cria-t-il à Hardy depuis l'entrée. Le téléphone dans une main, Minna appelait les secours. De l'autre, s'efforçant de garder son calme, elle caressait le dos et la joue de Terje.

Hardy arriva du salon d'un pas lourd. « Je suis désolé, Carl, je n'ai que ça, dit-il brandissant un tisonnier.

— Et c'est Assad qui a le pistolet qu'on a trouvé dans la boîte à gants, merde !

— Est-ce qu'on sait combien ils sont, là-dehors ? » demanda Hardy. Le ton était ferme, mais il était livide.

Carl secoua la tête. « Peut-être qu'il n'y en a qu'un, je ne sais pas. » Il se tourna vers Minna. « Tu n'as rien dans la maison dont on pourrait se servir pour se défendre ? »

Les jambes de Terje étaient agitées de spasmes, à présent, et la flaque de sang grandissait autour de lui.

Minna posa la main sur le micro du téléphone et en sanglotant leur dit où était rangée la bombe au poivre qu'elle avait depuis plusieurs années et dont elle ne s'était jamais servie.

La situation semblait désespérée.

« Mads et les enfants vont bientôt rentrer, dit-elle, la gorge serrée et le portable à l'oreille.

— Empêche-les de venir ici. Raccroche avec les secours, ils ont noté l'adresse. Appelle ton fils, tout de suite. »

Les minutes suivantes, tous retinrent leur souffle. Pourquoi les secours n'arrivaient-ils pas ? Et l'ambulance ?

L'attaque vint de là où ils ne l'attendaient pas.

Carl eut à peine le temps d'entendre le verre se briser au premier étage que, déjà, il entraînait Minna dans le salon.

« Aide-moi à pousser le canapé devant la porte, Minna », lui dit-il avec fermeté, parce qu'elle pleurait et refusait de laisser Terje tout seul par terre dans l'entrée, en train de se vider de son sang.

Carl ne savait pas quoi faire, il était impuissant. Quoi qu'il décide, il prenait le risque que Minna et Hardy paient pour le simple fait de l'avoir approché. C'était un cauchemar.

« Tu as une idée de l'endroit par où il est entré, Minna ? »

Elle secoua la tête, dit qu'il avait peut-être trouvé une échelle dans le jardin pour monter sur le balcon de la chambre.

Ils attendirent. Carl songea que leur agresseur, s'il arrivait par l'escalier, allait probablement régler son compte à ce pauvre Terje, couché dans l'entrée, mais il n'y avait aucun bruit dans la maison.

Cachée derrière le corps imposant de Hardy, Minna essayait, affolée, de joindre leur fils. Elle pleurait et se lamentait à l'idée de ce qui pourrait arriver à ses petits-enfants sans défense.

Hardy regarda Carl d'un air désolé. « Est-ce que cette histoire doit vraiment se terminer comme elle a commencé ?

— Je suis tellement désolé que vous soyez mêlés à ça, tous les deux. Pardon. »

Hardy se tourna vers Minna qui le regardait d'un air plein de reproche. Carl savait très exactement ce qu'elle ressentait. Hardy n'aurait jamais dû accueillir Carl ici et les prendre tous en otage.

Hardy serra Minna contre lui. « Je suis désolé, Minna », lui dit-il tout doucement, mais elle le repoussa et se jeta sur son téléphone portable.

« Mads, Dieu soit loué, tu es là ! cria-t-elle. Reste où tu es, je t'en supplie. Il y a un tueur dans la maison. Surtout, ne t'approche pas. La police est prévenue. » Puis elle raccrocha.

« Où étaient-ils ? lui demanda Hardy.

— Ils venaient de tourner au coin de la rue. Il a dit que tout semblait calme.

— Passe-moi le téléphone, Minna. Gaston est peut-être sur le point de rentrer lui aussi », dit Hardy.

Il composa le numéro et ils entendirent un portable sonner dans le vestibule.

Hardy serra les poings. « Merde, il fait tout le temps ça. Il pose le téléphone sur la console dans l'entrée pendant qu'il enfile son manteau et il l'oublie. »

La sonnerie cessa. « *Yes !* » dit une voix inconnue.

Hardy leva la main qui ne tenait pas le téléphone vers

les autres, mit le haut-parleur et pointa l'index vers le vestibule.

« C'est très simple. Vous me donnez Carl Mørck, et vous et le gars qui est par terre dans l'entrée restez en vie », dit la voix en anglais.

Le visage de Hardy vira au gris. « *No way !* » rétorqua-t-il au bout de vingt secondes.

L'homme n'aima pas cette réponse et y répondit par un coup de pied dans la porte. Comme elle ne cédait pas, il tira plusieurs coups de feu à travers le battant. Les projectiles traversèrent le salon pour finir en divers endroits sur le mur d'en face.

« Mettez-vous contre le mur de part et d'autre de la porte, murmura Carl. Il ne faut pas qu'il vous voie à travers les trous. »

Minna obtempéra aussitôt, mais Hardy resta près de la cheminée. Il prit le tisonnier et le tendit à Carl en lui montrant les trous dans la porte d'un air entendu.

Est-ce qu'il lui suggérait de crever les yeux de leur agresseur en enfonçant le tisonnier dans les trous ? Carl refusa de la tête. Son ami le croyait-il réellement assez téméraire pour s'approcher à ce point du tireur ?

Ils entendirent la porte d'entrée s'ouvrir et se refermer avec un claquement sec.

Carl comprit aussitôt. « Ce salaud voudrait qu'on s'enferme dans cette pièce ! Tu vas voir que dans un instant il va arriver par là », dit-il à Hardy en désignant les fenêtres du salon. De grandes et belles fenêtres à croisillons encadrant une baie vitrée moderne.

« Il va poser l'échelle contre le mur et nous canarder à travers la fenêtre.

— Oh, mon Dieu », gémit Minna. Elle regarda autour

d'elle dans la pièce, cherchant un endroit où se mettre à l'abri.

« Salopard ! » cria Carl.

Aucune réaction.

« Il n'est plus dans le vestibule, dit-il aux autres. Aidez-moi à déplacer le canapé. Il faut qu'on sorte avant qu'il revienne avec l'échelle. »

Ils protestèrent en vain. Mais avaient-ils une autre option ?

Carl poussa la targette sans bruit. S'il s'était trompé, le type l'attendait peut-être derrière la porte.

Il entrouvrit le battant et jeta un coup d'œil à travers la fente sans apercevoir l'homme nulle part. Il ne lui restait plus qu'à sortir de la maison et à traverser la pelouse en s'écartant de l'allée.

Carl vit une haie de lauriers dont le feuillage persistant s'agitait au milieu de la végétation nue. Elle était à neuf ou dix mètres de la maison, et l'homme pouvait se retourner et lui tirer dessus avant qu'il ait eu le temps de l'atteindre, mais il devait prendre ce risque. Il courut et se cacha dans le feuillage.

Il entendit le gravier crisser. Le type apparut, une échelle sur l'épaule. C'était la première fois que Carl le voyait d'aussi près. S'il l'avait rencontré dans d'autres circonstances, il aurait sans doute sympathisé avec lui tant il avait l'air candide, avec ses fossettes et ses yeux bleus. Mona l'aurait probablement trouvé beau, et Carl lui aurait donné raison. Comment un homme avec un tel physique pouvait-il devenir un monstre sans scrupules, capable de tuer pour de l'argent ?

Comme Carl l'avait deviné, le tueur appuya l'échelle contre le mur, à côté de la grande fenêtre du salon, il colla le nez à la vitre et parcourut la pièce des yeux avant de casser la vitre avec la crosse de son arme. Carl entendit Minna pousser un hurlement.

Carl sentit chez l'homme un instant d'hésitation. Venait-il de remarquer que le canapé avait été écarté de la porte ?

Il poussa quelques jurons incompréhensibles et redescendit de l'échelle. Il était presque arrivé en bas quand Carl se mit à courir vers lui. Le tueur l'entendit et sauta les derniers échelons. Ils se retrouvèrent face à face à trois mètres de distance. Souriant tranquillement, l'homme pointa le pistolet vers Carl en même temps que celui-ci lui lançait le couteau. Le coup partit alors que la lame du couteau de Carl se plantait dans la cuisse du tireur.

Carl s'écroula sur la terre gelée. La douleur était atroce. Il se demanda si la balle s'était enfoncée dans ses côtes cassées.

Il respirait avec difficulté pendant que son adversaire reprenait ses esprits et arrachait le couteau de sa jambe. Si Carl avait touché son artère fémorale, l'hémorragie lui ferait perdre connaissance en quelques secondes. Manifestement, ce n'était pas le cas puisque Carl le vit avancer vers lui en boitant, le silencieux de son arme braqué sur sa tête, ses fossettes plus profondes que tout à l'heure.

À cet instant, Carl fut envahi par le sentiment que sa vie n'avait servi à rien. À quoi bon avoir traversé tout cela pour mourir de manière aussi minable ? Il ferma les yeux et pensa à Lucia et à Mona.

« Tu as osé me traiter de salaud », dit l'homme en rigolant.

Carl dit adieu à ce monde, mais le coup qu'il attendait, celui qui devait marquer sa fin inéluctable fut tout sauf silencieux.

Il ouvrit les yeux : son agresseur s'enfuyait du jardin en boitant et passa à travers la haie du voisin.

Carl se redressa et tourna la tête. Au bout de l'allée, Assad tira plusieurs rafales avec le SIG P210 tandis que les sirènes des voitures de police retentissaient.

Assad dirigea ses collègues vers les buissons à travers lesquels l'homme avait disparu. Il partit dans la même direction, ventre à terre, non sans envoyer à Carl son bon regard si chaleureux.

« Serre les dents, Carl. La cavalerie est arrivée. Je vais attraper cette ordure. »

Puis il fila, et un instant plus tard Rose s'accroupissait à côté de Carl.

« Tu crois que c'est grave ? lui demanda-t-elle sans attendre sa réponse. Si tu peux te lever, viens avec moi. »

Une ambulance venait de se garer dans l'allée, deux hommes en descendirent et se précipitèrent à leur rencontre. Rose leva la main pour les arrêter.

« Allez d'abord vous occuper du blessé qui se trouve dans la maison, leur dit Carl. Je crois que c'est grave. Faites vite, s'il vous plaît ! »

Carl eut juste le temps de voir Minna embrasser son fils et ses petits-enfants, avant que Rose le mette sur ses pieds et l'aide à marcher jusqu'à la rue, où les attendait Gordon.

74

Samedi 9 janvier 2021

Carl / Bente

« Non, Carl, tu ne peux pas me demander ça », pleurnicha Gordon au volant de la voiture qu'il manœuvrait un peu trop nerveusement dans la circulation très dense. Il commençait déjà à faire nuit, et les lumières de la ville se reflétaient sur la chaussée humide. « Je refuse de parler à Bente Hansen maintenant, tu ne comprends pas que je suis toujours sous le choc d'apprendre que notre Bente… »

Il respira profondément, essayant de se calmer. « Ça, je ne l'ai vraiment pas vu venir, Carl. Apprendre qu'elle est pourrie jusqu'à la moelle, putain, ça me fout en l'air ! »

Carl posa la main sur sa blessure et tâcha d'en faire abstraction.

« Je suis vraiment désolé, Gordon, dit-il. Mais tu es le meilleur d'entre nous pour ce genre de choses, et Bente t'écoutera, j'en suis sûr.

— Je ne sais pas. Pour l'instant, je me sens incapable de lui dire un mot sans craquer.

— Je sais ce que tu as traversé ces dernières semaines, Gordon, lui dit Carl en lui serrant amicalement l'épaule.

Alors prends le temps qu'il te faut pour te ressaisir. Nous avons… non, ce n'est pas vrai, *j'ai* besoin de toi pour qu'on sorte enfin de ce cauchemar.

— Tu pisses le sang sur ses sièges, Carl », dit froidement Rose en éteignant son portable avant de le fourrer dans sa poche.

Carl baissa les yeux. C'était une tache minuscule. Elle avait décidément l'œil partout.

« Merci pour ta compassion, Rose. Et maintenant que tu en parles, moi aussi je suis heureux de vous revoir, tous les deux, rétorqua Carl.

— Arrête ça tout de suite », dit-elle. Carl la connaissait bien et il savait qu'elle refoulait une émotion trop forte.

« J'ai eu plusieurs échanges avec Merete, et elle est d'accord avec le plan, reprit-elle. Elle nous a donné rendez-vous chez elle. C'est tout près de chez Bente. Elle vient de me prévenir que ses hommes sont en place et qu'ils se préparent à nous couvrir, quoi qu'il arrive. Après on verra. »

En dehors de Merete Lynggaard, Carl ne connaissait aucun des individus qui sortirent du SUV, mais tous paraissaient à la fois calmes et prêts à l'action.

Carl les salua d'un hochement de tête et alla embrasser Merete. Il fit un pas en arrière, la tenant à bout de bras, et la regarda intensément. C'était presque un miracle de la voir aussi droite et forte. Pour de très nombreuses raisons, il lui était infiniment reconnaissant.

Il se souvint du jour où il l'avait sortie de ce caisson hyperbare et il sentit ses yeux s'embuer.

Elle sourit, émue elle aussi. Puis elle remarqua le

sang sur le flanc droit de Carl et fit signe à l'un de ses hommes d'examiner la blessure.

Il souleva la veste et la chemise de Carl avec précaution.

« Aïe, ça a dû faire mal. Ça doit encore piquer un peu, non ? dit le type. La balle vous a éraflé et elle a emporté un bon morceau de steak. J'aperçois une côte. Vous aurez une belle cicatrice. Je vais vous mettre une compresse pour l'instant et vous bander le torse, mais après il faudra vous rendre à l'hôpital pour faire soigner ça plus sérieusement. »

Carl serra les dents, inspira profondément et retint son souffle. Il espérait sincèrement qu'ils allaient bientôt mettre la main sur le salopard qui lui avait tiré dessus.

« J'attendais ton appel, Thom. Allez, ne me fais pas languir, donne-moi tout de suite la bonne nouvelle. »

Bente ferma les yeux un instant. « Non, ce n'est pas possible, je ne peux pas le croire. Tu veux bien me répéter ça lentement, Thom Loos, pour que je comprenne bien ? Tu me dis que tu as tiré sur quelqu'un, mais que ce quelqu'un n'était pas Carl Mørck ? »

Il confirma à regret et lui indiqua où il se trouvait en ce moment et aussi qu'il avait réussi à échapper à ses poursuivants.

Que deux bras cassés comme lui et Gustaaf Mulder aient pu acquérir cette réputation de machines à tuer sans pitié, cela dépassait l'entendement. Ou alors c'était Carl Mørck qui avait le plus incroyable des anges gardiens.

Elle était très en colère et obligée d'admettre que sa

situation était pire qu'avant. Carl Mørck était toujours en vie, et cela n'arrangeait pas ses affaires.

« J'espère que tu es conscient que tu as un très gros problème, Thom. »

Il se défendit en lui assurant qu'il ne baisserait pas les bras, parce qu'il avait une réputation à défendre.

« Je crains que tu n'aies plus qu'une seule cartouche dans ton chargeur », lui dit-elle froidement. À ce moment, son téléphone afficha un appel entrant de Gordon Taylor.

« Une seconde, Thom, j'ai un autre appel, mais reste en ligne, je n'en ai pas terminé avec toi. »

Il allait protester, mais elle le mit en attente.

Ce fut un Gordon particulièrement bouleversé qui ânonna ce qu'il avait à lui dire.

« Tout à l'heure, Carl a survécu de justesse à une nouvelle agression, dit-il enfin. En revanche, Terje a reçu une balle dans le dos et il est entre la vie et la mort. Je n'ai encore jamais vu Carl aussi affecté. Tu ne le reconnaîtrais pas. Je t'appelle pour te dire qu'il a décidé de se rendre avant qu'il y ait d'autres victimes par sa faute. »

Bon, maintenant, il s'agit de bien jouer ton rôle, ma vieille, songea Bente, le cerveau en ébullition.

« C'est pas possible !... C'est terrible, ce que tu me racontes, Gordon. Merci de m'avoir prévenue. » Elle fit une pause théâtrale et renifla.

« Comment est-ce arrivé ? demanda-t-elle ensuite.

— Un type a débarqué de nulle part. Il a tiré dans le dos de Terje et puis il a essayé de pénétrer dans la maison où se trouvaient également Hardy et Minna. Je n'en sais pas plus, à part qu'il s'est enfui avec la police aux trousses.

— Pauvre Terje ! Quand je pense qu'il a pris une balle dans le dos ! » Elle soupira assez fort pour être sûre que Gordon l'entende. « Tu m'as dit que Carl avait échappé au tueur et qu'il était avec Hardy et Minna, mais maintenant, il est où ? »

Allez, crache le morceau, Gordon, que Thom Loos puisse prouver de quoi il est capable ! pensa-t-elle en serrant les doigts sur le téléphone à le briser. Cette fois, la chance était de son côté.

« Carl dit que c'est à toi qu'il veut se rendre. Il ne voit pas qui d'autre pourrait rester neutre et avoir assez d'autorité pour tenir tête à Marcus Jacobsen. »

Bente retint son souffle. « Attends, laisse-moi une seconde pour encaisser. » Elle alla faire couler l'eau dans l'évier comme si elle s'en versait un verre. Puis elle ouvrit un tiroir de cuisine qui avait un double fond, dans lequel elle cachait des clés, plusieurs couteaux de combat et un pistolet qu'elle avait confisqué il y avait plusieurs années et fait immatriculer à son nom.

Elle retira la sécurité et glissa l'arme dans son dos, coincée dans la ceinture de son pantalon. Elle était prête.

« Je t'écoute, dit-elle en reprenant le téléphone. J'avais seulement besoin de boire un verre d'eau fraîche. Ce sont des nouvelles effrayantes, Gordon. Mais Carl a pris la bonne décision et je le recevrai évidemment. Est-ce toi qui me l'amènes ?

— Oui, Rose et moi. Il est grièvement blessé, alors je…

— Quand pouvez-vous être là ?

— Dans pas longtemps, je pense.

— OK, donne-moi dix minutes. Et s'il n'y a que vous, et si Carl est d'accord pour venir menotté, je veux bien l'arrêter ici et appeler ensuite des agents pour venir le chercher sans passer par Marcus.

— Menotté ? Mais il vient de son plein gré, Bente, et comme je te l'ai dit, il est en piteux état, alors tu n'as rien à craindre de lui. Et puis on est là !

— Bon, entendu. Et merci. C'est du bon boulot, Gordon. C'est toi qui as réussi à le convaincre ?

— Non, c'est Rose.

— Vous êtes vraiment efficaces, tous les deux. Je te sens un peu secoué. J'imagine que ça n'a pas dû être facile, tout ça.

— Écoute… Non. C'est juste qu'on n'arrive pas à comprendre. On travaille avec Carl depuis tellement d'années… Je suppose qu'il y a le contrecoup de l'affaire Sisle Park, aussi.

— Quand tout cela sera terminé, tu vas prendre des vacances bien méritées, Gordon. Je crois même que tu auras bientôt droit à une promotion. »

Gordon s'abstint de répondre.

« Vous serez là dans dix minutes, alors ? »

Gordon le lui confirma et il raccrocha. Bente ferma les yeux un instant. Tout s'arrangeait pour le mieux.

Elle reprit la conversation avec Thom Loos, lui passa un savon supplémentaire pour son dernier échec et lui répéta qu'elle allait lui laisser une dernière chance.

« Je vais t'offrir Carl Mørck sur un plateau, mais tu n'as pas intérêt à te planter. »

Elle lui envoya un digicode par SMS et lui expliqua comment accéder à son appartement par l'issue de secours, en passant par une cave à vélos commune à tout le bloc d'immeubles, dont l'entrée se trouvait dans la rue voisine.

« Surtout, ne fume pas dans le sous-sol, sinon les portes de sécurité incendie vont se fermer automatiquement, lui recommanda-t-elle. Carl Mørck sera dans ma cuisine quand tu entreras, et cette fois je veux que tu l'abattes sans hésiter et avant que quiconque ait eu le temps de réagir. Tu as compris ?

— Bien reçu », dit-il d'un ton neutre avant de raccrocher.

Elle le tuerait bien sûr immédiatement après, afin que l'épisode ressemble à un règlement de comptes dans lequel elle jouerait l'héroïne qui avait sauvé la vie de ses deux collègues. S'ils mouraient aussi, ce serait juste un dommage collatéral.

75

Samedi 9 janvier 2021

Assad / Rose

Derrière les buissons se trouvaient d'autres jardins, et après les jardins des chemins de traverse, des carrefours et une multitude de possibilités. Assad s'arrêta à un coin de rue et regarda alentour. Pourquoi la police n'avait-elle pas envoyé les maîtres-chiens pour participer à la traque ? Les agents en uniforme se contentaient de rester plantés là à regarder chacun dans une direction. Ils avaient évidemment perdu la trace du fugitif.

Ils retournèrent à leurs voitures de patrouille, mais Assad resta.

Tout à coup, le bip discret d'un SMS reçu par un téléphone portable de l'autre côté de la rue relança la chasse. Assad essaya de localiser le bruit, mais il ne voyait rien entre les arbres et les mûriers sauvages.

Il se retira derrière un bouquet d'érables plantés devant une grille en fer forgé rouillée et attendit. Au bout d'un moment, il entendit une voix qui se rapprochait et tout à coup l'homme émergea de la haie de ronces, écorché à tous les endroits où sa peau n'était pas recouverte par un vêtement. Il devait être de ces individus qui naissent avec un syndrome d'insensibilité congénitale à la douleur, car il semblait totalement indifférent à ses plaies, pourtant assez profondes.

« Bien reçu », dit-il avant d'éteindre son portable et de s'éloigner en boitant vers la rocade.

La tache de sang sur sa cuisse s'était à peine élargie depuis que Carl lui avait lancé ce couteau de cuisine, mais la blessure ralentissait quand même son allure.

Cette fois, tu ne m'échapperas pas, se dit Assad – il ne sentait plus du tout la plaie au mollet datant de Slagelse. La distance entre eux était à ce moment-là d'environ deux cents mètres. Assad se demanda s'il devrait tenter de l'arrêter tout de suite ou continuer à le suivre afin qu'il le mène à ceux qui l'employaient. L'homme avait manifestement une destination, et il avait l'air pressé de s'y rendre. Plusieurs fois, il regarda l'écran de son mobile et les noms des rues avant de poursuivre son chemin.

Qu'est-ce que je fais s'il prend un taxi ? se demanda Assad.

Ce n'était pas la meilleure heure pour trouver une voiture, ici, sur la rocade. Mais tout comme celui qu'il poursuivait, Assad regardait régulièrement par-dessus son épaule et il arrêta le premier taxi qu'il vit approcher.

Il montra son badge au chauffeur. « Ce que je vais vous demander n'est pas très courant, mais je suis en service et je ne dois surtout pas perdre de vue l'homme qui marche un peu plus loin sur le trottoir. Pour l'instant, je voudrais que vous rouliez aussi lentement que possible et que vous le preniez en chasse s'il arrête un taxi. C'est d'accord ? »

Le chauffeur accepta, l'air ravi : il allait enfin avoir

quelque chose d'intéressant à raconter à sa femme en rentrant à la maison.

Au bout de quelques minutes seulement, les choses se passèrent comme Assad l'avait prévu, et les deux taxis traversèrent la ville, liés par un fil invisible.

Bente leur ouvrit la porte avec un grand sourire. « Malgré les circonstances, je suis contente de te voir, Carl ! » Elle salua Gordon et Rose d'un hochement de tête. « Entrez ! On va boire une bière dans la cuisine en attendant l'arrivée des agents. »

Rose répondit avec un sourire aimable, mais elle dut prendre beaucoup sur elle pour ne pas se jeter sur Bente toutes griffes dehors et lui arracher son foutu sourire de traître. Comment cette femme pour qui elle avait eu tant d'admiration avait-elle pu les rouler dans la farine depuis si longtemps ? À cet instant, elle comprit mieux les réactions de Marcus s'il croyait réellement à la culpabilité de Carl.

Attention, Rose ! se recommanda-t-elle intérieurement. Il ne fallait pas que la colère qui couvait en elle transparaisse dans son regard.

Carl pouvait cacher ses sentiments et sa froideur en baissant la tête. L'étrangeté de l'attitude de Gordon pouvait, elle, s'expliquer par l'affaire Sisle Park et les tortures qu'il avait subies. Mais Rose n'avait pas d'excuse. Elle avait juste le droit d'avoir l'air tendue en raison de la situation et elle devait rester sur ses gardes. À leur connaissance, Bente n'avait encore jamais usé de violence et elle avait laissé les autres faire le sale boulot, mais on n'est jamais trop prudent.

Elle les invita à s'asseoir sur trois chaises de cuisine et elle-même s'appuya contre le plan de travail.

La situation s'inversa quand Carl s'assit pesamment et qu'il la regarda droit dans les yeux en disant :

« Bente, je suis venu pour te demander de te rendre et d'avouer ta part de complicité dans cette affaire. »

Elle eut l'air sincèrement étonnée. « Qu'est-ce que tu racontes ? Je ne vois pas de quoi tu parles ! » Elle scruta le visage de Carl sans se départir de son sourire, comme si elle espérait encore qu'il s'agissait d'une mauvaise blague, mais l'expression désolée de celui-ci ne laissait aucun doute. Il parlait sérieusement.

« Carl, honnêtement, tu ne penses pas ce que tu dis ? » Elle s'efforça de mettre un peu de légèreté dans sa voix. « Je comprends que tu sois sous pression, mais de là à m'accuser d'une chose aussi grave, il y a des limites. »

Elle se tourna vers Rose et Gordon. « Ce n'est pas dans mon grenier qu'on a trouvé cette valise avec tes empreintes et celles d'Anker à l'intérieur, si ?

— C'est entre autres cette valise qui causera ta chute, Bente », poursuivit Carl froidement.

Elle secoua la tête avec un sourire ironique, mais Carl enchaîna, imperturbable.

« Anker m'a confié cette valise, mais j'en ignorais le contenu. Sinon, est-ce que tu penses vraiment que je l'aurais laissée là toutes ces années ? À vrai dire, j'avais complètement oublié de quoi il s'agissait. Je croyais qu'elle contenait de vieilles affaires que mon ex-femme ou son fils Jesper n'avaient jamais emportées. Je reconnais que la présence de cette valise chez moi prouve l'amitié qu'il y avait entre Anker et moi, au point que même Marcus est encore convaincu que nous étions de mèche tous les deux.

— Vos empreintes digitales étaient sur les pièces, Carl, ça, tu ne peux pas le nier, insista Bente.

— Ces pièces ont été mises dans cette valise par quelqu'un qui était proche de nous, et cette personne, c'est toi, Bente. Anker et toi couchiez même ensemble.

— En effet, et à part pour sa femme ce n'était un secret pour personne, je te signale. Tu fais pitié là, Carl, et si ta petite performance n'était pas aussi pathétique, elle aurait de quoi me mettre en colère. » Elle s'adressa à Gordon et à Rose : « Il a essayé de vous faire croire ça, à vous aussi ? » Ils acquiescèrent timidement.

« Alors j'ai peut-être une bonne nouvelle pour vous. Parce que moi aussi, j'ai enquêté sérieusement. Ce qui me surprenait, c'était que l'affaire ait mis si longtemps à être résolue. Et l'explication est simple. Depuis toutes ces années, c'est Terje Ploug qui l'a dirigée, et je pense qu'il s'est servi de sa position pour effacer toutes ses traces. C'est lui qui a mis vos empreintes dans la valise et dans la caisse à Amager. Anker et moi avons effectivement eu une aventure jadis, et c'est pour ça que j'étais suffisamment proche de lui pour m'apercevoir que Terje et lui trafiquaient quelque chose. C'est notamment pour ça que j'ai préféré mettre fin à notre relation.

— Tu as des preuves contre Terje, Bente ? lui demanda Rose.

— Je sais qu'on lui donnerait le bon Dieu sans confession, à ce pauvre Terje. Pourtant, pas plus tard que ce matin, il a éprouvé le besoin d'exprimer ses doutes sur ton évasion, Carl, et c'est lui qui, presque sans faire exprès, a révélé ta planque. J'étais très sceptique, je te l'avoue, et du coup il m'a fait part de soupçons me concernant, moi et le travail d'enquête que j'effectuais sur les pièces que vous m'avez transmises. Une histoire de carte SIM ou quelque chose comme ça. » Elle prit à partie Gordon, qui acquiesça derechef.

Rose vit que son ami était déstabilisé. Bente savait se montrer si convaincante qu'elle-même n'avait pas pu s'empêcher de laisser le doute s'insinuer dans son esprit.

Alors Carl se mit à applaudir sur le banc de touche. « Bravo, Bente ! Mis à part ton idée d'accuser Terje qui est entre la vie et la mort – ce qui manque d'élégance –, je salue ton jeu d'actrice. En-core ! En-core ! »

Le visage de Bente resta de marbre. « Merci beaucoup, mais je ne suis pas au bout de mon enquête, alors qu'est-ce que tu dirais si nous coordonnions nos efforts ? Moi non plus, je ne crois pas à ta culpabilité, Carl. » Elle jeta un bref coup d'œil à l'horloge du four. Était-ce pour vérifier si les agents étaient sur le point d'arriver ?

« Franchement, tu m'épates, dit Carl. Tu mériterais un Oscar. Mais je vais t'apprendre une chose que tu ignores, ajouta-t-il gravement. Terje Ploug a enregistré toutes ses conversations, y compris celle dans laquelle tu lui as affirmé qu'il n'y avait pas de carte SIM dans le téléphone satellite. Malheureusement pour toi, l'équipe de Merete est justement en train de décrypter les données de cette même carte SIM, que Gordon avait eu la présence d'esprit d'extraire avant de te remettre le téléphone, *avec* sa carte SIM à l'intérieur, soit dit en passant. » Il la regarda droit dans les yeux. « Grâce à cette puce, figure-toi que toutes les conversations que tu as eues avec ton tueur à gages vont être révélées au grand jour. »

Elle secoua la tête. « Je retire ce que j'ai dit, tu es bien coupable, Carl, et tu es très rusé, en plus. C'est donc toi qui travailles avec Terje. Tu crois que je ne sais pas à quel point il est facile de copier des données numériques ? »

Carl sourit. « Tu es vraiment un roc, Bente, on ne peut pas t'enlever ça. Mais il faut l'être pour être capable de commettre toutes ces horreurs. Tu as raison sur un point au moins : Terje et moi nous entendons bien. Et c'est pour ça que j'ai le plaisir de te dire encore une fois, au cas où cela t'aurait échappé tout à l'heure, qu'il a enregistré toutes vos conversations. Il en ressort sans ambiguïté que c'est toi qui lui as soutiré mon adresse, et pas lui qui te l'a donnée spontanément. Nous avons d'ores et déjà remis le téléphone à nos meilleurs techniciens. Et tu es dans la merde jusqu'au cou, Bente.

— Pas mal du tout, Carl, tu as réussi à monter une histoire presque plausible, mais sache que je suis moi-même sur le point de… »

Un fracas retentit du côté de la cuisine et tous sursautèrent. Alors que la porte s'ouvrait brutalement, Rose vit Bente sortir une arme glissée dans la ceinture de son pantalon. Un homme avec le visage en sang entra en titubant dans la pièce, une arme tendue devant lui. Il tentait désespérément de garder son équilibre et de se retourner vers Assad, qui lui tira une balle dans l'épaule depuis le seuil de l'escalier de service. Malgré cela, l'autre ne lâcha pas son arme.

« Attention, il va tirer ! » cria Rose, et Gordon, qui était le plus proche, se précipita vers lui pour le désarmer.

Assad plaqua l'homme au sol.

« Voici la preuve de la culpabilité de Bente », aboya-t-il.

Comme un film défilant au ralenti, Rose vit Bente

lever son arme et la braquer sur Assad. Elle eut juste le temps de saisir son bras au moment où le coup partait. Dix secondes plus tard, la cuisine était envahie par les hommes de main de Merete.

Rose, assourdie par le coup de feu, vit Carl se jeter sur Bente et lui tordre un bras dans le dos.

Le tir de Bente avait définitivement mis fin à l'existence de sa poubelle, mais il n'avait touché Assad que superficiellement. Le seul blessé dans l'affaire était le tueur à gages.

« Je suis désolée, Assad », dit Bente tandis que Carl la remettait aux hommes de Merete. Elle fit un signe du menton vers l'homme à terre. « C'est lui que je voulais atteindre. J'ai cru qu'il avait un couteau. »

Carl aida Assad à se relever.

« Ne me prends pas pour un chamelon de six semaines, Bente, lui dit Assad avec un large sourire. J'ai vu ce type parler avec quelqu'un sur son portable et lire un SMS. Ensuite, j'ai traversé toute la ville derrière lui en taxi sans qu'il s'en rende compte. Et tu sais où il allait ? Dans ton quartier, comme par hasard. Alors j'ai appelé Merete pour lui dire de nous rejoindre chez toi.

— Je n'ai jamais vu cet homme de ma vie, protesta-t-elle.

— Hum, hum. Mais laisse-moi continuer mon histoire. Ensuite, il est entré en se servant d'un code qu'il a relevé sur son téléphone et je l'ai suivi dans le garage et l'escalier de service. Il a eu un peu de mal à monter, à cause de la blessure que Carl lui a infligée à la cuisse, il faisait tellement de bruit qu'il ne m'a pas entendu derrière lui avant qu'on soit arrivés devant ta porte de service. Quand il a sorti son arme, je l'ai assommé avec la mienne. Elle est dehors, sur le palier.

— Je t'affirme que je ne le connais pas, dit Bente Hansen avec colère.

— Eh bien, on va voir ça tout de suite sur son portable, puisque je viens de le lui confisquer. Je suis prêt à parier qu'on va trouver ton numéro de téléphone plusieurs fois dans l'historique de cette dernière demi-heure, Bente, ainsi qu'un SMS dans lequel tu lui donnes ton digicode. »

Rose se planta devant Bente. Toute sa colère s'était muée en dégoût et en pitié. « Tu es vraiment une garce. On t'amène Carl sur un plateau, et toi, tu en profites pour faire venir un tueur à gages.

— Je vous emmerde tous, je suis victime d'un complot ! rugit-elle.

— En es-tu bien sûre ? dit Merete en s'avançant. Je pense que vous en avez assez entendu, monsieur Jacobsen », lança-t-elle en direction du vestibule.

Marcus Jacobsen apparut, pâle comme la mort et visiblement secoué.

Rose sourit à Carl, l'air gênée. « Excuse-moi, Carl. C'est moi qui l'ai fait venir pour qu'il entende tout ça. Il est entré derrière Merete et ses hommes. »

Carl hocha la tête. « C'est bien, il arrive pile à l'heure pour me faire des excuses. »

Marcus resta un instant figé, avec l'air de quelqu'un qui est en train de perdre l'équilibre. Il s'accrocha à la manche de Merete et leva lentement la tête pour regarder Carl dans les yeux. Puis il fit un pas en avant et dit :

« Écoute, Carl… » Sa voix tremblait et il déglutit pour se donner le temps de l'affermir. « … Si tu crois que ça peut suffire, alors je vais le faire. Pardon, mon ami. Pardon, pardon, pardon. »

Carl sentit peser sur lui tous les regards dans la pièce et il tourna brièvement la tête vers ses collègues.

« Allez, Carl ! » dit Rose.

Alors Carl s'avança et prit Marcus dans ses bras.

Ils restèrent ainsi un moment. Marcus se taisait. Il s'écarta un peu, regarda Carl, les yeux brillants, et alla procéder à l'arrestation de Bente Hansen.

Quand ils furent tous partis et qu'il ne resta plus que Rose, Carl, Gordon et Assad dans la cuisine, Rose décapsula les bières qui attendaient toujours sur la table.

Assad s'assit près de Carl. « L'ambulance est en route, dit-il. Ils vont t'emmener à l'hôpital central. Mais juste une chose : comment savais-tu que Terje Ploug enregistrait toutes ses conversations ? »

Carl sourit et, regardant son ami droit dans les yeux, demanda : « Ah bon ? Il fait ça ? »

76

Dimanche 10 janvier 2021

Carl

Le rituel du dimanche n'était pas un rêve. Mona était réellement assise sur son lit d'hôpital en train de lui lire les gros titres des journaux, pendant que Lucia tentait de lui enfourner un énième morceau de brioche maison dans la bouche.

« Je connais quelques journalistes qui doivent se frotter les mains. Ils en ont des histoires à raconter, grâce à toi », dit Mona en s'essuyant les yeux. Elle regarda Carl et posa la main sur la une qui venait de l'émouvoir.

« Carl Mørck, un homme libre ! » disait la manchette avec des lettres aussi grosses que si elle annonçait la fin d'une guerre.

Un homme libre !

Carl lui prit la main et la serra très fort.

« Carl ! Vous avez de la visite, dit une infirmière depuis le pas de la porte. Et je voulais aussi vous dire que le chirurgien a examiné vos radios. Vous avez effectivement quatre côtes cassées, mais les fractures sont nettes et sans déplacement, alors nous ne pouvons plus faire grand-chose pour vous. Vous allez pouvoir vous habiller et rentrer chez vous. Vous viendrez nous voir mardi pour nettoyer la plaie, à moins que vous ne vouliez le faire vous-même. »

Puis elle s'effaça pour laisser entrer un médecin, suivi de Merete et d'Assad qui attendaient dans le couloir.

Carl se redressa et reçut leurs accolades avec une horrible grimace. Lucia rit aux éclats, comme seul un enfant heureux peut le faire.

Mona prit les mains de Merete entre les siennes et éclata en sanglots. Merete ne tarda pas à l'imiter. Puis elles rirent de soulagement et se serrèrent mutuellement dans les bras, avant d'aller embrasser Assad.

« C'est jour de fête, aujourd'hui, dit Merete. Mais pendant que nous sommes ici, je crois que nous avons d'autres personnes à voir. »

« En effet, Malthe Bøgegård a été transféré dans l'un de nos services, dit le médecin. L'administration pénitentiaire nous l'a amené menotté, mais on nous a dit qu'on pouvait lui retirer ses bracelets. Après tout ce qui lui est arrivé, le juge a décidé que lorsqu'il sortirait d'ici, il irait dans un centre de semi-liberté. Son avocate est avec lui, en ce moment. »

Malthe avait une avocate ?

Le sourire de Mona semblait indiquer qu'elle savait quelque chose à ce sujet.

« Félicitations, Carl ! » dit Molise Sjögren qu'ils trouvèrent au chevet de Malthe.

Carl eut du mal à reconnaître celui-ci en blouse d'hôpital blanche, dans ce lit blanc, la jambe surélevée.

« Salut, mon ami. Comment vas-tu ? »

Malthe haussa les épaules et sourit. Les mots avaient du mal à venir.

Carl se pencha au-dessus du lit et le prit dans ses bras. « On s'en est sortis, Malthe ! »

Malthe acquiesça et saisit la main de Molise. « Elle m'a dit que mon frère avait été opéré. Et qu'il allait bien. Maintenant, il n'y a plus qu'à espérer. »

Carl baissa la tête et poussa un long soupir.

Puis il tourna la tête vers Merete, qui était restée debout à la porte de la chambre de Malthe, les lèvres serrées et les yeux humides. « Je te présente notre ange gardien, à toi, à ton frère et à moi. C'est Merete qui a donné l'argent pour l'opération de ton frère et son transport. »

Malthe se redressa sur un coude et lui serra la main. Il fut incapable de dire un seul mot, mais ce n'était pas nécessaire.

Les blessures de Malthe étaient graves, mais ses fractures seraient résorbées d'ici quelques mois. Sa sortie était prévue courant mars.

Carl promit qu'il serait là pour raccompagner Malthe en détention. Il le méritait.

Et aussi longtemps que Malthe le souhaiterait, Carl le soutiendrait.

Terje et Kenneth étaient tous les deux en soins intensifs, mais Carl et Merete furent autorisés à passer une tête par la porte de la chambre de Kenneth.

Merete lui fit un petit signe encourageant. « D'ici deux à trois semaines, tu seras sorti d'ici, Kenneth. Je suis sûre qu'ils vont vous remettre sur pied, toi et ta voix », lui dit-elle. Elle rit de l'incohérence de sa propre phrase, et des rides amusées se dessinèrent aux coins des yeux du blessé.

« Sans toi, je serais un homme mort, dit Carl en hochant la tête. Alors merci, Kenneth. Je te serai éternellement redevable et j'espère que tu seras bientôt remis. Transmets mes amitiés à Mia, quand tu la verras. »

Kenneth leva un pouce à son tour et quand il vit Assad s'encadrer dans la porte, le pouce brandi lui aussi, il eut un sourire aussi large que le lui permettait la sonde qu'il avait dans la bouche.

Terje sortait du bloc opératoire et ils ne purent pas lui parler. Ils apprirent cependant que l'opération s'était bien passée. Le pronostic était rassurant et on leur promit qu'après deux semaines d'hospitalisation, il serait rétabli.

Carl et Assad furent tous les deux très rassurés.

« Quand est-ce qu'il va se réveiller, à votre avis ?

— Dans l'après-midi, je pense, répondit le médecin.

— Est-ce que je peux lui laisser un mot ? » demanda Carl. Le médecin acquiesça et Carl écrivit :

Cher Terje, l'enquête est terminée.

Mes félicitations, commissaire Ploug, ha, ha !

Amitiés.

Carl, un homme libre.

77

Lundi 11 janvier 2021

Département V / Carl

Malgré l'environnement familier, les portes ouvertes dans tout l'appartement, le large matelas et Mona à ses côtés, Carl ne dormit pas beaucoup cette nuit-là.

Ses côtes le faisaient souffrir au moindre mouvement, et jamais depuis sa prime jeunesse et ses premiers émois amoureux il ne s'était senti dans un tel état de confusion mentale. Il ne parvenait pas à contrôler ses pensées et avait l'impression de perdre la tête. Il passait d'une colère terrible contre la cruauté des hommes à des larmes d'émotion en pensant à la loyauté et à l'amour sans bornes dont il avait fait l'objet.

Calme-toi, Carl ! se répétait-il sans y parvenir.

Après ce qu'il avait vécu, maîtriser ses nerfs n'aurait pourtant pas dû être la mer à boire. Mona lui avait conseillé de prendre au moins quinze jours de vacances avant de penser à quoi que ce soit d'autre. Mais l'oisiveté n'était pas une issue envisageable pour un enquêteur expérimenté dans la force de l'âge qui venait de traverser la crise la plus difficile de son existence.

Il avait besoin de retrouver l'unité d'investigation de Teglholmen, de serrer Gordon, Rose et Assad dans ses bras et de les remercier de l'avoir aidé de toutes les façons possibles et même au-delà. Il avait besoin de croiser le regard de ses collègues et de sentir que la flamme était encore en lui. Et si elle avait disparu, il voulait savoir s'il y avait une chance de la ranimer.

Cette nuit-là, il eut plutôt l'impression que cette partie de sa vie était terminée, mais au lieu de le rassurer, cette idée instillait en lui le doute et l'inquiétude.

Qu'allait-il devenir ?

À peine arrivé devant le bâtiment, il comprit la raison de ses nuits blanches.

Qu'est-ce qu'il venait foutre ici ? Les murs étaient massifs, mais ils auraient aussi bien pu être transparents tant il avait l'impression de voir les bureaux grouillants d'activité – tous ces efforts déployés pour arrêter ceux qui transgressaient les lois admises par la société. La plupart des criminels méritaient qu'on s'acharne à les poursuivre, mais les deux dernières semaines de la vie de Carl avaient modifié, ou du moins nuancé, sa vision des choses : les individus autorisés à rester dehors et ceux qu'il fallait enfermer étaient-ils si différents ? La nuit précédente, Carl avait beaucoup pensé à la confrontation entre ces deux mondes, et pour l'heure l'envie de retourner dans la peau du policier qu'il était avait totalement disparu. La frontière entre le bien et le mal, entre coupables et innocents, s'était estompée. Comment parviendrait-il à revenir à une vision aussi manichéenne que celle qui prévalait entre ces murs ?

Il salua machinalement l'agent à l'accueil, et les

visages qu'il croisa sur son chemin vers le département V lui parurent étrangement flous. Certains se réjouissaient de son retour, d'autres auraient préféré l'envoyer au diable. Plusieurs équipes de la police judiciaire avaient été décapitées ces derniers jours, et l'ambiance s'en ressentait. Terje Ploug était à l'hôpital, Bente Hansen en prison et Marcus Jacobsen n'avait pas encore repris le travail. L'étage était exsangue, à l'image de Carl.

En revanche, ses fidèles collaborateurs du département V étaient tous là pour l'accueillir. Gordon ne tenait pas en place et il l'étreignit d'un geste maladroit malgré ses côtes douloureuses, si fort que Carl fut contraint d'admettre que celui qui avait été sa dernière recrue était devenu un homme. Assad se montra plus réservé, mais il faut dire qu'il l'avait accompagné tout le long de son calvaire et qu'il devait être épuisé, lui aussi. En tout cas, le sourire et les poils de barbe étaient au rendez-vous.

Des trois, ce fut Rose qui le surprit le plus.

« Contente de te voir, Carl. Nous sommes tous abasourdis par l'issue de cette affaire, même si nous n'avons jamais douté que la vérité éclaterait au final », dit-elle, mais son visage était pâle et son regard interrogateur. « Comment vas-tu, dis-moi franchement ? » osa-t-elle enfin lui demander.

Il s'attendait à ce qu'on lui pose la question, et évidemment elle exigeait une réponse. Hélas, il n'était pas sûr de la connaître. Il préféra se taire, renonçant à chercher des mots qui ne venaient pas.

« C'est ce que je pensais, dit-elle. Ou plutôt, ce que je craignais. »

Les deux autres assistaient à l'échange, pleins

d'appréhension. D'abord Rose, puis Carl se laissèrent tomber dans leur fauteuil de bureau en secouant la tête.

Carl avait une boule dans la gorge et son silence en disait plus que de longs discours.

« Je sais ce qu'il te faut, Carl. Je vais te servir un bon café, dit Assad en joignant le geste à la parole. Je sucre ? » demanda-t-il en ajoutant les morceaux sans attendre la réponse.

Carl accepta la tasse à contrecœur et la porta à ses lèvres. Le café était si fort qu'il lui incendia le palais et lui fit monter les larmes aux yeux.

« Nom de Dieu ! » s'exclama-t-il. Mais Assad avait raison : au moins, l'abcès était crevé.

Il s'essuya les yeux. « Merci, Assad », dit-il en se promettant de ne plus se faire avoir avant longtemps.

Puis il ouvrit son portefeuille et le posa sur la table pour que les trois autres puissent voir la photo qu'il avait constamment sur lui.

« Je crois que j'ai besoin d'un nouveau départ et que j'ai envie d'être là pour Lucia. »

Gordon s'inquiéta. « Tu veux réduire tes heures ? Ça risque d'être compliqué, Carl. » Il n'avait pas saisi le sens de ses propos.

Rose et Assad, eux, avaient parfaitement compris.

« Il veut démissionner, Gordon ! dit Rose, contrariée de devoir énoncer le fait à haute voix. Quand ? » demanda-t-elle à Carl.

Il haussa les épaules. « Je ne crois pas que Marcus Jacobsen reprendra son poste après cette affaire. Quand Terje reviendra, je pense que nous aurons un nouveau patron à la tête de la brigade criminelle. Beaucoup de choses vont changer dans les mois à venir. Nouveaux chefs d'équipe, nouvelles procédures, nouvelles décisions politiques. Je ne suis pas sûr d'avoir envie d'attendre ce remaniement.

— Ça veut dire que tu veux partir tout de suite ? » dit Rose.

Il hocha prudemment la tête.

« Qu'est-ce que tu comptes faire ? Vous avez assez pour vivre avec le salaire de Mona ? » demanda-t-elle.

Il acquiesça de nouveau. « Oui. Quant à ce que je compte faire, je n'en sais rien encore. » Il sourit et leur tendit les mains au-dessus de la table.

L'élan avec lequel ils les lui saisirent le fit presque douter. Il était en train de prendre une décision terriblement difficile.

« Le département V continuera d'exister. La brigade criminelle ne peut pas fonctionner sans lui. Je laisse à chacun d'entre vous le soin de décider de l'investissement personnel qu'il souhaite y mettre. »

Assad était visiblement sous le choc. « Si tu n'es pas là, je ne veux pas continuer non plus. »

Carl referma la main sur son poignet velu. « Vous aurez toute la liberté d'agir que vous voudrez. Je demanderai à Terje de vous le garantir. Et n'oublie pas qu'il te suffira de prendre ton téléphone pour me trouver au bout du fil. C'est valable pour vous trois. Moi non plus, je ne peux pas me passer de vous. Alors réfléchis bien, Assad. Et pense à ta retraite aussi, ce n'est pas une question à prendre à la légère.

— Réfléchir, répéta Assad en secouant la tête. Tu ne crois pas que toi aussi, tu devrais réfléchir, Carl ?

— D'accord, Assad. Je te le promets », répondit Carl en posant une main sur son épaule.

Rose hocha la tête. « Tu sais quoi, Carl, si tu veux faire quelque chose pour nous, je trouve que tu devrais écrire un livre qui parle de notre département. Ça nous vaudrait peut-être un peu plus de respect et de considération.

— Écrire ? Je ne suis pas sûr d'en être capable. »

De manière totalement inattendue, Rose explosa de rire. « Je sais que tu as horreur de rédiger des rapports, mais la vérité, c'est que tu le fais super bien, alors ne nous prends pas pour des imbéciles, s'il te plaît. »

Puis Gordon ajouta son grain de sel. Il n'était pas content, mais de là à s'abstenir de donner son avis, il y avait un monde. « Il y a beaucoup d'enquêteurs à la PJ qui, après avoir quitté le service actif, gagnent leur vie en faisant des conférences ou comme consultants pour la télévision. Tu pourrais faire ça, Carl ! Il suffirait que tu travailles un peu sur ton mauvais caractère. » Il ponctua sa remarque d'un large sourire. « Mais même comme ça… »

Cela faisait un peu trop de nouvelles idées en peu de temps, mais Carl les remercia malgré tout. Exprimer le fond de sa pensée avait été plus facile qu'il ne le craignait. Le moment était venu de prendre congé. Il salua ses collègues et se dirigeait vers la sortie quand Gordon le rattrapa.

« Tu te rappelles les documents que tu avais perdus au moment de l'affaire Palle Rasmussen ? Eh bien, les voilà ! »

Carl s'arrêta et lui prit les papiers des mains.

« Ça alors !

— En fait, ils étaient sur ton bureau sous une pile, je les ai retrouvés en rangeant. Si jamais tu te décides à écrire, il faudra juste que tu sois un peu moins désordonné. »

Tous éclatèrent de rire et, l'espace d'un instant, l'ambiance dans le bureau redevint légère.

Carl regarda ses compagnons avec tristesse. Quel déchirement ce serait de les quitter et d'abandonner tout cela.

Le plus dur fut de passer la porte pour de bon.

ÉPILOGUE

Lundi 11 janvier 2021

Carl

Il mit quelques heures avant de trouver le courage de raconter à Mona ce qui s'était passé.

En attendant qu'elle rentre de son travail avec Lucia, il avait réfléchi à son avenir. Sans une activité concrète pour s'occuper, il allait s'étioler.

Sa mère se réjouirait de savoir qu'il quittait la police, mais il ne retournerait pas à Brønderslev travailler avec son frère à la ferme. À la rigueur, il irait remplacer Bent quand il aurait besoin de vacances, mais c'est tout.

Il n'avait pas non plus l'intention d'aller se donner en spectacle à la télévision. Il y avait assez de policiers à la retraite prêts à le faire, et beaucoup mieux que lui. Avec son caractère, il risquait de s'engueuler avec ses anciens collègues et avec la moitié des politiciens qu'il rencontrerait sur les plateaux, sans compter qu'il détesterait donner son avis dans les émissions matinales en veste et chemise bleu ciel.

Ensuite il y avait la proposition de Rose. Écrire lui permettrait d'emmener Lucia à la crèche le matin et d'aller la chercher l'après-midi, ce qui soulagerait Mona. Il pourrait peut-être même apprendre à cuisiner.

Carl rit un instant à cette idée. La dernière fois qu'il avait essayé de préparer une omelette, ç'avait été une catastrophe.

Quand il lui fit part de ses réflexions, Mona fut plutôt encourageante. Les quinze derniers jours avaient été pour elle une expérience terrible. Le travail de Carl lui avait souvent valu de longues heures d'angoisse. Malgré la bouée qu'il avait autour du ventre, elle lui disait toujours qu'il était bel homme pour ses cinquante-cinq ans. Mais cette fois, il était bien amoché, et certaines de ses blessures mettraient du temps à guérir, quelques-unes auraient pu être fatales, à un ou deux millimètres près. Quant aux cicatrices, elles ne disparaîtraient probablement jamais tout à fait. Pour être honnête, le métier qu'il exerçait était la principale raison pour laquelle elle avait longtemps hésité avant de céder à ses avances.

Le statut de veuve ne la tentait pas.

« Alors, écoute un peu ça, lui dit-il avec un large sourire, faisant mine de plaisanter. Rose m'a dit que je devrais écrire. Des histoires dans le genre *True Crime* basées sur les affaires sur lesquelles j'ai travaillé. »

Mona sourit. Se moquait-elle de lui ? Avait-elle du mal à l'imaginer assis patiemment devant un ordinateur pendant des heures ?

« Tu n'y crois pas ! Tu ne m'en juges pas capable ! »

Elle vint s'asseoir à côté de lui sur le canapé et posa une main sur la sienne. « Tu es capable de tout, à partir du moment où tu le décides. Quant aux histoires, tu en as à revendre. » Elle montra du doigt la pièce voisine. « Là-bas, il y a un ordinateur. Tu n'as qu'à aller t'asseoir devant et écrire quelques phrases. Je te dirai ensuite si je crois à ce projet. » Puis elle se leva et se rendit dans la cuisine. C'était le conseil d'orientation le plus succinct qu'il ait jamais entendu. Même quand son père l'avait poussé à abandonner l'école après le collège et à venir travailler à la ferme tant qu'il y avait encore des vaches dans l'étable, la conversation avait duré plus de deux heures. Et elle avait eu l'effet inverse.

« Si même elle, elle y croit ! » grogna-t-il en s'asseyant devant l'ordinateur.

Il réfléchit longtemps. S'il devait écrire, il ne voulait raconter que ses propres enquêtes, et à sa manière. Mais comment s'y prendre ?

Il pianota un instant sur le clavier, mais au bout d'une minute il était déjà distrait, le regard dans le vide.

Peut-être valait-il mieux en effet qu'il devienne consultant ou conférencier. En tant que consultant, il sillonnerait le pays et irait donner un coup de main dans les commissariats d'autres districts. Il se dit qu'il serait très bon dans ce domaine. Puis il changea d'avis. Il serait obligé d'écouter un tas de conneries en faisant semblant de trouver ça intéressant, comme il se rappelait l'avoir déjà fait par le passé au cours de certaines enquêtes. Franchement, se retrouver à Pétaouchnock en train de regarder une émission de télé régionale tout seul dans une chambre d'hôtel, non merci ! Et s'il décidait d'aller courir partout pour donner des conférences, sa vie ne serait guère plus passionnante. Faire face à des gens qui se seraient déplacés pour contempler l'oiseau rare qui avait réussi à s'échapper de la maison d'arrêt de Slagelse en pensant au café et aux petits gâteaux gratuits qu'ils dégusteraient ensuite, quel ennui ! Carl reporta les yeux sur la page vierge. Il aimait bien être assis dans son fauteuil de bureau, acheté du temps où ce genre de trucs ne tombaient pas en miettes quelques semaines après la date de fin de garantie.

Il prit une longue inspiration et commença lentement à taper.

« Il y a trente ans, on ne menait pas une enquête criminelle comme on le fait aujourd'hui… », écrivit-il, avant d'effacer la phrase aussitôt.

Il grommela un peu, se leva, alla prendre une bière dans le réfrigérateur et la but d'une traite.

Elle étancha sa soif, mais ne l'aida nullement à trouver l'inspiration.

Comment se mettre au travail chez soi, de son plein gré, quand on a surtout envie de faire une sieste ? se demanda-t-il en se promenant dans l'appartement. Autant aller dormir dans son bureau au commissariat et attendre tranquillement de voir tomber la retraite dans Dieu sait combien d'années.

Franchement, Carl, tu ne crois pas que tu es un peu vieux pour avoir ce genre de pensées ? se morigéna-t-il en se regardant dans le miroir de l'entrée. Son reflet ne lui répondit pas.

Il retourna s'asseoir devant le clavier.

« Ma vie d'enquêteur de police » fut le titre choisi pour sa deuxième tentative. Mais il eut beau ruminer ce titre pendant de longues minutes, il n'avait aucune idée de ce à quoi il pouvait le mener. Parce que, en y réfléchissant un peu, que cachaient ces quelques mots ? L'histoire du policier le moins populaire de Copenhague, qu'on avait relégué dans un local en sous-sol en compagnie d'un immigré qui passait ses journées à faire le ménage, armé d'un seau, d'une serpillière et d'une paire de gants en caoutchouc verts ? Ou celle d'une folle furieuse qui les avait rejoints quelque temps après et avait inversé la hiérarchie et montré qui portait la culotte dans leur cave ?

Il effaça également ce titre.

Comment savoir ce qui intéresse les lecteurs, et de quelle manière faut-il le raconter ?

Lesquelles de ses affaires aimerait-il voir en lettres noires sur fond blanc ?

Il se remémora le temps où le département V était devenu une entité policière à part entière. L'époque où l'homme de ménage s'était révélé être un véritable enquêteur. Celui où tout avait réellement commencé.

Tout cela allait lui manquer. Assad et son café imbuvable. Rose, sa grande gueule et ses regards furibonds. Même Gordon allait lui manquer, ce grand échalas tout pâlot qui s'était révélé capable d'une résilience extraordinaire après avoir vécu les situations les plus éprouvantes.

Peut-être y avait-il une solution intermédiaire ? Peut-être l'appelleraient-ils de temps en temps pour lui demander conseil ?

Il ferma les yeux. Se concentra de toutes ses forces. Posa ses dix doigts sur le clavier alors qu'il n'en utilisait que quatre. Puis il réfléchit à ce qu'il pourrait écrire à propos des trois autres membres du département V. Pour se sentir proche d'eux, malgré tout. Et s'il racontait comment tout avait commencé dans cette cave de l'hôtel de police seize ans auparavant et l'histoire de cette femme emprisonnée dans un caisson hyperbare ?

Il sourit à cette idée. Cela lui permettrait en même

temps de rendre hommage à l'un des êtres humains les plus forts qu'il ait jamais rencontrés.

S'il avait pu s'allumer une cigarette, il aurait commencé tout de suite à écrire, mais Mona ne le lui pardonnerait jamais. Il serait obligé d'aérer pendant une semaine et de repeindre tout l'appartement. Et merde.

Carl s'enfonça dans le fauteuil, inspira profondément, et après avoir réfléchi quelques instants il écrivit :

« Le département V et l'affaire Merete Lynggaard »

Il relut la phrase plusieurs fois. Le sujet résonnait en lui, cela ne faisait aucun doute. À ce moment, Mona entra et posa les mains sur ses épaules. « Hmmm, dit-elle. Oui… Quelque chose dans ce style. Mais pourquoi ne pas changer de point de vue ? Si tu commençais par creuser tes personnages ? En te mettant à la place de la victime, tu entrerais plus vite dans l'histoire, et le lecteur également. »

À ces mots, elle repartit et le laissa gamberger sur ce qu'elle venait de dire.

Mona avait raison. Il tenait quelque chose. Cette façon de procéder était cohérente avec l'essence de sa nature d'investigateur. Rentre dans les personnages, mets-toi à la place de la victime, lui avait-elle conseillé. N'était-ce pas ce qu'il avait toujours fait ? Et pas seulement à leur place à elles, mais aussi à celle des criminels. Et maintenant que lui aussi s'était retrouvé à la place de la victime, il avait l'impression de connaître encore mieux le sujet.

Il pianota un moment sur le plateau de la table, cherchant le point de départ.

Quand celui-ci fut parfaitement clair dans sa tête, il écrivit :

Miséricorde
Avec le bout de ses doigts, elle gratta jusqu'au sang les murs lisses, elle frappa de ses poings fermés le verre épais des vitres jusqu'à ce qu'elle ne sente plus ses mains.

Et les quatre doigts de Carl se mirent à danser sur les touches du clavier. Comme si les mots s'écrivaient tout seuls.

REMERCIEMENTS

Merci à Hanne, ma femme, mon âme sœur et ma première lectrice, pour son tendre soutien et ses remarques primordiales.

Un grand merci à Henning Kure pour sa contribution inestimable, pertinente et rapide.

Merci à mon assistante, Elisabeth Allefeldt Laurvig, pour son aide, sa fidélité, ses recherches et la façon quasi maternelle dont elle assure la coordination de mon travail.

Merci aussi à Elsebeth Wæhrens, Eddie Kiran, Micha Schmalstieg, Leif Christensen, Jesper Helbo et Karlo Andersen pour leurs premières corrections et leurs propositions avisées.

Merci à Line Holm pour son regard d'aigle. Merci à Stine Bolther et à Jens Møller Jensen, directeur adjoint et chef de brigade criminelle, pour ses précieuses corrections en matière de vocabulaire policier et son éclairage factuel. Merci à Ulrik Thorsen et Christian Dines, gardiens à la maison d'arrêt de Slagelse, d'avoir bien voulu me relire, me corriger et me pardonner. Merci à J. Nielsen, alias « Jay », d'avoir bien voulu partager avec moi quelques souvenirs de son expérience de détenu.

Merci à ma très compétente rédactrice Charlotte Weiss pour sa patience incomparable et son amitié.

Merci à Lene Juul, notre très créative éditrice, notre centrale d'énergie, et encore un grand merci à Charlotte Weiss pour son soutien et toutes ces années d'une collaboration très productive. Sans vous, j'aurais probablement été autre chose qu'un écrivain.

Merci à Charlotte Fournais pour ses talents de coordinatrice dans divers domaines. Merci à Tomas Henriksen pour son sang-froid et une fabrication optimale en un temps record. Merci à Rudi Urban Rasmussen et Sigrid Stavnem. Leur charme irrésistible a contribué à maintenir la planète tout entière dans une attente fébrile. Merci à Per Nørhaven de s'être tenu en standby.

Merci à Daniel Struer d'avoir assuré la maintenance de mon matériel archaïque. Merci à Kenneth Schultz et à Thomas Thorhauge pour leurs magnifiques couvertures.

Merci à tous ceux qui travaillent aujourd'hui pour Politikens Forlag, m'ont accompagné dans l'écriture du dixième tome de Département V et ont contribué à le promouvoir :

Pernille Engelberg Weil, Magnus Thielsen et vous tous du pôle marketing. Pernille Hjorth et vous tous au service commercial, Christina Zemanova, Camilla Wahlgreen et toute l'équipe presse, Anette Whitt et l'équipe financière, le très polyvalent Jakob Harden, le jeune rédacteur Magnus Kruse Lykke et notre inestimable Louise König et ses dix bras.

Merci à Tine Harden d'avoir réussi une fois de plus à réaliser une photo de lancement très personnelle.

Merci à Githa Lehrmann d'être la jolie voix de nos audiolivres.

Merci à mon traducteur néerlandais, Kor de Vries, pour ses corrections pertinentes et pour avoir partagé ses lumières avec beaucoup de mes autres traducteurs. Merci à tous les traducteurs, quel boulot !

Merci à Stella Løkkegaard, Ander Fisker Caspersen et Rasmus Markussen d'avoir toujours maintenu à jour notre comptabilité et notre gestion.

Mes meilleurs souvenirs à vous qui avez travaillé en étroite collaboration avec moi ces dernières années : Karsten Blauert, Anne Christine Andersen, Lene Wissing, Lene Børresen, Helle Schou Wacher, Nya Guldberg, Lise Ringhof, Sofie Voller, Thomas Szøke et la toujours omniprésente Camilla Høy.

Merci également à Lars Munch, Stig Ørskov et Jørgen Ejbøl, patrons attentionnés des éditions Politikens Forlag depuis des années.

Merci à Sandra et à Kes de nous avoir reçus en présence de vos enfants et de vos petits-enfants.

Merci à mes sœurs, à mes beaux-frères et à toute ma famille que j'aime.

Merci à Gitte et Peter Q. Rannes pour ces séjours merveilleux et constructifs passés à Hald Hovedgaard, au Centre danois des auteurs et traducteurs.

Merci à Søren Pilmark d'avoir partagé avec moi un bureau d'écriture, tant à Barcelone qu'à Hald Hovedgaard.

Merci à Olaf Slott Petersen, Michael Kirkegaard, Annette Merrild et Arne M. Bertelsen, mes chères familles de Barcelone.

Merci à Stine Bolther de m'avoir, en 2020 et 2021, fait connaître les professionnels qui m'ont accueilli à bras ouverts et ont bien voulu me laisser les interroger sur les divers aspects de leurs domaines de compétence respectifs : l'inspecteur Dannie Riese, maître Mette Grith Stage, avocate, Niels Raasted, directeur d'enquête judiciaire au sein de l'Autorité indépendante des plaintes contre la police, le procureur Jesper Rubiw, Jakob Buch Jepsen, avocat, ainsi que Lise-Lotte Nilas, procureure générale.

Merci encore à Stine Bolther. C'est grâce au stage exceptionnel auquel j'ai pu participer à l'automne 2020 que de nombreux fils conducteurs de ce roman me sont apparus. Pour avoir été une source d'inspiration, pour leur expertise professionnelle, pour la documentation fournie et les cours suivis en 2020, je remercie : Dannie Rise – inspectrice principale, police de Bornholm ; Brian Belling – inspecteur adjoint, police de Copenhague ; Anne Birgitte Stürup – procureure à la retraite, cour de justice de Copenhague ; Bo Samson – inspecteur, police nationale ; Lars Mortensen – inspecteur, police criminelle ; Henrik Sønderby – inspecteur principal, police criminelle ; Claus Birkelyng – inspecteur de police, hôtel de police de Copenhague ; Lisbeth Fried – inspectrice principale, police nationale ; Mikael Henrik Wern – inspecteur principal, police criminelle ; Thomas Kristensen – directeur de la communication, police du Centre- et Ouest-Seeland ; Jens Bech Stausbøll – juge, tribunal de Copenhague ; Lise-Lotte Nilas – procureure près la cour de justice de Copenhague ; Jens Fuglsang Edelholt – attaché de presse, police de Copenhague ; Trine Møller – inspecteur, police de Copenhague ; Mai-Brit Storm Thygesen – avocate de la défense, cabinet Storm Thygesen ; Lea Bryld – directrice régionale adjointe, tribunal correctionnel ; Sabrina Ejstrup Vig – attachée de presse, tribunal correctionnel ; Frederikke Siert – cheffe de secteur, RH droit et négociation, tribunal correctionnel ; Paw Lauridsen – chef de secteur, tribunal correctionnel ; Steen Holger Hansen – médecin légiste, institut médico-légal, université de Copenhague ; Jørgen Andersen – bureau national de lutte contre la criminalité financière ; Christian Jeppesen – ancien détenu.

Merci pour les visites que j'ai pu faire à la prison de Slagelse ainsi que pour les conversations édifiantes que j'ai pu avoir avec Tine Vigild, chef de cabinet de la police judiciaire, ainsi qu'avec Helle Sejersen, Heidi Hovgaard Rasmussen, Morten Lauridsen, Knud Erik Kristiansen, Pia Bosse, Palle Svendson, Jytte Bredahl Pedersen Christian Dines Paulsen et Ulrik Thorsen.

Merci à Lea Bryld, Frederikke Siert, Preben Schunck,

Henrik Jacobsen, Britt Rhymer et Helle Østergaard pour une inestimable visite à la prison Vestre, à Copenhague.

Merci aux médecins et infirmières de la prison de Copenhague.

Un grand merci à Mikkel Bredgaard, ex-officier de police, à Per Laustsen, ex-gardien de prison, et à Thomas Meedom, policier et maître-chien, pour avoir partagé aussi ouvertement avec moi leurs expériences professionnelles de cas dans lesquels une situation avait dérapé.

Merci à Just Kamp et à Ole Drost de m'avoir fait visiter le tribunal de grande instance.

Et enfin, merci à Ellie et à Louie de nous maintenir en forme, Hanne et moi.

Du même auteur
aux Éditions Albin Michel :

Les enquêtes du Département V

1. *Miséricorde*, 2011.
2. *Profanation*, 2012.
3. *Délivrance*, 2013.
4. *Dossier 64*, 2014.
5. *L'Effet papillon*, 2015.
6. *Promesse*, 2016.
7. *Selfies*, 2017.
8. *Victime* 2117, 2020.
9. *Sel*, 2022.

Autres romans

L'Unité Alphabet, 2018.

JUSSI ADLER OLSEN

est au Livre de Poche

PAPIER CERTIFIÉ

Le Livre de Poche s'engage pour l'environnement en réduisant l'empreinte carbone de ses livres. Celle de cet exemplaire est de :

250 g éq. CO_2

Rendez-vous sur www.livredepoche-durable.fr

Composition réalisée par Soft Office

Achevé d'imprimer en mai 2025 en France par
MAURY IMPRIMEUR – 45300 Manchecourt
N° d'imprimeur : 284394
Dépôt légal 1re publication : juin 2025
LIBRAIRIE GÉNÉRALE FRANÇAISE
21, rue du Montparnasse – 75298 Paris Cedex 06
marketing@livredepoche.com

68/6867/7